READER'S DIGEST

AUSWAHL BÜCHER

Die Kurzfassungen in diesem Buch erscheinen
mit Genehmigung der Autoren und Verleger

Verlag Das Beste GmbH,
Stuttgart, Zürich, Wien

041242 (302)
Printed in Germany
ISBN: 978-3-89915-809-0

READER'S DIGEST

AUSWAHL BÜCHER

Reader's Digest

Deutschland · Schweiz · Österreich

INHALT

Vor Jahren zog der libysche Terrorist Asad Khalil, genannt „der Löwe", eine blutige Spur durch die USA. Um Haaresbreite entkam er damals Agent John Corey von der New Yorker Antiterroreinheit. Nun ist Khalil zurück: mit einem furchtbaren Auftrag und einer ganz persönlichen Todesliste. Während er systematisch ein Opfer nach dem anderen zur Strecke bringt, macht Corey sich erneut auf die Jagd nach ihm. Er weiß, diesmal muss er alles daransetzen, Khalil zu stoppen. Für immer.

Die vierzigjährige Bauingenieurin Katja erhält die Chance ihres Lebens: Sie soll in Litauen einen Windpark bauen. Während zu Hause das familiäre Chaos droht, weil sie und ihr Mann keine Betreuung für die beiden Kinder finden, kämpft Katja in Litauen gegen korrupte Politiker und gewaltbereite Windkraftgegner. Mit Mut und Raffinesse setzt sie sich zur Wehr – doch dann taucht das attraktive Au-pair-Mädchen Sofia auf und will ihr offenbar den Platz an der Seite ihres Mannes streitig machen.

Als Sergeant Detective Magnus Jonson in Boston auf die Abschussliste einer Drogenbande gerät, muss er untertauchen. In Island, wo er aufgewachsen ist, soll er die Polizei unterstützen – in einem Land, in dem Gewaltverbrechen eine Seltenheit sind und in dem rumorende Vulkane ebenso zum Alltag gehören wie der Glaube an Trolle und Elfen. Doch dann geschieht ein Mord, und eine jahrhundertealte Saga und ein mit einem Fluch belegter Ring lösen eine mysteriöse Kette von Ereignissen aus.

Seite 306

An einem Freitag im November glaubt Aurélie, Besitzerin eines kleinen Pariser Restaurants, vor Liebeskummer fast sterben zu müssen. Da fällt ihr in einer Buchhandlung ein Roman in die Hände, der ihrem Leben eine Wende gibt: Zu ihrer Verblüffung kommt nicht nur ihr Restaurant, sondern auch sie selbst darin vor! Nachdem Aurélie das Buch verschlungen hat, will sie unbedingt den Autor kennen lernen. Aber das ist gar nicht so einfach – und am Ende steht eine ganz andere Begegnung als erwartet …

Seite 468

DER
LÖWE
Nelson DeMille

John Corey, Topagent der Antiterroreinheit des FBI, kennt den gefährlichsten Gegner seiner Laufbahn wie kein anderer. Asad Khalil, genannt „der Löwe“, ist gnadenlos, grausam und arbeitet mit der unerbittlichen Präzision eines Uhrwerks. Was Corey auch unternimmt – Khalil ist ihm immer einen Schritt voraus …

KAPITEL 1

Ich sitze in einem Chevrolet SUV an der Third Avenue und warte auf meine Zielperson, einen Typen namens Heini Khomeini oder so ähnlich, ein iranischer Gentleman, der dritter Stellvertreter oder so was in der Art in der iranischen Botschaft bei den Vereinten Nationen ist. Selbstverständlich habe ich alles genau für meinen Bericht notiert, aber so viel davon habe ich noch im Kopf parat.

Ich bin übrigens, und auch das habe ich parat, John Corey und Agent bei der Antiterror-Task Force der Bundesregierung, auch ATTF genannt. Ich war früher Detective bei der Mordkommission der New Yorker Polizei, bin aber wegen Invalidität – Schussverletzungen, doch meine Frau sagt, ich wäre auch moralisch invalide – in den Ruhestand gegangen und habe diesen Job als Kontraktagent beim Bund angenommen. Die ATTF ist hauptsächlich eine FBI-Truppe, und ich arbeite mit meinen FBI-Kollegen, darunter auch meine Frau, an der Federal Plaza Nummer 26 in Downtown New York.

Meine heutige Fahrerin ist Special Agent Lisa Sims, die frisch von der FBI-Akademie in Quantico, Virginia, kommt und aus irgendeinem Kaff im ländlichen Iowa oder so stammt; das höchste Gebäude, das sie bislang gesehen hat, war ein Getreidesilo.

„Wie lange warten wir auf diesen Typen?“, fragte mich Ms Sims.

„Bis er aus dem Gebäude kommt.“

„Was liegt gegen ihn vor? Warum überwachen wir ihn?“

„Er ist ein als Diplomat getarnter Offizier beim militärischen Nachrichtendienst des Irans. Wir haben erfahren, dass er darum gebeten hat, ihm ab ein Uhr mittags ein Auto samt Fahrer zur Verfügung zu stellen. Das ist alles, was wir wissen.“

Lisa Sims schien halbwegs helle zu sein und wusste, wann sie aufhören musste, Fragen zu stellen. Jetzt zum Beispiel.

Jedenfalls war es ein schöner Tag im Mai. Wir warteten schon über zwei Stunden auf diesen Kerl. Als ich noch Polizist war, hatte ich jede Menge

Observationen gemacht, deshalb war ich das hier gewohnt, aber Special Agent Sims wurde allmählich hippelig.

„Vielleicht haben wir ihn verpasst", sagte sie.

„Unwahrscheinlich."

„Vielleicht hat er seine Pläne geändert."

„Das kommt vor."

Weitere fünfzehn Minuten verstrichen. Dann fragte mich Special Agent Sims: „Meinen Sie, ich könnte mir kurz einen Muffin holen?"

Mein Funkgerät knisterte, und einer der Kollegen zu Fuß meldete: „Zielperson verlässt Zielgebäude über Innenhof, setze mich in Bewegung, Ende."

„Moment." Ich sah unsere Zielperson durch den Innenhof laufen. Es war ein großer Typ, sehr dünn, der einen Nadelstreifenanzug trug. Wir geben den Zielpersonen Spitz- oder Codenamen, und dieser Typ hatte einen großen Zinken und bewegte seinen Kopf wie ein Vogel, deshalb sagte ich in mein Funkgerät: „Zielperson ist ab jetzt Großer Vogel."

Der Große Vogel war jetzt auf dem Gehsteig, und ein großer grauer Mercedes hielt neben ihm. Ich konnte die Diplomatennummernschilder sehen. Der Fahrer, ein weiterer iranischer Gentleman, sprang heraus, rannte zur anderen Seite des Wagens und öffnete die hintere Tür, worauf sich der Große Vogel auf den Rücksitz klemmte.

„Der Große Vogel ist mobil", sagte ich ins Funkgerät. Ich gab Marke und Farbe des Wagens sowie die Autonummer durch, und Einheit Zwei bestätigte. Einheit Zwei war übrigens ein blauer Dodge Minivan, der von Mel Jacobs, Detective bei der nachrichtendienstlichen Einheit des NYPD, der New Yorker Polizei, gefahren wurde. Der andere Typ, der mit Mel im Auto saß, war George Foster, ein Special Agent des FBI, mit dem ich schon zusammengearbeitet hatte und den ich mochte, weil er aus Erfahrung wusste, wie hervorragend ich bin.

Der Mercedes fuhr auf der Third Avenue in Richtung Norden. Special Agent Sims brachte den SUV in die Gänge, und wir schlängelten uns durch den dichten Verkehr. Der Mercedes bog jählings links in die 51st Street ab, und Ms Sims folgte ihm. Einheit Zwei blieb auf der Third Avenue, wo sie an der 53rd links abbiegen und parallel zu uns fahren würde, bis ich ihr mitteilen konnte, was der Mercedes machte. Man will bei der Verfolgung des Fahrzeugs keinen Konvoi haben.

Der Mercedes fuhr auf der 51st weiter in eine Gegend, die Hell's Kitchen hieß. Möglicherweise hatte der Große Vogel vor, den Hudson River zu überqueren.

„Vielleicht fährt er nach Jersey", sagte ich zu Ms Sims.

Ehrlich gesagt führen neunzig Prozent unserer Observationen zu nichts. Großer Vogel war einfach unterwegs, oder er versuchte uns von irgendetwas anderem wegzulocken. Oder sie übten ihre Überwachungsabwehrmethoden.

Ab und zu geht's aber auch richtig zur Sache – wenn sich zum Beispiel einer dieser Diplomaten mit einem bekannten Ganoven trifft. Dann erfahren wir über diese Typen mehr, wenn wir sie im Auge behalten, als wenn wir sie in einem Vernehmungsraum ausquetschen.

Unser Ziel ist es natürlich, einen weiteren 11. September oder irgendetwas Schlimmeres zu verhindern. So weit, so gut. Es ist schon zu lange zu ruhig gewesen. Über anderthalb Jahre seit jenem Tag. Haben wir also Glück, oder sind wir so gut? Diese Spinner haben mit Sicherheit nicht aufgegeben, folglich werden wir's sehen.

Der Mercedes fuhr weiter in Richtung Twelfth Avenue, die entlang des Hudson River verläuft und wo die Zivilisation endet. Aber nichts gegen New Jersey. In dieser Gegend, in der es vor allem Lagerhäuser und Piers gibt, herrscht nicht viel Verkehr, deshalb wurde der Mercedes schneller und rollte in Richtung Lower Manhattan. Ms Sims hielt mit, ohne dass es zu auffällig wurde. Ich konnte Einheit Zwei in meinem Seitenspiegel sehen, worauf wir Sichtkontakt bestätigten. Inzwischen hätte dem iranischen Fahrer klar geworden sein müssen, dass er verfolgt wurde, aber diese Typen sind so dämlich, dass sie sich nicht mal selbst in einem Spiegel sehen können.

Vielleicht aber war ich zu voreilig gewesen, denn plötzlich fuhr der Typ langsamer, und da Ms Sims die relative Geschwindigkeit falsch einschätzte, waren wir jetzt zu nahe dran, und es war kein anderes Fahrzeug mehr zwischen uns und den Iranern. Ich konnte den Kopf des Großen Vogels sehen. Der Fahrer musste etwas zu ihm gesagt haben, denn der Große Vogel drehte sich um, schaute zu uns hinüber, lächelte und zeigte uns dann den Stinkefinger. Ich erwiderte den Gruß. Arschloch.

Ich meldete mich bei Einheit Zwei und erklärte, dass wir entdeckt worden waren. Ich wies Ms Sims an, sie solle sich weiter zurückfallen lassen, worauf Einheit Zwei an uns vorbeizog und die Beschattung übernahm.

Wir fuhren weiter. Einheit Zwei funkte: „Zielfahrzeug biegt in die Zufahrt zum Holland Tunnel ab." Ein paar Minuten später waren auch wir auf der Zufahrt zum Tunnel.

„Wohin wollen die Ihrer Meinung nach?", fragte Ms Sims.

„Nach New Jersey. Dort führt der Tunnel hin", erklärte ich.

Sie ging nicht auf meine großartige Schlussfolgerung ein, teilte mir aber mit: „Iranische Diplomaten dürfen sich nicht weiter als vierzig Kilometer von Manhattan entfernen."

„Richtig." Ich glaube, das wusste ich.

Die Diplomaten aus den meisten Ländern können ungehindert in den USA umherreisen, aber einige, zum Beispiel die Kubaner, müssen in New York bleiben oder in einem bestimmten Umkreis um die Stadt, wie die Iraner. Ginge es nach mir, würden sie alle in Iowa wohnen und arbeiten.

Wir verließen den Tunnel und näherten uns der Anschlussstelle zur Interstate 95. „Zehn Dollar darauf, dass er nach Süden zum Newark Airport fährt", sagte ich.

Special Agent Sims dachte einen Moment nach. „Er hat aber kein Gepäck für den Flughafen dabei – es sei denn, es ist im Kofferraum. Ich sage auch, er fährt nach Süden, aber nicht zum Flughafen, sondern nach Atlantic City."

„Okay. Zehn Piepen."

„Fünfzig."

„Sie sind dabei."

Einheit Zwei funkte: „Zielfahrzeug hat Auffahrt zum Fünfundneunzig in Richtung Süden genommen."

„Roger." Es war also entweder Newark Airport oder vielleicht doch Atlantic City. Ich konnte immer noch Einheit Zwei sehen, und sie konnten das Zielfahrzeug sehen.

„Zielfahrzeug hat Ausfahrt zum Newark Airport passiert", meldete Jacobs.

„Sie können mich jetzt auszahlen", bemerkte Ms Sims.

„Er könnte auch nach Fort Dix fahren, eine Militäreinrichtung ausspionieren. Er ist beim militärischen Nachrichtendienst", gab ich zu bedenken.

Wir beschleunigten auf hundertdreißig.

„Wissen Sie, vielleicht sollte ich Luftunterstützung anfordern." Ms Sims ging nicht darauf ein, deshalb erläuterte ich: „Wir haben einen Luftaufklärer, den wir einsetzen können. Erleichtert uns die Aufgabe."

Ich wollte die Funkfrequenz einstellen, aber Ms Sims sagte: „Er hat eine Reservierung im ‚Taj Mahal'."

Ich nahm die Hand vom Drehknopf. „Woher wissen Sie das?"

„Wir haben einen Hinweis erhalten."

„Und wann wollten Sie mir das anvertrauen?"

„Nachdem ich meinen Muffin gehabt hätte."

Ich war ein bisschen sauer. Vielleicht sogar stinksauer.

Ein paar Minuten später fragte sie: „Sprechen Sie nicht mehr mit mir?"

Das tat ich tatsächlich nicht mehr, deshalb antwortete ich nicht.

„Aber wir müssen ihn da runter verfolgen, um festzustellen, ob er tatsächlich ins Taj geht", fuhr sie fort. „Wir haben dort bereits ein Team, sodass wir in die Stadt zurückfahren können, sobald die ihn übernehmen."

Ich erwiderte immer noch nichts.

„Sie schulden mir die fünfzig Dollar nicht", versicherte sie mir. „Ich spendiere Ihnen sogar einen Drink."

Es war sinnlos, weiter auf sauer zu machen, deshalb sagte ich: „Danke."

Ich funkte Einheit Zwei meine neue Info durch, riet Mel und George aber, bei uns zu bleiben, für den Fall, dass unsere Info falsch war.

Wir fuhren weiter, und Ms Sims sagte: „Wir haben etwa zwei Stunden Zeit. Erklären Sie mir alles über Observationen. Ich möchte wissen, was Sie in den letzten vierzig Jahren gelernt haben."

Es war nicht ganz so lange gewesen, und Ms Sims wusste das bestimmt; sie wollte bloß einen seniorenfeindlichen Witz reißen. Sie hatte tatsächlich Sinn für Humor, eine Seltenheit unter ihresgleichen, und um ihr zu zeigen, dass ich ein prima Kerl war, und ihr zu beweisen, welcher Geist in dieser FBI/NYPD-Kooperative herrschte, entgegnete ich: „Na schön. Ich rede, Sie hören zu. Behalten Sie Ihre Fragen für sich."

Sie nickte. Ich lehnte mich zurück, gab mein umfassendes Wissen über Observationsmethoden preis und streute Anekdoten ein, auch zu Überwachungen, die schiefgegangen waren.

Die Kriminellen, die ich im Lauf der Jahre verfolgt habe, waren alle ziemlich dämlich, aber als ich zur Task Force kam, wurde mir klar, dass die Typen, denen wir jetzt folgten – Diplomaten und Terrorverdächtige –, nicht ganz so dämlich sind. Ich meine, sie sind mit Sicherheit nicht schlau, aber sie sind paranoid, teilweise schon deshalb, weil sie meistens aus Polizeistaaten kommen, und dadurch ist ihnen zumindest klar, dass sie unter Beobachtung stehen.

Apropos schlaue Schurken: Ich bin in meinen drei Jahren bei der Task Force nur zwei bösen Genies über den Weg gelaufen. Der eine war ein Amerikaner, der andere ein Libyer, der einen gewaltigen Brass auf die USA hatte, und er war nicht nur böse und schlau, er war auch die perfekte Mordmaschine. Die Sache mit dem Libyer ging nicht gut aus, und der ganze Fall wurde für streng geheim erklärt, was hieß, dass ich ihn Ms Sims oder irgendjemand anders niemals anvertrauen durfte. Was mir recht war.

Aber eines Tages, dessen war ich mir sicher, würde es ein Rückspiel geben. Das hatte er mir versprochen.

ETWA DREI STUNDEN nachdem Ms Sims in Manhattan keinen Muffin bekommen hatte, stießen wir auf die lange, von Springbrunnen gesäumte Zufahrt des Hotelkasinos „Trump Taj Mahal" in Atlantic City.

Ms Sims hatte die Kontaktdaten unseres hiesigen Teams, bei dem sie sich bereits gemeldet und Bescheid gesagt hatte, dass die Zielperson unterwegs war. So hatten sich die Kollegen rechtzeitig an die Rezeption begeben können. Ich funkte nun Einheit Zwei an, die ein Stück vom Eingang entfernt parkte. „Ihr könnt abzischen."

Der Chauffeur fuhr mit dem Mercedes, aber ohne den Großen Vogel davon, der mit einer Reisetasche ins Gebäude hineinging. Wir konnten den voll ausgerüsteten SUV nicht dem Parkwächter übergeben, deshalb stellten wir ihn einfach in der Nähe des Eingangs ab und schlossen ihn ab. Ich zeigte meinen Dienstausweis vor. „Offizielle Angelegenheit. Passen Sie auf das Auto auf." Ich gab dem Parkmenschen einen Zwanziger, worauf er sagte: „Kein Problem."

Wir betraten die große, prachtvolle Marmorlobby, wo ich den Großen Vogel an der Rezeption entdeckte, dazu zwei Typen vom Spezialeinsatzteam, die ich kannte. Wir nahmen Blickkontakt auf, und sie bedeuteten mir, dass sie dran waren.

Großartige Nachricht. Höchste Zeit für einen Drink.

Ich glaubte nicht, dass uns der Große Vogel von unserem kurzen Austausch von Höflichkeiten aus den fahrenden Autos heraus wiedererkannte, deshalb führte ich Ms Sims an der Rezeption vorbei, wo er gerade eincheckte, und ging direkt in die „Ego Lounge", die spätabends zur „Libido Lounge" wird. Wir setzten uns an die Bar, wo Ms Sims einen Weißwein bestellte und ich wie üblich einen Dewar's mit Soda bekam. Wir stießen an, und sie sagte: „Cheers." Dann fragte sie mich: „Warum sind wir hier?"

„Bloß um sicherzugehen, dass der Große Vogel nur spielt und sich nicht mit jemandem trifft."

„Wir haben ein Team hier", erinnerte sie mich. „Außerdem kann GV sich in seinem Zimmer mit jemandem treffen, ohne dass wir es wissen."

„Die SE-Jungs würden es aber wissen", erwiderte ich. „Und Sie wollen doch bestimmt zugegen sein, falls irgendwas abgeht. Oder müssen Sie irgendwo anders hin?"

„Nein."

„Gut. Dann lassen wir uns eine Stunde Zeit."

Eigentlich gab es keinen Grund dazubleiben, abgesehen davon, dass ich einen Drink brauchte. Außerdem war ich sauer auf den Großen Vogel, weil er mir den Finger gezeigt hatte. Nicht sehr diplomatisch von ihm.

„Tut mir leid, dass ich Ihnen nichts verraten durfte", meinte Ms Sims. „Man wollte eine Standardüberwachung durchführen, damit die Zielperson anhand unseres Verhaltens nicht erraten konnte, dass wir wussten, wohin sie fährt. Nur ich wusste es, für den Fall, dass wir ihn verlieren sollten."

„Egal!“ Ich hatte keine Ahnung, wessen geniale Idee das war, aber ich konnte mir denken, dass Tom Walsh dahintersteckte, der verantwortliche Special Agent der Antiterror-Task Force in New York. Er liebt das Mantel-und-Degen-Zeug und kapiert die übliche Polizeiarbeit nicht ganz. Der Geheimhaltungsmist wäre nie passiert, als ich noch ein Cop war. Um das Thema zu wechseln, sagte ich: „Melden Sie sich beim SE-Team und lassen Sie sich den Aufenthaltsort vom Großen Vogel durchgeben.“

Ms Sims funkte auf ihrem Nextel-Handy, das man wie ein Walkie-Talkie benutzen konnte, einen der SE-Leute an, meldete unseren Standort und bat darum, uns zu verständigen, wenn der Große Vogel runter ins Kasino kam.

Dann plauderten wir, hauptsächlich über ihr Leben in New York, das sie in persönlicher Hinsicht nicht mochte, aber in beruflicher. Lisa Sims erinnerte mich in mancherlei an Kate Mayfield, meine Frau, die ich vor drei Jahren im Dienst bei dem bereits erwähnten Fall mit dem Libyer kennen gelernt habe. Kate stammt ebenfalls aus der Provinz und war anfangs gar nicht begeistert über ihre Versetzung nach New York, aber nachdem wir uns kennen gelernt hatten, wollte sie nirgendwo anders mehr leben. Dann kam der 11. September. Danach wollte sie, dass wir aus New York wegzogen, aber als das Trauma abklang – wir beide waren dort, als es geschah –, wurde ihr klar, dass sie nicht fortkonnte. Was gut war, da ich nicht weggezogen wäre.

Ich genehmigte mir einen zweiten Drink, aber Ms Sims – Lisa jetzt – stieg auf *club soda* um.

Ihr Handy summte. Sie zückte es, hörte zu und sagte zu dem Anrufer: „Okay, wir brechen jetzt auf.“ Sie beendete das Gespräch. „Der Große Vogel sitzt allein an einem Roulettetisch.“

„Wie läuft's für ihn?“

„Danach habe ich nicht gefragt.“ Sie zahlte die Rechnung, und wir verließen die Ego Lounge.

Sie wandte sich der Lobby zu, aber ich sagte: „Ich will mir den Typen noch mal genauer anschauen.“

Wir begaben uns in das riesige Kasino. Binnen weniger Minuten sahen wir ihn mit einem Drink in der Hand an einem Roulettetisch sitzen.

„Der Satan ist in seine Seele gefahren“, stellte ich fest. „Ich muss ihm helfen. Holen wir uns ein paar Jetons und klemmen uns an die Automaten.“

„John –“

„Kommen Sie.“ Ich nahm Lisa am Arm und ging zur Kasse, wo ich mir mit meiner regierungseigenen Kreditkarte – die Buchhaltung würde darüber tüchtig lachen – hundert 1-Dollar-Jetons besorgte, dann gingen wir zu den

Dollarautomaten, von denen aus wir den Rücken des Großen Vogels sehen konnten. Ich teilte die Silbermünzen auf, und wir spielten Automatenpoker. Lisa kam allmählich auf den Geschmack und hoffte, mit dem Milliarden-Dollar-Jackpot frühzeitig in den Ruhestand gehen zu können.

Unterdessen versank der Große Vogel mit jeder Umdrehung des Rades tiefer im Höllenfeuer. Nach etwa einer halben Stunde ließ er sich auszahlen und stand auf.

Lisa bekam gerade vier Könige, worauf der Automat bimmelte und einen Schwall Münzen in ihre Schale ausspie.

„Der Große Vogel ist unterwegs", sagte ich zu ihr. „Bleiben Sie hier und spielen Sie an meinem Automaten weiter. Melden Sie sich beim Spezialeinsatzteam und sagen Sie ihnen, dass ich ihn habe."

Ich lief quer durchs Kasino und hoffte, dass der Große Vogel auf die Männertoilette ging – oder irgendwohin, wo wir allein miteinander plaudern konnten. Und tatsächlich steuerte er die Toiletten an. Ich folgte ihm.

Diese Typen pissen nicht ins Urinal – sie wollen ihre Intimsphäre wahren, wenn sie ihren Pimmel rausziehen –, und der Große Vogel ging in eine der Kabinen.

Zwei Typen standen an den Urinalen und einer am Waschbecken. Leise und diplomatisch zeigte ich meinen Ausweis vor und forderte sie auf, rasch rauszugehen. Einen von ihnen bat ich, draußen stehenzubleiben und die Leute fernzuhalten. Sie zogen alle ab, und ich stellte mich ans Waschbecken und schaute in den Spiegel.

Die Kabinentür ging auf. Der Große Vogel warf mir einen Blick zu, und ich stellte fest, dass er mich nicht erkannte. Aber dann legte er los. Er stürmte auf mich zu und schaffte es irgendwie, mit seinen Eiern meine Faust zu rammen. Nun ja, das überraschte mich, und ich trat einen kurzen Schritt zurück, als er auf die Knie sank und mich drohend anstöhnte. Dann kippte er vornüber, lag schwer atmend am Boden und bereitete sich auf den nächsten Angriff vor. Ich wollte keinen internationalen Zwischenfall verursachen, deshalb entschuldigte ich mich und ging.

Draußen auf dem Korridor schickte ich meinen Helfer weg und ging wieder ins Kasino, wo ich auf Lisa stieß, die einen Plastikbehälter voller Jetons in den Händen hatte.

„Wo ist der Große –?"

„Wird Zeit, dass wir gehen", fiel ich ihr ins Wort.

Wir steuerten die Lobby an, und sie fragte mich: „Was mache ich mit den Jetons?"

„Geben Sie sie der Buchhaltung."

Wir gingen hinaus und liefen zu unserem SUV.

„Was ist passiert? Wo ist der Große Vogel?"

Je weniger Lisa wusste, desto besser war es für sie, deshalb antwortete ich: „In der Herrentoilette."

Wir kamen zum SUV, und ich sagte, dass ich ans Steuer wolle. Lisa gab mir die Schlüssel, dann stiegen wir ein und fuhren los.

Lisa meldete sich beim Überwachungsteam und teilte den Kollegen mit, dass ich den Großen Vogel im Männerklo zurückgelassen hätte – was sie schon wussten. Lisa hörte kurz zu, meldete sich ab und sagte zu mir: „Der Große Vogel ist hingefallen oder so was Ähnliches."

„Da besteht Rutschgefahr, wenn es nass ist."

Nach ein paar Minuten fragte sie mich: „Hatten Sie … einen Zusammenstoß mit ihm?"

„Hey, wie ist es für uns gelaufen? Was haben Sie denn da?"

Sie warf einen Blick in den Behälter. „Ich glaube, wir haben zehn Dollar gewonnen."

„Nicht schlecht für eine Stunde Arbeit."

Sie schwieg zunächst, dann sagte sie: „Tja, ich nehme an, er ist nicht in der Position, sich beschweren zu können."

Wir fuhren Richtung Norden, auf die Stadt zu, die etwa zweihundert Kilometer entfernt war, knapp zwei Stunden, wenn ich mich ranhielt. Die Sonne war hinter dem Horizont versunken, und der Himmel im Westen wurde rasch dunkel.

„Sie scheinen ein netter Kerl zu sein, und Sie sind schlau", stellte Lisa fest. „Aber Sie haben auch eine andere Seite. Sie sind auf Vergeltung aus."

„Wenn ja, bin ich im richtigen Gewerbe."

Dazu fiel ihr keine Antwort ein, und wir fuhren schweigend weiter.

Wir nahmen den Holland Tunnel nach Manhattan, und ich setzte sie an der Federal Plaza Nummer 26 ab. Dann fuhr ich weiter zu meiner Wohnung an der East 72nd und war kurz nach zehn Uhr an der Tür.

Kate war daheim, schaute sich die Nachrichten an. „Wie ist es gelaufen?"

„Okay. Die Zielperson ist runter nach Atlantic City gefahren, und wir sind ihr gefolgt. Wie war dein Tag?"

„Den ganzen Tag im Büro."

Wir machten uns Drinks, stießen an, knutschten ein bisschen, setzten uns hin und sahen uns die Nachrichten gemeinsam an.

Ich wartete auf eine Story über einen iranischen UNO-Diplomaten, den man mit im Schlund steckenden Eiern im Männerklo des Taj-Mahal-Kasinos gefunden hatte, aber offenbar hatte das keinen Nachrichtenwert.

Wir schalteten den Fernseher aus, und Kate erinnerte mich daran, dass wir am Wochenende nach Norden fahren wollten – zum Fallschirmspringen. Das war nicht mein Lieblingsthema, auch wenn sie sich dafür begeisterte. Abgesehen davon, dass ich weder Bäume noch Wälder noch Bären mag oder was es sonst noch alles nördlich der Bronx gibt, springe ich nicht gern aus Flugzeugen. Mein Job ist gefährlich genug. Aber ich bin ein guter Kerl und ein guter Ehemann, deshalb habe ich damit angefangen.

Ich ging hinaus auf unseren Balkon im 34. Stock und blickte über ganz Manhattan hinweg nach Süden. Was für eine Aussicht! Verschwunden waren allerdings die Zwillingstürme, und ich hielt an der Stelle, wo sie einst waren, zwei Finger zu einem V hoch. Sieg und Frieden. Nicht mehr in meinem Leben, aber eines Tages vielleicht.

Unterdessen war, wie Lisa Sims festgestellt hatte, Vergeltung angesagt.

Asad Khalil, ein libyscher Terrorist, der mit einem gefälschten ägyptischen Pass reiste, lief schnellen Schrittes die Gangway hinab, die seinen Air-France-Jet mit Terminal Zwei des Los Angeles International Airports verband. Der Flug von Kairo nach Paris war ebenso ereignislos verlaufen wie der Flug von Paris nach Los Angeles. Dank gut platzierten Freunden war er zügig durch die Sicherheitskontrollen gekommen.

Khalil ging mit den anderen Passagieren zur Passkontrolle. Die meisten Menschen an Bord der Maschine waren Franzosen, darunter aber viele muslimische Brüder mit französischer Staatsbürgerschaft. Etwa ein Viertel der Passagiere waren Ägypter, die in Kairo zugestiegen waren. Zumindest fiel Khalil unter seinen Mitreisenden nicht auf, und seine Freunde bei El Kaida hatten ihm versichert, dass er auf dieser Route problemlos so weit kommen werde. Jetzt musste er nur noch mit seinen gefälschten ägyptischen Dokumenten durch die amerikanische Passkontrolle.

Er stellte sich mit den anderen Passagieren in der Schlange an. Er warf einen Blick auf seine Uhr, die er auf die Ortszeit eingestellt hatte: 17.40 Uhr. Um diese Zeit war viel los, was Teil des Plans war.

Khalil trug einen blauen Sportblazer, eine hellbraune Hose, teure Halbschuhe und ein Oxford-Hemd mit Button-Down-Kragen – eine Garderobe, die ihn wie einen Mann der gehobenen Mittelschicht aussehen ließ, der die richtigen Schulen besucht hatte und für niemanden eine Gefahr darstellte. In seiner Reisetasche hatte er einen Stadtführer für Los Angeles in englischer Sprache, die er fast fließend beherrschte.

Er ging zum nächsten freien Schalter. Der Passkontrolleur war ein Mann mittleren Alters, der müde und gelangweilt wirkte. Er nahm Khalils Pass,

Visum und Zollerklärungsformular entgegen. Blätterte im Pass herum, schlug zur Seite mit dem Foto zurück und betrachtete abwechselnd das Bild und den vor ihm stehenden Mann. Khalil lächelte, wie die meisten Menschen in diesem kritischen Moment.

Der Mann, der nach Khalils Meinung ein Latino sein konnte, fragte ihn: „Was ist der Zweck Ihres Aufenthalts?"

Töten, dachte Khalil, aber er erwiderte: „Land und Leute kennen lernen."

Der Mann warf einen Blick auf Khalils Zollformular. „Sie wohnen im ‚Beverly Hilton'?"

„Im ‚Beverly Hills Hotel'."

„Haben Sie ein gültiges Rückflugticket?"

Das hatte er, auch wenn er diesen Flug nicht in Anspruch nehmen würde. „Ja."

Der Mann sah in Khalils tiefliegende dunkle Augen, und Khalil erkannte, dass der Passkontrolleur leichte Zweifel hatte, die sich in den nächsten paar Sekunden ihres Blickkontakts zu größeren Zweifeln auswachsen konnten. Khalil blieb gelassen und ließ sich keinerlei Besorgnis oder Ungeduld anmerken.

Der Mann wandte sich seinem Computer zu und fing an zu tippen, während er auf Khalils Pass blickte. Dann schaute er wieder zu dem ägyptischen Touristen und zögerte eine Sekunde lang, bevor er den Pass abstempelte. „Willkommen in den Vereinigten Staaten, Mr Hasheem. Einen angenehmen Aufenthalt."

„Danke."

Khalil nahm seine Dokumente und begab sich zu den Gepäckkarussells. Innerhalb von fünf Minuten hatte er seinen mittelgroßen Koffer und rollte ihn zum Zollschalter. Er reichte dem jungen Mann dort sein Zollformular.

Der Mann warf einen Blick auf den schwarzen Koffer. „Irgendetwas zu verzollen?"

„Nein."

„Kein Haschisch?", hakte der junge Mann scherzhaft nach.

„Nein." Khalil lächelte ebenfalls.

Er ging weiter. Die Sicherheitsschleuse war zehn Meter entfernt, und hier, das wusste er, würde er festgehalten werden, wenn man ihn festhalten wollte. Er wusste aber auch, dass die Amerikaner nur selten jemanden voreilig festnahmen: Sie folgten einem, sahen, mit wem man sich traf, wohin man ging und was man machte, und eine Woche oder einen Monat später nahmen sie einen fest.

Khalil ging durch die Sicherheitsschleuse ins überfüllte Terminal und folgte den Schildern, die ihm den Weg zum Taxistand wiesen. Innerhalb weniger Minuten saß er mit seinem Koffer in einem Taxi und sagte zum Fahrer: „Zum Beverly Hills Hotel."

Als das Taxi in Richtung Flughafenausfahrt rollte, fragte ihn der Fahrer: „Zum ersten Mal in L.A.?"

„Nein."

„Geschäftlich oder zum Vergnügen?"

„Beides", erwiderte Khalil, denn Mr Chip Wiggins zu töten wäre sowohl ein Geschäft als auch ein Vergnügen.

Khalil holte seinen Stadtführer aus der Reisetasche und tat so, als läse er in ihm, worauf der Taxifahrer in Schweigen verfiel.

Sie erreichten die Stadtautobahn und fuhren gen Norden, nach Beverly Hills. Keine halbe Stunde später bogen sie auf die lange, von Palmen gesäumte Zufahrt ein, die zu dem rosa verputzten Hotel auf dem Hügel führte.

Khalil checkte unter seinem angenommenen Namen ein und wurde auf sein Zimmer im ersten Stock gebracht. Er trat auf den kleinen Balkon, blickte auf den Swimmingpool und wunderte sich über die Männer, die zuließen, dass ihre Frauen halb nackt von anderen Männern gesehen wurden. Dann ging er wieder hinein, hängte ein BITTE NICHT STÖREN-Schild an die Tür und wartete auf seinen Anruf.

Das Telefon klingelte. „Hasheem", meldete er sich.

Der Mann am anderen Ende sagte auf Englisch: „Gabbar hier. Geht es Ihnen gut, Sir?"

„Ja. Und wie geht es Ihrem Vater?"

„Ganz gut, danke."

Nachdem der Erkennungscode ausgetauscht war, sagte Khalil zu Gabbar: „In fünf Minuten. Ich habe eine Blume für Ihre Frau."

„Ja, Sir."

Khalil legte auf und ging wieder auf den Balkon. Viele der Männer, so stellte er jetzt fest, waren fett und hatten junge Frauen dabei. Kellner trugen Tabletts mit Getränken zu den Liegestühlen und Tischen. Es war Cocktailstunde, die Zeit, in der man sich den Verstand mit Alkohol benebelte.

„Schweine", sagte Khalil laut. „Fette Schweine zum Schlachten."

KHALIL nahm eine Paradiesvogelblume aus seinem Zimmer mit und lief durch die Lobby des Beverly Hills Hotels. Als er ins Freie trat, rollte ein blauer Ford Taurus, der in der Nähe gestanden hatte, los und hielt an der Tür.

Der Fahrer gab Khalil ein Zeichen, der sich rasch auf dem Beifahrersitz niederließ, worauf das Auto losfuhr.

„Guten Abend“, sagte der Fahrer, den Khalil unter dem Namen Gabbar kannte, auf Arabisch. Khalil antwortete nicht.

Der Fahrer steuerte über die lange Zufahrt. „Ich habe unter meinem Namen ein Zimmer im ‚Best Western Hotel‘ in Santa Barbara gemietet.“

Khalil nickte. „Und wie ist Ihr Name?“

„Farid Mansur, Sir“, erwiderte der Fahrer.

„Haben Sie meine Pakete, Mr Mansur?“

„Jawohl, Sir. Sie sind in meinem Hotelzimmer, wie angewiesen. Zwei verschlossene Gepäckstücke, für die ich keinen Schlüssel habe.“

Khalil nickte wieder. „Haben Sie auch die beiden anderen Gegenstände, um die ich gebeten habe?“

„Ja, Sir. Sie sind im Kofferraum.“

„Und die Karte?“

Wortlos reichte Mansur ihm eine Plastikkarte. Khalil musterte die Karte, auf die aus Sicherheitsgründen nur wenige Informationen gedruckt waren – nicht einmal der Name des Flugplatzes, an dem sie benutzt werden konnte, und auch nicht die spezielle Sicherheitspforte, die sich damit öffnen ließ. Khalil steckte die Karte in seine Jackentasche.

Als Mansur vom Sunset Boulevard nach rechts abbog, blickte Khalil in den Außenspiegel, sah aber keine Fahrzeuge, die ihnen folgten.

„Das ist ein Mietwagen, richtig?“, fragte er Mansur.

„Ja, Sir. Ich habe ihn wie angewiesen für drei Tage gemietet.“

„Gut.“ Das Fahrzeug würde also bis Montag nicht vermisst werden.

Khalil schaute aus dem Seitenfenster, worauf Mansur anmerkte: „Hier wohnen die Reichen. Filmstars und Leute aus der Filmindustrie.“

„Die Sünde macht sich hier bezahlt“, stellte Khalil fest.

„Hier ja. Aber in der Hölle muss ein umso höherer Preis dafür bezahlt werden“, erwiderte Mansur, wie es von ihm erwartet wurde.

Ohne darauf einzugehen, fragte Khalil: „Woher in Libyen kommen Sie?“

„Aus Bengasi, Sir.“

„Warum sind Sie hier?“

Mansur zögerte, dann erwiderte er: „Um Geld für meine Eltern zu verdienen, Sir, und für die Eltern meiner Frau, die in Bengasi sind.“

„Und Ihre Frau weiß, dass Sie zwei, drei Tage lang nicht nach Hause zurückkehren werden?“

„Ja, Sir.“ Mansur bog nach rechts auf den Wilshire Boulevard ab und steuerte nach Westen.

„Waren Sie in Bengasi, als die Amerikaner die Stadt bombardierten?“, fragte Khalil.

„Ja. Ich kann mich an diese Nacht erinnern. 15. April 1986. Ich war ein kleiner Junge.“

Khalil fuhr fort: „Auch ich war damals noch jung und wohnte in der Militärsiedlung Al Aziziya in Tripolis. Eines der Flugzeuge flog genau über das Flachdach, auf dem ich stand, und warf seine Bombe ab. Ich blieb unverletzt. Aber meine Mutter, meine beiden Brüder und meine beiden Schwestern stiegen in dieser Nacht ins Paradies auf.“

Mansur holte tief Luft, dann sagte er leise: „Mögen sie bis in alle Ewigkeit unter den Engeln weilen.“

„Ja. Das werden sie.“

Eine Zeit lang fuhren sie schweigend weiter. Mansur nahm den Pacific Coast Highway nach Norden in Richtung Santa Barbara. „In knapp zwei Stunden sollten wir beim Hotel sein“, teilte er seinem Beifahrer mit.

Khalil warf einen Blick auf die Uhr am Armaturenbrett. Es war gerade 19.30 Uhr, und die Sonne versank im Ozean.

„Das ist die landschaftlich schönere Strecke nach Santa Barbara, Sir“, erklärte Mansur. „Auf der Rückfahrt am Sonntag können wir die Autobahn nehmen, wenn Sie wollen.“

Khalil scherte sich nicht um die Landschaft, und weder er noch Mansur würden am Sonntag nach Beverly Hills zurückkehren. Aber um den Mann zu beruhigen, erwiderte er: „Wie Sie wollen. Ich bin in Ihren Händen. Und wir beide sind in Gottes Hand.“ Genau genommen, dachte er, wird Mansur in zwei Stunden in Gottes Hand sein.

Und was Mr Chip Wiggins anging, einen der Piloten, der vor 17 Jahren Tripolis bombardiert hatte und möglicherweise der Mörder seiner Familie war – der würde in der Hölle sein, noch ehe die Sonne wieder aufging.

Ein paar Kilometer nördlich von Santa Barbara stieß Farid Mansur auf die Zufahrt zum Best Western Hotel. Er fuhr zur Rückseite des Gebäudes und parkte auf einem dem Hotel zugewandten Stellplatz.

Khalil stieg aus. „Öffnen Sie den Kofferraum.“

Mansur tat, wie ihm geheißen, und Khalil blickte hinein. Am Boden des Kofferraums lag eine große Segeltuchtasche, die Khalil öffnete. Darin befanden sich ein schweres Brecheisen und eine Fleischersäge. Er berührte die scharfen, gezackten Zähne der Säge und lächelte, dann schlug er den Kofferraumdeckel zu. „Schließen Sie den Wagen ab.“

Mansur verriegelte den Wagen mit der Fernbedienung, und Khalil nahm ihm die Autoschlüssel ab und deutete auf das Hotel. Er folgte Mansur durch die hintere Tür, die dieser mit seiner Schlüsselkarte öffnete. Sie gingen einen Flur entlang, und Mansur blieb vor Zimmer 140 stehen.

Es war ein freundliches Zimmer mit zwei großen Betten. Auf einem standen zwei Gepäckstücke: ein schwarzer Koffer und eine schwarze Reisetasche. Khalil holte zwei kleine Schlüssel aus seiner Brieftasche. Er schloss die Reisetasche auf, öffnete den Reißverschluss und sah, dass sie die Kleidung enthielt, die er für diesen Einsatz verlangt hatte.

Mansur war ans Fenster gegangen und schaute hinaus auf den Parkplatz.

Khalil öffnete den Koffer. Darin befanden sich die anderen Sachen, die er brauchte, um diesen Einsatz zu vollenden – Bargeld, Kreditkarten, gefälschte Pässe und andere Dokumente sowie ein paar Karten, ein Fernglas und ein Handy samt Ladegerät. Außerdem eine Ausgabe des Korans. Darüber hinaus enthielt der Koffer die Mordwerkzeuge, die er angefordert hatte: eine automatische Pistole vom Kaliber .45, ein großes Schlachtermesser und ein paar kleinere Messer. Außerdem ein Paar Lederhandschuhe und eine Garrotte. Und zu guter Letzt war da der Eispfriem, um den er gebeten hatte.

Nachdem er sich davon überzeugt hatte, dass alles da war, warf er einen Blick auf Mansurs Rücken, dann zog er die Lederhandschuhe an und holte die mit einer Klaviersaite bespannte Garrotte aus dem Koffer.

„Ziehen Sie die Vorhänge zu", wies Khalil Mansur an.

Dieser tat, wie ihm geheißen, blieb aber dem Fenster zugewandt. Khalil trat hinter ihn, und Mansur sagte: „Bitte, Sir."

Khalil warf schnell die Drahtschlinge über Mansurs Kopf und verdrehte den Holzgriff. Der Draht straffte sich, worauf Mansur ihn von seiner Kehle wegzuziehen versuchte. Khalil straffte den Draht noch mehr, Mansur geriet ins Torkeln und fiel schließlich bäuchlings zu Boden. Khalil kniete sich auf seinen Rücken und hielt den Draht gespannt. Ein Blutfaden quoll ringsum aus Mansurs Hals, wo der Draht ins Fleisch schnitt. Mansur bäumte sich auf. Dann lag er reglos da.

Khalil blieb auf ihm und wartete eine ganze Minute, bevor er den Draht löste. Er wälzte den Toten auf den Rücken. Farid Mansurs Augen starrten zu ihm auf, und sein Mund war zu einem stummen Schrei geöffnet.

Khalil löste die Garrotte, dann wälzte er die Leiche unter eines der Doppelbetten. Er nahm den Koran aus dem Koffer und las einen Vers für den unter dem Bett liegenden Toten. „Wo immer ihr sein werdet, wenn das Ende über euch kommt, Gott wird euch am Jüngsten Tag allesamt beibringen." Danach las er ein paar weitere Lieblingsverse, schaltete das Licht aus und legte sich voll bekleidet aufs Bett.

Asad Khalil schlief nicht. Wie der Löwe, nach dem er benannt war, ruhte er sich aus, doch seine Sinne waren wach. Er dachte an ein altes arabisches Sprichwort: „Am Tag des Sieges ist niemand müde."

Um 2.30 Uhr trat Khalil in den kühlen, dunklen Morgen hinaus, stieg ins Auto und fuhr vom Parkplatz. Auf den Straßen herrschte kaum Verkehr, sodass er sich nach knapp zehn Minuten dem nordöstlichen Rand des Santa Barbara Airports näherte. Dieser Teil des Flughafens war Privatflugzeugen, Charterunternehmen und Frachtmaschinen vorbehalten.

Er fuhr auf einen Parkplatz, der von mehreren niedrigen Gebäuden gesäumt war, an deren Rückseite sich die Stellplätze für die Flugzeuge befanden. Um diese Zeit waren weder Menschen noch fahrende Autos zu sehen. Bislang stimmten seine Informationen.

Asad Khalil, „Der Löwe", hatte in ganz Europa und Amerika ohne fremde Hilfe etliche Feinde des Islams getötet, aber diesmal hatte El Kaida ihm für den Einsatz in Amerika Unterstützung angeboten, wenn er im Gegenzug einen Auftrag für sie in New York ausführte. Und das würde er tun, aber erst, wenn er seinen persönlichen Rachefeldzug zu Ende gebracht hatte.

Die meisten Gebäude waren dunkel, doch an einem befand sich ein beleuchtetes Schild mit der Aufschrift Alpha Luftfracht – der Arbeitsplatz von Mr Chip Wiggins. Khalil sah sogar einen dunklen Ford Explorer in der Nähe des Firmenbüros stehen, der genauso aussah wie der Wagen auf dem Foto, das man ihm gezeigt hatte. Mr Wiggins arbeitete, wie vorgesehen.

Khalil parkte neben Wiggins' Fahrzeug. Er öffnete seinen Kofferraum, holte die Segeltuchtasche heraus, die das Brecheisen und die Fleischersäge enthielt, und hängte sie sich über die Schulter.

Khalil lief raschen Schrittes über den Parkplatz und zu dem offenen Gelände zwischen dem Fracht- und dem Nachbargebäude. Dort stand ein Zaun mit einem Hochsicherheitstor, das zum Flughafenvorfeld führte. Khalil benutzte die Zugangskarte, die er von Mansur bekommen hatte, öffnete das Tor und huschte in den Sicherheitsbereich.

Das Gelände war nicht gut beleuchtet, und er hielt sich im Schatten dicht am Alpha-Gebäude, kniete sich dann neben einen Müllcontainer an der Ecke des Gebäudes und suchte den Bereich um sich herum ab.

Unmittelbar hinter dem Alpha-Gebäude standen zwei kleine, zweimotorige Maschinen mit der Alpha-Kennzeichnung am Heck. Es waren zwei der drei Maschinen, die die Firma in Betrieb hatte. Die dritte Maschine war eine zweimotorige weiße Cessna, die von Wiggins geflogen wurde, der aufgrund seiner Flugroute für gewöhnlich nicht vor drei oder vier Uhr morgens hier eintraf. Khalil blickte auf das Leuchtzifferblatt seiner Armbanduhr und sah, dass es jetzt 2.58 Uhr war.

Er kauerte weiter im Schatten und schaute hinaus auf den Flugplatz. In der Ferne erblickte er die Lichter einer kleinen Maschine, die tief über der nächstgelegenen Landebahn einschwebte. Das Flugzeug setzte auf, und ein paar Minuten später sah Khalil, wie die Strahlen zweier Landescheinwerfer die Dunkelheit durchschnitten und die Rollbahn erleuchteten, die zu den Stellplätzen führte.

Er hatte lange auf diesen Moment gewartet, und jetzt war er so nahe an Mr Chip Wiggins dran, dem letzten der acht Piloten, die ihre Bomben auf die Al-Aziziya-Militärsiedlung in Tripolis abgeworfen hatten.

Die zweimotorige Maschine rollte weiter auf ihn zu. Er öffnete die Segeltuchtasche und holte das schwere Brecheisen heraus. Das Flugzeug blieb stehen. Kurz darauf gingen die Lichter aus, dann wurden die beiden Motoren abgestellt, und es wurde wieder dunkel und still.

Khalil wartete. Er sah, wie die Ausstiegstreppe an der linken Seite des Rumpfes ausgeklappt wurde und kurz darauf ein Mann herauskam. Der Bereich um den Stellplatz war nur schwach beleuchtet, deshalb konnte sich Khalil nicht sicher sein, ob es sich bei dem Piloten um Wiggins handelte, aber das hier war seine Maschine und die Ankunftszeit stimmte. Der Pilot trug Radvorleger, die an Schnüren hingen, und bückte sich, um den ersten Block hinter dem linken Rad der Maschine zu platzieren.

Khalil nahm die Segeltuchtasche, rannte los und legte in wenigen Sekunden die zehn Meter zwischen sich und dem Flugzeug zurück.

Der Pilot hörte ein Geräusch und drehte sich um. Khalil erkannte sofort, dass es sich um Chip Wiggins handelte, dessen Gesicht er auf Fotos gesehen hatte.

Wiggins starrte ihn an und fragte: „Wer –?“

Khalil hatte die Segeltuchtasche fallen lassen, hielt jetzt das Brecheisen mit beiden Händen. Er holte weit aus, drosch es auf Wiggins’ linke Schulter und zertrümmerte ihm das Schlüsselbein. Wiggins stieß einen gellenden Schmerzensschrei aus, torkelte zurück und fiel zu Boden. Khalil holte wieder aus und zertrümmerte ihm die rechte Kniescheibe, dann ein weiteres Mal, bei dem er Wiggins’ linkes Schienbein zerschlug, worauf er ihm mit dem letzten Hieb die rechte Schulter brach. Wiggins’ Schmerzensschreie waren jetzt kaum noch zu hören, und Khalil sah, dass er im Begriff war, in Ohnmacht zu fallen.

Khalil warf das Brecheisen und die Tragetasche mit der Säge in die Kabine des Flugzeugs. Er wuchtete sich den halb bewusstlosen Wiggins über die Schulter, dann stieg er die Treppe hinauf und zog sie hinter sich hoch.

Der Frachtraum war dunkel und die Decke so niedrig, dass Khalil geduckt zur hinteren Trennwand lief, wo er Wiggins ablegte und in Sitzposition brachte, sodass der Mann mit dem Rücken an der Wand lehnte.

Khalil holte seine Schlachtersäge heraus und kniete sich dann rittlings über Wiggins' Beine. Wiggins stöhnte und öffnete die Augen.

Khalil beugte sich dicht vor das Gesicht des Piloten. „Ich bin es, Mr Wiggins. Asad Khalil. Sie sind mir einmal entkommen, aber jetzt habe ich einen sehr unangenehmen Tod für Sie geplant."

KAPITEL 2

Ich habe in meinem Leben schon allerhand dämliche Sachen gemacht, und es würde mir schwerfallen, sie in der Reihenfolge ihrer Dämlichkeit aufzuzählen. Abgesehen von Nummer eins: Fallschirmspringen. Als ich vor drei Jahren meine bezaubernde Frau Kate heiratete, wusste ich nicht, dass sie einst Fallschirmspringerin gewesen war. Und als sie es mir vor sechs Monaten gestand, kam es mir so vor, als hätte sie „Straßendirne" gesagt, was verzeihlich gewesen wäre. Nicht verzeihen kann ich ihr hingegen, dass sie mich dazu überredet hat, mit diesem so genannten Sport anzufangen.

Deshalb waren wir also am Sullivan County Airport, der im Grunde genommen mitten in der Pampa im Norden des Staates New York liegt. Wenn man auf Natur und dergleichen steht, sehen die Catskill Mountains hübsch aus, und es war ein herrlicher Sonntag im Mai, mit klarem Himmel und Temperaturen um die achtzehn Grad. Vor allem aber, und das war angesichts dessen, was wir vorhatten, am wichtigsten, war es nahezu windstill; ein idealer Tag, um aus einem Flugzeug zu springen.

„Ich bin ganz aufgeregt." Kate sah gut aus in ihrem silbernen Springeroverall. „Das ist eine sagenhafte Ergänzung für unser Springerlogbuch."

„Sagenhaft", brummte ich.

„Weißt du, dass das die letzte noch fliegende DC-7B der Welt ist?"

„Das wundert mich nicht." Ich schaute zu der großen, alten viermotorigen Propellermaschine. Sie war offenbar nie lackiert worden. Das blanke Aluminium war blaugrau angelaufen wie ein alter Kaffeetopf. „Wie alt ist das Ding?"

„Ich glaube, älter als du. Das ist ein historisches Stück. Wie du."

Kate ist fünfzehn Jahre jünger als ich, und wenn man mit einer so viel jüngeren Frau verheiratet ist, kommt der Altersunterschied hin und wieder zur Sprache, wie zum Beispiel jetzt, als sie fortfuhr: „Ich bin mir sicher, dass du dich noch an diese Maschinen erinnern kannst."

Als ich Kate vor drei Jahren kennen lernte, zeigte sie keinerlei Neigungen zum Sarkasmus, und sie hat mich danach mehrmals darauf hingewiesen, dass das eine von mehreren schlechten Angewohnheiten sei, die sie von mir übernommen habe.

Kate ist eine geborene Mayfield und stammt aus irgendeinem eisigen Bundesstaat im Mittelwesten, den man normalerweise nur überfliegt. Im Dienst oder wenn sie so tun will, als kenne sie mich nicht, benutzt Mrs Corey immer noch ihren Mädchennamen. Wie schon gesagt, sie macht dienstlich das Gleiche wie ich – Antiterror-Task Force –, und wir sind beruflich wie auch privat Partner. Einer der beruflichen Unterschiede ist, dass sie FBI-Agentin ist, während ich ein Cop bin. Beziehungsweise ein ehemaliger Cop, wegen fünfundsiebzigprozentiger Invalidität berufsunfähig.

Kate wandte sich den etwa sechzig Fallschirmspringern zu, die in ihren albern gefärbten Springeroveralls ziellos herumliefen, einander dämlich abklatschten oder gegenseitig ihre Fallschirmsäcke und das Gurtzeug überprüften. Ich tastete nach meiner 9-Millimeter-Glock, die ich in einer Reißverschlusstasche aufbewahrte. Kate und ich brauchten unsere Knarren beim Fallschirmspringen zwar nicht, aber laut Vorschrift durften wir sie nicht im Motel oder gar im Kofferraum unseres Autos lassen. Wenn man seine Waffe verliert oder sich stehlen lässt, ist man beruflich schwer in der Bredouille. Deshalb hatten wir beide unsere Wummen dabei.

Während Kate unsere Springerkameraden betrachtete, sah ich zu dem Piloten hinüber, der unter der Tragfläche der DC-7B stand. Er blickte zu einem der Motoren hinauf. Ich mag es nicht, wenn sie so was machen.

„Der Pilot sieht älter aus als die Maschine", stellte ich fest. „Und was zum Teufel schaut er sich da an?"

Kate warf mir einen Blick zu. „John, wirst du etwa ein bisschen …?"

„Stell bitte meine Männlichkeit nicht infrage." Genau damit hat sie mich dazu gebracht, Fallschirmspringen zu lernen. „Bin gleich wieder da."

Ich ging zu dem Piloten. Von Nahem wirkte er noch älter. Er wandte sich von seinem möglicherweise schadhaften rechten Motor ab und fragte: „Kann ich Ihnen helfen?"

„Ja. Was macht Ihr Herz?"

„Was?"

„Brauchen Sie ein Ersatzteil?"

„Hä? Ach … nein, ich überprüfe bloß was. Springen Sie heute?"

„Das wollte ich gerade von Ihnen wissen", erwiderte ich.

Er kapierte, worauf ich hinauswollte, und lächelte. „Hey, lassen Sie sich vom Aussehen dieses alten Vogels nicht täuschen."

Ich machte ihn auf die Öllachen auf dem Vorfeld aufmerksam. „Aus den Motoren tropft Öl."

„Ja", pflichtete er bei. „Diese alten Propellermaschinen schwimmen förmlich in Öl. Heikel wird's, wenn man kein Öl sieht."

„Haben Sie sich das ausgedacht?"

„Ihr habt doch Fallschirme. Ich nicht. Ihr müsst euch bloß Gedanken machen, wie ihr raufkommt. Ich muss das verdammte Ding wieder landen."

„Wo Sie Recht haben, haben Sie Recht."

„Das war mal eine Luxuspassagiermaschine der American Airlines. Ich hab sie für 'nen Appel und 'n Ei gekauft und zum Frachter umgebaut. Heute ist das erste Mal, dass ich Fallschirmspringer befördere."

„Nun, dann viel Glück!"

Ich ging wieder zu Kate, die sich mit einem Kerl aus unserem so genannten Fallschirmspringerklub unterhielt, einem Blödmann namens Craig, der unbedingt mit ihr vögeln wollte. Sein dämliches Lächeln verflog, als er mich kommen sah, und Kate sagte zu mir: „Craig und ich haben gerade über den Terminplan für unsere Sprünge in den nächsten paar Wochen gesprochen."

„Ach, lächelt Craig deswegen so?"

Nach kurzem Schweigen meinte er zu mir: „Kate hat mir gerade erzählt, dass Sie Bedenken wegen der Maschine haben."

„So ist es, aber ich könnte das Startgewicht reduzieren, indem ich Sie ins Krankenhaus bringe."

Craig dachte darüber nach, dann drehte er sich um und ging weg.

„Das war vollkommen unnötig", tadelte Mrs Corey mich.

„Warum hast du ihm erzählt, dass ich Bedenken habe?"

„Er hat gefragt, wieso du mit dem Piloten redest, und ich …" Sie zuckte die Achseln. „Tut mir leid."

Ich war richtig sauer. „Wir sprechen nach dem Sprung darüber."

Ohne darauf einzugehen, sagte sie: „Wir sammeln uns zum Einsteigen."

Ich sah, dass unsere Gruppe in Richtung Flugzeug zog. Ein Typ vom Fallschirmspringerklub teilte die Leute ihren Absprunggruppen zu. Soweit ich es verstanden hatte, wollten zwei Gruppen en masse aussteigen und sich an einer abgesprochenen Formation versuchen. Sie wollten eine Art Rekord schaffen. So was wie den größten Ringelpiez mit Anfassen für fliegende Clowns. Kate hatte genug Erfahrung, um sich einer dieser Gruppen anzuschließen, aber ich nicht, deshalb würden wir mit ein paar Einzelspringern hinterherspringen.

Wir gingen auf den Typen zu. „Corey. Mr und Mrs“, gab ich bekannt.

Er zog seine Liste auf dem Klemmbrett zurate. „Ganz vorne, Reihe zwei. Ich wünsche Ihnen einen guten und sicheren Sprung, Mr Corey.“

Kate stieg vor mir die mobile Treppe hinauf, und ich folgte ihr in die dunkel gähnende Kabine. Die Fenster waren mit Aluminium verkleidet. Im Schein einiger schummriger Leuchtkörper sah ich, dass der ganze Innenraum beim Umbau in eine Frachtmaschine ausgeräumt worden war. Offenbar mussten wir auf dem Boden sitzen, wie Fracht. Das einzige andere Licht in der Kabine stammte von der Sonne, die durch die Frachtluke und die Cockpitverglasung fiel.

Kate setzte sich an die linke Wand, ich ließ mich neben ihr nieder und blickte mich in der Kabine um. Die Frachtluke, das hatte ich schon beim Einsteigen festgestellt, war sehr breit, aber jetzt bemerkte ich auch, dass es keine Tür gab – nur eine große Öffnung. Ich machte Kate darauf aufmerksam, worauf sie mir erklärte, dass man die große Frachtluke wegen dieses Sprungs hatte ausbauen müssen, weil sie während des Fluges nicht betätigt werden konnte.

„Ohne Tür wird’s hier drin kalt und laut werden“, knurrte ich.

„Sehr laut“, bestätigte sie und fügte frohgemut hinzu: „Ich werde dich nicht hören können.“

Weitere Springer stiegen zu. Unter der sechzehn Kilo schweren Ausrüstung tat mir in dieser Haltung der Rücken weh, und mein Hintern, der nur aus Muskeln ohne ein Gramm Fett besteht, spürte allmählich den harten Boden. So was ist absolut ätzend.

Ich sah Craig auf uns zukommen. Er war eine Art Offizieller in dem Klub und für ein paar Sachen verantwortlich. Unter anderem musste er nachprüfen, ob alle anständig saßen und ihren Fallschirm nicht vergessen hatten.

Ich wollte bei ihm – und bei Kate – Abbitte für meine unnötige Bemerkung leisten, deshalb rief ich ihm zu: „Hey, Craig! Lass uns den Vogel in die Luft bringen! Wir werden einen Höllensprung haben, Bruder!“

Craig schenkte mir ein mattes Lächeln und ging ins Cockpit.

Ich schaute zu Kate, die jetzt mit geschlossenen Augen dasaß.

Der Typ mit dem Klemmbrett kam in die Kabine und überprüfte Namen und Gruppierungen. Als er bei den vorderen Reihen angelangt war, kam Craig aus dem Cockpit und fragte ihn: „Wie sieht’s aus, Joe?“

„Wir haben bei insgesamt dreiundsechzig Springern zwei Abgänge und einen Zugang in letzter Minute“, erwiderte Joe.

„Okay. Der Pilot ist bereit, wenn wir es sind." Craig drehte sich um und begab sich zu seinem Platz in der Nähe der Frachtluke. Er trug keinen Helm, und ich bemerkte, dass er eine große kahle Stelle am Hinterkopf hatte.

Genau genommen trugen die meisten noch keine Helme, nur ein paar hatten ihre bereits aufgesetzt. Ein Typ, der schon mit Helm an Bord gegangen war, hatte statt der Sprungbrille, die von den meisten Fallschirmspringern getragen wurde, ein getöntes Helmvisier, das heruntergezogen war. Als Cop fallen mir Sachen wie Motorradhelme mit getöntem Visier normalerweise sofort auf. Aber ich war nicht ganz bei der Sache.

In der Kabine herrschte ein stetes Geplapper. Ich bemerkte, dass Craig mit einer sehr hübschen Frau plauderte, die neben ihm saß. Das Schwein änderte vermutlich die Sprungabfolge, damit er mit ihr auf dem Weg nach unten Händchen halten konnte. Ich war den Großteil meines Erwachsenendaseins Junggeselle gewesen und vermisste es kein bisschen – nun ja … manchmal vielleicht etwas. Aber Kate hatte mein Leben wirklich … viel … sehr … unglaublich … absolut …

„John?"

„Ja, meine Süße?"

„Ich liebe dich."

„Und ich liebe dich." Ich drückte ihre Hand.

Kate war nie verheiratet gewesen, deshalb konnte sie nicht wissen, ob ich ein normaler Ehemann war. Unserer Ehe tat das gut.

Ich hörte, wie einer der Motoren angelassen wurde, danach ein anderer, dann die letzten zwei. Der Lärm war ohrenbetäubend, und das Flugzeug ächzte und quietschte, als wir auf die Rollbahn einbogen. Die alte Maschine vibrierte, kam in Schwung, und ehe ich mich's versah, waren wir in der Luft. Die DC-7B legte sich in eine Rechtskurve und gewann an Höhe, als sie zu einer weiten Korkenzieherschleife ansetzte. Die Landezone, eine große und hoffentlich bärenfreie Wiese, war nicht weit vom Flugplatz entfernt, deshalb würden wir den Großteil des dreißigminütigen Fluges aufsteigen, bis wir auf vierzehntausend Fuß waren, gut viertausend Meter.

Kate legte den Mund an mein Ohr. „Wenn du dich stabilisierst, musst du auf mich achten."

„Ich achte gern auf dich."

„Beim letzten Mal hast du nicht auf mich geachtet."

Geduldig ging sie die Manöversequenz und ein paar weitere Kleinigkeiten durch, die sich hauptsächlich um Sicherheitsfragen drehten und darum, nicht draufzugehen. Kate war sehr tapfer, wenn sie mit einem Anfänger sprang. Neulinge machen Fehler. Fehler führen zum sicheren Tod.

„Ich hab's kapiert", versicherte ich ihr.

Beide verfielen wir in Schweigen, während das Flugzeug weiter emporstieg. Ich warf einen Blick auf den digitalen Höhenmesser an meinem linken Handgelenk. Zehntausend Fuß.

Wie war ich bloß hierhergekommen? Nun, ich war auf die Fallschirmspringerschule gegangen, was mein erster Fehler war. Das war letzten November gewesen, als Kate und ich Urlaub in Florida gemacht hatten. Da erfuhr ich, dass sie eine C-Lizenz des US-Fallschirmspringerverbandes besitzt, die sie als Sprungmeisterin ausweist. Ich wünschte, ich hätte das gewusst, bevor ich mit ihr schlief.

Ich nahm an einem zweiwöchigen Grundkurs teil, der gottlob in einem Klassenzimmer anfing, sich aber rasch in vierzehntausend Fuß Höhe und mit etwas fortsetzte, das sich beschleunigter Freifall nannte, bei dem zwei breitschultrige Typen mit mir sprangen und wir alle drei durch den offenen Himmel fielen. Seit diesen beiden wunderbaren Wochen in Florida mit Kate hatte ich etwa ein Dutzend Wochenendsprünge gemacht und meine A-Lizenz des Fallschirmspringerverbandes erworben, mit der ich Solosprünge und ein paar Grundübungen fürs Relativspringen mit einem Sprungmeister absolvieren durfte, der heute eine Springmeisterin, nämlich die Glückliche neben mir, sein würde.

Die Lautstärke der Propellermotoren veränderte sich, und ich warf einen Blick auf meinen Höhenmesser. Vierzehntausend Fuß.

Der Absetzer rief den Leuten aus der ersten Gruppe zu, dass sie sich bereit machen sollten. In der Kabine kam hektisches Treiben auf. Das Flugzeug schien langsamer zu werden, dann sprang die erste Gruppe von etwa zwanzig Fallschirmspringern auf ein lautes Kommando des Gruppenführers hin in rascher Folge aus der Maschine und verschwand lautlos in der tödlichen Leere. Vielleicht könnte man auch sagen, dass sie fröhlich in den klaren blauen Himmel sprangen. Wie auch immer.

Während das Flugzeug zurück zur Absetzzone kurvte, kam der zweite Schwung Fallschirmspringer auf die Beine, und das Ganze wiederholte sich.

„Am Boden ist ein Kameramann", erklärte mir Kate, „und ein weiterer in jeder Gruppe. Ich kann es kaum abwarten, die Sprünge auf Video zu sehen."

Die Fachanwälte für Personenschäden vermutlich auch nicht.

Die Maschine kurvte wieder zur Absetzzone zurück, und der Absetzer gab uns die zweiminütige Vorwarnung, worauf sich die letzte Gruppe, lauter Solospringer und kleine Gruppen, einschließlich meiner Springmeisterin und mir, erhob. Vor uns standen etwa zehn Leute in Reih und Glied, um ihre Zwei- und Dreipersonensprünge zu machen, und hinter uns waren vier

Mann, die Solosprünge machen wollten. Wir setzten alle unsere Sprungbrillen auf oder klappten die Visiere herunter und überprüften ein letztes Mal die Ausrüstung.

Mittlerweile waren die beiden großen Springergruppen am Boden. Ich hatte einen Moment lang Mitgefühl, was selten vorkommt, und hoffte aufrichtig, dass sie den Formationsrekord aufgestellt hatten, an dem sie sich hatten versuchen wollen, und dass alle sicher gelandet waren. Selbst Craig. Hörst du das, Craig?

„Fertig!“, rief der Absetzer. Dann: „Los!“

Die Springer vor mir stiegen in kurzem Abstand nacheinander aus.

Ich schob mich näher zur Frachtluke, spürte den wirbelnden Wind und sah ein paar Leute im freien Fall, was ein sehr seltsamer Anblick ist. Außerdem sah ich ein paar leuchtend bunte Fallschirme aufgehen, und mit einem Mal wollte ich springen – wie ein herabstürzender Adler durch den Himmel fliegen und dann sachte zur Erde hinabsegeln.

Ich war bereit, mich hinauszustürzen, spürte aber eine Hand auf meiner Schulter, worauf ich mich umdrehte und sah, wie Kate mir zulächelte. Ich lächelte zurück.

Mir fiel auf, dass der Solospringer hinter Kate sie mehr bedrängte, als er es eigentlich hätte tun sollen. Er musste sie erst aus dem Flugzeug lassen, bevor er selbst sprang. Vielleicht war er nervös.

Der Absetzer sagte irgendetwas, und mir wurde klar, dass ich den ganzen Laden aufhielt. Ich wandte mich wieder der Frachtluke zu, und ohne groß darüber nachzudenken, was ich vorhatte, hechtete ich kopfüber hinaus. Und da war ich nun und fiel durch den Himmel.

Aber im Geiste war ich noch im Flugzeug und hatte zwei kurze Gedanken: Erstens, Kate hatte etwas gebrüllt, als ich aus der Maschine gesprungen war; zweitens, der Typ hinter ihr war derselbe, der mir vorher schon aufgefallen war, weil er ein getöntes Helmvisier hatte. Er hatte vor uns gesessen, folglich hätte er vor uns springen sollen. Warum war er dann hinter uns?

TROTZ DES HELMS, der meine Ohren bedeckte, klang das Tosen des Windes, als ob mir ein Güterzug durch den Kopf fahren würde. Ich bog meinen Körper leicht durch und streckte dann Arme und Beine aus, worauf der Luftstrom meinen Fall stabilisierte. Ich fiel jetzt mit etwa hundertachtzig Stundenkilometern.

Natürlich rechnete ich damit, dass Kate, wie geplant, rechts von mir auftauchte, aber als ich sie nicht sah, drehte ich den Kopf nach rechts oben, doch auch da war sie nicht zu sehen. Durch diese Bewegung veränderte sich die Aerodynamik, die mich auf Kurs hielt, sodass ich aus der Richtung wegwirbelte, in die ich mich gehalten hatte. Rasch ging ich wieder in meine Position und breitete Arme und Beine aus. Allmählich stabilisierte ich mich wieder. Wo zum Teufel war Kate?

Als ich gerade einen weiteren Blick riskieren wollte, sah ich aus den Augenwinkeln, dass Kate zu mir aufschloss. Sie war etwa fünfzig Meter neben meiner rechten Schulter, und ich sah den Springer im schwarzen Overall, der meiner Meinung nach in der Maschine zu dicht hinter ihr gewesen war. Mit einem Mal wurde mir klar, dass er an ihr hing. Was zum Teufel …?

Er hatte den rechten Arm um ihren Körper geschlungen und hielt sich offenbar mit der linken Hand am Greifer ihres Overalls fest. Außerdem sah ich, dass er seine Beine um sie geschlungen hatte. Wegen ihres gemeinsamen Gewichts und ihrer Körperhaltung in der Luftströmung fielen sie schneller als ich. Innerhalb weniger Sekunden waren sie unter mir und sanken immer weiter weg.

Ich traute meinen Augen kaum, und mein Herz fing an zu rasen. Was war das? Vielleicht, dachte ich, hat er ein Problem und hält sich an ihr fest. Vielleicht war der Typ in Panik geraten.

Sie waren jetzt schon ein paar hundert Meter unter mir und wurden im gemeinsamen freien Fall immer schneller. Mir kam mit einem Mal der Gedanke, dass der Typ Selbstmord begehen wollte und Kate aus irgendeinem Grund mit sich riss.

Dann sah ich, wie sich der kleine Hilfsschirm aus Kates Fallschirmsack löste, aufging und dann den Hauptschirm aus dem Container zog, worauf der sich ebenfalls mit Luft füllte, sodass ihr Freifall mit einem jähen Ruck endete, der ihre Fallgeschwindigkeit auf etwa fünf Meter pro Sekunde abbremste. Gott sei Dank!

Ich blieb weiter im freien Fall und schoss an ihnen vorbei. Ich warf einen Blick auf den Höhenmesser an meinem Handgelenk: achttausendvierhundert Fuß. Warum hatte sie ihren Schirm so früh geöffnet? Ich ergriff meine Reißleine und blickte mich um, weil ich sichergehen wollte, dass keine anderen Schirme in der Nähe waren, dann zog ich Leine. Ich spürte den Ruck, als sich der Hilfsschirm mit Luft füllte, dann einen weiteren Ruck, als der Hauptschirm aufging. Jetzt, da ich alles unter Kontrolle hatte, suchte ich die Umgebung ab.

Ich entdeckte Kate und ihren Passagier etwa dreißig Meter über mir. Wieder sanken sie aufgrund des Gewichts des Typen, der an ihr hing, etwas schneller als ich. Der Luftstrom war jetzt erheblich leiser, deshalb rief ich: „Kate!“

Sie schien mich weder zu hören noch zu sehen, aber der Typ blickte zu mir herüber.

Ich musste näher rankommen, bevor die beiden aufgrund der höheren Geschwindigkeit zu tief absanken – aber bei einer falschen Bewegung konnten sich die beiden Schirme verheddern, was zur Folge hätte, dass wir alle wie Steine zu Boden fielen.

Sobald wir auf gleicher Höhe waren, zog ich an meinen Frontrisern, den vorderen Hauptgurten, sodass ich mich ihrer Geschwindigkeit anpassen und meinen Schirm näher zu ihrem steuern konnte. In knapp einer Minute waren unsere Schirme nur noch fünfzehn Meter voneinander entfernt, was fast zu nahe war.

„Kate!“

Sie blickte zu mir und rief etwas, aber ich konnte sie nicht verstehen.

Vorsichtig manövrierte ich mich noch näher heran, und jetzt sah ich eine kurze Schnur zwischen ihnen, die sowohl an Kates Greifer als auch an dem des Kerls befestigt war. Das erklärte auch, weshalb er sogar beim jähen Abbremsen nach dem Öffnen des Schirms bei ihr geblieben war. Aber was ging da vor sich? Wer war dieser Idiot?

Wieder rief sie mir etwas zu, aber ich verstand lediglich „John“ und danach irgendetwas, das wie „Aal“ klang.

Ich wandte mich an den Typen und rief laut und deutlich: „Was – machen – Sie – da?“

Er schien mich zu hören und winkte. Dann griff er nach oben und zog an Kates linkem Riser, worauf der Schirm im Kollisionskurs auf mich zuglitt.

Guter Gott … Ich ließ meine Riser los, worauf meine Fallgeschwindigkeit sank, während sie schneller wurden, sodass Kates Schirm nur etwa drei Meter unter meinen Füßen vorbeizog. Der Typ war verrückt. Selbstmörderisch.

Wieder betätigte ich meine Riser, worauf ich schneller absank und wir binnen einer Minute wieder fünfzehn Meter voneinander entfernt waren.

Ich öffnete den Reißverschluss an der Tasche, in der meine Glock steckte. Ich hatte keine Ahnung, wer der Typ war oder was er vorhatte, aber er hatte etwas sehr Gefährliches getan und hing an meiner Frau; wenn ich einen Schuss abgeben konnte, ohne Kate zu gefährden, würde ich ihn umbringen.

„Weg von ihr!“, rief ich ihm zu. „Sofort! Loslassen!“

Der Typ drehte sich zu mir um, dann schob er sein Visier hoch. Er grinste mich an. „Hallo Mr Corey!“, rief er.

Ich starrte ihn an. *Asad Khalil.* Mein Herz fing wieder an zu rasen.

Ich hörte Kate schreien: „John! Es ist Khalil! Khalil! Er hat ein –“

Khalil schlug ihr ins Gesicht, sodass ihr Kopf zurückflog.

Ich zog meine Glock und zielte, aber ich pendelte unter dem Schirm und Khalil drehte sich und Kate so, dass sie zwischen ihm und mir war. Ich konnte nicht auf ihn feuern, ohne Kate zu gefährden, aber schießen konnte ich, deshalb drückte ich zweimal ab und zielte weit rechts vorbei.

Khalil bekam es mit, worauf er sich noch dichter an Kate drückte.

Ich steckte die Glock ein und betätigte die Riser, bis ich wieder auf gleicher Höhe war und uns etwa fünfzehn Meter voneinander trennten.

Asad Khalil. Ein libyscher Terrorist. In internationalen Antiterrorkreisen als „Der Löwe“ bekannt. Unglücklicherweise hatten sich unsere Wege vor drei Jahren gekreuzt, als ich frisch bei der Antiterror-Task Force war. Genau genommen war ich ihm nie begegnet, aber Kate und ich hatten ein interessantes Handygespräch mit ihm, als wir eine furchtbare Woche lang der Blut- und Todesspur folgten, die er von New York bis nach Kalifornien hinterließ.

Khalil zog an Kates Risern, worauf sie wieder auf mich zutrieben. „Ich habe Ihnen doch versprochen, dass ich zurückkomme, Mr Corey!“, rief er.

Jetzt bemerkte ich, dass etwas in Khalils Hand in der Sonne funkelte. Eine Knarre.

Ich zog wieder meine Glock, als sie näher kamen. Ich sah Khalils Gesicht über Kates linker Schulter, aber mehr nicht. Ich hatte kein freies Schussfeld, gab aber meinerseits ein leichtes Ziel ab, solange ich unter meinem Fallschirm hing. Ich richtete meine Knarre weiter auf Khalils Gesicht und fragte mich, warum er nicht auf mich schoss.

Er lächelte mir ein weiteres Mal zu, dann beantwortete er meine Frage. „Heute stirbt *sie*! Und Sie erleben es mit! Morgen sterben *Sie*!“

Ich stützte meinen Schussarm ab, aber bevor ich abdrücken konnte, duckte er sich ganz hinter Kate. Dann sah ich, wie er seine rechte Hand hob, und mir wurde klar, dass der metallische Gegenstand in seiner Hand keine Knarre war. Es war ein Messer.

Ich sah die Klinge aufblitzen, als Khalil zustieß. Kate machte eine rasche Bewegung, und ich sah, wie ihre linke Hand auf Khalils Gesicht zufuhr, dann schrie sie auf, und fast im gleichen Augenblick sah ich Blut in den Luftstrom schießen.

O Gott! Ich hatte kein freies Schussfeld, aber ich feuerte über ihre Köpfe.

Khalil machte eine jähe Bewegung, und ich sah, wie er die Schnur kappte, die sie miteinander verband. Im nächsten Moment ließ er Kate los und ging kopfüber in den freien Fall.

Ich hätte einen Schuss abgeben können, aber am Boden waren Leute, und Khalil war jetzt nicht mehr das Hauptproblem. Während ich meine Knarre in die Tasche schob, zog ich an meinen Risern, um näher an Kate heranzukommen. Als Khalil sich abgestoßen hatte, hatte er sie ins Rotieren gebracht, sodass sie jetzt zu mir schaute und ich das Blut sehen konnte, das aus ihrer Kehle sprudelte. „Kate! Zuhalten! Zuhalten!“, schrie ich.

Sie schien mich zu hören, denn sie griff sich an die Kehle, aber ihr Blut flog weiter in die Luft. Mein Gott …

Ich warf einen Blick auf meinen Höhenmesser: sechstausendfünfhundert Fuß. Noch sieben Minuten, bis wir am Boden wären. Bis dahin würde sie tot sein. Ich musste etwas unternehmen, und es gab nur eine Möglichkeit, sie zu retten.

Vorsichtig steuerte ich meinen Fallschirm direkt auf ihren zu, und dann, kurz bevor sich die beiden Schirme berührten, schwang ich mich im Bogen herum, griff mit der linken Hand nach ihrem Greifer und bekam ihn zu fassen. Ich warf einen kurzen Blick auf ihr Gesicht und sah das Blut, das auf der rechten Seite ihrer Kehle, wo Khalil sie aufgeschlitzt hatte, zwischen ihren Fingern hindurchquoll.

„Kate!“ Sie öffnete die Augen, schloss sie dann wieder und ließ die Hände herabfallen.

Die verhedderten Schirme sanken jetzt in sich zusammen, und wir gingen in einen schnellen Fall über, deshalb machte ich das Einzige, was ich tun konnte. Ich riss am Trenngriff von Kates Hauptschirm, der augenblicklich davonflog, mich und meinen verhedderten Schirm mitriss und Kate in den freien Fall brachte. Dann zog ich am Trenngriff meines eigenen Hauptschirms, wodurch ich mich der beiden verhedderten Schirme entledigte. Jetzt befanden wir uns beide mit den Füßen voran im freien Fall.

Ich schaute nach unten und sah Kate etwa vierzig Meter unter mir, mit den Händen über dem Kopf. Sie war entweder bewusstlos oder kurz davor und konnte weder die Blutung stillen noch ihren Freifall kontrollieren. Sie wurde immer schneller und näherte sich der absoluten Höchstgeschwindigkeit von dreihundertzwanzig Stundenkilometern. Ich machte eine Rolle vorwärts, sodass mein Kopf senkrecht nach unten wies, und legte Arme und Beine an, damit auch ich auf Höchstgeschwindigkeit beschleunigen konnte. So schossen wir dem Boden entgegen, und ich konnte nichts tun, als abzuwarten.

Falls der Fallschirmspringer mit hoher Geschwindigkeit tausend Fuß fällt und die Reißleine nicht zieht, sei es, weil er in Panik geraten ist, die Besinnung verloren hat oder wegen einer Fehlfunktion, soll der Öffnungsautomat an den Schirmen den Reserveschirm auslösen. Aber es tat sich nichts, abgesehen davon, dass wir mit mörderischer Geschwindigkeit dem Boden entgegenstürzten.

Gerade als ich jede Hoffnung aufgeben wollte, sah ich, wie sich Kates Reserveschirm aus dem Sack löste und mit Luft füllte. Ja!

Ein paar Sekunden später war auch mein Reserveschirm geöffnet. Ich achtete weiter auf Kate. Ihre Arme hingen jetzt herab, und ihr Kopf war auf die Brust gesunken. Sie war eindeutig bewusstlos.

Ihr Schirm trieb auf einen dichten Wald zu, und ich steuerte in ihre Richtung. Sie hatte noch etwa dreißig Sekunden bis zur Landung. Ich betete darum, dass sie auf freiem Feld niederging und nicht zwischen die Bäume geriet. Aber die Landung würde auf jeden Fall unkontrolliert erfolgen, was ein paar Knochenbrüche nach sich ziehen könnte.

Ich wandte eine Sekunde lang den Blick von ihr ab und taxierte die Wiese unter mir. Allen war klar geworden, dass irgendetwas nicht stimmte, und die Leute rannten auf Kates abtreibenden Schirm zu. Ich sah auch, dass ein Krankenwagen über das Feld raste. Wo war Khalil?

Kate kam etwa zwanzig Meter vor dem Waldrand auf, und ich sah, dass sie hart aufschlug. Verdammt!

Ich traf ebenfalls auf, rollte mich ab, löste den Reserveschirm und sprintete zu Kate. Ich stürmte durch die Menschenmenge und schrie: „Lasst mich durch! Zurück!“

Innerhalb von Sekunden kniete ich neben meiner Frau. Sie lag auf dem Rücken und hatte die Augen geschlossen. Ihr Gesicht war leichenblass, von den Blutschlieren einmal abgesehen. Ihre Lippen und die Nase bluteten von dem Schlag, den Khalil ihr verpasst hatte, und aus ihrem Hals quoll noch immer Blut, was wiederum hieß, dass ihr Herz noch pumpte.

Ich drückte auf die Halsschlagader hinter dem Schnitt, worauf der Blutstrom versiegte. Ein, zwei Minuten später und sie hätte verbluten müssen.

Ich beugte mich zu ihrem Gesicht hinab. „Kate!“

Keine Reaktion.

Ich blickte mich um und sah den Krankenwagen drei Meter entfernt anhalten. Zwei Sanitäter sprangen mit einer Trage und medizinischer Ausrüstung heraus und rannten auf uns zu. „Durchtrennte Arterie!“, rief ich ihnen zu.

Ich drehte mich wieder zu Kate um. „Ist schon gut, meine Süße. Halt einfach durch. Halte durch.“

Die beiden Sanitäter peilten die Lage im Nu. „Halten Sie den Druck aufrecht“, sagte der eine zu mir. Der andere schob einen Beatmungsschlauch in Kates Schlund, während der erste Kochsalzlösung in ihren Arm einleitete. Der zweite Sanitäter brachte einen Beutel an dem Schlauch an und drückte darauf, um Luft in Kates Lunge zu pressen. Dann rollten sie Kate auf die Seite und schoben die Trage unter sie, rollten sie wieder auf den Rücken und schnallten sie fest. Anschließend hoben sie die Bahre an, während ich die ganze Zeit weiter Druck auf ihre Arterie ausübte.

Die Sanitäter wussten nicht recht, ob sie mich mit der Patientin mitfahren lassen sollten. Ich zeigte meinen Dienstausweis. „Bundespolizei! Los!“

Binnen einer Minute waren wir alle im Krankenwagen, der so schnell wie möglich über das holprige Feld fuhr. Die Sanitäter, die Pete und Ron hießen, wirkten düster, was mich in meiner Prognose bestätigte.

Ich stand neben Kate und drückte mit den Fingern auf ihre Kehle, während die Sanitäter ihr den Overall vom Körper schnitten und sie rasch nach weiteren Verletzungen untersuchten. Rein äußerlich fanden sie nichts. Nachdem sie sich davon überzeugt hatten, dass ihr Zustand stabil war, brachten sie EKG-Elektroden an ihrer Brust an und schalteten den Monitor ein.

„Wie weit ist es bis zum Krankenhaus?“, fragte ich.

„In zehn Minuten sollten wir da sein“, antwortete mir Pete.

„Das ist meine Frau. In ihrem Overall stecken ihr Etui mit dem FBI-Ausweis, ihre Waffe und ihr Handy. Können Sie mir das alles geben?“

Pete nahm Kates Overall und holte ihr Ausweisetui heraus und gab es mir. „Da sind weder eine Waffe noch ein Handy drin.“

Ich steckte das Etui in meine Hosentasche. Vielleicht hatte sie ihr Handy nicht mitgenommen. Aber ihre Knarre hatte sie bei sich gehabt.

Sobald wir auf einen Feldweg stießen, schaltete der Fahrer Blinklicht und Sirene ein und gab Gas.

„Wie ist das eigentlich passiert?“, fragte Pete.

„Es ist eine Messerwunde“, erklärte ich. „Habt ihr den Typen in dem schwarzen Overall gesehen, der sich an sie gehängt hat?“

„Ja“, bestätigte Ron. „Er hat seinen Fallschirm auf die andere Seite des Waldes gesteuert. Wissen Sie, wer das war?“

Das wusste ich in der Tat. Das hier war unser schlimmster Albtraum. Der Löwe war zurückgekehrt.

KAPITEL 3

Während der Krankenwagen zur Notaufnahme raste, wählte ich mit meinem Handy die 911. Ich wies mich bei der Telefonistin als Bundespolizist aus, erklärte, dass ich einen Mordversuch an einer Kollegin melden wollte, und bat darum, mit der Staatspolizei verbunden zu werden.

Ein paar Sekunden darauf sprach ich mit einem Diensthabenden der Staatspolizeistation in Liberty, New York. Ich schilderte ihm den Vorfall und fügte hinzu: „Ich bin außerdem der Ehemann des Opfers.“ Ich nannte ihm den Tatort und sagte: „Sie sollten ein paar Leute herschicken und alles daransetzen, den Täter dingfest zu machen.“ Aber ich wusste, dass Asad Khalil längst weg war.

Ich bat darum, mit jemandem von der Mordkommission sprechen zu dürfen, und man stellte mich ins Hinterzimmer durch, in dem ich früher gearbeitet hatte.

Ein Ermittler namens Harris meldete sich. „Der Diensthabende hat mir die Situation erklärt. Wir haben Leute zum Tatort beordert, die den Täter suchen sollen. Wie geht's Ihrer Frau?“

Ich warf einen Blick zu Kate. „Sie ist in einem kritischen Zustand.“

„Das tut mir leid … Können Sie den Täter beschreiben?“

„Ja. Er ist libyscher Staatsbürger, etwas über dreißig Jahre alt, sein Name ist Asad Khalil, groß, dunkelhaarig, Hakennase, bewaffnet und gefährlich. Rufen Sie den Diensthabenden beim FBI an der Federal Plaza in New York an, dort wird man Ihnen ein Foto mailen. Dieser Mann ist ein internationaler Terrorist, nach dem auch Interpol und die halbe Welt fahnden.“

„Wow“, erwiderte Ermittler Harris. „Okay, ich werde Ermittler Miller losschicken, damit er sich mit Ihnen im Krankenhaus trifft.“

„Danke.“ Ich gab ihm meine Handynummer durch, legte auf, atmete tief durch und schaute wieder zu Kate. Ich hatte den Eindruck, dass ihre Lebenskraft schwand.

Ein Schockteam erwartete uns an der Notaufnahme, und man brachte Kate sofort in den Schockraum. Ich füllte rasch ein paar Formulare aus, dann führte mich eine Schwester in einen Warteraum. „Dr. Goldberg wird die Operation durchführen. Er wird mit Ihnen sprechen, sobald er aus dem OP kommt.“

Ich zog den Reißverschluss an meiner Tasche auf und holte die Glock heraus. Ich wusste nicht, ob der Staatspolizist bereits da war, und traute Asad Khalil durchaus zu, dass er wusste, wohin man Kate gebracht hatte, und dass er dort auch sein zweites Opfer, John Corey, finden würde.

Eine Schwester kam in den Warteraum. Sie reichte mir einen Plastikbeutel und sagte: „Das sind die persönlichen Gegenstände Ihrer Frau. Wenn Sie einen Moment Zeit haben, dann kommen Sie bitte im Schwesternzimmer vorbei und unterschreiben die Empfangsbestätigung für diese Sachen.“

„Okay … Wie geht es ihr?“, fragte ich.

„Sie wird für die Operation vorbereitet.“

Ich nickte, und die Schwester ging wieder.

Ich schaute auf die Gegenstände in dem Beutel und sah Kates Brieftasche, einen Kamm, Papiertaschentücher, einen Stift Lipgloss und ihren Ehering. Ich steckte den Beutel in eine Reißverschlusstasche meines Overalls. Ich musste davon ausgehen, dass Khalil ihre Knarre hatte. Aber was war mit ihrem Handy? War es ihr aus der Tasche gefallen? Oder hatte sie es im Auto gelassen? Ich wollte gar nicht an die Möglichkeit denken, dass Khalil auch ihr Handy samt aller gespeicherten Telefonnummern haben könnte.

Ich ging auf den Flur und holte mein eigenes Handy heraus, um bei meiner Dienststelle anzurufen. Ich gab einen umfassenden und hoffentlich halbwegs verständlichen Bericht durch über alles, was vorgefallen war, unter anderem auch, dass ich jetzt im Flur des Catskill Regional Medical Centers stand, und fügte hinzu: „Rufen Sie Walsh und Paresi an und teilen Sie ihnen mit, dass der Löwe zurück ist. Und wir müssen eine Nachrichtensperre verhängen. Diese Sache ist geheim."

Ich legte auf, und mir stockte kurz das Herz, als eine Schwester auf mich zukam. „Jemand von der Staatspolizei ist da und möchte mit Ihnen sprechen", sagte sie.

Ich folgte ihr zum Schwesternzimmer, wo ein Mann in einem Sportsakko mit einer der Schwestern sprach. Er sah mich, warf einen kurzen Blick auf meinen blutbefleckten Overall, dann kam er auf mich zu und streckte die Hand aus. Während wir uns begrüßten, stellte er sich vor: „Leitender Ermittler Matt Miller, staatliche Kriminalpolizei."

Er wusste bereits, wer ich und Kate waren, deshalb sagte ich nur: „Danke, dass Sie gekommen sind."

Miller hatte eine kleine Teeküche für uns in Beschlag genommen, und wir setzten uns auf Plastikstühle an einen Tisch. „Die Sache mit Ihrer Frau tut mir leid", begann Miller.

„Danke."

Höflich bat er mich um meinen Ausweis und stellte mir ein paar einleitende Fragen. Dann sagte er: „Die Polizisten, die zum Tatort gefahren sind, haben am Waldrand Reifenspuren gefunden, die zu einer Straße führen." Er berichtete mir von der Fahndung und schloss: „Wenn diese Reifenspuren vom Fahrzeug des Täters stammen, dann hatte er etwa zwanzig Minuten Vorsprung, und wir wissen nicht einmal, mit welchem Fahrzeug wir es zu tun haben. Aber wir errichten Straßensperren und halten Ausschau nach einem Typen, der der Beschreibung entspricht."

Asad Khalil hatte seine Flucht bestimmt ebenso umsichtig geplant wie seinen Anschlag. Trotzdem war es nicht so einfach, aus einer ländlichen

Gegend wegzukommen, wenn die Staatspolizei das Netz zusammenzog. „Sagen Sie Ihren Leuten, dass dieser Typ bewaffnet und sehr gefährlich ist und nicht zögert, einen Polizisten umzubringen“, warnte ich Miller.

„Das ist uns klar. Immerhin hat er bereits versucht, eine FBI-Agentin umzubringen – Ihre Frau“, erwiderte er. „Ich erinnere mich an den Fall Khalil. Das ist der Kerl, der mit bewaffneter Eskorte am JFK Airport angekommen ist und sowohl seine Begleiter als auch ein paar Leute am Boden umgebracht hat.“

„Richtig.“ Dieser Fall war wegen der nationalen Sicherheit so gut unter Verschluss gehalten worden, dass nur wenige Leute wussten, was tatsächlich vorgefallen war. Ich war einer der wenigen, die es wussten, aber es war nicht nötig, Miller viel davon anzuvertrauen. Ich musste ihm nur genügend Hinweise liefern, damit er seine Arbeit machen konnte. „Man nimmt an, dass der Verdächtige seinerzeit für den libyschen Geheimdienst tätig war. Er ist ein professioneller Attentäter.“

Miller kam auf die näheren Einzelheiten zu sprechen. „Wir haben Leute in Uniform und Zivil im Eingangsbereich und auf dieser Etage postiert. Ein Mann steht vor dem OP. Außerdem haben wir von Ihrer Dienststelle zwei Fotos vom mutmaßlichen Täter gemailt bekommen, die wir an alle Autobahnstreifenwagen und die Ortspolizei weiterleiten.“

„Gut. Ich möchte darauf hinweisen, dass keine medizinischen Berichte freigegeben werden dürfen – keine Namen und keine Einzelheiten zu dem Vorfall. Überhaupt nichts.“

„Ihre Dienststelle hat das schon klargestellt.“ Miller fragte sich vermutlich, wie diese Sache an einem ruhigen Sonntagnachmittag in seinem Schoß gelandet war. „Sind Sie sich absolut sicher, dass es sich bei der Person, die Sie bei Ihrem Absprung gesehen haben, um Asad Khalil handelt?“

„Das bin ich. Meine Frau und ich waren mit dem Fall befasst, bei dem es um die Morde ging, auf die sich das Fahndungsplakat bezieht.“

„Dann hat dieser Typ also Ihre Frau angegriffen, weil sie mit dem Fall befasst war?“

„Offenbar.“

„Glauben Sie, dass er Komplizen hatte?“

„Er ist ein Einzelgänger. Als er das letzte Mal in den USA war, hatte er ein paar ahnungslose und widerwillige Komplizen, aber er hat sie alle umgebracht. Deshalb werden hier in der Gegend vielleicht ein, zwei Leichen auftauchen. Wir haben es mit einem Profikiller zu tun, der nicht die üblichen Fehler macht, auf die wir uns verlassen, wenn wir nach Mördern fahnden. Asad Khalil hatte sich vorgenommen, meine Frau umzubringen und mich dabei zusehen zu lassen. Dieses Ziel hat er verfehlt … was er möglicherweise nicht weiß."

Miller nickte. „In Ordnung. Haben Sie eine Waffe bei sich?"

„Ja."

„Gut. Wo ist die Waffe Ihrer Frau?"

„Möglicherweise hat sie der Täter, oder sie ist über der Landezone rausgefallen. Es ist eine Glock, Kaliber .40, eine FBI-Waffe."

Miller notierte sich das. „Wir werden einen Suchtrupp raus zur Landezone schicken."

„Der Fallschirmspringerklub hatte am Boden eine Videokamera laufen, daher ist der Vorfall möglicherweise auf Film festgehalten."

Er schrieb mit und erkundigte sich dann: „Wo ist der Dienstausweis Ihrer Frau?"

„Den habe ich an mich genommen. Aber ihr Nextel-Handy fehlt."

Er zog die Augenbrauen hoch, sagte aber nur: „Falls der Täter ihr Telefon hat, hat er ihr gesamtes Telefonverzeichnis. Aber wir lassen den Suchtrupp auch nach dem Handy suchen."

„Gut. Und könnten Sie mir einen Gefallen tun? Ich glaube nicht, dass ich noch mal ins Motel zurückkehre. Könnten Sie also dafür sorgen, dass jemand Mr und Mrs Corey abmeldet und unsere persönlichen Sachen abholt? Und mein Auto steht am Flugplatz –"

„Wir holen es für Sie ab."

„Danke. Suchen Sie auch im Auto nach ihrem Handy." Ich gab ihm meine Schlüssel und die Zulassung und bat ihn, das Fahrzeug, einen Jeep Cherokee, mit meinem und Kates Gepäck zum Krankenhaus bringen zu lassen.

Wir besprachen noch ein paar Einzelheiten des Vorfalls. Ich konnte Miller keinerlei Einzelheiten zu Khalils früheren Morden liefern, aber ich weihte ihn in die Vorgehensweise des Verdächtigen ein, unter anderem auch in Khalils Fähigkeit, viele unterschiedliche Identitäten anzunehmen, um an seine Opfer heranzukommen. „Heute Morgen zum Beispiel war er ein Fallschirmspringer. Jetzt ist er möglicherweise ein Krankenpfleger. Seine Landsleute nennen ihn wegen seiner Furchtlosigkeit den ‚Löwen'. Aber es geht darüber hinaus – er hat Instinkte wie eine große, garstige Raubkatze. Beim Töten legt er viel Wert aufs Ritual."

Miller nickte. „Deshalb waren Sie diesmal noch nicht dran." Und er fügte völlig unnötigerweise hinzu: „Das nächste Mal sind Sie an der Reihe."

Mir war immer klar gewesen, dass dieser Tag kommen würde. Ich dachte an die letzten Worte, die Khalil vor drei Jahren an Kates Handy zu mir gesagt hatte. *„Ich werde Sie und diese Hure, mit der Sie zusammen sind, töten, und wenn ich mein ganzes Leben lang dazu brauche."*

Offenbar hegte er eine heftige Abneigung gegen mich und Kate. Und wir mochten ihn offen gestanden auch nicht. Darum hatte ich damals begeistert erwidert: *„Ich freue mich schon aufs Rückspiel."*

ICH GING zum Schwesternzimmer, um den Empfang von Kates persönlichen Gegenständen zu bestätigen. Das Krankenhauspersonal wusste inzwischen, dass Kate kein gewöhnliches Unfallopfer und wer ich war. Die Oberschwester, Mrs Carroll, versicherte mir, dass jeder Diensthabende, das Sicherheitspersonal des Krankenhauses eingeschlossen, angewiesen worden war, nach einem Mann Ausschau zu halten, dessen Foto die Staatspolizei verteilt hatte.

Zu Mrs Coreys Zustand hatten die Schwestern keine neuen Informationen, aber Mrs Carroll schlug vor, dass ich im Warteraum bleiben sollte, denn dort würde mich Dr. Goldberg aufsuchen.

Ich versprach, in den Warteraum zurückzukehren, ging aber stattdessen zu den Aufzügen, wo zwei Staatspolizisten in Uniform standen. Ich zeigte ihnen meinen Dienstausweis, gab mich als Ehemann des Opfers zu erkennen und bat sie, mir das Foto des Verdächtigen zu zeigen.

Das Farbfoto hatte man vor drei Jahren in der US-Botschaft in Paris aufgenommen, nachdem Khalil dort aufgetaucht war und erklärt hatte, er sei auf der Flucht vor der amerikanischen Justiz. Er wolle sich stellen und mit den amerikanischen Nachrichtendiensten zusammenarbeiten. Er hatte darauf bestanden, nach New York geflogen zu werden – nicht nach Washington. Jemand hätte den Braten riechen müssen, aber Khalil war ein derart wertvoller Überläufer, dass CIA, FBI und alle anderen vor lauter Freude alles vergaßen, was sie in der Ausbildung gelernt hatten, den gesunden Menschenverstand eingeschlossen. Kate und ich hatten dem Team angehört, das zum JFK Airport geschickt worden war, um Khalil und seine beiden Begleiter, einen FBI-Agenten und einen CIA-Mann, in Empfang zu nehmen.

Ich schaute mir Khalils Foto genau an. Er war ein dunkelhäutiger Mann von Anfang dreißig mit einer Hakennase, zurückgekämmten Haaren und dunklen, tiefliegenden Augen.

Ich gab dem Staatspolizisten das Foto zurück und sagte: „Dieser Mann ist sehr gefährlich und sehr gerissen. Seine Gesichtszüge sind unverwechselbar, dennoch hat er es immer wieder geschafft, sein Äußeres zu verändern. Was sich nicht verändert, sind seine Augen. Wenn ihr also diese Augen seht, ist das möglicherweise das Letzte, was ihr jemals sehen werdet. Seid sehr wachsam."

Die beiden schauten mich an, als wäre ich ein bisschen neben der Spur, aber sie nickten höflich.

Als ich zum Warteraum der Chirurgie ging, klingelte mein Handy, und ich sah, dass der Anruf von der Privatnummer meines Oberbosses kam, von Tom Walsh, dem verantwortlichen Special Agent des FBI bei der ATTF.

Ich meldete mich, und Walsh sagte: „John, es tut mir so leid. Wie geht es Kate?"

„Ist noch im OP."

„Mein Gott … ich kann es kaum glauben." Dann kam er zur Sache. „Ich habe mir das Band mit Ihrem Bericht angehört. Wir werden alle uns zur Verfügung stehenden Mittel aufbieten, um diesen Mann zu fassen."

Walsh ist ganz okay, auch wenn er manchmal, wie schon gesagt, Infos zurückhält. Sein schlimmster Fehler jedoch besteht darin, dass er die Cops unterschätzt, die für ihn arbeiten. Er bewies das jetzt, indem er mich fragte: „Sind Sie sicher, dass die Person, die Sie gesehen haben, Asad Khalil war?"

„Ich bin mir sicher."

„Sie haben ihn eindeutig identifiziert?"

Ich dachte, ich hätte die Frage gerade beantwortet. „Wir haben miteinander gesprochen, während wir an unseren Fallschirmen hingen. Kate war ganz nah an ihm dran, und sie hat ihn namentlich identifiziert: Khalil. Ist das eindeutig genug?"

„In Ihrem Bericht lassen Sie anklingen, dass Khalil mit der Absicht in die USA zurückgekehrt ist, Rache an den Leuten bei unserer Task Force zu üben, die vor drei Jahren an dem Fall beteiligt waren, und dass er deswegen Kate angegriffen hat."

„Ich glaube, das ist eine durchaus logische Annahme."

„Richtig … aber das scheint mir ein sehr ausgeklügelter Plan zu sein."

Walsh wusste, dass er mehr Geduld mit mir haben musste als sonst. Meine Frau war in einem kritischen Zustand, und ich war außer mir. Eigentlich scherte er sich nicht um mein seelisches Befinden, aber er schätzte Kate, die eine von seinen Leuten war. Er wechselte das Thema. „Sie haben gemeldet, dass Kates Dienstwaffe ebenso vermisst wird wie ihr Handy. Wenn die Glock tatsächlich Khalil in die Hände gefallen ist, könnte das problematisch sein, aber höchstwahrscheinlich hat er eine eigene Waffe. Das größere Problem ist das Handy."

„Stimmt. Aber es könnte auch von Vorteil sein."

„Die Kommunikationsauswertungseinheit ist schon dabei, das Signal anzupeilen."

„Gut. Aber ich bin mir sicher, dass Khalil es abgestellt hat. Er ist ja nicht blöd. Die Gelegenheit bietet sich nur, wenn er es einschaltet, um Kates Telefonverzeichnis zu nutzen."

„Richtig. Aber angenommen, er ist ausgebufft, dann weiß er, dass er das Telefon nicht länger als eine oder zwei Minuten anlassen darf, bevor das Signal angepeilt wird."

Ich widerstand der Versuchung, Walsh zu erklären, dass ich etwas von der Technologie verstand, und sagte stattdessen: „Ich nehme an, Sie haben zu diesem Vorfall eine SMS an alle Agenten geschickt."

„Natürlich", erwiderte er.

„Wenn Kates Handy tatsächlich Khalil in die Hände gefallen ist, kann er jetzt unsere sämtlichen SMS lesen", erinnerte ich ihn.

Daraufhin herrschte kurz Funkstille, dann fluchte Walsh: „Verdammt!"

Ich sah nach und stellte fest, dass seine SMS auch auf meinem Handy eingegangen war. Ich rief die Mitteilung ab und las sie: NY ATTF – FBI-AGENTIN KATE MAYFIELD IN SULLIVAN COUNTY ÜBERFALLEN. MÖGLICHER VERDÄCHTIGER ASAD KHALIL, EIN BEKANNTER TERRORIST, LIBYSCHER STAATSBÜRGER. IHR ZUSTAND UNTERLIEGT DER GEHEIMHALTUNG. SICHTEN SIE IHRE E-MAILS NACH WEITEREN DETAILS UND DIENSTANWEISUNGEN. WALSH.

Das also hatte Khalil höchstwahrscheinlich gelesen, direkt vom Boss. Es war richtig, dass Walsh Kates Zustand geheim gehalten hatte – was Khalil im Unklaren darüber ließe, ob er einen guten oder einen schlechten Tag erwischt hatte.

„Wir nehmen dieses Telefon sofort aus dem Netz", sagte Walsh.

„Gute Idee. Aber vorher sollten Sie einen Text mit folgendem Wortlaut schicken: *Zwei libysche Informanten in NY haben sich mit Infos über Khalil gemeldet. Checken Sie Ihre E-Mails nach näheren Einzelheiten und Einsatzanweisungen zum Zweck der Festnahme des Verdächtigen*. Oder so ähnlich." Für den Fall, dass Walsh es nicht ganz kapiert hatte, fügte ich hinzu: „Das sollte ihn aufschrecken, ihn vielleicht von seinen Unterstützern hier fernhalten."

„Richtig. Gut."

Plötzlich kam mir ein Gedanke, der mir schon vor einer Stunde hätte kommen sollen. „Sie sollten auch George Foster warnen. Khalil ist hier, weil er auf Rache aus ist, und George war bei dem Team, das Khalil vor drei Jahren am Flughafen in Empfang nehmen sollte."

Am anderen Ende herrschte Schweigen, dann sagte Walsh: „Wir haben keine Ahnung, was Khalil beabsichtigt. Ich frage mich übrigens, warum er nicht einfach eine Waffe gezogen und sie beide abgeschossen hat. Dieser Messerangriff beim Fallschirmspringen ergibt eigentlich keinen Sinn."

„Für Sie nicht. Aber für ihn. Holen Sie sich die Akte ‚Löwe' heraus, wenn Sie in die Dienststelle kommen, dann sehen Sie, was Khalil beim letzten Mal hier gemacht hat."

„In Ordnung. Übrigens sind ein paar Agenten aus Washington unterwegs zu uns, und ich werde einen Detective und einen FBI-Agenten von der Task Force auf diesen Fall ansetzen."

„Der Mann, der hier mit dem Fall befasst ist, ist der leitende Ermittler Matt Miller von der Kriminaldienststelle der Staatspolizei. Er wirkt ganz kompetent, und er lässt seine Leute nach Khalil suchen."

„Gut. Wir werden ihn in jedweder Hinsicht unterstützen."

„Sie müssen unbedingt jemand ausfindig machen. Der Name ist Elwood Wiggins, alias Chip Wiggins. Er war einer der Piloten, der '86 an dem Luftangriff auf Libyen beteiligt war. Er stand auf Khalils ursprünglicher Abschussliste, aber damals sind wir Khalil zuvorgekommen. Wiggins braucht Personenschutz. Aber vielleicht ist es dafür schon zu spät."

Walsh schwieg einen Moment. „In Ordnung. Ich lasse Sie jetzt wieder zu Kate. Und wenn Sie das Gefühl haben, dass Sie Urlaub nehmen sollten –"

„Das werde ich tun, sobald wir Khalil ausfindig gemacht haben. Ich nehme doch an, dass ich der für diesen Fall zuständige Agent bin."

Wieder herrschte kurz Funkstille, dann sagte Walsh: „Nun –"

„Tom, verarschen Sie mich nicht."

„Entschuldigen Sie, Detective, aber ich glaube, ich bin noch immer der Leiter dieser Task Force." Er hielt inne. „John, Sie sind möglicherweise innerlich zu sehr daran beteiligt … Ich verspreche Ihnen Folgendes: Sie werden auf den Fall angesetzt. Aber ich kann Ihnen nicht versprechen, dass Sie der leitende Agent sein werden. Ich denke darüber nach. Unterdessen wird George Foster die Leitung seitens des FBI übernehmen."

Es hatte keinen Sinn zu widersprechen und ihn aufzubringen, deshalb erwiderte ich: „In Ordnung."

„Gut. Unterdessen werde ich Captain Paresi anweisen, Sie anzurufen. Ich habe im Krankenhaus darum gebeten, dass man mich auf dem Laufenden hält. Ich werde für Kate beten."

Wir legten auf, und ich kehrte in den Warteraum zurück. Ich ging ans Fenster und blickte hinaus auf die Berge. Die Sonne stand immer noch hoch über den Gipfeln in der Ferne, und der Himmel war blau und wolkenlos. Die Welt war schön, und fünfundneunzig Prozent der Menschen waren in Ordnung. Ich habe leider den Großteil meines Lebens mit den übrigen fünf Prozent zugebracht und versucht, sie auf etwa vier Prozent zurechtzustutzen.

Für den Polizeidienst motivierte mich hauptsächlich mein Ego – ich war schlauer als jeder Killer, der die Frechheit besaß, jemanden in John Coreys Revier zu ermorden. Dann kam die Antiterror-Task Force, und meine Einstellung wurde ein bisschen patriotischer, vor allcm nach dem 11. September. Und jetzt lief alles auf persönliche Rache hinaus, darauf, dass ich Gott bat, mir dabei zu helfen, Asad Khalil umzubringen. Und ich war mir sicher, dass Khalil in diesem Moment Gott um den gleichen Gefallen bat.

Aber es würden nur die Gebete von einem von uns erhört werden.

Ich stand im leeren Warteraum und betrachtete die Uhr an der Wand. Es war schon über eine Stunde her, seit Kate in den OP gerollt worden war, und allmählich dachte ich, das könnte ein gutes Zeichen sein. Wie lange dauert es, bis man verblutet? Nicht sehr lange. Wie lange dauert es, eine durchtrennte Arterie zu flicken? Etwa zwei Stunden.

Mein Telefon klingelte, und ich sah die Nummer von Captain Vince Paresis Handy.

„Corey“, meldete ich mich.

„John, wie geht’s ihr?“

„Sie ist immer noch im OP.“

„Heilige Muttergottes … ich fasse es nicht. Und wie geht’s Ihnen?“

„Okay.“

„Wir werden diesen Drecksack kriegen, John.“

Ich genehmigte mir ein schmales Lächeln über diesen im NYPD gängigen Kraftausdruck. Captain Paresi unterstanden die der Task Force zugeteilten Detectives vom NYPD, und er war mein unmittelbarer Vorgesetzter, während Walsh Kates Boss war und als verantwortlicher Special Agent des FBI für die ganze Chose verantwortlich war.

„Ich habe mir Ihren Bericht angehört“, fuhr Paresi fort. „Wir warten auf die Anweisung, sämtliche üblichen Verdächtigen zur Vernehmung einzubestellen, und wir werden unsere Informanten in muslimischen Kreisen kontaktieren.“

Er bat mich um Vorschläge aufgrund meiner früheren Begegnung mit Asad Khalil, und ich musste darüber nachdenken, was ich Paresi erzählen durfte und was noch als geheim eingestuft war.

Die Akte Khalil war natürlich nie geschlossen worden, und nachdem er vor drei Jahren verschwunden war, hatte Jack Koenig, der damalige verantwortliche Special Agent der Task Force, ein Spezialteam aufgestellt, dem Kate, ich, George Foster und Gabriel Haytham angehörten, ein Detective des NYPD und unser einziger arabischstämmiger Amerikaner. Die Aufgabe dieses Teams bestand darin, jeder Spur und jedem Hinweis nachzugehen, der etwas mit Asad Khalil zu tun hatte. Koenig hatte uns den Codenamen „Löwenjäger" gegeben.

Nun ja, Jack Koenig war ebenso tot wie David Stein, Captain Paresis Vorgänger, die beide am 11. September beim Einsturz des Nordturms ums Leben gekommen waren, und im Lauf der Jahre waren die Spuren und Hinweise von einheimischen Informanten und diversen ausländischen Nachrichtendiensten zu einem Rinnsal geworden und schließlich ganz versiegt. Weder ich noch Kate hatten jemals geglaubt, Khalils Schweigen deute darauf hin, dass er tot war oder sich zur Ruhe gesetzt hatte. Leider hatten wir Recht gehabt.

„Die ATTF-Akte über diesen Typen ist ziemlich dünn", sagte ich zu Paresi, „aber es gibt noch eine andere Computerdatei, die einen vollständigen Bericht über alles enthält, was vor drei Jahren passiert ist. Diese Datei ist allerdings streng geheim, und nur Washington kann Ihnen Zugang gewähren, was aber eher unwahrscheinlich ist."

„Klar. Warum sollten sie Erkenntnisse mit Leuten teilen, die nach diesem Kerl fahnden?"

„Vor drei Jahren", erklärte ich ihm, „haben Koenig und Stein Kate, mich, George Foster und Gabriel Haytham beauftragt, an dem Fall dranzubleiben. Wir haben einen Aktenordner über Khalil, den Haytham Ihnen geben kann. Als Khalil das letzte Mal hier war, hat er für den libyschen Nachrichtendienst gearbeitet, und unser Ordner enthält Namen, Adressen, Fotos und bestimmte Details zu Libyern, die im Großraum New York leben und mit denen wir im Lauf der Jahre gesprochen haben. Das ist ein guter Ansatzpunkt für eine Observation."

Paresi stellte mir noch ein paar Fragen zu den Vorfällen vor drei Jahren, und während ich antwortete, kam mir ein weiterer Gedanke, auf den ich schon viel früher hätte kommen sollen.

„Wenn Khalil weiß, dass Gabriel Haytham bei der Antiterror-Task Force ist, könnte er es auch auf ihn abgesehen haben, weil er ihn wegen seiner Abstammung als Verräter betrachtet."

„Ja, gut, dass Sie daran gedacht haben. Ich verständige Gabe."

Ich nutzte die Gelegenheit. „Könnten Sie vielleicht auch mit Walsh darüber sprechen, ob er mich als zuständigen Agenten für diesen Fall einsetzt?"

Anscheinend war er auf diese Frage vorbereitet, denn er entgegnete:

„Ich muss Walsh beipflichten, dass Sie nicht der beste Mann für diesen Job sind. Und unter uns gesagt, ist es für Sie vielleicht besser, wenn Sie nicht der zuständige Agent sind. Dann müssen Sie sich mit weniger Bürokratie abgeben und haben mehr Freiheiten … um Ihr eigenes Ding durchzuziehen. Verstehen Sie, was ich meine?"

Das hatte eine gewisse Logik und unterschwellige Aussagekraft. „Okay. Ich habe verstanden", bestätigte ich.

„Gut. Ich breche jetzt zur Dienststelle auf. Ich rufe Gabe an und sage ihm, er soll sich dort mit mir treffen, dann nehmen wir uns Ihren Ordner vor."

„Sagen Sie ihm, dass er auf sich aufpassen soll. Und vielleicht sollte seine Familie in Urlaub fahren. Er hat eine Frau und eine Tochter, glaube ich."

„In Ordnung."

„Ich komme so bald wie möglich auch in die Dienststelle."

„Machen Sie sich darüber keine Gedanken. Kümmern Sie sich um Kate."

„Es kann sein, dass sie nicht durchkommt."

Daraufhin schwieg Paresi kurz. „Sie wird es schaffen. Ich bete für sie." Und er fügte hinzu: „Sie ist taff."

Wir legten auf, und ich setzte mich auf einen der Stühle im Warteraum. Kate ging mir nicht aus dem Kopf, aber gleichzeitig versuchte ich, mich in Khalils Gedankenwelt hineinzuversetzen.

Ich schob die Hand in die Tasche, in der meine Knarre steckte, und behielt die Tür im Auge.

DIE TÜR ging auf und ein Mann mittleren Alters trat ein, der grüne OP-Kleidung trug. „Mr Corey?"

Wir gingen aufeinander zu, und er streckte die Hand aus und stellte sich als Dr. Andrew Goldberg vor. Er legte die andere Hand auf meine Schulter und sagte: „Sie liegt auf der Intensivstation und ruht sich aus."

Ich schloss die Augen und nickte.

Er lotste mich zu den Stühlen. „Die Operation zum Verschließen der Wunde an der Halsschlagader war erfolgreich. Ihre Frau hat infolge des Aufpralls am Boden Prellungen, aber ich glaube nicht, dass innere Verletzungen vorliegen."

„Wie sieht die Prognose aus?", fragte ich.

Er schwieg einen Moment lang. „Vorsichtig optimistisch."

„Warum ‚vorsichtig'?"

„Nun, sie hat sechs Einheiten Blut verloren, und wir – und auch Sie, soweit ich weiß – mussten die Blutung zum Stillstand bringen, damit sie nicht verblutete, was aber gleichzeitig die Blutzufuhr zum Gehirn reduzierte …"

Ich wusste, was kam, und wartete auf das Urteil.

„Es könnte zu einer Sauerstoffunterversorgung gekommen sein, bevor die Sanitäter den Beatmungsschlauch einführen konnten. Wir wissen noch nicht, ob es zu neurologischen Schädigungen geführt hat."

„Wann werden wir es wissen?"

„Kurz nachdem sie aus der Anästhesie aufwacht. In ein, zwei Stunden." Er zögerte. „Noch irgendwelche Fragen?"

„Nein."

Dr. Goldberg stand auf, und ich erhob mich ebenfalls. „Wir werden sie so bald wie möglich gründlich untersuchen."

Wir schüttelten uns die Hand, und ich sagte: „Danke."

Er klopfte mir auf die Schulter. „Gehen Sie in die Cafeteria und gönnen Sie sich eine kleine Pause. Es wird eine Weile dauern, bevor ich weitere Nachrichten für Sie habe. Sie ist in guten Händen."

Dr. Goldberg verließ den Raum. Ich wartete ein paar Minuten, bis er weg war, dann ging ich auf den Flur und folgte den Hinweisschildern zur Intensivstation.

Im Schwesternzimmer stellte ich mich als John Corey vor, Ehemann von Kate Mayfield, die gerade aus dem OP gekommen war. Ich zeigte meinen Dienstausweis und brachte die Schwestern dazu, mich zu Kate zu lassen, obwohl sie noch keine Anweisung bezüglich Besuchern bekommen hatten. Eine Schwester geleitete mich zur Intensivstation. Als wir den Flur entlanggingen, sagte sie: „Erschrecken Sie nicht über ihr Aussehen und die Infusionsschläuche."

Wir kamen zu Kates Bett. Ich blieb neben meiner Frau stehen und schaute sie an. Sie hatte wieder etwas Farbe im Gesicht, und ihr Atem ging mithilfe des Geräts regelmäßig. Sie hatte einen dicken Verband am Hals, Schläuche in den Armen und war über Kabel, die unter der Zudecke herausragten, an drei Monitore angeschlossen.

„Die Lebenszeichen sind gut", versicherte die Schwester mir.

Ich holte tief Luft und starrte Kate an. Ich sah die Schwellung um den Mund, wo Khalil sie getroffen hatte. Ich beugte mich vor und küsste sie auf die Wange. „Hi, meine Schöne."

Keine Reaktion.

Die Schwester forderte mich auf, mich auf einen Stuhl neben dem Bett zu setzen. „Drücken Sie auf den Rufknopf, wenn Sie irgendetwas brauchen", sagte sie. Dann drehte sie sich um und ging.

Ich nahm Kates Hand, die kühl und trocken war, und konnte ihren Puls spüren. Ich sah weiter ihr Gesicht an, aber es blieb ausdruckslos.

Ich betete darum, dass Kate diese Sache trotz aller medizinischen Unwägbarkeiten heil überstehen möge. Aber falls irgendwelche Schäden zurückbleiben sollten, würde ich den Dienst quittieren und mich um sie kümmern. Nachdem ich Asad Khalil umgebracht hatte.

ICH SETZTE meine Wache an Kates Bett fort, hielt ihre Hand und achtete auf Zeichen, dass sie aus der Narkose aufwachte. Obwohl die Schwester mich ermahnt hatte: „Keine Handys!“, war meines auf Vibrieren eingestellt, und ich hatte in der letzten halben Stunde zwei Anrufe erhalten, die ich auf der Voicemail hatte auflaufen lassen.

Ich hörte den ersten Anruf von Tom Walsh ab, der mir mitteilte: „Ich habe George Foster angerufen und ihm die Situation klargemacht. Gabriel Haytham konnten wir bisher noch nicht erreichen. Auch Chip Wiggins in Kalifornien nicht. Rufen Sie mich an.“

Der zweite Anruf stammte von Ermittler Miller, der mir mitteilte, dass mein Fahrzeug samt Gepäck auf dem Parkplatz des Krankenhauses stand und die Schlüssel sich im Schwesternzimmer der Intensivstation befanden. Außerdem berichtete er: „Wir haben das Handy Ihrer Frau weder im Zimmer noch im Fahrzeug gefunden, auch bei der Suche an der Landezone sind bislang weder die Waffe noch das Handy aufgetaucht. Wir haben aber auf dem Parkplatz am Sullivan County Airport einen Mietwagen gefunden. Das Reifenprofil könnte zu den Spuren am Waldrand passen. Wir haben Latexabdrücke genommen und wollen einen Vergleich vornehmen. Außerdem haben wir beim Flugplatzdienstleister nachgefragt, und demnach ist dort am Samstagabend ein Citation-Jet gelandet und am Sonntag etwa dreißig, vierzig Minuten nach dem Vorfall wieder abgeflogen. Das Ziel und die Passagiere sind unbekannt. Wir gehen der Sache weiter nach.“ Und er fügte hinzu: „Im Krankenhaus hat man mir mitgeteilt, dass Ihre Frau jetzt aus dem OP gekommen ist. Endlich mal eine gute Nachricht.“

Eine weitere halbe Stunde verging. Als ich gerade aufstehen und ein wenig auf dem Flur herumlaufen wollte, bemerkte ich, dass Kate sich regte. Ich blieb an ihrem Bett und betrachtete sie genau. Sie bewegte den Kopf, dann sah ich, wie sich ihr rechter Arm regte. Ich wollte bereits den Rufknopf drücken, beschloss dann aber zu warten. Alle paar Sekunden bewegte sie einen Arm oder ein Bein und drehte den Kopf von einer Seite zur anderen.

Ich beugte mich dicht zu ihr und berührte ihren Arm. „Kate?“

Sie schlug die Augen auf, starrte aber weiter zur Decke.

„Kate, kannst du mich hören?“

Sie drehte den Kopf zu mir herum, und wir nahmen Blickkontakt auf.

Der Beatmungsschlauch hinderte sie am Sprechen, deshalb nahm ich ihre Hand und sagte: „Drück meine Hand, wenn du mich hören kannst."

Nach ein paar Sekunden drückte sie meine Hand. Ich lächelte sie an und fragte: „Weißt du, wer ich bin?"

Sie starrte mich an, nickte dann zaghaft.

„Drück meine Hand, wenn du weißt, warum du hier bist und was passiert ist."

Sie entzog mir ihre Hand, hob den rechten Arm und machte eine fahrige Bewegung, die aussah wie ein einsetzender Krampf. Ich griff zum Rufknopf, dann wurde mir klar, dass sie so tat, als schreibe sie mit einem Stift.

Ich schnappte mir Stift und Block vom Nachttisch und drückte ihr den Stift in die rechte und den Block in die linke Hand.

Sie hielt beides über ihr Gesicht und schrieb etwas, dann drehte sie den Block zu mir um. *Wieso stellst du mir solche dämlichen Fragen?*, stand da.

Ich spürte, wie meine Augen feucht wurden, beugte mich vor und küsste sie auf die Wange.

KAPITEL 4

Asad Khalil blickte aus dem nach Westen weisenden Fenster des gecharterten Citation-Jets, als dieser zum Anflug auf Long Island ansetzte. In der Ferne sah er die Skyline von Manhattan. Der Flug vom Sullivan County Airport hierher hatte sechsundzwanzig Minuten gedauert.

Von seinem Fenster auf der Steuerbordseite der Maschine aus konnte Khalil einen weitläufigen Friedhof mit Tausenden weißer Kreuze und Grabsteine sehen, die in Reih und Glied auf den grünen Feldern standen. In Libyen brauchten die Toten kein so fruchtbares Land, denn der Koran verhieß, dass ihre Seelen in ein Paradies voller Wasserläufe und Obstbäume eingehen würden. Seine beiden Brüder, die zwei Schwestern und seine Mutter hatte man in schlichten Gräbern am Rande der Wüste bestattet, neben seinem Vater, der sechs Jahre vorher von den Zionisten getötet worden war.

„Willkommen auf dem Republic Airport von Long Island, Mr Demetrios", sagte der Copilot durch den Lautsprecher, als die Maschine auf der Landebahn aufsetzte.

Die Citation rollte zu einem Hangar des kleinen Privatflugplatzes. Khalil blickte aus dem Fenster und versuchte festzustellen, ob die Behörden irgendwie herausbekommen hatten, mit welchem Verkehrsmittel er reiste und was sein Ziel war. Als er am Samstagabend auf dem Sullivan County Airport gelandet war, hatte er den Piloten erklärt, dass er am Sonntag nach Buffalo fliegen wolle. Aber als er nach dem Anschlag auf Coreys Frau – sie war zweifellos verblutet, bevor sie am Boden aufgetroffen war – zurückkehrte, teilte er ihnen mit, dass er seine Pläne geändert habe, und bat darum, nach Long Island gebracht zu werden. Die Piloten hatten damit kein Problem. Sie mussten keinen Flugplan einreichen, weil sie den gesperrten Luftraum um New York meiden und unterhalb der Höhe bleiben würden, für die ein Flugplan vorgeschrieben war.

Khalil wusste das alles. Dass sich offizielle Stellen so gut wie gar nicht um den privaten Flugverkehr kümmerten, hatte Khalil schon vor drei Jahren gewundert. Und noch erstaunlicher war, dass es anderthalb Jahre nach dem Märtyrertod der Dschihadisten am 11. September immer noch möglich war, in diesem Land mit einer Privatmaschine umherzufliegen und so gut wie keine Hinweise auf die Reise oder die Passagiere an Bord zu hinterlassen.

Allerdings hatte er ständig Corey vor Augen. Dieser Mann hatte ihm bei seinem letzten Aufenthalt in Amerika unerwartet Schwierigkeiten bereitet. Aber Corey hatte beim letzten Mal nicht mit ihm mitgehalten und würde es auch diesmal nicht können.

Das Flugzeug kam in der Nähe des Hangars zum Stehen, und die beiden Triebwerke wurden abgestellt. Khalil suchte das Vorfeld wieder nach irgendwelchen verdächtigen Anzeichen ab.

Malik, sein Mentor in Libyen, hatte erkannt, dass sein Schützling einen angeborenen sechsten Sinn besaß, der ihn Gefahren im Voraus ahnen ließ. „Du bist mit dieser Gabe gesegnet, mein Freund, und wenn du deinen Zielen treu bleibst und Gott ergeben bist, wird er dich nie im Stich lassen“, hatte Malik gesagt. Und Gott hatte ihn bislang nicht im Stich gelassen, deshalb war Khalil noch am Leben.

Der Copilot öffnete die Tür, wodurch eine Treppe ausgeklappt wurde, und der Pilot kam in die Kabine. „Wissen Sie, wie lange Sie hierbleiben, Sir?“

„Ja. Ich muss morgen zu einer Besprechung nach Buffalo fliegen, die auf ein Uhr mittags angesetzt wurde.“

„Okay, dann starten wir, sagen wir, um zehn Uhr morgens.“

„Ausgezeichnet.“ Khalil öffnete den Verschluss seines Sicherheitsgurtes, holte seine Reisetasche unter dem Sitz hervor und trat auf den Gang.

Der Pilot ging vor ihm aus der Kabine, und Khalil blieb dicht hinter ihm. Er hatte die Hand in der Seitentasche seines blauen Sportsakkos, in der die .40er-Glock seines Opfers steckte, das er als Miss Mayfield kennen gelernt hatte und während seiner dreijährigen Abwesenheit Mrs Corey geworden war. Und jetzt war sie die verstorbene Mrs Corey.

Der Pilot, der Copilot und ihr Kunde, Mr Demetrios, liefen auf den nahen Hangar zu. Sie kamen zum Büro des Flugplatzdienstleisters, der sich um die Maschine kümmern würde.

„Wo werden Sie von Ihren Leuten abgeholt?“, fragte der Pilot.

Khalil wollte nicht, dass die Piloten sahen, dass hier gar keine Kollegen von ihm waren und er einen Mietwagen samt Fahrer bestellt hatte, der ihn am Parkplatz in Empfang nehmen sollte. „Sie sind höchstwahrscheinlich auf dem Parkplatz“, entgegnete er.

„Okay. Rufen Sie uns an, falls es Schwierigkeiten gibt.“

Die Piloten betraten das Büro des Flugplatzdienstleisters, und Khalil ging zwischen den Hangars hindurch zum Parkplatz, der geradezu leer war. Nahe der Rückwand des Hangars sah er eine schwarze Limousine stehen – ein Lincoln Town Car – und ging auf sie zu. Der Fahrer, ein riesengroßer Mann, saß laut schnarchend auf seinem Sitz. Ein weißes Pappschild mit der Aufschrift MR GOLD klemmte an der Windschutzscheibe.

Khalil entfernte sich von dem Auto und dem schlafenden Fahrer, dann öffnete er seine Tasche und holte das Handy heraus, das in dem Gepäck gewesen war, das ihm Farid Mansur in Santa Barbara übergeben hatte. Khalil wusste, dass es ein nicht zu ortendes Kartenhandy mit zweihundert im Voraus bezahlten Minuten Sprechzeit war. Er wählte eine Nummer.

Ein Mann meldete sich. „Amir.“

„Hier ist Mr Gold“, sagte Khalil auf Englisch.

„Ja, Sir“, erwiderte Amir nach einer kurzen Pause.

Khalil wechselte ins Arabische. „Können Sie mir sagen, ob meine Freunde zu Hause sind?“

„Ja “, erwiderte Amir, ebenfalls auf Arabisch. „Ich bin mehrmals am Haus vorbeigefahren, und die beiden Fahrzeuge stehen noch auf der Auffahrt.“

„Gut. Ich melde mich wieder bei Ihnen.“

Khalil beendete das Gespräch und ging wieder auf das Auto zu. Er klopfte an das Fenster, worauf sich der Fahrer rasch aufsetzte und das Fenster herabließ. „Mr Gold?“, fragte er.

„Richtig.“

Bevor der Fahrer aussteigen konnte, sagte Khalil: „Ich habe nur diese Tasche“, und ließ sich auf dem Rücksitz hinter dem Fahrer nieder.

Dieser nahm das Schild von der Windschutzscheibe und ließ den Motor an. Er reichte Khalil eine Karte. „Mein Name ist Charles Taylor. In den

Sitztaschen ist Wasser, und ich habe die Sonntagszeitungen hier, falls Sie eine wollen. Die *Post* und die *Newsday*. Wohin soll's gehen?"

Khalil nannte ihm eine Adresse in Queens, einem Bezirk von New York, ganz in der Nähe seines nächsten Opfers. Der Fahrer gab sie in sein Navigationsgerät ein, und nach wenigen Minuten waren sie auf dem Southern State Parkway in Richtung Westen unterwegs.

Seine Freunde von El Kaida hatten Khalil ein Foto vom Haus der Haythams gezeigt und ihm erklärt, dass es sich um eine Wohngegend der Mittelschicht handelte. Sie hatten ihn darauf hingewiesen, dass ein Fremder dort Argwohn erregen könnte, ihm aber versichert, dass er, wenn er sich gut kleidete und rasch zuschlug, seinen Auftrag erledigen und mühelos wieder wegkommen könnte.

Khalils einzige Sorge war, dass irgendjemand aus Haythams Dienststelle zu dem Schluss kam, dass der Verräter Jibral Haytham, der sich den christianisierten Namen „Gabriel" zugelegt hatte, auf seiner Todesliste stehen könnte. Aber nach Aussage von Amir, der das Haus beobachtete, deutete nichts darauf hin, dass das FBI dort auf ihn wartete.

Die einzige Person, von der das FBI mit Sicherheit wusste, dass sie auf Khalils Liste stand, war der nun verschiedene Mr Chip Wiggins. Als Khalil zum letzten Mal hier gewesen war, hatte das FBI – oder Corey – ein paar Schlussfolgerungen angestellt und ihn bei Wiggins' Haus erwartet.

Diesmal jedoch würden sie zu spät kommen, um ihn zu retten.

Nach etwa fünfundzwanzig Minuten gab das Navigationsgerät eine Anweisung, worauf der Fahrer in eine Wohngegend abbog.

„Halten Sie bitte an", sagte Khalil.

Der Fahrer steuerte an den Straßenrand.

Khalil holte das Handy der toten Mrs Corey aus seiner Reisetasche und schaltete es ein. Er sah auf dem Display, dass eine SMS eingegangen war. Er drückte auf die Taste und las die Mitteilung: NY ATTF – FBI-AGENTIN KATE MAYFIELD IN SULLIVAN COUNTY ÜBERFALLEN. MÖGLICHER VERDÄCHTIGER ASAD KHALIL ... IHR ZUSTAND UNTERLIEGT DER GEHEIMHALTUNG ...

Khalil schaltete das Handy aus und legte es in seine Tasche. Wenn sie diese Nachricht sendeten, wussten sie wohl noch nicht, dass er das Handy der Frau hatte, denn diese Nachricht war offenbar an alle Bundesagenten gegangen, die Tote eingeschlossen. Es sei denn ... sie wussten, dass er das Handy hatte, und hofften, dass er so dumm sein und es benutzen würde, sodass sie ihn aufspüren konnten.

Er dachte über die Formulierungen „überfallen" und „Zustand unterliegt der Geheimhaltung" nach. Könnte das bedeuten, dass sie nicht tot war?

Oder wollten sie in einer SMS nicht bekannt geben, dass sie tot war? Das beunruhigte ihn, aber er verdrängte es und widmete sich in Gedanken seinem nächsten Opfer. Wäre Haytham durch diese Nachricht möglicherweise vorgewarnt, dass er in Gefahr schwebte?

Khalils Instinkt sagte ihm, er solle sich nicht darum kümmern, ob man ihm vielleicht eine Falle stellen wollte. Er konnte eine Gefahr riechen, aber im Moment roch er eher Jibral Haythams Blut.

„Ich habe meine Pläne geändert", sagte er zu dem Fahrer. „Ich muss mich mit jemandem, der aus der Stadt kommt, am Bahnhof Douglaston treffen."

„Kein Problem. Das ist nicht weit von hier."

Drei Minuten später fuhr der Wagen auf den kleinen Parkplatz des Bahnhofs der Long Island Rail Road, wo die Züge in Richtung Osten hielten.

„Parken Sie hier, neben diesem Kleinbus", wies Khalil den Fahrer an.

Taylor fuhr auf den Stellplatz neben einem großen Van, der die Limousine zur Straße hin verdeckte.

Nachdem er sich davon überzeugt hatte, dass er sein Vorhaben hier durchführen konnte, gab Khalil eine Nummer in sein Handy ein, worauf sich Amir meldete. „Treffen Sie sich mit mir am Parkplatz des Bahnhofs Douglaston." Khalil legte wieder auf.

„Hat er gesagt, wie lange es dauert?", fragte Taylor.

„Ein paar Minuten." Khalil nahm eine Wasserflasche aus der Sitztasche, öffnete sie und trank sie bis auf ein paar Schlucke aus. Dann holte er Mrs Coreys Glock aus seiner Reisetasche heraus. Er drückte die Wasserflasche an die Rückenlehne des Fahrersitzes, etwa dort, wo sich die Wirbelsäule des fetten Mannes befand, und in Höhe von dessen Herzen. Dann presste er die Mündung der Glock an den offenen Flaschenhals.

„Ich steige kurz aus und rauche eine", sagte Taylor.

„Sie können auch hier rauchen." Khalil drückte ab, spürte den Rückschlag der Glock und hörte den dumpfen Knall.

Taylor flog nach vorn, wurde vom Sicherheitsgurt zurückgerissen, dann kippte sein Kopf zur Seite. Khalil feuerte zur Sicherheit noch einmal durch die mit Rauch gefüllte Plastikflasche, dann steckte er die Pistole in seine Jackentasche. Er schob die beiden Patronenhülsen und die rauchende Flasche unter den Sitz, nahm seine Reisetasche, stieg aus und öffnete von außen die Fahrertür.

Die beiden .40er-Kugeln hatten den mächtigen Körper Taylors durchschlagen und steckten im Armaturenbrett. Die gut gezielten Geschosse hatten sein Herz rasch zum Stillstand gebracht, sodass er nicht übermäßig blutete. Gute Arbeit.

Khalil fand die Sitzeinstellung und kippte die Lehne des Fahrersitzes bis zum Anschlag zurück. Dann griff er über den Toten hinweg, holte die zwei Sonntagszeitungen vom Beifahrersitz und legte die aufgeschlagenen Seiten über Gesicht und Oberkörper des Fahrers. Es könnte stundenlang dauern, bevor jemand Notiz von einem schlafenden Mietwagenfahrer nahm, der am Bahnhof auf seinen Kunden wartete.

Khalil lief zu der Straße am Rande des kleinen Parkplatzes. Ein gelbes Taxi näherte sich und hielt dann ein paar Meter vor ihm an. Der Fahrer ließ das Seitenfenster herunter und fragte: „Mr Gold?“

Khalil nickte, stieg in das Taxi und setzte sich hinter den Fahrer. „Bringen Sie mich zu dem Haus“, sagte er auf Arabisch.

„Ja, mein Herr.“

Sie fuhren langsam, und Amir bog ein paarmal in ruhige Seitenstraßen ab. Malik hatte Khalil gesagt, dass es am christlichen Sonntag in Wohngebieten sehr ruhig sei. Morgens gingen die Amerikaner vielleicht zur Kirche, und danach widmeten sie sich den weltlichen Betätigungen ihres Sonntags – gingen in den Park oder an den Strand, wo Männer, Frauen und Kinder halb nackt vor anderen Leuten herumliefen. Und natürlich war da der sonntägliche Einkaufsbummel. Die Amerikaner gingen an sieben Tagen die Woche einkaufen, morgens, mittags und abends, selbst an ihrem Sonntag und den Feiertagen. „Geld ist ihr Gott und es auszugeben ihre heilige Pflicht“, hatte Malik Khalil in Tripolis erklärt.

„Sind Sie hier fromm geblieben?“, fragte Khalil Amir.

„Natürlich. Und auch meine Frau und meine Kinder. Wir folgen fünfmal am Tag dem Ruf zum Gebet und lesen jeden Abend im Koran.“

„Warum sind Sie hier?“

„Wegen des Geldes. Des Geldes der Ungläubigen. Ich schicke es meiner Familie in Tripolis. Bald werden wir in unser Heimatland zurückkehren, so Allah will.“ Er bog in eine von Bäumen und Ziegelhäusern gesäumte Straße ein. „Das Haus ist etwas weiter vorn, auf dieser Seite.“

„Haben Sie mein Geschenk?“, fragte Khalil.

Amir nahm eine Plastiktüte vom Boden und reichte sie seinem Fahrgast.

Khalil öffnete die Tüte und holte einen in Zellophan eingewickelten Blumenstrauß heraus. Dann entnahm er seiner Reisetasche ein zwanzig Zentimeter langes Tranchiermesser und steckte die Klinge in den Strauß. „Halten Sie bei dem Haus“, sagte er zu Amir. „Danach parken Sie an einer Stelle, von der aus Sie die ganze Straße einsehen können. Rufen Sie mich an, wenn Sie jemanden näher kommen sehen.“

„Jawohl.“ Amir hielt vor einem einstöckigen Ziegelhaus mit einer blauen

Haustür, die Khalil von dem Foto her kannte. Er stieg rasch aus, hatte die Blumen in der linken Hand und die Glock in der rechten Jackentasche.

Er ging zur Auffahrt des Hauses. Falls man ihn sehen sollte, würde ein Mann in einem Sportsakko, der Blumen mitbrachte, nicht weiter verdächtig erscheinen. Für die Idee mit den Blumen konnte er sich bei seinem ehemaligen Ausbilder bedanken, Boris, dem Russen, dessen Aussage zufolge es sich dabei um einen bewährten KGB-Trick handelte. „Ein Mann mit Blumen in der Hand und einem Lächeln im Gesicht wird nicht als gefährlich wahrgenommen", hatte Boris zu ihm gesagt. Ja, und Khalil würde sich bei Boris persönlich bedanken, bevor er ihm das Herz herausschnitt. Er lächelte.

Am Ende der Auffahrt stand eine Garage, die durch einen weißen Zaun mit einem Tor mit dem Haus verbunden war. Der hintere Teil des Grundstücks war von einer hohen Mauer und Hecken umgeben. Dort befand sich ein Patio. Khalil hörte Musik aus dem Garten, westliche Musik, die in seinen Ohren unangenehm klang. Er wagte sich ein paar Schritte aus dem Schutz des Hauses und spähte über den niedrigen Zaun. Im Patio war niemand. Er öffnete das Tor und lief rasch zur Hintertür. Dann wurde ihm klar, dass die Musik ihn von hinten andudelte, und er drehte sich um und sah einen Liegestuhl, der in die andere Richtung wies. Auf ihm lag ein etwa fünfzehnjähriges Mädchen in der Sonne, nahezu nackt, nur mit einem winzigen weißen Badeanzug bekleidet. Sie schien zu schlafen.

Er trat zu dem Mädchen, Haythams Tochter. In Libyen wäre sie wegen ihrer Nacktheit ausgepeitscht worden, und ihre Mutter und ihr Vater ebenfalls, weil sie so etwas duldeten. Er zog das Messer aus dem Strauß.

Das Mädchen musste ihn entweder wahrgenommen oder gespürt haben, dass irgendetwas die Sonne verdeckte, denn es schlug die Augen auf. Sie sah das Messer nicht, sah nur Khalils Gesicht und den Blumenstrauß, den er ihr entgegenhielt. Sie öffnete den Mund, worauf ihr Khalil das Messer in den Brustkorb stieß, zwischen den Rippen hindurch und tief ins Herz. Sie starrte ihn an, aber nur ein leiser Ton drang aus ihrem Mund. Khalil drehte das Messer herum und ließ es los, dann warf er die Blumen auf ihre Brust.

Er wirbelte herum, zog die Glock und ging zu der Fliegendrahttür. Khalil drehte den Griff um und trat in den hinteren Flur, der voller Schuhe und Jacken war. Rechts war ein offener Durchgang, durch den er in eine Küche blickte, in der eine Frau mit dem Rücken zu ihm an der Spüle stand. Anscheinend bereitete sie das Essen zu.

Khalil schob sich auf den Durchgang zu und konnte jetzt die ganze Küche sehen. Außer der Frau war niemand drin. Er richtete seinen Blick auf den Flur, der zum vorderen Teil des Hauses führte, und hörte eine johlende Menschenmenge – offenbar eine Sportübertragung im Fernsehen. Khalil steckte die Pistole ein, trat in die Küche und war mit zwei Schritten bei der Frau.

„Nadia?“, fragte sie, und als sie den Kopf umdrehte, legte ihr Khalil eine Hand auf den Mund und die andere an den Hinterkopf. Er sah das Messer in ihrer Hand, aber bevor sie es heben konnte, drehte er ihren Kopf herum, bis ihr Genick brach und das Messer aus ihrer Hand fiel.

Behutsam ließ Khalil sie zu Boden gleiten, dann zog er die Glock wieder und ging in den vorderen Flur. Vor ihm war die Haustür, rechts davon eine Treppe und auf der linken Seite wieder ein Durchgang, durch den er die Sportübertragung hörte. Er trat ins Wohnzimmer. Auf der Couch, die ihm gegenüberstand, lag ein Mann, bei dem es sich um Jibral Haytham handeln musste. Auf dem Beistelltisch neben ihm stand eine Dose Bier. Haytham schlief, und Khalil überlegte kurz, ob er ihm eine Kugel in den Kopf jagen und sich anderem widmen sollte. Aber er hatte sich ein Gespräch vorgestellt, falls es möglich sein sollte – und jetzt schien es möglich zu sein.

Er ging zu dem Schlafenden und sah ein Handy auf dem Beistelltisch liegen – ein Nextel, der gleiche Typ, den er Coreys Frau abgenommen hatte. Er nahm das Telefon und drückte auf die Abruftaste, worauf eine Nachricht auftauchte – die Mitteilung von Walsh.

Khalil steckte das Telefon in seine Tasche und setzte sich auf einen Sessel gegenüber der Couch. Er betrachtete sein Opfer ein paar Sekunden lang, dann blickte er sich im Zimmer um.

Jibral Haytham regte sich auf der Couch. Khalil griff nach der Fernbedienung, die auf dem niedrigen Tisch lag, und schaltete den Fernseher aus.

Wieder regte sich Haytham, er gähnte, setzte sich auf und starrte verdutzt auf den dunklen Bildschirm. Dann sah er Khalil auf dem Sessel sitzen.

Haytham richtete sich auf und nahm die Beine von der Couch. „Wer zum Teufel sind Sie?“

Khalil zog die Glock aus der Jackentasche und richtete sie auf Haytham. „Keine Bewegung, sonst töte ich Sie.“

Haytham blickte auf die Waffe, dann schaute er den Eindringling an. „Nehmen Sie sich, was Sie wollen –“

„Halten Sie den Mund! Wenn Sie wissen, wer ich bin, werden Sie wissen, was ich will.“

Haytham starrte das Gesicht des Eindringlings an, und Khalil sah, dass er ihn allmählich erkannte. „Wo ist meine Frau?“, fragte Haytham leise.

Khalil wusste aus Erfahrung, dass das angehende Opfer unvernünftig und manchmal aggressiv wurde, wenn man ihm sagte, dass die Angehörigen tot waren, deshalb erwiderte er: „Ihre Frau und Ihre Tochter sind in Sicherheit."

„Ich will sie sehen."

„Das werden Sie auch. Bald. Aber erst beantworten Sie mir ein paar Fragen. Hat Ihre Dienststelle Sie von meiner Rückkehr benachrichtigt?"

Haytham nickte.

„Warum schlafen Sie dann? Sie sollten wachsamer sein." Er wechselte zu Arabisch. „Warum trinken Sie Alkohol? Er trübt den Verstand und macht einen schläfrig. Wenn Sie wach gewesen wären, dann würde jetzt vielleicht nicht der Tod auf Sie warten."

Haytham ging nicht darauf ein, blickte sich aber rasch im Zimmer um. Khalil wusste, dass er nach einem Ausweg suchte, den Abstand zwischen ihnen abschätzte und überlegte, ob er auf ihn losgehen sollte. Khalil stand auf, aber bevor er einen Schritt zurücktreten konnte, schleuderte Haytham den Beistelltisch auf ihn und stürmte auf ihn zu.

Khalil wehrte den Tisch ab und gab einen Schuss auf Haythams Brust ab, verfehlte aber dessen Herz. Bevor er ein weiteres Mal abdrücken konnte, bekam Haytham Khalils rechten Arm zu fassen, worauf sie ein paar Sekunden miteinander rangen, bis Khalil spürte, dass der Verletzte schwächer wurde. Khalil riss sich los und trat einen Schritt zurück.

Haytham stand schwankend da, die linke Hand auf die blutende Wunde an seiner Brust gelegt. Blut sickerte auch aus seinem Mund. Khalil wusste, dass der Kampf vorüber war und er nur noch die endgültige Verdammnis des Verräters verkünden brauchte. Auf Arabisch sagte er: „Du hast dich vom Glauben abgewandt und deine Seele an die Ungläubigen verkauft. Deswegen, Jibral Haytham, wirst du sterben und in der Hölle schmoren."

Haythams Beine gaben nach. Er kniete sich auf den Boden und starrte Khalil an.

„Deine Frau und deine Tochter sind tot, und du wirst ihnen bald Gesellschaft leisten", ließ Khalil ihn wissen.

„Du Mistkerl!", schrie Haytham mit überraschend kräftiger Stimme. Er versuchte aufzustehen, sank aber wieder auf die Knie und hustete Blut.

Khalil richtete die Glock auf Haythams Stirn, aber bevor er abdrücken konnte, klingelte Haythams Handy in seiner Tasche. Er holte es heraus und blickte auf das Display. *ATTF-3* stand dort.

Er schaute wieder zu Haytham, der immer noch kniete und jetzt beide Hände an die Wunde drückte, aus der Blut quoll.

Das Telefon hörte auf zu klingeln, und kurz darauf ertönte ein Piepton. Vielleicht, dachte Khalil, ist die Polizei jetzt nur noch ein paar Minuten entfernt. Er steckte Haythams Handy wieder ein, nahm dann sein eigenes, rief Amir an und befahl ihm: „Kommen Sie schnell!“

Er schaltete das Handy aus, hob die Glock und jagte Haytham eine Kugel in die Stirn, dann ging er zum vorderen Fenster und wartete.

DAS GELBE TAXI hielt am Straßenrand. Khalil ging durch die Vordertür, lief rasch den Weg hinab und stieg in das Taxi. „Los! Aber rasen Sie nicht. Wir fahren nach Manhattan.“

Sie fuhren schweigend dahin, bis sich Amir schließlich räusperte und auf Arabisch fragte: „Wohin wollen Sie in Manhattan?“

„Zum World Trade Center. Ich möchte nicht durch eine Mautstelle.“

„Gut. Wir nehmen die Brooklyn Bridge über den Fluss.“

Khalil wusste, dass er Amir im Auge behalten musste; möglicherweise hatte dieser erraten, welches Los ihm drohte – so wie Mansur. Und er könnte einen Fluchtversuch unternehmen, statt sich mit seinem Schicksal abzufinden – so wie Mansur.

„Sie erweisen unserer Sache einen großen Dienst, Amir. Sie werden dafür belohnt werden, und Ihre Angehörigen in Tripolis werden Nutzen aus Ihrem Dienst ziehen.“

Amir schwieg eine Sekunde zu lange, dann sagte er: „Danke, mein Herr.“

Khalil dachte wieder an die Nacht zum 15. April 1986 und sah sich als jungen Burschen auf dem flachen Dach des Gebäudes in der alten italienischen Kolonialfestung Al Aziziya liegen. Er war mit einer jungen Frau zusammen gewesen, aber er konnte sich nicht mehr an sie erinnern. Er erinnerte sich lediglich an das auf ihn zurasende Flugzeug, an das Höllenfeuer, das aus dessen Heck schoss. Und dann explodierte die ganze Welt.

Als er nach dem Bombenangriff zu seinem Haus zurückkehrte, fand er nur noch Trümmer vor. Und die Leichen seiner jüngeren Schwestern, der achtjährigen Adara und der elfjährigen Lina. Und die seiner Brüder, dem fünfjährigen Esam und dem vierzehnjährigen Qadir, der nur zwei Jahre jünger war als er. Und dann fand er seine Mutter, die in ihrem Schlafzimmer im Sterben lag und der Blut aus Mund und Ohren strömte. Sie fragte ihn nach ihren Kindern und … starb dann in seinen Armen.

Khalil ließ sich tief in den Sitz sinken und sprach ein stummes Gebet.

Amir fuhr jetzt auf die Brooklyn Bridge, und Khalil blickte zu den hoch aufragenden Gebäuden von Manhattan. Wahrhaftig, hier waren Macht und Reichtum angesiedelt. Aber er wusste, dass das amerikanische Imperium den Höhepunkt seiner Macht und seines Ruhmes überschritten und wie das alte Rom den langen Weg in Siechtum und Tod angetreten hatte. Khalil blickte in die Richtung, in der die Zwillingstürme gestanden hatten. Der Moment, in dem sie gefallen waren, war der Anfang vom Ende gewesen.

Das Taxi ließ die Brücke hinter sich, und während Amir nach Süden fuhr, erklärte er: „Geradeaus standen einst die Türme. Dort gibt es jetzt eine Aussichtsplattform, von der aus man die Stelle sehen kann. Wenn Sie das Loch im Boden betrachten wollen, halte ich dort."

„Ja, gut", erwiderte Khalil. „Aber zuerst muss ich das Gebäude der Steuerbehörde sehen, das sich in der Murray Street befindet."

Ohne zu fragen, weshalb sein Fahrgast dieses Gebäude sehen wollte, bog Amir nach rechts in die Church Street ab, fuhr an der Aussichtsplattform vorbei und bog nach links in die Murray Street ein, eine Einbahnstraße voll dunkler Bürogebäude. Khalil stellte fest, dass ein paar Fahrzeuge am Straßenrand standen, aber bis auf das Taxi keines hier durchfuhr und auch keine Fußgänger zu sehen waren.

Amir deutete nach links. „Das ist die amerikanische Steuerbehörde."

„Halten Sie auf der anderen Straßenseite an."

Amir fuhr gegenüber dem Gebäude an den Straßenrand.

„Ich werde von hier aus zu der Aussichtsplattform zurücklaufen", verkündete Khalil.

„Ja, mein Herr." Amir parkte ein und fragte vorsichtig: „Brauchen Sie meine Dienste noch?"

„Ich glaube nicht."

„Unser gemeinsamer Freund hat eine Vergütung erwähnt …"

„Natürlich." Khalil bückte sich und holte den Eispfriem und eine amerikanische Baseballkappe mit der Aufschrift Mets aus seiner Reisetasche. „Sie haben ausgezeichnete Arbeit geleistet", versicherte er Amir.

Khalil nahm den Holzgriff in die rechte Hand, schaute sich um, um sicherzugehen, dass sie allein waren, dann stieß er mit dem Eispfriem in einem weiten, kräftigen Schwung zu. Die Spitze des Werkzeugs drang rechts oben in Amirs Kopf ein und durchbohrte mühelos dessen Schädel.

Amir streckte die rechte Hand aus und packte Khalils, die noch immer den Eispfriem umfasste. Amir schien verdutzt zu sein, wusste nicht, wie ihm geschah. Er zerrte an Khalils Hand und drehte sich im Sitz um. „Was …? Was soll …?"

„Ruhig, mein Freund. Regen Sie sich nicht auf."

Amirs Griff löste sich. Khalil wusste, dass er warten musste, bis die innere Blutung sein Werk vollendete. Aber er wurde ungeduldig, als er einen jungen Mann in die Murray Street kommen sah. Khalil glaubte zwar nicht, dass es ein Polizist war, aber trotzdem könnte er ihm Schwierigkeiten bereiten.

„Was ist passiert …?“, fragte Amir mit schwacher Stimme.

Khalil zog den Eispfriem heraus, steckte ihn in die Jackentasche, drückte die Baseballkappe auf Amirs Kopf und sagte auf Arabisch: „Die Engel werden dich ins Paradies bringen.“ Er griff über die Sitzlehne und zog Amir das Handy aus der Hemdtasche, nahm seine Reisetasche und stieg aus.

Der Mann auf dem Gehsteig war jetzt nur noch knapp dreißig Meter entfernt, und Khalil lief auf ihn zu. Er ging an ihm vorbei und blickte dann zu ihm zurück, als er sich dem Taxi näherte. Der Mann warf einen Blick in den Wagen, lief aber weiter, und Khalil ging zur Ecke Church Street.

Dort schaute er sich wieder um und erschrak, als er sah, dass Amir, der noch immer die Baseballkappe trug, aus dem Taxi gestiegen war, mit den Armen herumfuchtelte und zu gehen versuchte, aber schließlich auf der Straße zusammenbrach.

Khalil verfluchte sich, weil er sich für den Eispfriem entschieden hatte. Er war sich darüber im Klaren gewesen, dass Amir nicht auf der Stelle tot sein würde, aber er hätte schneller und verhältnismäßig schmerzlos sterben sollen. Khalil dachte daran, dass es Boris gewesen war, der ihn vor vielen Jahren dazu ermuntert hatte, unter bestimmten Umständen einen Eispfriem zu wählen: „Es ist schnell und lautlos, außerdem fließt kaum Blut.“ Khalil würde Boris erzählen müssen, was mit Amir geschehen war. Vielleicht sollte er es Boris vormachen.

Als er in die Church Street einbog, warf er Amirs Handy in einen Gully. Er kam zu der überdachten Plattform, von der aus man einen Blick auf die Stelle hatte, an der die Dschihadisten ihren großen Sieg über die Amerikaner errungen hatten. Er stieg die Treppe hinauf und sah, dass etwa fünfzig Personen dort standen.

Khalil blickte auf die riesige Grube unter sich. Er war erstaunt, dass keine Trümmer mehr zu sehen waren, nur die blanke Erde. Eine große Rampe aus Erde führte in die Grube, an deren Boden er Lastwagen und Geräte stehen sah. Dann blickte er zum Himmel auf, in den die beiden Türme geragt hatten, und erinnerte sich an die Bilder, die er gesehen hatte, als Menschen aus den brennenden Gebäuden gesprungen und Hunderte Meter in den Tod gestürzt waren.

Die Sonne stand im Westen und schien auf die Gesichter der Menschen, die teils Trauernde, teils Neugierige waren. Manche von ihnen verstanden immer noch nicht, was ihnen widerfahren und warum es dazu gekommen war. Die meisten von ihnen betrachteten dieses Ereignis als einen Einzelfall ohne Zusammenhang oder Bedeutung. Ihre Unwissenheit und Überheblichkeit, ihr Hang zur Bequemlichkeit und ihr Ungehorsam gegenüber Gott waren ihre größte Schwäche.

Sirenengeheul riss Khalil aus seinen Gedanken. Er warf einen Blick zur Church Street und sah zwei Polizeiwagen mit blinkenden Lichtern in Richtung Murray Street rasen. Er nahm an, dass sie auf einen Anruf wegen eines toten Taxifahrers reagierten. Es wurde Zeit, dass er diesen Ort verließ.

KHALIL saß allein auf einer Bank im Battery Park, einem schönen Park mit Blick auf die Bucht.

Er öffnete eine Wasserflasche, die er bei einem Straßenhändler gekauft hatte, und trank einen großen Schluck. Dann holte er die Handys der beiden toten Bundesagenten heraus. Er schaltete sie ein und sah, dass sie noch in Betrieb waren, was ihn überraschte. Möglicherweise hatte die Polizei oder das FBI noch nicht bemerkt, dass die Telefone abhandengekommen waren.

Er rief die neue SMS auf Haythams Handy ab und sah, dass sie von Paresi, Capt., ATTF/NYPD stammte. Das war, wie er wusste, Coreys Vorgesetzter. Es handelte sich um einen kurzen Befehl, der die Detectives der Polizei zum Dienst zitierte und anwies, mit der Überwachung der Muslime in der Stadt zu beginnen, mit besonderem Augenmerk auf die Libyer.

Das beunruhigte ihn nicht weiter. Seine einzigen libyschen Kontaktpersonen waren bislang Farid in Kalifornien und Amir hier in New York gewesen, und beide waren jetzt im Paradies, wo sie von den Amerikanern nicht überwacht werden konnten. Seine Freunde von El Kaida stammten aus anderen islamischen Ländern.

Er stellte Haythams Handy aus und rief die Mitteilungen auf Kate Mayfields Telefon ab. Eine neue SMS von Walsh lautete: AN ALLE FBI-AGENTEN UND DETECTIVES DES NYPD: ZWEI LIBYSCHE INFORMANTEN IN NYC HABEN SICH MIT INFOS ZU DEM VERDÄCHTIGEN KHALIL GEMELDET. SICHTEN SIE IHRE E-MAILS NACH WEITEREN DETAILS.

Er stellte Mayfields Telefon ab. Das bedeutete, dass er Schwierigkeiten bekommen könnte. Aber wenn diese Mitteilung an alle Agenten und Detectives geschickt worden war, hätte sie auch auf Haythams Handy auftauchen müssen. War sie aber nicht. Und warum war sie auf Mayfields Handy? Sie war bereits tot, als die Mitteilung geschickt worden war.

Folglich war diese Mitteilung nur an Mayfields Handy geschickt worden, weil Walsh vermutete, dass es in Khalils Besitz war. Und deswegen war das Handy auch noch in Betrieb. Sie versuchten also schlau zu sein. Aber sie waren nicht schlau genug.

Einiges deutete darauf hin, dass es sich bei dieser Mitteilung um eine Desinformation handelte, und so würde er sie auch betrachten. Boris hatte gesagt: „Die Briten sind Meister der Desinformation, und die Amerikaner haben das von ihnen gelernt. Aber im Verbreiten von Desinformationen sind die Leute vom KGB die besten der Welt.“

Boris hatte Libyen mithilfe der CIA verlassen, und dann hatte er sich an die Amerikaner verkauft und für sie das Gleiche getan, was er für den libyschen Nachrichtendienst getan hatte: für Geld Geheimnisse verraten. Beinahe hätte er auch Khalil verraten. Doch jetzt stand auch für Boris der Tag der Abrechnung bevor.

KAPITEL 5

Ich schlief auf dem Sessel in Kates Zimmer. Bei Anbruch der Morgendämmerung ging ich hinaus zum Parkplatz, fand meinen Jeep und holte mir ein paar Kleidungsstücke aus meinem Gepäck. Anschließend zog ich mich auf der Intensivstation um, setzte mich an Kates Bett und betrachtete sie im Schlaf.

Als Kate aufwachte, sah sie bemerkenswert gut aus, wenn man bedachte, dass sie an der Schwelle zum Tod gestanden hatte, doch der behandelnde Arzt wollte das Beatmungsgerät angeschaltet lassen, deshalb konnte sie noch nicht sprechen. Aber sie schrieb mir weitere Nachrichten. Eine lautete: *Mach Khalil ausfindig, bevor er dich ausfindig macht.*

„Das werde ich“, versicherte ich ihr.

Tatsächlich aber war nicht ich, wie erwartet, sein nächstes Ziel gewesen. Paresi hatte mich gestern Nachmittag angerufen und mir die Nachricht von Gabriel Haythams Tod sowie dem seiner Frau und Tochter überbracht.

Ich kannte Gabe, mochte und achtete ihn, und er hatte mir sehr geholfen, als Asad Khalil das letzte Mal in der Stadt gewesen war. Ich nehme an, Khalil wusste das und war zu dem Schluss gekommen, dass Haytham ein Verräter war und deshalb den Tod verdiente. Aber warum hatte er Gabes Frau und Tochter umgebracht?

Kate erzählte ich nichts von der Ermordung der Familie Haytham. Ich würde es irgendwann tun, aber nicht jetzt.

Dr. Goldberg kam, um nach seiner Patientin zu sehen, und strahlte übers ganze Gesicht. Irgendwie muss es ein großartiges Gefühl sein, jemandem das Leben gerettet zu haben. Er versicherte uns, dass Kate in etwa zwei Tagen mit einem Rettungshubschrauber in die Stadt verlegt werden könne, danach müsse sie noch ein paar Tage im Krankenhaus bleiben. Innerhalb eines Monats könne sie wieder zum Dienst antreten.

Als Dr. Goldberg gegangen war, schrieb Kate mir: *Ich will nächste Woche wieder arbeiten.*

„Lass uns erst heimkommen", erwiderte ich. „Ich muss schließlich erst feststellen, inwieweit du geistige Schäden davongetragen hast."

Sie versuchte mir das Friedenszeichen zu zeigen, war aber so geschwächt, dass sie nur den Mittelfinger heben konnte.

Ich blieb noch eine halbe Stunde bei ihr, dann sagte ich: „Ich muss in die Dienststelle, damit ich meinen Bericht schreiben kann. Ruh dich unterdessen aus und halte dich an die Anweisungen der Ärzte."

Ich küsste sie auf die Wange, worauf sie meine Hand nahm und sie drückte. Dann schrieb sie: *Sei sehr, sehr vorsichtig.*

Allerdings.

ICH GING zuerst zum Schwesternzimmer und ermahnte alle, weiter die Augen offen zu halten, obwohl ich eigentlich der Meinung war, dass keine unmittelbare Gefahr mehr bestand; Asad Khalil war anscheinend im Großraum New York.

Ich fuhr mit dem Aufzug in die Lobby und ging zum Geschenkladen, wo ich für Kate einen Plüschlöwen kaufte und darum bat, ihn auf ihr Zimmer zu bringen. Ich bin ein aufmerksamer Ehemann.

Danach stieg ich in meinen Jeep für die zweistündige Rückfahrt nach Manhattan. Es war wieder ein herrlicher Tag, und im Mai sind die Berge wirklich schön. Ich sah ein, weshalb Kate manchmal davon sprach, dass wir uns hier oben eine Bleibe zulegen sollten.

Mein Handy klingelte, und ich nahm den Anruf an. Captain Paresi war dran und fragte: „Wie geht's Kate?"

„Die ist auf dem Weg der Besserung."

„Gut. Wo sind Sie?"

„Unterwegs nach New York."

„Okay. Hören Sie, am Bahnhof von Douglaston, unweit von Gabriels Haus, wurde heute am frühen Morgen von einem Pendler eine Leiche entdeckt. Das Opfer war ein Mietwagenfahrer namens Charles Taylor, der am Lenkrad seines Lincoln Town Car aufgefunden wurde und zwei Schussverletzungen aufwies, die man ihm durch die Lehne seines Sitzes beigebracht hat. Die Spurensicherung hat zwei Kugeln aus dem Armaturenbrett geholt, beide vom Kaliber .40. Die Ballistik vergleicht sie mit den ballistischen Unterlagen zu Kates Waffe."

„Wir werden uns nicht wundern, wenn es eine Übereinstimmung gibt."

„Nein, werden wir nicht. Man hat in der Limousine und natürlich auch im Haus der Haythams jede Menge Fingerabdrücke gesichert. Haben wir Khalils Abdrücke in den Akten?"

„Man hat sie ihm vor drei Jahren in der amerikanischen Botschaft in Paris abgenommen."

„Gut. Wenn wir eine Übereinstimmung feststellen, können wir ihm alles nachweisen. Und wenn die Kugeln aus Kates Waffe stammen, könnte das bedeuten, dass Khalil keine eigene Waffe hat."

„Wenn Khalil Kontaktpersonen in diesem Land hat – und dessen bin ich mir sicher –, dann hat er auch eine eigene Knarre", erwiderte ich. „Er hat Kates Waffe genommen, um uns zu sagen: ‚Leckt mich!'"

„Vermutlich … Die Ballistik bestätigt soeben, dass Gabe ebenfalls mit Kates Waffe getötet wurde."

„Was gibt's sonst noch?"

„Wir haben uns mit Charles Taylors Mietwagenfirma auf Long Island in Verbindung gesetzt und erfahren, dass er am Republic Airport einen Fahrgast namens Brian Gold abholen und zu einem Ziel bringen sollte, das der Kunde angeben würde. Die Mietwagenfirma wurde im Voraus per Kreditkarte bezahlt, und wir versuchen den Karteninhaber aufzuspüren, bei dem es sich um eine Firma in Liechtenstein handelt, Global Entertainment."

„Dann hat also Charles Taylor Asad Khalil, alias Brian Gold, zum Haus der Haythams gebracht?" Ich beantwortete die Frage gleich selbst: „Unwahrscheinlich. Khalil hat sich mit jemand anders getroffen, wahrscheinlich am Bahnhof, nachdem er Taylor kaltgemacht hatte. Halten Sie Ausschau nach einem toten libyschen Taxifahrer."

Nach ein paar Sekunden Schweigen teilte mir Paresi mit: „Wir haben einen. Woher haben Sie das gewusst?"

„Erzählen Sie mir was dazu."

„Ich lasse es Ihnen von Walsh erzählen. Nächstes Thema. Der Rechtsmediziner hat bestätigt, dass Gabriels Tochter durch einen Messerstich ins Herz und seine Frau durch einen Genickbruch gestorben ist. Aufgrund dessen, was der Rechtsmediziner zum Zeitpunkt des Todes gesagt hat und was die Streifenpolizisten festgestellt haben, glaube ich, dass wir Khalil nur um Minuten verpasst haben. Ich wünschte, ich hätte früher einen Streifenwagen hingeschickt. Vielleicht hätten wir es verhindern können."

„Vielleicht sind aber auch die Streifenpolizisten dem Tod nur um Minuten entgangen."

„Sie sind wahrscheinlich der Nächste, der es mit Khalil zu tun kriegt."

„Richtig. Und er soll es mit mir zu tun kriegen."

Paresi erinnerte mich noch an etwas anderes. „Walsh und alle Leute in Washington wollen ihn lebend haben.“

„Nun ja, das sagen die so, Captain. Aber was wollen sie mit ihm machen? Wollen sie, dass dieser Typ vor ein Bundesgericht gestellt wird, wo er Sachen sagen kann, die die Öffentlichkeit nicht hören sollte? Die ganze Akte ist unter Verschluss.“

„Das habe ich gesehen. Ich war im ACS und habe mir die Akte Khalil vorgenommen. Die hat mehr X als einsehbare Abschnitte.“

Das Automatic Case System oder ACS war die FBI-Version von Google. Allerdings gab es bei vertraulichen Akten interne Sperren, und dann sah man lediglich reihenweise X.

„Wo ist die Akte, die Sie und Gabe über Khalil geführt haben, John?“

„Ich suche sie raus, wenn ich in die Dienststelle komme“, erwiderte ich.

„Okay. Wo sind Sie jetzt?“

„Auf der malerischen Route 17. Etwa anderthalb Stunden von meinem Schreibtisch entfernt.“

„Sagen Sie mir Bescheid, wenn Sie hier sind. Wir haben am Mittag eine Besprechung in Walshs Büro.“

„Wer ist bei der Besprechung dabei?“

„Die Löwenjäger – George Foster, Sie und ich. Walsh möchte, dass alles klein und konzentriert bleibt.“

Was so viel hieß wie klein und geheim. Kate und Gabriel wären normalerweise auch dabei gewesen, aber das Löwenjägerteam schrumpfte.

„Walsh hält Sie für einen Risikofaktor“, vertraute Paresi mir an. „Also reißen Sie sich bei der Besprechung zusammen.“

Ich ein Risikofaktor? „Im Moment bin ich bloß der Köder für den Löwen.“

„Oder seine nächste Mahlzeit.“ Er legte auf.

ICH NUTZTE die Fahrzeit, um über Gabriel und einige der Erkenntnisse nachzudenken, die er mir vor drei Jahren in Bezug auf Asad Khalil vermittelt hatte. Gabe war Khalil nie begegnet – bis gestern –, aber er hatte eine Art psychologisches Profil seines Glaubensbruders liefern können. So hatte er mir zum Beispiel die Blutfehde erklärt – die Pflicht eines arabischen Mannes, den Mord an einem Familienmitglied zu rächen. Das war es, was Khalil mehr als jede politische Ideologie oder Religion motivierte: Die Amerikaner hatten seine Familie umgebracht, und er war aufgrund seiner Ehre verpflichtet, die dafür Verantwortlichen zu töten – und darüber hinaus auch all jene, die ihn davon abhalten wollten. Mich zum Beispiel. Und Kate. Und Gabe.

Dieser hatte mir gegenüber auch die alte arabische Tradition des einsamen Kriegers erwähnt, des Rächers, der das Gesetz an sich ist, nicht unähnlich dem heroischen amerikanischen Cowboy. Gabe hatte dazu einen Vers zitiert, der das Ganze gewissermaßen zusammenfasste: „Allein ritt der Schreckliche mit seinem Krummschwert. Schmuck und Zierrat trug er nicht, nur die Kerben an der Klinge."

Deshalb war es gut möglich, dass Asad Khalil vorhatte, John Corey allein zu stellen, Mann gegen Mann, ohne Komplizen und zu keinem anderen Zweck, als zu ermitteln, wer der Bessere war.

Und das war mir nur recht. Ich liebe eine solche Herausforderung.

Mein Handy klingelte. „Corey."

Ermittler Miller war dran, der sich nach Kate erkundigte und mir dann mitteilte: „Wir haben mit dem Präsidenten des Fallschirmspringerklubs gesprochen. Er wusste nicht viel über den Neuzugang, der, wie sich herausstellte, der Verdächtige ist. Aber wir haben das Video von Ihrem Sprung als Beweismittel beschlagnahmt." Er zögerte. „Ich hab's mir angesehen. Unglaublich. Sie sind ein tapferer Mann, Detective Corey."

Das stimmte zwar, aber ich erwiderte: „Dann haben Sie auch gesehen, wozu Khalil fähig ist."

„So ist es. Aber er ist nicht tapfer – er ist psychotisch."

Ich pflichtete ihm bei. „Er ist ein bisschen durchgeknallt. Wo ist das Video jetzt?"

„Im Besitz des FBI. Ich habe ein halbes Dutzend FBI-Agenten in meinem Hauptquartier. Man hat mich darauf hingewiesen, dass Sie nicht der für den Fall zuständige Agent sind und dass ich nur demjenigen Bericht erstatten muss, der mit dem Fall betraut ist."

„Okay, aber lassen Sie uns in Verbindung bleiben."

„Das entspricht nicht dem, was ich gerade gesagt habe."

„Sie haben mich eben angerufen", erinnerte ich ihn.

„Das war ein einmaliges Entgegenkommen."

Von Cop zu Cop. „Ich kann nur hoffen, dass das FBI Ihnen gegenüber auch etwas entgegenkommend ist", sagte ich. „Zum Beispiel, wenn es darum geht, das Opfer zu vernehmen."

Er erwiderte nichts, worauf mir klar wurde, dass ihm das FBI bereits mitgeteilt hatte, er solle gar nicht erst daran denken, mit Kate zu reden.

„Meine neuen Freunde vom FBI sagen, dass sie Ihre Frau morgen wegbringen wollen", berichtete er.

Das war mir neu. Offensichtlich wollten sie sie aus dem Zuständigkeitsbereich der Staatspolizei schaffen und nach Manhattan verlegen, damit sie den Fall besser unter Verschluss halten konnten. Sie ließen die Presse im Dunkeln und speisten die örtliche Polizei mit Blödsinn ab. Dann konnten sie die Suche nach Khalil steuern und unter sich entscheiden, was sie mit ihm machen wollten, wenn sie ihn fassten.

Allem Anschein nach ging uns der Gesprächsstoff aus, deshalb sagte ich: „Ich danke für den Anruf."

Wir beendeten das Gespräch, und während ich mich der Stadt näherte, dachte ich darüber nach, was Paresi mir gesagt hatte. Mir kam der Gedanke, dass es bei dieser mittäglichen Besprechung in Walshs Büro weniger um Asad Khalil als um John Corey gehen könnte. Offenbar war ich zu einem Problem geworden.

Ich werde für gewöhnlich nicht paranoid, was meine weitere Berufslaufbahn angeht, weil ich gut bin. Aber vorerst musste ich bei den FBIlern bleiben, bis Khalil und ich uns ein letztes Mal über den Weg liefen.

Schließlich fuhr ich durch die geschäftigen Straßen von Lower Manhattan und parkte vor der Federal Plaza Nummer 26. Während ich mich noch umsah, wo Kate die Parkerlaubnis versteckt hatte – im Handschuhfach? Unter dem Fahrersitz? Hinter der Sonnenblende? –, kam ein junger Cop angeschlendert und klopfte an mein Fenster.

Ich ließ es herunter, worauf er sagte: „Nur für Regierungsbedienstete."

„Richtig. Ich suche nach meiner Erlaubnis." Ich reichte ihm meinen FBI-Dienstausweis und zeigte ihm meine NYPD-Dienstmarke, während ich unter dem Beifahrersitz herumkramte. Warum zum Teufel suchte Kate sich jedes Mal einen anderen Platz aus?

Der Cop, auf dessen Namensplakette TIMMONS stand, reichte mir meinen Ausweis zurück. „Danke, Detective."

Ich nutzte die Gelegenheit und fragte ihn: „Hey, wissen Sie irgendwas über den Mord an einem Taxifahrer? Ein Libyer. Irgendwann gestern."

„Gestern Nachmittag, an der Murray Street."

„Habt ihr einen Verdächtigen?"

„Ja. Einen Araber."

„Gut. Ach, wenn Sie eine Frau wären, wo würden Sie dann die Parkerlaubnis hinlegen?"

Ich dachte schon, er würde antworten: „Sie sind der Detective", aber er erwiderte vernünftigerweise: „Das zu erraten will ich nicht mal versuchen."

„Recht haben Sie. Wie ist der Typ umgelegt worden?"

„Hat so was wie 'nen Eispfriem in den Kopf gekriegt."

„Autsch. Wie heißt das Opfer?"

„Amir … irgendein arabischer Name."

„Wissen Sie irgendwas Näheres über den Vorfall, Officer Timmons?"

„Die Mordkommission sagt, es war kein Raubüberfall. Folglich sieht's so aus, als ob Abdul A Abdul B kannte und sie vielleicht eine Meinungsverschiedenheit hatten. Ich habe ein Foto von dem Verdächtigen im Auto. Liegt am Boden."

„Sie sollten es am Armaturenbrett haben."

„Nein, Ihre Parkerlaubnis. Sie liegt hinter Ihnen am Boden."

„Wirklich?" Ich drehte mich um, und tatsächlich, da war sie.

Der Cop zog ab. Ich legte die Erlaubnis hinter die Windschutzscheibe, sperrte das Auto ab und lief in Richtung Federal Plaza Nummer 26.

Wie der Name andeutet, ist es ein Gebäude der US-Bundesregierung, dessen vierzig Stockwerke diverse Steuern fressende Behörden beherbergen, die meisten davon voll öffentlich Bediensteter, die sich damit herumquälen, wie man der amerikanischen Öffentlichkeit am besten dienen kann.

Mit den Stockwerken 22 bis 28 verhält es sich jedoch anders; dort sind das FBI und die Antiterror-Task Force sowie andere Polizei- und nationale Sicherheitsdienste untergebracht.

Ich ging durch die große Lobby zu den dicken Plexiglaswänden, die die Aufzüge umgeben, und tippte meinen Code ein, um die Tür zu öffnen. Ein Aufzug kam, ich stieg ein und drückte auf den Knopf zum 28. Stock, wo Tom Walsh ein großes Eckzimmerbüro hatte.

Auf dem Weg nach oben dachte ich über Khalil nach. Er war eine einzigartige Person, verfügte über eine gewisse angeborene Intelligenz und war von primitiven Instinkten besessen. Ich musste seine Fähigkeit anerkennen, in einer fremden und feindseligen Umgebung zu operieren. Er sprang hier in Amerika aus Flugzeugen, charterte Maschinen, machte Menschen in ihren Häusern und Autos kalt und ließ uns dumm aussehen. Klar, er hatte hier Unterstützung, wie zum Beispiel den toten Amir, dessen Kopf er mit einem Eisblock verwechselt hatte. Aber die hiesigen Libyer waren nur teilweise ein Grund für Khalils Erfolg; er hatte Köpfchen und Mumm. Und schlimmer noch, er glaubte, dass Gott auf seiner Seite stand. Dennoch … das erklärte noch lange nicht seine fast schon an James Bond erinnernde Gerissenheit und seine raffinierte Vorgehensweise.

Und dann dämmerte es mir. Boris.

Ich stieg aus dem Fahrstuhl und blieb im Flur stehen.

Boris. Ein ehemaliger KGB-Mann, der vom libyschen Nachrichtendienst engagiert worden war, um Khalil auszubilden. Er hatte ihn nicht nur die Kunst des Tötens, Täuschens, Tarnens, der Flucht und des Ausweichens gelehrt, er hatte ihm auch beigebracht, wie man in der westlichen Welt zurechtkam – praktische Dinge, wie zum Beispiel eine Flugreservierung, das Einchecken in ein Hotel, die Anmietung eines Autos und so weiter.

Das brachte mich auf meinen nächsten Gedanken: Khalil wollte Boris umbringen.

Ich war Boris vor drei Jahren zum ersten und einzigen Mal in der CIA-Zentrale in Langley, Virginia, begegnet, nachdem uns Khalil entwischt war. Boris hatte angedeutet, dass die Libyer vorhatten, seiner Tätigkeit – und seinem Leben – ein Ende zu bereiten, nachdem er Khalil seine letzte Lektion erteilt hatte. Aber Boris war mit etwas Hilfe seitens der CIA lebend aus Libyen weggekommen, und als Kate und ich ihn trafen, packte er bei seinen neuen Freunden über den libyschen Nachrichtendienst aus. Nach den üblichen CIA-Gepflogenheiten würde Boris wohl einen amerikanischen Pass und ein paar andere Gegenleistungen bekommen haben, zum Beispiel eine lebenslange Versorgung mit Marlboros und Stoli Wodka, der ihm, wie ich mich erinnerte, zu schmecken schien.

Boris war ein eindrucksvoller Mann, und ich hätte gern mehr Zeit mit ihm verbracht, aber er war von seinen CIA-Hütern umgeben, was einem ungezwungenen Gespräch von vornherein Dämpfer aufsetzte. Jedenfalls konnte ich mich erinnern, dass Boris in Bezug auf Asad Khalil zu mir und Kate gesagt hatte: „Dieser Mann ist eine perfekte Mordmaschine, und wen er heute nicht umbringt, bringt er morgen um."

Darauf war ich irgendwie schon selbst gekommen, aber aus reiner Widerborstigkeit hatte ich eingewandt: „Er ist auch nur ein Mensch."

Worauf Boris erwidert hatte: „Manchmal frage ich mich, ob er das wirklich ist."

Offenbar hatte Asad Khalil, der Löwe, in der Vorstellung seiner Freunde und Feinde geradezu sagenhafte Ausmaße angenommen. Jedenfalls hatte Boris unser einstündiges Stelldichein bei Tee und Wodka mit folgenden Worten beendet: „Ich beglückwünsche Sie beide zu Ihrem Überleben. Vergeuden Sie keinen Ihrer Tage."

Danke für den Rat. Ich konnte nur hoffen, dass Boris ihn sich selbst zu Herzen genommen hatte.

Ich musste Boris ausfindig machen und ihn warnen, dass sein ehemaliger Schüler sich wieder in den USA aufhielt und ein paar alte Rechnungen begleichen wollte. Davon abgesehen wollte ich mit ihm darüber sprechen, wie ich Khalil am besten aufspüren konnte. Und wenn Boris noch nicht tot war, gäbe er außerdem einen guten Köder ab.

KATHY, Tom Walshs Sekretärin, begrüßte mich. „Mr Walsh wird in Kürze da sein. Gehen Sie schon mal hinein und nehmen Sie Platz."

Ich betrat Walshs Eckbüro, wo bereits Captain Paresi gegenüber von Special Agent George Foster vom FBI an dem runden Konferenztisch saß. Sie wirkten grimmig.

Ich schüttelte beiden die Hand, und Foster fragte: „Wie geht's Kate?"

„Sie erholt sich, danke."

„Diese Sache ist unglaublich."

„George, Sie wissen doch besser als jeder andere, dass es nicht unglaublich ist", erwiderte ich.

Er nickte.

Ich wechselte ein paar Worte mit Paresi. Er war ein bisschen kühl, was wiederum hieß, dass sein eigener Boss, Tom Walsh, den Umgangston in Bezug auf John Corey vorgegeben hatte.

„Ich werde mich nicht von diesem Fall abziehen lassen", betonte ich.

Paresi ging nicht direkt darauf ein, sagte aber: „Wir wissen Ihr Engagement und Ihre Erfahrung mit dem Verdächtigen zu schätzen."

„Blödsinn", erwiderte ich, um meinerseits den Umgangston vorzugeben.

Ich ging zu einem der großen Fenster. Vom 28. Stock aus konnte ich den Großteil von Lower Manhattan sehen. Ich schaute nach Südwesten, wo einst die Zwillingstürme gestanden hatten. Wenn man einer der Zehntausenden Überlebenden war, die sich an jenem Morgen in den Türmen aufgehalten hatten oder auf dem Weg dorthin gewesen waren, wie Kate und ich, verging kein Tag, ohne dass man sich fragte, warum man davongekommen war.

Außerdem war die Murray Street, an der Amir, der Taxifahrer, seinen letzten Kunden abgesetzt hatte, nur ein paar Blocks von hier entfernt. Angenommen, der Fahrtkostenpreller war Asad Khalil, was machte er dann an einem Sonntag in Lower Manhattan? Was gab es in Manhattan, das ihn anlockte? Nun, John Corey wohnte an der East 72nd Street, Tom Walsh wohnte ebenso an der Upper East Side, und Vince Paresi wohnte mit Ehefrau Nummer drei am Central Park West. Wir alle arbeiteten hier und hatten unter der Woche einen ziemlich geregelten Tagesablauf.

Was mich auf den Gedanken brachte, dass Asad Khalil sehr gut über Mr und Mrs Corey informiert war. Wie hätte er sonst wissen können, dass wir am Sonntagmorgen aus einem Flugzeug springen würden? Dieser Typ mochte ein Einzelgänger sein, aber er hatte hier in New York eine große Unterstützertruppe.

Als ich mich vom Fenster abwandte, kam Tom Walsh ins Zimmer. Er schüttelte uns allen die Hand, setzte sich und warf einen dicken Aktenordner auf den Tisch. „Es gibt keine guten Nachrichten, deshalb fange ich gleich mit den schlechten an."

Bevor Walsh aber zu den schlechten Nachrichten kam, schlug er vor, dass wir eine Schweigeminute für Gabriel, seine Frau und seine Tochter einlegen sollten. Es war eine schöne Geste, und wir senkten alle den Kopf.

Ich kenne nicht allzu viele muslimische Gebete, aber ich wusste, was für ein Gebet sich Gabe von mir gewünscht hätte, deshalb betete ich darum, dass ich Asad Khalil ausfindig machen und ihn für seine Untaten büßen lassen würde. Amen.

Die Schweigeminute ging zu Ende, und Walsh fing an. „Wir haben Chip Wiggins gefunden." Doch weil es keine guten Nachrichten gab, fügte er sogleich hinzu: „Wie wir schon befürchtet haben, ist er tot."

Als Walsh seine Notizen zurate zog, wechselte ich einen kurzen Blick mit Paresi und Foster. Paresi hatte natürlich schon gewusst, dass Wiggins tot war, aber Foster wirkte überrascht und blasser als üblich.

Walsh berichtete uns von der Suche des FBI nach Wiggins, der schließlich in seinem Flugzeug gefunden worden war. Walsh holte drei Fotos aus seinem Ordner und schob sie über den Tisch.

Ich blickte auf ein Foto. Ein Mann saß mit dem Rücken zur Wand am Boden und hatte eine schwarze Hose und ein weißes Hemd an, das rot vor Blut war. Das Gesicht war Wiggins' Gesicht. Das Ungewöhnliche daran war aber, dass Wiggins' Kopf in seinem Schoß lag.

„Herrgott …", hörte ich Paresi sagen.

Ich warf einen Blick zu George, der mit fassungsloser Miene auf das Foto starrte. Sein Gesicht wirkte noch weißer als das von Wiggins.

Walsh ließ uns die Fotos ein paar Sekunden lang betrachten, dann sagte er: „Unsere Dienststelle in Santa Barbara hat gestern Abend Sterling Charters am Santa Barbara Airport einen Besuch abgestattet. Das ist die Charterfirma, die den Citation-Jet besitzt und betreibt, mit dem Khalil vom Sullivan County Airport zum Republic Airport auf Long Island geflogen ist." Er schaute kurz über die E-Mail, die er in der Hand hatte. „Am Samstag gegen sieben Uhr morgens tauchte ein Mann, der sich als Christos Demetrios auswies, im Büro von Sterling auf. Er hatte von seiner Firma in Athen, Hydra Shipping, eine Reservierung tätigen lassen. Er traf seinen Piloten und Copiloten, und sie starteten pünktlich und landeten auf dem Sullivan County Airport um achtzehn Uhr dreizehn Ortszeit. Mr Demetrios – den die Piloten als Asad Khalil identifizierten – mietete sich ein Auto, und die Piloten begaben sich zu einem dortigen Motel, hatten aber die Anweisung, am nächsten Morgen, am Sonntag also, ab zehn Uhr abflugbereit zu sein. Das Ziel war Buffalo." Walsh dachte einen Moment lang nach. „Als Khalil sich im Sullivan County wieder an Bord des Flugzeugs begab, hatte er gerade Kate ... angegriffen, aber die Piloten sagen, er habe ganz ruhig gewirkt, habe gelächelt und den Flugplan von Buffalo zum Republic Airport geändert. Er weiß, wie man die Behörden abschüttelt."

Bislang hatte der Mistkerl nur einen einzigen Fehler begangen: mich nicht umzubringen, als er die Gelegenheit dazu hatte.

Walsh sah uns an. „Es gab noch einen Mord in Kalifornien, der höchstwahrscheinlich mit diesem Fall in Zusammenhang steht. Ein in Libyen geborener Mann. Die Polizei des Bezirks Ventura meldete, dass unter dem Bett eines Best Western Hotels in der Nähe des Santa Barbara Airports eine Leiche ohne Ausweise gefunden worden sei. Das Zimmer war auf einen gewissen Farid Mansur registriert, und die Polizei brachte das mit der Vermisstenmeldung einer Amerikanerin libyscher Herkunft in Verbindung, deren Ehemann seit Freitag vermisst wurde, und sie identifizierte die Leiche. Wir dürfen annehmen, dass Farid Mansur Asad Khalil die falschen Ausweise, Geld, Waffen und vielleicht die Fallschirmspringerausrüstung übergeben hat. Wir müssen außerdem annehmen, dass Khalil wieder zuschlagen wird. Aufgrund seines Angriffs auf Kate, dem Mord an Gabriel und seiner Drohung gegenüber John müssen wir uns eingestehen, dass er die Task Force ins Visier genommen hat."

Fosters Gesichtsfarbe schlug von Weiß in Grau um, und selbst Paresi, der normalerweise kühl und machohaft ist, wirkte ein bisschen beunruhigt.

Walsh blickte zu mir. „*Sie* hat er definitiv ins Visier genommen. Deshalb sollten Sie sich vielleicht bedeckt halten und während Kates Genesung zu Hause bleiben."

Das hatte ich kommen sehen. „Das habe ich nicht vor. Schauen Sie, Tom, ich bin bereit, als Köder zu fungieren."

„Das können wir später besprechen. Aber ich weiß dieses Angebot zu schätzen." Dann wechselte Walsh das Thema. „Wir haben einen weiteren Mord, der möglicherweise etwas mit Khalil zu tun hat. Captain Paresi hat Ihnen von dem libyschen Taxifahrer berichtet, John."

„Richtig."

„Wie haben Sie das vorhergesehen?"

„Es ist Khalils Vorgehensweise. Als er zum letzten Mal hier war, hat er sich von einem libyschen Taxifahrer vom JFK Airport nach New Jersey bringen lassen, wo er ihn auf fast die gleiche Art und Weise ermordet hat wie“ – jetzt schlug meine Stunde – „Amir in der Murray Street.“

„Ich habe weder den Namen des ermordeten Taxifahrers erwähnt, noch wie er ermordet wurde“, warf Paresi ein. „Woher wissen Sie das alles?“

Ich wollte ihm nicht verraten, dass ich einen zufälligen Plausch mit einem Streifenpolizisten gehalten hatte. Ich wollte an dem Fall dranbleiben, deshalb musste ich den Eindruck erwecken, dass ich gut informiert war und beste Beziehungen hatte. „Ich habe meine Quellen.“

Das kam bei meinen beiden Bossen nicht gut an, aber Walsh ließ es mir durchgehen. „Der Rechtsmediziner fand eine Stichwunde am Schädel des Toten, wie sie durch einen Eispfriem verursacht wird. Der Tod trat nicht auf der Stelle ein. Das Opfer stieg vielmehr aus seinem Taxi und starb auf der Straße.“

Das klang nicht nach dem Asad Khalil, den ich kannte. Ich meine, man will doch nicht, dass sein Opfer wie ein Zombie mitten auf der Straße herumläuft, während man sich abzusetzen versucht. Wenn hier tatsächlich Boris' Training dahintersteckte, sollte man doch meinen, Boris habe Khalil erklärt: „Wir lieben diesen Eispfriem, Asad, aber du musst ihnen zwei, drei Stiche verpassen.“

Walsh fuhr mit seinem Tatortbericht fort. „Die Polizei fand weder bei der Leiche des Fahrers noch im Taxi ein Handy. Wenn er eines hatte – was zweifellos der Fall war –, war es entweder nicht unter seinem Namen angemeldet oder es handelt sich um ein Kartenhandy, zu dem es keine Aufzeichnungen gibt. Tote Hose.“

Nicht weiter verwunderlich. Ein Großteil der Einwanderer stammt aus solchen Ländern des Nahen Ostens, in denen man tunlichst keine Aufzeichnungen über sein Dasein hinterlässt – und diese Einstellung wurde nach Amerika mitgenommen, was meinen Job ein bisschen schwerer machte.

Walsh teilte uns noch ein paar Kleinigkeiten mit, darunter auch die nicht weiter überraschende Erkenntnis, dass Global Entertainment in Liechtenstein und Hydra Shipping in Athen Scheinfirmen waren. Interpol hatte die Ermittlungen aufgenommen.

Beim Antiterrordienst sagen wir immer: „Es ist wichtig zu wissen, wer die Kugel abgefeuert hat, aber noch wichtiger ist es zu wissen, wer dafür bezahlt hat.“ Und wenn man das weiß, kann man das Gesamtbild erraten.

Und wer unterstützte Asad Khalil? Er konnte diese Geschichte nicht allein durchgezogen haben. Mein Wissen um Geopolitik ist begrenzt, aber ich wusste, dass Libyen und sein Staatschef Oberst al-Gaddafi stillhielten, seit wir 1986 Tripolis bombardiert hatten. Warum sollte er also das Risiko eingehen und einen psychotischen Terroristen unterstützen? Für ihn sprang dabei nicht mehr heraus als weitere Bomben.

Die nächsten üblichen Verdächtigen waren die Typen von El Kaida, aber deren Fingerabdrücke sah ich nicht an dieser Sache haften – es sei denn, dass etwas für sie heraussprang. Es könnte sein, dass eine Terrororganisation, die über einige Mittel und Möglichkeiten verfügte, Asad Khalil mit Finanzen, Scheinfirmen, Pässen und Geheiminformationen über seine angehenden Opfer versorgt hatte – darunter auch Kate und ich. Aber Khalil war in eigener Sache unterwegs, und die war weder groß noch bedeutend genug, als dass man im Krieg gegen die USA damit etwas ausrichten konnte. Mr und Mrs Corey kaltzumachen war für El Kaida nicht vordringlich. Deshalb musste Khalil den Gefallen vergelten; er musste für seine Unterstützer ein großes Ziel ausschalten – ein Gebäude oder Monument, vielleicht auch eine oder mehrere wichtige Personen.

Über all das dachte ich nach, während Walsh sich über dies und das ausließ und mittlerweile meistens George Foster ansprach. Ich wartete darauf, dass Walsh auf das Thema kam, wer hinter Asad Khalil stecken könnte, und auf die Möglichkeit eines großen Anschlags. Aber anscheinend stand das nicht auf seiner Tagesordnung. Vielleicht später.

Walsh beendete sein Gespräch mit Foster, der – während ich geistesabwesend gewesen war – offenbar gerade zum zuständigen Agenten für diesen Fall ernannt worden war. Damit konnte ich leben, aber ich machte mir ein paar Sorgen um meinen künftigen Status bei diesem Fall.

„Machen wir eine Viertelstunde Pause“, schlug Walsh vor.

Ich sass an meinem Schreibtisch und starrte auf die zahlreichen, von niedrigen Wänden umgebenen Kabuffs. Ein paar Schreibtische weiter hatte Gabriel Haytham gearbeitet, und ich sah, dass die Leute von der Personalabteilung seine Sachen bereits in Kartons verpackt hatten.

Captain Paresi kam zu mir. Er setzte sich auf den Stuhl neben meinem Schreibtisch und fragte mich: „Wie geht's Ihnen?“

„Gut.“

„Ich glaube, Sie machen eine posttraumatische Stresserfahrung durch.“ Offenbar war Walsh eine gute Begründung eingefallen, aufgrund derer ich um Urlaub bitten konnte.

Ich ging nicht darauf ein.

„Niemand hier“, versicherte er mir, „wird weniger von Ihnen halten, wenn Sie darum bitten, eine Zeit lang bei Ihrer Frau sein zu können. So etwas tut man als Ehemann.“

Ich war mir nicht sicher, ob ich mich auf die Eheberatung eines Mannes einlassen sollte, der dreimal verheiratet war.

Er wechselte das Thema. „Ich nehme Ihre Akte über Khalil an mich."

Ich schloss den Aktenschrank neben meinem Schreibtisch auf. In der untersten Schublade war ein Ordner mit der Aufschrift PROGRAMM ZUR SOZIALEN UNTERSTÜTZUNG DER ISLAMISCHEN GEMEINDE. Ich holte ihn heraus und gab ihn Paresi, der einen Blick auf das Inhaltsverzeichnis warf und lächelte. Er blätterte im Ordner und stellte mir ein paar Fragen. Ich berichtete ihm von den Bemühungen des Löwenjägerteams im Lauf der letzten drei Jahre und erläuterte: „Sein Vater, Hauptmann Karim Khalil, war ein hohes Tier in Gaddafis Regierung. Er wurde 1980 in Paris ermordet, angeblich von israelischen Agenten, wodurch er ein Märtyrer für den Islam wurde. Tatsächlich aber war es Gaddafi persönlich, der den Anschlag befahl."

„Warum?"

„Laut CIA hatte Gaddafi eine sexuelle Beziehung mit Mrs Khalil."

„Allen Ernstes?"

„Es ist ein bisschen kompliziert, aber die CIA hat versucht, Asad Khalil mit dieser Info umzudrehen, damit er Gaddafi kaltmacht."

Paresi dachte darüber nach, gab aber keinen Kommentar dazu ab.

„Vor Karim Khalils Einzug ins Paradies wohnten er und seine Familie in einer ehemaligen italienischen Militäranlage in Tripolis namens Al Aziziya", fuhr ich fort. „Eine Siedlung für Privilegierte, in der auch die Gaddafis ein Haus hatten. In der Nacht auf den 15. April 1986 warfen vier F-111 der US Air Force, die Teil einer größeren Kampfgruppe waren, acht schwere Bomben auf die Anlage ab und töteten unter anderem Gaddafis Adoptivtochter und Asad Khalils Mutter, zwei Schwestern und zwei Brüder."

Paresi verarbeitete das, dann fragte er: „Wie hat der Mistkerl überlebt?"

„Ich weiß es nicht", erwiderte ich. „Aber Asad Khalil würde Ihnen erklären, dass er von Gott verschont wurde, um Rache zu üben."

„Und Chip Wiggins war der letzte dieser acht Piloten."

„So ist es."

„Also wird's Zeit für die Heimreise."

„Nun ja, ich würde das so sehen. Sie würden das so sehen. Aber wissen Sie, er ist sowieso in der Stadt, warum also auf dem Rückweg nicht noch ein paar Leute kaltmachen?"

Paresi und ich gingen noch ein paar Fragen durch und kamen darauf zu sprechen, wo sich Khalil verstecken könnte. Wir waren beide der Meinung, dass er sich nicht in einer muslimischen Wohngegend verkriechen würde, wo Detectives der Task Force nach ihm Ausschau halten würden.

„Wie wir sehen“, sagte ich, „ist Khalil finanziell gut ausgestattet, und er hat etablierte Unterstützer. Wer immer diese Leute sein mögen, sie haben vermutlich ein sicheres Haus in Manhattan – Apartments, die von der Firma XYZ für Kollegen auf Besuch gemietet wurden. Uns sind drei solcher Apartmentgebäude in Manhattan bekannt, aber ich bin mir ziemlich sicher, dass seine Unterstützer für ihn eine noch nie benutzte Unterkunft ausgesucht haben.“

Paresi dachte über all das nach. „Es wird nicht leicht werden, diesen Typen auf die übliche Weise ausfindig zu machen.“ Er warf einen Blick auf seine Uhr. „Wir sind schon eine Minute zu spät dran.“ Er stand auf und ging zu den Aufzügen.

Ich wartete ein paar Minuten, dann folgte ich ihm.

TOM WALSH gab keinerlei Kommentar dazu ab, dass ich zu spät und George Foster gar nicht mehr erschienen war.

Stattdessen sagte er: „John, lassen Sie mich zunächst feststellen, dass Sie in diesem Fall hervorragende Arbeit geleistet haben und wir Ihr Pflichtbewusstsein zu schätzen wissen, vor allem angesichts von Kates schweren Verletzungen und dem Stress“ – Betonung auf „Stress“ – „unter dem Sie standen … Wissen Sie, ich habe über diese Sache nachgedacht und mich mit Captain Paresi beraten, und ich möchte Ihnen dringend vorschlagen, dass Sie aufgrund Ihrer traumatischen Erlebnisse um Urlaub bitten, damit Sie bei Ihrer Frau sein können, bis sie genesen ist.“ Er versüßte mir das Angebot, indem er hinzusetzte: „Das wird natürlich ein bezahlter Urlaub sein.“

„Wie lange?“, fragte ich.

„Dreißig Tage. Vielleicht auch länger. Ich würde Ihnen raten, in Ihrer Wohnung zu bleiben, von den notwendigen Besorgungen und dergleichen mehr einmal abgesehen. Sie werden zu Hause auch reichlich Zeit haben, um Ihren Bericht über den Vorfall fertig zu schreiben. Ihr Urlaubsantrag wird übrigens keinerlei negative Auswirkungen auf Ihre Karriere haben.“

Ich wollte nur noch weg, deshalb erwiderte ich: „Ich weiß es zu schätzen.“

„Dieser Fall ist wie alle unsere Fälle der Geheimhaltung unterworfen“, erinnerte mich Walsh. „Ich bitte Sie, über diesen Fall auch mit niemandem in dieser Dienststelle zu sprechen oder mit irgendjemand von einer anderen Dienststelle, solange Sie nicht meine persönliche Erlaubnis dazu haben.“

„Alles klar.“

„Für Kate gelten die gleichen Auflagen wie für Sie.“

„Okay. Sind wir fertig?“

„Nein. Ich habe Captain Paresi gebeten, Personenschutz für Sie und Kate zu engagieren."

„Angehörige der SEG werden rund um die Uhr in der Lobby Ihres Apartmentgebäudes sein", teilte mir Paresi mit.

Das ist die Spezialeinsatzgruppe, mit der ich letzte Woche bei der Observation des iranischen Diplomaten zusammengearbeitet hatte. Sie gehören zur Antiterror-Task Force, und ihr Spezialgebiet ist nicht nur die Observation, sondern auch Personenschutz. Sie sind gut, dennoch sagte ich: „Ich kann selbst auf mich aufpassen."

„John, wir wollen nicht noch einen Detective verlieren. Nicht einmal Sie." Paresi lächelte. „Sie, ich, Tom und George werden Angehörige der SEG zugeteilt bekommen – so schnappen wir den Kerl womöglich."

„Ich bin immer noch bereit, als Köder zu fungieren."

„Ich glaube, wir sind jetzt alle Köder", erwiderte Walsh.

Er war also endlich zu der unerfreulichen Schlussfolgerung gelangt, dass wir keinen Schimmer hatten, wie wir Asad Khalil finden sollten – abgesehen davon, dass wir uns von Khalil finden ließen. Deshalb hatte ich die Erlaubnis, „notwendige Besorgungen und dergleichen mehr" zu erledigen. In Wahrheit aber war es Walsh und Paresi egal, wohin ich ging, solange ich mich bereiterklärte, meine Personenschützer nicht abzuschütteln.

„Das ist wie bei dem Spion, der aus der Kälte kam", erklärte mir Walsh. „Sie sind gefeuert – offiziell von dem Fall abgezogen, aber inoffiziell sind Sie der Köder."

„Ich hab's kapiert."

„Gut. Einverstanden?"

Lieber den Spatz in der Hand und so weiter. „Einverstanden", sagte ich.

„Sie tragen eine kugelsichere Weste, wenn Sie rausgehen", erklärte Paresi mir, „und wir geben Ihnen ein GPS-Peilgerät und ein Mikrofon samt Sender mit. Sie wissen ja, wie das läuft. Sie können diese Sachen oben in der Technik abholen, bevor Sie gehen."

Damit schien das Thema beendet zu sein, und Walsh sagte zu mir: „Wir haben den Sanitätshubschrauber des NYPD angefordert, damit er Kate morgen früh abholt und hierher ins Bellevue Hospital bringt."

„Gut."

Walsh warf einen Blick auf seine Uhr. „Noch irgendwelche Fragen?"

„Ja", erwiderte ich. „Ich habe den Eindruck, dass Khalil den Leuten etwas schuldig ist, die seine Reise finanziert und ihn mit Informationen und logistischer Unterstützung versorgt haben. Würden Sie mir da beipflichten?"

„Ich pflichte Ihnen bei, dass er Unterstützer hat. Ich habe keinerlei Kenntnis darüber, inwiefern er bei ihnen etwas gutmachen muss. Vielleicht ist das, was Khalil tut, genug der Schuldenbegleichung."

„Das glaube ich nicht", entgegnete ich.

„Nun, Sie dürfen davon ausgehen, dass Sie nicht der Erste sind, der daran denkt, Detective. In Washington ist man sich dessen bewusst, und die Spionageabwehr stellt bereits Untersuchungen an."

Walsh wollte mich natürlich in die Schranken weisen. Das Gesamtbild, wenn es denn eines gab, ging mich nichts an, es sei denn, Walsh oder jemand, der noch höher stand, wollte, dass es mich etwas anging. Genau so war es zum 11. September gekommen.

Ich blickte aus dem Fenster zu der Stelle, an der die Türme gestanden hatten, und sagte: „Ich hatte das Gefühl, dass ich das ansprechen sollte."

„Danke. Es wurde zur Kenntnis genommen. Sonst noch etwas?"

Ja, Tom. Ich würde dir gerne von Boris erzählen, der ein wichtiger Informant für uns sein könnte, wenn wir Khalil dingfest machen wollen. Aber du bist so ein Scheißkerl, dass ich es lieber für mich behalte. Doch vielleicht weißt du ja schon über Boris Bescheid und behältst es für dich. Wie auch immer, leck mich.

„John?"

„Nein, nichts."

„Gut." Er stand auf, ich stand auf, und Paresi stand ebenfalls auf. Wir schüttelten uns alle die Hand, und die beiden ließen Grüße an Kate ausrichten, dann lieferte ich mir mit Paresi einen Wettlauf zur Tür. Ich war zuerst dort, hörte aber Walshs Stimme: „John, ich brauche Sie noch kurz."

„Schauen Sie bei mir vorbei, bevor Sie gehen", sagte Paresi zu mir.

Ich kehrte in Walshs Büro zurück, setzte mich aber nicht.

„Ich habe eine inoffizielle Beschwerde, die vom Außenministerium an mich weitergeleitet wurde", sagte er. „Sie betrifft einen Vorfall, der sich angeblich letzte Woche im Taj-Mahal-Kasino in Atlantic City zugetragen hat."

„Tut mir leid", erwiderte ich, „ich habe mit meiner regierungseigenen Kreditkarte Jetons gekauft."

„Hier geht es eher darum, dass jemand einen iranischen UN-Diplomaten auf der Herrentoilette angegriffen hat."

„Lassen Sie mich in meinen Notizen nachschlagen, dann melde ich mich wieder bei Ihnen."

Er sah mich einen Moment lang an. „Sie haben bereits in der Vergangenheit eine gewisse Neigung zu unrechtmäßigen Maßnahmen erkennen lassen. So arbeiten wir hier nicht. Wir üben keine Vergeltung. Und auch keine persönliche Rache. Wir wollen diesen Kerl lebend fassen. Sie müssen mir versprechen, dass Sie mich unverzüglich verständigen, wenn Sie irgendwelche Kenntnisse über Khalils Aufenthaltsort erlangen oder wenn er sich mit Ihnen in Verbindung setzt."

Ich blickte ihm in die Augen. „Sie können sich darauf verlassen, dass ich Sie stets auf dem Laufenden halten werde, dass ich mich mit der Task Force absprechen und in der Nähe meines Überwachungsteams bleiben werde, und falls ich irgendwie in persönlichen Kontakt mit dem Verdächtigen kommen sollte, werde ich mich an die Vorschriften bezüglich des Einsatzes tödlicher Gewalt halten. Ich verspreche es."

Das stellte ihn anscheinend zufrieden. „Gut. Das ist die richtige Haltung."

Wir gaben uns die Hand darauf, und ich verließ sein Büro. Ich war der Meinung, dass er Recht hatte und das, was ich gerade gesagt hatte, richtig war und auch am besten für alle. Rache ist keine Gerechtigkeit.

Aber als ich zu den Aufzügen kam, war ich wieder genau da, wo ich gewesen war, als ich sah, wie Khalil Kate die Kehle durchschnitten hatte.

Und da war es mir unheimlich, dass ich einen Moment lang zur Besinnung gekommen war.

KAPITEL 6

Ich fuhr in den 26. Stock hinunter, um ein paar Sachen von meinem Schreibtisch zu holen, aber vorher ging ich zu Gabriels Schreibtisch und suchte nach seiner Kopie von dem Ordner über Khalil. In einem Karton, in dem Akten verstaut waren, fand ich den Ordner mit der Aufschrift PROGRAMM ZUR SOZIALEN UNTERSTÜTZUNG DER ISLAMISCHEN GEMEINDE.

Ich ging zu meinem Schreibtisch und hörte meine Voicemail ab. Ich wartete auf eine Nachricht von Asad Khalil. Er hatte Kates und Gabes Handys und damit meine sämtlichen Telefonnummern, deshalb war ich davon überzeugt, dass ich von ihm hören würde.

Ich loggte mich in meinen Computer ein, checkte meine E-Mails und druckte zehn Kopien des Fahndungsfotos von Asad Khalil aus, die ich in Gabes Ordner legte. Dann schloss ich ab und begab mich zu den Aufzügen.

Ich hätte eigentlich in die technische Abteilung gehen und meinen Peilsender und das Mikro abholen sollen, aber ich vergaß es. Ich glaube, ich hätte auch bei Captain Paresi vorbeischauen sollen, aber ich stand ziemlich unter Stress, was mich vergesslich werden ließ.

Draußen auf der Straße stieg ich in meinen Jeep und fuhr in Richtung Uptown, zu meinem Apartment in der East 72nd Street. Ich fuhr in mein unterirdisches Parkhaus und zog meine Glock. Normalerweise fahre ich nicht mit der Knarre in der Hand zu dem mir zugeteilten Parkplatz, aber in letzter Zeit hatte sich einiges verändert.

Ich checkte die Umgebung, parkte und lief zu dem Aufzug, der in die Lobby führte, in der linken Hand den Aktenordner, die rechte an der Glock, die in der Jackentasche steckte. In der Lobby bemerkte ich augenblicklich einen Typen, der in einem Sessel an der hinteren Wand saß. Er trug Jeans und ein oranges T-Shirt mit einem Logo – ein Lieferant. Auf einem Beistelltisch standen zwei Pizzakartons. Von seinem Sitzplatz aus konnte er die Vordertür und den Aufzug vom Parkhaus sehen, dazu die Tür zur Feuertreppe, den Lastenaufzug und den Aufzug zu den Apartments – aber er schaute zu mir.

Alfred, der Portier, stand am Empfangsschalter und begrüßte mich, aber ich beachtete ihn nicht und ging zu dem Pizzalieferanten, der aufstand, als ich mich näherte. Ich war mir zu neunundneunzig Prozent sicher, dass er ein Cop war. Als ich näher kam – die Hand immer noch in der Jackentasche –, fragte ich: „Im Dienst?"

Er nickte. „Detective Corey?"

„Ganz recht."

„Ich bin Detective A. J. Nastasi, Spezialeinsatzgruppe." Unnötigerweise fügte er hinzu: „Ich wurde zu Ihrem Personenschutz abgestellt."

„Richtig." Ich nahm eins von Khalils Fotos aus dem Ordner und fragte ihn: „Wissen Sie, wer dieser Typ ist?"

„Man hat mir gesagt, dass er ein professioneller Killer ist, Ausländer, bewaffnet und gefährlich, und dass er möglicherweise verkleidet ist."

„Außerdem ist er der schlimmste Drecksack auf diesem Planeten. Haben Sie eine kugelsichere Weste?"

„Ich gehe nie ohne eine aus dem Haus."

„Gut. Sind in den Schachteln echte Pizzas?"

Er lächelte. „Nein."

Heute war nicht mein Glückstag.

Wir plauderten eine Weile über Vorgehensweisen, die Anzahl der Schichten, mein zu erwartendes Kommen und Gehen und so weiter und so fort.

„Ich habe ein paar schriftliche Anweisungen und Kontaktnummern für Sie." Nastasi überreichte mir ein Kuvert, das ich in meine Tasche steckte.

Ich ging zu Alfred, der hinter seinem Schalter geblieben war. Er begrüßte mich aufs Neue und fragte: „Gibt es Probleme, Mr Corey?"

„Mrs Corey hatte oben im Norden einen kleinen Unfall, deshalb wird sie erst in zwei, drei Tagen wieder hier sein."

„Das tut mir leid."

„Ihr geht's gut, aber wir werden ein paar Wochen daheim arbeiten. Wir erwarten weder Besucher noch Lieferanten. Ist irgendjemand in meinem Apartment gewesen? Jemand von der Telefongesellschaft? Ein Elektriker?" Ich fragte mich, ob meine Kollegen mein Apartment verwanzt hatten oder Khalils Kumpels eingedrungen waren, um meine Ersatzschlüssel zu klauen.

Alfred schlug in seinem Besucherbuch nach. „Hier sind keine Besucher verzeichnet, während Sie weg waren." Er macht diesen Job seit etwa zwanzig Jahren, deshalb hat er schon alles Mögliche erlebt – fremdgehende Gatten, Partys, die aus dem Ruder liefen, und weiß Gott, was sonst noch. Kurzum, Portiers in Manhattan wissen, wann sie wachsam sein und wann sie wegschauen müssen.

„Ich habe Gepäck in meinem Jeep, Alfred. Lassen Sie es bitte von einem Portier in mein Apartment bringen. Und überzeugen Sie sich bitte davon, dass mein Jeep abgeschlossen ist, und lassen Sie sich vom Parkwächter meine Schlüssel geben. Ich hole sie später ab."

„Selbstverständlich, Sir."

Ich ging zu den Aufzügen und fuhr zu meinem Apartment im 34. Stock hinauf. Mit dem Schlüssel in der linken und der Glock in der rechten Hand trat ich ein. Ich kenne meine Wohnung ganz gut, und innerhalb von fünf Minuten hatte ich sämtliche Zimmer und Schränke durchkämmt. Asad Khalil konnte von Glück sagen, dass er nicht da war.

Meine nächste Anlaufstelle war die Bar, wo ich mir einen kleinen Lunch eingoss. Danach setzte ich mich an meinen Schreibtisch im Wohnzimmer und rief im Catskill Regional Medical Center an. Dort versicherte man mir, dass Kate auf dem Weg der Besserung sei.

„Gut. Bestellen Sie ihr bitte, dass der Verrückte John sie liebt."

Ich legte auf und öffnete den Umschlag, den mir Detective Nastasi gegeben hatte. Er enthielt ein ATTF-Memo, in dem man mir mitteilte, dass ich unter Personenschutz stand, dazu ein paar Namen, Telefonnummern und E-Mail-Adressen von Leuten bei der Spezialeinsatzgruppe, bei denen ich unter Angabe des Zieles Meldung machen sollte, wenn ich das Haus zu verlassen gedachte. Zusätzlich zu der oder den Personen in der Lobby würde außerhalb meines Gebäudes ein Überwachungsteam sein, aber man wollte mindestens eine Stunde im Voraus verständigt werden, um einen mobilen Trupp vor Ort zu bringen, der mir folgen sollte. Ich wurde aufgefordert, meinen Peilsender, mein Mikro und eine kugelsichere Weste zu tragen und Funk- und Handykontakt mit meinem mobilen Trupp herzustellen.

Mein Handy klingelte, und ich sah, dass Captain Paresi am Apparat war. Ich wollte beweisen, dass ich zu voller Kooperation bereit war, deshalb ging ich ran. „Corey."

Er übersprang die Höflichkeitsfloskeln. „Sie sollten bei mir vorbeischauen, bevor Sie die Dienststelle verlassen."

„Tut mir leid. Ich bin so gestresst –"

„Und Sie sollten zur Technik gehen."

„Heute?"

„Ich habe Ihnen die Gegenstände zuschicken lassen."

„Großartig. Ich bin daheim."

„Ich bin für Sie verantwortlich. Reiten Sie mich also in nichts rein."

Ein psychotischer Terrorist hatte es auf mich abgesehen, und mein Boss machte sich bloß Gedanken über seine Karriere. „Wir sind ein Team", erwiderte ich.

„Gut." Einen Moment lang herrschte Schweigen, dann sagte er: „John, darf ich Sie darum bitten, ein paar bestimmte Orte aufzusuchen?"

„Orte, zu denen Khalil mir folgen könnte und an denen Sie schon ein SEK-Team in Stellung gebracht haben?"

„So etwas Ähnliches."

„Schauen Sie, ich habe nichts dagegen, den Köder in der Falle zu geben, aber wenn Sie mich zu stark bewachen, verscheuchen Sie den Löwen."

„Die Chancen sind sehr gut, dass das Überwachungsteam Khalil entdeckt, bevor er uns entdeckt."

Ich dachte darüber nach. „Ich glaube nicht, dass er höchstpersönlich unter der Laterne warten wird, bis ich mein Apartment verlasse. Es werden Leute sein, die wir nicht kennen und die miteinander und mit Khalil in Verbindung stehen. Und wenn sich die Gelegenheit ergibt, taucht Khalil zu seinem Showdown mit John Corey auf."

„Ich weiß. Das Überwachungsabwehrteam wird auf *jeden*, der Sie möglicherweise beschattet, ein Auge haben."

Wenn man derlei Sachen macht – Leute beschatten, Ausschau nach Leuten halten, die einen beschatten, Fallen stellen und all dieses Zeug –, weiß man nie, wie es ausgeht. Statt mit ihm über Einzelheiten zu streiten, sagte ich daher: „Mein Angebot, dass ich das rohe Fleisch gebe, steht nach wie vor."

„Gut. Zögern Sie nicht, mich anzurufen, wenn Ihnen irgendwelche Fragen oder Überlegungen einfallen oder wenn Sie neue Informationen erhalten."

„Wird gemacht."

„Und seien Sie vorsichtig."

„Sie ebenfalls."

Wir legten auf, und ich frischte mein Getränk auf. Außerdem holte ich mein volles Kartenhandy aus der Küche. So was muss man haben, wenn man ein Drogendealer, ein Fremdgänger, ein Terrorist oder ein ehrlicher Kerl mit einem regierungseigenen Telefon ist, der nicht will, dass die Steuerzahler die Rechnungen für seine Privatgespräche übernehmen müssen.

Ich wählte eine Nummer, und eine Frauenstimme meldete sich. „Kearns' Ermittlungsdienst. Womit kann ich Ihnen behilflich sein?"

„Hier ist John Corey. Ich würde gern Mr Kearns sprechen."

„Er ist nicht da. Darf ich eine Nachricht entgegennehmen?"

„Ja, ich bin der Hausfreund von Mrs Kearns."

„Äh … Sie sind …?"

„Ein alter Freund von Mr Kearns."

„Oh … ich dachte, Sie … Bleiben Sie bitte dran."

Dick Kearns, pensionierter NYPD-Detective, hatte kurz bei der Antiterror-Task Force gearbeitet, wo er unter anderem gelernt hatte, wie die FBIler arbeiteten. Dann hatte er die ATTF verlassen und eine Agentur gegründet, die Hintergrundermittlungen über Leute anstellte, die sich für einen Posten bei der Bundesregierung beworben hatten. Noch wichtiger aber war für mich, dass er eine große Datenbank angelegt und gute Kontakte zu diversen Regierungsbehörden hatte, darunter auch zum FBI, dem er ab und zu aushalf.

Mr Kearns kam an den Apparat und fragte: „Seit wann geht das schon so?"

„Seit du die Schicht von Mitternacht bis acht hattest und ich die von vier bis Mitternacht."

Nachdem wir das Eröffnungsgeplänkel hinter uns hatten, erkundigte er sich: „Wie geht's Kate?"

Statt näher darauf einzugehen, erwiderte ich: „Der geht's gut. Und wie geht's Mo?"

„Hält meinen Mist immer noch aus. Wie läuft's an der Federal Plaza?"

„Ich entwickle eine gute Arbeitseinstellung und soziale Kompetenz."

„Mich wundert's, dass sie dich noch nicht gefeuert haben."

„Mich auch. Hey, Dick, du musst mir einen Gefallen tun."

„Hallo? John? Ich glaube, wir wurden unterbrochen."

In jedem von uns steckt ein Komiker. „Es ist wichtig und höchst vertraulich. Bist du unverwanzt? Telefon und Büro?"

„Ja. Ich überprüfe das immer."

„Okay. Es geht um Folgendes: Ich suche einen gewissen Boris. Ein gebürtiger Russe, ehemals KGB, etwa fünfzig Jahre alt, letzter bekannter –"

„Moment. Boris wie?"

„Weiß ich nicht. Deswegen frage ich dich."

„Arbeitest du nicht fürs FBI? Ich meine, vielleicht können die dir helfen."

„Ich lagere das lieber aus."

„Als ich das die letzten beiden Male für dich gemacht habe, habe ich Blut und Wasser geschwitzt, dass ich erwischt werde und meine Lizenz verlieren könnte. Und meinen Regierungsauftrag."

„Letzter bekannter Aufenthaltsort ist der Großraum Washington, aber das ist drei Jahre her. Schreibst du mit?"

„Du bist ein Arschloch."

„Nachdem er den KGB verlassen hatte, hat dieser Mann für den libyschen Nachrichtendienst gearbeitet. Dann ist er mithilfe der CIA übergelaufen – genauer gesagt aus Libyen geflüchtet – und in Washington gelandet, wo ich ihm vor drei Jahren begegnet bin –"

„Ich will nichts anfassen, das irgendwas mit der CIA zu tun hat."

„Darum bitte ich dich doch gar nicht. Ich glaube, als die CIA Boris abgeschöpft hatte, kam er in ein postsowjetisches Umsiedlungsprogramm des FBI, damit die ihn weiter im Blick haben können. Boris müsste also irgendwo bei einer FBI-Außenstelle verzeichnet sein. Wir haben zwei mögliche Aufenthaltsorte: den Großraum Washington und den Großraum New York. Dort landen fünfzig Prozent aller Russen. Du rufst also deine FBI-Quellen an beiden Orten an."

„Was zum Teufel soll ich denen erklären?"

„Schüttle irgendwas aus dem Ärmel. Du machst einen Hintergrundcheck für eine Sicherheitsüberprüfung. Dafür wirst du schließlich von der Regierung bezahlt."

„Die geben mir für gewöhnlich den Nachnamen der betreffenden Person."

„Was ist denn aus dem alten Dick Kearns geworden, der immer sagte: ‚Das kriegen wir schon gebacken'?"

„Lass den Scheiß. Okay, ich kann Folgendes machen: Ich kann dem FBI den Namen eines Russen nennen, zu dem ich für sie im Moment einen Hintergrundcheck vornehme, und ich kann sagen, dass dieser Typ allem Anschein nach Kontakt zu einem Russen namens Boris hat, den ich überprüfen muss, Nachname unbekannt, etwa fünfzig Jahre alt, ehemals KGB, hat für den libyschen Nachrichtendienst gearbeitet, ist zu uns übergelaufen und wurde vor drei Jahren zum letzten Mal in Washington gesehen. Und vielleicht liefert mir das FBI dann den Boris, der zu den bekannten Informationen passt."

„Siehst du? Ganz einfach."

„Ein Schuss ins Blaue."

Zur Motivation klärte ich ihn ein bisschen auf. „Um ehrlich zu sein, geht es Kate nicht so besonders. Sie wurde von einem islamischen Terroristen angegriffen."

„Was? Heiliger –"

„Sie ist davongekommen. Schnittwunde am Hals. Sie muss noch ein paar Tage im Krankenhaus bleiben, dann kommt sie unter Personenschutz heim."

„Gott sei Dank! Und der Angreifer ist noch auf freiem Fuß?"

„So ist es."

„Und dieser Boris, der für den libyschen Nachrichtendienst gearbeitet hat, der –?"

„Hat was damit zu tun."

„Okay. Wenn Boris in den USA ist, mache ich ihn für dich ausfindig."

„Das weiß ich doch." Ich gab ihm die Nummer meines Kartenhandys. „Danke, Dick." Ich legte auf und trank mein Glas aus.

AM NÄCHSTEN MORGEN war in meiner Lobby ein anderer Spezialeinsatztyp, Detective Lou Ramos, der sich entschlossen hatte, einen Bagellieferanten zu mimen – um halb zehn Uhr morgens eine gute Wahl, und noch besser war, dass er echte Bagels und außerdem noch schwarzen Kaffee für mich hatte.

Ich sollte in der Lobby bleiben, bis mein Auto eintraf, deshalb plauderte ich mit Ramos, der aus irgendeinem Grund ein bisschen Respekt vor mir zu haben schien. Weiß Gott, was man ihm an der Federal Plaza Nummer 26 über mich erzählt hatte.

„Wenn Ihnen während meiner Schicht irgendwas zustößt, bin ich im A-R-S-C-H", vertraute er mir an.

„Was glauben Sie, wie ich mir dann vorkomme? T-O-T."

Jedenfalls genoss ich die VIP-Behandlung, wenn auch nicht unbedingt den Anlass dafür.

Ich trank meinen Kaffee und dachte über den gestrigen Nachmittag nach. Mein Paket von der technischen Abteilung war geliefert worden, und jetzt trug ich ein Mikro und einen GPS-Peilsender. Außerdem eine Kevlarweste.

Den übrigen Nachmittag hatte ich dazu genutzt, die Akte Khalil durchzulesen. Es gab wenig, woran ich mich nicht mehr erinnern konnte, aber als ich unsere Notizen und unsere Memos über die weltweite Suche nach dem flüchtigen Libyer sah, wurde mir klar, wie schwer wir uns drei Jahre lang ins Zeug gelegt hatten und wie absolut unauffindbar er gewesen war. Aber ich wusste, wo er jetzt war und was er zu tun gedachte.

Gegen sechs rief ich im Krankenhaus an und erkundigte mich nach Kate – sie war auf dem Weg der Besserung –, dann schrieb ich ein paar E-Mails an Freunde und Verwandte, in denen ich ihnen mitteilte, dass Kate einen leichten Unfall gehabt habe und wir ein paar Wochen weg seien und keine E-Mails empfangen könnten.

Danach schrieb ich an meinem Bericht zu dem Vorfall, kam aber nicht sehr weit, deshalb schaute ich mir die Lokalnachrichten an. Schließlich ging ich zu Bett, allein, was mir nicht behagte, und schlief zum ersten Mal seit Langem mit meiner Knarre.

Und jetzt saß ich in der Lobby des Apartmentgebäudes und aß meinen Bagel, während ich auf die Mitfahrgelegenheit zum Bellevue Hospital wartete. Ich freute mich darauf, Kate zu sehen, war aber nicht froh darüber, dass sie statt nach Hause in ein anderes Krankenhaus kam.

Ein SUV der Autobahnpolizei fuhr vor, worauf Detective Ramos und ich auf den Gehsteig traten. Ein Polizist in Uniform, der sich als Ken Jackson vorstellte, saß am Steuer, und ein anderer Polizist in Uniform, der Ed Regan hieß, hielt mir die Hintertür auf. Ich rutschte hinein, Officer Regan schwang sich auf den Beifahrersitz, und los ging's.

Im Bellevue Hospital, in das Kate an diesem Morgen per Hubschrauber eingeliefert worden war, wurden die von uns so genannten heiklen Fälle behandelt – kranke und verletzte Häftlinge, aber auch verletzte Zeugen und Opfer, die man weiterhin für gefährdet hielt, wie Kate. Das NYPD hatte unmittelbar vor der Tür von Kates Privatzimmer einen Cop in Uniform postiert. Im Grunde genommen ist die halbe Etage Sicherheitszone, und ein Großteil der Patienten sind Gäste des FBI, des NYPD und der Justizvollzugsbehörde. Es ist eine interessante Etage.

Kate hing weder an Infusionsschläuchen noch am Beatmungsgerät, was ein gutes Zeichen war.

Ich ging zu ihr. „Hi, meine Schöne."

Wir küssten uns, und sie sagte: „Es tut gut, dich zu sehen."

Ihre Stimme war ein bisschen kratzig, aber ich sprach sie nicht darauf an. „Es tut gut, *dich* zu sehen. Du siehst großartig aus."

Und sie sah wirklich gut aus. Ihre Lippe und die Wange, wo Khalil sie geschlagen hatte, waren noch ein bisschen angeschwollen, aber sie hatte eine gute Farbe. Über ihrer Wunde war nur noch ein kleiner Verband, aber außen herum sah ich schwarze und blaue Spuren.

Ich hielt ihre Hand. Sie tätschelte den Plüschlöwen. „Das war geschmacklich fragwürdig."

„Das war es", gab ich zu, „aber der Gedanke allein zählt."

Wir plauderten etwas. Ihre Stimme war schwach, und ich hielt sie dazu an, nicht zu viel zu reden, und half ihr, aus einer Wasserflasche zu trinken.

„Ich bin auf Traumaurlaub, damit ich daheim sein kann, während du dich erholst", erklärte ich ihr.

„Das ist nicht nötig."

„Dieser Urlaub ist nicht ganz freiwillig."

„Verstehe. Ich möchte auch nach Hause."

„In ein paar Tagen kommst du heim."

Sie lächelte. „Ich weiß, dass du mir das Leben gerettet hast."

„Wir können darüber reden, wenn du heimkommst. Ich muss meinen Bericht fertig schreiben."

„Blas dich darin nicht so auf wie sonst."

Kate hatte meinen Leibesumfang bemerkt, und wir sprachen über das, was sich hinsichtlich meines – und ihres – Status als beschützte Person tat. Ich erwähnte nicht, dass ich womöglich lange Nachtspaziergänge unternehmen würde.

Sie dachte einen Moment lang nach, dann fragte sie: „Hat jemand etwas bezüglich Chip Wiggins unternommen?"

„Doch, ja. Khalil."

„Oh … mein Gott …"

„Genau. Letzte Woche, in Santa Barbara." Ich berichtete ihr von dem Mord an Chip Wiggins und an Farid Mansur und an Amir.

Sie schloss ganz richtig: „Khalil ist in der Stadt."

Danach kam ihr der Gedanke, dass ich, John Corey, höchstwahrscheinlich der Mann war, dem Asad Khalil als Nächstem begegnen würde – vorausgesetzt, ich sah ihn rechtzeitig. „John, ich hoffe doch, dass du völlig abgeschirmt bist. Sei vorsichtig … und erkläre dich nicht freiwillig dazu bereit, Khalil in eine Falle zu locken."

„Natürlich nicht. Wir glauben, dass Khalil es auf die Task Force abgesehen hat, deshalb könnten auch noch andere auf seiner Liste stehen – zum Beispiel George Foster oder Paresi oder Walsh."

Das brachte sie auf einen anderen Gedanken. „Außerdem Gabriel. Er ist Amerikaner arabischer Abstammung, und er gehört zum Löwenjägerteam."

Ich nahm wieder ihre Hand. „Gabe ist tot." Ich erzählte ihr, was mit ihm, seiner Frau und seiner Tochter geschehen war. Außerdem berichtete ich ihr von dem Mord an dem Mietwagenfahrer unweit von Gabes Haus.

Sie starrte zur Decke und hatte Tränen in den Augen. „Was hatten Frau und Tochter damit zu tun … dass sie so sterben mussten?“

Sie wirkte müde, und ihre Stimme wurde schwächer, deshalb sagte ich: „Ich gehe jetzt und lass dich ausruhen.“

Sie sah mich an. „Hol mich morgen hier raus.“

„Ich werd's versuchen.“

Wir küssten uns zum Abschied, und danach ging ich zum Schwesternzimmer, wo ich der diensthabenden Schwester mitteilte, dass Mrs Corey am nächsten Tag entlassen werden wolle.

Die Schwester zog ihr Krankenblatt zurate und teilte mir mit, dass Mrs Corey erst einmal ärztlich untersucht werden müsse. Außerdem sei ihre Entlassung markiert.

„Was heißt das?“

„Das heißt, dass es keine rein medizinische Entscheidung ist. Wir müssen bestimmte Leute verständigen, bevor sie entlassen werden darf.“

Was wiederum hieß, dass Walsh beschlossen hatte, Special Agent Kate Mayfield im Bellevue zu lassen, wo man sie von der Außenwelt und auch ihrem Mann fernhalten konnte, den sie innig liebte, aber den sich das FBI für einen Spezialauftrag ausborgen musste, nämlich als lebenden Köder.

Die Leute an der Federal Plaza Nummer 26 und in Washington beeindrucken mich manchmal mit ihrer Denkweise. Ich sage das jedes Mal, wenn sie so denken wie ich.

ALS ICH wieder in meinem Apartment war, schaffte ich es, bis zur Cocktailstunde die Hälfte meines Berichts zu tippen – ich achtete darauf, dass ich die Fakten nicht ausschmückte –, und ich hatte Zeit für einen kleinen Drink, bevor ich von meinem Chauffeur und Begleitschützen zu meinem abendlichen Krankenhausbesuch abgeholt wurde. Während ich mich zu entscheiden versuchte, ob ich Wodka (geruchlos) oder Scotch (das Übliche) wollte, klingelte mein Kartenhandy.

„Kann ich den Herrn des Hauses sprechen?“, fragte Dick Kearns.

Er hatte offensichtlich gute Nachrichten. „Ja, Ma'am. Ich hole ihn“, erwiderte ich.

Er lachte. „John, ich glaube, ich habe ihn gefunden.“

„Lebend?“

„Ich nehm's an. Der Typ von der Außenstelle New York, von dem ich das habe, hat nichts davon gesagt, dass er tot ist. Bereit zum Mitschreiben?“

Ich hatte einen Block und einen Stift auf dem Beistelltisch. „Schieß los.“

„Okay. Boris Korsakov.“ Dick buchstabierte den Namen. „Er passt vom

Alter her zu deiner Beschreibung und war früher beim KGB. Der FBI-Typ, mit dem ich gesprochen habe, sagte, dass Boris unter dem postsowjetischen Umsiedlungsprogramm hier war. Ich habe dir das Foto gemailt, das ich vom FBI habe.“

„Moment.“ Ich rief Dicks Mail ab, und vom Bildschirm starrte mir Boris entgegen. „Das ist er, Dick! Du bist ein Genie.“

„Er wohnt in Brighton Beach – wie die Hälfte aller Russen in New York. Boris besitzt und betreibt einen russischen Nachtklub mit dem Namen ‚Svetlana‘. Er liegt genau an der hölzernen Strandpromenade.“

„Okay, ich stehe für das hier tief in deiner Schuld. Ich muss los und Kate besuchen –“

„Pass auf dich auf.“

„Danke, dass du mich daran erinnerst. Ich rufe dich nächste Woche an.“

DIE SICHERHEITSETAGE im Bellevue ist die schlimmste von zwei schlimmen Welten – ein Krankenhaus, das wie ein Gefängnis geführt wird. Mein Name stand auf der Liste der zugelassenen Besucher, und meine NYPD-Plakette und der FBI-Dienstausweis brachten mich ohne große Schikanen durch die Sicherheitsschleuse. Das Gute daran war, dass Asad Khalil nicht auf diese Etage gelangen würde.

Als ich neben Kates Bett saß, teilte ich ihr mit, dass sie noch eine Weile im Krankenhaus bleiben musste, aber sie hatte das bereits erfahren und war ganz und gar nicht froh darüber.

Ich bemerkte, dass der Plüschlöwe mit einer Jalousieschnur um den Hals am Fenster aufgehängt war, und fragte sie: „Hast du die ärztliche Begutachtung schon machen lassen?“

Sie lächelte. „Ich versuche auf die Irrenstation zu kommen, damit wir zusammen sein können.“

Wir plauderten eine Weile, dann sagte sie: „Ich komme mir hier so ohnmächtig vor … so nutzlos.“

„Du bist womöglich der einzige Mensch auf diesem Planeten, der sich gegen Khalil gewehrt und es überlebt hat“, versuchte ich sie aufzumuntern.

Sie rang sich ein Grinsen ab. „Warum hat er nicht versucht, dich umzubringen?“

Kate fing offensichtlich an, über das Ganze nachzudenken, und ich sagte: „Er hatte mit dir alle Hände voll zu tun.“

Sie schaute mich an. „Ich glaube, er wollte, dass du mich sterben siehst.“

Da ich sie von den unerfreulichen Themen abbringen und beruhigen wollte, erzählte ich ihr, dass ich auf Schritt und Tritt von Spezialeinsatzteams umgeben war und unser Apartmentgebäude unter strenger Überwachung stand.

Ein Krankenpfleger kam herein und brachte die Speisekarte fürs Abendessen. Kate kreuzte ein paar Sachen an, reichte die Karte dann mir und schlug vor: „Bestell dir etwas."

Ich sah, dass es Multikultiküche war – halb Gefängnis, halb Krankenhaus. Ich passte, und wir sahen eine Weile fern und redeten, bis ihr Essen kam.

Ich wäre bei Kate geblieben, bis die Besuchszeit vorüber war, aber sie sagte, sie sei müde, deshalb gab ich ihr einen Abschiedskuss und sagte: „Versuch dich ein bisschen auszuruhen."

„Was kann ich hier denn sonst tun?"

„Denk darüber nach, was Khalil vorhaben könnte."

„Ich denke bereits. Khalil wird sich Boris vornehmen. Wir könnten also Boris benutzen, um Khalil eine Falle zu stellen", schlug sie vor. „Wohin gehst du jetzt?"

„Zu dem einzigen Ort, zu dem ich gehen darf. Heim."

„Gut." Sie lächelte. „Treib dich nicht in Klubs herum."

Komisch, dass du das sagst.

„Sei vorsichtig, John." Sie drückte meine Hand. „Ich liebe dich."

„Ich dich auch. Bis morgen früh."

Ich fuhr mit dem Aufzug nach unten und traf mich mit meinem Geleitschutz in der Lobby – nach wie vor die Officers Ken Jackson und Ed Regan, die meiner ebenso überdrüssig sein mussten wie ich ihrer. Innerhalb von fünfzehn Minuten war ich wieder in meinem Apartmentgebäude. In der Lobby war ein Aufpasser, der Detective Ramos sehr ähnlich sah.

Ich ging zu dem Schalter, an dem Alfred Zeitung las. Er legte die Zeitung hin und fragte: „Wie geht es Mrs Corey?"

„Viel besser, danke. Ich habe vergessen, meine Autoschlüssel abzuholen. Und ich brauche ein paar Sachen aus dem Lagerraum, deshalb leihe ich mir den Schlüssel für den Lastenaufzug, wenn Sie nichts dagegen haben."

„Ja, Sir." Er holte die Schlüssel aus einer Schublade. Ich wünschte ihm einen schönen Abend und ging zu den Aufzügen, die zu den Apartments führten.

Wenn man hier rauswollte, ohne durch die Lobby zu gehen, musste man über die Feuertreppe, aber in jedem Treppenhaus waren Überwachungskameras, und der Monitor stand am Schalter des Portiers. Der Lastenaufzug hingegen wurde nicht überwacht.

Ich fuhr hinauf zu meinem Apartment, wo ich bereits meine Garderobe für den russischen Nachtklub herausgesucht hatte.

ICH HATTE einen dunkelgrauen Anzug und einen grauen Schlips gewählt, die ich für gewöhnlich bei Hochzeiten und Beerdigungen trage, dazu ein Seidenhemd und Diamantmanschettenknöpfe. Zur Vervollständigung meiner Garderobe schlüpfte ich in meine Kevlarweste, vergaß diesmal allerdings mein Mikro und den Peilsender. Ich musterte mich im Spiegel. Russenmafia? Italienische Mafia? Ein komisch gekleideter irischer Cop?

Ich steckte ein Foto von Asad Khalil in meine Jackentasche, verließ mein Apartment und ging zum Lastenaufzug. Es war eine Art Expresslift in das unterirdische Parkhaus, und aus Sicherheitsgründen brauchte man einen Schlüssel.

Die Tür ging auf, und ich stieg in die große, ausgepolsterte Kabine und drückte den Knopf zur Parkebene. Der Lastenaufzug fuhr an der Lobby vorbei nach unten. Die Tür öffnete sich, und ich trat in das Parkhaus hinaus. So weit, so gut.

Selbstverständlich konnte ich weder die Rampe hinauflaufen noch mit meinem grünen Jeep auf die 72nd Street fahren, ohne hopsgenommen zu werden. Ich ging zum Schalter des Parkwächters, und in dem kleinen Raum dort saß ein älterer Herr, den ich nicht kannte. Er sah fern, und ich sagte: „Entschuldigen Sie, ich brauche eine Fahrgelegenheit."

Er wandte sich vom Fernseher ab – ein Spiel der Mets – und fragte mich: „Wie lautet Ihre Nummer?"

„Nein. Ich brauche nicht mein Auto. Ich brauche eine Fahrgelegenheit", wiederholte ich.

„Ich glaube, da sind Sie an der falschen Stelle."

„Ich gebe Ihnen fünfzig Dollar, wenn Sie mich runter zur Achtundsechzigsten Straße, Ecke Lexington Avenue bringen. Ich habe einen Termin beim Proktologen", erklärte ich.

Er sah mich an. „Warum laufen Sie nicht?"

„Ich habe Hämorrhoiden. Kommen Sie schon – wie heißen Sie?"

„Die Leute nennen mich Gomp."

„Okay, Gomp. Sechzig Dollar."

„Ich hab kein Auto."

„Sie haben zweihundert Autos. Suchen Sie sich eins aus. Sie können sich das Spiel im Radio anhören", versicherte ich ihm.

Gomp musterte mich, sah das Seidenhemd und alles Weitere, kam zu dem Schluss, dass ich ein Mann war, dem man trauen konnte – oder der bei der Mafia war. „Okay, aber wir müssen schnell machen."

Ich warf drei Zwanziger auf den Schalter, die er sich schnappte, dann nahm er einen Schlüssel vom Brett und sagte: „Der Typ hat sein Auto seit zwei Monaten nicht benutzt. Muss mal wieder gefahren werden.“

Jedenfalls saß ich innerhalb von ein paar Minuten auf dem Beifahrersitz einer neuen Lexus-Limousine, und Gomp fuhr die Rampe hinauf.

„Ich mach das ab und zu für die alten Leutchen“, vertraute er mir an. „Hey, was tun Sie da?“

„Meine Schuhe binden.“

Ich blieb unter dem Armaturenbrett und spürte, wie das Auto rechts auf die 72nd Street einbog. Ich wartete, bis wir an der Ampel an der Third Avenue hielten, ehe ich mich aufsetzte. Ich blickte in den Außenspiegel und sah keine der üblichen Automarken, die die Task Force benutzte. Die Ampel sprang um, und Gomp fuhr auf der 72nd weiter, während er das Spiel der Mets einschaltete.

„Sind Sie für die Mets oder die Yankees?“, fragte er mich.

„Mets“, log ich. Ich streckte die Hand aus. „Tom Walsh.“

Gomp nahm meine Hand. „Schön, Sie kennen zu lernen, Tom.“

Nach wenigen Minuten waren wir an der Lexington Avenue, Ecke 68th Street. „Hier steige ich aus“, sagte ich.

Er hielt an. „Wenn Sie ’ne Fahrgelegenheit brauchen, Tom, können Sie jederzeit im Parkhaus nach mir suchen.“

„Danke. Morgen vielleicht. Zum Urologen.“

Ich stieg aus und lief die Treppe zur U-Bahn-Station Lexington Avenue hinab. Knapp eine Stunde nachdem ich in den Zug gestiegen war, waren wir auf dem überirdischen Streckenstück unterwegs, hoch über der Wildnis von Brooklyn. Ich stieg an der Station Ocean Parkway aus und lief die Treppe zur Brighton Beach Avenue hinauf, die unter den Hochbahngleisen verläuft. Nach diesen ganzen Flucht- und Ausweichmanövern und einer langen U-Bahn-Fahrt hoffte ich, dass Boris noch am Leben und in seinem Nachtklub war.

Ich war seit etwa fünfzehn Jahren nicht mehr in Brighton Beach gewesen und vorher nur ein paarmal mit einem russisch-amerikanischen Cop namens Ivan. Von allen ethnischen Enklaven in New York ist das hier eine der interessantesten.

Ich ging auf der Avenue in Richtung Osten und erkundete sie. Jede Menge Autos, jede Menge Leben auf der Straße. Ein Typ verkaufte an einem Tisch am Straßenrand russischen Kaviar für zehn Dollar pro dreißig Gramm. Klasse Preis. Keine Fixkosten und kein Zwischenhändler. Aber auch kein Kühlschrank.

Ich kam zur Brighton 4th Street und hielt mich in Richtung Süden, zum

Ozean, den ich bereits riechen konnte. Trotz der milden Witterung trugen ein paar Typen Pelzmützen, und viele der älteren Frauen hatten Tücher um den Kopf gebunden. Die Luft hing voll unbekannter Gerüche.

Als ich mich dem Brightwater Court näherte, sah ich den beleuchteten Eingang des Svetlana in einem riesigen alten Ziegelbau mit zugemauerten Fenstern, der sich entlang der hölzernen Strandpromenade erstreckte. Ich trat auf die Promenade und lief an dem Gebäude vorbei, bis ich den Eingang fast erreicht hatte.

Es war kurz nach zehn Uhr abends. Ich drehte mich um und blickte den langen Holzsteg auf und ab. An diesem warmen, luftigen Tag promenierten hier Hunderte Menschen.

Ich streifte meinen Ehering ab – nicht etwa damit ich an der Bar als ledig durchging, sondern weil man in diesem Gewerbe keine Hinweise zu seiner Person preisgibt.

Ich blickte mich ein letztes Mal um, dann ging ich über die Promenade die letzten Schritte zu der roten Neonreklame mit dem Schriftzug SVETLANA.

WIE SOLL ich den Laden beschreiben? Nun ja, es war eine interessante Mischung aus altrussischer Pracht und einem Nachtklub in Las Vegas, vermutlich von jemandem gestaltet, der zu oft „Dr. Schiwago“ und „Casino Royale“ gesehen hatte.

Ich ging zwischen den Cocktailtischen hindurch zu der großen, hufeisenförmigen Bar im hinteren Teil und quetschte mich zwischen einem bulligen Typen in einem schillernden Anzug und einer gebleichten Blondine, die das Cocktailkleid ihrer Tochter trug, an den Tresen.

Der Barkeeper sagte irgendwas auf Russisch zu mir – oder stammte er aus Brooklyn und fragte: „Wassollsnsein?“

Ich kenne in etwa sechs russische Wörter und benutzte zwei davon: *„Stolichnaya, pozhaluista.“*

Er zog ab, und ich blickte mich in der Cocktaillounge um. Neben den geschniegelten Anzugträgern waren allerhand Typen mit offenen Hemden und einer Vielzahl von Goldkettchen um den Hals da. Die vorherrschende Sprache schien Russisch zu sein. Mein Stoli kam, worauf ich mein drittes russisches Wort gebrauchte: *„Spasibo.“*

Durch die Mattglaswand sah ich den riesigen Restaurantbereich; nahezu jeder Tisch war voll besetzt. Boris ging es offenbar gut – falls Asad Khalil ihm nicht schon den Kopf abgesäbelt hatte.

Am anderen Ende des Restaurants sah ich eine große Bühne, auf der eine vierköpfige Band spielte. Die Tanzfäche war voll mit Pärchen, jungen wie alten, dazu kamen viele präpubertäre Mädchen, die miteinander tanzten. Der genauen Berichterstattung wegen sollte ich vielleicht auch sagen, dass eine ganze Reihe scharfer Käfer in dem Laden war.

Die Frau neben mir, die vor fünfzehn Jahren einer dieser scharfen russischen Käfer hätte gewesen sein können, schien sich für mich als Neuankömmling zu interessieren. Ich konnte riechen, wie sich ihr Fliederparfum erhitzte. „Sie sind kein Rosse", sagte sie zu mir mit schwerem Akzent.

„Wie kommen Sie darauf?"

„Ihr Rossisch ist furchtbar."

Dein Englisch ist auch nicht so prickelnd, Süße. „Kommen Sie oft hierher?", fragte ich sie.

„Ja, natürlich." Dann gab sie mir die richtige Aussprache von *spasibo*, *pozhaluista* und *Stolichnaya* vor – ich hatte die falschen Silben betont – und ließ es mich wiederholen.

Offenbar kapierte ich es nicht, denn sie schlug vor: „Ein weiterer Wodka würde Ihnen vielleicht helfen."

Wir kicherten beide darüber und stellten uns einander vor. Sie hieß Veronika – mit k – und stammte ursprünglich aus Kansas. Nein, Kursk. Ich stellte mich als Tom Walsh vor und spendierte uns eine weitere Runde. Sie trank Cognac, den die Russen liebten, wie ich mich entsann, und was sollte bei zwanzig Dollar pro Schwenker daran nicht liebenswert sein? Und ich konnte ihn nicht einmal auf meine Spesenabrechnung setzen.

Jedenfalls sagte ich eingedenk Nietzsches berühmter Maxime – die meistverbreitete Form menschlicher Dummheit ist es, zu vergessen, was man tun wollte – zu ihr: „Ich muss mit jemandem in dem Restaurant sprechen, aber vielleicht sehen wir uns später."

Ich entdeckte das Pult des Oberkellners und näherte mich einem Gentleman in einem schwarzen Anzug. Er betrachtete mich einen Moment lang, kam zu dem Schluss, dass ich ein Fremder war, und erkundigte sich auf Englisch: „Womit kann ich Ihnen behilflich sein?"

„Ich möchte mit Mr Korsakov sprechen", antwortete ich.

Er wirkte ein bisschen überrascht, fragte dann aber: „Erwartet er Sie?"

Boris war also am Leben und hier. „Ich bin ein alter Freund." Ich gab ihm meine Karte. „Bringen Sie die bitte Mr Korsakov. Ich warte hier."

Er zögerte kurz, bevor er zur Rückseite des Restaurants ging und dann durch einen roten Vorhang verschwand.

Unterdessen blickte ich mich in dem Restaurant um. Die Tische waren mit goldenen Tüchern gedeckt, auf denen Wodkaflaschen, Sektkühler und dreifach übereinandergestapelte Tabletts standen, die mit Bergen von Speisen beladen waren, und die Gäste taten ihr Bestes, um das Essen dorthin zu verfrachten, wo es hingehörte.

Die Wand hinter der Bühne ragte gut sechs Meter auf – zwei Stockwerke –, und ich bemerkte jetzt, dass sich im Mittelteil der Wand unterhalb der Decke ein großer Spiegel befand, der die Kristallkronleuchter reflektierte. Ich war mir sicher, dass es ein Einwegspiegel war, durch den jemand das gesamte Restaurant beobachten konnte. Vielleicht war dort Boris' Büro, also winkte ich.

Drei Sängerinnen hatten die Bühne betreten, und alle waren sie natürlich groß, blond und hübsch. Ich nehme an, ich war auf die Mädchen konzentriert, denn ich sah den Oberkellner nicht kommen, bis er neben mir stand. Er hatte einen großen Jungen bei sich – einen blonden Typen mit Bürstenschnitt, der einen kastenförmigen Anzug trug, der kaum über seinen Gewichtheberkörper passte.

Der Oberkellner sagte zu mir: „Das ist Viktor" – mit k? – „und er wird Sie zu Mr Korsakov bringen."

Ich hätte Viktor die Hand geschüttelt, aber ich brauchte meine noch, deshalb erwiderte ich mit Veronikas Akzent, aber mehrere Oktaven tiefer: *„Spasibo."*

Ich folgte Viktor durch das überfüllte Restaurant. Er teilte offenbar mit seinem Atem den Vorhang, und ich befand mich in einem Flur, der zu einer verschlossenen Stahltür führte, die Viktor mit einem Schlüssel öffnete. Wir betraten einen kleinen, schmucklosen Raum, in dem zwei Stühle standen und an dessen Rückwand eine weitere Stahltür und ein Aufzug waren. Der einzige andere Gegenstand, der mir auffiel, war eine Überwachungskamera an der Decke, die sich um 360 Grad drehte. Viktor öffnete die Fahrstuhltür mit einem weiteren Schlüssel und winkte mich hinein.

Während wir hinauffuhren, fragte ich: „Sie sind also der Chefkonditor?"

Er starrte weiter geradeaus, lächelte aber. Mit ein bisschen Humor kann man jederzeit die Kluft zwischen den Arten überbrücken. Außerdem verstand er Englisch.

Die Aufzugstür öffnete sich, und ich sah einen Vorraum, der ganz ähnlich war wie der darunter, einschließlich einer weiteren Überwachungskamera. Aber dieser Raum hatte eine zweite Stahltür – diesmal mit einem Guckloch. Viktor drückte auf einen Knopf, und ein paar Sekunden später hörte ich, wie Riegel zurückgeschoben wurden, dann öffnete sich die Tür.

Dort stand Boris, der zu mir sagte: „Es ist so schön, Sie lebend zu sehen."

„Gleichfalls."

KAPITEL 7

Boris winkte mich zu einem schweren Polstersessel und setzte sich auf einen ähnlichen Sessel mir gegenüber. Er trug einen schwarzen Anzug nach europäischem Schnitt und ein Seidenhemd mit offenem Kragen. Er sah aus, als wäre er immer noch ganz anständig in Form, aber nicht mehr so rank und stramm, wie ich ihn in Erinnerung hatte.

Viktor nahm eine Cocktailbestellung vom Boss entgegen – eine Flasche eisgekühlten Wodka.

Boris goss zwei Kristallgläser ein, hob seines und sagte: „Gesundheit!"

„Na zdorov'e!", erwiderte ich, was, glaube ich, so viel wie „Gesundheit" heißt – oder heißt es „Ich liebe dich"?

Boris sagte etwas zu Viktor, der zur Tür ging, sie aber erst öffnete, nachdem er durch das Guckloch geschaut hatte. Vielleicht war das die übliche Vorsichtsmaßnahme in einem russischen Nachtklub. Oder Paranoia. Jedenfalls ging Viktor, und Boris verriegelte die Tür.

Ich stand auf, blickte durch den Einwegspiegel, der die Hälfte der Wand einnahm, und hatte einen weiten Blick auf das darunterliegende Restaurant und die Bar. An der gegenüberliegenden Wand des Restaurants, über dem Pult des Oberkellners, waren hohe Fenster, durch die man den Strand und den Ozean sehen konnte. Nicht schlecht, Boris. Das schlägt Libyen doch um Längen.

„Hat Ihnen die Show gefallen?", fragte mich Boris. Offensichtlich hatte er mich am Oberkellnerpult warten sehen.

Ich wandte mich vom Einwegspiegel ab. „Ihnen ist es gut ergangen."

„Es macht viel Arbeit und Mühe", erwiderte er. „Viele Regierungsinspektoren kommen her – Brand, Gesundheit, Alkohol –, und ich muss mich mit betrügerischen Händlern herumschlagen und mit Personal, das stiehlt –"

„Machen Sie sie kalt."

Er lächelte. „Ja, manchmal vermisse ich meinen alten Job in Russland."

„Der Lohn war ätzend."

„Aber die Macht war berauschend." Sein Englisch war nahezu perfekt, und ich war mir sicher, dass er seit unserem letzten Treffen einen Haufen neuer Wörter gelernt hatte – zum Beispiel „Profit", „Verlusterklärung", „Arbeitskapital" und so weiter und so fort.

„Vermissen Sie auch Ihren alten Job in Libyen?"

Er schüttelte den Kopf. „Ganz und gar nicht."

In dem großen Raum befand sich allerhand russischer Nippes. Da ich ohnehin stand, nutzte ich die Gelegenheit, herumzugehen und mir die Stücke anzuschauen. Boris war gern bereit, mir etwas über die Ikonen, die lackierten Holzkästchen, das Porzellan und all die anderen Schätze zu erzählen.

„Das sind lauter Antiquitäten – und sie sind ziemlich wertvoll."

„Deshalb haben Sie wohl auch so gute Sicherheitsvorkehrungen", merkte ich an.

„Selbstverständlich. Und das Wertvollste hier bin natürlich ich." Er lächelte wieder. „In diesem Gewerbe kann man sich Feinde machen."

„Genau wie in Ihrem letzten Gewerbe", erinnerte ich ihn.

„Und in Ihrem ebenfalls, Mr Corey."

„Vielleicht sollten wir uns beide ein anderes Gewerbe suchen."

Er dachte darüber nach und sagte ganz zu Recht: „Das alte Gewerbe wird einen immer verfolgen." Er zündete sich eine Zigarette an und bot mir eine an, die ich aber ablehnte. „Wie haben Sie mich gefunden?"

„Boris, ich arbeite fürs FBI."

„Ja, natürlich, aber meine Freunde in Langley haben mir versichert, dass alle Informationen über mich geheim sind."

„Möglicherweise schockiert Sie das, aber die CIA lügt", erwiderte ich.

Das entlockte uns beiden ein Lächeln.

Dann wurde er wieder ernst. „Und jede Auskunft über mich darf nur an jemanden erfolgen, der Bescheid wissen muss." Er nahm einen Zug. „Was müssen Sie also wissen, Mr Corey?"

„Nennen Sie mich bitte John." Ich wechselte Thema und Taktik. „Hey, ich trinke auf leeren Magen."

„Entschuldigen Sie. Ich habe meine Manieren vergessen."

„Nein, ich hätte anrufen sollen. Machen Sie sich keine Umstände."

Er ging zu dem Telefon auf einem Beistelltisch und versicherte mir: „Keine Umstände. Vielleicht haben Sie bemerkt, dass dies ein Restaurant ist."

„Richtig." Boris hat einen leichten Hang zum Sarkasmus, was auf Intelligenz und gute geistige Gesundheit hindeutet, wie ich meiner Frau des Öfteren erklären muss.

Boris sprach am Telefon Russisch, und ich hörte das Wort *„Zakuskie"*, was, wie ich von meinem Freund Ivan weiß, so viel wie „Appetithappen" heißt. Boris legte auf und sagte zu mir: „Warum setzen Sie sich nicht?"

Also setzte ich mich hin, und wir beide wurden ein bisschen gelöster, tranken Wodka und genossen den Augenblick, bis ich auf das zu sprechen kam, was, wie er wusste, nicht erfreulich sein würde.

„Bevor ich vergesse, Sie zu fragen – wie geht es der bezaubernden Dame, mit der Sie zusammen waren?“, erkundigte sich Boris.

In diesem Gewerbe gibt man, wie schon gesagt, niemals persönliche Informationen preis, deshalb erwiderte ich: „Ich sehe sie immer noch im Dienst, und es geht ihr gut.“

„Schön. Kate. Richtig? Bestellen Sie ihr bitte Grüße von mir. Ich hatte den Eindruck, dass Sie beide mehr als nur Kollegen waren.“

„Wirklich?“ Spaßeshalber fügte ich hinzu: „Ich glaube, sie ist mit einem CIA-Mann verheiratet.“

„Eine schlechte Wahl.“

Ich lächelte. „Sind Sie verheiratet?“

„Ja“, antwortete er ohne jede Begeisterung.

Meiner Meinung nach wurde es Zeit, dass ich einen Steilpass spielte, deshalb fragte ich ihn: „Haben Sie in letzter Zeit von Ihren Freunden in Langley gehört?“

„Sind Sie dienstlich hier?“, fragte er zurück.

„So ist es.“

„Dann sollte ich Sie bitten zu gehen und meinen Anwalt anrufen.“

„Das können Sie jederzeit tun. Wir sind hier nicht in der Sowjetunion.“

Ohne darauf einzugehen, sagte er: „Erklären Sie mir, weshalb ich mit Ihnen sprechen sollte.“

„Weil es Ihre Bürgerpflicht ist, bei den Ermittlungen in einem Mordfall mitzuhelfen.“

„Was für ein Mord?“

„Nun ja, vielleicht an Ihnen. Asad Khalil ist zurück.“

Das verlangte nach einem weiteren Drink, und er goss sich einen ein.

„Sind Sie überrascht, Boris?“

„Ganz und gar nicht.“

Eine Harmoniefolge ertönte – Tschaikowsky? –, und Boris ging zur Tür und schaute durch das Guckloch. Er öffnete die Tür, und ein Kellner schob einen Wagen herein, während Viktor die Nachhut bildete. Der Leibwächter schloss die Tür und verriegelte sie, worauf Boris dem Kellner Anweisungen gab, der mehrere Tabletts auf einen schwarz lackierten Tisch stellte.

„Setzen Sie sich. Hierher“, sagte Boris zu mir.

Ich nahm Platz. Boris folgte dem Kellner und Viktor zur Tür und verriegelte sie hinter ihnen, dann setzte er sich mir gegenüber.

„Mögen Sie russisches Essen?“

„Wer mag es nicht?“, entgegnete ich.

Er nannte mir sämtliche Gerichte und schloss mit: „Das *Pièce de résistance* – Schweine im Schlafrock.“ Bei den Schweinen im Schlafrock handelte es sich eigentlich um fette Wurststücke – *Kolbasa* –, die mit einer Art gebackenem Knödelteig umgeben waren. Ich legte mir ein paar davon auf meinen Teller, dazu noch einige andere Sachen, die sicher aussahen.

Während wir speisten, fragte mich Boris: „Woher wissen Sie, dass er zurück ist?“

„Er hat ein paar Leute umgebracht.“

„Wen?“

„Das darf ich Ihnen nicht verraten, aber man könnte sagen, er hat seinen Einsatz vom letzten Mal abgeschlossen.“

Boris hörte auf zu essen. „Ich möchte Sie darauf hinweisen, dass ich ihn nicht für einen besonderen Einsatz ausgebildet habe – ich habe ihn nur dazu ausgebildet, dass er im Westen eingesetzt werden kann.“

„Und Leute umbringen kann.“

Er zögerte. „Nun … ja, zum Töten, aber das sind Fähigkeiten, über die jeder Geheimagent verfügen muss, für den Fall, dass es nötig wird.“

„Sie wussten verdammt genau, dass er herkommen wollte, um die Piloten der US Air Force umzubringen. Aber Sie haben die CIA verscheißert, und die haben Ihnen geglaubt –“

„Sie haben mir nicht geglaubt. Aber Sie hielten es für zweckmäßig, so zu tun als ob.“

Ich wusste lediglich mit absoluter Sicherheit, dass die CIA und Boris Korsakov einen Teufelspakt eingegangen waren: Man hatte ihm das Leben gerettet, und er hatte ausgepackt.

„Okay. Machen wir weiter.“ Ich schob meinen Teller beiseite. „Khalil ist seit etwa einer Woche in diesem Land. Er hat den letzten Piloten umgebracht, der an dem Angriff auf Libyen beteiligt war, und noch ein paar andere Leute. Wir wissen, dass er hier ist. Genauer gesagt, in dieser Stadt.“

Boris hörte auf zu kauen.

„Mir ist der Gedanke gekommen, dass Khalil ein paar Rechnungen mit Ihnen zu begleichen hat. Sagen Sie mir Bescheid, wenn ich mich irre, dann stehe ich auf und gehe.“

Boris goss mir Mineralwasser ein.

Also fuhr ich fort. „Ganz offen gestanden, habe ich nicht erwartet, Sie lebend zu sehen.“

Er nickte. „Ich bin nicht weniger überrascht, dass *Sie* am Leben sind.“

„Sie haben Glück, dass ich am Leben bin. Schauen Sie, ich weiß, dass wir beide auf seiner Todesliste stehen, deshalb müssen wir miteinander reden.“

Boris nickte wieder. „Und vielleicht schwebt Ihre Freundin Kate ebenfalls in Gefahr."

„Vielleicht. Aber sie ist jetzt an einem Ort, an dem es noch sicherer ist als hier, um die Anzahl der möglichen Opfer zu reduzieren. Ich glaube, jetzt sind bloß noch Sie und ich übrig."

Er steckte das gut weg und scherzte: „Sie können heute Nacht auf dieser Couch schlafen."

„Sie sollten ebenfalls hierbleiben. Ihre Frau wird das verstehen."

„Ich versichere Ihnen, dass sie das nicht wird." Er dachte einen Moment lang nach. „Aber sie wird morgen nach Moskau fliegen."

„Keine schlechte Idee."

Boris goss sich und mir einen Cognac ein. „Ich nehme an, Sie haben etwas Besseres vor, als sich zu verstecken."

„Stimmt. Ich habe vor, Sie als Köder zu benutzen, um Khalil in die Falle zu locken."

„Haben Sie Hinweise darauf, dass er weiß, wo ich bin?"

„Haben wir nicht. Aber er hatte drei Jahre lang Zeit, Sie ausfindig zu machen. Außerdem hat er Freunde in Amerika. Nehmen wir mal an, Khalil weiß, dass Sie der Inhaber des Svetlana sind und eine Frau und ein Apartment in Brighton haben. Sie könnten davonlaufen, Sie könnten sich verstecken, aber Sie können auch hier sitzen und auf ihn warten, und ich werde Leute mit Ihnen warten lassen."

„Hm, ich werde darüber nachdenken. Unterdessen sollten Sie und Ihre Organisation allerdings über andere Möglichkeiten nachdenken, wie Sie ihn fassen können."

„Ich glaube, Sie kennen ihn besser als die FBIler", wandte ich ein.

Er dachte einen Moment lang nach. „Er wird schwer zu finden sein. Aber er wird *Sie* finden."

„Boris, das ist mir klar. Die Frage ist, wie finde ich *ihn*?"

Er lehnte sich zurück und zündete sich eine weitere Zigarette an. Er starrte ins Leere und sagte: „Trotz all ihrer Fehler hat die Sowjetunion die Amerikaner nie unterschätzt. Khalil hingegen stammt aus einer Kultur, in der man den Westen und vor allem die Amerikaner unterschätzt. Und das ist möglicherweise sein Schwachpunkt. Man nennt ihn den Löwen wegen seines Mutes, seiner Gerissenheit, seiner Schnelligkeit und seiner Fähigkeit, Gefahr zu spüren. Aber was Letzteres betrifft, übersieht er oft Hinweise auf eine Gefahr, weil er sich für stark hält – körperlich, geistig, moralisch – und glaubt, seine Feinde wären schwach, dumm und verdorben. Khalil hatte einen Mentor, einen alten Mann namens Malik, der so etwas wie ein Mystiker war.

Malik war davon überzeugt, dass Khalil gesegnet ist – dass er über besondere Kräfte verfügt, über einen sechsten Sinn für Gefahr, und dass er spürt, wenn sein Opfer in der Nähe ist. Das ist natürlich Unsinn, aber Khalil hat es geglaubt, und deshalb macht er Dummheiten, scheint dabei aber trotzdem davonzukommen, was ihn wiederum in seinem unbesonnenen Verhalten bestärkt. Vielleicht geht seine Glückssträhne zu Ende."

Nicht dass man davon etwas gemerkt hätte. Aber ich sagte: „Vielleicht."

Boris zog an seiner Zigarette. „Er war ein ausgezeichneter Schüler, er war hoch motiviert – aber was ihn motiviert hat, war der Hass. Wie Sie wissen, haben die Amerikaner seine ganze Familie getötet. Hass trübt das Urteilsvermögen. Und damit, Mr Corey, meine ich, dass er sich die Gelegenheit entgehen lassen wird, Ihnen aus zweihundert Meter Entfernung gefahrlos den Kopf wegzuballern, um Sie auf eine möglichst persönliche Art und Weise zu attackieren – so wie ein Löwe angreift, mit Zähnen und Klauen. Und so wie eine Katze mit der Maus spielt, spielt er gern mit seinem Opfer und verhöhnt es, bevor er es tötet. Das ist ihm wichtig. Wenn Sie also den ersten Angriff überleben, haben Sie möglicherweise eine Chance zu reagieren. Das ist alles, was ich Ihnen an Hilfreichem zu bieten habe."

Abgesehen von Malik, dem Mystiker, war nicht viel dabei, was ich nicht schon wusste. Aber es war gut, meine Überlegungen bestätigt zu bekommen. „Wir sollen also einfach stillhalten und auf das Ende warten?"

Er lächelte und machte mir ein Kompliment. „Ich habe das Gefühl, dass Sie mit einer Gefahr umgehen können, wenn sie sich ergibt. Und ich kann das auch", fügte er hinzu.

Vielleicht hätte ich meine Mitgliedschaft im Fitnessstudio nicht kündigen sollen. Ich kam auf meinen vorherigen Vorschlag zurück. „Man kann einen Löwen auch fangen oder töten, indem man eine Falle mit einem Köder auslegt."

„Ja. Wenn man den Löwen lebendig fangen will, steckt man eine lebende Ziege in einen Käfig, und wenn der Löwe den Käfig betritt, schließt sich die Tür. Der Löwe sitzt in der Falle, aber die Ziege wird gefressen. Wenn man den Löwen aber töten will, dann wird die Ziege an einen Baum gebunden, und wenn der Löwe sie tötet, erschießt ihn der Jäger. In beiden Fällen ist die Ziege tot. Aber Ziegen sind entbehrlich."

„Da gebe ich Ihnen Recht. Aber wir wissen, dass Sie keine Ziege sind, und werden dafür sorgen, dass Sie unversehrt bleiben", versicherte ich ihm.

Er war sich dessen nicht so sicher. „Versuchen Sie es zuerst."

„Okay. Ich sag Ihnen Bescheid, wie's ausgegangen ist."

„Ja, wenn Sie noch dazu in der Lage sind. Es ist vielleicht die einzige

Möglichkeit, wie Sie ihn fassen oder töten können. Aber lassen Sie sich einen Rat geben, John: Bedenken Sie, wenn Sie ihm eine Falle stellen, dass er mit Ihnen das Gleiche machen könnte. Sie wären nicht der erste Jäger, der die Fährte des Löwen verfolgt und feststellen muss, dass der Löwe ihn umgangen hat und plötzlich hinter ihm ist."

„Richtig. Ich werd's mir merken. Aber wenn Sie kein Köder sein wollen, können wir trotzdem eine Art Personenschutz ausarbeiten."

„Wie Sie wissen, bin ich hier sicher, und ich habe nicht vor, von hier wegzugehen ... bis Khalil getötet beziehungsweise gefasst wird oder flüchtet ... deshalb glaube ich nicht, dass ich Personenschutz benötige. Im Grunde bezahle ich viel Geld für meinen Schutz."

Hier schwang irgendetwas Unterschwelliges mit, und ich dachte, Boris wollte vielleicht aus diversen Gründen vermeiden, dass sich das NYPD oder FBI im Svetlana herumtrieb. Ich fragte mich auch, ob Boris zu denselben Schlussfolgerungen gekommen war wie ich – ob er Asad Khalil umbringen wollte, ohne dass sich Polizei oder FBI einmischten. Und seine Gründe waren vielleicht weitreichender als mein schlichter Wunsch, mich zu rächen und für immer meine Ruhe zu haben. Boris, so vermutete ich, wollte Khalils Tod, weil Khalil zu viel über Boris wusste, und das, was er wusste, deckte sich möglicherweise nicht ganz mit dem, was Boris der CIA vor drei Jahren erzählt hatte.

„Boris, wenn jemand Khalil fassen – oder töten – kann, dann sind Sie es. Aber werden Sie nicht zu selbstsicher. Khalil hat nicht drei Jahre lang einen Nachtklub geleitet und Wodka getrunken."

Das ärgerte ihn, wie ich wusste, und er beugte sich zu mir vor. „Ich habe keine Angst vor diesem Mann. Ich habe ihm alles beigebracht, was er kann, und es wäre gut, wenn ich ihm eine letzte Lektion erteilen könnte."

„Nun gut. Sie haben das Recht, Polizeischutz abzulehnen, und keinesfalls müssen Sie sich dazu bereiterklären, den Köder zu spielen. Aber rufen Sie mich zuerst an, falls Sie ihn lebend fassen sollten."

„Wenn Sie das wollen."

Boris wurde zugeknöpfter, und es wurde allmählich Zeit, dass ich aufbrach. Danach musste ich Walsh und Paresi von diesem Gespräch berichten. Bislang konnte ich mit dem, was ich getan hatte, davonkommen – Cops und Agenten unternehmen manchmal einen Vorstoß, ohne es dem Boss vorher zu erzählen. Aber wenn man nicht schnell und umfassend von so etwas berichtet, steckt man schwer in der Bredouille.

Andererseits sollte ich überhaupt nicht hier sein. Walsh hatte mich ziemlich deutlich über meine beschränkten Pflichten und meine begrenzte

Bewegungsfreiheit informiert. Ein weiterer Grund, weshalb ich nicht davon berichten sollte, bestand darin, dass Boris und ich bei dieser Sache anscheinend einer Meinung waren. Khalil musste nicht dingfest gemacht werden – er musste umgebracht werden.

Boris sah mich an. „Lassen Sie mir eine Woche Zeit. Lassen Sie sich eine Woche Zeit. Einer von uns, glaube ich, wird dieses Problem auf eine Art und Weise lösen, die für uns beide am besten ist."

„Hier geht es nicht nur um uns", erwiderte ich prompt. „Es geht um Recht und Gesetz und um die nationale Sicherheit."

Er schüttelte den Kopf. „Nein. Es geht um uns."

Ich wollte das Thema nicht weiterverfolgen. „Sie haben meine Karte. Ich sollte auch Ihre Telefonnummer haben."

Er zog eine Karte und einen Stift aus der Innentasche seiner Jacke, schrieb etwas auf die Karte und reichte sie mir. „Halten Sie mich bitte auf dem Laufenden."

Ich holte Khalils Foto aus meiner Tasche und gab es ihm. „Kopieren Sie es und verteilen Sie es an Ihre Leute."

„Ja, danke." Er stand auf, ging zum Telefon, drückte auf die Taste für die Gegensprechanlage und sagte etwas auf Russisch. Eine Weise von Tschaikowsky ertönte, worauf Boris zur Tür ging, durch das Guckloch schaute, dann die Tür entriegelte und öffnete.

Viktor trat beiseite, und als ich zur Tür ging, sagte ich zu Boris: „Ich danke Ihnen für Ihre Gastfreundschaft und die Zeit, die Sie für mich erübrigt haben." Ich verließ Boris' Apartment, und als sich die Tür schloss, hörte ich, wie die Riegel vorgelegt wurden.

Das Taxi aus Brighton Beach hatte mich in meinem unterirdischen Parkhaus abgesetzt und um vierzig Dollar ärmer gemacht – was für eine Lebensversicherung billig ist. Ich war mit dem Lastenaufzug zu meinem Apartment hochgefahren, und niemand vom Überwachungsteam schien meine Abwesenheit bemerkt zu haben.

Es war jetzt Mittwochmorgen. Während ich mich bereit machte, um Kate im Bellevue zu besuchen, klingelte mein Handy. Paresi war am Apparat.

„Was haben Sie gestern Abend gemacht, nachdem Sie vom Krankenhaus zurückkamen?", erkundigte er sich. „Ramos hat berichtet, dass er Ihr Handy und Ihren Festnetzanschluss angerufen hat, und der Portier hat Ihre Gegensprechanlage angesummt, aber Sie haben sich nicht gemeldet."

Äh-oh. Höchste Zeit, reinen Tisch zu machen. „Ich war um zehn todmüde. Was wollte Ramos?"

„Nichts. Nur einen allgemeinen Check und einen Lagebericht."

Paresi hatte keinen Beweis dafür, dass ich ausgegangen war, deshalb reagierte ich ein bisschen eingeschnappt: „Captain, ich bin ein Cop, nicht irgendein Mafiainformant, der rund um die Uhr bewacht werden muss."

Es herrschte ein kurzes Schweigen, dann sagte Paresi: „Na schön. Wie geht's Kate?"

„So gut, dass sie aus dem Krankenhaus kommen könnte, aber Walsh will sie dortbehalten."

„Haben Sie etwas erfahren oder ist Ihnen etwas eingefallen, über das ich Bescheid wissen sollte?"

Das war im Grunde genommen meine letzte Chance, in Bezug auf meine Kontaktaufnahme mit Boris Korsakov reinen Tisch zu machen, und ich hatte das Für und Wider abgewägt. Boris hatte mich darum gebeten, ihm eine Woche Zeit zu lassen, ohne dass sich die Polizei oder das FBI einmischten, um herauszufinden, ob Khalil versuchen würde, ihn in seinem geschützten Revier kaltzumachen. Boris hatte natürlich vor, Khalil für immer zum Schweigen zu bringen, was sich im Grunde genommen mit meinen Interessen deckte. Andererseits könnte Boris, der verschlagene KGB-Mann, in diesem Moment mit seiner Frau nach Moskau verduften.

„Hallo? John?"

„Mir fällt nichts ein." Ich wechselte das Thema. „Hat die Spezialeinsatzgruppe bei den uns bekannten konspirativen Wohnungen irgendwas Ungewöhnliches bemerkt?"

„Nein. Wir erkundigen uns bei Vermietungsagenturen nach Firmenanmietungen, die man möglicherweise für verdächtig hält."

„Mir kam gerade in den Sinn, dass ich, wenn ich Khalils Kumpel wäre, eine Bleibe in Detective Coreys Straße gemietet, einen Minicamcorder am Fenster angebracht hätte und seine Haustür auf einem Monitor in dieser Bleibe im Auge behalten würde. Ich glaube, Sie sollten ein paar Leute abstellen, um das zu untersuchen, Captain."

„Ein guter Gedanke … Sie sollten sich von Ihrem Balkon fernhalten", riet er mir.

„Ich wollte Sie gerade zu ein paar Drinks auf meinen Balkon einladen."

Paresi wusste meinen schwarzen Humor manchmal zu schätzen, aber diesmal war dem nicht so. „Wir sind ziemlich dünn besetzt, aber ich werde zusehen, ob uns die FBI-Außenstelle ein paar Leute abtritt."

Ich dachte an meine unergiebige Observation des iranischen Diplomaten und schlug vor: „Ziehen Sie ein paar Leute von der UN-Truppe ab. Dieser Fall hat absoluten Vorrang."

„Ich weiß. Aber Sie haben ja keine Ahnung, wie viele Hinweise, Drohungen und Spuren wir in den letzten paar Monaten bekommen haben, denen wir nachgehen müssen."

„Ich nehme an, Sie haben sämtliche Urlaube gestrichen, und jeder muss Überstunden schieben."

„Das versteht sich wohl von selbst. Ich kann Ihnen versichern, John, dass die Task Force, das FBI und das NYPD diese Sache trotz allen Personalmangels gut im Griff haben. Und ich darf Sie daran erinnern, dass Sie nicht an den Ermittlungen beteiligt sind. Sie haben Urlaub."

Ich war unschlüssig gewesen, ob ich ihm von Boris erzählen sollte oder nicht, aber jetzt war ich es nicht mehr. Hey, ich bin nicht an den Ermittlungen beteiligt! „Mein Auto und mein Fahrer warten. Sonst noch was?"

„Ja, der Grund, weshalb ich anrufe. Sie gehen heute Nacht fischen."

Das war eine aufregende Nachricht. „Gut. Wie sieht der Plan aus?"

„Gegen zehn Uhr abends werden Sie Ihr Apartment verlassen, zu Fuß die Zweiundsiebzigste entlanggehen und sich in den Central Park begeben –"

„Ich könnte überfallen werden."

Ohne darauf einzugehen, fuhr er fort: „Sie werden sich um zehn in Ihrer Lobby mit dem Leiter der Spezialeinsatzgruppe treffen, der Ihnen Ihre Route und diverse Anlaufstellen im Park nennen wird. Dann werden Sie Funkverbindung mit dem Überwachungsteam vor Ihrem Haus aufnehmen, und los geht's."

„Klingt nicht schlecht. Ich möchte aber weder einen Umzug hinter noch eine Blaskapelle vor mir haben."

„Klar. Sie werden geschützt, aber nicht über die Maßen abgesichert. An Ihren diversen Anlaufstellen im Park werden SEK-Teams mit Nachtsichtgeräten und Scharfschützengewehren zu Ihrer Sicherung verborgen sein."

„Vergessen Sie nicht, ihnen zu sagen, was ich anhabe."

Ohne auch nur einmal zu kichern, fuhr er fort: „Die Stellen, an denen Sie stehen bleiben und sich länger aufhalten werden, liegen am Wasser – das Kerbs Boathouse, dann eine Stelle am Belvedere Lake, dann vielleicht oben am Reservoir. Die SEK-Teams wollten am Wasser gelegene Stellen haben, weil das die Zugangswege für Khalil einschränkt. Mit anderen Worten, Sie sind auf der einen Seite durchs Wasser geschützt."

„Was soll ich um diese Uhrzeit an diesen Stellen machen, abgesehen davon, mich wie einen Köder in einer Falle aussehen zu lassen?"

„Gute Frage. Ich habe darauf allerdings keine gute Antwort. Aber ich denke mir, Sie haben gerade Ihre Frau verloren und unternehmen einfach einen langen Spaziergang. Sie lassen den Kopf hängen, setzen sich auf eine Bank, vergraben das Gesicht in den Händen …"

„Vielleicht sollte ich so tun, als ob ich mich im See ertränken will."

„Das könnten Sie tun … nehme ich an. Jedenfalls sollten Sie nicht joggen. Sie laufen langsam, halten sich an die vorgegebene Route und achten auf die Anweisungen über Ihre Kopfhörer."

„Klar."

„Und denken Sie an das, was Sie selbst gesagt haben, John. Wenn jemand Ihr Haus beobachtet und darauf wartet, dass Sie rauskommen, ist es möglicherweise nicht Khalil, und es könnte eine Zeit lang dauern, bis sie Khalil erreichen, während sie Ihnen folgen. Das Überwachungsabwehrteam wird jeden bemerken, der Sie beschattet. Der wichtigste Teil bei dieser Sache besteht darin, dass die Sie bemerken, wenn Sie Ihre Lobby verlassen. Verstanden? Also halten Sie sich dort ein bisschen auf, ohne dass es allzu offensichtlich ist."

„Selbstverständlich."

„Irgendwelche Fragen?"

„Nein." Wir schienen alles geklärt zu haben, deshalb sagte ich: „Ich breche jetzt zum Krankenhaus auf."

„Bestellen Sie Kate Grüße von mir."

ALFRED war im Dienst, und ich wünschte ihm einen guten Morgen. Zerknirscht gestand ich ihm: „Ich finde den Schlüssel für den Lastenaufzug nicht mehr. Ich suche weiter, aber unterdessen …" Ich schob fünf Zwanziger über die Theke. „Falls Sie einen nachmachen lassen müssen …"

„Ja, Sir. Ich habe einen Ersatzschlüssel, aber wenn Sie ihn nicht finden sollten, wende ich mich an einen Schlosser."

„Ich bin mir sicher, dass ich ihn finde, aber behalten Sie das für Ihre Umstände."

„Danke, Sir."

„Reden wir nicht darüber." Und das meinte ich wortwörtlich.

Ich sah, dass ein neuer Überwachungsmensch in der Lobby war, diesmal eine Frau, die in einem Sessel saß und die *Times* las. Ich ging hin und stellte mich vor. Sie war eine attraktive, gut gekleidete Frau von Mitte zwanzig.

„FBI?", fragte ich sie.

„Sieht man das?"

„Leider ja." Wo nehmen die diese Kinder bloß her? Klar, frisch aus Quantico. Vermutlich war diese Art von Auftrag eine gute praktische Ausbildung für eine FBI-Agentin, die noch grün hinter den Ohren war. Warum sollte man auch einen Profi für meine Bewachung abstellen?

„Bleiben Sie wachsam“, mahnte ich sie. „Das ist ein ziemlich schlimmer Finger.“

Sie erwiderte nichts, nickte aber.

Ich verließ das Gebäude und blieb unter der Markise stehen, während der SUV der Autobahnpolizei näher rollte. Ich stieg ein. Der Fahrer war neu.

Nachdem wir beim Bellevue angekommen waren, sagte ich beim Aussteigen: „Ich melde mich bei Ihnen.“

Kates Zustand war besser, aber sie klagte, dass ihr die Decke auf den Kopf falle und sie unbedingt rauswolle.

„Betrachte es als einen schweren Auftrag, du schaffst das schon.“

„Was machst du heute Abend?“

„Papierflieger vom Balkon segeln lassen.“

„Hat Tom dich gebeten, rauszugehen und rauszufinden, ob Khalil dir folgt?“

Gute Frage, und ich brauchte darauf eine wohlüberlegte Antwort. „Nun ja, wir haben mit Paresi darüber gesprochen. Aber es kommt nur als letzte Möglichkeit in Betracht.“

Sie schwieg eine Weile, dann sagte sie: „Du musst das nicht machen. Das steht nirgendwo in der Arbeitsplatzbeschreibung.“

„Wir haben ein persönliches Interesse daran, dass Asad Khalil dingfest gemacht wird“, rief ich ihr ins Gedächtnis.

Sie schwieg wieder, dann sagte sie: „Warum wartest du nicht, bis ich rauskomme? Dann kann ich an dem Einsatz teilnehmen.“

Sie ist erwachsen, und sie ist im gleichen Gewerbe, deshalb entgegnete ich unverblümt: „Was glaubst du, warum du noch hier bist? Du bist hier, damit du in Sicherheit und aus dem Weg bist, während Khalil und ich zusehen, wer wen zuerst findet.“

„Hast du einen guten Plan?“

Ja, ich fand den Plan ganz okay, und ich vertraute dem Überwachungsteam. Aber wie mir ein alter Army-Mann mal erklärt hat, übersteht selbst der beste Schlachtplan nur selten den ersten Feindkontakt.

„Es ist die übliche Überwachung und Überwachungsabwehr samt einem SEK-Team, falls keine Festnahme möglich ist.“

„Wann machst du das?“

Ich wollte nicht, dass sie deswegen nicht schlafen konnte, deshalb log ich. „Ich hab’s dir doch gesagt – wenn alles andere nichts gebracht hat.“

Sie nickte. „Sag mir Bescheid.“

„Wird gemacht.“

Kate bestand darauf, dass ich mit ihr zu Mittag aß. Ich sah mir die Speisekarte an. „Für mich Häftlingsstreifenbarsch mit Lagerkollergemüse.“

Sie lächelte, was ich als gutes Zeichen wertete.

Beim Essen fragte sie: „Hast du Tom von Boris erzählt?“

Ich wusste, dass ich nicht lügen konnte, weil sie sich bei Walsh erkundigen würde, deshalb erwiderte ich: „Habe ich nicht.“

„Wieso nicht?“

Gut nachgehakt. Und ich konnte mir nichts zurechtdeichseln, wollte ihr aber auch nicht die Wahrheit sagen, deshalb zog ich mich auf die letzte Zuflucht aller Ehemänner und Freunde zurück: „Vertraue mir.“

„Was soll das heißen?“

„Vertraue mir.“

Sie schaute mich an, und nach ein paar Sekunden forderte sie mich auf: „Erzähl mir von Boris.“

Ich holte tief Luft, berichtete ihr von meiner Fahrt nach Brighton Beach und schloss mit: „Boris hat mich überredet, ihm eine Woche Zeit zu lassen, und ich habe mich dazu bereiterklärt. Und jetzt will ich, dass du das Gleiche machst. Er lässt dir übrigens Grüße bestellen.“

Sie verarbeitete all das in Sekundenschnelle. „Bist du verrückt?“

„Ja, aber das spielt keine Rolle.“

Sie runzelte die Stirn. „Ich habe von alledem nichts gehört.“

Ich nickte.

„Ruf Tom an“, riet sie mir.

Ich stand auf, beugte mich über sie, und sie nahm meinen Kopf in beide Hände und gab mir einen langen, innigen Kuss. „Ich weiß, dass du heute Nacht nach Khalil Ausschau halten wirst“, sagte sie. „Sei vorsichtig. Bitte. Wir haben noch ein langes Leben vor uns.“

„Das weiß ich.“ Ich drückte ihre Hand. „Ich rufe dich später an.“

ALS ICH wieder in meinem Apartment war, sprach ich noch einmal mit Paresi, der nicht viel Neues hatte, außer: „Alle sind wegen heute Nacht aufgedreht.“

„Wir sollten nicht zu aufgeregt sein.“

„Ja … aber wenigstens unternehmen wir etwas – und reagieren nicht nur. Viel Glück.“

Um fünf Uhr nachmittags reinigte ich meine Glock und lud drei Ersatzmagazine mit 9-Millimeter-Patronen. Ich kramte in meinem Schrank herum und fand ein paar Klamotten für meinen Spaziergang im Park, dabei stieß ich auf ein altes Kampfmesser der Marineinfanterie, das im Besitz meiner Familie ist, seit Onkel Ernie im Pazifik gedient hat. Es musste geschärft werden, was ich mit einem Wetzstein aus der Küchenschublade machte.

Um 22 Uhr ging ich hinunter in die Lobby, wo der Spezialeinsatzgruppenleiter, Special Agent Bob Stark vom FBI, auf mich wartete. Ich kannte ihn, er war einer von den Guten.

Ich trug eine Kakihose, weiße Laufschuhe und einen weißen Baumwollpulli. Es nieselte ab und zu, deshalb hatte ich eine hellbraune Windjacke an und einen hellbraunen Regenhut auf dem Kopf. Es war eine bekloppte Kombination, und ich konnte nur hoffen, dass ich niemandem über den Weg lief, den ich kannte. Außer natürlich dem Libyer.

Stark und ich gingen das Unternehmen durch. Ich überprüfte die Funkverbindung meines Mikros, und wir überzeugten uns davon, dass mein Peilsender funktionierte. Ich hatte meine Kevlarweste an, meine Glock in einem Hüftholster und das Kampfmesser in meinem Waffengurt.

Nachdem sich Stark davon überzeugt hatte, dass ich startklar war, sagte er: „Okay, ich sitze in einem Funkwagen. Ich bin SE Eins, und Sie sind Spaziergänger –"

„Jäger."

„Das geht nicht … okay, Sie sind Jäger. Wie Sie wissen, ist das Mikro ständig eingeschaltet, daher kann Sie jeder in den Überwachungsteams hören, wenn Sie etwas sagen."

„Verstanden."

„Weidmannsheil, Detective!"

Und dann zog ich los.

Ich ging hinaus und blieb einen Moment lang unter den Lichtern der Markise stehen und tat so, als wäre ich niedergeschlagen oder unschlüssig. Um den Schurken Zeit zu geben, mich zu entdecken, trödelte ich etwas herum, ohne dass es zu offensichtlich wirkte.

Die East 72nd Street ist eine breite, mehrspurige Straße, auf der reger Verkehr herrscht, deshalb konnte ich nur schwer feststellen, ob mich jemand von der Straße aus oder aus einem Auto beobachtete – aber das Überwachungsabwehrteam hätte das mittlerweile bemerkt.

Ich wandte mich nach rechts und lief in Richtung Central Park.

Starks Stimme drang aus meinen Kopfhörern. „Jäger, hier SE Eins. Wir sind bei Ihnen, aber stellen Sie sich vor, Sie wären allein. Bleiben Sie am Eingang zum Park stehen, damit wir sehen können, ob sich jemand für Sie interessiert."

„Okay."

Ich überquerte die Fifth Avenue und blieb nahe der niedrigen Steinmauer stehen, die den ganzen Park umgibt. Am Eingang zum Park standen noch ein paar Straßenhändler mit ihren Schiebkarren, und da ich mich hier etwas aufhalten sollte, nutzte ich die Gelegenheit und kaufte mir einen Chilidog, genauer gesagt zwei. Hey, das könnte meine letzte Mahlzeit sein!

Ich setzte mich auf eine Bank, aß meine Hotdogs und versuchte, wie ein niedergeschlagener Witwer zu wirken, was nicht einfach ist, wenn man zwei großartige Dogs in den Händen hat. Auf alle Fälle vertilgte ich mein Abendessen und lief dann in den Park.

Ich entdeckte das Überwachungspärchen, das auf einer Bank saß und für alle Welt wie ein Liebespaar aussah. Sie schauten nicht zu mir herüber, und ich ahnte, dass sie Profis waren.

Als ich tiefer in den Park kam, fiel mir auf, wie sich Stimmung und Gefühl veränderten – es war fast so, als wäre ich in eine Zeit zurückgeraten, in der die Insel Manhattan noch aus lauter Wäldern, Wiesen und Felsbrocken bestand. Allerdings gibt es im Park befestigte Wege mit schmucken Laternenpfählen. Ich folgte einem dieser Wege in Richtung Norden, zum Kerbs Boathouse, meiner ersten Anlaufstelle.

Der Nieselregen hielt die großen Spaziergängerscharen fern. Heute Nacht waren nur wenige Leute da, und das war gut. Ich versuchte meine Überwachungsleute ausfindig zu machen, aber außer dem Pärchen, das fünfzig Meter hinter mir Händchen haltend spazieren ging, entdeckte ich niemanden.

Ich kam zu dem Bootshaus, blieb auf dem steinernen Patio zwischen dem Haus und dem See stehen und blickte hinaus aufs Wasser.

Irgendwo auf der anderen Seite des Sees war ein SEK-Team mit Scharfschützengewehren, und die Jungs konnten einem den Kaugummi aus dem Mund schießen, ohne einen Zahn zu beschädigen. Aber mir kam es so vor, als wäre ich der Einzige hier.

Nahe dem Ufer standen Bänke. Ich setzte mich auf eine und versuchte niedergeschlagen zu wirken, was nicht weiter schwer ist, wenn man einen nassen Arsch hat und der Regen kälter wird.

Ich ließ mir zehn Minuten Zeit, dann steuerte ich den Belvedere Lake an. Als ich ihn erreicht hatte, sagte Stark zu mir: „Spazieren Sie um den See."

Also lief ich langsam um den Belvedere Lake. Ich beendete meinen Spaziergang, ohne jemandem begegnet zu sein, und blieb bei einem Gebäude namens Belvedere Castle stehen, wo ich mich auf eine nasse Bank setzte.

„Jäger ruht sich aus", meldete ich.

„Wir haben Sichtkontakt", erwiderte Stark und fügte hinzu: „Niemand ist Ihnen gefolgt. Aber bleiben Sie eine Weile sitzen."

Also saß ich fünfzehn Minuten da, dann sagte Stark: „Wir glauben, wenn Sie Gesellschaft hätten, wüssten wir es mittlerweile. Vielleicht sollten wir das Reservoir streichen."

„Nein doch, es macht mir zu viel Spaß“, erwiderte ich. „Ich will ums Reservoir joggen.“

Ich meinte über Kopfhörer ein paar Ächzer zu hören, dann sagte Stark: „Ihre Entscheidung.“

Richtig, Jungs, ich bin derjenige, der versucht, von einem Terroristen überfallen zu werden.

Ich kam zu der Joggingstrecke und lief gegen den Uhrzeigersinn los, was die Regel ist. Meine Laufschuhe und die Socken waren nass, und ich hörte meine Füße schmatzen.

Die Strecke ist zweieinhalb Kilometer lang, und nach etwa fünf Minuten fing ich an, die Sache zu genießen, was der erste grausige Schritt auf dem Weg zum Joggerzombie ist. Jedenfalls umrundete ich das Reservoir in etwa zwanzig Minuten, was gar nicht so schlecht ist, und ich war so aufgedreht, dass ich tief Luft holte und zu Stark sagte: „Ich will das noch mal machen.“

„Moment“, erwiderte er. „Ich versuche gerade das SEK-Team davon abzuhalten, auf Sie zu schießen.“

„Ach kommen Sie. Bloß noch einmal –“

„Es ist vorbei. Die Operation ist vorüber. Überwachung und Überwachungsabwehr melden, dass sie niemanden gesehen haben. Wird Zeit, dass wir heimgehen.“

„In Ordnung … aber ich laufe durch den Park zurück.“ Ich nannte ihm meine Route entlang der Ostseite des Parks und machte mich auf den drei Kilometer weiten Rückweg zu meiner Wohnung, enttäuscht, aber mit einem seltsamen Hochgefühl. Es war genauso, wie Paresi gesagt hatte – wir unternahmen etwas, was besser war, als nichts zu tun. Die heutige Unternehmung war zwar vorbei, aber ich war bereit, das Ganze noch mal zu machen, morgen Nacht und die Nächte darauf, solange Walsh und Paresi glaubten, dass es funktionieren könnte, und die entsprechenden Leute dafür abstellten.

„SE Eins, hier Jäger. Tun Sie mir einen Gefallen – rufen Sie im Bellevue an und lassen Sie jemand auf der Sicherheitsetage meiner Frau ausrichten, dass ich auf dem Heimweg bin.“

„Wird gemacht.“

Ich verließ den Park an der Fifth Avenue, Ecke 72nd Street. Die Straße war um diese Uhrzeit ruhig, und es regnete ein bisschen stärker.

„Morgen Nacht versuchen wir's an einem anderen Ort“, sagte Stark.

„Danke an alle. Gut gemacht“, sagte ich.

Etwa acht, neun Stimmen bestätigten.

Ich betrat meine Lobby, und ausgerechnet Special Agent Lisa Sims hatte Dienst. „Wie ist es gelaufen?“, fragte sie mich.

„Eine gute Generalprobe."

Sie lächelte. „Sie sehen aus, als ob Sie eine Mütze Schlaf gebrauchen könnten."

„Ja. Aber *Sie* müssen wach bleiben." Ich wünschte ihr eine gute Nacht, ging zum Aufzug, stieg ein und zog meine Glock. Mit gezogener Knarre betrat ich meine Wohnung. Ich hatte sämtliche Lichter angelassen, und sie waren auch noch alle an. Ich suchte die Zimmer ab, kehrte zur Tür zurück und verriegelte sie.

Dann zog ich mir trockene Sachen an und setzte mich in meinen Fernsehsessel. Ich schaltete den Apparat ein und stieß auf einen großartigen alten John-Wayne-Film: *„Danger Rides the Range"*, und als der Duke in eine Schießerei mit den Bösewichtern geriet, richtete ich meinen Revolver auf den Bildschirm und half ihm. *Peng, peng.* Pass auf, Duke! *Peng.*

Gegen zwei Uhr morgens ging ich ins Bett. Ich hasste es, dass ich gezwungen war, so zu leben. Ich wäre viel lieber in die Offensive gegangen. Aber manchmal muss man einfach warten, bis der andere seinen Zug macht.

KAPITEL 8

Donnerstagmorgen. Ich redete mit Captain Paresi, und wir besprachen die Unternehmung der vorigen Nacht, aber es gab nicht viel zu sagen, außer dass alle ihre Sache gut gemacht hatten.

Paresi berichtete, er habe ein paar Leute abgestellt, die die Apartmenthäuser und Bürogebäude an der East 72nd Street überprüfen sollten, angefangen bei denen auf der meinem Haus gegenüberliegenden Straßenseite. Er erklärte mir, dass das mindestens zehn Tage dauern würde – es sei denn natürlich, wir hätten vorher Glück.

Dann meinte er: „Sind Sie zu einem weiteren Nachtspaziergang bereit?"

„Zu allem, wenn ich dabei aus dem Haus komme."

„Heute Nacht wollen wir etwas anderes probieren. Ich möchte, dass Sie gegen sechs Uhr abends zur Federal Plaza Nummer 26 kommen. Wir gehen davon aus, dass das Bundesgebäude beobachtet wird. Gegen neun verlassen Sie es und gehen zu Fuß in die Gegend, in der sich die Baustelle des World Trade Centers befindet. Da ist es nach Einbruch der Dunkelheit ziemlich ruhig, und Sie laufen einfach etwas herum – traurig, einsam, denken über Leben und Tod nach. Irgendwann schlagen Sie dann den Weg runter zum Battery Park ein."

„Okay. Ich möchte aber die Gegend für morgen Nacht aussuchen."

„Wir werden diese Operation nicht übers Wochenende laufen lassen", erwiderte er. „Da sind zu viele Leute unterwegs. Aber wir werden die Kollegen, die wir an diesem Wochenende bei Ihnen einsparen, dazu verwenden, um in Ihrer Gegend an Türen zu klopfen."

„In Ordnung, aber ich muss für ihn erreichbar sein."

„Zu Hause sind Sie auch erreichbar", wandte er ein. „Vielleicht versucht er's an diesem Wochenende."

Ich wollte nicht mit ihm streiten, zudem dachte ich bereits daran, meinen Personenschützern zu entwischen und auf eigene Faust loszuziehen, um festzustellen, ob mich der Löwe beschlich.

„Wir sehen mal, was heute Nacht passiert", sagte Paresi. „Möglicherweise hat sich Khalil schon abgesetzt."

„Er ist hier."

Ich rief Kate an, und sie erzählte mir: „Eine Schwester ist letzte Nacht gegen eins vorbeigekommen und sagte, sie hätte eine Nachricht für mich. Ich dachte schon, du wärst tot."

„So eine Nachricht würde ich dir nicht hinterlassen."

„Das ist nicht komisch."

„Tut mir leid. Aber nach Mitternacht komme ich nicht weiter durch als bis zur Telefonzentrale."

„Gehst du heute Nacht wieder aus?", fragte sie mich.

„Yeah. Ich fange an der Federal Plaza an, laufe dann zur Baustelle vom WTC und danach zum Battery Park. Deswegen kann ich heute Abend nicht kommen. Ich muss um sechs an der Federal Plaza sein."

„Ich verstehe. Ruf mich später an und überbring mir eine gute Nachricht."

Falls es eine schlechte Nachricht gab, würde ich nicht derjenige sein, der anrief.

Nach dem Telefonat mit Kate arbeitete ich an meinem Bericht, entwarf dann ein Memo zu diesem Fall und fing damit an, wie das Ganze vor drei Jahren begonnen hatte. Das Memo enthielt alles, was ich wusste und was geheim war, aber auch meine eigenen Gedanken und Theorien zu gewissen Dingen, wie zum Beispiel der Beteiligung der CIA an dem ursprünglichen Fall. Ich hatte keine Ahnung, für wen dieses Memo bestimmt war – vielleicht war es ja für denjenigen bestimmt, der sich mit dem Fall befasste, falls ich zu Tode kommen sollte.

Unter der Überschrift *Khalil II* berichtete ich von meiner jüngsten Zusammenkunft mit Boris Korsakov, was mich daran erinnerte, dass ich nichts mehr von ihm gehört hatte, seit er ein Wiedersehen mit seinem Superschüler erwogen hatte. Das könnte bedeuten, dass er tot war. Wahrscheinlicher aber war, dass Boris mir nichts mehr zu sagen hatte. Oder er hatte sich, wie schon gesagt, aus der Stadt abgesetzt.

Ich benutzte mein ATTF-Handy, um Boris anzurufen, und konnte nur hoffen, dass er die Nummer erkannte, die ich ihm gegeben hatte, und den Anruf annahm. Oder dass sich eine andere Stimme meldete: „Khalil hier."

Boris Korsakov ging ran. „Guten Tag, Mr Corey."

„Gleichfalls. Wo sind Sie?"

„Wo ich war, als ich Sie zum letzten Mal gesehen habe."

„Und wo ist Mrs Korsakov?"

„In Moskau."

„Die Glückliche. Ich denke gerade noch mal über Ihren Wunsch nach, dass wir Ihr Lokal nicht überwachen sollen. Was meinen Sie heute dazu?"

Ohne zu zögern, erwiderte er: „Sie haben mir eine Woche versprochen."

„Boris, das habe ich nicht versprochen, und wenn ich's getan habe, bin ich zur Vernunft gekommen. Schauen Sie, ich möchte, dass Sie mich eine Falle stellen lassen." Ich erklärte es. „Sie verlassen Ihr Fort, gehen Ihren üblichen Angelegenheiten nach, und ich habe Leute in der Nähe, die Sie beschützen und gleichzeitig Khalil schnappen können, wenn er einen Mordversuch auf Sie unternimmt."

„Darf ich Ihnen eine Frage stellen, Mr Corey?"

„Klar."

„Warum sind Sie allein hergekommen?"

Gute Frage. „Nun, ich war nach Coney Island unterwegs, und da kam mir aus heiterem Himmel der Gedanke, dass Boris Korsakov in Brighton Beach wohnen könnte."

„Sie sind allein gekommen, weil Sie ihn töten wollen. Nicht festnehmen, Mr Corey, sondern töten."

„Boris, ich glaube, Sie waren zu lange beim KGB."

„Lange genug, um zu wissen, wie man ein Problem löst", versetzte er. „In Langley hat man mir ein wenig von Ihrem Zusammenstoß mit Khalil erzählt, und ich bin zu dem Schluss gekommen, dass Sie aus ganz persönlichen Gründen wollen, dass Khalil tot ist. Und ihm geht es in Bezug auf Sie genauso – wie auch mir gegenüber. Warum belassen wir es also nicht einfach bei dem Stand, auf den wir uns geeinigt hatten, als Sie mein Büro verließen?"

Ich dachte darüber nach. Welchen Nachteil hatte es, wenn ich es Boris überließ, Khalil umzubringen? Keinen. Aber für Boris wäre es ein großer

Nachteil, wenn Khalil stattdessen ihn umbrachte. Das allerdings wäre kein Nachteil für mich – genau genommen, und ich sage das nur ungern, würde Boris durch die Hand des Monsters, das zu erschaffen er geholfen hatte, nur das bekommen, was er verdiente.

„Okay. Eine Woche. Also bis Dienstag."

„Gut. Das ist die richtige Entscheidung für uns beide. Gibt es sonst noch irgendetwas, bei dem ich Ihnen behilflich sein kann?"

„Im Moment nicht. Aber vergessen Sie nicht, mich anzurufen, falls Sie ihn womöglich aus Notwehr umbringen mussten."

„Erst meinen Anwalt, dann Sie."

„Sie sind ein echter Amerikaner, Boris."

„Danke." Er schwieg eine Weile. „Was immer er auch für Sie vorgesehen hat, Mr Corey, es wird nicht angenehm werden."

„Richtig, genauso wenig wie für Sie. Und vermutlich sind Sie zuerst dran."

Er ging nicht darauf ein, und wir beendeten das Gespräch.

Um halb sechs nahm ich mir ein Taxi zur Federal Plaza Nummer 26. Ich saß ein paar Stunden an meinem Schreibtisch, nahm mir meine E-Mails und Memos vor und hörte meine Voicemail ab. Im Zusammenhang mit Asad Khalil gab es nichts, was mich in meiner Vermutung bestärkte, dass der Fall strikt unter Verschluss gehalten wurde. Und was all die anderen Fälle anging, mit denen ich und Kate befasst gewesen waren, hatte ich den Eindruck, dass sie an andere Detectives verteilt worden waren.

Um acht traf ich mich mit Paresi und Stark, und wir gingen die Operation in allen Einzelheiten durch. Um neun verließ ich die Federal Plaza und machte einen kurzen Spaziergang zur Baustelle am World Trade Center.

Das Tor am Eingang zur Aussichtsplattform war verschlossen und die Umgebung um diese Uhrzeit menschenleer. Ich lief einmal um die Baustelle herum, blieb ein paarmal stehen und schaute in die riesige Grube. Am Boden des tiefen Lochs waren Baumaschinen und haufenweise Baumaterial. An der an die Liberty Street angrenzenden Seite der großen Grube befand sich eine lange Erdrampe, die zur Baustelle hinabführte. Die Rampe war durch ein verschlossenes, zweiflügeliges Maschendrahttor versperrt. Auf der anderen Seite des Tors sah ich einen Wohnwagen, der als gemütliches Wachhäuschen für die Port Authority Police diente, die für die regionale Verkehrsinfrastruktur zuständige Schutzbehörde, die auch Eigentümerin des WTC-Baugrundstücks ist und deshalb an diesem einzigen Zugang zur Baustelle postiert war.

Ich rechnete nicht damit, Asad Khalil in der Nähe des Wachpostens zu sehen, deshalb begab ich mich zur West Street, die zwischen der Baustelle des World Trade Centers und den Gebäuden des World Financial Centers verläuft.

Starks Stimme drang aus meinem Kopfhörer: „Sie sind allein."

„Verstanden."

Ich lief zum Battery Park hinunter, der einen knappen Kilometer südlich von Ground Zero liegt. Es war ein schöner Abend, deshalb waren ein paar Leute im Park, die dasaßen und auf die Freiheitsstatue blickten, darunter auch die beiden Angehörigen des Überwachungsteams, die ich schon im Central Park gesehen hatte und die heute wieder auf einer Bank saßen und Händchen hielten. Ich konnte nur hoffen, dass sie sich wenigstens mochten.

„Das sieht nicht vielversprechend aus", sagte ich in mein Mikro.

„Vielleicht ist es noch zu früh", erwiderte Stark. „Laufen wir noch ein bisschen durch dunkle, ruhige Straßen. Später kommen wir wieder hierher."

Während ich durch die ruhigen Straßen des Financial District lief, rief ich Kate an, um sie zu beruhigen. Sie meldete sich und sagte: „Ich habe auf deinen Anruf gewartet. Wo bist du?"

„Ich steige gerade über betrunkene Börsenmakler."

„Sei vorsichtig, John."

„Ich liebe dich."

Mit jemandem verheiratet zu sein, der im selben Gewerbe ist, hat seine Vorteile. Man macht sich Sorgen, weiß aber wenigstens warum.

Ich lief weiter durch die nahezu menschenleeren Straßen von Lower Manhattan, dann zurück zum Battery Park und zum World Trade Center.

Gegen Mitternacht waren wir uns einig, dass mir niemand folgte, worauf ich in der Nähe der Federal Plaza Nummer 26 ein Taxi fand und mich auf den Heimweg machte.

Unterwegs rief ich Kate an. „Kein Glück. Ich fahre jetzt heim."

„Gut. Mach das nicht noch mal. Ich glaube, eine weitere Nacht stehen meine Nerven nicht durch."

Und schon war meine schöne Theorie über die Vorzüge einer Ehe mit jemandem aus dem gleichen Gewerbe futsch. „Ich habe am Wochenende frei. Schlaf ein bisschen. Wir sehen uns morgen."

Allem Anschein nach klappte die Sache mit mir als Löwenköder nicht. Was bedeuten könnte, dass Khalil und seine hiesigen Kontaktpersonen keine Ahnung hatten, dass ich unterwegs war. Oder sie wussten es und witterten eine Falle. Oder Khalil war weg.

Nein, er war hier. Ich wusste, dass er hier war. Er war nicht mit so viel Hass im Herzen von so weit her gekommen, um mich am Leben zu lassen.

FREITAGMORGEN. Die Sonne fiel durch die Balkontür, und es sah so aus, als würde es ein weiterer schöner Tag werden. Außerdem wäre heute ein guter Tag, um Asad Khalil umzubringen.

Ich besuchte Kate im Bellevue, die eine schlechte Nacht hinter sich hatte und fest entschlossen war auszubrechen.

„Ich bleibe auf keinen Fall übers Wochenende hier“, sagte sie.

Ich wollte sie noch nicht im Apartment haben, deshalb beschwichtigte ich sie: „Weißt du was? Wenn sich bis Montag nichts tut, fliegen wir zwei … dahin, wo deine Eltern wohnen.“

„Nach Minnesota?“

„Richtig. Aber bleib noch ein paar Tage hier.“

Sie erwiderte nichts.

Ich wollte *wirklich* nicht in dieses Kuhdorf in Minnesota, aber vielleicht konnte ich Kate bei ihren Eltern absetzen und zurückkehren. Khalil wusste ja nicht, dass Kate am Leben war. Jedenfalls soweit mir bekannt war.

Ich blieb zum Mittagessen, und während wir kauten, fragte mich Kate, ob ich am Montag wieder rausgehen würde, worauf ich erwiderte, dass ich diesbezüglich noch nichts gehört hätte.

„Es ist Zeitverschwendung. Khalil wird nicht auf einen offensichtlichen Hinterhalt reinfallen.“ Sie nahm meine Hand. „John … Khalil hat diese Sache genau durchdacht. Er hat seinerseits eine Falle. Für dich.“

„Auch ich kann eine Falle erkennen, Kate.“

„Das weiß ich. Und ich weiß auch, dass du reinlaufen wirst, weil du meinst, du kannst den Spieß umdrehen. Du bist sehr von dir überzeugt.“

Die Haupttodesursache unter Alphamännchen.

„Am Montag, zwei Flugscheine nach Minnesota“, verkündete sie. „Ich buche die Reise.“

„Großartig.“ Ich würde natürlich nicht mitkommen. Es sei denn, dass Khalil bis Montag tot war. Und wenn ich bis Montag tot sein sollte, würde ich mit Sicherheit nicht nach Minnesota fliegen. Ich stand auf, um zu gehen. „Bis heute Abend.“

„Nimm dir heute Abend frei, John“, schlug sie vor. „Ich komme hier klar.“

„Bist du dir sicher?“

„Wir sehen uns morgen früh. Und häng deine Personenschützer nicht ab, wenn du rausgehst und feststellen willst, ob Khalil auf dich wartet.“

Ehefrauen können irgendwann Gedanken lesen. Oder ich war zu leicht zu durchschauen. „So was Gefährliches würde ich doch nicht machen“, erwiderte ich.

„Natürlich nicht.“

ICH BRACHTE den Nachmittag mit Papierkram zu, außerdem trainierte ich. Ein gesunder Geist in einem gesunden Körper. Der Körper lässt sich leichter trainieren.

Um sechs rief ich meinen Personenschutz in der Lobby an und bestellte eine Peperonipizza, was gut für die Seele ist.

Um sieben summte meine Gegensprechanlage, und der SE-Typ meldete: „Die Pizza kommt."

Ich schloss die Tür auf, ließ sie angelehnt, zog dann meine Glock und trat in die Diele zurück. Wenn die Pizza mit Sardellen belegt war, war der Lieferant tot.

Es klopfte an die Tür, dann wurde sie geöffnet, und Captain Paresi stand mit einem Pizzakarton da. Ich wünschte, ich hätte statt der Knarre eine Kamera gehabt.

Paresi bemerkte, dass ich die Glock ins Holster steckte, gab aber keinen Kommentar dazu ab. „Ich dachte, ich leiste Ihnen heute Abend Gesellschaft", sagte er.

Das hätte Kates Idee sein können. Oder Walshs. Vielleicht war Paresi auch selbst darauf gekommen – auf Corey muss man aufpassen.

„Das ist sehr aufmerksam von Ihnen", erwiderte ich.

„Tja. Hier ist Ihre Pizza."

Ich nahm den Karton und bemerkte, dass Paresi außerdem eine Flasche roten *vino* unter den Arm geklemmt hatte. „Lassen Sie uns *al fresco* speisen", schlug ich vor.

„Sie sollten nicht auf den Balkon gehen", ermahnte er mich.

„Lebe wild und gefährlich."

Ich brachte die Pizza auf den Balkon und stellte sie auf das Cafétischchen. Paresi blieb im Wohnzimmer, während ich in die Küche ging und einen Korkenzieher, Gläser und ein paar Servietten holte. Auf mein Drängen hin gesellte er sich doch zu mir auf den Balkon.

Es war ein schöner Abend, und unten auf der Straße erwachte die Stadt allmählich zum Leben für die Freitagnacht. Der Wein war nicht schlecht, die Pizza okay, das Gespräch ein bisschen bemüht. Außerdem schaute Paresi ständig an den Häusern auf der anderen Straßenseite auf und ab. Er war kein guter Gesellschafter. Schließlich sagte er zu mir: „Diese Mistkerle könnten uns hier oben alle beide abknallen."

„Seien Sie nicht paranoid. Wenn Khalil mich mit einem Scharfschützengewehr kaltmachen wollte, hätte er es bereits getan. Er hat was anderes mit mir vor."

„Ich habe an *mich* gedacht", erwiderte Paresi. Er goss sich den letzten

Schluck Wein ein. „Die Kommunikationsauswertungseinheit hat vor ein paar Stunden ein Signal von Kates Handy aufgefangen. Nur sieben, acht Sekunden, so als hätte jemand das Telefonverzeichnis abgerufen."

„Woher kam das Signal?"

„Die Antenne, in die sich ihr Telefon eingeloggt hat, deckt die Gegend zwischen Dreiundvierzigster und Vierundvierzigster Straße ab, aber ich nehme an, das Signal kam aus einem fahrenden Auto."

„Nun ja, wenigstens wissen wir, dass Kates Handy in Manhattan ist."

„Ja." Er nickte zur Stadt hinunter. „Er ist da draußen."

Ich blickte wieder zu den hoch aufragenden Apartments und Bürogebäuden auf der anderen Straßenseite. Einige Fenster waren erleuchtet, andere waren dunkel, und ich vermutete, dass man aus einem dieser Fenster zu uns schaute.

„Wie läuft's an der Zweiundsiebzigsten Straße?", fragte ich Paresi.

„Ich glaube, wir haben etwa die Hälfte der Apartments und rund achtzig Prozent der Büros abgeklappert. Es wäre gut gewesen, wenn das Signal von der anderen Straßenseite gekommen wäre."

„So dämlich sind die nicht. Unterschätzen Sie Khalil nicht."

Kate rief an und freute sich sehr, dass sie mich mit meinem Gesellschafter daheim antraf. „Hast du getrunken?"

„Nein. Wir sind noch dabei."

„Gute Nacht, John. Ich liebe dich."

„Ich dich auch."

Paresi und ich machten noch eine halbe Flasche Scotch nieder, und er verschwand kurz vor Mitternacht.

Ich ging ins Bett. Eine ruhige Nacht. Aber wenn sich nichts tut, habe ich manchmal das Gefühl, dass bald irgendwas passieren wird, und genau das hatte ich jetzt.

AM SAMSTAG um zehn bestellte ich mir ein regierungseigenes Fahrzeug und besuchte Kate im Bellevue. Sie schien guter Laune zu sein, wusste sie doch, dass sie bald rauskommen würde.

„Ist Tom Walsh damit einverstanden, dass du verreist?", fragte ich sie.

„Ist er. Solange ich zu meinen Eltern fahre."

„Weiß er, dass ich mitkomme?"

„Ja. Es ist ihm recht."

Das war eine Überraschung. „Bist du dir sicher?"

„Ja. Ich hatte ein sehr offenes Gespräch mit Tom, und ich habe ihm erklärt, dass er mich erstens nicht gegen meinen Willen hier festhalten kann und dass man es zweitens in Washington möglicherweise nicht billigen würde, wenn er dich – einen Kontraktagenten – als lebenden Köder benutzt, um einen Terroristen in die Falle zu locken. Wenn dir etwas zustoßen sollte –"

„Moment. Ich habe mich freiwillig dazu bereiterklärt."

„Ich aber nicht. Und du hast dich nicht mit mir abgesprochen."

Ich meine mich erinnern zu können, dass mein Leben und mein Job einfacher waren, bevor ich geheiratet habe.

„Tom glaubt sowieso nicht, dass es funktioniert", erklärte sie mir weiter. Dann kam der Trumpf. „Und wenn irgendwo in der Stadt irgendetwas passieren sollte und herauskäme, dass die Hälfte aller Überwachungsteams dein Apartment bewacht und dir folgt, hätte Tom Washington gegenüber allerhand zu erklären."

Kate wusste offensichtlich besser als ich, wie man Walsh beeinflusste.

„Schmoll nicht. Ich tu das doch für uns." Sie nahm meine Hand. „Wenn du mich liebst, möchtest du dich sicher nicht in Gefahr bringen –"

„Natürlich liebe ich dich. Aber ich will nicht das ganze Leben lang ständig über die Schulter schauen."

„John, Hunderte Menschen, hier und auf der ganzen Welt, halten jetzt Ausschau nach Asad Khalil. Sie werden ihn auch ohne unsere Hilfe finden." Und es gab weitere schlechte Nachrichten. „Außerdem habe ich deine Eltern angerufen und ihnen erklärt, dass wir sie sofort nach dem Besuch bei meinen Eltern in Florida besuchen werden. Bereite dich darauf vor, dass du zwei Monate weg bist. Wir sind beurlaubt."

„Zwei Monate? Mit deinen Eltern und meinen? Darf ich mir kurz deine Knarre leihen?"

„Du bist völlig auf diese Sache fixiert, und das ist nicht gesund. Du musst von hier weg."

Ich erwiderte nichts.

„Tom möchte, dass ich bis Montag im Krankenhaus bleibe. Er meint, ich wäre hier sicherer aufgehoben als im Apartment. Wenn mich dort jemand sieht, könnte das zu den falschen Leuten durchsickern, die mich für tot halten." Sie schaltete auf zuckersüß um. „John, ich liebe dich. Du hast mir das Leben gerettet, und auf diese Weise will ich es dir vergelten."

Irgendwie war mir offenbar ein Glied dieser Argumentationskette entgangen, aber ich sagte: „Okay. Am Montag nach Minnesota."

„Es geht mir so viel besser, weil ich weiß, dass du heute Nacht nicht draußen bist."

„Mir auch."

„Und bevor wir abreisen, rufst du Tom an und erzählst ihm von Boris."

„Ja, Ma'am."

„Bis heute Abend."

Wir küssten uns, und ich ging.

Ich hatte nur noch knapp achtundvierzig Stunden, bis ich auf dem Weg ins Exil war. Bis dahin blieben mir möglicherweise noch ein, zwei Züge.

SOBALD ich wieder in meinem Apartment war, rief ich Tom Walsh an, aber es war Samstag, und offenbar nahm er keine dienstlichen Anrufe entgegen – jedenfalls nicht von mir. Ich hinterließ eine Nachricht und brachte ein überzeugendes Argument dafür vor, dass wir die Operation fortsetzen sollten. Ich hätte ihm von Boris erzählt, wenn er den Anruf entgegengenommen hätte. Jedenfalls würde ich es ihm am Dienstag erzählen, wenn die Zeit abgelaufen war, die ich Boris gewährt hatte, um festzustellen, ob Khalil ihn kaltmachen wollte. Leider musste ich Walsh dann möglicherweise von einer Kuhweide aus anrufen.

Später, als ich mich gerade für meinen abendlichen Besuch im Bellevue fertig machte, klingelte mein Festnetztelefon und die Anruferkennung war blockiert. Niemand von der ATTF rief mich normalerweise unter dieser Nummer an. Vielleicht waren es also meine Eltern. Oder Kates. Aber bei denen stand nie BLOCKIERT da.

Ich nahm ab. „Corey."

Schweigen. Ich wusste, wer dran war.

Ein Mann, der mit Akzent sprach sagte schließlich: „Ich bin es."

Ich blieb stumm.

„Mr Corey? Hier ist Asad Khalil."

„Ich habe Ihren Anruf erwartet", erwiderte ich ganz ruhig.

„Das weiß ich. Ich habe Ihre Nummer auf dem Handy Ihrer Frau gefunden, deshalb rufe ich an, um Ihnen mein Beileid auszusprechen."

„Das ist echt krank. Sie werden in der Hölle schmoren."

„Nein, *Sie* werden in der Hölle schmoren. Ich werde auf ewig im Paradies leben."

Ich ging nicht darauf ein. Am anderen Ende herrschte wieder Schweigen, und ich hörte Verkehrsgeräusche im Hintergrund.

Dann sagte Khalil: „Ich habe Ihnen vor drei Jahren erklärt, dass ich zurückkommen werde, und wie Sie sehen, habe ich mein Versprechen gehalten. Und wenn ich verspreche, jemanden zu töten, töte ich ihn auch."

Wieder reagierte ich nicht darauf.

„Als ich das letzte Mal hier war, hatten Sie mir mehr zu sagen", erinnerte er mich. „Nun, ich weiß, dass Sie um Ihre tote Frau trauern, und dadurch wird man … weniger gesprächig. Und vielleicht auch weniger arrogant.“

Ich schwieg nach wie vor.

Die Kommunikationsauswertungseinheit hörte meine Anrufe nicht ab, aber sie überwachte meine Nummer und konnte jeden eingehenden Anruf zum Ausgangspunkt zurückverfolgen – was in diesem Fall mit Sicherheit ein Handy war.

Als ob er wüsste, was ich dachte, sagte er: „Ich bin jetzt in einem fahrenden Auto, und das Telefon wird bald aus dem Fenster geworfen. Ich habe viele Telefone, Mr Corey. Auf diese Weise werden Sie mich nicht finden.“

„Aber ich *werde* dich finden. Und dich umbringen. Ich verspreche es dir.“

„Sie sind weder klug genug, um mich zu finden, noch sind Sie Manns genug, um mich zu töten. Aber ich werde *Sie* finden und töten.“

„Du weißt, wo ich wohne und arbeite. Wenn du Mumm hättest, hättest du’s schon versucht. Stattdessen bringst du wehrlose Frauen um und ermordest sogar deine Landsleute, die dir vertrauen. Du bist ein elender Feigling.“

Er ließ es an sich abtropfen, und ich dachte schon, er hätte aufgelegt, aber die Hintergrundgeräusche waren immer noch da.

Schließlich sagte er in weniger coolem Ton: „Ich habe Ihnen erklärt, dass ich diese Hure töten werde, und ich habe es getan. Und Sie haben zugesehen, wie sie gestorben ist, verblutet wie ein verschrecktes Lamm, mit durchgeschnittener Kehle.“

Ich holte tief Luft. „Dieser Blödsinn reicht mir. Wir müssen uns treffen –“

„Leider können wir uns dieses Mal nicht treffen. Ich verspreche Ihnen jedoch, dass ich wiederkommen werde. Und dann werde ich Sie töten.“

„Warum läufst du weg?“

„Ich laufe nicht weg. Ich habe meine Angelegenheiten hier erledigt, von Ihnen einmal abgesehen, und Sie können warten.“

„Du hättest versuchen sollen, mich umzubringen, als du die Gelegenheit dazu hattest, du Blödmann.“

„Sie sind es, der blöd ist, Mr Corey, wenn Sie glauben, dass ich Sie so schnell töte, wie ich Ihre Frau getötet habe. Dabei habe ich für Sie einen interessanteren Tod vorgesehen. Erstens gedenke ich Ihnen die Genitalien abzuschneiden. Dann werde ich Ihr Gesicht abtrennen. Die Taliban machen das so in Afghanistan. Haben Sie diese Fotos gesehen? Genau das, Mr Corey, gedenke ich mit Ihnen zu tun, wenn wir uns das nächste Mal begegnen. Bis dann also –“

„Moment. Ich will dich noch mal daran erinnern, dass deine Mutter eine Hure war. Sie hat mit deinem Staatschef gevögelt, der, wie du weißt, deinen Vater umbringen ließ, damit er weiter mit deiner Mutter vögeln konnte.“

Ich konnte ihn am Telefon atmen hören, und ich glaube, er war ein bisschen sauer auf mich. Schließlich sagte er: „Wir werden uns begegnen. Auf Wiedersehen, Mr Corey.“

Die Verbindung wurde unterbrochen.

Na, das war ein gutes Gespräch gewesen. Kein Herumreden um den heißen Brei. Aber hatte ich ihn wütend genug gemacht, dass er dableiben und auf mich losgehen würde?

Ich hätte jetzt Walsh oder Paresi anrufen sollen, aber ich wählte das Svetlana an, um festzustellen, ob der Laden aufgrund eines Todesfalls geschlossen war.

Ein Mann mit russischem Akzent meldete sich, und ich hörte Musik und laute Gespräche im Hintergrund. Ich fragte nach Boris, worauf der Mann sagte, Mr Korsakov sei nicht zu sprechen, aber er werde eine Nachricht für ihn entgegennehmen.

„Bestellen Sie ihm, er soll Mr Corey anrufen. Es ist wichtig“, betonte ich und legte auf.

Boris war offenbar noch am Leben, und Boris war meiner Meinung nach der Kanarienvogel im Kohlebergwerk. Wenn Boris tot war, dann wäre kurz darauf John Corey fällig, oder etwa nicht?

Grundsätzlich lief es darauf hinaus, dass Asad Khalil nicht abhauen würde, bis er seine Angelegenheiten erledigt hatte. Folglich musste ich nur darauf warten, bis er seinen Zug machte, zu seinen Bedingungen und dem von ihm gewählten Zeitpunkt.

SONNTAGMORGEN. Meine Hüter von der Spezialeinsatzgruppe boten mir an, mich zur Kirche zu begleiten, wenn mir danach zumute wäre, doch ich entschied mich dafür, mir lieber im Bademantel eine im Fernsehen übertragene Messe aus St. Patrick's anzusehen.

Mittags trat ich meine Pilgerfahrt zum Bellevue an. Kate war frohgemut, und ich musste an Häftlinge denken, die ich kurz vor ihrer Entlassung gesehen hatte.

„Hast du schon gepackt?“, fragte sie mich.

Nein. „Alles gepackt und bereit zum Aufbruch.“

Ich war nicht so gut gelaunt wie Kate, und sie spürte es, ging aber einfach nicht darauf ein.

Ich blieb zum Mittagessen, und der Besuch endete mit einem bittersüßen Beigeschmack, als Kate mir erklärte: „Du bist ein tapferer Mann, John, und ich weiß, dass du die Lösung dieses Problems nicht anderen überlassen willst. Aber wenn dir etwas zustoßen sollte, wäre mein Leben vorüber. Also denk auch an mich, an uns."

Wenn mir etwas zustoßen sollte, wäre mein Leben ebenfalls vorüber, aber im Geist der allgemeinen Gefühlsduselei erwiderte ich: „Wir haben ein langes Leben vor uns." Es sei denn, ich falle bei einem der Mayfieldschen Familienessen vor Langeweile tot um.

Ich stieß in der Lobby auf meinen Fahrer, der Preston Tyler hieß und bei dem ich mir nicht sicher war, ob er alt genug war, um etwas anderes als ein landwirtschaftliches Nutzfahrzeug zu steuern. Wir setzten uns in Bewegung, und er fragte mich: „Hat Captain Paresi Sie erreicht?"

„Nein."

Ich schaute auf mein Handy, und da war eine SMS von Paresi, die mir entgangen war: NEUE ENTWICKLUNG. RUFEN SIE MICH SO SCHNELL WIE MÖGLICH AN.

Ich wählte Paresis Handynummer. „Was gibt's?"

„Wir haben möglicherweise das konspirative Haus gefunden."

„Wo?"

„Dort, wo wir dachten – gegenüber von Ihrem Haus."

Wir? Ich dachte, das wäre meine Idee gewesen.

Paresi fuhr fort: „Heute Morgen bekam die Kommandozentrale einen anonymen Anruf von einem Mann, der sagte, er hätte bei einem Apartmentgebäude an der östlichen Zweiundsiebzigsten Straße Nummer 320 verdächtige Aktivitäten bemerkt, ich zitiere, ‚verdächtig aussehende Leute, die ständig kommen und gehen'. Wo sind Sie im Moment?"

„Etwa fünf Minuten von dort entfernt."

„Gut. Ich bin hier. Apartment 2712."

Ich legte auf und sagte zu Preston: „Setzen Sie mich an der östlichen Zweiundsiebzigsten Nummer 320 ab."

Er fand die Adresse, ein hübsches Gebäude aus Vorkriegszeiten, etwa dreißig Stockwerke hoch. Ich war schon zigmal daran vorbeigelaufen, wäre aber nie auf den Gedanken gekommen, dass in Apartment 2712 Terroristen wohnen könnten.

Ich betrat das Foyer, und der Portier summte mich rein. Vier Detectives vom NYPD waren in der prachtvollen alten Lobby – für den Fall, dass terroristische Mieter aufkreuzen sollten –, und wir wiesen uns gegenseitig aus, worauf einer von ihnen mich zum Apartment 2712 begleitete. Er klingelte.

Captain Paresi öffnete die Tür und sagte: „Treten Sie sich die Füße ab."

Der Witz dabei war, dass das Apartment nicht ordentlich war – es war sogar regelrecht versifft, wie ich von der Tür aus sehen und riechen konnte. Ich ging hinein, und Paresi, der allein in dem Zimmer war, fragte mich: „Wie geht's Kate?"

„Die ist gesund und munter."

„Gut. Die Landluft wird ihr mächtig guttun. Ihnen auch."

Ich legte das Thema auf Warteschleife. „Was haben wir hier?"

„Wie Sie sehen, haben wir ein verwahrlostes Einzimmerstudio in einem schönen Haus in einer bislang schönen Gegend. Wir haben in den letzten zwei Tagen schon zweimal an die Tür geklopft, aber niemand hat aufgemacht. Im Mietvertrag ist eine gewisse Eastern Export Corporation angegeben, mit Hauptsitz in Beirut, Libanon."

„Und wir haben hier nie irgendwelche finsteren Gestalten ein und aus gehen sehen?"

„Nein. Es gehört nicht zu den konspirativen Häusern auf unserer Liste."

„Was sagt der Portier?"

„Er sagt, es waren drei, vier Mann – er ist sich nicht ganz sicher –, die wie Ausländer aussahen, und sie sind erst vor zwei, drei Wochen aufgekreuzt. Er hat sie kaum gesehen, und sie waren ruhig."

„Das deckt sich nicht mit der Behauptung des Hinweisgebers, der gesagt hat, hier würden ständig verdächtig aussehende Leute kommen und gehen", wandte ich ein.

„Nein", pflichtete er mir bei, „das tut es nicht."

Ich schaute mich in dem Studio um, in dem es eine Kochnische und zwei offene Türen gab – eine, die ins Badezimmer führte, und eine in einen begehbaren Kleiderschrank, der leer war. Das einzige Mobiliar waren drei räudig aussehende Sessel und vier unangenehm wirkende Matratzen am Boden, dazu ein großer Fernseher.

„Ein paar Sachen wie Lebensmittel und Toilettenartikel sind hier", sagte Paresi, „aber weder Kleidungsstücke noch Gepäck. Es sieht so aus, als wären sie ausgezogen."

„Richtig. Ist Kamelmilch im Kühlschrank?"

„Nein, aber hauptsächlich Lebensmittel, wie man sie im Nahen Osten isst."

„Wann kommt die Spurensicherung?"

„Bald. Ich warte auf einen Durchsuchungsbefehl." Er fügte hinzu: „Wir sind wegen Gefahr im Verzug mit dem Generalschlüssel des Hausmeisters reingekommen, weil hier angeblich ein Toter oder Sterbender sein sollte."

„Wer hat das gesagt?"

„Der Hinweisgeber und der Hausmeister", erwiderte Paresi.

Natürlich hatte das keiner von beiden gesagt, aber man muss erklären, weshalb man ohne Vollmacht in einer fremden Wohnung ist. Selbst wenn im Mietvertrag „El Kaida, Abfallbeseitigung“ steht, braucht man einen Durchsuchungsbefehl.

„In der Spüle ist ein nasser Schwamm. Wie lange dauert es, bis ein Schwamm trocken ist?“, fragte Paresi.

„Was für eine Farbe hat er?“

„Blau.“

„Sechs Stunden.“

In dem Apartment war nichts, was darauf hindeutete, dass es irgendetwas anderes als eine Absteige für illegale Ausländer war. Aber nicht in dieser Gegend. Und aus purem Zufall in Sichtweite meines Hauses.

Ich ging um die Matratzen herum zu einem der zwei Fenster und öffnete es. Ich schaute nach links, sah mein Haus und meinen Balkon. Ein leichter Schuss. Außerdem nahe genug, um irgendwo eine auf meine Haustür gerichtete Überwachungskamera aufzustellen.

„Hier drüben“, sagte Paresi.

Ich ging zum zweiten Fenster und blickte auf das breite, gestrichene Brett. Der Großteil war mit einer Staubschicht bedeckt, aber in der Mitte war eine Stelle, an der sie verwischt war. „Da haben sie den Weinkühler abgestellt“, mutmaßte ich.

„Und das Verbindungskabel hat vom Weinkühler zum Fernseher geführt“, ergänzte Paresi.

Wir gingen beide zum Fernseher, einem ziemlich neuen Gerät, an das zwar keine Videokabel angeschlossen waren, das aber eine Buchse für einen Videokameraanschluss hatte. Die John-Corey-Show. Reality TV.

„Diese Typen haben uns zugeschaut, wie wir Wein getrunken und Pizza gegessen haben“, sagte Paresi.

„Richtig.“ Und sie hatten nichts unternommen. Weil Khalil seine eigenen Pläne hatte. Außerdem hatten sie gesehen, wie ich zweimal am Tag in ein Auto stieg. Wenn sie mir zum Bellevue gefolgt wären, hätte unser Beschattungsfahrzeug das, glaube ich, bemerkt. Trotzdem war das Ganze irgendwie unheimlich.

Paresi dachte laut nach: „Okay, wir haben es mit drei, vier ausländisch aussehenden Typen zu tun, die nahöstliche Küche mögen, und zufällig haben sie freie Sicht auf Ihr Haus, und wir wissen, dass Asad Khalil Sie umbringen will. Können wir also davon ausgehen, dass die Leute, die hier gewohnt haben, arabische Terroristen sind, die Sie ausgespäht haben, oder ist das bloß ein Zufall?“

„Der Zufall ist verdächtig", pflichtete ich ihm bei. „Und hier ist ein weiterer Zufall – kurz bevor diese Typen abgezogen sind, ging der Hinweis ein. Ich erinnere nur an den nassen Schwamm. Deshalb – und das können Sie mir ruhig glauben – war der Hinweisgeber einer von Khalils Jungs."

„Und jetzt sollen wir glauben, dass sich dieser Drecksack und seine Kumpel in die Sandlande abgesetzt haben?"

„Richtig. Oder zumindest wollen sie uns im Ungewissen lassen."

Jetzt wäre möglicherweise der richtige Zeitpunkt gewesen, um Paresi mitzuteilen, dass ich unlängst mit dem betreffenden Drecksack geplaudert hatte – so wie ich auch meine Kontaktaufnahme mit Boris Korsakov hätte melden müssen. Aber wenn ich jetzt reinen Tisch machte, würde ich wegen dienstlicher Verfehlungen sofort von dem Fall abgezogen werden. Dabei hatte ich noch etwa vierundzwanzig Stunden Zeit, bis ich ins Exil musste.

Wir stocherten noch eine Weile in dem Apartment herum, wobei wir darauf achteten, dass wir nichts berührten oder durcheinanderbrachten, damit die Leute von der Spurensicherung keinen Anfall kriegten. Schließlich tauchte ein Detective der Task Force mit einem Durchsuchungsbefehl auf, und ein paar Minuten später kam die Spurensicherung des NYPD und schmiss alle raus.

Unten in der Lobby sagte Paresi zu mir: „Wissen Sie, Khalil könnte wirklich weg sein. Sie brauchen also kein schlechtes Gewissen zu haben, wenn Sie in Urlaub gehen."

„Ich bin mir ziemlich sicher, dass es ein Täuschungsmanöver ist, damit wir die Fahndung zurückfahren. Bleiben Sie weiter auf der Hut, Captain."

Dazu fiel ihm keine Antwort ein, aber er streckte die Hand aus. „Gute Reise. Wir bleiben in Verbindung. Wir sehen uns in ein paar Monaten."

Wenn nicht früher.

ALS ICH wieder in meinem Apartment war, ging ich mit einer Bloody Mary in der Hand hinaus auf den Balkon. Sie waren weg – stimmt's? Aber ein dämlicher Trick ist oft die Tarnung für einen schlauen Trick.

Asad Khalil war um die halbe Welt gereist, um weitere Namen auf seiner Liste zu streichen, und er war noch nicht bei meinem Namen angelangt. Oder bei Boris'. Und was wurde aus dem großen Finale, das wir erwarteten? Hatten sie bereits das Trinkwasser vergiftet? Tickte irgendwo eine Bombe?

Das war einer dieser Fälle, bei denen die Stille ohrenbetäubend ist.

Ich blickte die Straße entlang zu dem Fenster, von dem aus man mich zwei, drei Wochen lang ausgespäht hatte. Wo waren sie? Wo war Khalil?

Ich verbrachte den Nachmittag mit Packen, wobei mir endgültig klar wurde, dass ich tatsächlich verreisen würde. Die Zeit verflog, und ich beschloss, Boris anzurufen, denn wenn er noch lebte, könnte das bedeuten, dass Khalil noch nicht mit der endgültigen Aufräumaktion begonnen hatte.

Boris ging nicht an sein Handy, aber auch Asad Khalil nicht oder ein Detective der Mordkommission, deshalb hinterließ ich beim Oberkellner eine weitere Nachricht, dass Boris mich anrufen solle. Diesmal setzte ich „dringend“ hinzu.

Um sechs bestellte ich meine Mitfahrgelegenheit zum Bellevue.

KAPITEL 9

Asad Khalil saß in einem Taxi vor dem Svetlana. Eine SMS kam auf seinem Handy herein. Er las sie, stieg dann aus dem Taxi und sagte zu seinem Fahrer, einem Libyer namens Rasheed: „Warten Sie hier.“

Khalil, der Anzug, Krawatte, eine Brille und einen herunterhängenden Schnurrbart trug, trat durch die Vordertür des Nachtklubs und steuerte auf die Bar zu. Er war noch nie hier gewesen, aber er kannte das Lokal von Fotos und Auskünften, die ihm ein muslimischer Glaubensbruder vor ein paar Tagen gegeben hatte, ein Mann namens Vladimir, ein russifizierter Tschetschene, der einen Monat zuvor die Anweisung erhalten hatte, sich hier einen Job zu suchen.

In der Cocktaillounge blieb Khalil fast eine Minute lang am Eingang zum Restaurant stehen, denn er wusste, dass ihn jemand vom Sicherheitspersonal bemerken würde, dann lief er zielstrebig zu einem mit einem roten Vorhang verhangenen Durchgang und betrat einen kurzen Korridor, der zu einer verschlossenen Tür führte.

Im nächsten Moment hörte er Schritte hinter sich, und ein Mann sagte auf Englisch: „Halt!“, dann auf Russisch: *„Stoi!“*

Der Mann legte die Hand auf Khalils Schulter. Khalil fuhr herum, stieß ihm ein langes Tranchiermesser in die Kehle und durchtrennte seine Luftröhre. Er hielt den Mann fest und ließ ihn zu Boden gleiten, bis er mit dem Rücken an der Wand dasaß, dann zog er das Messer heraus. Er durchsuchte die Taschen des Mannes und fand eine Schlüsselkette und eine .45er-Colt Automatik.

Khalil warf einen Blick zu dem roten Vorhang. Niemand war ihnen gefolgt. Er hievte sich den Sterbenden über die Schulter, ging zu der verschlossenen Tür, probierte einen Schlüssel, dann einen anderen, und die Tür ging auf.

Khalil befand sich in einem kleinen Raum mit einem Aufzug und einer Stahltür, die, wie Vladimir ihm erklärt hatte, zum Treppenhaus führte. Vladimir hatte ihm außerdem per SMS mitgeteilt, dass Viktor, der andere Leibwächter, jetzt in einem Vorzimmer ein Stockwerk höher saß, vor Boris' Büro, während Vladimir selbst den Tisch für Boris und eine Frau deckte, die in Kürze eintreffen würde.

Khalil schloss die Tür zum Korridor wieder ab, dann die Stahltür zum Treppenhaus auf und warf den Leibwächter auf die Treppe. Er schloss die Tür zum Treppenhaus hinter sich ab und lief rasch die Treppe hinauf. Oben war eine weitere Tür, in deren Schloss er mit der linken Hand den Schlüssel steckte, in der rechten hielt er das Tranchiermesser. Rasch öffnete er die Tür und stürmte in den kleinen Raum.

Viktor sprang auf, schob sofort die Hand unter seine Jacke und wollte zu seiner Waffe greifen, aber Khalil war schneller und stieß ihm das lange Messer in den Unterbauch. Mit einer geschmeidigen Bewegung zog er das Messer heraus, griff um Viktor herum und stieß ihm die Klinge schräg nach unten in den Rücken, sodass sie das Zwerchfell durchbohrte und er keinen Ton mehr hervorbrachte.

Khalil hörte, wie Viktors Atem mühsamer ging und flacher wurde. Dann bog er den Rücken durch, zuckte ein paarmal im Todeskampf und erschlaffte. Khalil ließ den Toten wieder auf seinen Stuhl sinken, nahm Viktors Waffe aus dem Schulterholster und stellte fest, dass es ebenfalls eine .45er-Colt Automatik war. Er steckte sich die Waffe in den Gürtel, neben die des anderen toten Leibwächters.

Er warf einen Blick auf seine Uhr. Seit er das Lokal betreten hatte, waren erst neun Minuten vergangen. Er wählte die Nummer von Vladimirs Handy.

Boris Korsakov saß auf seinem Sessel, trank Cognac, rauchte und las eine lokale russischsprachige Wochenzeitung. Der Hilfskellner Vladimir schien eine Ewigkeit zu brauchen, bis er den Tisch gedeckt und eisgekühlten Kaviar und Sekt für zwei bereitgestellt hatte.

Boris erwartete um halb sieben Damenbesuch, und es war bereits Viertel nach sechs. Der dämliche Hilfskellner wirkte nervös und unsicher. Boris fuhr ihn auf Russisch an: „Bist du immer noch nicht fertig?"

„Ich bin gleich so weit."

Vladimir wusste, dass er vom Auftreten her wie ein Russe wirkte, aber sein Name, seine Sprache und seine russischen Manieren waren ihm von Geburt an von den russischen Besatzern in Tschetschenien aufgezwungen worden – und er hasste alles, was russisch war, einschließlich dieses ehemaligen KGB-Mannes, der trank, rauchte und ihm Befehle erteilte.

Vladimir spürte, wie das Handy in seiner Hosentasche vibrierte. Es war so weit.

Boris legte seine Zeitung hin. „Lass alles, wie es ist, und zisch ab!"

Er stand auf, wollte zur Tür gehen, durch das Guckloch Ausschau nach Viktor halten und den Hilfskellner hinausbegleiten, aber Vladimir war bereits an der Tür und hatte die Hände am Riegel.

„Halt! Du Idiot!", rief Boris quer durchs Zimmer. „Bleib von der Tür weg!"

Vladimir schob den Riegel zurück und trat beiseite, als die Tür aufflog. Er verzog sich rasch, als Asad Khalil mit einer Pistole in der Hand eintrat. Khalil verriegelte die Tür und blickte zu Boris Korsakov.

Dieser stand völlig reglos da und hatte die Augen auf den Mann gerichtet, der knapp zwanzig Schritte vor ihm stand.

Der Mann hatte einen Schnurrbart und eine Brille, und seine Haare waren etwas grauer, als Boris sie in Erinnerung hatte, aber er wusste, wer der Besucher war. Boris bemerkte auch, dass der dunkle Anzug und das weiße Hemd des Mannes mit frischem Blut verschmiert waren.

Khalil nahm seine Brille ab und entfernte den Schnurrbart, dann sagte er auf Russisch: „Freuen Sie sich nicht, Ihren Lieblingsschüler zu sehen?"

Boris atmete tief durch und erwiderte auf Englisch: „Dein Russisch ist immer noch so schlecht wie dein Mund- und dein Körpergeruch."

Ohne darauf einzugehen, sagte Khalil: „Ich würde Ihnen raten, jetzt zu Ihrer Schusswaffe zu greifen, damit ich gezwungen bin, Ihnen einen schnellen Tod zu bereiten. Aber wenn Sie es vorziehen, ein paar Minuten länger zu leben, können wir ein paar Worte wechseln, bevor Sie einen schmerzhaften Tod erleiden. Sie haben die Wahl."

Boris schaltete auf Russisch um. *„Yob vas."* Leck mich.

Khalil lächelte. „Immer noch arrogant. Ihre CIA-Freunde haben Sie benutzt wie eine Hure, die Sie ja auch sind, und dann haben sie Sie in dieses Haus gesetzt, das voller Huren und betrunkener Schweine ist."

Boris blickte sich hektisch im Zimmer um und suchte nach einer Möglichkeit, wie er sein Leben retten konnte. „Was habe ich dich gelehrt? Töte rasch. Du redest zu viel."

„Ich rede gern."

„Deine Opfer nicht, das kann ich dir versichern."

Khalil wirkte ungehalten. „Ich musste mir ein Jahr lang anhören, wie Sie mich, mein Land und meinen Glauben beleidigt haben. Und schauen Sie sich jetzt an. Wer sind Sie? Und wie schlau sind Sie? Wer hat eine Waffe in der Hand? Sie nicht. Und Sie sollten besser darauf achten, wen Sie einstellen. Vladimir ist Tschetschene, und er würde mir Geld geben, wenn er Ihre Kehle durchschneiden dürfte."

Boris' Gedanken überschlugen sich, während er überlegte, wie er sich retten konnte. Das Mädchen würde von einem Sicherheitsmann hergebracht werden, und dieser würde etwas bemerken. Eine Leiche, Blut am Boden …

Khalil, der genau wusste, was sein alter Lehrer dachte, sagte: „Vladimir hat unten angerufen und das Mädchen wegschicken lassen. Auf Ihre Anweisung hin. Sie werden heute Abend weder Sekt noch Kaviar genießen."

Boris erwiderte nichts, suchte aber immer noch nach einem Ausweg. Schließlich wurde ihm klar, dass es für ihn nur eine Möglichkeit gab – er musste unter seine Jacke zu der Waffe an seiner Hüfte greifen. Entweder rettete ihn das, oder es brachte ihm ein schnelles Ende.

Wieder wusste Khalil, was Boris dachte. „Zeigen Sie etwas Mut. Machen Sie etwas."

Boris räusperte sich und sagte mit fester Stimme: „Du wirst nicht lebend aus diesem Gebäude kommen."

„Sie sind derjenige, der nicht lebend aus diesem Gebäude kommt." Khalil hatte sich nicht von der Tür wegbewegt, und jetzt drückte er das Ohr daran. „Da kommt jemand."

Boris holte tief Luft und bereitete sich darauf vor, zur Waffe zu greifen.

Khalil lächelte. „Vielleicht habe ich es mir auch nur eingebildet."

Boris war wütend und stieß eine Reihe arabischer Kraftausdrücke aus, an die er sich noch halbwegs erinnern konnte, dann rief er auf Englisch: „Du verfluchter Bastard! Deine Mutter war eine Hure!"

Khalil richtete seine Waffe auf Boris' Bauch, und Boris sah, dass Khalils Arm vor Wut zitterte. Boris wartete auf die Kugel und hoffte, dass sie ihn entweder verfehlte oder sein Herz traf.

Dann aber griff Khalil unter seine Jacke und zog das Tranchiermesser heraus, mit dem er die beiden Leibwächter getötet hatte. Er fasste es an der Klinge, riss den Arm zurück und warf es auf Boris, der zusammenzuckte, als sich die Klinge in den Teppich zu seinen Füßen bohrte.

Er starrte auf das Messer. Er wusste, was jetzt kam.

„Sie haben sich dazu entschieden, Ihre Schusswaffe nicht zu ziehen. Deshalb biete ich Ihnen im Tausch gegen Ihre Schusswaffe das Messer an. Haben Sie mit einem Messer geübt, seit wir uns das letzte Mal gesehen haben?" Lächelnd fügte Khalil hinzu: „Oder nur mit Messer und Gabel?"

Boris wägte seine Möglichkeiten ab. Er hatte nur noch zwei – er konnte entweder zu seiner Waffe greifen und darauf hoffen, dass ihn eine Kugel ins Herz oder in den Kopf traf; oder er konnte Khalil in einen Messerkampf verwickeln.

„Sie können heute anscheinend keine Entscheidung mehr treffen. Deshalb werde ich es für Sie tun." Khalil drückte die Knie durch, ging in Schussstellung und stützte die Waffenhand ab.

„Nein!", schrie Boris. Er hob beide Hände, senkte dann die linke und schlug seinen Jackenschoß zurück, sodass seine Schusswaffe zum Vorschein kam.

Khalil nickte.

Boris zog die Waffe aus dem Holster und schob sie über den Teppich zu Khalil, der einen Schritt vortrat und sie aufhob. Er ließ die Waffe in die Glasschale mit schwarzem Kaviar fallen. Dann zog er die beiden .45er-Colts aus seinem Gürtel und steckte sie in den Sektkühler. Danach entfernte er das Magazin aus seiner eigenen Waffe und legte es samt der Glock auf eine Serviette. Anschließend zog er ein kurzes, schweres Jagdmesser aus seinem Gürtel und schleuderte es zu Boden, wo es im Teppich stecken blieb.

Er schaute Boris an. „Sind Sie bereit?"

Boris antwortete nicht, aber er legte seinen Schlips ab, zog ebenso Schuhe und Socken aus und schlang sich dann seine Jacke um den linken Arm.

Khalil lächelte beifällig und tat es ihm gleich.

Beide Männer standen etwa fünfzehn Schritte voneinander entfernt, die Messer steckten ein paar Schritte vor ihnen im Boden.

Zum ersten Mal, seitdem Khalil ins Zimmer gekommen war, glaubte Boris, er habe eine Chance, diesen Mann zu töten. Er ergriff die Initiative, rannte los, schnappte sich im Vorbeigehen das Messer und lief direkt auf Khalil zu.

Dieser hechtete nach vorn, ergriff sein Messer und rollte sich nach rechts ab, dann sprang er auf, ging breitbeinig in die Hocke und deckte sich mit dem linken Arm, um den er seine Jacke gewickelt hatte.

Boris deutete eine Finte nach links und rechts an, wich dann zurück und griff aufs Neue an. Er erinnerte sich daran, dass Khalils größte Schwäche dessen Ungeduld war, die dazu führte, dass er überstürzt und voreilig attackierte. Aber jetzt sah Boris, dass Khalil offenbar gelernt hatte, wann er sich verteidigen und wann er angreifen musste.

Die beiden Männer umkreisten sich schweigend in der Mitte des Zimmers. Boris beobachtete Khalils Bewegungen. Er wusste, dass der Libyer wendiger und besser in Form war als er, aber er hatte mehr Masse und glaubte, dass er noch immer stärker war als Khalil.

Der ging wieder breitbeinig in die Hocke und hielt den mit der Jacke umwickelten Arm waagerecht vor sich – eine Abwehrhaltung. Khalil bekommt es mit der Angst zu tun, dachte Boris und fasste wieder Selbstvertrauen.

Er rückte rasch vor – eine Finte, die, wie er hoffte, dazu führte, dass Khalil sich zurückzog und seine Abwehrstellung aufgab. Stattdessen aber griff Khalil unverhofft an und erwischte Boris mitten in der Vorwärtsbewegung. Khalil tauchte unter Boris' Messerhand und dem mit der Jacke umwickelten Arm hindurch, stieß nach oben zu und erwischte Boris links unterhalb des Brustkorbs. Boris stieß einen Schmerzensschrei aus, wirbelte von dem Messer weg und trat mit dem Fuß nach Khalils gesenktem Kopf. Doch keiner der Männer setzte nach, und beide zogen sich in sicherem Abstand zurück.

Khalil nickte. „Sehr gut."

Boris betastete vorsichtig seine Wunde und stellte fest, dass es nur ein kleiner Stich war, tief vielleicht, aber er blutete nicht übermäßig und war mit Sicherheit nicht tödlich. Er ahnte jedoch, dass er diesen Kampf nicht gewinnen würde – er war bereits außer Atem, und die Wunde würde ihn irgendwann schwächen. Außerdem musste er sich eingestehen, dass Khalil der bessere Messerkämpfer war – er besaß den nötigen Willen und Mut, um einem Mann mit einem Messer gegenüberzutreten, während Boris sich nicht sicher war, ob er diesen Willen noch hatte.

„Es ist vorbei", sagte er. „Du hast gewonnen."

Khalil lachte. „Ja? Heute Nacht wird noch ein anderer Mann auf diese Art und Weise sterben. Deshalb hatte ich gehofft, Sie wären ein guter Übungspartner für mich. Aber jetzt sehe ich, dass Sie ein schlechter Gegner sind – zu alt, zu langsam, zu ängstlich."

Boris spürte, wie ihn wieder die Wut packte, und er riss die Jacke von seinem Arm und schlug damit nach Khalil, während er mit dem Messer in der ausgestreckten rechten Hand vorrückte.

Khalil wich zurück, geriet auf dem welligen Teppich außer Tritt, fiel zu Boden und verlor sein Messer.

Boris stürzte sich sofort auf ihn und begriff zu spät, dass er auf einen Trick hereingefallen war, als Khalil die Beine hochriss und ihm die Beine wegtrat. Er stürzte zu Boden. Khalil hockte sich rittlings auf Boris' Rücken und schlang ihm den rechten Arm um die Kehle.

Boris blieb reglos liegen, denn er wollte Khalil nicht weiter provozieren. Möglicherweise würde dieser sich damit zufriedengeben, dass er ihn gedemütigt, ihn im Kampf besiegt hatte, und ihm das Leben schenken.

Khalil hatte den Kopf dicht über ihn gebeugt, und Boris spürte den warmen, ruhigen Atem des Libyers an seinem Nacken. Dann flüsterte ihm Khalil ins Ohr: „Sie haben mich gut unterrichtet, Mr Korsakov, deshalb werde ich Sie weder verstümmeln noch eines schmerzhaften Todes sterben lassen. Aber Sie haben mir auch einen schlechten Rat gegeben …"

Boris sah, dass Khalil irgendetwas in der freien Hand hatte, etwas Verschwommenes, das er zuerst nicht erkannte. Dann wurde ihm klar, was er da sah – den langen, dünnen Dorn eines Eispfriems.

„Nein!"

Khalil schob die Spitze des Eispfriems in Boris' linkes Nasenloch und stieß sie bis ins Gehirn. Boris schrie wieder auf, aber diesmal war es ein unverständlicher, animalischer Schrei.

Khalil löste sich von Boris und wälzte ihn auf den Rücken. Er betrachtete ihn ein paar Sekunden lang und sah, wie rotes Blut aus dessen Nase sickerte. Dann fing Boris an zu zucken, verfiel in leichte Krämpfe, begleitet von einem sehr seltsamen Laut, der tief aus seiner Kehle kam.

Khalil zog sich an, sammelte seine Messer ein, nahm seine Pistole und schob das Magazin in den Griff. Dann schickte er Vladimir eine SMS: Es ist erledigt.

Er ging zur Tür, drehte sich noch einmal nach Boris um, der immer noch zuckte, aber nicht mehr stöhnte. Er öffnete die Tür, sperrte mit seinem Schlüssel die Aufzugstür auf und fuhr hinunter in den Keller.

Vladimir erwartete ihn unten am Aufzug und führte ihn zu einer Betontreppe, die sie emporstiegen. Am Ende der Treppe drückte Vladimir eine Metalltür auf, die in eine Gasse führte, in der überall Mülltonnen und -säcke herumstanden.

„Gottes Segen war mit dir, mein Freund", sagte Vladimir.

„Und mit dir."

Khalil zog die Hand aus der Tasche, und Vladimir dachte, er würde sie ihm zum Zeichen seiner Freundschaft reichen, doch als er sie ergreifen wollte, sah er die blutbefleckte Serviette, die um die Hand geschlungen war, und zögerte.

Khalil jagte Vladimir eine Kugel in die Stirn.

Der Tschetschene stürzte rücklings in einen Haufen Müllsäcke, worauf Khalil das qualmende Tuch auf Vladimirs Gesicht warf, die Waffe einsteckte und ein paar Müllsäcke über die Leiche schichtete.

Er ging die Gasse entlang und trat hinaus auf den Gehsteig des Brightwater Court. Hier waren zahlreiche Fußgänger unterwegs. Khalil schob sich durch das Getümmel zu seinem Taxi. Er stieg ein und schlug die Tür zu, während Rasheed bereits losfuhr.

„Wohin jetzt?“, fragte Rasheed auf Arabisch.

„Zum Brooklyn-Battery Tunnel. Beeilen Sie sich, aber fahren Sie nicht zu schnell.“ Khalil lehnte sich zurück und blickte aus dem Fenster. „Und jetzt zu Mr Corey!“, murmelte er zu sich selbst.

RASHEED fuhr mit dem Taxi durch den langen Brooklyn-Battery Tunnel und kam an der West Street in Manhattan heraus, nahe der Baustelle des World Trade Centers. Khalil telefonierte, sprach einige Augenblicke lang, schaltete das Handy dann aus und wies Rasheed an: „Rector Street.“

Rasheed fuhr eine Minute weiter und bog dann in eine schmale Einbahnstraße ab. In der ruhigen Straße nahe der großen Battery Parking Garage stand ein Sattelzug. „Warten Sie hier“, sagte Khalil.

Er stieg aus dem Taxi und ging zu dem großen Lastwagen. Auf der Seitenwand des langen Auflegers stand CARLINO BAUSTOFFE. Khalil näherte sich der Zugmaschine. In dem großen Außenspiegel sah er das Gesicht eines Mannes, der ihn anblickte. Khalil hob seine rechte Hand hoch und ballte sie zur Faust. Die Tür wurde geöffnet, und Khalil stieg zum Führerhaus hinauf und schwang sich in das hintere Abteil.

In dem großen, fensterlosen Kabuff, das offenbar als Schlafraum diente, saß ein stämmiger Mann mit Bürstenschnitt, der Jeans und ein grünes T-Shirt mit dem Logo der Baufirma trug. Auf dem Fahrersitz saß ein weiterer Mann, der eine Baseballkappe auf dem Kopf hatte, und auf dem rechten Vordersitz hockte der Mann, der ihm die Tür geöffnet hatte, ebenfalls mit Kappe, Jeans und einem blauen Trikothemd, auf dem METS stand.

Die drei Männer waren, soweit Khalil wusste, europäische Muslime, Bosnier, die alle im Krieg gegen die christlichen Serben gekämpft hatten und denen Gefahr und das Töten nicht fremd waren. Khalil hätte es vorgezogen, sich mit arabischsprachigen Helfern zu treffen, denen er völlig vertrauen konnte. Aber dieser Teil seines Einsatzes wurde von anderen geleitet, die der Meinung waren, dass die westlich aussehenden Männer gut für das geeignet waren, was getan werden musste. Jeder Mann stellte sich auf Englisch mit seinem Vornamen vor.

„Ihr könnt mich Malik nennen.“ Khalil benutzte den Namen seines spirituellen Beraters in Libyen. „Erzählt mir, was ihr hier habt.“

„Wir haben Düngemittel“, erwiderte Tarik, der Beifahrer. Er lachte, und die beiden anderen fielen ein. Khalil lachte nicht, worauf die Männer verstummten. Keiner von ihnen arbeitete gern mit Arabern. Die hatten so gut wie nie Humor, sie mochten weder Alkohol noch Zigaretten – anders als die bosnischen Muslime –, und sie behandelten ihre Frauen – alle Frauen – sehr schlecht.

„Was genau habt ihr?“, fragte Khalil.

„Ammoniumnitrat,“ antwortete Tarik mit ausdrucksloser Stimme. „Das ist das Düngemittel, dazu flüssiges Nitromethan, Dieselöl und Tovex-Gel. Alles ist in Zweihundertliterfässern – insgesamt achtundachtzig – miteinander vermischt, und die Hälfte der Fässer sind mit elektrischen Sprengkapseln verbunden. Es hat zwei Jahre gedauert, die Chemikalien in dieser Menge zusammenzubekommen, ohne Verdacht zu erregen.“

Jetzt lächelte Khalil. „Wie groß ist diese Bombe?“

Tarik antwortete: „Die Explosion, die durch diese Chemikalienmenge entsteht, entspricht der Wirkung von dreiundzwanzigtausend Kilo TNT. Wenn eine solche Explosion mitten in Manhattan ausgelöst würde, würde sie im Umkreis von anderthalb Kilometern Tod und Zerstörung anrichten, und man würde sie über hundertfünfzig Kilometer weit hören und ihre Druckwelle spüren können.“

Khalil dachte darüber nach und wünschte, die Bombe würde mitten in Manhattan gezündet werden, zwischen den Wolkenkratzern und Hunderttausenden Menschen auf den Straßen und in den Gebäuden. Aber die Leute, die diese Unternehmung geplant hatten, hatten sich für etwas anderes entschieden – etwas, das nicht ganz so verheerend war, sondern eher ein symbolischer Terrorakt, der die Arroganz der Amerikaner erschüttern und eine noch frische Wunde wieder aufreißen würde.

„Wie wird die Bombe gezündet?“

„Elektrisch“, erklärte Tarik. „In den Fässern sind fünfzig Sprengkapseln, die ich mit Drähten an eine handelsübliche Zwölfvoltbatterie angeschlossen habe. Der Batteriestrom muss über einen Schalter laufen, und dieser Schalter stellt die elektrische Verbindung her, wenn die Uhrzeit erreicht ist, auf die ich den elektronischen Zeitzünder eingestellt habe.“

Khalil traute elektronischen Zeitzündern nicht – er hätte einen Märtyrer hinten im Anhänger vorgezogen. Aber die Idee zu dieser Bombe stammte nicht von ihm. Er war in Amerika, um mit dem Messer und der Schusswaffe zu töten, so wie ein Mudschahed tötet. Doch sein Dschihad musste finanziert werden, und deshalb hatte er sich bereiterklärt, bei der Bombe zu helfen. Aber er hatte dafür gesorgt, dass der letzte Teil seines Auftrags und der Auftrag seiner Unterstützer von El Kaida in der letzten Nacht seines Besuches zusammen über die Bühne gingen.

Khalil blickte auf seine Uhr. „Ich habe heute Abend noch viel zu tun. Ihr werdet gegen zehn Uhr von mir hören, bis dahin werdet ihr diesen Lastwagen jede halbe Stunde woandershin fahren und nichts tun, was Aufsehen oder Verdacht erregt. Seid ihr alle bewaffnet?“

Jeder der Männer zog eine automatische Pistole mit Schalldämpfer.

Khalil nickte. „Gut. Ihr werdet dafür bezahlt, dass ihr jeden tötet, der diese Aktion gefährdet. Ich werde euch später beim Töten der Wachmänner helfen. Danach könnt ihr gehen." Natürlich würden sie nicht gehen – sie würden sterben. Aber Khalil glaubte nicht, dass sie das ahnten. „Im Namen Allahs – Friede sei mit ihm –, des Allerbarmers, des Barmherzigen, erbitte ich seinen Segen für euch und euren Dschihad. Möge Gott in dieser Nacht mit uns sein."

Die drei Männer zögerten, dann erwiderten sie: „Gehe hin in Frieden."

Tarik öffnete die Tür, und Khalil stieg aus dem Führerhaus.

KAPITEL 10

Bellevue. Ich werde diesen Laden vermissen.

Ich hatte Kate ein paar Kleidungsstücke mitgebracht, um die sie gebeten hatte, dazu Make-up und alles, was sie brauchte, um gut auszusehen, wenn man sie am nächsten Tag entließ.

„Gibt es irgendetwas Neues?", erkundigte sie sich.

Unser Apartment war etwa drei Wochen lang rund um die Uhr von Terroristen observiert worden. Aber diese Information hätte sie ins Trudeln bringen können, deshalb verneinte ich.

„Hast du mit Tom oder Paresi gesprochen?", fragte sie.

„Nein."

Wir sahen etwas fern – eine Dokumentation über die Vernichtung der Erde durch einen Meteoriten, was, wenn es heute Nacht geschähe, die Reise nach Minnesota etwas hinauszögern würde.

Die Besuchszeit endete um neun. Kate und ich küssten uns, und sie sagte: „Wir sehen uns morgen. Das ist das letzte Mal, dass wir uns hier voneinander verabschieden müssen."

„Besorg dir in der Küche ein paar von den Rezepten hier, bevor du gehst."

Mein FBI-Fahrer war immer noch Preston Tyler, der Überstunden schob. Er teilte mir mit, dass bis zum nächsten Morgen kein Fahrer im Dienst sei, aber er versicherte mir: „Das Überwachungsteam und die Personenschützer sind noch da."

„Klasse."

Auf meinem Anrufbeantworter waren keine Nachrichten, mein Handy war stumm, und ich hatte auch keine E-Mails bekommen. Ich überlegte, ob ich Boris noch mal anrufen sollte, aber dann kam mir der Gedanke, dass ich mich einfach hinausschleichen und dem Svetlana einen weiteren unangekündigten Besuch abstatten könnte. Ich beschloss, noch eine halbe Stunde zu warten, und wenn Khalil bis dahin nicht hier aufgekreuzt war, würde ich Boris besuchen.

Um 22.15 Uhr vibrierte mein Handy. Es war eine SMS von Paresi, die lautete: DRINGEND UND VERTRAULICH. TREFFEN SIE SICH MIT MIR AN DER WTC-BAUSTELLE, PA-TRAILER. SO SCHNELL WIE MÖGLICH.

Ich starrte auf den Text. War das der Durchbruch, auf den ich gewartet hatte? Ich war mir nicht sicher, was Paresi mit „vertraulich“ meinte, und da stand nicht ausdrücklich: DAS MUSS UNTER UNS COPS BLEIBEN, aber es klang durch. Vielleicht kam er endlich doch noch zur Besinnung.

20 MINUTEN, simste ich ihm.

Ich rief unten im Parkhaus an und war froh, als Gomp sich meldete.

„Hier ist Tom Walsh. Ich brauche wieder eine Fahrgelegenheit zur Achtundsechzigsten, Ecke Lexington.“

„Klar doch.“

„Ich treffe mich mit Ihnen in zwei Minuten am Lastenaufzug. Fünfzig Piepen. Und sagen Sie keinem was davon.“

Ich legte auf und schnallte meinen Waffengurt samt Hüftholster um. An dem Gürtel hing auch die Scheide mit Onkel Ernies Kampfmesser, das ich bei allen meinen Spaziergängen mitgenommen hatte. Ich zog eine blaue Windjacke an und verließ mein Apartment.

Als ich raschen Schrittes zum Lastenaufzug lief, wurde mir klar, dass meine kugelsichere Weste bereits im Reisegepäck war. Normalerweise trage ich keine Weste, deshalb war mir das noch nicht in Fleisch und Blut übergegangen wie bei meiner Knarre und der Dienstmarke, die ich automatisch mitnehme. Ich zögerte und schaute auf meine Uhr. Zum Teufel damit. Ich stieg in den Lastenaufzug und drückte auf den Knopf zum Parkhaus.

Die Aufzugstür ging auf, und da war Gomp, der in einem schönen BMW SUV saß. Ich ging um das Auto herum und sagte zu ihm: „Sie müssen mir mit was im Aufzug helfen.“

„Klar doch.“

Er stieg aus dem BMW und ging zum Lastenaufzug, worauf ich auf den Fahrersitz sprang.

„Hey! Tom!“, schrie Gomp. „Wo wollen Sie –?“

Ich trat aufs Gaspedal, fuhr die Rampe hinauf und bog in die 72nd Street ein. Ich erwischte die grüne Ampel an der Third Avenue und fuhr weiter.

Ich blickte in den Rückspiegel. In einer nieseligen Sonntagnacht war hier nicht viel los, und ich sah keine Scheinwerfer, die zu mir aufschlossen.

Ich fuhr auf der 65th Street Transverse Road durch den Central Park, stieß dann auf den West Side Highway, und innerhalb einer Viertelstunde war ich an der West Street und fuhr zwischen den dunklen, verwüsteten Arealen von World Financial Center und World Trade Center hindurch. An der Liberty Street bog ich links ab, parkte den BMW nahe dem Maschendrahttor und stieg aus.

Ich ging rasch zum Tor und sah, dass Kette und Schloss vorgelegt waren, aber die Kette war so schlaff, dass ich mich durchzwängen und zum Wohnwagen der Port Authority Police laufen konnte. Ich klopfte an die Tür, dann probierte ich den Griff. Die Tür war nicht abgeschlossen, deshalb öffnete ich sie und rief hinein: „Bundesagent! Hallo? Ich komme rein."

Ich trat in den Wohnwagen und sah, dass der vordere Teil – ein Büro mit zwei Schreibtischen, einem Funkgerät und Karten – leer war. In der Kochnische war eine elektrische Kaffeemaschine eingeschaltet, aber der Fernseher auf der Arbeitsplatte war ausgeschaltet.

„Ist jemand da?", rief ich, aber niemand antwortete.

Mein Handy summte. Ich schaute auf die SMS, die wieder von Paresi kam: WIR SIND UNTEN IN DER GRUBE. WO SIND SIE?

IM PA-TRAILER. EINE MINUTE, antwortete ich.

Ich verließ den Wohnwagen und lief die lange, breite Erdrampe hinab, die in die tiefe Grube führte.

Die Baugrube war riesig und wäre stockfinster gewesen, wenn nicht ein paar Lichter über die tiefen Betonfundamente gespannt und etwa ein Dutzend auf Pfosten montierte Strahler aufgestellt worden wären, die einen Teil des trostlosen Areals ausleuchteten. Etliche Maschinen standen herum – Bagger, Planierraupen und Muldenkipper, dazu ein paar Kräne. Ich sah auch einen großen Sattelzug, der mitten in der Grube stand.

Etwa auf halber Höhe der Rampe blieb ich stehen. Ich blickte in die Grube, sah aber niemanden.

WO?, simste ich an Paresi.

IN DER MITTE, BEI DEM GROSSEN SATTELSCHLEPPER, antwortete er.

Ich schaute zu dem Sattelzug, der etwa hundert Meter entfernt war, und sah jemanden vom Licht in die Dunkelheit laufen.

Ich ging auf der aus festgewalzter Erde bestehenden Rampe weiter hinab. Warum wollte sich Paresi hier mit mir treffen? Hatte es etwas mit dem Sattelzug zu tun? Und wo waren die Cops von der Port Authority? Unten in der Grube?

Der Nieselregen hatte aufgehört, aber das weichere Erdreich am Fuß der Rampe war matschig, und ich wünschte, ich hätte mir festere Schuhe angezogen. Außerdem bemerkte ich die tiefen, frischen Reifenspuren, die wahrscheinlich von einem Neunachser stammten, der hier vor nicht allzu langer Zeit durchgefahren war. Da ich annahm, dass sie von dem mitten in der Grube stehenden Sattelzug stammten, folgte ich ihnen.

Ich lief abwechselnd zwischen Licht und Dunkelheit hindurch, und das Licht der Strahler vor mir schien mir in die Augen.

Ich sah den Sattelzug – CARLINO BAUSTOFFE – etwa fünfzig Meter vor mir, konnte aber weder Paresi noch sonst jemanden entdecken.

Ich lief ein paar Schritte weiter und blieb stehen. Ich hatte ein komisches Gefühl … die Strahler … die Schatten …

Ich zog meine Glock, steckte sie in den Gürtel und rückte langsam zu dem Sattelzug vor.

In der stillen Grube summte mein Handy überlaut. Ich schaute auf Paresis SMS: ICH BIN LINKS VON IHNEN.

Ich blieb stehen und blickte nach links. Etwa zehn Meter entfernt sah ich etwas, das sich im Schummerlicht bewegte. Als sich meine Augen angepasst hatten, erkannte ich einen Gegenstand, der an der Trosse eines Krans pendelte … und es dauerte ein paar Sekunden, bis mir klar wurde, dass es ein Mensch war … Dann begriff ich, dass ich in das leblose Gesicht von Captain Vince Paresi blickte.

Ich riss meine Knarre aus dem Gürtel, und als ich mich auf ein Knie stützte, hörte ich von oben einen schrillen Schrei, der von einem Muldenkipper hinter mir kam, und ein sich schnell bewegender Schatten huschte durch das Licht. Dann rammte mich irgendetwas mit solcher Wucht im Rücken, dass ich vornüber auf den nassen Boden geschleudert wurde. Die Luft wurde mir aus der Lunge getrieben, und ich sah meine Knarre ein paar Schritte vor mir im Matsch liegen. Ich wollte mich darauf stürzen, aber irgendetwas traf mich am Hinterkopf und ein Fuß trat die Knarre weg.

Ich sprang auf und stellte fest, dass ich etwas wacklig auf den Beinen war. Als ich wieder halbwegs bei Puste war und mich orientierte, sah ich jemanden in dunkler Kleidung etwa zehn Schritte vor mir stehen. Ich starrte auf den Löwen.

Asad Khalil hatte eine Knarre in der Hand, doch die Mündung war nach unten gerichtet. „So treffen wir uns wieder“, sagte er.

Er wollte natürlich reden, deshalb erwiderte ich: „Leck mich!“

„Das ist das zweite Mal, dass das heute Abend jemand zu mir sagt. Aber der andere Mann hat es auf Russisch gesagt.“

Nun, ich konnte mir denken, wer das gewesen war, und da Khalil jetzt vor mir stand, wusste ich, dass Boris nirgendwo mehr stehen würde. Und Paresi … Ich spürte, wie mich die Wut packte, mir war aber auch klar, dass ich mich beherrschen musste.

„Ich weiß, dass Sie allein sind, Mr Corey, und Sie sollen wissen, dass auch ich allein bin. Es sind nur wir zwei, so wie es sein sollte. Ich habe Sie mir bis zum Schluss aufgehoben."

„*Ich* habe *dich* für mich aufgehoben", widersprach ich.

Er lächelte, aber es war kein angenehmes Lächeln. „Ich habe keine kugelsichere Weste gespürt, als ich Sie zu Boden gestoßen habe."

Ich erwiderte nichts.

„Spielt keine Rolle. Ich werde Ihnen nicht ins Herz schießen." Er hob seine Knarre. „Das ist die Waffe Ihrer toten Frau. Ich freue mich schon darauf, Ihnen damit Ihre Männlichkeit wegzuschießen."

Er hatte vorher noch ein paar andere Sachen zu sagen, und ich dachte über ein paar Aktionen nach, die ich versuchen könnte. Ohne den Kopf zu bewegen, blickte ich mich in der näheren Umgebung um. Meine Knarre war zu weit weg, und weit und breit war nichts, das ich verwenden könnte. Ich suchte rasch die Mauern des Fundaments in der Ferne ab. Die Aussichtsplattform war geschlossen, und selbst wenn jemand auf der Straße vorbeilaufen sollte, konnte er nicht so weit in die dunkle Grube blicken.

„Hier ist niemand, der Ihnen helfen kann, Mr Corey. Sie sind alle tot. Die beiden Polizisten aus dem Wohnwagen sind tot. Und wie Sie sehen, kann Ihr Vorgesetzter Ihnen auch nicht helfen. Es war uns vom Schicksal bestimmt, dass wir uns begegnen." Khalil blickte sich um. „Und jetzt sind wir hier, wo dreitausend Ihrer Landsleute gestorben sind."

„In den Türmen sind auch Hunderte Muslime gestorben", erinnerte ich ihn.

Ohne darauf einzugehen, sagte er: „Das hier ist, glaube ich, für Sie ein guter Ort zum Sterben. Aber ich werde Sie nicht töten, es sei denn, Sie zwingen mich dazu. Allerdings werde ich Ihnen in den Unterleib schießen und Ihnen danach das Gesicht abtrennen, so wie ich es versprochen habe." Er griff nach hinten und brachte ein langes, breites Messer zum Vorschein. „Ich werde das hier benutzen, und Sie werden spüren und sehen, wie Ihnen das Gesicht vom Schädel abgezogen wird." Dann fragte er mich: „Haben Sie eine weitere Schusswaffe?"

Ich antwortete nicht.

Er sah mich an. „Ich habe keine gespürt, aber …" Er steckte sein Messer wieder in den Gürtel, dann auch seine Knarre – Kates Knarre. „Sie sind ein

Cowboy, nicht? Ist Ihre Waffenhand schneller als meine? Bitte greifen Sie zu Ihrer Waffe."

Wenn ich eine hätte, du Arschloch, wäre das Mündungsfeuer das Letzte, was du siehst.

„Entweder haben Sie keine Schusswaffe, oder Sie sind ein Feigling."

Nun, ich hatte keine Knarre, aber ich hatte ein Messer, was er anscheinend nicht wusste. „Ich kann dich nicht verstehen! Komm näher!", lockte ich ihn.

Er zog wieder sein Messer und kam auf mich zu. „Wenn Sie sich umdrehen und davonlaufen, schieße ich Ihnen die Beine unter dem Leib weg, dann schlachte ich Sie ab."

„Ich laufe nicht davon."

„Aber Sie weichen zurück. Kommen Sie, kämpfen Sie wie ein Mann!"

„Du hast ein Messer. Leg's weg."

Er warf es in die Luft, fing es am Griff auf und lächelte wieder.

Er genoss das wirklich – ich aber nicht, um ehrlich zu sein. Ich wusste, dass dieser Typ mich aufschlitzen konnte, wenn ich auf ihn zuging, deshalb wich ich weiter zurück. Allmählich wurde es allerdings Zeit, dass ich ihm den Spaß verdarb.

„Deine Mutter war eine Hure", warf ich ihm an den Kopf.

Er schrie irgendwas und ging auf mich los.

Ich drehte mich um, machte einen Ausfallschritt, tat so, als rutschte ich im Matsch aus, zog dann mein Kampfmesser, wirbelte auf den Knien herum und ließ ihn in Onkel Ernies Klinge rennen, die ihn am Unterleib erwischte.

Er stieß einen überraschten Schrei aus und zog sich zurück, während ich nachsetzte, um ihm den Todesstoß zu verpassen, bevor er an seine Knarre kommen konnte. Er hielt die Messerhand an seinen Unterleib und wollte mit der anderen nach der Glock greifen, während er zurückwich, doch er verlor im Matsch den Halt und fiel rücklings hin.

Mir blieb nichts anderes übrig, als auf ihn zu hechten, damit er nicht an die Glock rankam, und so sprang ich aus vollem Lauf los und landete auf seiner Brust.

Ich sah seinen Arm herumkommen und spürte, wie mir sein Messer hinten ins Schulterblatt drang und über den Knochen schrammte, worauf ich sein Handgelenk packte. Ich drückte mich mit meinem ganzen Körpergewicht auf ihn, während er sich bemühte, mich loszuwerden und seine Messerhand freizubekommen.

Meine Messerhand hingegen war frei. Seine linke Hand aber ebenfalls. Statt nach seiner Knarre zu greifen, traf er die richtige Entscheidung und packte meinen Arm, bevor ich ihm die Klinge ins Gesicht oder in die Kehle stoßen konnte. Er ergriff mein Handgelenk, hob dann den Kopf und grub die Zähne in meine Wange, sodass mir greller Schmerz durch den Kopf schoss.

Er hielt immer noch mein Handgelenk fest, aber ich schaffte es, den Arm hochzubekommen, und hieb ihm den Knauf des schweren Kampfmessers aufs Schädeldach.

Er löste die Zähne von meiner Wange, und ich drehte meine Hand herum, um ihm die Klinge in den Schädel zu stoßen, aber er war unglaublich stark, drückte meinen Arm weg und hielt ihn fest.

Wir umklammerten uns gegenseitig, sodass keiner sein Messer einsetzen konnte, und das würde so weitergehen, bis einer von uns schwächer wurde oder irgendetwas Unerwartetes machte – oder etwas Verzweifeltes.

Ich hatte keine Ahnung, wo genau ich ihn zuvor erwischt hatte. Aber ich wusste, dass die Wunde nicht stark genug blutete, um ihn zu schwächen. Meine eigene Wunde fühlte sich warm und feucht an, aber meiner Meinung nach hatte auch er nicht allzu viel Schaden angerichtet.

Wir gingen auf Blickkontakt. „Du wirst sterben", stieß ich hervor.

Er schüttelte den Kopf. „Nein, Sie." Er sprach immer noch mit Baritonstimme, folglich hatte ich seine Eier wohl verfehlt.

Während wir miteinander rangelten, wurde mir klar, dass er nicht schwächer wurde, ich aber schon. Höchste Zeit, dass ich etwas unternahm.

Ich verpasste ihm einen Kopfstoß, aber der tat ihm nicht mehr weh als mir. Er revanchierte sich, indem er mich wieder ins Gesicht beißen wollte, und genau darauf wartete ich. Ich schlug die Zähne in seine große Hakennase und biss so fest zu wie noch nie in meinem Leben. Er schrie auf, doch dann bog er – mit durch Adrenalin erhöhter Muskelkraft – den Rücken durch, obwohl ich auf ihm war, sodass er die nötige Hebelkraft bekam, um sich herumzuwälzen und danach auf mir zu landen. Seine Messerhand entglitt mir, worauf er mir die Klinge sofort in den Rücken stieß.

Er hätte ein weiteres Mal zugestochen, aber ich ließ mit einem Mal meine Muskeln erschlaffen, sodass er, ohne auf Widerstand zu treffen, herumrollte und unverhofft bäuchlings am Boden landete, während ich mich an seinen Rücken klammerte. Seine Messerhand war frei, aber in dieser Stellung konnte er sie nicht benutzen, deshalb versuchte er wegzurobben, aber ich warf mich mit aller Kraft auf ihn, worauf er zusammensackte und wieder auf dem Bauch liegen blieb.

Ich hatte jetzt beide Hände frei, zerrte seinen Kopf an den langen Haaren zurück, zog ihm die Klinge über die Kehle und rammte sein Gesicht in den Matsch. Er bewegte sich nicht mehr und gab auch keinen Ton von sich, aber mein Instinkt sagte mir, dass er noch nicht erledigt war.

Vielmehr schob er seinen Arm unter den Körper, und mir wurde klar, dass er zu seiner Knarre greifen wollte. Ich kam ihm zuvor, riss sie aus seinem Gürtel, und weil man aus solcher Nähe nicht gern eine Waffe einsetzt, sprang ich von ihm herunter und wich zurück.

Schwer atmend stand ich da, ohne ihn aus den Augen zu lassen. Die Strahler schienen mir in die Augen, und meine Füße waren in den Matsch eingesunken. Schlimmer aber war die warme Nässe, die sich auf meinem Rücken ausbreitete. Mir wurde klar, dass Khalils zweiter Stich tiefer gegangen war, als ich gedacht hatte, und dass ich Blut verlor. Mir wurde schwindlig, und ich spürte, wie meine Knie nachgaben, dann kniete ich am Boden.

Khalil bewegte sich jetzt, und ich beobachtete, wie er sich langsam aufrappelte. Er hatte mir den Rücken zugekehrt, aber ich sah, wie er sich mit den Händen das Gesicht abwischte, dann drehte er sich um und blickte mich an.

Sein Gesicht und die Kleidung waren voller Matsch, aber ich konnte trotzdem das Blut an seiner Kehle und auf seinem Hemd sehen, und mir wurde klar, dass es nicht so sprudelte, wie es der Fall gewesen wäre, wenn ich die Halsschlagader oder die Halsvene erwischt hätte.

Er entdeckte sein am Boden liegendes Messer, hob es auf und kam auf mich zu.

Ich stand zu schnell auf, und prompt wurde mir wieder schwindlig. Ich dachte, ich würde in Ohnmacht fallen, atmete aber ein paarmal tief durch und rührte mich nicht, damit ich nicht noch mehr Blut verlor.

Khalil näherte sich mir Schritt für Schritt, das Messer mit ausgestrecktem Arm nach vorn gerichtet. Als er nur noch zehn Schritte entfernt war, sagte er: „Ihr Gesicht."

Ich wollte nicht, dass er mich verunstaltete, deshalb hob ich Kates Glock und zielte auf ihn. Mein Arm zitterte, und wieder dachte ich, ich würde schlappmachen.

„Lass das Messer fallen!"

Da bemerkte ich, dass die Glock mit Matsch verschmiert war, und war mir nicht sicher, ob sie losgehen würde. Khalil offenbar auch nicht.

Er legte noch ein paar Schritte zurück, dann sank er auf die Knie. Er hatte verloren, doch es ist nicht vorbei, bis es ganz zu Ende ist – und noch hatte er sein Messer auf mich gerichtet.

Ich hätte es aussitzen können, aber allmählich stellte sich das altbekannte Gefühl ein zu verbluten, an das ich mich nur zu gut erinnern konnte, deshalb musste ich den Mistkerl endgültig kaltmachen … Ich zielte auf seinen Kopf und legte den Finger um den Abzug. Doch dann hielt ich inne und schaute ihn an. Ich senkte die Knarre und schob sie in meinen Gürtel.

Khalil stand wieder auf und kam wie ein Zombie mit ausgestrecktem Messer auf mich zu.

Ich holte tief Luft, stürzte mich auf ihn, schlug seinen Arm zur Seite und stieß mit dem Kampfmesser von unten zu. Die Klinge drang hinter dem Kinn ein und bohrte sich durch seinen Mund in den Gaumen, wo sie stecken blieb. Ich ließ das Messer los und trat zurück.

Er riss die Augen auf und versuchte zu sprechen oder zu schreien, aber er brachte nur ein paar unverständliche Laute hervor, während ihm Blut aus dem Mund rann. Er fing an zu würgen, dann kam er erstaunlicherweise noch einen Schritt auf mich zu. Nur noch knapp einen Meter voneinander entfernt, nahmen wir Blickkontakt auf.

„Meine Frau ist am Leben", sagte ich zu ihm. „Ich bin am Leben. Aber du bist tot."

Er starrte mich an, dann schüttelte er den Kopf.

Asad Khalil war so gut wie tot, aber noch war er nicht gestorben, und mir ging es auch nicht allzu gut. Und so standen wir beide da, nur ein paar Schritte voneinander entfernt, die Augen aufeinander gerichtet, und ich hatte das Gefühl, dass hier ein Wettstreit darum stattfand, wer den stärkeren Willen hatte – wer würde zuerst umkippen?

Ich jedenfalls nicht. Ich schaffte es, auf den Beinen zu bleiben, auch wenn sich in meinem Kopf alles drehte.

Khalil schien plötzlich bewusst zu werden, dass er ein Problem hatte. Er hob die rechte Hand und packte den Messergriff, der unter seinem Kinn herausragte.

Aber niemand außer mir fasst Onkel Ernies Kampfmesser an, deshalb holte ich aus und schlug ihm ins Gesicht.

Er ging zu Boden, und ich wusste, dass er nicht wieder hochkommen würde, deshalb sank ich ebenfalls auf die Knie. Dann kroch ich zu ihm, ließ meinen Kopf und die Schulter seitlich auf seine Brust sinken, damit meine Wunden höher lagen.

Ich fand mein Handy und wählte die 911. „Zehn-dreizehn", sagte ich zur Telefonistin. *Polizist in Schwierigkeiten*. Ich nannte meinen Namen und meine Dienstnummer, dann verfiel ich in Copjargon, damit es echt klang: „Ich brauche einen Bus, unverzüglich." *Einen Krankenwagen, sofort*. Ich nannte ihr den Ort und setzte hinzu: „Halten Sie Ausschau nach dem … großen Sattelzug … machen Sie schnell."

Ich schloss die Augen und versuchte meinen Atem und Herzschlag in den Griff zu kriegen. Es würde knapp werden.

Innerhalb von fünf Minuten hörte ich Sirenen in der Church Street.

Eine Minute später spürte ich, wie sich Asad Khalils Brust noch einmal hob – und dann nicht mehr.

Ich wandte meinen Kopf und blickte zu Paresi, der an dem großen Kran hing. Ich holte tief Luft. „Es ist vorbei, Captain – wir haben gewonnen."

DIE SONNE fiel durchs Fenster, und an der Jalousieschnur hing ein Plüschlöwe. Ich war mir ziemlich sicher, dass ich nicht träumte, und das Zimmer kam mir eindeutig bekannt vor.

Jemand drückte meine Hand. Ich drehte den Kopf und sah Kate neben meinem Bett stehen. Sie lächelte. „Wie geht's dir, mein Hübscher?"

Ich wusste nicht, wie es mir ging, erwiderte aber: „Nicht schlecht." Und fügte hinzu: „Du solltest den anderen Typen sehen." Er ist tot.

Sie rang sich ein weiteres Lächeln ab. „Du wirst wieder gesund werden."

„Gut." Aber ich kann nicht nach Minnesota fliegen.

Sie hatte Tränen in den Augen. Sie beugte sich vor und küsste mich.

Ich fand die Bettsteuerung und richtete mich in Sitzhaltung auf. Ich war an Schläuche und Drähte angeschlossen und warf einen Blick auf die Monitore, die ganz okay aussahen. Allmählich stellte sich das Hochgefühl ein, das man kriegt, wenn einen der Sensenmann knapp verpasst hat.

„Ich will raus."

„Drei, vier Tage, hat der Arzt gesagt", erklärte mir Kate. „Aber ich habe ihm gesagt, eine Woche."

Nicht komisch.

„Du hast etwas Blut verloren, aber sie haben schon nachgefüllt."

Ich bemerkte jetzt, dass ihr Bett noch im Zimmer stand. „Bleibst du da?"

„Nein, *du* bleibst da. Ich gehe."

„Aha?" Ich ließ mich zurücksinken und spürte trotz der Schmerzmittel, wo ich die beiden Messerstiche abbekommen hatte. Genau genommen tat mir der ganze Körper weh. Ich starrte eine Weile an die Decke, dann sagte ich: „Khalil ist tot."

„Ich weiß."

„Vince Paresi ist auch tot. Khalil hat ihn umgebracht."

Schweigen, dann: „Ich weiß."

Sie weinte wieder, und um ehrlich zu sein, hatte auch ich einen kleinen Kloß im Hals. Ich hatte keine Ahnung, wie Khalil Paresi umgebracht hatte, und hoffte inständig, dass es schnell gegangen war.

Kate zog einen Stuhl ans Bett und nahm meine Hand. „Wenn du bereit bist, darüber zu reden … Ich möchte gern wissen, was passiert ist."

Ich war jetzt bereit, darüber zu reden, wusste aber, dass ich die gleiche

Geschichte noch mindestens zwanzigmal dem halben Justizministerium erzählen musste, deshalb sagte ich: „Wenn ich heimkomme. Du kannst mir bei meinem Bericht helfen.“

„Blas dich darin nicht so auf wie sonst“, sagte sie lächelnd.

Ich erwiderte ihr Lächeln, und wir einigten uns darauf, dass ich ein paar Wochen zu Hause bleiben musste, damit ich mich in aller Ruhe erholen konnte. Ich äußerte meine tiefe Enttäuschung darüber, dass wir ihre oder meine Eltern in absehbarer Zeit nicht sehen würden. Ihr war klar, dass ich Mist redete, aber das konnte sie mir in meinem heiklen Zustand nicht sagen. Außerdem teilte ich ihr mit: „Der Arzt in der Notaufnahme hat gesagt, ich darf fünf Jahre lang nicht mehr Fallschirmspringen.“ Dann fragte ich sie: „Hast du irgendwas von Boris gehört?“

Sie schüttelte den Kopf. „Warum fragst du?“

„Ich glaube, Khalil hat auch ihn umgebracht.“

Sie ging nicht darauf ein, dachte aber vermutlich das Gleiche wie ich – ich hätte Tom Walsh von meiner Kontaktaufnahme mit Boris berichten sollen. Wenn das Beobachtungsteam Khalil in Brighton Beach geschnappt hätte, wäre vermutlich nicht nur Boris, sondern auch Vince Paresi noch am Leben. Und ich hätte mir einige Aufregung an der WTC-Baustelle ersparen können – von ein paar Tagen im Krankenhaus ganz zu schweigen.

Nun ja, in diesem Gewerbe muss man machen, was man für richtig hält, und mit den Folgen leben – oder sterben.

„Hast du irgendwas über die Cops von der Port Authority gehört, die in dem Wohnwagen waren?“, fragte ich Kate.

„Man hat sie noch nicht gefunden. Aber ich möchte jetzt nicht darüber reden.“

Ich nickte, aber die Sache ging mir nicht aus dem Kopf. Khalil hätte mit Sicherheit zwei Cops überwältigen können, die mit nichts Schlimmem rechneten. Doch was hatte er mit den Leichen gemacht? Es wäre durchaus denkbar, dass er Helfer gehabt hatte, die die Cops umbrachten, die Leichen beseitigten … und Paresi an den Kran hängten. Aber als ich Khalil gesehen hatte, war er allein gewesen. Wenn er also Komplizen hatte, wo waren sie nun? Schafften sie gerade die Leichen weg? Oder hatte Khalil sie, wie üblich, ebenfalls umgebracht?

All das brachte mich wieder auf den Gedanken, der mir die ganze Woche durch den Kopf gegangen war. Hatte Khalil noch etwas anderes geplant? Nach allem, was ich in dem Apartment in der 72nd Street gesehen hatte, hatte Khalil offensichtlich Komplizen, denen er vermutlich seinerseits einen Gefallen tun musste. Was war es? Und war es noch am Laufen?

Kate unterbrach mich in meinen Gedanken und fragte, worüber ich nachdachte.

„Khalils großes Finale."

Sie schwieg eine Weile. „Falls ein Finale geplant war, dann wird es jetzt, da er tot ist, vielleicht nicht dazu kommen."

Ich dachte darüber nach und hielt das für möglich. Aber wenn irgendetwas Großes passieren sollte – zum Beispiel eine Autobombe oder ein Anthraxanschlag mit einem Sprühflugzeug – und wenn jemand wie El Kaida dahintersteckte, brauchte man dann Asad Khalil, um es durchzuziehen?

Ich schloss die Augen und brachte mein Hirn auf Touren. Irgendetwas war mir an der WTC-Baustelle seltsam vorgekommen, und jetzt dämmerte es mir allmählich.

Die Reifenspuren. Sie waren frisch gewesen.

Der Sattelzug war irgendwann am Sonntag auf die Baustelle gefahren. Aber warum sollten die Port-Authority-Cops ihn an einem Sonntagabend durch das Tor lassen? Nun, weil sie möglicherweise tot waren.

CARLINO BAUSTOFFE. Damit stimmte auch irgendwas nicht. Dort wurde noch kein Beton gegossen, auf der Baustelle standen noch nicht einmal Zementmischmaschinen. Was war also in dem großen Anhänger?

Und warum hatte Khalil die WTC-Baustelle für die Begegnung mit mir ausgewählt? Wegen der Symbolik, wie er gesagt hatte. Das kapierte ich ... aber ...

Ich setzte mich auf. „Verdammte Scheiße!"

„John? Ist alles in Ordnung?"

„Nein." Ich war mir ziemlich sicher, dass ich wusste, was in dem Anhänger war – und ich wusste auch, dass er noch nicht hochgegangen war, denn sonst hätte ich es gehört und auch aus der Entfernung noch gespürt.

Ich griff zum Telefon auf dem Nachttisch, worauf Kate mich fragte: „Wen willst du anrufen?"

„Walsh. Er ist vermutlich noch an der Baustelle."

Doch sein Handy schaltete auf Voicemail um. Ich wollte bereits die Einsatzzentrale anrufen, dann aber ritt mich der Teufel, und ich zog die Schläuche und Drähte heraus. Kate drehte ein bisschen durch und fing an zu schreien, aber ich schwang mich aus dem Bett.

„Komm, gehen wir." Ich nahm sie am Arm, und als ich sie zur Tür schob, sagte ich: „Du musst mich hier rausbringen."

Sie entzog mir ihren Arm. „Nein, John –"

„Vertrau mir. Ich werd's dir erklären. Komm schon."

Sie sah mich an und sagte dann mit beschwichtigendem Tonfall: „Bleib hier, John, ich hole dir etwas zum Anziehen."

„Wie spät ist es?“, fragte ich sie.

Sie warf einen Blick auf ihre Uhr. „Fünf nach acht. Du bleibst hier –“

„Kate, um acht Uhr sechsundvierzig, zur gleichen Zeit, zu der das erste Flugzeug den Nordturm gerammt hat, wird auf der Baustelle des World Trade Centers eine sehr große Bombe explodieren.“

Sie starrte mich an und wirkte erschrocken – nicht wegen der Bombe, sondern wegen mir.

Um die Sache in die Gänge zu kriegen, log ich: „Khalil hat es mir erzählt, als er dachte, er könnte mich umbringen.“

„O mein Gott …“

Sie schnappte sich ihre Handtasche, und wir stürmten durch die Tür. Wir kamen zur Sicherheitsschleuse und wären beinahe durchgekommen, aber ein Typ von der Strafvollzugsbehörde hielt uns an. Offenbar waren ihm mein Krankenhauspyjama und die Hausschuhsocken aufgefallen.

Kate schlug ihren FBI-Tonfall an, zeigte ihren Dienstausweis und machte dem Typen klar, dass ihn die Sache nichts anging. Er machte einen Rückzieher, und wir waren draußen auf dem Korridor. Im Aufzug sagte ich zu Kate: „Beschlagnahme einen Krankenwagen, wenn wir rauskommen.“

Der Aufzug hielt in der Lobby an, worauf Kate rasch zum Ausgang an der First Avenue lief, während ich Walsh ein weiteres Mal anwählte.

Er meldete sich. „John, schön, dass ich von Ihnen höre. Ich wollte –“

„Tom, halten Sie den Mund und hören Sie mir zu.“ Das brachte ihn zum Schweigen, und ich sagte langsam und deutlich mit ruhigem, aber drängendem Unterton: „Asad Khalil hat mir erzählt, dass an der WTC-Baustelle eine Bombe gelegt ist –“

„Was?“

Ich hörte Motorenlärm im Hintergrund. „Sind Sie noch dort?“

„Ja.“

„Ich glaube, die Bombe ist in dem großen Sattelzug – CARLINO BAUSTOFFE. Sehen Sie ihn?“

„Ich … stehe daneben …“

„Vielleicht sollten Sie lieber weggehen. Aber rufen Sie vorher so schnell wie möglich das Bombenentschärfungskommando. Und schaffen Sie alle so schnell wie möglich von dort weg.“

Schweigen.

Ich spazierte aus der Lobby, und der Wachmann an der Tür rief: „Hey! Wohin wollen Sie?“

„John … sind Sie sich ganz sicher?“, wollte Walsh wissen.

Sehr gute Frage. Und die Antwort lautete nein, aber ich sagte: „Ja.“

Der Wachmann redete auf mich ein, aber ich winkte ihn weg. Zu Walsh sagte ich: „Ich glaube, sie ist auf acht Uhr sechsundvierzig eingestellt."

Er fragte nicht, weshalb ich das glaubte, denn dieser Zeitpunkt hat sich jedem ins Gedächtnis eingebrannt.

Der Wachmann hatte jetzt einen Kollegen dabei, und sie wollten, dass ich mit ihnen hineinging.

„Das ist in einunddreißig Minuten", sagte Walsh. „Ich glaube nicht, dass wir die Gegend evakuieren können –"

„Versuchen Sie's. Lassen Sie unterdessen die Baustelle räumen und die Gegend absperren. Holen Sie das Bombenentschärfungskommando."

Ich legte auf, worauf mich die Wachmänner sofort an beiden Armen ergriffen. „Ich bin STP-positiv", warnte ich sie.

Sie wichen zurück, und einer von ihnen sagte etwas in sein Funkgerät.

Endlich bog der Krankenwagen mit Kate auf dem Beifahrersitz in die Abholerspur. Ich öffnete ihre Tür und sagte: „Steig aus."

„Nein, John. Ich komme mit dir. Steig ein! Sonst fahre ich ohne dich."

Kate meinte es ernst, deshalb lief ich so schnell ich konnte zur hinteren Tür, stieg in den Krankenwagen und kniete mich zwischen die beiden Vordersitze.

„Ground Zero. Liberty Street. Mit Blinklicht und Sirene", wies Kate die Fahrerin an.

Unsere Chauffeurin, eine junge Schwarze, schaltete das ganze Brimborium ein, und los ging es. „Weshalb sind wir ohne Rettungssanitäter unterwegs, und wieso bringen wir einen Patienten zum Ground Zero?", fragte sie Kate.

„Das ist ziemlich kompliziert, Jeena", erklärte Kate. „Und sehr dringend."

Jeena schlängelte und drängelte sich gekonnt durch den Verkehr, und ich schätzte, dass wir in fünf, sechs Minuten am Ground Zero sein würden.

„Wie spät ist es?", fragte ich.

Kate schaute auf ihre Uhr. „Acht Uhr einundzwanzig."

Noch fünfundzwanzig Minuten. „Sobald Sie uns an der Liberty Street abgesetzt haben, machen Sie kehrt und sehen zu, dass Sie aus der Gegend wegkommen", sagte ich zu Jeena.

Sie dachte darüber nach. „Klingt so, als brauchten Sie da unten vielleicht einen Krankenwagen."

„Schon, aber …" Ich versuchte mir vorzustellen, wie groß diese Bombe sein könnte, und verglich sie wie jeder in diesem Gewerbe mit der Bombe von Oklahoma City. Dort war es ein kleiner Lastwagen mit etwa zweitausend Kilo Sprengstoff gewesen, der einen gewaltigen Schaden angerichtet hatte. Wenn dieser Anhänger mit dem gleichen Zeug beladen war, würde er fünfzehn bis zwanzig Straßenzüge plattmachen – im Grunde genommen ganz Lower Manhattan.

Kate drehte sich zu mir um. „Vielleicht müssen wir nicht unbedingt dort sein."

Nein, wir mussten nicht dort sein, aber ich ging nicht auf diese durchaus vernünftige Feststellung ein. Ich blickte durch die Windschutzscheibe und sah, dass wir bereits in der Todeszone waren.

Ich rief Walsh an und fragte ihn: „Was tut sich?"

„Wir haben sämtliche Bauarbeiter weggebracht und die Aussichtsplattform und die Straßen geräumt. Aber wir können nicht die ganze Gegend evakuieren, deshalb versuchen wir die Leute unter die Erde zu schicken."

„Wo ist das Bombenentschärfungskommando?"

„Ich sehe den Lastwagen gerade die Rampe herunterkommen."

„Wir sind gleich da", verkündete ich.

„Was? Wo sind Sie?"

„Wir rasen gerade mit einem Krankenwagen an der Federal Plaza vorbei."

„Verschwinden Sie schleunigst von hier! Das ist ein Befehl!"

Die Verbindung brach ab, und Kate fragte mich: „Wo ist Tom?"

„Noch da."

Jeena, die inzwischen eins und eins zusammengezählt hatte, teilte uns mit: „Ihr habt noch etwa zwanzig Minuten Zeit."

Vor uns, an der Murray Street, war der Broadway von Polizeiwagen abgeriegelt. Sie sahen den Krankenwagen näher kommen, worauf einer der Streifenwagen zur Seite rollte und wir hindurchschossen.

Die Straßen ringsum waren nahezu menschenleer, von den Polizeiwagen einmal abgesehen, deren Dachlichter blinkten und aus deren Lautsprecher Warnungen erklangen: „Verlassen Sie die Straßen! Gehen Sie in die U-Bahn-Stationen und verlassen Sie die Gegend!"

Ich hoffte inständig, dass sich die dreitausend Toten vom 11. September nach diesem Tag nicht vergleichsweise harmlos ausnehmen würden.

Innerhalb von zwei Minuten waren wir bei dem offenen Tor zur Rampe, und schon fuhren wir hinunter in die Grube

„Zu weit zum Laufen", erklärte Jeena.

„Der große Sattelzug da drüben", sagte ich. „Danke."

Als wir die Rampe hinunterbretterten, sah ich einen Lastwagen des Bombenentschärfungskommandos, zwei Typen in Schutzanzügen – die ihnen überhaupt nichts nützen würden – und Tom Walsh. Und das war alles. Wenn man mal von den drei Idioten absah, die noch unterwegs waren.

Außerdem sah ich gelbe Tatortabsperrbänder, die um ein großes Stück der Baugrube rund um den Sattelzug gespannt waren. Die Jungs vom Bombenentschärfungskommando standen mit Walsh am Heck des Anhängers, aber ich sah, dass die Türen noch geschlossen waren.

Kommt schon! Ich habe gesagt, 8.46 Uhr morgens – nicht abends!

Kate, die ebenfalls bemerkt hatte, dass die Türen geschlossen waren, fragte: „Wieso stehen die da bloß herum?"

Kaffeepause? „Vielleicht sind sie schon fertig", sagte ich hoffnungsfroh.

Wir hatten jetzt die Rampe verlassen, und der Krankenwagen schlingerte auf dem weichen Erdreich und hielt dann neben dem Sattelzug.

Kate und ich sprangen hinaus, und Kate schrie Jeena zu: „Bringen Sie sich in Sicherheit, schnell!"

Jeena legte eine rasche Spitzkehre hin und raste in Richtung Rampe davon.

Walsh sprach mit den Jungs vom Bombenentschärfungskommando, und ich stellte fest, dass sie ein bisschen angespannt wirkten – die Sache war also noch nicht erledigt. Ich schaute auf die Zeitanzeige an Kates Handy: 8.31 Uhr – dann sprang sie auf 8.32 Uhr.

Die Leute vom Bombenentschärfungskommando sind eindeutig bekloppt. Sie machen das freiwillig. Und ich weiß aus Erfahrung, dass sie einen sehr merkwürdigen Sinn für Humor haben, was „hochgehen" betrifft. Aber sie sind hervorragend ausgebildet und ausgesprochen cool, und diese beiden Jungs wirkten noch nicht nervös, auch wenn Walsh ein bisschen blass war. Aber … nun ja, ich verleihe Tom für das hier zwei Messingeier am Band, meine Auszeichnung für besonderen Mumm.

Schließlich wandte er sich uns zu, musterte meinen Pyjama, warf mir einen unwirschen Blick zu und sagte dann zu Kate: „Verschwinden Sie von hier! Sofort!"

„Ich gehe nicht weg, es sei denn, dass wir alle gehen", erwiderte sie.

Für Streitereien war nicht mehr viel Zeit, deshalb sagte Tom: „Okay, folgendermaßen sieht es aus: Der Hund des anderen Bombenentschärfungsteams hat positiv reagiert. Außerdem sagen Dutch" – er deutete auf den älteren Typen – „und Bobby, sie können Ammoniumnitrat, Dieselöl und was sonst noch alles riechen. Wir haben es also mit einer Bombe zu tun."

Richtig. Ich konnte es auch riechen und bemerkte jetzt, dass die Türen einen Spaltbreit offen waren und Bobby mit einer Taschenlampe hineinleuchtete.

„Vielleicht sollten sie sie jetzt entschärfen", schlug ich vor.

„Manchmal sind diese Dinger mit einer Sprengfalle versehen“, erwiderte Dutch. „Wenn wir Zeit hätten, würden wir einen Roboter einsetzen, aber der Roboter ist langsam, und Sie sagen mir, dass sie auf acht Uhr sechsundvierzig eingestellt sein könnte – folglich ist Bobby der Roboter.“

Bobby, der jetzt auf der hinteren Stoßstange stand, rief: „Ich sehe immer noch keinen Hinweis auf eine Sprengfalle. Aber man kann nie wissen, bis man's probiert.“ Er drehte sich um und sagte zu Dutch und Tom: „Eure Entscheidung: Aufmachen?“

Die beiden schauten sich an, dann warf Dutch einen Blick auf seine Uhr und sagte: „Wenn sie auf acht Uhr sechsundvierzig eingestellt ist, haben wir noch etwa zehn Minuten Zeit, um sie entweder zu entschärfen oder in unseren Laster zu steigen und uns in einen Banktresor oder so was Ähnliches zu verziehen.“

Tom blickte zu den hoch aufragenden Gebäuden ringsum, die, wie wir alle wussten, trotz aller Warnungen, die Gegend zu räumen, noch voller Menschen waren.

„Wenn es ein einfacher Zünder ist – ohne alle Tricks –, kann ich ihn in ein paar Sekunden entschärfen, indem ich ein paar Drähte kappe oder die Stromquelle abklemme“, erklärte uns Dutch.

„Und wenn es nicht so einfach ist?“, fragte ich.

„Wenn es so aussieht, als ob er mit einem Stromunterbrecher oder einem anderen raffinierten Zünder verbunden ist … dann …“ Er zuckte die Achseln. „Ich könnte es feststellen, wenn ich mehr Zeit hätte … aber die haben wir nicht, deshalb kappe ich einfach Drähte und sehe zu, was passiert.“

Um zu dieser einfachen Lösung zu gelangen, war er ausgebildet worden?

„Als Erstes müssen wir uns entscheiden, ob wir die Tür aufmachen wollen – von hier aus kann ich sie nicht entschärfen“, fuhr Dutch fort.

Bobby, der meiner Meinung nach viel Geduld bewies, sagte: „Ich glaube, wir haben kaum noch Zeit zum Abhauen.“

„Öffnen Sie die Tür“, drängte Kate Tom.

Er warf einen Blick auf seine Uhr.

Weil ich Tom bei seiner Entscheidung helfen wollte – bevor es sowohl zu spät zum Abhauen als auch zum Entschärfen der Bombe war –, sagte ich: „Ich nehme an, dass Khalil die Leichen der Porth-Authority-Cops da drin versteckt hat, folglich wurden die Türen bereits geöffnet. Und ich glaube nicht, dass Khalil es riskiert hätte, eine Sprengfalle zu entschärfen oder scharf zu machen.“

Tom sah erst mich an, dann Dutch. „Öffnen Sie die Türen.“

„Bobby, leg los“, sagte Dutch zu seinem Partner.

Bobby packte den Griff der linken Tür, und Dutch hielt sich die Ohren zu. Was zum Geier war mit diesen Leuten los? So was ist nicht komisch.

Die großen Türen schwangen auf – und nichts tat sich, genau wie ich vorausgesagt hatte. Oder war ich jetzt im Himmel? Aber Tom war auch da.

Dutch sprang in den Anhänger, in dem stapelweise Zementsäcke eine fast bis unters Dach reichende Wand bildeten. Bobby gab ihm Hilfestellung, und Dutch kletterte an den Säcken empor, legte sich auf die oberste Reihe und leuchtete mit seiner Taschenlampe in den Anhänger. „Heilige Maria …“

„Was haben wir da, Dutch?“, rief Bobby ihm zu.

„Zunächst mal fünf Leichen – zwei Porth-Authority-Cops und drei Männer in Zivil … Außerdem etwa achtzig Zweihundertliterfässer, in die Drähte führen.“ Dann kam die wirklich schlechte Nachricht. „Ich sehe weder die Stromquelle noch den Zeitzünder noch den Schalter.“

Sie sind eindeutig da drin, Dutch. Schau genauer hin.

Er reichte Bobby eine Hand, worauf dieser auf die Zementsäcke kletterte und seine Lampe in den Anhänger richtete. „Sie müssen da drüben sein“, sagte er. „Siehst du, dort, wo die Drähte hinführen!“

„Noch vier Minuten!“, rief Tom, was sicher hilfreich war.

„Okay, lass uns über die Fässer laufen“, sagte Dutch zu Bobby.

Die beiden verschwanden hinter der Wand aus Zementsäcken.

Ich wollte nicht, dass die frischen Nähte auf meinem Rücken wieder aufgingen, aber in etwa vier Minuten wäre das das geringste meiner Probleme, deshalb sprang ich auf die Stoßstange, und Kate und Tom folgten mir. Wir schoben und zogen uns gegenseitig auf die Zementsäcke und steckten die Köpfe in den dunklen Anhänger.

Tom hatte eine Taschenlampe, und unter uns war ein etwa fünfzig Zentimeter breiter Spalt zwischen den Säcken und der ersten Fässerreihe, in dem die fünf Leichen am Boden übereinanderlagen. Die drei Zivilisten wirkten jung und stämmig, und ich sah Blut in ihren Gesichtern, als ob jeder einen Schuss in den Kopf abbekommen hätte. Ich vermutete, dass diese Typen etwas mit dem Laster und mit Khalil zu tun hatten.

Tom leuchtete mit seiner Lampe herum, und ich ließ meinen Blick schweifen: dicht an dicht stehende Reihen mit Zweihundertliterfässern, die alle mit einem Deckel verschlossen waren. Jetzt konnte ich auch die Drähte sehen, die mitten in die Deckel führten.

Dutch und Bobby liefen vorsichtig über die Ränder der Fässer zum vorderen Teil des Anhängers und richteten dabei ihre Taschenlampen zwischen die Fässer.

„Hier ist sie“, sagte Dutch.

Gut.

„Schwer ranzukommen.“

Schlecht.

Dutch legte sich flach auf die Tonne in der vorderen rechten Ecke, und Bobby ging neben ihm in die Hocke und richtete seinen Lichtstrahl in den dunklen Raum.

„Ich sehe die Zwölfvoltbatterie … aber weder den Zeitzünder noch den Schalter“, sagte Dutch.

„Montiert das verfluchte Kabel von der Batterie ab“, schlug ich vor.

„Ja“, erwiderte Dutch, „genau das versuch ich ja … danke für den Hinweis … hoffentlich ist nicht irgendwo ’ne zweite Batterie …“

Und so lagen Kate, Tom und ich oben auf den Zementsäcken, spähten in die Dunkelheit und warteten auf eine positive Ansage von Dutch.

Außerdem versuchte ich mich daran zu erinnern, weshalb ich mir eingebildet hatte, ich müsste hier sein. Darum sagte ich zu Kate: „Tut mir leid.“

„Ist schon okay, John“, erwiderte sie.

Ich hatte ihr schon mal das Leben gerettet – deshalb durfte ich mir einen fatalen Fehler erlauben.

Tom starrte auf sein Handy und sagte, wie ich fand, ganz ruhig: „Es ist jetzt acht Uhr fünfundvierzig.“

Es wurde sehr still in dem Anhänger, sodass ich sogar das metallische Scharren der Zange hörte, mit der Dutch die Mutter am positiven Kabelanschluss zu lösen versuchte.

„Geschafft“, verkündete Dutch.

„Das ist die falsche“, meinte Bobby.

Dann lachten sie beide.

Ich schloss die Augen und hörte die Glocken der nahen St. Paul’s Chapel, die jeden Morgen um 8.46 Uhr läuten.

NELSON DEMILLE

„Corey und ich begegnen der Welt mit Sarkasmus, Witz und manchmal ein wenig Ironie."

Seit der Veröffentlichung des Romans *Das Spiel des Löwen*, in dem sich der libysche Terrorist Asad Khalil und Agent John Corey erstmals als Widersacher gegenüberstanden, sind mehr als zehn Jahre vergangen. Und wäre es nach seinem Schöpfer Nelson DeMille gegangen, so gäbe es *Der Löwe* überhaupt nicht. „Ich halte nicht viel von Fortsetzungen", gibt der Schriftsteller, der zu den erfolgreichsten Thrillerautoren der USA zählt, unumwunden zu. „Ein zweiter Teil ist immer eine schwierige Aufgabe, an der man auch scheitern kann. Manchmal ist es besser, die Dinge einfach auf sich beruhen zu lassen. *Das Spiel des Löwen* hatte ein offenes Ende, und das war auch beabsichtigt, denn schließlich ist es nicht so, dass der Böse am Ende immer verliert und der Gute immer gewinnt. Ich hatte den Eindruck, dass dieser Ausgang des Buches den Krieg gegen den Terrorismus ziemlich treffend widerspiegelte."

Doch er hatte die Rechnung ohne seine Leser gemacht. Mit einer Flut von Briefen und E-Mails gaben sie ihm zumeist höflich, zuweilen aber auch sehr energisch zu verstehen, dass das Duell zwischen John Corey und Asad Khalil nicht einfach auf halber Strecke enden könne. Also gab der 1943 in New York geborene und heute auf Long Island lebende dreifache Vater nach und machte sich an die Arbeit, die er trotz seiner fast vierzig Jahre währenden Karriere keineswegs als pures Vergnügen empfindet: „Ich recherchiere lange und überarbeite viel. Es ist, als ob ich ein Zimmer streichen würde – das macht auch keinen Spaß, erst am Ende, wenn man einen Schritt zurücktritt und sich alles anschaut."

Wie immer gibt es aber eine Ausnahme: Dialoge zu schreiben bereitet ihm große Freude. „Das ist wie eine Therapie. Durch meine Figuren kann ich Sachen sagen, die ich normalerweise nie aussprechen würde …"

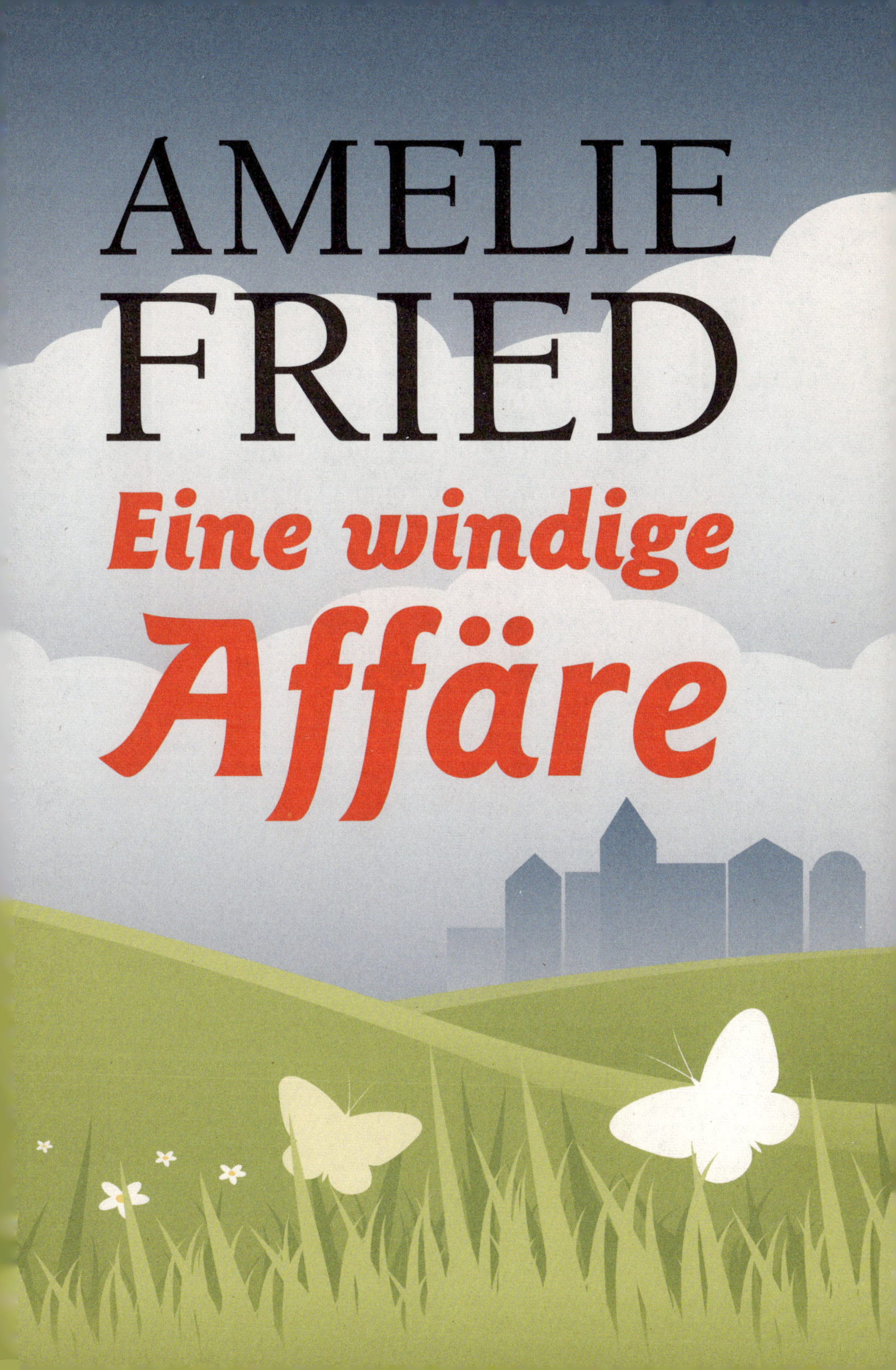
AMELIE
FRIED
Eine windige
Affäre

Wir hatten die Landstraße
erreicht, die an dieser Stelle
von Alleebäumen gesäumt war.
Ich bog ein und gab Gas.
Es herrschte starker Verkehr.
Plötzlich leuchteten vor mir
die Bremslichter eines Lkw auf.
Ich trat kräftig auf die Bremse.
Nichts. Kein Widerstand. Keine
Bremswirkung. Unaufhaltsam
rasten wir auf den Lkw zu.

Eins

Es gibt Momente im Leben einer Frau, die sie nie mehr vergisst. Den ersten Kuss. Das erste Mal. Das erste Kind. Das erste Au-pair-Mädchen.

Unseres hieß Olga. Lange hatten wir uns nicht entscheiden können, ob sie es sein würde oder eines der vielen anderen Mädchen, die uns angeboten worden waren. Immer wieder lasen wir im Internet die Beschreibungen und verglichen die Vor- und Nachteile der Bewerberinnen miteinander. „Diese kann Auto fahren", sagte Michael.

„Aber sie hat so gut wie keine Deutschkenntnisse", wandte ich ein.

„Die da sieht echt niedlich aus. Woher kommt sie? Argentinien? Brasilien?"

Stirnrunzelnd sah ich ihn an. „Niedlich? Ist das wirklich ein Kriterium?"

„Schönheit ist ein gern gesehener Gast, wie Goethe gesagt hätte. Schließlich habe ich sie jeden Tag vor Augen, da kann es nicht schaden, wenn ihr Anblick Freude bereitet."

„Abgelehnt", entschied ich.

Er grinste. „Traust du mir nicht?"

„Darum geht es nicht", sagte ich gereizt, „von mir aus kann sie aussehen wie Miss World. Aber stell dir vor, sie taugt nichts oder hat solches Heimweh, dass sie nicht hierbleiben will. Dann können wir ihr für tausend Euro ein Rückflugticket nach Brasilien kaufen."

Michael grinste. „Dann sollten wir am besten ein Mädchen aus Stuttgart nehmen. Die kann nach Hause trampen."

So war es immer mit ihm. Seine Art, die Dinge zu betrachten, unterschied sich komplett von meiner. Wo ich die praktische Seite sah, suchte er nach der ästhetischen. Wo ich ein Problem witterte, vermutete er eine Chance. Wir waren so verschieden, wie zwei Menschen nur sein konnten. Außerdem waren wir verheiratet und Eltern zweier Kinder. Man kann nicht behaupten, dass die Lage dadurch einfacher wurde.

An diesem Sonntagvormittag saßen wir vor dem Computer und waren im Begriff, unserem Leben eine völlig neue Wendung zu geben. Genauer gesagt, hatte es diese Wendung bereits genommen, und nun bemühten wir uns, mit den Folgen fertig zu werden.

Ich war Bauingenieurin, gerade vierzig geworden. Als Frau war es nicht leicht, in einem Umfeld zu arbeiten, in dem sich prozentual mehr Männer tummeln als auf einem Heringskutter, und ich war schon dankbar gewesen, dass ich nach ein paar Jahren Kinderpause halbtags in meine alte Firma hatte zurückkehren können. Das war jetzt vier Jahre her. Inzwischen war Pablo eingeschult und Svenja auf dem Gymnasium.

Obwohl es mir anfangs schwergefallen war, auf meinen Beruf zu verzichten, hatte ich die Zeit mit den Kindern genossen. Für mich, die bis dahin nichts wichtiger fand als Effizienz, war diese Phase sehr lehrreich gewesen. Ich lernte, dass nicht alles im Leben einem Ziel dienen muss und dass der Erfolg einer Tätigkeit sich nicht darin bemisst, dass sie möglichst schnell durchgeführt wird. Wer einmal erlebt hat, mit welcher Ausdauer und Begeisterung Kinder einen Regenwurm beobachten, der eine kunstvoll errichtete Sperre aus Sand und Gras zu überwinden versucht, weiß, wovon ich spreche.

Aber nun hatte ich große Lust, noch einmal etwas anderes zu errichten als Wurmsperren. Und eine glückliche Fügung wollte es, dass ich die Chance dazu erhalten hatte.

Vor einer Woche hatte Franz Obermüller, mein Chef, mich zu sich gebeten. Er war ein sympathischer, gut aussehender Typ Mitte vierzig, dessen bayerische Sprachfärbung ihn ein bisschen harmlos erscheinen ließ. In Wahrheit war er ein gewiefter Geschäftsmann, der seine Firma Sunwind äußerst erfolgreich führte. Das Unternehmen war spezialisiert auf Projekte im Bereich erneuerbarer Energien. Damit bewies Franz Konsequenz – in jungen Jahren war er bei den Grünen aktiv gewesen. Nun lautete seine Devise: Geld verdienen, aber mit gutem Gewissen.

„Was weißt du über Litauen?“, fragte er mich ohne Einleitung.

„Der größte der drei baltischen Staaten, im geografischen Zentrum Europas gelegen, ungefähr so groß wie Bayern“, rasselte ich herunter.

„Energiesituation?“

Ich überlegte. „Überwiegend Kernkraft, vermute ich, wie überall in der ehemaligen Sowjetunion.“

Franz wiegte den Kopf. Die Antwort schien ihn nicht zu befriedigen.

„Da fällt mir was ein“, fuhr ich fort. „Musste sich Litauen beim EU-Beitritt nicht verpflichten, sein größtes Atomkraftwerk abzuschalten? Das Ding war baugleich mit Tschernobyl.“

Jetzt wirkte Franz zufrieden. „Bingo! Und nun müssen sie zusehen, wo sie ihren Strom herkriegen. In den nächsten Jahren wollen sie auf einen Anteil von zehn Prozent erneuerbarer Energien kommen. Da sich der Windpark bei Palanga als rentabel erwiesen hat, stehen die Chancen für einen zweiten äußerst günstig. Und nun rate, wer genügend Investoren für das Projekt aufgetrieben hat?"

Ich gab vor, angestrengt nachzudenken. „Wahrscheinlich der cleverste, innovativste und risikofreudigste Energie-Unternehmer westlich des Urals?"

Er strahlte. „Richtig geraten! Das Genehmigungsverfahren läuft schon, das ist nur noch Formsache. Wir können also loslegen!"

Ich erinnerte mich, dass in den letzten Monaten immer wieder die Rede von einem Projekt in Litauen gewesen war. „Gratulation!", sagte ich und lächelte.

Franz beugte sich vor. „Und jetzt willst du sicher wissen, warum ich es dir als Erster erzählt habe?"

Ich hob die Schultern und ließ sie fallen. „Ja, klar."

Zufrieden lehnte er sich wieder zurück. „Weil du die Projektmanagerin bist."

SEITHER hatte ich Nacht für Nacht wach gelegen und mir die immer selben Fragen gestellt. Kann ich das überhaupt? Bin ich nicht schon viel zu lange aus dem Geschäft? Werden die Kinder seelischen Schaden nehmen, wenn ich so viel weg bin? Und wer soll sie überhaupt betreuen?

Nach der dritten schlaflosen Nacht erzählte ich Michael von dem Angebot. Von genau so einer Herausforderung hatte ich insgeheim geträumt. Ich wollte es so gern allen noch einmal zeigen!

„Es irrt der Mensch, solang er strebt", zitierte Michael.

„Was soll das heißen?", fragte ich. „Traust du mir das etwa nicht zu?"

„Aber natürlich, ich finde es großartig."

„Und die Kinder?", fragte ich zaghaft. „Ich wäre die meiste Zeit in Litauen, sie würden mich wenig sehen."

„Aber ich bin doch da", sagte er.

Ich stieß spöttisch die Luft aus. Wenn er mit „da" meinte, dass er sich auf demselben Kontinent aufhielt, stimmte das. Aber er war mindestens drei, vier Abende die Woche unterwegs, bei Theaterpremieren, Ausstellungseröffnungen oder anderen Kulturevents, bei denen seine Anwesenheit als Redakteur des Monatsmagazins *Kultwärts* unverzichtbar war.

„Was ist mit deinen Abendterminen?"

„Wir finden jemanden für die Kinder. Eine Leihoma. Eine Kinderfrau. Ein Au-pair-Mädchen."

„Ein Au-pair-Mädchen?“, kreischte ich. „Nur über meine Leiche!“

Alles, was ich von meinen Freundinnen über Au-pairs gehört hatte, war dazu angetan gewesen, mich für immer von dieser Idee zu kurieren. Ein Au-pair-Mädchen sei wie ein zusätzliches Kind, man habe noch mehr Verantwortung und kaum Entlastung, so die übereinstimmende Meinung. Nein, das brauchte ich nicht. Hatte ich gedacht. Und saß nun mit meinem Mann vor dem Computer, um herauszufinden, ob Biljana aus Zagreb oder Georgette aus Marokko besser zu uns passte. Ein Blick in die Stellenanzeigen hatte uns gezeigt, dass der Lohn für eine fest angestellte Kinderfrau ungefähr die Hälfte dessen verschlingen würde, was ich netto verdiente, und da war schnell klar, dass ein Au-pair die einzig realistische Lösung war.

Vielleicht hatten meine Freundinnen ja übertrieben. Es war doch gar nicht möglich, dass alle diese Mädchen unfähig waren. Man musste nur sorgfältig suchen, dann würde sich bestimmt eines finden, mit dem es auszuhalten wäre.

„Ich finde es schön, nicht in der Enge der bürgerlichen Kleinfamilie zu verharren, sondern sein Haus und sein Herz zu öffnen“, sagte ich verträumt.

„Vor allem, wenn man die meiste Zeit nicht da ist“, gab Michael zurück.

Ich sah ihn an. „Darf ich dich daran erinnern, dass es deine Idee war?“

„Ich bräuchte auch jemanden, der für mich arbeitet“, maulte Michael, „jemanden, der Recherchen für mich macht, Material sammelt, Telefonate erledigt. Kann ein Au-pair so was?“

„Michael“, sagte ich geduldig, „diese Mädchen können nur wenig Deutsch. Deshalb kommen sie ja hierher. Natürlich können sie so was nicht.“

Insgeheim erträumte ich mir eine Art moderner Mary Poppins, die, elegant an ihrem Schirm hängend, aus den Weiten des World Wide Web zu uns hinabgeschwebt käme.

„Also, dann nehmen wir jetzt diese Olga?“, vergewisserte ich mich. Mein Zeigefinger schwebte über der Computermaus. Michael nickte ergeben. Ich holte tief Luft. Legte den Zeigefinger auf die Maus. Klick.

Olga aus der Ukraine, schrieb ich auf einen Zettel, 21, Vater Landwirt, Mutter Lehrerin. Ich hängte den Zettel an meine Pinnwand, an der Hunderte anderer Zettel hingen, die mich an alles Mögliche erinnern sollten.

Als Erstes richtete ich das Gästezimmer ein. Ich räumte den Schrank leer und schleppte einen Schreibtisch, den wir vor Jahren ausrangiert hatten, aus dem Keller nach oben. Es fanden sich noch ein alter, aber gemütlicher Sessel und ein Beistelltischchen. Mir fiel ein, dass wir im Keller noch einen uralten, kleinen Schwarz-Weiß-Fernseher von meiner Oma besaßen. Nun würde er wieder zu Ehren kommen.

Pablo stürmte ins Zimmer. „Mama, darf ich …“, er verstummte und sah sich überrascht um. „Warum machst du es hier so schön? Kommt Oma?“

Ich klopfte mit der Handfläche auf die Matratze. „Setz dich, mein Großer, ich erklär’s dir.“ Ich legte einen Arm um seine schmalen Schultern. Für einen Siebenjährigen war Pablo ziemlich klein, außerdem war er ein äußerst empfindsames Kind. Viel zarter besaitet als seine Schwester. Um Svenja machte ich mir kaum Sorgen, um Pablo ständig. Nun versuchte ich, die richtigen Worte zu finden. „Wir bekommen Besuch, aber es ist nicht Oma.“

„Opa?“, fragte er hoffnungsvoll.

Es gab mir einen Stich. Noch immer litt ich darunter, dass meine Eltern getrennt waren und nur einzeln zu Besuch kamen. „Nein, auch nicht Opa. Wir bekommen Besuch von einem Mädchen, sie wird eine Weile hier wohnen. Sie ist so was wie eine große Schwester. Sie wird auf euch aufpassen, wenn ich unterwegs bin. Sie kommt aus einem anderen Land und möchte hier Deutsch lernen. Man nennt so ein Mädchen Au-pair-Mädchen.“

Sein Gesicht nahm einen konzentrierten Ausdruck an, offenbar versuchte er zu begreifen, was das für ihn bedeutete. „Spielt sie auch mit uns?“

„Ich denke schon. Aber vor allem kocht sie für euch und wäscht eure Sachen und sorgt dafür, dass ihr pünktlich zur Schule kommt.“

Er sah mich an: „Aber das machst doch alles du.“

Ich spürte einen Druck in der Magengegend. „Pablo, du hast doch von dem großen Auftrag gehört, den Franz bekommen hat? Er soll mit seiner Firma in Osteuropa einen Windpark bauen. Das ist wirklich eine tolle Sache, weißt du! Und das Tollste ist, dass er mich gebeten hat, das für ihn zu machen. Deshalb muss ich in nächster Zeit viel verreisen. Und damit ihr drei hier gut versorgt seid, kommt dieses Mädchen zu uns.“

Er blickte mich prüfend von der Seite an. „Und wenn sie gemein zu uns ist?“

„Dann suchen wir eine andere.“

„Versprochen?“

„Versprochen.“

Beim Abendessen sah Pablo seine Schwester triumphierend an. „Ich weiß etwas, was du nicht weißt!“

„Was kann das schon sein, du Angeber“, sagte Svenja herablassend. Sie war fünf Jahre älter als ihr Bruder und fühlte sich ihm haushoch überlegen.

Unsicher sah Pablo zu mir rüber. Ich nickte ihm aufmunternd zu.

„Wir kriegen ein Opär!“, verkündete er.

„Ein Au-pair-Mädchen, echt? Ist ja cool!“, sagte Svenja.

Ich tauschte einen erleichterten Blick mit Michael. Wenigstens von dieser Seite kam kein Widerstand. „Wieso findest du das cool?“, wollte ich wissen.

„Weil man bei denen viel mehr darf als bei den Müttern.“

Michael setzte seine Strenge-Vater-Miene auf. „Da habe ich dann wohl auch noch ein Wörtchen mitzureden“, dämpfte er Svenjas Erwartungen. „Ich bleibe nämlich hier. Ich baue kein Windkraftwerk im Osten.“

Täuschte ich mich, oder hatte das ein wenig vorwurfsvoll geklungen?

Nach dem Essen räumte ich die Spülmaschine ein. Michael ging mir zur Hand. Dann schrieb ich den Einkaufszettel für den nächsten Tag. Michaels Arme umschlangen mich von hinten. Ich notierte rasch *Wäsche raus* und *Schockfrost aus* und legte die Zettel so auf den Küchenblock, dass sie nicht zu übersehen waren. Michael begann, meinen Hals zu küssen.

„Hast du heute Abend gar nichts vor?“, fragte ich.

„Eigentlich schon“, sagte er, „aber du scheinst es mal wieder nicht zu bemerken.“

Ich hatte ganz andere Pläne für den Abend. Ich musste mich weiter in das Litauen-Projekt einlesen und meine E-Mails beantworten.

Michael ließ mich los und machte einen Schritt zurück. „Ach, natürlich, ich weiß schon! Es gibt keinen Zettel, auf dem es steht. Und ohne Zettel denkst du einfach nicht daran!“

Er riss mir die Einkaufsliste aus der Hand, drehte sie um und schrieb mit großen Buchstaben darauf: *SEX!* Er hielt mir den Zettel vor die Nase, dann heftete er ihn zu den vielen anderen, die mit Magneten am Kühlschrank befestigt waren. *Zahnarzt Pablo! – Steuererklärung! – Getränke bestellen!*

Ich seufzte schuldbewusst. Er hatte ja Recht. Immer war so viel zu tun. Die Kinder, der Haushalt, der Job. Ich kam gar nicht mehr dazu, an Sex auch nur zu denken. Und je seltener wir miteinander schliefen, desto weniger fehlte es mir.

„Na gut“, lenkte ich ein und sah auf die Uhr. „In zwanzig Minuten im Schlafzimmer?“

Michael sah mich resigniert an. „Leidenschaft sieht anders aus, findest du nicht?“ Er drehte sich um und verließ die Küche.

NACHDEM ich meine E-Mails beantwortet hatte, blieb ich sitzen. Eigentlich fand ich Michael immer noch sehr anziehend. Aber wo war die Leidenschaft des Anfangs geblieben? Einen Augenblick lang verfluchte ich mein Leben zwischen Familie und Job, die ständige Hetzerei, das ewige Abgekämpftsein.

Ich streckte mich und gähnte. Dann griff ich nach der Einkaufsliste, die neben dem Computer lag, und verließ das Arbeitszimmer.

Im Wohnzimmer saß Michael vor dem Fernseher und starrte wütend auf die Mattscheibe. Als er nicht auf mein Erscheinen reagierte, ließ ich mich neben ihn gleiten und faltete den Zettel auseinander.

Milch, Brot, Joghurt, Äpfel, Spülmittel …

Ich drehte den Zettel um und hielt ihn vor sein Gesicht. Überrascht sah er mich an.

Ich lächelte verlegen. „Tut mir leid. Ich hab's nicht vergessen. Nur … eine Weile nicht dran gedacht." Ich lehnte die Stirn an seine Wange und schloss die Augen. Einen Moment bewegte er sich nicht. Dann zog er mich sacht an sich und küsste mich.

Zwei

Die Vorbereitungen für meine erste Fahrt nach Litauen liefen auf Hochtouren. Franz überschüttete mich jeden Tag mit neuem Material. Die Ergebnisse der Windmessungen, die er seit zwei Jahren hatte durchführen lassen. Der Detailplan für die Windkraftanlage. Die Berechnungen über die zu erwartenden Geräuschemissionen, das Gutachten über den Schattenwurf der Windräder.

Vieles fehlte mir noch, wie zum Beispiel die Auflagen der Naturschutzbehörde. Wahrscheinlich müsste ich eine Umweltverträglichkeitsprüfung durchführen lassen, um sicherzustellen, dass durch den Bau der Windräder keine geschützten Tierarten bedroht würden. Bis zur Genehmigung war es noch ein weiter Weg, und zwischendurch verließ mich immer wieder der Mut. Diese wahnwitzige Bürokratie! Wie sollte ich das jemals bewältigen? Noch dazu in einem fremden Land, dessen Sprache ich nicht konnte.

„Mach dir keine Sorgen", sagte Franz und reichte mir eine weitere Mappe. Ich nahm sie und schlug sie auf.

„Jonas Macaitis", las ich, „achtundzwanzig Jahre alt, geboren in Kaunas, Aufenthalte in England und Deutschland, studiert Architektur und Stadtplanung, arbeitet freiberuflich für ausländische Firmen in Litauen."

„Dein persönlicher Babysitter", grinste Franz. „Er kennt sich mit dem ganzen Behördenkram aus, hat gute Kontakte und kennt die Tücken des Geschäfts. Er ist dein Generalschlüssel, also behandle ihn gut, verstanden?"

Ich nickte. Hoffentlich war der Typ in Ordnung.

DREI TAGE vor meiner geplanten Abreise sollte Olga eintreffen.

Ich hatte das Gästebett bezogen, einen Blumenstrauß auf den Beistelltisch gestellt und eine Schachtel Pralinen danebengelegt.

Der Bus aus Kiew sollte um 14 Uhr ankommen. Auf dem Parkplatz wimmelte es von Fahrzeugen und Menschen. Ich bemerkte einige Familien, die ähnlich gespannt warteten wie wir.

„Da kommt er!“, rief Svenja. „Nummer 23.“

Ich schickte ein Stoßgebet zum Himmel.

Der Bus bog in die für ihn vorgesehene Parkbucht und kam zum Stehen. Mit einem Zischen öffneten sich die Türen, und es kamen so viele Personen gleichzeitig auf uns zu, dass ich den Überblick verlor. Verwirrt blickte ich mich nach allen Seiten um.

Michael deutete auf ein hochgewachsenes Mädchen mit blondem, langem Haar. „Ist sie das?“

Ich sah in die Richtung. „Ich glaube nicht, Olga ist nicht so groß.“

Pablo griff nach meiner Hand. „Dann gehen wir jetzt wieder.“

„Nicht so schnell, mein Lieber“, sagte ich. „Sie wird schon noch kommen.“

In diesem Moment ertönte eine Stimme hinter uns, leise und ein bisschen kehlig. „Chier bin ich.“

Wir fuhren herum. Vor uns stand Olga. Sie sah genau so aus wie auf den Fotos. Erleichtert sagte ich: „Hallo Olga, herzlich willkommen!“

Ich reichte ihr die Hand. Sie blickte mir in die Augen. Da wusste ich, dass wir einen Fehler gemacht hatten.

ICH SCHLOSS die Haustür auf, Michael trug Olgas Koffer ins Haus.

„So, hier wären wir!“, sagte ich und machte eine unbeholfene Armbewegung. „Willkommen bei Familie Moser.“

Olga folgte mir. Stumm sah sie sich um.

Auch auf der Fahrt hatte sie nur gesprochen, wenn einer von uns sie etwas gefragt hatte. Ihre Antworten waren so einsilbig, dass die Kinder es bald aufgegeben hatten. Ich redete mir ein, dass es an ihrer Schüchternheit läge, die sich bestimmt bald geben würde.

Als Erstes zeigte ich Olga ihr Zimmer. Michael legte ihren Koffer aufs Bett.

„Ich auspacken“, sagte Olga.

Wir zogen uns in die Wohnküche zurück und sahen uns ratlos an.

„Die ist plöd!“, sagte Pablo mit Tränen in den Augen.

Ich strich ihm über den Kopf. „Lass ihr ein bisschen Zeit. Sie muss sich erst eingewöhnen.“

Svenja hatte sich das Telefon geschnappt und wählte die Nummer einer Freundin. Michael nahm ihr den Apparat weg. „Es wird nicht schon wieder telefoniert. Wir trinken jetzt Kaffee mit Olga und lernen sie ein bisschen kennen."

Die Tür wurde geöffnet und Olga kam herein. Die Kaffeerunde verlief angespannt. Michael und ich versuchten, ein Gespräch mit ihr zu führen, wir fragten sie nach ihrer Familie, ihrem Wohnort, ihren beruflichen Plänen. Meistens sagte sie nur „Ja" oder „Nein". Ich war nicht sicher, ob sie uns überhaupt verstand.

Bei dem Gedanken, dass ich in drei Tagen wegfahren sollte, wurde mir ganz schlecht.

ALS DIE KINDER im Bett waren, saßen Michael und ich in der Küche. Er las, ich starrte niedergeschlagen in mein Rotweinglas. Das Abendessen war nicht besser verlaufen als das Kaffeetrinken.

Ich nahm einen großen Schluck Rotwein und seufzte. Michael, der im *Spiegel* geblättert hatte, sah auf. „Was ist los?"

„Ich frage mich, ob das Ganze nicht eine Riesendummheit war."

„Das wird schon", sagte er und drückte aufmunternd meine Hand. „Die ist halt verschüchtert, das ist doch normal. Außerdem kann sie kaum Deutsch. Ich wette, sie versteht höchstens die Hälfte von dem, was wir sagen."

„Wenn überhaupt", sagte ich düster. Ich vergrub mein Gesicht in den Händen. „Wie soll ich ihr bloß erklären, was sie zu tun hat?"

„Ach, Katja. Wir kriegen das hier schon irgendwie hin."

In diesem Moment öffnete sich die Tür und Olga trat ein.

„Entschuldigung. Ist Fernsäh kaputt. Kein Farbe."

„Der ist nicht kaputt", sagte ich verlegen, „das ist ein Schwarz-Weiß-Gerät."

Bewegungslos sah sie mich an, mit diesem Blick aus undurchdringlichen grauen Augen, der mir schon bei ihrer Ankunft einen Schauer über den Rücken gejagt hatte.

„Möchte ich Farbe", sagte sie. Dann drehte sie sich um und ging wieder hinaus.

Michael sah mich ungläubig an. „Du hast ihr das alte Ding von deiner Oma reingestellt?"

„Na ja, ich dachte, sie ist dankbar, dass sie überhaupt einen im Zimmer hat."

„Ich nehme an, sogar in der Ukraine hat man inzwischen Farbfernsehen", sagte er. „Du kannst das Mädchen doch nicht behandeln, als wäre es gerade vom Baum gestiegen."

„So war das doch nicht gemeint“, verteidigte ich mich. „Ich dachte, dass die Kinder dann nicht so viel bei ihr schauen, weil sie schwarz-weiß blöd finden.“

„Vor allem findet Olga schwarz-weiß blöd. Und ich finde, sie hat Recht.“

AM NÄCHSTEN MORGEN war Olga schon in der Küche, als ich kam. Sie hatte Kaffee gemacht, der allerdings viel zu dünn war. Trotzdem lobte ich sie.

„Was essen Kinder?“

Ich zeigte ihr die Frühstücksflocken, erklärte ihr, welche Mischung mit welchem Joghurt und welcher Obstsorte Pablo bevorzugt, welche Svenja. Svenja musste um halb acht das Haus verlassen, Pablo um zehn vor acht, außer an Donnerstagen. Wie soll sie sich das bloß alles merken, dachte ich.

Als Michael aufgestanden war, frühstückten wir zu dritt. Wieder schwieg Olga. Sie sagte nichts, fragte nichts. Am liebsten hätte ich sie geschüttelt.

Als ich Michael zur Tür begleitete, sagte er spöttisch: „Na, dann viel Spaß“, und beugte sich vor, um mir einen Abschiedskuss zu geben.

WIR FUHREN zum Supermarkt und ich zeigte Olga, welche Produkte sie kaufen sollte. Den Naturjoghurt nur von dieser Firma, den Fruchtjoghurt von einer anderen, Butter auf keinen Fall streichzart, wegen der Zusatzstoffe, keine H-Milch, keinen abgepackten Aufschnitt …

Ich kam mir idiotisch vor. Eine durchgeknallte Mittelschichtstussi mit Kontrollzwang, wie Michael mich während eines heftigen Streits mal genannt hatte. Olgas Blick sprach Bände. Ich wollte lieber nicht wissen, was sie über mich dachte.

Zu Hause begann ich, Mittagessen zu kochen, und wieder hatte ich keine Ahnung, ob Olga auch nur ein Bruchteil von dem kapierte, was ich ihr erklärte. Ich fühlte mich, als würde ich gegen eine Wand sprechen.

Dann hatte ich eine Idee. Ich notierte alle Anweisungen auf Zettel. *Olivenöl nicht zu heiß werden lassen! – Nicht mit Buttermesser in Marmelade! – Trauben nicht einzeln abzupfen!* Ich erklärte ihr ausgiebig, dass ich es nicht leiden kann, wenn jeder sich einzelne Beeren abreißt, weil die leere Traube aussieht wie ein Skelett. Sie sah mich an, als wäre ich geistesgestört.

DAS MITTAGESSEN war noch quälender verlaufen als alle bisherigen Mahlzeiten, weil nicht mal Michael mir zur Seite stand. Als die Kinder mit dem Essen fertig waren, verließen sie fluchtartig die Küche. Während des Nachmittags sah ich sie nicht, sie hatten sich beide in ihren Zimmern verschanzt. Svenja telefonierte, und Pablo malträtierte seine elektrische Eisenbahn.

Immer wieder hörte ich die Geräusche von Zusammenstößen und entgleisenden Waggons, dazu stieß er wütende Laute aus.

Das Abendessen ließ ich ausfallen. Ich schmierte Brote und brachte sie den Kindern nach oben. Olga schob, ohne zu fragen, eine Tiefkühlpizza für sich in den Ofen und aß sie dann allein in ihrem Zimmer.

Nun war es kurz vor zehn. Keine Spur von Michael. Auch von den Kindern hatte ich den ganzen Abend nichts gesehen. Ich ging nach oben. Leise öffnete ich die Tür zu Svenjas Zimmer. Sie schlief. Dann drückte ich die Klinke von Pablos Tür. Sie war verschlossen. Ich klopfte, rief seinen Namen, erst leise, dann lauter. Nichts. Wenn Pablo schlief, konnte eine Bombe neben ihm hochgehen. Die verschlossene Tür war eine stumme Botschaft an mich, die ich nur zu gut verstand. Bedrückt ging ich wieder in die Küche, schenkte mir ein weiteres Glas ein und wartete auf Michael.

Es war halb zwölf, als er endlich kam. „Ich mache mir Sorgen um Pablo", sagte ich, „er hat sich in sein Zimmer eingeschlossen."

Michael schüttelte den Kopf. „Der kleine Sturschädel! Ich schau mal nach. Vielleicht hat er ja inzwischen aufgeschlossen."

Ich hörte ihn die Treppe hochgehen und an Pablos Türklinke rütteln. Plötzlich ergriff mich eine unerklärliche Unruhe und ich rannte ihm, zwei Stufen auf einmal nehmend, nach.

„Immer noch abgeschlossen", sagte Michael.

„Und wenn er gar nicht drin ist?" Einer Eingebung folgend, lief ich nach unten, zur Terrassentür raus und ums Haus herum. Michael folgte mir.

Wir sahen es gleichzeitig. Pablos Fenster stand weit offen, etwas hing heraus. Im fahlen Mondlicht erkannte ich ein Bettlaken, an das mehrere Stoffteile, vermutlich Kleidungsstücke, geknotet waren. Das Ende baumelte gut anderthalb Meter über dem Boden.

„Und was jetzt?", fragte ich heiser.

„Ganz einfach, wir suchen ihn." Michael ging zum Geräteschuppen und holte eine Leiter. Er lehnte sie an die hintere Hauswand, stieg rauf und kletterte durchs Fenster in Pablos Zimmer. Ich rannte wieder hinein und die Treppe nach oben. Michael öffnete von innen die Tür.

Wir sahen uns im Zimmer um, auf der Suche nach irgendeinem Hinweis. Pablos Bettzeug fehlte.

„Wenn er damit losgezogen ist, kann er nicht weit sein", sagte Michael betont zuversichtlich, aber ich spürte genau, dass auch er sich Sorgen machte. Da war es vorbei mit meiner Beherrschung, ich begann zu weinen. Er nahm mich in den Arm. „Beruhige dich doch, Katja. Wir finden ihn!"

Ich machte mich los. „Ich hole die Polizei."

„Ist das nicht ein bisschen voreilig?“, rief er mir nach, aber ich war schon auf dem Weg zum Telefon.

Während wir auf Hilfe warteten, durchkämmte ich jeden Winkel des Hauses. Michael suchte im Garten. Es klingelte. Ich stürzte zur Tür. Zwei Beamte grüßten und traten ein.

Ich berichtete, was passiert war, dann lotste ich die beiden hinters Haus, zu dem heraushängenden Bettlaken. Michael kam mit der Taschenlampe auf uns zu und begrüßte die Polizisten mit Handschlag.

„Moser. Danke, dass Sie gleich gekommen sind. Hier auf dem Gelände ist er nicht, ich habe alles abgesucht.“

Der ältere Polizist nickte. „Haben Sie irgendeine Vermutung, wo Ihr Sohn sein könnte? Bei einem Freund vielleicht?“

„Wäre möglich“, sagte ich ohne Überzeugung. Wir gingen ins Haus, und ich wählte die Nummern, die infrage kamen. Niemand hob ab.

Ein beklemmendes Gefühl legte sich mir auf die Brust. „Und jetzt?“, sagte ich gepresst.

Die beiden Beamten wechselten einen Blick. „Wir könnten einen Hundeführer anfordern“, sagte der ältere und zog ein Handy aus der Tasche.

„Ist das nicht übertrieben?“, fragte ich mit zittriger Stimme. „Ich meine, er ist ja nicht entführt worden, er ist bloß weggelaufen.“

„Aber wenn er gestürzt ist, sich verletzt hat oder von einem Auto angefahren wurde … Sie können natürlich auch einfach bis morgen abwarten.“

„Nein, nein, auf keinen Fall“, sagte ich schnell. „Tun Sie bitte alles, um ihn zu finden!“

„Wir bräuchten dann noch ein Kleidungsstück von Ihrem Sohn.“

Ich lief nach oben, griff nach Pablos Schlaf-T-Shirt und presste es auf mein Gesicht. Der Geruch trieb mir Tränen in die Augen.

Als ich in die Küche zurückkam, beugten die Männer sich über einen Stadtplan. Da läutete es auch schon.

Ich musste Olga Bescheid sagen, also ging ich in ihr Zimmer. Sie schlief. Ich berührte ihre Schulter. „Olga, wach auf.“

Sie fuhr hoch, starrte mich an und sagte etwas auf Ukrainisch.

„Hör zu“, sagte ich eindringlich, „es ist etwas passiert … Michael und ich müssen weg. Bitte lass deine Tür auf, damit du hörst, falls Svenja aufwacht. Sag ihr, dass alles in Ordnung ist und dass Mama und Papa bald zurückkommen!“

„Was passiert?“, fragte sie benommen.

„Das erkläre ich dir morgen.“ Ich ließ ihre Tür offen, damit sie Svenja hören konnte.

INZWISCHEN war der Hundeführer eingetroffen und ließ einen Schäferhund aus dem Kofferraum, den er an die Leine nahm.

„Wir lassen jetzt Asta los." Der Hundeführer hielt der Hündin Pablos T-Shirt unter die Nase. „Such, Asta, such!"

Die Hündin lief ziellos herum und schnüffelte. Langsam bewegte sich unsere Gruppe durch den Garten. „Da vorne endet das Grundstück", sagte Michael.

„Was kommt dann?", fragte der jüngere Polizist.

„Ein verwildertes Grundstück. Das Haus steht seit Jahren leer."

Wortlos gingen wir weiter. Asta lief vor und zurück. Der Hundeführer ließ sie noch mal am T-Shirt schnuppern. „Such!"

Überall wucherte Unkraut, Büsche und Bäume waren unbeschnitten, das hohe Gras war an manchen Stellen niedergedrückt.

Die Nase dicht am Boden, lief Asta in eine Richtung. Wir rannten hinter ihr her, soweit das Gelände es zuließ. Hinter einer Baumgruppe zeichnete sich etwas Dunkles ab. Die Hündin hielt direkt darauf zu. Die Taschenlampe flammte auf. Vor uns stand eine Art altmodischer Schaustellerwagen, der Anstrich war abgeblättert, das ganze Ding schief und verrottet. Asta jaulte und lief aufgeregt zwischen ihrem Herrchen und dem Wagen hin und her.

„Pablo!", schrie ich, löste mich aus der Gruppe und rannte zur Tür. Sie ließ sich mit einem Ruck öffnen. Ich streckte den Kopf hinein. „Pablo?"

Nun fiel das Licht unserer Lampe in den Wagen. Ganz hinten in der Ecke, eingemummelt in seine Bettdecke, lag mein Sohn und schlief.

ALS WIR nach Hause kamen, war es drei Uhr früh. Michael trug den tief schlafenden Pablo nach oben.

Ich stand unten an der Treppe und lauschte. Oben war alles ruhig. Ich atmete tief durch. Olgas Zimmertür war immer noch offen, sie lag angezogen auf dem Bett, mit dem Rücken zu mir. Ich trat näher. „Alles in Ordnung, Olga?", flüsterte ich.

Sie reagierte nicht. Als ich sie an der Schulter berührte, zuckte sie erschrocken zusammen, richtete sich auf und zog zwei Schaumstoffstöpsel aus den Ohren. „Was sagen?"

„Wieso hast du Ohrstöpsel drin?", fragte ich entgeistert.

„Svenja weinen, ich sagen alles gut", sagte sie schnell.

„Und dann?"

„Svenja immer noch weinen, dann schreien, wollen weglaufen."

Ich packte sie an den Armen. „Und dann? Was hast du gemacht?"

„Svenja einsperren. Zu laut schreien. Ich schlimme Kopfschmerzen."

Ich starrte sie fassungslos an. „Bist du noch zu retten?"

Ich stürmte aus dem Zimmer und die Treppe hoch. Der Schlüssel von Svenjas Zimmertür steckte außen. Ich schloss auf und trat ein. Kissen, Decke und Überdecke lagen in einem wilden Durcheinander auf dem Boden. Darauf Svenja, zusammengekrümmt, schlafend. Ihr Gesicht war vom Weinen geschwollen und rot, sie hielt ihren Schmusehasen umklammert.

Drei

Kommt nicht infrage!" Franz betonte jedes einzelne Wort und schlug dazu mit der Hand auf den Tisch.

Ich war schon um Viertel vor neun in der Firma gewesen, um sicherzugehen, dass ich Franz vor dem Beginn seiner Sitzungen erwischen würde.

Er hatte mich gut gelaunt begrüßt und in sein Büro gebeten, seine Sekretärin Gina hatte Kaffee, Tee und Mineralwasser gebracht, und dann hatte ich ihm mitgeteilt, dass ich den Job in Litauen nicht machen würde.

„Wie bitte?" Sein Gesicht verfärbte sich rötlich. „Und warum nicht?"

„Meine Kinder sind zu klein."

„Wie alt sind die beiden?"

„Sieben und zwölf."

„Zwölf?", bellte Franz. „In dem Alter hat man die Kinder früher zum Arbeiten geschickt!"

„Hör auf, Franz. Ich habe versucht, es zu organisieren, es geht nicht."

„Was ist mit Michael? Kann der dir nicht helfen?"

„Mein Mann geht jeden Tag ins Büro, genau wie du."

Franz stierte vor sich hin. „Nehmt euch doch ein Au-pair-Mädchen", schlug er vor, „das machen doch jetzt alle."

„So weit waren wir schon. Die Kinder sind völlig ausgetickt. Vor zwei Tagen ist Pablo abgehauen. Wir mussten ihn von der Polizei suchen lassen. Und als wir nach Hause kamen, hatte das Mädchen unsere schreiende Tochter in ihrem Zimmer eingesperrt."

Am Tag zuvor hatte ich Olga zum Bus gebracht. Schweigend war sie ins Auto gestiegen, schweigend waren wir zum Busparkplatz gefahren. Ich hatte ihr einen Umschlag mit dem Taschengeld für einen Monat gegeben und „tut mir leid, Olga" gemurmelt. Sie hatte mich nicht mal angesehen.

Franz war jetzt ganz ruhig. Er sah mich eindringlich an. Wie viele solcher Chancen wie die, einen Windpark zu bauen, bekäme man in seinem Berufsleben? Nicht viele, das könne er mir flüstern. Schon gar nicht als Frau. Und nun wolle ich ihn, obwohl er mir diese Riesenchance gegeben habe, im Stich lassen? „Kommt nicht infrage!"

„Ich verstehe dich ja, Franz", sagte ich. „Und ich bin dir auch wahnsinnig dankbar. Aber ich kriege das mit der Kinderbetreuung einfach nicht geregelt."

Er sprang auf, wieder färbte sein Gesicht sich rot. „Siehst du, das ist genau der Grund, warum ihr Frauen es nicht nach ganz oben schafft! Weil ihr immer irgendwann einen Rückzieher macht!"

Ich fühlte mich, als hätte ich einen Schlag in den Magen bekommen. Mein ganzes Berufsleben hindurch hatte ich beweisen müssen, dass ich genauso gut und durchsetzungsfähig bin wie ein Mann, und das war verdammt hart gewesen. Trotzdem hatte ich es geschafft, und darauf war ich stolz. Aufgebracht wollte ich widersprechen, aber er fiel mir ins Wort.

„Und noch etwas", sagte er heftig. „Dieses Projekt ist das größte und wichtigste, das wir im Moment haben, es öffnet uns die Tür in den Ostmarkt. Was glaubst du, wie schwer es ist, in diesen Zeiten Investoren zu finden? Glaub doch nicht, dass wir von der Krise nichts spüren. Wenn wir dieses Projekt verlieren, steht die Existenz der Firma auf dem Spiel!" Er senkte bedrohlich die Stimme. „Und dann bist auch du deinen Job los."

Am übernächsten Tag traf meine Mutter bei uns ein. Sie entsprach nicht ganz dem Bild der typischen Großmutter. Mit ihrem langen Haar, den bunten, wallenden Gewändern und dem folkloristischen Silberschmuck wirkte sie eher wie eine gealterte Hippiebraut. Sie war eine Verfechterin absoluter Freiheit, hasste Regeln und Einschränkungen. Ich gebe zu, ich schämte mich ein bisschen für sie. Michael fand sie amüsant, konnte sie aber nur kurze Zeit ertragen. Die Kinder waren verrückt nach ihr.

Kein Wunder, wenn ihre Großmutter da war, herrschte in unserem Haushalt die schiere Anarchie; es gab unmögliche Mahlzeiten zu unmöglichen Zeiten, abends wurde endlos gespielt, dafür verschlief sie morgens auch mal oder beschloss spontan, die Kinder nicht in die Schule zu schicken.

Es gab also gute Gründe, weshalb ich sie nicht als Babysitter engagieren wollte, aber nun hatte ich keine andere Wahl. Zum Glück konnte sie diesmal schnell einspringen, sonst war sie meist anderweitig beschäftigt.

Als ich sie nun vor mir stehen sah, mit einem verbeulten Metallkoffer voller Aufkleber und einem Lederrucksack, der aussah, als hätte sie mit ihm die Welt umrundet, fragte ich mich, wie aus mir diese langweilige Spießerin hatte werden können, die ich in ihren Augen sicher war.

Es war mein Vater gewesen, der Ordnung und Struktur in mein Leben gebracht und mich gelehrt hatte, dass es ohne Regeln nicht gehe. Vielleicht hatte er ein bisschen übertrieben. Aber er musste ja ein Gegengewicht herstellen zu dem Chaos, das meine Mutter anrichtete. Erstaunlich jedenfalls, dass diese beiden unterschiedlichen Persönlichkeiten es immerhin fast zwanzig Jahre zusammen ausgehalten und sich erst getrennt hatten, als ich mit der Schule fertig war.

„Hallo Mutter“, sagte ich und umarmte sie lächelnd. „Ich bin dir so dankbar …“

;„Ach Quatsch“, unterbrach sie mich, „ist doch klar, dass ich euch helfe. Aber ich sage dir gleich, dass ich nicht viel Zeit habe. Ich fahre nämlich bald mit meiner Tanzgruppe in den Jemen.“

„In den Jemen?“, wiederholte ich entsetzt. „Ist es da nicht wahnsinnig gefährlich?“

Meine Mutter überhörte meine Frage geflissentlich. „Wo schlafe ich?“ Sie wuchtete ihren Koffer über die Schwelle. Michael nahm meiner Mutter das Gepäck ab und öffnete die Tür zum Gästezimmer.

„Jede Lösung eines Problems ist ein neues Problem“, hörte ich ihn murmeln.

„Wann fährst du ab?“, wollte Mutter wissen.

„Morgen.“ O Gott. Morgen. Ich würde nicht einmal mehr den Versuch machen, ihr irgendetwas zu erklären. Sie würde sich sowieso nicht darum kümmern.

Als Svenja und Pablo aus der Schule kamen, war der Jubel groß.

„Siehst du, Mama“, triumphierte Pablo, „wir brauchen kein blödes Opär. Wir haben doch Oma.“ Er schmiegte sich in die Arme meiner Mutter, die ihn liebevoll an sich drückte. „Welchen Unfug wollen wir heute anstellen, Pablito?“

Pablo grinste. „Da fällt uns sicher was ein, Oma.“

Ich landete mit einer halben Stunde Verspätung in Vilnius. Schon aus dem Flugzeug hatte ich gesehen, dass unten alles tief verschneit war. Als ich aus der Maschine stieg, empfing mich ein eisiger Wind. Ich fröstelte und zog meinen Daunenmantel enger um mich.

Innerhalb weniger Minuten erhielt ich meinen Koffer und verließ den Sicherheitsbereich. Draußen sah ich mich suchend um. Jonas Macaitis sollte mich abholen. Niemand, der auch nur annähernd so aussah, wie Franz ihn mir beschrieben hatte, war zu sehen. Das fing ja schon gut an.

Ich suchte nach dem Schalter der Autovermietung. Dort, bei Litacars, zog ich meine Unterlagen hervor und erklärte auf Englisch, dass ein Auto für mich vorbestellt sei. Ich zeigte meinen Personalausweis und wartete. Die junge Frau hinter dem Schalter gab meine Angaben in den Computer ein.

„This car is already gone", erklärte sie mir. Der Wagen ist schon weg.

Verwirrt sah ich sie an. Was sollte das bedeuten? Hatten sie das Auto jemand anderem gegeben, nur weil ich eine halbe Stunde zu spät dran war?

„Aber, wer …", begann ich und wurde gleich wieder unterbrochen.

„Ich", ertönte eine Stimme, und ich fuhr herum. Ein hochgewachsener junger Mann mit dunklem, kurz geschnittenem Haar und gestutztem Kinnbart stand neben mir und reichte mir die Hand. „Jonas Macaitis. Herzlich willkommen in Litauen! Ich habe mir erlaubt, den Wagen für Sie in Empfang zu nehmen."

Ich lächelte erfreut. „Wie aufmerksam von Ihnen!"

„Kein Problem", sagte er und grinste freundlich. Er griff nach meinem Koffer. „Hatten Sie eine gute Reise?"

„Ja, vielen Dank!"

Ich folgte ihm aus dem Gebäude bis zu unserem Wagen, der zwischen kleinen Schneemauern auf einem Parkplatz stand.

Er verstaute meinen Koffer, und wir stiegen ein, dann fuhr er los.

„Wohin fahren wir?", fragte ich.

Er kramte in seiner Aktentasche, die er zwischen die Sitze geklemmt hatte, und zog eine Liste hervor, die er vor sich aufs Lenkrad legte.

„Zuerst haben wir einen Termin beim stellvertretenden Wirtschaftsminister, dann treffen wir einen Berater der Firma Semeco. Heute Abend gehen wir zu einem informellen Essen mit einem Vertreter der deutsch-litauischen Handelsgesellschaft, dazwischen können Sie in Ihrem Hotel einchecken und sich frisch machen."

Ich starrte ihn verblüfft an. Hier lag offenbar ein Missverständnis vor. Ich war seine Chefin, und er mein Assistent. Nicht umgekehrt.

„Nein", sagte ich, „so läuft das nicht. Vielen Dank für Ihre Mühe, aber die Termine mache ich."

Er zuckte die Schultern. „Kein Problem. Soll ich Sie dann gleich ins Hotel bringen?"

„Nun ja", sagte ich zögernd. „Den Termin beim stellvertretenden Wirtschaftsminister sollten wir vielleicht wahrnehmen. Es ist ziemlich schwierig, einen zu kriegen." Ich selbst hatte es zwei Wochen lang versucht und ständig Absagen kassiert.

„Gut", sagte Jonas. Er beugte sich zum Handschuhfach und holte einen

Stadtplan heraus. Wir fuhren 120. Die Straße war schneebedeckt. Er faltete den Plan auf dem Lenkrad auseinander und begann, ihn zu studieren.

„Kann … ich das vielleicht machen?“, bat ich. Nun hob er den Blick und sah zu mir rüber. „Das geht schon, kein Problem.“

Ich riss ihm den Plan aus der Hand und schrie: „Schauen Sie verdammt noch mal auf die Straße und konzentrieren Sie sich aufs Fahren!“

Erstaunt blickte er mich an.

Ich erschrak über mich selbst. „Tut mir leid, ich wollte nicht …“, stammelte ich, „als Beifahrerin bin ich echt eine Katastrophe!“

Er grinste. „Kein Problem.“

Das Wirtschaftsministerium war ein mehrstöckiges, modernes Gebäude im Zentrum. Ein undurchschaubares Netz von Einbahnstraßen sorgte dafür, dass man endlose Umwege fahren musste, um ans Ziel zu kommen. Als wir das Auto endlich abgestellt hatten, waren wir fast eine Stunde zu spät.

Der Pförtner teilte uns nach einem Telefonat mit der Sekretärin mit, dass der stellvertretende Wirtschaftsminister nun in einem anderen Gespräch sei. Wir sollten uns bitte einen neuen Termin geben lassen, in acht bis zehn Tagen sei sicher etwas frei.

Ich unterdrückte einen kräftigen Fluch. Mit zusammengebissenen Zähnen drehte ich mich zu Jonas und murmelte: „Na, ganz toll! Und jetzt?“

In diesem Moment sagte Jonas etwas auf Litauisch und flitzte aus der Pförtnerloge ins Foyer. Er stürmte auf einen schlanken Mann in einem eleganten Anzug zu, der gerade mit drei anderen Personen das Foyer durchquerte. Der Mann blieb stehen, seine Begleiter ebenfalls. Nach einem kurzen Wortwechsel deutete Jonas in meine Richtung. Der Mann sah unbewegt zu mir rüber. Ich lächelte und deutete ein Winken an.

Der Mann sah auf die Uhr und nickte kurz. Dann ging er weiter. Seine Begleiter folgten ihm mit dem beflissenen Gehabe von Untergebenen.

Jonas kehrte zu mir zurück. „In einer halben Stunde“, verkündete er triumphierend.

Staunend sah ich ihn an. „Wie haben Sie das gemacht?“

Lächelnd zog er eine Augenbraue hoch und schwieg.

Der stellvertretende Wirtschaftsminister war genauso glatt und unnahbar, wie er schon aus der Ferne gewirkt hatte. Er trug einen exakten Haarschnitt und eine rahmenlose Brille, alles an ihm wirkte durchgestylt und kalkuliert. Er sprach gutes Englisch, wenn auch mit leichtem Akzent.

Achtlos drückte er mir die Hand. Es war klar, dass er uns den kurzfristigen Termin nur gegeben hatte, um uns schnell wieder loszuwerden. Er fing an zu dozieren, bevor ich mein Anliegen überhaupt erklären konnte.

„Ich werde Ihnen kurz die Position des litauischen Wirtschaftsministeriums zur Windenergie darlegen. Wir stehen dieser Energieform grundsätzlich positiv gegenüber, aber wir unterstützen keine einzelnen Projekte."

„Entschuldigen Sie", unterbrach ich ihn, „wir befinden uns bereits mitten im Genehmigungsverfahren. Das Einzige, was noch aussteht, ist die Verhandlung des Detailplans. Wir wollten nur fragen, ob es nicht eine Möglichkeit gibt, die Sache zu beschleunigen."

Er blickte mich an, als wäre plötzlich ein unangenehmer Geruch im Raum. Mit angewiderter Miene fuhr er fort: „Derzeit fehlt eine gesetzliche Grundlage, deshalb werden keine Detailpläne genehmigt. Bevor nicht die Gesetzesänderung durch ist, wird sich daran auch nichts ändern."

Es dauerte einen Moment, bis seine Worte in mein Bewusstsein gedrungen waren. *Derzeit fehlt eine gesetzliche Grundlage, deshalb werden keine Detailpläne genehmigt.*

Ich beugte mich ein Stück nach vorn. „Und … wie lange wird es voraussichtlich dauern, bis das Gesetz verabschiedet wird?"

„Drei bis vier Monate", sagte er wie aus der Pistole geschossen.

„Auf Deutsch: ein bis zwei Jahre", flüsterte Jonas mir zu.

Ich fiel in meinen Stuhl zurück.

Der Minister lächelte spöttisch. „Sie können natürlich schon mal für gute Stimmung in der Region sorgen. Bringen Sie den Kindern Spielzeug mit, und erklären Sie den Leuten, wie viel Geld sie mit Windenergie einsparen können. Das Geld-Argument zieht immer."

Für gute Stimmung sorgen? Ich hatte gedacht, die Stimmung sei gut. Irgendwas hatte ich offenbar nicht mitgekriegt.

AUCH DAS ZWEITE GESPRÄCH an diesem Nachmittag verlief nicht gerade ermutigend.

Franz hatte eine Beratungsfirma engagiert, die uns helfen sollte, die ausstehenden Probleme bei unserem Genehmigungsverfahren zu lösen. Die Firma residierte in den obersten zwei Stockwerken eines Hochhauses, die Geschäftsräume waren neu und modern ausgestattet.

Diesmal war unser Gesprächspartner ein freundlicher Herr um die siebzig, der, wie Jonas mir zuflüsterte, früher für die Regierung gearbeitet hatte. Er ließ ebenfalls durchblicken, dass unsere Probleme weit größer seien als angenommen. So habe er herausgefunden, dass Arnoldas Raistenkis, der

Eigentümer des Planungsbüros, das mit der Durchführung des Genehmigungsverfahrens betraut war, von den Anwohnern gehasst wurde.

„Aber, warum denn?“, fragte ich.

„Nun ja, es gab Unregelmäßigkeiten“, antwortete der alte Herr ausweichend, „Geschäfte, die nicht ganz korrekt waren.“

Ich war überrascht. Franz hatte Raistenkis immer als tollen Typen dargestellt. „Was soll das genau heißen?“, hakte ich nach.

„Näheres kann ich Ihnen dazu nicht sagen. Aber Herr Raistenkis hat wohl insgesamt nicht die richtige Art, mit den Einheimischen umzugehen.“ Er schlug vor, der Wirtschaftsminister solle doch vor Ort direkt intervenieren, um das Genehmigungsverfahren zu beschleunigen. Typisch ehemaliger Funktionär, dachte ich. So war es vermutlich früher gelaufen. Heute waren die Zeiten anders. Allmählich begann ich, das zu bedauern.

„Wir hatten gerade einen Termin beim stellvertretenden Wirtschaftsminister“, erklärte ich, „er sagte uns, dass keine einzelnen Projekte unterstützt werden.“

Der Berater hob bedauernd die Schultern und ließ sie wieder fallen.

Als Jonas und ich das Gebäude verließen und zum Auto gingen, schaltete ich mein Handy wieder ein, das ich während der Besprechungen ausgestellt hatte. Elf Anrufe in Abwesenheit, alle von zu Hause.

Ich wählte, Svenja ging dran. „Mama, endlich. Sag mal, wo ist denn mein pinkfarbenes T-Shirt, du weißt schon, das mit dem Batikmuster?“

AUFSEUFZEND ließ ich mich auf mein Hotelbett fallen, das hörbar quietschte. Dann griff ich nach dem Handy und rief meine Mutter an.

„Hallo Schätzchen, wie läuft’s bei dir?“

„Super“, sagte ich grimmig. „Mutter, wir hatten doch vereinbart, dass ihr mich nur im Notfall anruft. Pablo und Svenja haben es heute insgesamt elfmal versucht!“

Ich hörte sie auflachen. „Tut mir leid, das habe ich nicht mitgekriegt, ich war so beschäftigt mit den Farben.“

„Was für Farben?“

„Nichts, nur eine kleine Überraschung für dich. Ach, Katja, da fällt mir ein, ich habe Svenja heute geholfen, ihr Facebookprofil anzulegen. Das Mädchen ist zwölf Jahre alt und in keinem sozialen Netzwerk! Willst du sie zur totalen Außenseiterin machen?“

Ich schnappte nach Luft. „Mutter! Was fällt dir ein!?“

Im Hintergrund hörte ich Pablo nach seiner Großmutter rufen.

„Also dann, Schätzchen, mach’s gut“, sagte meine Mutter eilig. „Das Essen ist fertig. Svenja und Pablo haben gekocht.“

„Ach ja?", sagte ich hoffnungsvoll. „Was gibt es denn?"

„Chicken Wings und Pommes, ist alles fertig, muss man nur noch aufbacken."

Wofür brauchte ich ein Au-pair-Mädchen, um meine Kinder zu ruinieren? Ich hatte doch meine Mutter.

Die deutsch-litauische Handelsgesellschaft war in einem imposanten Gebäude aus dem 19. Jahrhundert untergebracht. Wir wurden von Vizepräsident Willi Hildebrandt empfangen, einem jovialen Rheinländer, dessen Physiognomie verriet, dass er reichhaltigem Essen und Alkohol nicht abgeneigt war.

„Guten Abend, willkommen auf sicherem Gelände", dröhnte er und drückte Jonas und mir die Hand. „Der Präsident lässt sich entschuldigen, er muss heute ein neues Fertigungswerk für Maschinenteile einweihen."

Sicheres Gelände? Das klang ja, als sei Vilnius eine gefährliche Wildnis, der wir gerade nochmal entkommen waren.

Er führte uns in eine Art Salon, in dem ein Tisch gedeckt war. Wir setzten uns, ein livrierter Kellner erschien und servierte die Vorspeise. Ich war überrascht. Kartoffelsuppe mit Würstchen war eine litauische Spezialität?

Hildebrandt hatte wohl meinen Gesichtsausdruck bemerkt. „Wie in der alten Heimat, was? Wir lassen uns hier gern mit deutschen Gerichten verwöhnen, die litauische Küche ist ziemlich uninspiriert."

Er trank ein Glas Wein auf ex, dann kam er auf unser eigentliches Thema zu sprechen. „Ich habe Ihr Dossier gelesen, und wenn Sie meine ehrliche Meinung hören wollen: Lassen Sie es bleiben."

„Wie bitte? Was wollen Sie damit sagen?"

„Dass Sie hier mehr Probleme vorfinden, als Sie lösen können. Oder, anders gesagt, dass der Aufwand, mit dem Sie diese Probleme lösen könnten, in keinem Verhältnis zum möglichen Erfolg steht."

„Also, das müssen Sie mir schon genauer erklären", forderte ich. „Schließlich gibt es eine Menge deutscher Investoren, die hier aktiv sind, sonst würde es ja auch Ihre Gesellschaft gar nicht geben."

„Als Erstes müssen Sie mal die litauische Mentalität verstehen", sagte er. „Die Menschen hier sind misstrauisch. Die waren zu lange besetzt. Erst von den Deutschen, dann von den Russen. Und jetzt kommen die Investoren. Und immer wurden sie ausgenommen, jedenfalls bilden sie sich das ein. Deshalb sind sie allen gegenüber, die hier was aufbauen wollen, zunächst ablehnend."

„Aber wir schaffen doch Arbeitsplätze!"

„Schon, aber das reicht nicht. Die Leute denken, jetzt seien sie mal dran.

Die wollen den großen Reibach machen. Für einen Litauer ist ein gutes Geschäft eines, bei dem er hundert Prozent Gewinn macht. Die haben hier noch nicht kapiert, dass heutzutage schon fünf Prozent eine gute Rendite sind."

Der Kellner schenkte Wein nach. Hildebrandt stürzte auch dieses Glas in einem Zug hinunter, dann setzte er seinen Vortrag fort: „Jeder nur auf seinen Vorteil bedacht, sage ich Ihnen. Die tricksen und lügen, und wenn Sie nicht aufpassen, stiehlt Ihnen Ihr Nachbar das Sofa unterm Hintern weg!"

Jonas musste sich offensichtlich beherrschen, um nicht loszulachen.

Ich setzte mich aufrecht hin und schlug einen sachlichen Ton an. „Diese Gesellschaft hat doch das Ziel, die deutsch-litauische Zusammenarbeit zu fördern, oder nicht? Wäre es nicht Ihre Aufgabe, uns Möglichkeiten aufzuzeigen, wie wir die Probleme lösen können?"

Hildebrandt schaufelte die letzten Bissen seines Sauerbratens in sich rein. „Das mache ich doch. Ich gebe Ihnen lauter wertvolle Ratschläge. Mein wertvollster lautet: Vergessen Sie's."

Er flüsterte dem Kellner, der gerade die Teller abtrug, etwas zu, und wenig später stand eine teuer aussehende Flasche Cognac auf dem Tisch.

„Und eines noch, falls Sie es partout nicht lassen wollen. Wenn ein Bürokrat hier nicht macht, was er soll, wartet er darauf, dass Sie ihm einen Umschlag rüberschieben." Hildebrandt hob sein Glas. „Auf die deutsch-litauische Freundschaft!" Es klang wie: Aufdiedschtltschfrndschft!

ALS ICH am nächsten Morgen aufwachte, herrschten in meinem Zimmer gefühlte null Grad. Zitternd zog ich mir die Decke bis unters Kinn und dachte nach.

Im Licht des grauen litauischen Morgens betrachtet sah es nicht gut aus für unser Projekt. Vielleicht war es doch eine Nummer zu groß für eine kleine Bauingenieurin, die gelernt hatte, dass man mit Sorgfalt, Fleiß und Können ans Ziel kommt. Vielleicht sollte ich den Rat von Herrn Hildebrandt beherzigen und die ganze Sache vergessen.

Schlagartig packte mich eine heftige Sehnsucht nach Pablo und Svenja, ihren schlafwarmen Körpern, ihrem Kinderduft. Wenn ich mich doch jetzt zu einem von ihnen ins Bett kuscheln könnte!

Ich angelte nach meinem Handy und wählte.

„Firma Sunwind, guten Morgen."

„Gina, ich bin's! Ist Franz schon da?"

„Gerade gekommen", sagte Gina, und ich hörte ein Knacken in der Leitung, als sie mich zu ihm durchstellte.

„Hallo Franz", begrüßte ich ihn. „Weißt du, was ich gestern gelernt habe?"

„Schieß los, ich kann's kaum erwarten!"

„Die litauische Methode. Tricksen, lügen und bestechen."

Einen Moment war es ruhig in der Leitung. Dann räusperte er sich. „Ich verstehe nicht ganz. Was ist denn los?"

„Du hast mich reingelegt. Du hast mir ein Projekt aufs Auge gedrückt, von dem alle sagen, es sei undurchführbar. Und du hast so getan, als hinge die Existenz der Firma davon ab, dass ich es mache. Wie konntest du mich bloß so in die Falle tappen lassen?" Beim letzten Satz hatte ich die Stimme erhoben.

„Jetzt mal langsam, Katja. Ich habe immer noch keine Ahnung, wovon du eigentlich sprichst."

Ich berichtete ihm von den gestrigen Ereignissen. Als ich fertig war, lachte er, und ich wurde sauer. „Wieso lachst du so blöd?", schrie ich.

„Weil das alles völlig normal ist. Jeder von diesen Typen spielt sich auf, jeder verfolgt eigene Interessen. Wenn du drei Leute fragst, hörst du vier Meinungen. Davon darfst du dich doch nicht irremachen lassen."

„Was ist mit diesem neuen Gesetz?"

„Davon habe ich auch schon gehört, aber viele Gemeinden kümmern sich einfach nicht darum. Die verabschieden ihre Regionalpläne, und wenn's ein neues Gesetz gibt, dann bessern sie halt ein bisschen nach. Wenn jetzt alle aufhören würden zu planen, käme es zu einem totalen Investitionsstau. Das will doch keiner."

„Ich muss also rausfinden, wie unsere Gemeinde dazu steht?"

„Richtig. Demnächst ist doch diese Anhörung. Da soll Raistenkis den Detailplan vorlegen und ein bisschen Druck machen, dann läuft das schon."

„Raistenkis hat Dreck am Stecken. Die Leute dort hassen ihn."

„Wer hat keinen Dreck am Stecken?"

„Ich! Jedenfalls bisher!", rief ich aufgebracht. „Und jetzt soll ich anfangen, Leute zu bestechen?"

„Doch nicht bestechen", sagte Franz beschwichtigend, „nur ein bisschen großzügig sein. Ein paar Computer für die Schule, ein Spielplatz, neues Mobiliar fürs Gemeindezentrum ... So läuft das nun mal, daran solltest du dich frühzeitig gewöhnen. Außerdem tust du doch nichts Böses. Du unterstützt nur eine Gemeinde, in der es an allen Ecken und Enden fehlt. Das ist eigentlich eine gute Tat, fast so was wie ... Wohltätigkeit."

Empört stieß ich die Luft aus. „Ich bin wirklich enttäuscht von dir, Franz. Ich habe dich immer für einen Idealisten gehalten."

„Und ich dich für eine Realistin."

„Ich will, dass Gina mir den nächsten Flug nach München bucht."

„Vergiss es", sagte Franz und legte auf.

ICH WAR so wütend auf Franz, dass ich beim Frühstück kaum einen Bissen runterbekam. Gleichzeitig ging mir immer wieder durch den Kopf, was er gesagt hatte, als ich zum ersten Mal alles hinschmeißen wollte. *Siehst du, das ist genau der Grund, warum ihr Frauen es nicht nach ganz oben schafft! Weil ihr immer irgendwann einen Rückzieher macht!*

Der Satz arbeitete in mir, ich konnte und wollte einfach nicht zulassen, dass Franz Recht behalten würde. Deshalb beschloss ich widerstrebend weiterzumachen, und zwar auf meine Art. Ich würde allen beweisen, dass man ein solches Projekt auf legalem Weg, ohne Trickserei und Bestechung, durchkämpfen konnte.

Pünktlich um halb zehn, wie vereinbart, betrat Jonas den Frühstücksraum und kam lächelnd auf mich zu. „Guten Morgen, Frau Moser, haben Sie gut geschlafen?"

„Danke. Ungefähr so wie in einem Biwak bei einer Nordpolexpedition."

Jonas lachte. „Ja, dieses Hotel ist berühmt für seine schlechte Heizung. Deshalb ist es auch im Winter so billig."

Und deshalb hatte es Franz auch für mich gebucht. Ich verlor mich für einen Augenblick in Rachefantasien, dann riss ich mich zusammen. „Sagen Sie, Jonas, wie schätzen Sie das ein, was wir gestern gehört haben?"

Er nahm einen Schluck Kaffee. „Fangen wir mit dem stellvertretenden Wirtschaftsminister an. Er ist ein sehr ehrgeiziger Mann, der etwas erreichen möchte. Leider gehört er zu der Sorte von Politikern, die mehr an ihrem persönlichen Fortkommen interessiert sind als an Sachfragen. Er hat sich also ein Repertoire an kompetent klingenden Sätzen zurechtgelegt, aber in Wahrheit hat er keine Ahnung."

Sieh mal an, dachte ich überrascht, er denkt das Gleiche wie ich. „Und wenn Sie diesen Herrn Hildebrandt darüber schwadronieren hören, dass alle Litauer nur tricksen, lügen und betrügen, geht Ihnen da nicht das Messer in der Tasche auf? Ich habe jedenfalls Ihre Beherrschung bewundert!"

„Gegen Vorurteile kommt man schwer an. Ich hoffe, Sie werden hier andere Erfahrungen machen und erleben, dass wir Litauer eigentlich sympathische Menschen sind!"

Auf ihn traf das jedenfalls zu, und darüber war ich schon mal sehr erleichtert.

„Und dann würde mich noch interessieren, wie Sie das gestern mit dem Termin hingekriegt haben."

Jonas lächelte verlegen. „Das war ganz einfach. Ein Onkel von mir ist Referent des Ministers."

„Ach, so ist das!“ Was für eine erfreuliche Nachricht. Solche Beziehungen waren bestimmt nützlich. Vorausgesetzt, wir ließen uns nicht entmutigen.

„Glauben Sie denn, dass wir überhaupt eine Chance haben?“

„Aber natürlich! Das ist alles …“

„… kein Problem?“

„Genau! Wir Litauer sind flexibel, wir finden immer eine Lösung.“

Ich blickte zweifelnd. Für diesen Jungen schien es überhaupt keine Probleme zu geben.

Ich erhob mich vom Frühstückstisch. „Na, dann los! Wohin geht es heute?“

„Ich dachte, Sie machen die Termine?“

Jetzt wurde ich verlegen. „Tut mir leid, das war blöd von mir.“

Wieder grinste er. „Kein Problem!“

JONAS schlug vor, einen Blick in das historische Zentrum von Vilnius zu werfen. Auf dem großen Kathedralenplatz stand die berühmte Sankt Stanislaus-Kathedrale und daneben der Glockenturm, dem man seine fünf Bauphasen zwischen dem 15. und dem 19. Jahrhundert deutlich ansah.

Gerne hätte ich die Kathedrale besichtigt, aber ich wagte es nicht, meine wertvolle Zeit mit Sightseeing zu verschwenden.

Als ich mich schon zum Gehen wandte, sagte Jonas: „Kommen Sie, ich zeige Ihnen was.“ Er führte mich an eine Stelle zwischen der Kirche und dem Glockenturm, an der eine Steinplatte in den Boden eingelassen war, entfernte mit den Schuhen den Schnee, und eine Inschrift wurde sichtbar.

„‚Stebuklas‘“, las ich. „Was bedeutet das?“

„Stebuklas heißt Wunder“, erklärte Jonas. „An dieser Stelle befand sich am 23. August 1989, dem fünfzigsten Jahrestag des Hitler-Stalin-Paktes, das südliche Ende der sechshundert Kilometer langen baltischen Menschenkette zwischen Tallinn und Vilnius. Damit wollten die Menschen zeigen, wie sehr sie sich ihre Unabhängigkeit wünschen. Man sagt, wer sich heute etwas wünscht, sich mit einem Bein auf die Platte stellt und dreimal um die eigene Achse dreht, dessen Wunsch geht in Erfüllung.“

„Haben Sie’s ausprobiert?“, fragte ich.

„Ja“, gab er lächelnd zu.

„Und, hat’s geholfen?“

„Verrate ich nicht.“

Ich stellte mich mit einem Bein auf die Steinplatte, schloss die Augen und drehte mich um die eigene Achse. Ich wünsche mir den Windpark.

Ich wünsche mir den Windpark. Ich wünsche mir … halt! War das wirklich mein innigster Wunsch? Wünschte ich mir nicht viel mehr, dass meinen Kindern nichts zustieße? Dass Michael und ich uns wieder näherkämen?

Ich öffnete die Augen und drehte mich zu Jonas. „Kann man nochmal neu anfangen? Ich glaube, ich habe mir das Falsche gewünscht."

Er zuckte die Schultern. „Ich weiß nicht. So genau kenne ich mich mit Wundern nicht aus."

Egal, dachte ich, ist ja sowieso nur ein Spaß. Ich schloss erneut die Augen und drehte mich zum dritten und letzten Mal. Ich wünsche mir den verdammten Windpark!

Für das Mittagessen schlug Jonas ein Schnellrestaurant auf dem Gediminos Prospektas in der Nähe des Kathedralenplatzes vor. Ich aß ein gebackenes Hähnchenschnitzel mit Bratkartoffeln, das nicht gerade den Maßstäben gesunder Ernährung entsprach, aber sehr lecker war.

Jonas verspeiste mit sichtlichem Appetit zwei platt gedrückte Hamburger.

Ich lächelte ihn an. „Wann studieren Sie eigentlich?"

„Wenn ich nicht arbeite."

„Und wann ist das?"

„Selten. Das Leben hier ist teuer geworden."

„Aber wenn Sie immer jobben, werden Sie nie mit dem Studium fertig."

„Das macht keinen Unterschied", sagte er. „Danach wäre ich sowieso arbeitslos."

„Ich dachte, die baltischen Staaten boomen?"

„Das war so, bis letztes Jahr. Aber der Aufschwung stand auf wackligen Füßen. Mit der Finanzkrise ist vieles wieder zusammengebrochen."

Ich beobachtete Jonas, der mit einer Papierserviette kämpfte, die an seinen ketchupverschmierten Fingern klebte. Es war schon ungerecht. Demnächst wäre er fertiger Architekt und Stadtplaner, er sprach vier Sprachen und war sympathisch. Und so einer würde keinen Job finden?

Ich schob den Teller von mir. „Und wie geht es jetzt weiter?"

Jonas zog seine Liste des Tages heraus. „Wir haben als Nächstes einen Termin beim stellvertretenden Umweltminister, dann ein Treffen mit einem jungen Unternehmer, der die Planung übernehmen könnte, wenn es mit Raistenkis nicht mehr geht, außerdem könnten wir mit dem stellvertretenden Referenten für Wirtschaftsfragen in der deutschen Botschaft sprechen."

Ich dachte einen Moment nach, dann sagte ich: „Wissen Sie, Jonas, das bringt alles nichts. Ich habe genug von diesen Stellvertretern. Die wollen uns nicht helfen, oder sie können es nicht. Wir fahren jetzt dahin, wo wir die Anlagen bauen wollen, und sprechen mit den Leuten vor Ort."

„Kein Problem", sagte Jonas und zerknüllte die Liste.

„Müssen Sie die Termine nicht absagen?"

„Ach ... ehrlich gesagt, ich hatte sie noch nicht definitiv vereinbart."

JONAS brachte mich ins Hotel, ich packte und bezahlte. Dann fuhr er nach Hause, um seine Sachen zu holen.

Vor uns lagen mindestens fünf Stunden Autofahrt, was ich, mit Jonas am Steuer, als durchaus beunruhigende Perspektive empfand. Blöderweise hatte ich nicht daran gedacht, mich bei der Autovermietung als zweite Fahrerin eintragen zu lassen, und so war ich nicht versichert.

Jonas bemühte sich, konzentriert zu fahren, dennoch konnte er es nicht lassen, ständig neue Sender im Autoradio zu suchen und zu mir rüberzusehen, sobald ich etwas sagte. Als er nach einer Weile anfing, Bonbons aus seiner Jackentasche zu fischen und mit einer Hand auszupacken, nahm ich ihm die Tüte weg.

„Sagen Sie mir, wenn Sie eines möchten, dann gebe ich es Ihnen."

Amüsiert blickte er zu mir. „Ich habe noch nie eine so ängstliche Beifahrerin erlebt."

„Ich bin nicht ängstlich, ich will nur das Risiko auf ein möglichst geringes Maß reduzieren. Ich habe zwei Kinder, die mich brauchen, das schärft den Überlebensinstinkt."

„Sind Sie verheiratet?", fragte er.

„Im Prinzip ja", erwiderte ich. Erst jetzt fiel mir auf, dass Michael sich nicht gemeldet hatte, seit ich unterwegs war. Zugegeben, auch ich hatte ihn nicht angerufen, aber trotzdem war ich enttäuscht.

Ich nahm mein Handy und tippte: NUR SO AUS NEUGIER: LEBST DU NOCH? ICH JA, FALLS ES DICH INTERESSIERT. VIELE GRÜSSE, K. Ich schickte die Nachricht ab.

Nach ein paar Minuten erhielt ich eine SMS zurück. KANN GERADE NICHT. MELDE MICH SPÄTER. VIEL GLÜCK, M.

Das nenne ich doch mal eine liebevolle Korrespondenz zwischen Eheleuten, dachte ich und packte das Handy wieder weg.

„Wie alt sind Ihre Kinder?", setzte Jonas die Unterhaltung fort.

„Svenja ist zwölf und Pablo sieben", gab ich Auskunft. Die Erwähnung ihrer Namen genügte, dass ich Sehnsucht bekam. Als hätte Jonas meine Gedanken erraten, sagte er: „Das ist bestimmt nicht einfach für Sie, so weit weg von den beiden zu sein. Wer passt auf sie auf?"

„Im Moment meine Mutter."

„Ich hätte später auch gern Kinder", sagte er.

„Wirklich?", fragte ich überrascht. „Ich dachte, die jungen Männer heutzutage wollen lieber Karriere machen und Geld verdienen, als Windeln zu wechseln und sich die Nächte um die Ohren zu schlagen."

„Geld macht nicht glücklich. Eine Familie schon."

„Sie haben Recht", gab ich lächelnd zu. Nachdem wir schon bei den privaten Themen angekommen waren, fragte ich nach einer Pause: „Haben Sie eine Freundin?"

Erst schwieg er, als hätte er meine Frage nicht gehört. Dann sagte er: „Sie haben mich doch heute Mittag gefragt, ob das Wunschorakel bei mir funktioniert hat. Die Antwort ist Nein."

„Was wollen Sie damit sagen?", fragte ich.

„Ich hatte eine Freundin. Sie war krank und ist gestorben."

„Oh", sagte ich erschrocken. „Das tut mir sehr leid."

„Schon gut", sagte Jonas leise, „das konnten Sie ja nicht wissen."

Eine Weile schwiegen wir beide.

„Das Schlimme ist", sagte er nach einer Weile, „dass ich mich seither nicht mehr verlieben kann. Immer sehe ich Aneta vor mir."

„Wie lange ist es her?", fragte ich.

„Zwei Jahre."

Ich legte meine Hand auf Jonas' Arm. „Ich bin ein bisschen älter als Sie, zwölf Jahre, um genau zu sein. Und mit der zusätzlichen Lebenserfahrung dieser zwölf Jahre sage ich Ihnen, dass es vorbeigehen wird. Sie trauern noch, und das ist auch richtig so. Aber eines Tages werden sie darüber hinweg sein. Und dann können Sie sich auch neu verlieben."

„Das glaube ich nicht."

„Wollen wir wetten?" Ich hielt ihm meine Hand hin.

Er lächelte traurig. „Um was?"

Ich überlegte. „Um eine Flasche Champagner. Magnum!"

„So sicher sind Sie?", fragte Jonas ungläubig.

„Absolut sicher!"

Er schlug ein.

UNGEFÄHR zwei Stunden später kam der Verkehr zum Erliegen. Es schneite in dicken Flocken, die einen schmierigen Belag auf der Straße hinterließen. Ein Stück vor uns stand ein Lastwagen quer, Blaulicht blinkte.

„Mist", sagte ich, „Stau."

„Können Sie mal nachsehen, wie weit es noch ist?", fragte Jonas.

Ich breitete die Karte aus und schaltete das Licht ein. Wir befanden uns auf der Höhe eines Kaffs namens Bardziai. Es waren noch mindestens achtzig Kilometer.

„Ich könnte versuchen abzufahren“, schlug Jonas vor.

„Und dann?“

„Fahren wir auf der Landstraße weiter.“

„Bei dem Schnee? Da ist doch sicher nirgendwo geräumt.“

„Na, dann warten wir eben.“

Nach einer halben Stunde sagte ich entnervt: „Also gut, fahren Sie ab.“

Wir landeten auf der 197 Richtung Laukuva. Es ging langsam vorwärts, aber immerhin fuhren wir.

Nach über zwei Stunden erreichten wir Rietavas. Von hier aus waren es nur noch wenige Kilometer zurück bis zur Autobahn.

Aber nun ging es auch hier nicht mehr weiter. Jonas stieg aus, um zu sehen, was los war. Er verschwand im dichten Schneegestöber. Nach einer Weile tauchten seine Umrisse wieder auf, und er stieg ein. „Da vorne ist ein Unfall. Mehrere Autos sind ineinandergerutscht. Hier geht es nicht weiter.“

Allmählich war ich ziemlich verzweifelt. Es war schon fast zehn, ich war müde und hungrig. In der Gegend, in der wir gestrandet waren, würden wir kein Hotel finden. Und bis Gargzdai, wo Jonas Zimmer reserviert hatte, waren es ungefähr noch zwanzig Kilometer. Aber kein Weg führte dorthin. Das hieß, wir würden die Nacht im Auto verbringen müssen.

„Was schlagen Sie vor?“, fragte ich und merkte selbst, wie kläglich das klang.

Jonas überlegte einen Moment, dann begann er, den Wagen zu wenden und auf die Gegenspur zu fahren. Im Schritttempo bewegten wir uns vorwärts, pflügten durch kniehohen Schnee.

Ich presste die Lippen zusammen und versuchte, ruhig zu bleiben. Um mich abzulenken, holte ich das Handy aus der Tasche und kontrollierte, ob ich eine Nachricht von Michael erhalten hatte.

„Kein Empfang“, sagte ich beunruhigt.

„Kein Problem“, sagte Jonas.

Dann schwiegen wir wieder. Plötzlich tauchte wie aus dem Nichts am rechten Straßenrand etwas Dunkles auf, und Jonas riss das Steuer nach links. Der Wagen brach aus, Jonas lenkte dagegen, aber es war zu spät. Ich spürte, wie das Auto zur Seite kippte und unaufhaltsam von der Straße rutschte.

„O nein!“, schrie ich. Der Wagen setzte auf und blieb auf der linken Seite liegen. Ich rutschte auf Jonas.

„Kein …“, setzte er an.

„Halten Sie die Klappe!“, fauchte ich. „Das hier *ist* ein Problem!“

Ich versuchte, meine Tür zu öffnen. Schnee wehte herein. Schnell schloss er sie wieder. Ich zog mich ein Stück auf meinen Sitz zurück und fand mit den Füßen Halt. Eine Weile schwiegen wir, dann bat Jonas mich um die Karte.

„Wir sind ungefähr hier“, sagte er und zeigte auf eine Stelle, die von jeder menschlichen Ansiedlung mindestens fünf Kilometer entfernt war. „Ich könnte aussteigen und nachsehen, ob ich ein Haus finde.“

Ich fuhr hoch. „Und ich bleibe allein hier? Kommt nicht infrage!“

„Dann müssen Sie mitkommen.“

Wir zogen Mützen, Schals und Handschuhe an. Jonas steckte die Karte ein, stemmte an mir vorbei die Tür auf und ließ mich raus. Dann kletterte er hinterher.

Draußen tobte inzwischen ein richtiger Sturm. Es war so laut, dass wir uns nur schreiend verständigen konnten. „Wohin?“, brüllte ich gegen das Tosen an.

Jonas deutete in eine Richtung, und ich folgte ihm. Der Wind peitschte mir den Schnee ins Gesicht. Meine Augenbrauen und Wimpern vereisten, mein Gesicht wurde starr. Wohin ich auch blickte, nichts außer Schnee war zu sehen. Keine Autos, keine Häuser, nicht einmal ein Licht in der Ferne. Die Dunkelheit und der Sturm hatten die Welt um uns herum verschluckt. Ich kämpfte gegen die aufsteigende Panik an. Nichts zu sehen und keine Orientierung zu haben, gehört zu den Dingen, die ich nicht ertrage.

Auf was hatte ich mich da bloß eingelassen? Einen Windpark in Litauen zu bauen, gab es was Blöderes? Warum kümmerte ich mich nicht weiter um Solarzellen auf Doppelhaushälften im Raum München? Sollte Franz doch diesen Wahnsinn hier übernehmen. Wütend stapfte ich durch den Schnee.

Ich prallte gegen Jonas, der plötzlich stehen geblieben war. „Da vorn!“, rief er und zeigte mit der Hand in die Dunkelheit. Angestrengt kniff ich die Augen zusammen. Tatsächlich, in einiger Entfernung war Licht zu sehen. Wir setzten unseren Weg fort, den Blick immer auf das Licht gerichtet.

Endlich wurden die Umrisse eines Hauses sichtbar. Zwei Fenster waren erleuchtet. Ringsum herrschte tiefste Finsternis.

Als wir es erreichten, blieb ich zitternd stehen und sah zu, wie Jonas nach einer Klingel suchte. Als er keine fand, klopfte er mehrmals kräftig.

Zuerst rührte sich nichts, dann wurde mit einem Mal die Tür aufgerissen. Im schwachen Licht, das aus dem Hausflur drang, erkannte ich eine junge Frau. Ihre Erscheinung war so außergewöhnlich, dass ich einen Moment lang dachte, ich hätte eine Halluzination. Sie trug Dreadlocks und ein buntes

Stirnband, außerdem mehrere riesige, löchrige Pullover übereinander, darunter eine Jogginghose und Kinderhausschuhe mit Löwenköpfen. In der Hand hielt sie ein Gewehr, das sie auf uns richtete.

Instinktiv suchte ich Schutz hinter Jonas, der die Arme hob und freundlich erklärte, in welcher Notlage wir uns befanden. Sie antwortete auf Litauisch, ich hörte, dass sie einen Akzent hatte. Nachdem Jonas weitergesprochen hatte, ließ sie das Gewehr endlich sinken.

An mich gewandt sagte sie: „Du bist Deutsche? Was treibt dich denn in diese gottverlassene Gegend? Na, dann kommt erst mal rein. Bei dem Wetter kann ich euch ja schlecht weiterschicken."

Wir hängten Mantel und Jacke an einen Garderobenhaken neben der Tür, und sie führte uns in einen Raum, der eine Mischung aus Wohnzimmer und Werkstatt war. Mitten im Zimmer stand eine Töpferscheibe, überall lagerten fertige oder halbfertige Schalen, Kannen, Tassen und Töpfe. Ein Kachelofen strahlte wohlige Wärme aus, und ich spürte, wie das Eis in meinen Haaren schmolz und mir das Wasser in kleinen Bächen übers Gesicht lief.

„Sucht euch einen Platz", sagte sie, und in der Tat war es nicht einfach, in dem Chaos eine freie Fläche zu finden. Ich legte einen Kleiderhaufen und ein paar Zeitschriften zur Seite und ließ mich auf dem abgeschabten Sofa nieder, das darunter zum Vorschein kam. Jonas setzte sich neben mich. Das Mädchen war hinter einer Tür verschwunden und rief: „Wollt ihr Tee?"

„Ja, gern!", riefen wir gleichzeitig.

„Was essen?"

„Ja!", rief ich, kurz davor, für ein Stück Brot zu morden.

Unsere Gastgeberin wider Willen kam mit einem Tablett zurück, auf dem eine große Schüssel stand. „Ich hab noch Nudelsalat", sagte sie, „gestern hatten wir eine Party." Sie reichte uns Teller und Gabeln, und ich schaufelte mir kalte Nudeln mit Erbsen, Mayonnaise und Schinkenstückchen in den Mund. Dann brachte sie eine Kanne und Tassen, die offensichtlich aus ihrer Produktion stammten, und nach einem Schluck heißem, süßem Tee ging es mir besser. „Danke", sagte ich kauend, „du hast uns das Leben gerettet."

„Schon okay." Sie schlürfte ihren Tee und beäugte uns neugierig. „Ihr könnt auch hier pennen. Aber morgen haut ihr wieder ab, klar?"

„Natürlich", hörte ich mich sagen. „Wir müssen ja nach Gargzdai, wir haben Termine."

„Termine? Was'n für Termine?"

„Wir planen den Bau eines Windparks", erklärte ich.

„Du meinst diese komischen Spargel, wie die bei Palanga, die immer kaputt sind?"

„Dann werden sie von ihrem Betreiber schlecht gewartet", sagte ich.

„Oder schlecht bewacht", sagte sie grinsend.

Was meinte sie? Anschläge auf Strommasten kannte ich. Anschläge auf Windräder – davon hatte ich bisher nichts gehört.

Ich hatte den zweiten Teller geleert und stellte ihn zurück auf das Tablett. Meine Lebensgeister waren wieder erwacht, und mit ihnen meine Neugier. „Und … wie kommst du ausgerechnet hierher?"

Sie ließ sich auf einen Sessel fallen und zog die Füße mit den Löwenköpfen hoch. „Hab das Haus von meinen Großeltern geerbt. In Berlin hab ich in 'ner winzigen Wohnung mit Blick auf den Hinterhof gewohnt. Hier hab ich Platz und kann arbeiten. Und draußen ist nur Natur. Ist geil."

„Hast du keine Angst, so ganz allein?"

„Ich hab doch die Knarre. Unterm Kopfkissen habe ich auch noch 'ne Pistole, für alle Fälle. Wenn mir einer dumm kommt …" Sie machte die Bewegung des Abdrückens. Dann stand sie auf. „Kommt mit, ich zeig euch, wo ihr pennen könnt." Sie führte uns in ein Zimmer im ersten Stock, in dem es eiskalt war. „Ist nicht geheizt, sorry", sagte sie. „Aber die Decken sind total warm." In der Mitte des Raumes stand ein altmodisches Ehebett mit halbmeterdicken Daunendecken. „Klo ist nebenan, waschen könnt ihr euch hier am Waschbecken. Also dann, gute Nacht."

Wir bedankten uns und wünschten ihr auch eine gute Nacht.

Jonas war sichtlich verlegen. „Ich hoffe, es macht Ihnen nichts aus", sagte er und wies auf das Ehebett.

„Naja", sagte ich, „eine Nacht im Auto wäre bestimmt unangenehmer."

Ich drehte mich um, zog mich bis auf Strumpfhose und Unterhemd aus und schlüpfte unter die eiskalte Decke. Es war ein seltsames Gefühl, das Bett mit einem fremden Mann zu teilen. Fast 15 Jahre war es her, dass jemand anderer als Michael neben mir gelegen hatte.

Am nächsten Morgen wurde ich früh wach. Jonas schlief noch. Ich betrachtete sein Gesicht, das im Schlaf sehr jung wirkte. Armer Kerl. Womöglich war dies die erste Nacht seit dem Tod seiner Freundin, die er nicht allein verbracht hatte. Aber so hatte er sich das vermutlich nicht vorgestellt.

Mir wurde klar, dass ich Jonas noch keine 48 Stunden kannte, trotzdem war er mir schon ans Herz gewachsen. Für einen kurzen Moment stellte ich mir vor, wie es wäre, eine Romanze mit ihm zu beginnen. Es müsste wundervoll sein, sich mal wieder zu verlieben. All meine Eheprobleme rückten plötzlich in weite Ferne, ein prickelndes, leichtsinniges Gefühl ergriff mich. Schnell rief ich mich zur Ordnung. Ich war wohl verrückt geworden.

Mit einem letzten bedauernden Blick auf den Schlafenden zog ich mich leise an, machte am Waschbecken eine Katzenwäsche und verließ das Zimmer. Unsere Gastgeberin war schon wach und saß an der Töpferscheibe.

„Kaffee", sagte sie und deutete mit dem Kopf Richtung Küche.

„Danke", sagte ich. „Ach, übrigens, wie heißt du eigentlich? Ich bin Katja."

„Chris. Schläft dein Typ noch?"

„Jonas ist nicht mein Typ, er ist mein Mitarbeiter."

„Oh, sorry. Dann hat heute Nacht hoffentlich keine Unzucht mit Abhängigen unter meinem Dach stattgefunden!"

Ich lachte. „Nein, keine Sorge!"

Chris grinste frech. „Verstehe ich nicht, der Typ ist doch süß!"

Bevor ich antworten konnte, ging oben eine Tür, und gleich darauf tauchte Jonas verschlafen auf.

„Morgen. Hast du Telefon?", nuschelte er.

Chris gab ihm das Telefonbuch, damit er eine Werkstatt raussuchen konnte, und ich drückte ihm einen Becher Kaffee in die Hand. Er führte mehrere Gespräche, und es hörte sich nicht so an, als wäre unser Problem so bald gelöst, wie wir alle hofften.

„In zwei Stunden frühestens", sagte er, „sie müssen warten, bis die Straßen geräumt sind."

„Na, dann richtet euch schon mal auf eine weitere Nacht in meiner Hütte ein", sagte Chris, „das geht hier alles nicht so schnell."

„Du hast doch gesagt, wir sollen verschwinden", sagte ich.

„Und? Kann ich es mir aussuchen? Zum Glück seid ihr ja ganz in Ordnung."

Chris sollte Recht behalten. Wir verbrachten den ganzen Tag und eine zweite Nacht bei ihr. Erst dann kam ein Mechaniker, der uns zu unserem Auto brachte. Er zog es aus der Schneewehe zurück auf die Straße, und bis auf ein paar Kratzer war es unbeschädigt. Mir fiel ein Stein vom Herzen. Nachdem wir den Mann an Ort und Stelle bezahlt hatten, konnten wir unsere Fahrt endlich fortsetzen. Die Straßen waren geräumt, die Sonne schien auf eine bezaubernde Winterlandschaft, nichts erinnerte an den Horror der vorvergangenen Nacht.

Dreißig Minuten später erreichten wir Gargzdai. Nach einigem Suchen fanden wir auch das Hotel, das sich als freundlicher Neubau mit viel hellem Holz und einem hübschen Restaurant entpuppte.

Ich ging unter die Dusche und rief dann Michael an.

„Ich hatte zwei Tage keinen Handyempfang. Du hast nicht zufällig versucht, mich zu erreichen?"

„Nein, wieso? Ich dachte, wir sollen dich nicht stören."

„Zwischen stören und ignorieren gibt es Abstufungen", sagte ich gekränkt. „Du tust so, als gäbe es mich nicht mehr, nur weil ich seit ein paar Tagen mein eigenes Ding mache."

Ich hörte dumpfes Gemurmel. Dann wieder Michaels Stimme. „Katja, sei mir nicht böse, ich bin gerade in einem Meeting. Kann ich mich später noch mal melden?"

„Das hast du vorgestern auch schon geschrieben", erinnerte ich ihn. Ich unterbrach die Verbindung und starrte nachdenklich vor mich hin.

Warum fehlte ich meinem Mann offenbar überhaupt nicht? Warum gab er mir nicht wenigstens hin und wieder ein Zeichen, dass er an mich dachte?

Michael fehlte mir, sobald ich ihn länger als ein paar Stunden nicht sah. Ich hatte das Bedürfnis, ihm von meinen Erlebnissen zu erzählen, seine Meinung zu den Dingen zu hören, mich unserer Verbindung zu vergewissern. Ich vermisste ihn, und ich wünschte mir, von ihm vermisst zu werden. War das wirklich so viel verlangt?

Vier

Am Nachmittag betraten Jonas und ich den Sitzungssaal der Gemeinde. Hier sollte die Anhörung stattfinden, von der ich mir den Durchbruch in dem Genehmigungsverfahren erhoffte. Ein Glück, dass wir es rechtzeitig geschafft hatten, der nächste Sitzungstermin sollte erst in zwei Wochen sein.

Kurz nach uns traf Raistenkis, der Chef des Planungsbüros, ein und begrüßte uns mit übertriebener Freundlichkeit. Er hatte ein feistes Gesicht, das vor Selbstgefälligkeit glänzte. Sein Verhalten schwankte zwischen Unterwürfigkeit und Arroganz, eine Mischung, die ich nur mit Mühe ertrug.

Die Mitglieder des achtköpfigen Gemeinderates traten ein, angeführt von einer Frau, die den Vorsitz übernahm. Keiner stellte sich vor oder richtete das Wort an uns.

Die Vorsitzende forderte mich auf zu sprechen. Ich erhob mich, stellte Jonas und mich vor, und fragte, wann über unseren Antrag entschieden werden könne. Mitten im Satz wurde ich von einem der Gemeinderäte, einem Mann mit kantigen Gesichtszügen und kühlen grauen Augen, unterbrochen.

„Sie sind offenbar nicht auf dem neuesten Stand. Wir sprechen heute nicht darüber, wann Ihr Detailplan behandelt wird, sondern ob er überhaupt genehmigungsfähig ist. Es gibt drei offizielle Einsprüche."

Entsetzt sah ich zu Raistenkis. Davon hatte er mir kein Wort gesagt!

Er hob die Hände und flüsterte etwas in unsere Richtung. „Das höre ich zum ersten Mal!", übersetzte Jonas.

„Welcher Art sind denn diese Einsprüche?", wollte ich wissen.

Der Mann, den ich bei mir schon „scharfer Hund" getauft hatte, blätterte in seinen Unterlagen. „Der erste Einspruch bezieht sich auf die optische Beeinträchtigung durch die Windräder. Hier ist eine Grafik dazu."

Er legte mir die gleiche Darstellung vor, die ich in meinen Unterlagen hatte. Ich legte sie daneben, sie waren vollkommen identisch.

„Aber wir haben alle Auflagen, Abstandsverordnungen und Höhenbegrenzungen eingehalten", widersprach ich.

Der scharfe Hund studierte die Abbildung, zeigte sie den anderen Teilnehmern, es wurde lebhaft diskutiert. Schließlich blickte er hoch und sagte widerwillig: „Wir können im Moment auch nicht genau erkennen, worauf sich der Widerspruch bezieht, aber die Baukommission hat ihn bestätigt."

Als Nächstes ging es um Schlagschatten auf angrenzenden Gebäuden. Ich wies ihm nach, dass wir um das Hundertfache unter dem Grenzwert lagen.

Das Gesicht des Mannes verzog sich. Schließlich zog er ein drittes Papier aus seinem Stapel. „Zu erwartende Gesundheitsschäden durch Infraschall-Belastung."

Ich schluckte. Das war eine neue Diskussion, die seit einiger Zeit von Windkraftgegnern angeheizt wurde. Ich wusste, dass sie keine wissenschaftliche Grundlage hatte, aber es gab noch keine belastbaren Studien dazu.

„Hierzu können wir Gutachten von Experten vorlegen", sagte ich betont selbstbewusst. „Auch dieser Einwand ist nicht haltbar."

Der Kerl schob alle Papiere auf einen Stapel. „Das muss erst überprüft werden. In jedem Fall bleibt das Votum der Baukommission wegen Überschreitung der Höhenlinie. Damit ist für uns die Sache vom Tisch."

Niedergeschmettert verließ ich den Saal, gefolgt von Jonas und Raistenkis, der mir einreden wollte, er sei ebenso überrascht worden wie ich.

Ich blieb stehen und musterte ihn kühl. „Herr Raistenkis, ich will das alles nicht hören. Wenn ich Sie brauche, melde ich mich bei Ihnen."

Damit ließ ich ihn stehen und ging mit Jonas zurück ins Hotel.

ICH RIEF Franz an und bat ihn, mir alle verfügbaren Unterlagen zuzumailen, recherchierte zusätzlich im Internet nach etwaigen neuen Erkenntnissen und stellte bis zum Abend ein zwanzigseitiges Dossier zusammen, in dem jeder

der drei Einsprüche vollständig entkräftet wurde. Dann speicherte ich die Datei auf einen USB-Stick und bat die junge Frau an der Hotelrezeption, mir das Ganze auszudrucken.

Im Restaurant traf ich, wie verabredet, auf Jonas. Ich drückte ihm den Ausdruck in die Hand und reichte ihm die Tasche mit meinem Laptop. „Bis morgen brauche ich die Übersetzung. Ich lasse Ihnen was zu essen aufs Zimmer schicken."

„Kein Problem." Sein Lächeln wirkte etwas gequält, als er den Laptop entgegennahm und den Gastraum verließ.

Aufatmend setzte ich mich an einen Ecktisch. Bei einem attraktiven jungen Typen bestellte ich Weißwein, Mineralwasser und Pasta mit Tomaten, Oliven und scharfer Wurst. Jonas ließ ich dasselbe auf sein Zimmer bringen.

Nachdem ich gegessen hatte, begann ich, mir Notizen zu machen. Seit der Sitzung am Morgen beschäftigte mich ein Gedanke, den ich nicht wirklich zu fassen bekam. Es ging um die Einsprüche. Irgendetwas daran hatte mich stutzig gemacht, aber ich kam nicht darauf, was es war.

Während ich darüber nachgrübelte, kam ein breitschultriger Mann mit nach hinten gekämmtem, grau meliertem Haar und Schnauzbart an meinen Tisch und bat auf Deutsch darum, sich setzen zu dürfen. Überrascht stimmte ich zu.

Er reichte mir die Hand und stellte sich vor. „Mein Name ist Straus, ich bin Eigentümer, Herausgeber und Chefredakteur des *Küstenboten*, der größten Tageszeitung dieser Region. Ich habe erfahren, dass Sie hier sind, um einen Windpark zu errichten. Das ist natürlich ein Thema für einen Zeitungsmann!" Er lächelte gewinnend.

„Natürlich, ich erzähle Ihnen sehr gern von unserem Projekt", sagte ich, ebenfalls lächelnd. „Vielleicht kann das helfen, die eine oder andere Sorge in der Bevölkerung zu zerstreuen. Möchten Sie was trinken?" Ich winkte dem Kellner.

Straus bestellte ein Bier und für mich noch einen Wein. Dann holte er einen kleinen Block aus seiner Jackentasche und zückte einen Kugelschreiber. „Wie ist Ihre Firma darauf gekommen, ausgerechnet in Litauen zu investieren?"

Ich erzählte ihm, was ich von Franz darüber wusste, und hob die historische Verbindung zwischen Deutschland und Litauen hervor. „Heute ist Litauen ein aufstrebendes Land mit großen Möglichkeiten", schloss ich, „und wir wollen gern dazu beitragen, diese positive Entwicklung im Energiesektor zu unterstützen."

„Natürlich nicht ohne Profitinteressen“, sagte er.

Ich lächelte. „Natürlich nicht. Aber viel wichtiger ist doch, dass wir Arbeitsplätze schaffen und dazu beitragen, die Abhängigkeit vom Atomstrom zu verkleinern.“

„Da haben Sie völlig recht.“ Straus schrieb, ich wartete.

„Sie sprachen vorhin von Sorgen in der Bevölkerung, was meinen Sie damit?“

Ich erklärte, dass es fast überall, wo Windkraftanlagen gebaut werden sollten, Proteste von Anwohnern gebe. „Es kommt darauf an, diese Einwände ernst zu nehmen, aber auch die notwendigen Fakten zu vermitteln, um den Menschen die Ängste zu nehmen.“

„Und wie wollen Sie das hier erreichen?“

„Wir werden ein Hearing durchführen. Eine Veranstaltung, in der alle Einwände und Argumente auf den Tisch kommen. Ich verspreche, wir werden den Menschen hier Rede und Antwort stehen!“

Straus nickte wohlwollend und steckte Block und Stift ein. „Na, dann viel Glück. Übrigens schaltet unsere Zeitung auch Anzeigen, falls Ihre Firma interessiert ist.“ Er schob mir eine Visitenkarte zu, dann holte er eine Kamera aus der Tasche. „Kann ich ein Foto machen?“

Ich setzte mich in Positur und er machte mehrere Aufnahmen.

„Wann erscheint denn das Interview?“, fragte ich neugierig.

„Ich denke, übermorgen.“ Straus winkte dem Kellner, bezahlte und wandte sich zum Gehen.

„Eine Frage hätte ich noch“, hielt ich ihn auf, „wie kommt ein Deutscher dazu, hier eine litauische Zeitung herauszugeben?“

„Meine Familie stammt aus der Nähe von Klaipeda, dem früheren Memel. Ich bin in der DDR groß geworden. Vor zehn Jahren bin ich dann hierhergezogen.“

„Einfach so?“, fragte ich verwundert.

„Der Mensch braucht Wurzeln, und meine sind eben hier“, erklärte er und verabschiedete sich.

Zufrieden sah ich ihm nach. Das war ja super gelaufen! Ich würde Franz um einen Sonderzuschlag für gelungene PR-Arbeit anhauen.

MITTEN IN DER NACHT fuhr ich im Bett hoch und war schlagartig wach. Plötzlich wusste ich, was mit dem ersten Einspruch nicht stimmen konnte. Zumindest hatte ich einen Verdacht. Es war eine Formulierung des scharfen Hundes gewesen, die mich stutzig gemacht hatte. *Wegen Überschreitung der Höhenlinie.* Diese Überschreitung konnte man auch mit den böswilligsten

Absichten aus der Darstellung, die wir bei der Sitzung gesehen hatten, nicht herauslesen. Es musste also einen anderen Grund geben, warum die Baukommission dem Einspruch gefolgt war.

Gleich am nächsten Morgen fragte ich Jonas nach dem Mann, der die Einwände gegen unser Projekt vorgebracht hatte.

„Bajoras", sagte er. „Sitzt im Bauausschuss."

„Können Sie einen Termin mit ihm vereinbaren?"

„Wir sollen sofort kommen", sagte Jonas nach dem Telefonat. „Nachher muss er in eine Sitzung."

Ich ließ mein Frühstück stehen und stürmte nach oben, um die notwendigen Papiere zu holen. Eine Viertelstunde später saßen wir einem äußerst schlecht gelaunten Bajoras in seinem Büro gegenüber.

„Was wollen Sie denn noch?", blaffte er. „Wir haben Ihnen doch gestern klar gesagt, dass Ihr Projekt gescheitert ist."

Ich lächelte ihn freundlich an. „Mir ist da ein Gedanke gekommen", sagte ich. „Dürfte ich Sie bitten, mir einmal die grafische Darstellung zu zeigen, die der Baukommission zur Beurteilung der optischen Wirkung der Windräder vorlag?"

„Die haben Sie doch gestern auf der Sitzung gesehen."

„Nein, die meine ich nicht. Das war die Darstellung, die dem Gemeinderat vorlag. Ich würde gern die andere sehen."

Missmutig stand er auf und ging zum Regal, wo er einen Aktenordner herauszog. Er warf ihn auf den Schreibtisch, setzte sich wieder hin und blätterte. Schließlich zog er ein zusammengefaltetes Blatt aus einer Klarsichthülle und legte es vor mich hin. Ich holte meine Kopie hervor und legte sie daneben. Triumphierend blickte ich Bajoras an.

„Das ist doch nicht möglich", murmelte der und hielt sich erst die eine, dann die andere Zeichnung näher an die Augen. Es bestand kein Zweifel. Die Windräder auf der Zeichnung, die der Baukommission vorgelegen hatte, waren deutlich höher als die auf dem anderen Blatt.

„Würden Sie mir zustimmen, dass hier eine betrügerische Manipulation vorgenommen wurde, mit dem Ziel, eine Ablehnung des Projektes zu erreichen?", fragte ich unverändert freundlich.

„Das muss erst überprüft werden", wich er aus.

„Können wir davon ausgehen, dass unser Antrag unter diesen Umständen erneut behandelt wird?"

„Auch das ist zu klären."

Mit Blick auf Jonas sagte ich: „Sie sehen, dass wir einen Zeugen für diesen Vorgang haben. Ich verlasse mich also darauf, dass ab jetzt alles korrekt abläuft." Ich stand auf. „Ach, da fällt mir was ein. Könnte ich vielleicht eine Kopie der zweiten Zeichnung haben?"

„Tut mir leid", sagte er, „das ist in unserem Etat nicht vorgesehen."

Darauf war ich vorbereitet. Mit einer schnellen Bewegung zog ich meine Digitalkamera aus der Manteltasche und machte ein Foto, auf dem beide Zeichnungen nebeneinander zu sehen waren.

„Hat sich erledigt. Auf Wiedersehen, Herr Bajoras."

Wir hatten eben angefangen zu essen, als die Melodie von Bibi Blocksberg ertönte. Sehnsüchtig sah ich auf meine Kartoffelknödel, dann riss ich mein Handy aus der Tasche. „Hallo?", sagte ich mit vollem Mund.

Meine Mutter war am Telefon. „Hallo Schätzchen, was ich dir sagen wollte, mein Flug nach Sanaa geht am Montag."

„Montag?", sagte ich mit überschnappender Stimme. „Aber das ist ja schon übermorgen! Wie soll ich denn so schnell jemanden finden?"

„Das weiß ich auch nicht, aber ich habe dir gesagt, dass ich nicht viel Zeit habe."

„Dass es nur ein paar Tage sind, hast du nicht gesagt!", sagte ich ärgerlich.

„Dann haben wir uns wohl missverstanden. Nun kann ich es leider nicht mehr ändern."

Das war typisch für meine Mutter! Immer nur die eigenen Pläne im Kopf. Mit äußerster Beherrschung sagte ich: „Ist Michael da?"

„Nein, der ist noch im Büro, zum Mittagessen wollte er aber kommen."

„Dann richte ihm bitte aus, wenn er mich bis drei Uhr heute Nachmittag nicht angerufen hat, reiche ich die Scheidung ein!" Ich drückte auf Rot und knallte das Handy auf den Tisch.

„Probleme?", fragte Jonas zaghaft.

Ich vergrub mein Gesicht in den Händen. „Jonas, versprechen Sie mir eines", sagte ich dumpf. „Nehmen Sie nie wieder das Wort Problem in den Mund, ja?"

Jonas nickte eifrig. „Kein Problem!"

Eine Minute vor drei klingelte mein Handy. „Hallo Katja, was gibt's denn so Dringendes?"

„Nichts. Außer, dass deine Schwiegermutter übermorgen abreist und deine Frau gerade im Begriff ist, dich zu verlassen."

Nach einer deutlichen Pause sagte er: „Ja, das mit deiner Mutter weiß ich schon. Lass uns mal überlegen, wie wir das ab Montag machen."

„Mal überlegen?", wiederholte ich höhnisch. „Da gibt es nichts zu überlegen. Du musst Urlaub nehmen, ist doch klar!"

„So einfach ist das nicht", widersprach er. „Ich muss am Dienstag für drei Tage nach Venedig, und in einer Woche ist Redaktionsschluss."

„Weißt du was?", sagte ich ganz ruhig. „Das ist jetzt einfach mal dein Problem. Dir wird schon was einfallen."

„Du bist unfair", beschwerte er sich. „Nur weil du Stress in deinem Job hast, kannst du nicht alles einfach auf mich abwälzen."

Ich presste die Lippen zusammen. „Darf ich dich daran erinnern, dass du die letzten zwölf Jahre alles auf mich abgewälzt hast? Einmal, ein einziges Mal bitte ich dich um deine Unterstützung, und dann lässt du mich so im Stich?" Wütend drückte ich den Aus-Knopf.

Zehn Sekunden später klingelte es wieder. „Und wieso willst du mich verlassen?"

Vor Empörung brachte ich kein Wort heraus. Ich schaltete das Handy aus und warf es wütend in meine Tasche. Das war doch nicht möglich! Ich war mit einem Mann verheiratet, der sich jeder Verantwortung entzog, keine Gefühle zeigte und unter einer Ehe offenbar die reibungslose Abwicklung seines Alltags und jederzeit verfügbaren Sex verstand. So konnte es einfach nicht weitergehen!

Aber zuerst musste ich mein Betreuungsproblem lösen. Ich schrieb E-Mails an alle Au-pair-Agenturen, die ich kannte, und suchte nach Babysitter- und Leihoma-Angeboten im Raum München. Irgendetwas davon musste einfach klappen.

DER KÜSTENBOTE lag, wie jeden Morgen, neben anderen regionalen und überregionalen Zeitungen im Frühstücksraum unseres Hotels aus. Gespannt griff ich nach einem Exemplar und blätterte, bis ich mein Foto entdeckte.

„Hier!", sagte ich und reichte Jonas die Zeitung. „Können Sie das übersetzen?"

Er überflog den Text, dann sah er mich an. „Sind Sie sicher, dass Sie das hören wollen?"

„Natürlich bin ich sicher!"

Er senkte den Blick wieder auf die Zeitung. „Also, hier ist die Rede von einem weiteren Westunternehmen, das in die Region gekommen ist, um auf Kosten der Bevölkerung Profit zu machen … Dann steht da, Sie seien zwar eine sympathische Person, aber leider hätten Sie offenbar nicht die nötige Sensibilität für die berechtigten Ängste der Anwohner vor den Belastungen durch die Windkraftanlagen … Sie stellten sich vor, die Einwände, die von möglichen Gesundheitsschäden bis zum Wertverlust von Grundstücken reichten, in einer einzigen Fragestunde aus der Welt zu schaffen …"

„Hören Sie auf!", rief ich bestürzt.

„Was haben Sie denn dem Mann erzählt?", fragte Jonas.

„Na, das jedenfalls nicht", sagte ich, riss Straus' Visitenkarte heraus und wählte seine Nummer.

„Wie kommen Sie dazu, mich derartig in die Pfanne zu hauen?", rief ich aufgebracht in den Hörer. „Dieser Mist hat nichts, aber auch gar nichts mit dem zu tun, was ich im Gespräch mit Ihnen gesagt habe!"

Straus blieb ganz ruhig. „Haben Sie eine Tonbandaufnahme? Wenn nicht, dürfte es schwierig sein zu beweisen, was Sie gesagt haben."

Ich schnappte nach Luft.

„Hören Sie", sagte Straus, „ich habe nichts gegen Sie und nichts gegen Ihr Projekt. Ich bin nur mit meiner Berichterstattung, sagen wir … den Menschen hier in der Region verpflichtet."

„Ich dachte, Journalisten seien der Wahrheit verpflichtet."

„Manchmal gibt es eben mehrere Wahrheiten …"

„… und dann entscheidet, wer die größere Anzeige geschaltet hat?", fiel ich ihm ins Wort.

„Jetzt machen Sie es sich ein bisschen einfach", wehrte er ab. „Wissen Sie was, Frau Moser? Ich mache Ihnen einen Vorschlag. Warum kommen Sie nicht heute Abend zu meiner Frau und mir zum Essen, und wir sprechen ganz in Ruhe über die Angelegenheit? Ich bin sicher, danach verstehen Sie besser, wie die Dinge hier laufen."

„Also gut", sagte ich zähneknirschend. „Wann?"

„Zwanzig Uhr? Sie dürfen gern Ihren Mitarbeiter mitbringen."

„Danke, sehr freundlich." Ich beendete das Gespräch.

Ich sorgte dafür, dass wir uns bei Straus verspäteten. Dieser Großkotz sollte bloß nicht denken, dass ich nach seiner Pfeife tanzte. Es war fast Viertel nach acht, als Jonas vor einem größeren Einfamilienhaus parkte. Ich drückte auf die Klingel neben dem Gartentor, das nur angelehnt war.

Straus kam uns mit ausgebreiteten Armen entgegen, als wären wir seine besten Freunde. „Guten Abend und herzlich willkommen!"

Neben ihm stand eine deutlich jüngere Frau, an deren Rockschößen zwei kleine Jungen hingen. Sie war stark geschminkt und trug ein eng anliegendes Kleid. Sie begrüßte uns auf Deutsch, sprach aber mit deutlichem Akzent.

„Das ist meine Frau Natalja, und diese zwei Rabauken hier sind Georg und Paul", stellte Straus mit sichtlichem Stolz seine Familie vor.

Wir betraten das Wohnzimmer, und Straus bat uns, auf der Sofagarnitur Platz zu nehmen. Eine Tür wurde geöffnet, und ein junges Mädchen mit einem Tablett voller Gläser und einer Kristallkaraffe trat ein.

„Meine Tochter Sofia", sagte er.

Das Mädchen stellte das Tablett ab und gab uns die Hand, bevor sie den Sherry eingoss. Sie hatte klare Gesichtszüge und einen ruhigen, offenen Blick. Ihre Bewegungen waren anmutig und konzentriert. Sie lächelte uns kurz zu und verließ den Raum. Ich bemerkte, dass Jonas ihr nachblickte.

„Sofia stammt aus meiner ersten Ehe", erklärte Straus. „Sie kam mit mir hierher, nachdem meine erste Frau uns verlassen hatte. Leider versteht sie sich nicht so gut mit Natalja, nicht wahr, Liebes?" Er tätschelte seiner Frau das Knie, die das Gesicht verzog wie ein verwöhntes Kind.

Als wir ins Esszimmer gingen, tauchte Sofia wieder auf. Sie servierte die Vorspeise, schenkte Getränke ein, und erst, als alle versorgt waren, setzte sie sich dazu. Als Natalja um etwas bat, sprang sie wieder auf. Dann quengelte einer der Jungen. Wieder war es Sofia, die ihr Essen unterbrach, um ihm Ketchup zu bringen.

Ich musste an das Märchen vom Aschenputtel denken. Das Mädchen wurde von ihrer Familie behandelt wie eine Dienstbotin.

Als sie endlich saß, sprach ich sie an. „Gehst du noch zur Schule, Sofia?"

„Nein, ich warte auf einen Studienplatz. Nächstes Jahr kann ich anfangen."

„Was willst du studieren?"

„Psychologie. Am liebsten Kinderpsychologie. Ich liebe Kinder, wissen Sie!" Sie strahlte. Und tatsächlich klebten die kleinen Jungen häufiger an ihr als an der Mutter. Sicher war das auch ein Grund für Nataljas unfreundliches Verhalten, sie war einfach eifersüchtig.

Wieder beobachtete ich, wie Jonas Sofia mit den Blicken folgte. „Gefällt sie Ihnen?", flüsterte ich. Erschrocken sah er mich an.

BEIM HAUPTGANG erläuterte mir Straus das Geschäftsmodell seiner Zeitung. Als er anfing, hatte er nur eine Verlagslizenz und musste zunächst Geld auftreiben. So suchte er Sponsoren, die sein Zeitungsprojekt unterstützten. Anfangs war der Deal, dass er als Gegenleistung kostenlose Anzeigen schaltete. Sehr schnell aber erwarteten seine Geldgeber, dass auch die redaktionelle Berichterstattung ihren Vorstellungen entsprach. So war eine Zeitung entstanden, in der jeder über sich lesen konnte, was er wollte – vorausgesetzt, er zahlte dafür.

„Ist das nicht eine ziemlich eigenwillige Auffassung von Journalismus?", sagte ich angriffslustig.

„Nennen wir es nicht Journalismus, sondern Dienstleistung", sagte Straus unbekümmert. „Ich bin eben Kommunikationsdienstleister."

„Und in wessen Interesse haben Sie dann diesen unsäglichen Artikel über unser Windkraftprojekt verfasst?"

Er schien kein bisschen beleidigt über meine Kritik. „Nun, es gibt Kräfte in der Gegend, die kein Interesse an solchen Projekten haben. Besonders dann nicht, wenn sie von ausländischen Investoren kommen. Und diese Kräfte sind durchaus … potent, um es mal so auszudrücken."

Ich muss wohl ziemlich verwirrt ausgesehen haben, denn Straus sagte im Ton eines verständnisvollen Vaters: „Ich erkläre es Ihnen. Wir haben hier jede Menge Windkraftgegner. Und dann gibt es Leute, die sehen es grundsätzlich nicht gern, wenn ausländische Firmen hier irgendwas aufbauen, weil sie das Geschäft lieber selber machen wollen. Sie, liebe Frau Moser, befinden sich also in einem edlen Wettstreit mit anderen Interessenten …"

„… dessen Ausgang durch unterstützende Berichterstattung im *Küstenboten* entscheidend beeinflusst werden könnte, richtig?"

Er nickte zufrieden. Endlich hatte ich verstanden.

Natalja stand auf. „Ich muss Kinder zu Bett bringen, entschuldigen bitte."

„Das kann doch Sofia machen!", rief Straus, aber Natalja war schon an der Tür. „Wollen von Mama in Bett gebracht werden", sagte sie spitz.

Sofia war offenbar in der Küche beschäftigt, ich hörte das Klappern von Geschirr. Jonas stand auf. „Entschuldigen Sie, wo ist die Toilette?"

Straus zeigte ihm den Weg.

„Es ist ein Kreuz mit den Weibern", seufzte er, als Jonas draußen war. „Natalja und Sofia sind wie Hund und Katz. Lange geht das hier nicht mehr gut. Sofia bräuchte dringend einen Job, am besten im sozialen Bereich, das würde dann schon als Praktikum für ihr Studium gelten. Aber hier in der Gegend gibt es keine Stellen."

Nach einer Weile kehrte Jonas zurück. Ich hätte gern gewusst, ob er die Gelegenheit genutzt hatte, mit Sofia zu reden.

Einen Moment später kam auch sie wieder zu uns. Ich lächelte sie an, sie lächelte zurück. In diesem Moment hatte ich eine Eingebung.

„Sag mal, Sofia", sagte ich. „Könntest du dir vorstellen, einen Job in Deutschland anzunehmen?"

BEREITS am übernächsten Tag flog ich mit Sofia nach München. Sie konnte gar nicht schnell genug von ihrer Familie wegkommen. Und Straus war offensichtlich froh, dass der Krisenherd in seinem Haus entschärft war.

Die Einzige, die sich noch wundern würde, war Natalja. Ihr Aschenputtel war weg, nun müsste sie sich selbst die Finger schmutzig machen.

Eigentlich hätten wir rechtzeitig in München landen müssen, um meine Mutter noch zu sehen, aber unser Flug war fast eine Stunde verspätet, und so war sie bereits auf dem Weg nach Sanaa.

Michael und die Kinder erwarteten uns. Wie sie da standen, der auf eine nachlässige Art gut aussehende Michael in seiner Lederjacke und meine zwei hübschen blonden Kinder, spürte ich kindischen Stolz in mir aufsteigen. Meine Familie! Ich konnte es kaum erwarten, sie an mich zu drücken. Sogar mein Zorn auf Michael war verschwunden. Bereitwillig hatte ich meine alte Rolle angenommen und würde Sofia einarbeiten, während er in Venedig war. Jonas würde solange die Stellung in Litauen halten.

„Hallo, ihr Süßen!“, sagte ich und drückte die Kinder an mich. Mit einem Kuss auf die Wange begrüßte ich meinen Mann, dann drehte ich mich zu Sofia um. „Das sind Michael, Svenja und Pablo. Und das ist Sofia.“

Sie begrüßte alle mit einem Lächeln und einem festen Händedruck, und wenn ich mich nicht irrte, verliebte sich Pablo bereits in sie.

Könnte es möglich sein, dass wir diesmal Glück hatten? Dass sich in diesem Augenblick die Verwandlung von Aschenputtel in Mary Poppins vollzog?

Als hätte er meine Gedanken gelesen, zitierte Michael seinen unvermeidlichen Goethe: „Prüfungen erwarte bis zuletzt.“

Sofia betrat unser Haus, und es war fast so, als wäre sie immer schon hier gewesen. Innerhalb von zehn Minuten packte sie ihre Sachen aus, wenig später lag sie neben Pablo auf dem Wohnzimmersofa und las ihm etwas vor.

Ich war hingerissen.

Dann öffnete ich die Tür zum Arbeitszimmer – und wurde fast vom Schlag getroffen. Die Wände des bislang nüchtern weißen Raumes waren in einem kräftigen Orange gestrichen, und meine Pinnwand mit Hunderten von Zetteln war – leer. Bis auf einen. Darauf stand: *Du brauchst mich nicht mehr!*

„Gefällt’s dir?“, erklang Svenjas Stimme hinter mir. „Oma wollte dir eine Freude machen.“

Ich war sprachlos. Dann nahm Pablo mich bei der Hand und zog mich in sein Zimmer. „Schau mal!“, sagte er stolz. Seine Längswand war von oben bis unten mit furchterregenden Monstern bemalt.

„Das sind Urchse“, erklärte Pablo und zeigte auf die grünen Figuren mit den Stacheln.

„Schön“, presste ich hervor.

„Und jetzt musst du bei mir schauen!", bettelte Svenja. Ihr Zimmer war komplett in Pink gestrichen und mit Plakaten von Sängern, Models und Filmstars zugeklebt.

„Oma sagt, wir sollen unsere Umgebung frei gestalten, das sei gut für unsere Entwicklung", erklärte Svenja.

„Und warum glaubt Oma, sie dürfe *meine* Umgebung frei gestalten?", fragte ich.

Pablo legte den Kopf schief. „Oma meint, du sollst aufhören, so perfekt sein zu wollen. Man kann das Leben nicht auf Zetteln festhalten."

„So. Meint Oma." Ich lächelte gequält und versuchte, mir meine Empörung nicht anmerken zu lassen. Meiner Mutter würde ich was erzählen!

ALS SIE gelandet sein musste, rief ich sie an. Zu meiner Überraschung war der Handyempfang im Jemen einwandfrei. Sie meldete sich mit: *„Salam aleikum!"*

„Mutter, ich bin's. Wo sind meine Zettel?"

„Ich habe sie weggeworfen. Ich kann dir aber sagen, was draufstand. Zweiundzwanzigmal Steuerberater, vierzehnmal Zahnarzt oder Kieferorthopäde, ein paarmal Geburtstagsgeschenk und Den-und-den-Anrufen. Meinst du nicht, das kannst du dir auch so merken?"

„Ich kann vielleicht, aber ich will nicht!", rief ich hysterisch. „Diese Zettel sind wichtig für mich! Und du hast absolut kein Recht, so in meine Privatsphäre einzugreifen. Und noch was: Ich hasse Orange!" Damit unterbrach ich die Verbindung. Sollte sie ruhig ein schlechtes Gewissen haben.

MICHAEL und ich saßen uns in unserem Lieblingsthailänder gegenüber. Es war unser einziger gemeinsamer Abend, am nächsten Tag würde er nach Venedig fahren. Er blickte mich an, unsicher, was ihn erwartete. Bei unserem letzten Gespräch hatte ich ihm immerhin die Scheidung angedroht. Aber jetzt war alles anders. Jetzt war Sofia da. Ich war plötzlich wieder ganz milde gestimmt.

„Und?", fragte ich lächelnd. „Wie findest du sie?"

„Zum Niederknien. Wo hast du dieses Goldstück aufgetrieben?"

„Im hintersten Winkel von Litauen, unter höchst seltsamen Umständen."

Ich erzählte ihm von meiner Bekanntschaft mit Straus, der Einladung zum Essen, Sofias familiären Verhältnissen. „Das war Fügung", schloss ich.

Zu meiner Überraschung erkundigte sich Michael eingehend nach den Fortschritten meiner Arbeit und wirkte ehrlich interessiert an dem, was ich erzählte. Wir bestellten und erhoben lächelnd unsere Gläser.

„Auf die effizienteste Ehefrau der Welt."

„Und auf den eigensinnigsten Ehemann der Welt."

Wir stießen an und tranken. Als ich mein Glas abgestellt hatte, sah ich auf und hörte mich sagen: „Ist das, was zwischen uns ist, eigentlich noch … Liebe?"

Überrascht sah er mich an. „Wie kommst du darauf?"

„Es fühlt sich so … nüchtern an", sagte ich. „So nach ‚Ist doch alles in Ordnung'. Du bist zwar eigensinnig, aber ich bin ja effizient, klappt doch alles, die Kinder haben Mama und Papa, und das war's."

„Das ist nicht gerade wenig, oder?"

„Mir ist es zu wenig", sagte ich.

Die Hummerkrabbensuppe kam. Wir löffelten schweigend, und ich spürte plötzlich, dass wir auf einem schmalen Grat balancierten und dass es an mir lag, ob wir heil auf der anderen Seite ankamen oder in den Fluss mit den Krokodilen stürzten. Warum lag eigentlich immer alles an mir?

Aus den Augenwinkeln beobachtete ich Michael. War er eigentlich noch der Mann, in den ich mich verliebt hatte? Damals war ich überzeugt gewesen, noch nie jemanden so gewollt zu haben wie ihn. Er hatte alles verkörpert, was in meinem Leben bis dahin gefehlt hatte: Spontaneität, Abenteuerlust, Inspiration. Warum also war ich jetzt so enttäuscht von ihm?

Vielleicht ging es gar nicht darum, ob er noch der war, den ich so unbedingt gewollt hatte. Vielleicht müsste ich mich fragen, ob das, was ich mir heute von ihm wünschte, noch dasselbe war wie damals. Möglicherweise hatte gar nicht er sich verändert, sondern meine Erwartungen waren andere geworden.

Als hätte er meine Gedanken gelesen, blickte Michael mich eindringlich an. „Was ist eigentlich los mit dir, Katja? Was willst du von mir?"

„Was ich will?" Ich atmete tief aus und ließ mir Zeit mit der Antwort. „Ich will, dass die Kinder und ich eine Hauptrolle für dich spielen und nicht nur die Begleitmusik sind. Du gibst mir ständig das Gefühl, ich hätte dir ein Leben aufgezwungen, das du gar nicht willst. Dass du viel lieber frei und ungebunden wärst, ohne Verantwortung, ohne Einschränkungen. Dann fühle ich mich schuldig und versuche, alles so zu organisieren, dass du möglichst wenige Einschränkungen hast. Und dann werde ich wütend, weil es schließlich auch deine Kinder sind und auch ich einen Beruf habe."

Er hörte aufmerksam zu, sagte aber nichts. Ich hatte Angst, dass jetzt alles ins Rutschen käme, dass wir uns immer mehr in Richtung Krokodile bewegten, aber ich konnte auch nicht mehr aufhören.

„Und ich will wieder etwas spüren", sagte ich heftig. „Ich weiß, dass du mein Mann bist, aber ich spüre es nicht. Ich glaube, dass ich dich noch begehre, aber ich spüre es nicht. Du bist so weit weg, und alle Gefühle sind verschüttet unter meiner Wut."

Michael rührte in den Resten seiner Suppe. „Ich gebe mir wirklich Mühe, aber ich bin nun mal, wie ich bin. Ich kann nicht plötzlich ein anderer sein."

„Gibst du dir nur Mühe, oder fühlst du noch was?", fragte ich und merkte, wie mir Tränen in die Augen stiegen. „Manchmal glaube ich, du hast dich innerlich schon verabschiedet und wartest nur noch darauf, dass die Kinder groß genug für die Trennung sind."

Erschrocken sah er mich an. „Wie kommst du bloß auf so einen Gedanken? Nur, weil ich mir ein Stück eigenes Leben gestatte, das sich nicht um euch dreht, will ich euch doch nicht verlassen! Es sollte in einer Beziehung etwas zwischen Trennung und Symbiose geben, findest du nicht?"

„Du glaubst also, ich will die Symbiose?" Ich lachte bitter auf. „Davon sind wir wirklich weit entfernt!"

„Du verlangst Unmögliches von mir!", sagte er, und es klang ehrlich verzweifelt. „Ich soll der sexy Typ sein, den du begehren kannst, und der gute Kumpel zum Reden, gleichzeitig ein toller Vater, der den halben Haushalt schmeißt, und dann soll ich noch ordentlich Geld nach Hause bringen. Ist das nicht ein bisschen viel auf einmal?"

Schlagartig kehrte mein Kampfgeist zurück. „Das ist doch genau das, was du auch von mir verlangst!"

Während der Hauptgang serviert wurde, mussten wir das Gespräch unterbrechen, aber kaum hatte der Kellner sich entfernt, sagte Michael: „Kann sein, dass *du* das von dir verlangst – ich verlange es nicht. Ich versuche, dich so zu akzeptieren, wie du bist. Und du bist auch nicht immer einfach!"

„Was soll das denn heißen?", sagte ich angriffslustig.

Er seufzte. „Bitte, Katja, lass uns aufhören. Ich hatte mich auf einen netten Abend mit dir gefreut. Und jetzt sind wir mitten in einer idiotischen Grundsatzdiskussion!"

Eine Weile stocherte ich schweigend in meinem Entencurry herum. Dann gab ich mir einen Ruck. „Tut mir leid. Dann lassen wir uns ab jetzt einfach gegenseitig, wie wir sind. So haben es meine Eltern zwanzig Jahre miteinander ausgehalten, obwohl jeder den anderen unmöglich fand."

Er lächelte erleichtert. „Na bitte, dann haben wir ja noch eine Chance!"

Ich versuchte, ebenfalls zu lächeln. Aber es blieb eine Bitterkeit in mir, die ich nicht überwinden konnte.

ICH GING mit Sofia das gleiche Programm durch wie mit Olga.

Aufstehen, Frühstück, Schulbrote. Wann müssen die Kinder das Haus verlassen, wann kommen sie heim, was gibt es zum Mittagessen, was abends.

Sie hörte aufmerksam zu und machte sich Notizen in ein Heft, auf das sie in Schönschrift *Familie Moser* geschrieben hatte.

Auch ihr erklärte ich die Sache mit den Trauben, und zu meiner Überraschung sagte sie lächelnd: „Das verstehe ich total! Ich habe meinen Brüdern auch immer gesagt, sie sollen die Beeren nicht einzeln abrupfen!"

Ha! Ich hatte eine Verbündete gefunden! In Sofias Augen war ich sicher keine durchgeknallte Mittelschichtstussi mit Kontrollzwang, sondern eine liebevolle und aufmerksame Mutter, die das Beste für ihre Familie will.

ICH ERSTATTETE Franz Bericht über meine erste Woche in Litauen. Eigentlich war ich der Meinung, ich hätte eine Menge Lob für das verdient, was ich bisher erreicht hatte. Von den erlittenen Strapazen durch Schneestürme und tückische Litauer ganz abgesehen.

Stattdessen wedelte Franz, als ich sein Büro betrat, mit einem Computerausdruck und fragte vorwurfsvoll: „Kannst du mir das bitte mal erklären?"

Ich erkannte, dass es sich um Straus' Artikel im *Küstenboten* handelte.

„Seit wann kannst du Litauisch?", fragte ich, aber er deutete nur stumm auf ein zweites Blatt mit der Übersetzung.

„Der Kerl hat mich reingelegt", sagte ich. „Aber inzwischen bin ich mit den journalistischen Gepflogenheiten dieser Zeitung vertraut, und ich garantiere dir, die weitere Berichterstattung wird ganz anders aussehen."

„So, und was macht dich da so sicher?"

„Erstens habe ich die Tochter dieses Herrn bei mir als Haushaltshilfe und Kindermädchen angestellt. Er ist mir also verpflichtet. Und zweitens ist diese Zeitung, der *Küstenbote*, das größte und einflussreichste Presseorgan in der Gegend, aber leider ist dieser Straus nicht nur Inhaber, Herausgeber und Chefredakteur in Personalunion, sondern außerdem ein korrupter Hund, dem es nur um Geld geht. Im Klartext: Er lässt sich für Artikel bezahlen. Dann steht allerdings auch drin, was drinstehen soll."

„Und?"

„Hast du nicht neulich davon gesprochen, dass man ein bisschen großzügig sein muss, wenn man was erreichen will?"

Franz fixierte mich. „Und hast du mir nicht erklärt, wie enttäuscht du von mir bist, weil du mich für einen Idealisten gehalten hast?"

„Und du mich für eine Realistin", gab ich zurück. „Du hattest Recht. Eine Woche in Litauen hat mich eines Besseren belehrt."

Ein zufriedenes Lächeln breitete sich auf Franz' Gesicht aus. „Na bitte, geht doch!"

Ich verdrehte die Augen. „Also, wie viel Geld kann ich Straus für die nächsten Artikel anbieten?"

Franz überlegte. „Wie sind denn die Preise?"

Ich zog eine Liste aus meiner Mappe. „Genau weiß ich es nicht, aber ich denke, wir können uns an den Anzeigenpreisen orientieren. Die liegen zwischen zwei- und fünftausend Euro pro Anzeige, je nach Größe."

„Und wieso schalten wir dann nicht gleich eine Anzeige?"

„Weil redaktionelle Werbung viel wirkungsvoller ist. Wenn die Leute in einem Artikel lesen, wie toll diese deutsche Firma ist, die diesen großartigen Windpark plant, glauben sie es doch viel eher, als wenn sie Werbung lesen."

Franz nickte. „Wo du Recht hast, hast du Recht." Er griff in seine Schreibtischschublade und holte eine Geldkassette hervor. Mit einem kleinen Schlüssel aus seiner Brieftasche öffnete er sie und zählte zehntausend Euro vor mir auf den Tisch. Ich starrte ihn entgeistert an. „So viel?"

„Ich erwarte natürlich, dass du es gewinnbringend anlegst. Du musst ja nicht alles diesem Straus in den Rachen werfen. Wenn du noch den einen oder anderen Bürokraten damit schmieren kannst, soll es mir recht sein."

Ich verdrängte das Gefühl, mich in einem schlechten Gangsterfilm zu befinden, und strich das Geld ein. „Dass du dafür keine Quittungen kriegst, ist dir klar?", fragte ich.

Er lachte. „Meinst du, ich mache das zum ersten Mal?" Wir tauschten einen verständnisinnigen Blick. Wenigstens hingen wir jetzt beide drin in der Geschichte.

Fünf

Zum zweiten Mal befand ich mich auf dem Weg nach Litauen. Diesmal flog ich von Riga weiter nach Palanga, einem kleinen Flughafen an der Küste, eine knappe Stunde von Gargzdai entfernt. In meiner Handtasche war der Umschlag mit dem vielen Geld, was mich ausgesprochen nervös machte.

Jonas erwartete mich mit jeder Menge schlechter Nachrichten.

Bajoras verzögerte die Entscheidung darüber, ob unser Antrag in der kommenden Sitzung noch einmal auf die Tagesordnung kommen würde. Der Termin war nächste Woche, wenn dann nicht darüber entschieden wurde, gäbe es eine Verschiebung um weitere zwei Wochen. In der Zwischenzeit müssten wir aber weiterarbeiten, als hätten wir bereits eine Genehmigung, sonst würden wir zu viel Zeit verlieren. Wenn wir Pech hätten, wäre am Ende alles umsonst.

Dazu kam, dass der Widerstand der Windkraftgegner wuchs. Es hatte neue Beschwerden und Eingaben gegeben, und Jonas wusste noch nicht, ob sie eine aufschiebende Wirkung haben würden.

„Und dann sind zwei von den Grundstücksverkäufern abgesprungen", berichtete er. „Angeblich bieten wir nicht genug Geld."

„War's das jetzt mit den Hiobsbotschaften?", stöhnte ich.

Er grinste. „Wie man's nimmt. Ihre Ankündigung mit dem Hearing ist auf großes Interesse gestoßen. Wenn Sie glaubwürdig bleiben wollen, müssen Sie das bald durchziehen."

„Nichts anderes habe ich vor", sagte ich. „Ich glaube nicht, dass es irgendeinen Einwand gibt, den ich nicht entkräften kann. Können Sie sich um einen geeigneten Raum dafür kümmern?"

Jonas lächelte. „Kein Problem."

„Ich soll Ihnen Grüße von Sofia ausrichten." Das war geschwindelt, aber ich wollte seine Reaktion sehen.

Er blieb völlig cool. „Danke, sehr freundlich."

Ich lächelte ihn auffordernd an. „Sie haben mir noch nicht verraten, ob sie Ihnen gefällt."

„Sie ist ein sehr nettes Mädchen", sagte er.

Wir brachten meine Sachen ins Hotel und machten uns anschließend auf den Weg zu einem der fraglichen Grundstückseigentümer. Sie hatten bereits Vorverträge zu äußerst fairen Bedingungen bekommen. Ich fragte mich, warum plötzlich zwei von ihnen ihre Meinung geändert hatten.

Wir fuhren auf einen kleinen, verwahrlosten Hof am Rand von Gargzdai. Überall stand Gerümpel herum, ein paar Hühner pickten im Schnee. Ein kleiner alter Mann mit schlechten Zähnen öffnete die Tür.

Jonas sprach auf den Mann ein, der uns misstrauisch beäugte. Schließlich öffnete er und machte uns ein Zeichen, ihm zu folgen.

Wir betraten einen Wohnraum, der kaum diese Bezeichnung verdiente. Das Mobiliar war alt, alles wirkte schäbig. Ich setzte mich auf die Kante eines Sessels, aus dem die Sprungfedern herausragten. Mühsam brachte ich ein Lächeln zustande. „Vielen Dank, dass Sie sich Zeit für uns nehmen. Es ist immer besser zu sprechen, wenn es Unklarheiten gibt, nicht wahr?"

Der Mann nickte. „Ja, ja", sagte er unwillig.

„Fragen Sie ihn, warum er abspringen will", bat ich Jonas.

„Habe ich ihn schon gefragt. Er sagt, wir bieten nicht genug Geld."

„Sagen Sie ihm, das ist Quatsch, und das weiß er auch."

Der alte Mann fing an zu gestikulieren, dann stand er auf, holte ein Blatt Papier und einen Bleistift und begann, Zahlen aufzuschreiben. Dieses Papier hielt er dann Jonas hin. Der versuchte, das Gekritzel zu entziffern.

„Er meint, dreizehntausend Litas für ein Hektar Land sei viel zu wenig. Angeblich hat ihm jemand das Dreifache geboten."

Ich schoss von meiner Sesselkante hoch. „Das ist doch absurd! Wir reden hier von Ackerland. Da kann er nicht den Preis für Bauland verlangen!"

Während Jonas einen längeren Wortwechsel mit dem Bauern hatte, blickte ich mich um und kam zu dem Ergebnis, dass der Mann dringend Geld brauchte. Wir hatten ihm 80 000 Litas für knapp zwei Hektar Land geboten. Das waren rund 27 000 Euro. Ein solches Geschäft konnte er ohne triftigen Grund nicht ausschlagen.

Jonas sah wieder zu mir. „Ich komme nicht dahinter. Irgendetwas an seinem Verhalten ist merkwürdig, denn offenbar will er verkaufen."

Mir kam ein Gedanke. „Fragen Sie ihn, ob er mit irgendjemandem über das Geschäft gesprochen hat!"

Jonas stellte die Frage, und im Gesicht des Mannes zuckte es. „Nein", sagte er, und das war offensichtlich gelogen.

„Der Mann hat Angst", stellte ich fest. „Kann es sein, dass er bedroht wird?"

Jonas nickte. „Das wäre eine Erklärung. Was sollen wir jetzt tun?"

Statt einer Antwort stand ich auf, ging ein paar Schritte und nahm ein gerahmtes Familienfoto von einer Kommode. Darauf war der Mann mit seiner Frau und drei erwachsenen Töchtern zu sehen.

„Ist das Ihre Familie?", fragte ich freundlich. Er nickte. „Hübsche Töchter", sagte ich. „Was machen sie?"

Die eine lebte im Ort und erwartete ihr erstes Kind, die andere machte eine Ausbildung als Krankenschwester, die dritte studierte.

„Glauben Sie, Ihrer Familie wäre es recht, wenn Sie so viel Geld ablehnen würden?", fragte ich. „Überlegen Sie mal, was Sie mit achtzigtausend Litas anfangen könnten! Sie könnten eine komplette Ausstattung für Ihr Enkelkind kaufen. Das Studium Ihrer Tochter wäre finanziert."

Jonas starrte mich überrascht an. Dann übersetzte er folgsam. Der Mann schlug die Hände vors Gesicht und begann, lautlos zu weinen. Jonas und ich wechselten einen Blick, das hatte ich nun auch nicht gewollt.

Als er sich beruhigt hatte, sagte ich: „Wenn wir Ihnen helfen sollen, müssen Sie uns die Wahrheit sagen. Jemand hat Sie bedroht, nicht wahr?"

Er nickte kaum wahrnehmbar. Dann stand er auf und zog eine Schublade der Kommode auf. Aus dem hintersten Winkel holte er ein zusammengeknülltes Stück Papier, das er Jonas reichte. Der faltete es auseinander, strich es glatt und las. „Jemand bedroht ihn und seine Familie für den Fall, dass er uns Land verkauft“, sagte er und schaute mich an. Ich streckte die Hand aus. „Frag ihn, ob ich das haben kann.“

Der Mann nickte ergeben, und ich steckte das Papier ein. „Sag ihm, wir werden uns darum kümmern, er soll sich keine Sorgen machen.“

Der Mann nahm meine Hand und murmelte Dankesworte. Er brachte uns zur Tür, und ich war heilfroh, als ich wieder draußen stand.

„Ich glaube nicht, dass wir den zweiten Grundstückseigentümer noch aufsuchen müssen“, sagte ich. „Der Fall ist klar. Da übt jemand Druck aus. Die Frage ist nur wer?“

SEIT ich den Drohbrief kannte, wusste ich, dass wir ernst zu nehmende Gegner hatten. Es war also wichtig, die Bevölkerung auf unsere Seite zu bringen. Wir setzten die Ankündigung unseres Hearings ins Internet, verteilten Flyer in der Gemeinde und beschlossen, eine Anzeige im *Küstenboten* zu schalten. Ich nutzte die Gelegenheit für ein bisschen telefonische Beziehungspflege mit dem Chefredakteur.

„Wie geht's Ihnen, Herr Straus, was gibt's Neues in der Welt?“

„Jetzt machen Sie also Ihr Hearing“, gab er zurück. „Da darf man gespannt sein.“

Dass der Kerl immer schon alles wusste! „Gut informiert“, lobte ich. „Deshalb rufe ich auch an. Wir würden gern eine Ankündigung im *Küstenboten* bringen.“

„In welcher Größe?“

„Wie wär's mit einer Viertelseite?“, schlug ich vor.

„Das geht unter“, sagte er wegwerfend. „Das sieht kein Mensch. Eine halbe Seite sollte schon sein.“

Dieser Gauner. Das bedeutete einen Preisunterschied von hundert Prozent.

„Na gut“, sagte ich. „Demnächst würde ich übrigens gern mal in Ruhe mit Ihnen sprechen, über eine größere Geschichte. Sie verstehen, was ich meine. Vielleicht bei einem Gläschen Wein?“

„Immer gern“, sagte Straus. „Wie läuft's mit Sofia? Sind Sie zufrieden?“

„Zufrieden ist gar kein Ausdruck“, schwärmte ich. „Dieses Mädchen ist ein Geschenk des Himmels! Ich kann Ihnen nicht sagen, wie dankbar ich Ihnen bin!“

„Schon gut. Das habe ich für Sofia getan. Und für den Hausfrieden.“

Scheinheilig fragte ich: „Wie geht es denn Ihrer reizenden Frau?“

„Sie ist ein bisschen … angestrengt. Sofia hat ihr doch mehr abgenommen, als ihr bewusst war. Aber da muss sie jetzt durch.“

Eine halbe Stunde vor Beginn des Hearings betrat ich den Gemeindesaal. Ich hatte Jonas gebeten, eine Leinwand und einen Beamer zu besorgen und sich um die Bestuhlung zu kümmern. Er hatte alles perfekt erledigt.

Kurz bevor es losgehen sollte, fiel mir auf, dass ich ein wichtiges Dokument in meinem Zimmer vergessen hatte. Ich gab Jonas Bescheid und lief zurück ins Hotel. Unterwegs, an einer engen Stelle, kam mir ein Mann entgegen. Ich konnte sein Gesicht nicht sehen, er hatte seine Mütze tief in die Stirn gezogen und seinen Schal über den Mund. Ich versuchte, an ihm vorbei zu kommen, aber er versperrte mir absichtlich den Weg.

Ich machte einen schnellen Schritt zur Seite und versuchte, mich zwischen ihm und der Hauswand durchzuzwängen. Er verlagerte nur sein Gewicht, und ich war eingeklemmt.

„He!", rief ich empört.

„Go away", hörte ich seine flüsternde Stimme neben mir. Gehen Sie weg. Dann ging er schnell fort.

Verwirrt ging ich weiter. Was hatte er gemeint? Dass ich ihm aus dem Weg gehen sollte? Oder dass ich von hier weggehen sollte? Wollte der Mann mich bedrohen, oder war er einfach nur ein ungehobelter Kerl?

Als ich in den Gemeindesaal zurückkehrte, war er voller Menschen. Die Stimmung war angespannt, ich blickte in finstere Gesichter.

In der ersten Reihe saß Straus. Natürlich, das wollte er sich nicht entgehen lassen. Lächelnd ging ich auf ihn zu und begrüßte ihn.

„Keine Angst", sagte er. „Bevor die Meute Sie lyncht, stehe ich Ihnen bei."

„Ich habe keine Angst", sagte ich. In diesem Moment sah ich Bajoras, der in der zweiten Reihe saß und mich süffisant anlächelte. Auch ihm streckte ich die Hand hin, die er widerwillig nahm, und begrüßte ihn auf Englisch.

Dann sah ich mich nach Jonas um. Er stand in einer Ecke, umlagert von Leuten. Als er mich entdeckte, entschuldigte er sich und kam zu mir.

„Wir sollten anfangen", sagte er.

„Okay." Ich atmete tief durch. „Haben wir die Teilnehmerliste?"

Ich hatte ihn gebeten, am Eingang darauf zu achten, dass sich alle mit Namen und Adresse eintrugen. Er nickte und zeigte auf ein Klemmbrett, das er unter dem Arm trug.

Gemeinsam betraten wir die Bühne. Dann begann ich. „Guten Abend, meine Damen und Herren!" Ich lächelte. „Vielen Dank, dass Sie unserer Einladung so zahlreich gefolgt sind! Mein Name ist Katja Moser, ich vertrete die Firma Sunwind aus München. Danke, dass Sie uns Gelegenheit geben, Ihnen unser geplantes Windkraftprojekt vorzustellen! Bestimmt haben Sie eine Menge Fragen an mich, und Sie sollen selbstverständlich Gelegenheit bekommen, sie zu stellen. Vorher würde ich Ihnen aber gerne einen kleinen Einblick in unsere Tätigkeit geben."

Ich bediente den Beamer und spielte einen Film ab, in dem die Vorteile der Windkraft im Vergleich mit anderen Stromerzeugungsarten erklärt wurden. Franz hatte für den heutigen Abend extra eine Fassung mit litauischen Untertiteln anfertigen lassen.

Als der Film zu Ende war, kamen kaum Reaktionen, von unwilligem Murmeln da und dort abgesehen. Ich erzählte, wie viele Anlagen wir planten und in welchem Gebiet. Nun regte sich erster Protest.

„Ich würde so ein Rad direkt vor der Nase haben!", rief ein junger Mann in einer dicken Daunenjacke. „Die verschandeln doch die ganze Gegend!"

„Würden Sie denn lieber auf ein Kohle- oder Atomkraftwerk blicken?", gab ich zurück, bekam aber keine Antwort.

Bevor der nächste Einwand kam, legte ich eine weitere Grafik auf – die, bei der jemand die Höhe der Masten bewusst nach oben manipuliert hatte.

„Jetzt sprechen wir mal über die Höhe der Masten. Was Sie hier sehen, ist eine Fälschung, mit der versucht wurde, die Baukommission zu beeinflussen. Und was Sie hier sehen", ich legte das Original auf, bei dem die Mastenhöhe dramatisch zurücksprang, „ist die wirkliche Höhe der Masten."

Von Bajoras traf mich ein finsterer Blick. Das Murmeln schwoll an. Ich ging davon aus, dass die Verantwortlichen für diese Manipulation im Raum waren. Freundlich lächelnd wartete ich ab, bis es wieder ruhiger wurde.

„Selbstverständlich hat die Baukommission sich von dem Manöver nicht täuschen lassen", sagte ich mit einem Seitenblick auf Bajoras. „Deshalb erwarten wir, dass dieser Einspruch zurückgewiesen wird. So, und nun freue ich mich, Ihnen Rede und Antwort zu stehen. Ich bitte um Ihre Fragen."

Sofort begannen alle durcheinanderzurufen. Jonas sah mich hilfesuchend an.

„Übersetz einfach, was du als Erstes hörst!", forderte ich ihn auf.

Ein alter Mann mit verwittertem Gesicht rief: „Ich wohne neben einem Windrad, seither kommen die Bienen nicht mehr auf mein Grundstück!"

„Das höre ich zum ersten Mal", sagte ich, „aber ich werde gerne klären, ob es Erkenntnisse darüber gibt."

Eine ältere Frau meldete sich und fragte, ob man von den Schwingungen Schlafstörungen bekommen könne. Ich versuchte, mir Gehör zu verschaffen, was schwierig war. Immer wieder wurde ich unterbrochen, als ich der Frau erklärte, dass es keinerlei Hinweise auf einen solchen Zusammenhang gebe. Das Gleiche konnte ich über die Gefahr von Gesundheitsschäden durch Infraschall sagen.

„Gibt es dazu denn schon Langzeitstudien?“, wollte ein gut gekleideter Herr mit strengem Scheitel wissen.

„Solange es Windkraft gibt, konnte in dieser Richtung nichts festgestellt werden“, erklärte ich.

„Was ist mit dem Naturschutz?“, meldete sich eine junge Frau im weißen Mantel. „In dieser Gegend leben geschützte Tierarten.“

„All diese Faktoren werden selbstverständlich berücksichtigt“, beruhigte ich sie. „Es gibt ein ausführliches Gutachten zu allen Fragen des Umwelt- und Naturschutzes in dieser Zone. Das können Sie jederzeit einsehen.“

Ein junger Kerl im Anzug meldete sich. Er erkundigte sich, ob die Anlagen überhaupt rentabel seien. Ich sagte freundlich: „Selbstverständlich haben wir ausführliche Messungen vornehmen lassen, um die Effizienz der von uns geplanten Anlagen zu belegen.“

„Haben Sie aktuelle Zahlen?“, fragte er nach.

Ich suchte in meinen Unterlagen. Dann fiel mir ein, dass die Messungen seit Beginn des Genehmigungsverfahrens zwar weitergelaufen, die Daten aber nicht mehr übermittelt worden waren.

„Kann ich Ihnen gern nachreichen. Sprechen Sie mich später an.“

Ein Mann stand auf und rief aufgebracht: „Der Wert meines Grundstücks sinkt um zwei Drittel, wenn in der Nachbarschaft Windräder gebaut werden! Zahlen Sie mir vielleicht eine Entschädigung?“

Jetzt ging es richtig los. Beim Thema Geld kamen alle in Fahrt.

„Du bist doch nur sauer, weil du kein Land zu verkaufen hast!“, schrie einer.

„Und du bist ein Heuchler!“, schrie ein anderer. „Du machst ein gutes Geschäft und musst die Räder nicht sehen, du wohnst ja in der Stadt.“

Nun standen alle, schrien sich gegenseitig an und bedrohten sich mit geballter Faust und erhobenen Händen. Als ich sah, wie einer einen Stuhl packte und ausholte, schrie ich: „Schluss! Lassen Sie uns bitte sachlich bleiben. Dieser Streit führt zu nichts! Wir wollen Ihnen doch nicht schaden, sondern nützen. Denken Sie doch mal an das Wohl Ihrer Gemeinde! Wir sind gern bereit, uns in weitergehender Form zu engagieren. Wir könnten zum Beispiel einen Spielplatz bauen oder die Schule mit Computern ausstatten. Vielleicht gibt es soziale Projekte, die wir unterstützen könnten.“

Die Leute diskutierten lebhaft und warfen mir wütende Blicke zu. Die junge Frau im weißen Mantel stand auf. „Wir wollen kein Geld von Ihnen. Und wir wollen auch keine Windräder!“ Beifall brandete auf.

Mist, dachte ich, die Nummer geht den Bach runter.

Nun meldete sich Straus zu Wort. Er hob zunächst hervor, wie kompetent ich die Fragen beantwortet hätte und wie ernst ich die Sorgen und Ängste der Menschen nähme. Er wies darauf hin, wie viele Arbeitsplätze durch den Bau der Windräder, des Umspannwerkes und der Zufahrtswege zu erwarten seien. Und dass er falsche Erwartungen in Bezug auf das Projekt einer gewissen Firma Baudema dämpfen wolle, das längst nicht so professionell geplant sei wie dieses. Hier spielte er offenbar auf die geheimnisvolle Konkurrenz an, die er mir gegenüber schon erwähnt hatte.

Ich konnte es kaum glauben – Straus machte sich zu meinem PR-Manager! Etwas Besseres konnte mir nicht passieren.

Die Leute schienen nachdenklich geworden zu sein. Ich schenkte Straus mein bezauberndstes Lächeln und ergriff noch einmal das Wort. „Ich danke Ihnen für Ihr Interesse und Ihre offenen Worte. Ich verspreche Ihnen, dass ich mich weiter Ihren Fragen stellen werde. Hier sind meine Kontaktdaten, Sie können sich jederzeit bei mir melden."

Ich projizierte meine Sunwind-Handynummer und die E-Mail-Adresse an die Wand. „Auf Wiedersehen, und kommen Sie gut nach Hause."

Langsam löste sich die Versammlung auf. Straus brummte mir beim Rausgehen zu: „Das war für Sofia. Alles Weitere kostet!"

Als endlich alle weg waren, ließ ich mich auf einen Stuhl fallen und holte tief Luft. „Was denken Sie?", fragte ich Jonas.

„Sie haben sich sehr gut geschlagen", sagte er, „aber die Widerstände sind groß. Die Frage ist, was passiert, wenn die Gemeinde das Projekt genehmigt, aber die Widerstände bleiben. Ich weiß nicht, ob man ein Projekt dieser Größenordnung gegen den Willen der Bevölkerung durchziehen kann."

Wir packten Beamer und Leinwand ins Auto und fuhren die kurze Strecke zum Hotel. Die Rezeptionistin reichte mir einen zusammengefalteten Zettel. „Das ist für Sie abgegeben worden."

Ich faltete den Zettel auf. *Go away,* las ich. Schnell steckte ich ihn in meine Tasche.

„Gute Nacht", sagte ich zu Jonas. „Und vielen Dank für Ihre Unterstützung!"

In meinem Zimmer suchte ich den Drohbrief, den der alte Mann bekommen hatte, und legte ihn neben den Zettel. Die Schrift war identisch.

Am nächsten Morgen wurde ich wach und hatte das Gefühl, etwas fehle. Ich überlegte, was es sein könnte. Dann wurde mir klar, dass ich seit drei Tagen keinen Anruf und keine SMS von meiner Familie erhalten hatte. Sicher, keine Nachrichten sind gute Nachrichten – aber vermisste mich denn niemand?

Seit ich so weit weg war von zu Hause, spürte ich die Distanz zwischen Michael und mir umso stärker. Dabei hätte ich ihn gerade jetzt so sehr gebraucht. Ich wollte ihm erzählen, wie schwierig meine Aufgabe hier war. Ich sehnte mich nach seinem Zuspruch und seinem Trost. Aber er merkte es einfach nicht. In seinen Augen war ich die Starke, die immer alles schaffte. Wie oft hatte er zu mir gesagt: „Du brauchst doch gar niemanden!" Was für ein Irrtum!

Es war Samstag, also waren die Kinder nicht in der Schule. Jetzt war es noch ein bisschen früh, aber etwas später könnte ich zu Hause anrufen.

Während ich die Treppe hinunterging, überlegte ich, ob ich Jonas von der Begegnung mit dem Mann und der *Go away*-Botschaft erzählen sollte. Ich wusste selbst noch nicht recht, was ich von der Sache halten sollte, deshalb beschloss ich, es erst einmal für mich zu behalten.

Beim Frühstück bat ich ihn um die Liste mit den Teilnehmern des gestrigen Abends. „Sind Sie sicher, dass alle sich eingetragen haben?", fragte ich.

„Nicht hundertprozentig. Ich konnte nicht die ganze Zeit am Eingang stehen, deshalb ist es möglich, dass der eine oder andere durchgerutscht ist."

Ich steckte das Papier ein. Als ich wieder in meinem Zimmer war, verglich ich die Einträge mit der Schrift, in der sowohl der Drohbrief als auch der Zettel geschrieben waren. Keine der Unterschriften wies Ähnlichkeit mit der Schrift des Drohbriefschreibers auf. Das konnte bedeuten, dass er nicht auf der Versammlung gewesen war. Es konnte aber auch bedeuten, dass er da gewesen war, sich aber nicht eingetragen hatte.

Mir fiel auf, dass ein Name fehlte: der von Bajoras. Angenommen, er wäre der vermummte Mann gewesen, dann hätte er als einer der Letzten den Gemeindesaal betreten, und Jonas hätte nicht bemerkt, dass er sich nicht in die Liste eintrug. Wenn also die Schrift auf dem Brief und dem Zettel die von Bajoras war, könnte er unser Mann sein.

War das möglich? Ein Baugemeinderat, der Drohbriefchen verschickt und Frauen erschreckt? Ich konnte es mir kaum vorstellen.

Ich wählte die Nummer von zu Hause. Anrufbeantworter. Dann rief ich Michael auf dem Handy an. Ich hörte Stimmen im Hintergrund. „Wo bist du?", fragte ich.

„Im Haus der Kunst, bei der Ai-Weiwei-Ausstellung."

„Mit den Kindern?", fragte ich überrascht.

„Nein", sagte er. „Die Kinder sind mit Sofia beim Rodeln am Brauneck."

„Du lässt sie so weite Fahrten mit dem Auto machen?", fragte ich erschrocken.

„Warum denn nicht? Sie fährt hervorragend."

Offenbar gab es nichts, was Sofia nicht hervorragend konnte. Allmählich wurde sie mir unheimlich. „Eigentlich hat sie am Wochenende frei."

„Sie hat es aber von sich aus angeboten", verteidigte sich Michael.

Ich hatte das Gefühl, dass alle sich ein schönes Leben machten, während ich hier herumsaß und vor Sehnsucht fast verging.

„Ruft ihr mich nachher mal an?" Ich hörte selbst, wie jammrig meine Stimme klang.

Michael schien es nicht zu bemerken. „Bei mir wird's heute spät. Aber versuch es doch gegen Abend zu Hause, da sind die Kinder sicher zurück."

„Ja, ja", sagte ich matt. Ich wollte ihm noch etwas Liebevolles sagen, etwas, was ihm zeigte, wie sehr er mir fehlte. Stattdessen murmelte ich nur: „Vermisst du mich eigentlich?"

„Natürlich vermisse ich dich!", rief er fröhlich. Keine Frage nach dem Fortgang des Projektes oder danach, wie ich ein weiteres einsames Wochenende im litauischen Exil zu verbringen gedachte.

„Du könntest mich wenigstens fragen, wie es mir geht!", blaffte ich.

„Hast du mich denn gefragt?"

Stimmt, ich hatte ihn auch nicht gefragt. Aber er schien das auch nicht so zu brauchen wie ich. „Dir geht es doch sowieso immer gut", sagte ich gekränkt. „Je weiter ich weg bin, desto besser."

Ohne Abschiedsgruß legte ich auf. Niemand brauchte mich. Niemand vermisste mich. Wofür, zum Teufel, hatte ich eigentlich eine Familie?

UM IRGENDWAS Sinnvolles zu tun, fuhren wir zu dem Mann, der seit zwei Jahren die Windmessungen durchführte. Ich wollte die aktuellen Zahlen von ihm. Raistenkis hatte sich offenbar seit Monaten dort nicht blicken lassen, obwohl die Überprüfung der Messungen zu seinen Aufgaben gehörte.

Die Fahrt dauerte eine knappe halbe Stunde. Die Schneedecke, die über der Landschaft lag, war ebenso schmutzig grau wie der Himmel.

Das Anwesen, zu dem wir unterwegs waren, erwies sich als riesig. Die Vorschrift verlangte Messungen in 40, 65 und 80 Meter Höhe, entsprechend hoch waren die Masten. Den Bauern störten sie nicht, er hatte in den letzten Jahren gutes Geld für den Auftrag eingestrichen.

Als wir auf den Hof einbogen, war er dabei, seinen Traktor zu reparieren. Er kroch unter dem Fahrzeug hervor, wischte die Hände an seinem Arbeitsanzug ab und blickte uns fragend an. Ich hatte unseren Besuch bewusst nicht angekündigt. Jetzt stellte ich uns vor und erklärte, dass wir die Dokumentation der Messergebnisse aus den letzten sechs Monaten einsehen wollten.

Er blickte uns überrascht an. „Aus den letzten sechs Monaten? Die sind … äh … noch nicht fertig dokumentiert."

Ich war alarmiert. Prüfend musterte ich ihn. „Wollen Sie damit etwa sagen, dass Sie die Messergebnisse nicht regelmäßig kontrolliert haben?"

Aus dem Bauern war nichts Vernünftiges herauszubringen. Auch Jonas schaffte es nicht. Ich hatte den Verdacht, dass der Mann weiter das Geld eingestrichen, aber keine Messungen mehr durchgeführt hatte.

„Das wird ein Nachspiel haben!", sagte ich drohend zu ihm. Mit einem letzten, finsteren Blick stieg ich ins Auto, und wir verließen den Hof.

„Wenn diese Effizienzdiskussion losgeht, haben wir ein Problem", sagte ich. „Der Typ gestern machte nicht den Eindruck, als würde er lockerlassen. Mit Zahlen aus dem vorletzten Jahr lässt der sich nicht abspeisen."

Ich nahm mein Handy und rief unseren Planungschef an. „Herr Raistenkis, waren Sie in den letzten Wochen mal bei diesem Bauern, der die Windmessungen durchführt?"

„Ich glaube nicht."

„Sie glauben nicht? Könnten Sie das bitte überprüfen?"

„Ich bin gerade nicht in meinem Büro", sagte er. „Es ist Samstag."

„Ich weiß, dass Samstag ist", sagte ich betont freundlich. „Aber wir waren gerade dort, und ich habe den dringenden Verdacht, dass der Mann seit Monaten keine Messungen mehr durchgeführt hat. Bitte klären Sie die Sache auf." Ich beendete das Gespräch und seufzte. „Sagen Sie, Jonas, warum habe ich das Gefühl, dass alles, was wir hier tun, völlig sinnlos ist?"

„Keine Ahnung", sagte er. „Ich finde, es läuft super."

Ich verzog das Gesicht. „Für litauische Verhältnisse vielleicht."

ENDLICH konnte ich zu Hause anrufen. Es klingelte dreimal, dann meldete sich Pablo. „Hier bei Familie Moser, wer ist dran?"

„Hallo, mein Großer!", rief ich überschwänglich. „Wie geht's dir?"

„Ich hab keine Zeit, Mama, ich backe gerade Kuchen. Ich geb dir Svenja."

Svenja kam an den Apparat. „Hallo Mama, wir waren heute beim Rodeln, und jetzt backen wir! Sofia hat uns alles gezeigt!"

„Ist ja toll, meine Süße", sagte ich lahm. Schon wieder fühlte ich mich so verdammt … ausgeschlossen. Wie oft war ich eigentlich mit den Kindern beim Rodeln gewesen? Und warum hatte ich noch nie einen Kuchen mit ihnen gebacken? Ich wurde eifersüchtig, wenn ich mir vorstellte, was Sofia alles mit ihnen unternahm.

Es war einfach idiotisch. Endlich hatte ich die Mary Poppins, von der ich geträumt hatte, und trotzdem war ich unglücklich.

„Gibst du mir mal Sofia?“, bat ich Svenja.

„Ja, hallo?“

„Hallo Sofia“, sagte ich betont herzlich. „Wie geht es bei euch? Die Kinder haben ja kaum Zeit, mit mir zu reden, so beschäftigt sind sie.“ Ich bemühte mich um ein Lachen.

„Alles läuft super, danke. Die Kinder sind sehr lieb.“

„So ist das, kaum ist die Mutter aus dem Haus, folgen die Kinder“, sagte ich scherzhaft. „Übrigens habe ich deinen Vater getroffen. Er lässt dich grüßen!“

„Danke.“ Ihrer Stimme war keine Regung anzumerken.

„Natalja vermisst dich.“

„Kann ich mir nicht vorstellen.“

Ich lachte. „Kleiner Scherz. Sie merkt jetzt, wie viel du ihr geholfen hast. Plötzlich muss sie alles selbst machen. Scheint ihr nicht so zu gefallen.“

Sofia ging nicht darauf ein, sie verhielt sich wirklich musterhaft.

„Also dann“, sagte ich munter. „Macht's weiter gut!“

Ich ließ mich aufs Bett zurücksinken und tat mir leid. Warum hockte ich allein in diesem Scheiß-Litauen, während zu Hause alle Spaß hatten? Hier lief ja doch nur alles schief. Vermutlich würde ich in ein paar Monaten feststellen, dass mein Einsatz umsonst gewesen war und ich wertvolle Lebenszeit verschwendet hatte. Inzwischen hätte Sofia mir die Kinder entfremdet, und meine Ehe wäre am Ende.

Unruhig sprang ich vom Bett auf und lief im Zimmer hin und her. Ich musste irgendwas tun. Schließlich setzte ich mich wieder, nahm meinen Laptop auf den Schoß und schrieb eine Mail an Michael.

Betreff: Liste der Ereignisse, bei denen du nicht dabei warst:

- als wir uns kennen lernten
- als wir unsere Kinder zeugten
- als sie zur Welt kamen
- an Pablos erstem Schultag
- bei Svenjas erster Ballettaufführung
- bei Pablos wichtigstem Fußballturnier
- an meinem ersten Arbeitstag nach acht Jahren Pause
- als mein Vater im Krankenhaus lag
- eigentlich immer, wenn ich dich gebraucht hätte

Und wenn ich sage nicht dabei, dann meine ich: Auch wenn du physisch anwesend warst – in Gedanken warst du anderswo.

Michael, wo bist du?

Katja

Sechs

Gleich am Montag früh überfielen wir Bajoras in seinem Büro, um herauszufinden, ob er etwas mit den Drohbriefen zu tun hatte. Obwohl ich inzwischen wusste, dass er ziemlich gut Englisch sprach, hatte ich zur Verstärkung Jonas mitgenommen.

„Es wird nicht lange dauern“, versicherte ich Bajoras. „Ich will nur von Ihnen wissen, warum Sie die Entscheidung über die Zulassung unseres Detailplans immer weiter verzögern.“

Er redete sich heraus, behauptete, es gebe einfach zu viele Anträge.

Während er sprach, ließ ich meinen Blick über seinen Schreibtisch wandern, auf der Suche nach etwas Handschriftlichem. Überall lagen nur Computerausdrucke, Broschüren und Bücher. Kein noch so winziges Zettelchen mit einer handschriftlichen Notiz. Plötzlich blieb mein Blick an einer Mappe mit der Aufschrift BAUDEMA hängen. Wo war mir der Name schon mal untergekommen? Richtig, beim Hearing. Baudema war der Name des Mitbewerbers, mit dem wir offenbar um die Genehmigung konkurrierten.

Bajoras erhob sich. „Ich muss jetzt los.“

„Warten Sie“, bat ich und überlegte fieberhaft. „Ich … ähm … mir entfällt immer der Name des Vorsitzenden des regionalen Umweltausschusses. Wären Sie so nett und würden ihn mir aufschreiben? Und vielleicht auch seine Telefonnummer?“

Er griff nach einem Stift, fand aber kein Papier. Offensichtlich war er ein Mensch, der völlig ohne Notizen auskam. Schnell schob ich ihm die Rückseite einer meiner Visitenkarten hin. Er notierte den Namen Alfonsas Rinkimai und eine Durchwahl.

„Danke“, sagte ich und steckte das Kärtchen ein.

ZURÜCK IM HOTEL verglich ich Bajoras Handschrift mit der des Drohbriefschreibers. Ich kam zu dem Schluss, dass Bajoras weder den Drohbrief noch den *Go away*-Gruß an mich geschrieben hatte. Das bedeutete aber nicht, dass er nicht der Mann gewesen war, der sich mir in den Weg gestellt hatte.

Ich rief den allwissenden Chef des *Küstenboten* an. „Herr Straus, ich brauche ein paar Informationen.“

„Sie kennen meine Geschäftsbedingungen.“

„Ich verspreche Ihnen, wir machen eine große Geschichte zusammen.

Aber vorher müssen Sie mir helfen. Und wer weiß, vielleicht zahlt sich das ja auch auf andere Weise für Sie aus."

„Was soll das heißen?"

„Ich bin da einer Sache auf der Spur", behauptete ich. „Wenn ich Recht behalte, ist das eine Superstory."

„Schießen Sie los."

Ich nahm Stift und Papier zur Hand. „Was wissen Sie über die Firma Baudema? Auf der Website habe ich nichts über ein Windkraftprojekt hier in der Gegend gefunden. Können Sie mir was darüber sagen?"

Straus lachte schnaubend. „Das wird auf jeden Fall teuer!"

„Wie teuer?"

Er schien zu überlegen. „Zehntausend."

Ich schluckte. Zweitausend hatte mich schon die Ankündigung gekostet, ich hatte nur noch acht. Und die würde ich garantiert nicht Straus in den Rachen werfen.

Mir wurde heiß, in meinen Ohren rauschte es. Ich fühlte, dass ich dabei war, eine große Dummheit zu begehen. Aber mein Jagdfieber war geweckt, ich konnte nicht zurück. Irgendeine Lösung würde sich schon finden.

„Okay", sagte ich mit rauer Stimme. „Aber ich brauche die Informationen gleich."

„Nur gegen Vorkasse."

„Herr Straus", sagte ich in ärgerlichem Tonfall, „ich habe doch nicht zehntausend Euro hier rumliegen. Es wird ein paar Tage dauern, bis ich das Geld habe. Sie wissen doch, dass Sie mir vertrauen können!"

Tatsächlich konnte er sich wohl nicht vorstellen, dass ich ihn übers Ohr hauen würde. „Also gut", sagte er schließlich. Dann senkte er die Stimme. „Sie haben nichts über das Projekt der Baudema gefunden, weil das Betrüger sind! Die versprechen Wahnsinnsrenditen und schicken regelrechte Drückerkolonnen durch die Gegend, um den Leuten Anteile aufzuschwatzen. Sie gehen davon aus, dass jemand, der Anteile an einem Projekt hat, nicht dagegen protestieren wird."

Ich sog die Luft ein. Das war eine wirklich clevere Strategie. Aber dass ausgerechnet der korrupte Straus sich darüber moralisch entrüstete, entbehrte in meinen Augen nicht einer gewissen Komik.

„Und … wie weit sind die mit ihrer technischen Planung?", fragte ich.

„Längst nicht so weit wie Sie. Ich würde nicht mal ausschließen, dass das Ganze 'ne Luftnummer ist und die Jungs nur das Geld kassieren und dann abhauen."

Ich brauchte einen Moment, um diese Nachricht zu verdauen. „Das ist ja der Hammer“, sagte ich.

„Kann man wohl sagen. Ich sammle nur noch mehr Beweise, dann lasse ich die Bombe hochgehen.“

„Dann sind Sie also doch ein richtiger Journalist“, bemerkte ich süffisant.

„Ich erzähl Ihnen gern mal bei Gelegenheit was über meine Erfahrungen mit dem Journalismus.“ Seine Stimme klang bitter.

„Vielleicht kann ich Ihnen den Zünder für Ihre Bombe besorgen“, sagte ich nach kurzem Nachdenken. „Mir schwant da nämlich etwas. Wenn ich Recht habe, wird man die Explosion bis Vilnius hören.“

„Ach ja?“ Offenbar hatte ich seine Neugier geweckt.

„Ähm … wird’s denn dann billiger für mich?“

„Darüber reden wir noch“, brummte er.

„Gut“, sagte ich munter. „Sehen Sie irgendeine Chance, an die Namen der Anteilseigner zu kommen?“

Er überlegte, dann murmelte er: „Mal sehen.“

Ich wartete im Hotelrestaurant auf Straus und war nervös. Er hatte wieder angerufen. „Ich hab was für Sie“, hatte er mir knapp mitgeteilt. „Wann können wir uns treffen?“ In meiner Tasche befanden sich fünftausend Euro.

Es lief nicht gut für uns. Der Widerstand der Windkraftgegner hielt unvermindert an. Der Typ, der sich nach der Effizienz der Anlagen erkundigt hatte, bombardierte mich mit E-Mails. Um wenigstens ihn ruhigzustellen, hatte ich vor zwei Tagen Raistenkis aufgesucht. Ich war absichtlich ohne Jonas gekommen. Raistenkis war ein Gockel, er spielte sich gern vor anderen Männern auf. Sein Englisch war gewöhnungsbedürftig, aber es reichte aus.

„Ich habe Sie bei unserem Hearing vermisst, Herr Raistenkis. Sie sind von hier, Sie vertreten unser Projekt – wer, wenn nicht Sie, soll mit den Leuten reden?“

Er winkte ab. „Sie müssen wissen, Katja, die Leute hier schätzen mich nicht besonders. Sie sind missgünstig.“

„Kann es sein, dass die Einstellung der Menschen zu Ihnen mit gewissen Grundstücksgeschäften zu tun hat?“, fragte ich.

Er hob abwehrend die Hände. „Ich sage Ihnen, was passiert ist. Im Zuge der Privatisierung haben viele Leute Land vom Staat bekommen. Ich habe einigen von ihnen Land abgekauft. Dann sind die Preise gestiegen. Ich habe das Land wieder verkauft, zu einem deutlich höheren Preis. Und nun sind die Leute wütend und sagen, ich hätte sie betrogen. Die haben den Kapitalismus nicht verstanden!“

„Der ist ja manchmal auch schwer zu verstehen“, murmelte ich. „So, und nun sagen Sie mir bitte, was Sie bezüglich der Windmessungen herausgefunden haben.“

Er zog mehrere Papiere hervor und breitete sie wichtigtuerisch vor mir aus. Ich blätterte die Seiten durch, es war die lückenlose Dokumentation der Messergebnisse aus den letzten sechs Monaten. Ich verglich die Zahlen mit denen, die ich kannte, und betrachtete die Verläufe. Dann blickte ich auf.

„Gute Arbeit, Raistenkis. Wie haben Sie es geschafft, dem Mann die Daten aus dem Kreuz zu leiern?“

Er zuckte die Schultern. „Ich habe ihm klargemacht, dass wir sie brauchen. Dass wir ihn dafür bezahlt haben. Da hat er zwei Tage nachgedacht, und dann ist ihm eingefallen, wo er sie gespeichert hat.“

Genau so hatte ich es mir vorgestellt. Niemand außer mir würde merken, dass diese Aufstellung von A bis Z gefälscht war, dazu war sie zu gut gemacht. Niemand würde den geringsten Schaden erleiden, wenn ich diese Zahlen verwendete.

Für einen Moment hatte ich mit mir gekämpft. Und mich dann für die litauische Methode entschieden.

In diesem Moment betrat Straus das Restaurant, steuerte auf meinen Tisch zu und begrüßte mich mit einem Händedruck. Erwartungsvoll sah ich ihn an. „Und?“

„Gratulation, Sie haben verdammt guten Instinkt bewiesen“, kam er ohne Umschweife zur Sache. Er nahm eine Mappe mit Unterlagen aus seiner Aktentasche und legte sie auf den Tisch. Die obersten zwei Blätter reichte er mir kommentarlos. Es war eine Liste der Anteilseigner, die bei der Baudema für das Windkraftprojekt gezeichnet hatten. Namen, Adressen, Telefonnummern – und der jeweilige Betrag, mit dem die Leute sich in das Projekt eingekauft hatten.

Gespannt überflog ich die Namen auf der ersten Seite, ich kannte keinen. Dann kam ich zur zweiten Seite. In der Mitte sprang mir ein Name ins Auge. Bajoras! 30 000 Euro hatte er gezeichnet, ein nettes Sümmchen für einen Gemeindeangestellten.

„Hab ich’s doch geahnt!“, rief ich aufgeregt. „Na, was sagen Sie? Ist das der Zünder für Ihre Bombe?“

„Das ist noch nicht alles“, sagte Straus. „Sehen Sie sich die Summen nochmal genauer an.“

Ich stellte fest, dass neben einigen wenigen Beträgen eine Abkürzung stand, die ich nicht verstand.

„Das bedeutet ‚zinsloser Kredit‘“, erläuterte Straus.

In meinem Kopf ratterte es. „Das heißt, Bajoras hat Anteile im Wert von dreißigtausend Euro erworben, es hat ihn keinen Cent gekostet, und wenn das Geld fließt und er das Darlehen tilgt, zahlt er noch nicht mal Zinsen“, fasste ich zusammen.

„Exakt. Zählen Sie doch mal durch, wie viele solcher Kredite gewährt wurden.“

Ich zählte 26. Straus nickte. „Und jetzt raten Sie, wie viele der Kreditnehmer Mitglieder des Gemeinderates sind!“

Erwartungsvoll sah ich ihn an.

„Fünf“, sagte er, „mit Bajoras sechs. Das sind zwei Drittel aller Räte.“

Ich stieß die Luft aus. „Wie sind Sie an dieses Material gekommen?“

Er grinste. „Das wollen Sie nicht wissen, Frau Moser.“

Ich zog den Umschlag mit dem Geld aus der Tasche. „Hier sind zweitausend für die Ankündigung des Hearings“, sagte ich und zählte die Scheine auf den Tisch. „Dafür bräuchte ich bitte eine Rechnung. Und hier“, ich zählte weitere dreitausend Euro ab, „ist das, was ich Ihnen für die Information über die Baudema zahlen kann. Mehr rückt mein Chef nicht raus.“

Er blickte auf das Geld, dann auf mich. „Wir hatten zehntausend vereinbart.“

Ich lächelte ihn freundlich an. „Können Sie das irgendwie nachweisen? Haben Sie eine Tonbandaufnahme unseres Gesprächs?“ Was er nicht wusste, war, dass ich eine hatte. Bei unserem Telefonat hatte ich die Aufnahmefunktion meines Handys mitlaufen lassen.

Sein Gesicht verfärbte sich rötlich. Gleich würde er mich am Kragen packen und schütteln, bis das restliche Geld aus mir herausfiele.

Tatsächlich aber brach er unvermittelt in dröhnendes Gelächter aus. „Ich glaube es nicht! Sie sind vielleicht ein gerissenes Luder! Legen tatsächlich den alten Straus aufs Kreuz!“

Er klang, wie ich zu meiner Überraschung feststellte, eher anerkennend als wütend. Er streckte mir die Hand entgegen. „Meine Informationen gegen Ihren Instinkt in dieser Sache, das ist ein Deal. Gemeinsam lassen wir die Bombe platzen.“

„Und die dreitausend?“

„Können Sie behalten.“

Zögernd steckte ich das Geld wieder ein.

„Sie haben Prinzipien“, sagte er. „Das gefällt mir.“

Prinzipien? Ich? Mir kam es vor, als hätte ich die in den letzten Wochen beim Sondermüll entsorgt. Trotzdem konnte ich es mir nicht verkneifen zu fragen: „Und … warum haben Sie dann keine?“

Er lachte bitter auf. „Weil sich Prinzipien in meinem Leben nicht bezahlt gemacht haben."

„Ach ja?" Fragend sah ich ihn an.

„Wissen Sie, ich war schon zu DDR-Zeiten Journalist", begann er zögernd. „Ein leidenschaftlicher Journalist. Leider nicht genügend auf Parteilinie. Eines Tages hat man mich aus der Redaktion geholt. In Hohenschönhausen habe ich dann von der Stasi eine dreijährige Nachschulung bekommen. Seither weiß ich, dass es *die* Wahrheit nicht gibt, sondern viele Wahrheiten. Und da habe ich mit den moralischen Prinzipien ein für alle Mal abgeschlossen. Gut ist jetzt, was gut für mich ist."

Ich hatte ihm aufmerksam zugehört. Seit ich ihn kannte, hatte dieser Mann zum ersten Mal eine Gefühlsregung gezeigt. „Und … was haben Sie von der Veröffentlichung dieser Story?"

Seine Augen verengten sich zu Schlitzen. „Dass ich genau der Sorte Leute eins aufs Maul geben kann, die mich damals in den Knast gebracht haben: willfährige Bürokraten, ohne die keine Diktatur auskommt. Und offenbar auch keine Demokratie. Ihr Pech, dass sie den Versuchungen der neuen Zeit erlegen sind."

Jetzt verstand ich besser, wie er zu einem solchen Zyniker hatte werden können. Ich wusste, dass ich ihm nicht trauen durfte. Er würde jederzeit auch mich über die Klinge springen lassen, wenn es seinen Interessen diente.

„Vielen Dank, Herr Straus", sagte ich. „Schade, dass Sie kein Journalist mit Prinzipien geblieben sind. Ich glaube, Sie wären richtig gut."

Wir drückten uns zum Abschied die Hand.

ALS ICH am darauffolgenden Abend ins Hotel zurückkam, begrüßte mich die Empfangsdame mit der Nachricht, dass ein Herr auf mich warte.

Ich betrat das Restaurant und blickte mich suchend um. Ganz hinten in der Ecke stand jemand auf. Ich traute meinen Augen nicht. Michael!

Mein Herz begann, wild zu klopfen. Wie kam der denn plötzlich hierher? Warum hatte er diese weite Reise gemacht? Ich lief quer durchs Lokal zu ihm und fragte atemlos: „Warum bist du hier? Ist was passiert?"

Er lächelte. „Wie man's nimmt." Dann zog er den Ausdruck meiner E-Mail aus der Tasche und las: „Wo bist du, Michael?" Er sah auf, mir direkt in die Augen. „Hier bin ich, Katja."

„ICH BIN so glücklich", sagte ich später im Bett, in seinen Arm gekuschelt. „Das ist das Schönste, was du jemals getan hast."

„Und du gibst zu, dass ich tatsächlich da bin?", fragte er spöttisch.

Ich küsste ihn. „Du hast genau verstanden, wie ich es gemeint habe!“

Er brummte zustimmend. Schweigend lagen wir da, und ich nahm mir fest vor, mich zukünftig immer an diesen Moment zu erinnern, wenn ich mich von ihm vernachlässigt fühlte. Sein unerwartetes Auftauchen war ein solcher Liebesbeweis, eine so wunderbare Geste, dass ich bereit war, ihm alles zu verzeihen, was ich ihm in letzter Zeit vorgeworfen hatte.

BEIM FRÜHSTÜCK machte ich Michael und Jonas miteinander bekannt. Neugierig musterten die beiden Männer einander.

„Ich weiß, es kommt ungelegen, aber würden Sie mir meine Frau für einen Tag überlassen?“, fragte Michael.

Jonas ging auf das Spiel ein. „Ungern“, sagte er, „aber mir bleibt wohl nichts anderes übrig.“ Er blinzelte mir zu. Ich lächelte zurück.

Wir beschlossen, einen Ausflug zur Kurischen Nehrung zu machen. Michael hatte sich einen Leihwagen genommen.

Ich freute mich auf den Tag mit ihm. Auf keinen Fall wollte ich irgendwas Falsches sagen und versehentlich die schöne Stimmung zerstören.

„Erzähl mir von zu Hause!“

„Pablo und Svenja geht es gut. Du kannst völlig beruhigt deinen Job machen.“

„Vermissen sie mich denn gar nicht?“

Nach einem kurzen Seitenblick sagte er: „Schon, aber nicht so, dass du dir Sorgen machen müsstest.“

Ich lachte kurz auf. „Ich mache mir eigentlich eher Sorgen, dass sie mich zu wenig vermissen. Sie rufen mich gar nicht mehr an! Und wenn ich anrufe, sind sie immer mit irgendwas beschäftigt.“

„Sei doch froh!“, rief Michael. „Das ist doch besser, als wenn sie dich zehnmal am Tag stören und dir die Ohren vollheulen, weil sie solche Sehnsucht nach dir haben.“

Ich presste die Lippen aufeinander. „Du hast ja Recht.“ Ich ärgerte mich über mich selbst. Meine Gefühle waren geradezu kindisch.

„Und … wie kommst du so mit Sofia zurecht?“, fragte ich beiläufig.

„Bestens. Stell dir vor, sie recherchiert jetzt für mich. Sie ist richtig gut. Am liebsten würde ich sie für die Redaktion abwerben.“

„Untersteh dich!“, drohte ich ihm. „Eigentlich wollte ich wissen, wie du mit ihr persönlich zurechtkommst.“

„Sie ist rücksichtsvoll und diskret, und wenn man sie braucht, ist sie da. Außerdem ist sie mir sympathisch, anders als diese schreckliche Olga.“

Je mehr Michael von Sofia schwärmte, desto eifersüchtiger wurde ich.

Es klang, als wäre das Zusammenleben mit ihr angenehmer als mit mir. Obendrein war sie jünger. Hübsch war sie auch. Ob er sich in sie verlieben könnte?

Am liebsten hätte ich ihn gefragt, aber das wäre vermutlich die Frage, mit der ich den schönen Tag blitzartig ruinieren könnte.

Wir waren bereits in der Nähe der Küste, als die Sonne herauskam. Vor uns erstreckte sich eine glitzernde weiße Fläche. Wir hielten an und stiegen aus, um ein paar Schritte zu gehen. Ein kalter Wind blies uns entgegen.

„Das ist die Kurische Nehrung", erklärte ich. „Dahinter liegt das Haff."

„Im Sommer soll es hier wunderschön sein", sagte Michael.

„Dann musst du halt im Sommer wiederkommen", sagte ich und drückte seinen Arm.

Überrascht sah er mich an. „Wie lange bleibst du denn noch hier?"

Ich hängte mich bei ihm ein. „Die Sache zieht sich." Ich schilderte ihm die unklare Gesetzeslage und Bajoras' Verzögerungstaktik. Als ich vom Abend des Hearings erzählte, an dem wir nur knapp einer Schlägerei entgangen waren, musste er lachen. „Das ist ja wie im Wilden Westen!"

Ich nickte. „Ich glaube, zimperlich sind die hier nicht."

„Aber dich haben sie bisher nicht bedroht, oder?"

Ich winkte ab. „Ich hab so ein Zettelchen gekriegt, auf dem stand, dass ich abhauen soll. Aber das hat nichts zu bedeuten."

„Bist du sicher?", fragte er. „Wer weiß, was die sich noch einfallen lassen!"

„Ja, wer weiß?", sagte ich kokett. Ich fand es ganz schön, dass er besorgt um mich war.

„Versprich mir, dass du auf dich aufpasst!", sagte er eindringlich, blieb stehen und zog mich an sich.

Ich lachte. „Du hast ja bloß Angst, dass du mit den Kindern allein bleibst, wenn mir was zustößt!"

„Wieso? Ich hab doch jetzt Sofia!"

Das fand ich plötzlich gar nicht mehr witzig und ging schnell zurück zum Auto.

Wir fuhren weiter nach Klaipeda. Michael parkte am Rand der Altstadt, und wir gingen zu Fuß ins Zentrum. Hand in Hand bummelten wir über den Theaterplatz, und ich entspannte mich wieder. Fast fühlte ich mich zurückversetzt in die Anfangszeit unserer Beziehung, als noch alles hell und leicht gewesen war. Damals hatte ich mir nicht vorstellen können, wie schwierig es sein kann, eine Liebe über viele Jahre am Leben zu erhalten.

Vor dem Simon-Dach-Springbrunnen blieben wir stehen, und Michael begann zu rezitieren:

„Ännchen von Tharau ist's, die mir gefällt,
sie ist mein Leben, mein Gut und mein Geld,
Ännchen von Tharau hat wieder ihr Herz
auf mich gerichtet in Lieb und in Schmerz,
Ännchen von Tharau, mein Reichtum, mein Gut,
du meine Seele, mein Fleisch und mein Blut!"

„Wie schön!", sagte ich. „Wann hat Simon Dach eigentlich gelebt?"

„Rate doch mal." Michael drehte mich ein Stück zur Seite, sodass ich die Inschrift nicht lesen konnte.

Ich überlegte. „Irgendwann im Mittelalter? 15. oder 16. Jahrhundert?"

„Fast richtig. Nur um ungefähr hundert bis zweihundert Jahre verschätzt. 1605 bis 1659. Fünf. Setzen."

„Soll ich dich mal fragen, wie man eine Hängebrücke konstruiert oder nach welcher Formel man den Energiebedarf eines Einfamilienhauses berechnet?", konterte ich.

In komischer Verzweiflung hob er die Hände. „Ach, Katja, wie sind wir zwei nur zusammengeraten?"

„Gegensätze ziehen sich an", sagte ich. „Oder?"

Er, der freiheitsliebende, luftige Schöngeist. Ich, die erdenschwere, pragmatische Technikerin. Kein Wunder, dass ich manchmal das Gefühl hatte, wir lebten auf verschiedenen Planeten. Dass vieles uns trennte, war klar. Aber uns hatte doch mal so vieles verbunden!

Auf einmal wurde ich traurig. Ich schmiegte mein Gesicht an Michaels Hals.

„Was ist mit dir?"

„Nichts." Ich nahm seinen Arm und legte ihn mir um die Schultern. „Wollen wir was essen gehen?"

Wir bummelten weiter und hielten Ausschau nach einem Restaurant.

„Ich bin übrigens befördert worden", sagte Michael beiläufig. „Ich bin jetzt Ressortchef."

„Was?" Ich blieb stehen. „Aber … das ist ja fantastisch! Wieso erzählst du mir das erst jetzt?"

„Du hast nie danach gefragt. Dass ich mich beworben habe, hast du doch gewusst."

Ich bekam schlagartig ein schlechtes Gewissen. Ja, das hatte ich gewusst. Und ich hatte mich nie mehr danach erkundigt. Überhaupt hatten sich in letzter Zeit all meine Gedanken nur noch um mich und mein Projekt gedreht; für das, was Michael beschäftigte, hatte ich mich nicht interessiert.

Stattdessen hatte ich ihm Vorwürfe gemacht, weil ich mich von ihm vernachlässigt fühlte. „Tut mir leid", sagte ich schuldbewusst. „Ich habe mich wohl ziemlich egozentrisch verhalten."

Er lachte leise auf. „Nicht schlecht ausgedrückt."

Nach dem Essen kehrten wir zum Wagen zurück. Michael schloss die Beifahrertür auf, und ich wollte einsteigen. Da hielt er mich fest, umfing mich mit den Armen und küsste mich. Eine heiße Woge überspülte mich, ich klammerte mich an ihn und wünschte, dass es nie mehr aufhören würde.

Auch in dieser Nacht schliefen wir miteinander. Es war, als wäre die Welt draußen versunken.

Am anderen Morgen reiste Michael ab. Ich begleitete ihn zum Parkplatz und winkte ihm nach. Kaum war er um die Ecke gebogen, da fehlte er mir schon.

Als ich ins Hotel zurückkam, wartete Jonas auf mich. „Sie sehen ganz verändert aus", sagte er lächelnd. „Richtig … glücklich. Kann es sein, dass Sie in Wirklichkeit romantisch sind?"

„Romantisch?", wehrte ich ab. „Blödsinn. Los, an die Arbeit!"

Der Vorsitzende des Umweltausschusses, Alfonsas Rinkimai, war ein freundlicher Herr in den Fünfzigern, der sein graues Haar nackenlang trug. Er hatte früher in der Forschung gearbeitet, inzwischen war er Biologielehrer.

Jonas und ich waren mit ihm an der Schnellstraße verabredet, die zu dem bereits bestehenden Windpark führte. Hier waren zweimal sechs Windräder gruppiert. Doch die Harmonie war gestört: In der einen Gruppe stand ein Rad still, in der anderen zwei.

Als Rinkimai unser Auto im Rückspiegel entdeckte, hob er grüßend die Hand. Bei der nächsten Ausfahrt bog er von der Schnellstraße ab. Langsam folgten wir ihm über holprige Feldwege, bis wir die Anlagen erreicht hatten.

Wir wurden von einem Grüppchen Demonstranten erwartet, die Plakate in die Höhe hielten und einen Sprechchor anstimmten, als wir aus den Autos stiegen. Woher wussten sie, dass wir heute hier sein würden?

„Was sagen sie?", fragte ich Jonas.

„Nieder mit der Windkraft! Keine Industrialisierung der Natur! Tierschutz ist Menschenschutz!", übersetzte Jonas mit lauter Stimme.

Aha, dachte ich, hier haben wir es also mit einer neuen Fraktion zu tun. Keine Anwohner, die ihrem Nachbarn ein Geschäft neiden oder Angst vor dem Verfall der Grundstückspreise haben. Das hier waren die Guten, Natur- und Tierschützer, deren Anliegen ich durchaus Sympathie entgegenbrachte.

Ich holte tief Luft, und wir marschierten auf die Protestierenden zu. Bald hörten wir auch das emsige Sirren, das die Räder verursachten.

Mein Blick fiel inmitten der bunt gekleideten Truppe auf einen Kopf mit Dreadlocks, die von einem roten Schal gebändigt wurden. Chris! Ich winkte ihr lächelnd zu, was vermutlich ziemlich unpassend wirkte, schließlich gehörte sie zu unseren Gegnern. Sie tat so, als würden wir uns nicht kennen.

Rinkimai begrüßte die Gruppe geradezu freundschaftlich. Er stellte Jonas und mich vor, und ich bot an, Fragen zu beantworten.

Sofort erkundigte sich jemand nach dem Zugvogelkorridor, es war die junge Frau mit dem weißen Mantel aus dem Hearing. Ausführlicher als eine Woche zuvor erklärte ich, dass die richtige Positionierung und Höhe der Windräder verhindere, dass es zu Kollisionen käme.

Wir gingen ein Stück weiter und erreichten eines der Räder, das sich nicht drehte.

„Was ist da los?", fragte ich Rinkimai.

Er deutete auf ein Graffito, das auf den Beton gesprüht war. „Abgeschaltet!", übersetzte Jonas.

Chris, dachte ich. Hatte sie nicht eine Andeutung in dieser Richtung gemacht?

Ich suchte ihren Blick in der Gruppe, aber sie sah nicht zu mir. Offenbar gab es außer den friedlichen Naturschützern auch militante Vertreter, die vor Sachbeschädigung nicht zurückschreckten. Ich trat näher. Die Tür, die in die Anlage führte, war unbeschädigt. Der Täter musste sich also einen Schlüssel besorgt haben. Wenn man sich ein bisschen auskannte, war es keine große Sache, die Elektrik der Anlage lahmzulegen.

Ich ging zurück und sprach Chris an. „So sieht man sich wieder! Ich wusste gar nicht, dass du bei den Naturschützern aktiv bist."

Sie lächelte verlegen. „Eigentlich bin ich heute nur mitgekommen, weil Miroslav dabei ist." Sie sah den jungen Mann neben sich verliebt an, einen bildhübschen Kerl mit dunklen Augen und wilden Locken.

„Kann ich verstehen", sagte ich und blinzelte ihr verschwörerisch zu.

Chris errötete leicht. „Und, wie läuft's bei euch?"

Ich lachte. „Komische Frage. Leute wie ihr tun alles dafür, dass es nicht gut läuft. Ich hätte nie erwartet, auf so viel Widerstand zu stoßen."

Chris zuckte ungerührt die Schultern. „Wer hat gesagt, dass das Leben leicht ist?"

In diesem Moment ertönte ein Schrei. Alle liefen zusammen und beugten sich über etwas, was am Boden lag. Wir traten näher. Auf dem Fundament des Windrades lag etwas Schwarzes. „Eine Fledermaus", sagte Rinkimai betroffen.

Wieder schrie jemand. „Hier, noch eine!"

Tatsächlich, da lag eine zweite tote Fledermaus.

Jonas und ich sahen uns bestürzt an. Das war doch nicht möglich!

Fledermäuse krochen auf der Suche nach Wärme oft in die Anlagen. In Gebieten, in denen es welche gab, schaffte man Abhilfe durch so genannte Wochenstuben, die in der Nähe aufgebaut wurden und den Tieren einen Platz zum Überwintern boten. Unsere Gutachten hatten allerdings eindeutig ergeben, dass es in dieser Gegend keine Fledermäuse gab. Was aber war ein Gutachten gegen die unabweisbare Wirklichkeit zweier toter Tiere?

Die Demonstranten umringten uns mit wütenden Gesichtern. „Tierquäler!", riefen sie. „Mörder!"

Das war's, dachte ich, es ist aus. All der Widerstand, die Kämpfe der letzten Wochen – ich konnte einfach nicht mehr. Ich drehte mich um und lief einfach los, quer über die Felder. Ich wollte nur noch weg.

Nach einer Weile hörte ich einen Wagen kommen. Jonas bremste neben mir und hielt mir die Tür auf. Ich stieg ein.

„Es soll wohl einfach nicht sein", sagte ich und blinzelte unter Tränen.

Bis wir im Hotel angekommen waren, schwiegen wir beide.

Am Nachmittag sah ich mir schwachsinnige Talkshows auf dem einzigen deutschen Kanal an, den ich empfangen konnte. Ich fühlte mich mutlos und deprimiert. Offenbar stand meine Mission unter einem schlechten Stern. Und ich fragte mich, was eigentlich noch passieren müsste, damit ich es endlich fertigbrächte, mir mein Scheitern einzugestehen.

Um kurz vor sieben klopfte es an der Tür.

„Wer ist da?"

„Ich bin's, Jonas."

Ich stand vom Bett auf und öffnete. „Was gibt's denn?"

Verlegen trat er von einem Bein aufs andere. „Ich … wollte fragen, ob ich etwas für Sie tun kann?"

„Du kannst dich gemeinsam mit mir betrinken", sagte ich. „Oh, Entschuldigung, jetzt habe ich dich einfach geduzt."

„Kein Problem!", sagte Jonas.

„Ich will mich nur ein bisschen frisch machen", bat ich. „In zehn Minuten bin ich unten."

Als ich das Restaurant betrat, saß er bereits an unserem gewohnten Tisch.

„Tut mir leid, dass ich heute Morgen die Nerven verloren habe“, sagte ich, „aber die toten Fledermäuse haben mir den Rest gegeben.“

Der gut aussehende Kellner brachte unser Bier, ich lächelte ihn dankbar an. Jonas und ich hoben die Gläser und prosteten uns zu.

„Trinken wir also auf die Fledermäuse.“

Als wir die Gläser abgestellt hatten, sagte Jonas: „Die Nummer stinkt.“

Überrascht sah ich ihn an. „Genau das habe ich mir auch gedacht! In dieser Gegend gibt es gar keine Fledermäuse, das haben alle Gutachten bestätigt. Wo sollen diese beiden also plötzlich hergekommen sein?“

„Ich weiß es nicht. Könnte es vielleicht sein, dass jemand dafür gesorgt hat, dass wir sie dort finden?“

„Du meinst, dass jemand sie absichtlich hingelegt hat? Das sind doch Naturschützer! Die bringen doch keine Tiere um!“

Jonas zuckte die Schultern. „Wie sagt man? Der Zweck heiligt die Mittel.“

Nachdenklich sah ich ihn an. „Und woher könnten sie die Tiere haben?“

„Keine Ahnung“, sagte er. „Aber das kriegen wir raus.“

Der Kellner brachte noch mehr Bier.

Ich beugte mich über den Tisch. „Ach Jonas, ich bin so froh, dass ich dich habe! Du bist der beste Assistent, den ich je hatte!“

Er wusste ja nicht, dass er auch mein Erster war. Geschmeichelt lächelte er und sah mich erwartungsvoll an. „Sie geben also nicht auf? Ich meine, du gibst also nicht auf?“

„Ich denke nicht daran!“, rief ich kämpferisch und wunderte mich über mich selbst. „So schnell werden die mich nicht los!“

Am nächsten Morgen fühlte ich mich, wie es sich nach zu viel Alkohol gehörte. Ich hatte grauenhaften Durst, mein Magen rumorte, mein Kopf schmerzte.

Jonas war auch nicht gerade in exzellenter Verfassung, aber ich kannte keine Gnade. „In zehn Minuten beim Wagen!“, befahl ich.

Trotz meines Zustands hatte ich schon im Internet recherchiert und drückte ihm nun einen Zettel mit einer Adresse in die Hand. Wir hatten inzwischen den Versicherungsschutz für den Leihwagen erweitert, sodass auch ich fahren konnte. Jonas war heute für die Navigation zuständig, was ich als sehr nervenschonend empfand.

Eine halbe Stunde später bogen wir auf ein Gehöft ein, stiegen aus und sahen uns um. Das ganze Gelände war mit Ställen und Käfigen zugebaut. Neben Kühen, Schafen und frei laufenden Hühnern gab es Kaninchen, Meerschweinchen, Vögel und anderes Kleingetier. Als Jonas an die Tür des

Hauses klopfte, öffnete ein Mann mittleren Alters in blauer Arbeitshose und Gummistiefeln und fragte, was er für uns tun könne.

„Was für Tiere verkaufen Sie?“, erkundigte ich mich.

„Was suchen Sie?“, fragte er zurück. „Ich kann jedes Tier besorgen.“

„Haben Sie auch Fledermäuse?“, fragte ich.

„Nicht hier“, gab er zurück. „Aber ich kann welche besorgen. Komisch, da waren letzte Woche schon Leute da, die welche wollten.“

Jonas und ich wechselten einen Blick.

„Wie sahen die Leute denn aus?“

Er überlegte. „Sie waren jung, höchstens Anfang zwanzig. Ein Mädchen mit einem roten Schal um den Kopf war dabei. An die anderen kann ich mich nicht erinnern, die waren nicht so auffällig.“

Ich drückte ihm einen Geldschein in die Hand. „Vielen Dank, Sie haben uns sehr geholfen.“

Er zuckte die Schultern und ging wieder ins Haus.

Wir stiegen ins Auto. Jonas sah mich fragend an: „Wohin jetzt?“

„Dreimal darfst du raten.“

Chris schien ziemlich überrascht, uns zu sehen. Unwillig wischte sie ihre lehmigen Hände an der Schürze ab. „Was macht ihr denn hier?“

Ich lächelte. „Wir waren gerade in der Gegend, und da dachten wir, wir schauen mal bei dir rein.“

Ihre Begeisterung hielt sich in Grenzen. „Na, dann rin in die gute Stube. Ich hab gerade Chai gemacht.“

Wir folgten ihr ins vertraute Chaos, schoben wieder irgendwelche Sachen vom Sofa und setzten uns.

Als wir alle eine Tasse Chai in der Hand hielten, setzte sie sich uns gegenüber und grinste. „Und? Habt ihr den Schrecken von gestern schon verdaut? Echt blöd, dass da plötzlich diese Viecher herumlagen.“

„Noch dazu, wo es in der Gegend gar keine Fledermäuse gibt“, sagte ich spitz. „Das ist schon ein bisschen mysteriös, findest du nicht?“

„Keine Ahnung, also ich kenn mich damit überhaupt nicht aus“, erwiderte Chris.

Ich stellte meine Tasse ab und setzte mich gerade hin. „Chris, lass uns damit aufhören. Du weißt genau, dass diese ganze Nummer ein Fake war.“

Sie sah mich mit großen, unschuldigen Augen an. „Ich weiß nicht, was du meinst. Die Fledermäuse waren ja wohl eindeutig echt und eindeutig tot!“

„Schon“, sagte ich, „aber die waren nicht tot, weil sie in die Rotoren geraten sind. Die waren vorher schon tot und wurden da hingelegt.“

„Also ehrlich, das kann ich mir nicht vorstellen!“ Chris war eine ziemlich schlechte Schauspielerin.

„Verdammt!“, rief ich. „Du bist von dem Händler identifiziert worden, der euch die Fledermäuse verkauft hat!“

Sie hielt einen Moment inne, als sammelte sie Energie für neuen Protest, aber dann schien sie sich eines Besseren zu besinnen. „Also, ich selbst … hab damit nichts zu tun!“, beteuerte sie. „Da sind ein paar ziemlich militante Leute in der Gruppe, die haben sich das ausgedacht. Ich bin einfach nur mitgegangen. So ist das halt, wenn man verliebt ist“, sagte sie trotzig.

Ich dachte nach. Chris’ Geständnis war nichts wert, wenn sie es nicht vor dem Umweltausschuss wiederholte. Aber nie würde sie ihren Lover verpfeifen. Ich musste sie irgendwie unter Druck setzen. Ich überlegte fieberhaft. Endlich hatte ich einen Einfall. „Miroslav und seine Freunde sind beobachtet worden, als sie die Windräder lahmgelegt haben“, behauptete ich.

Das war ein Schuss ins Blaue, aber offenbar ein Volltreffer. Chris’ Gesichtszüge entgleisten. Vor Schreck widersprach sie nicht mal. „W-Wer soll das denn beobachtet haben?“, fragte sie mit zittriger Stimme.

„Der Typ, der die Anlagen wartet, hat sich auf die Lauer gelegt. Nachdem ihm der Schlüssel geklaut worden war, konnte er sich ja ausrechnen, was passieren würde.“

Chris stieß die Luft aus. „Blödsinn, dann hätte der doch eingegriffen!“

„Na ja … schließlich war er allein gegen mehrere, da hat er sich eben nicht getraut.“

„Und wieso hat er es danach keinem gesagt?“

„Woher weißt du das denn?“

Chris feixte. „Dann wäre ja wohl längst die Polizei bei Miro aufgetaucht, oder?“

Ich spielte weiter die Überlegene. „Und da kommen wir auch schon zum Kern der Sache. Die Einzige, die bisher davon weiß, bin ich.“ Und mit einem Blick zu Jonas: „Und jetzt natürlich mein Assistent.“

„Und wieso du?“

„Weil der Typ für die gleiche Wartungsfirma arbeitet, mit der auch wir zusammenarbeiten.“

Ich konnte sehen, wie es in Chris’ Kopf rumorte. „Und … wieso erzählst du mir das alles?“

Ich ließ sie einen Moment zappeln. Sollte sie ruhig Angst um ihren Freund haben. Dann würde sie bestimmt tun, was ich von ihr wollte.

„Wir machen einen Deal“, sagte ich schließlich. „Ich sorge dafür, dass der

Typ Miroslav nicht verrät. Und du gibst mir schriftlich, wer hinter dem Fake mit den Fledermäusen steckt."

Sie blickte mich entgeistert an. „Spinnst du? Was glaubst du, was die mit mir anstellen, wenn ich das verrate? Die drehen mich doch durch den Wolf!"

Ich zuckte ungerührt die Schultern. „Wer hat gesagt, dass das Leben leicht ist?" Dann schlug ich einen verbindlicheren Ton an. „Ich hänge es nicht an die große Glocke, okay? Ich brauche es nur für Bajoras und den Umweltausschuss."

Chris lachte spöttisch auf. „Für den Umweltausschuss brauchst du es nicht. Rinkimai hat doch gestern mitgespielt. Der weiß genau, dass es hier in der Gegend keine Fledermäuse gibt."

Ich riss die Augen auf. Sogar dieser nette, engagierte Typ arbeitete mit solchen Tricks? Das war doch nicht zu fassen. Nun war mir auch klar, woher die Demonstranten von der Begehung gewusst hatten.

„So ein Mistkerl", murmelte ich. „Ich will trotzdem, dass du es aufschreibst."

Chris kämpfte mit sich. Schließlich setzte sie sich widerwillig an den Tisch und schrieb mit schnellen Bewegungen ein Blatt voll.

„Kannst du das gleich übersetzen?", bat ich Jonas. Als er fertig war, setzte Chris ihre Unterschrift unter beide Bogen.

„Das ist also der Dank dafür, dass ich euch aus dem Schneesturm gerettet habe!", sagte sie finster.

„Falsch", widersprach ich. „Das ist der Dank dafür, dass ich Miroslav den Hintern gerettet habe!"

Bajoras blickte auf, als ich in sein Büro gestürmt kam, und freute sich gar nicht, mich zu sehen.

Ich knallte meine Mappe auf seinen Schreibtisch und ließ mich auf den Stuhl ihm gegenüber fallen. „Ich möchte hier und jetzt von Ihnen wissen, wann unser Projekt im Gemeinderat wieder auf der Tagesordnung steht. Wir haben alle Einsprüche widerlegt und alle Informationen geliefert, die gefehlt haben. Es gibt keinen Grund mehr, die Sache zu verzögern!"

Bajoras lächelte auf seine typische süffisante Weise. „Das stimmt nicht, gestern bei Ihrer Ortsbegehung wurden zwei tote Fledermäuse gefunden. Damit ist die Umweltverträglichkeitsprüfung hinfällig."

Ich lehnte mich zurück und musterte ihn kühl. „Versuchen Sie doch nicht, mich für dumm zu verkaufen. Die Fledermäuse wurden dort hingelegt, und ihr Kollege Rinkimai hat diese betrügerische Aktion unterstützt. In der

Gegend gibt es keine Fledermäuse, das weiß er, das wissen Sie, und es steht auch in unserem Gutachten."

Jetzt wirkte Bajoras nicht mehr ganz so siegessicher. Nervös schob er einige Papiere hin und her. „Und wie wollen Sie das beweisen?"

„Ein Mitglied der Umweltaktivisten hat die Aktion zugegeben." Ich legte ihm das Blatt mit Chris' Geständnis hin. Er überflog es und räusperte sich. „Das werden wir nachprüfen müssen", kam er mit seinem Standardspruch.

Ich ging gar nicht darauf ein und zog das Blatt weg, bevor er es an sich nehmen konnte. „Also, wann stellen Sie fest, dass unser Detailplan genehmigungsfähig ist und wir ihn offiziell einreichen können?"

„Das kann ich Ihnen nicht sagen …", begann er, doch ich unterbrach ihn gleich. „Aber ich kann es Ihnen sagen, und zwar präzise: Bei der nächsten Sitzung."

Wieder spielte das unsympathische Lächeln um seinen Mund. „Wie kommen Sie darauf?"

„Ganz einfach", sagte ich und legte ihm die Baudema-Teilhaberliste, auf der sein Kredit vermerkt war, vor die Nase. „Deshalb."

Sein Lächeln erstarb schlagartig. „Woher haben Sie das?", fragte er heiser.

„Das tut nichts zur Sache. Tatsache ist, dass Sie und fünf andere Mitglieder des Gemeinderates sich mit hohen Beträgen, die Ihnen als zinslose Kredite zur Verfügung gestellt wurden, bei unserer Konkurrenzfirma Baudema eingekauft haben. Das könnte erklären, warum unsere Anträge bisher so zögerlich, um nicht zu sagen überhaupt nicht, bearbeitet wurden."

„Das ist doch dummes Zeug", wehrte er ab. „Wir entscheiden strikt nach dem Gesetz."

„Ich will Ihnen da auch gar nichts unterstellen", sagte ich maliziös lächelnd, „aber es gibt Leute, die das anders sehen. Und ich könnte mir vorstellen, dass auch der Korruptionsbeauftragte der Gemeinde Gargzdai diesen Vorgang sehr interessant findet."

Bajoras wurde bleich. Diese Schlacht hatte ich gewonnen.

Er straffte sich, setzte sein Bürokratengesicht auf und sagte: „Ich werde sehen, was sich tun lässt, Frau Moser."

„Da bin ich ganz sicher, Herr Bajoras." Ich erhob mich und nahm meine Unterlagen.

„Eine Bitte noch", sagte er. „Könnte ich wohl eine Kopie von dieser Liste machen?"

Ich sah ihn spöttisch an. „Tut mir leid, aber ich fürchte, das ist in Ihrem Etat nicht vorgesehen." Mit diesen Worten rauschte ich aus dem Büro.

Sieben

Meine Damen und Herren, willkommen in München!“

Das Flugzeug wurde langsamer und rollte aus. Tief atmete ich durch. Ich konnte es kaum erwarten, nach Hause zu kommen.

Als ich aus dem Gepäckbereich trat, sah ich mich um. Niemand wartete auf mich. Ich war enttäuscht. Zugegeben, wir hatten nicht vereinbart, dass mich jemand abholt, aber insgeheim hatte ich gehofft, dass Michael und die Kinder da sein würden.

So zog ich meinen Koffer die Rolltreppe hinunter bis zur S-Bahn. Nun würde es noch mal über eine Stunde dauern, bis ich endlich daheim wäre.

An der Haustür hing ein Plakat mit der Aufschrift Willkommen zu Hause, Mama! Es wimmelte darauf von Sonnen und Herzen, ich erkannte aber auch Urchse. Gerührt blieb ich stehen und betrachtete es.

Ich schloss die Tür auf und trat ein. „Hallo, ich bin da!“, rief ich. Es dauerte einen Moment, dann hörte ich oben Lärm, und Pablo kam hinuntergestürmt, gefolgt von Svenja, die gemessenen Schrittes die Stufen herabstieg.

„Mama, Mama, hast du uns was mitgebracht?“ Pablo flog mir in die Arme. Mir wurde heiß. Ich hatte nicht an Geschenke gedacht!

„Nein … aber wir unternehmen was Schönes in den nächsten Tagen, versprochen!“

Pablo löste sich von mir und sah mich erwartungsvoll an. „Western City?“

Schon ewig träumte er von einem Besuch dieses Vergnügungsparks, aber ich hasste Vergnügungsparks, insbesondere solche, in denen erwachsene Menschen als Cowboy und Indianer verkleidet herumlaufen.

„Western City …“, sagte ich zögernd. „Oder was anderes Tolles!“

Inzwischen hatte Svenja mich erreicht. Sie war geschminkt und trug die Haare anders als sonst. „Hallo Mama!“, sagte sie und gab mir zwei Wangenküsse. Das hatte sie noch nie gemacht, sie wirkte seltsam fremd und erwachsen auf mich.

Ich hielt sie fest und umarmte sie. „Hallo, meine Große!“

Die Küchentür öffnete sich und Sofia erschien. Offensichtlich hatte sie abgewartet, bis die Kinder mich begrüßt hatten. Lächelnd kam sie auf mich zu. „Willkommen zu Hause, Frau Moser! Wie geht es Ihnen?“

„Danke, Sofia, mir geht’s gut. Ich bin sehr froh, hier zu sein. Lass uns einen Tee zusammen trinken, und du erzählst mir, wie es euch ergangen ist.“

Während ich meinen Koffer auspackte und die Waschmaschine füllte, kümmerte sich Sofia um den Tee. Als ich in die Küche kam, hatte sie bereits den Tisch gedeckt und einen Teller mit Keksen daraufgestellt.

„So, und nun erzähl!“, forderte ich sie auf. „Hast du dich gut eingelebt?“

Wie nicht anders zu erwarten, berichtete Sofia nur Positives. Sie habe sich schnell im Haushalt zurechtgefunden, die Kinder hätten sie toll unterstützt, die Recherchen für Michael machten ihr großen Spaß, sie fühle sich rundum wohl.

„Hast du denn auch was unternommen, bist du mal ausgegangen?“

Sie schüttelte den Kopf. „Bisher nicht, aber das ist okay.“

Ich nahm die Kanne vom Stövchen und schenkte uns beiden Tee nach. Dann zog ich meinen Geldbeutel aus der Handtasche und holte einen 50-Euro-Schein heraus.

„Kleiner Extrabonus“, sagte ich lächelnd. „Du kannst dir das Wochenende freinehmen, wenn du mal in die Stadt willst.“

Zögernd nahm sie den Geldschein. „Vielen Dank, das ist sehr freundlich von Ihnen.“ Es klang fast enttäuscht.

Ich verstand ihre Reaktion nicht. Wollte sie gar nichts unternehmen, Gleichaltrige treffen, die Stadt kennen lernen? Wollte sie wirklich die Wochenenden mit uns verbringen? Ich wollte gern mit meiner Familie allein sein, schon deshalb gefiel es mir nicht, dass sie keine eigenen Pläne hatte.

WÄHREND der nächsten Tage bemühte sich Sofia weiter, mir so viel wie möglich abzunehmen, ich hingegen wollte meine Position als Hausherrin behaupten. Und so gerieten wir in einen absurden Wettstreit.

Wenn ich anfangen wollte zu kochen, hatte Sofia bereits mit den Vorbereitungen für ein anderes Gericht begonnen. Wenn ich die Wäsche aufhängen wollte, lief bereits der Trockner. In ihrem Eifer, alles richtig zu machen, nahm sie mir alles aus der Hand, und ich fühlte mich nutzlos, als wäre ich zu Besuch in meinem eigenen Haus.

Vor allem aber ärgerte ich mich darüber, dass sie sich einmischte, wenn es um die Kinder ging. Bat ich Svenja, mir beim Abwasch zu helfen, sagte Sofia: „Das mache ich, dann kann Svenja schon mit den Hausaufgaben anfangen.“

Wenn ich Pablo befahl, um fünf vom Spielen zurück zu sein, sagte sie: „Ich habe ihm immer bis halb sechs erlaubt.“ Kein Wunder, dass Pablo „Die Sofia ist viel netter als du!“ maulte, als ich ihm irgendwann energisch erklärte, nun sei wieder ich der Bestimmer.

Einerseits war es ja wichtig, dass die Kinder auf Sofia hörten, wenn ich nicht da war. Andererseits ertrug ich es nicht, meine Autorität so infrage gestellt zu sehen.

EINES ABENDS rief Michael an, um zu sagen, dass er spät kommen würde.

„Am besten, ich schlafe im Büro“, schlug er vor. „Dann wecke ich dich nicht.“

„Vielleicht will ich ja geweckt werden“, sagte ich mit samtiger Stimme.

„Um drei Uhr früh?“, sagte er und lachte. „Das glaube ich nicht. Also, bis morgen!“

„Halt, warte“, sagte ich schnell. „Wo bist du überhaupt?“

„Auf der Eröffnung des Experimentalfilmfestivals. Die Party geht immer ewig.“

„Man kann von einer Party auch früher weggehen.“

„Aber es ist lustig dort!“

„Und mit mir ist es nicht lustig, oder was?“

Ich hörte ihn seufzen. „Mein Gott, Katja, macht es wirklich einen Unterschied, ob ich um eins oder um drei komme?“

„Schon okay“, sagte ich gekränkt. „Viel Spaß.“

Wo war das Gefühl der Nähe geblieben, das ich bei seinem Besuch in Litauen gespürt hatte? Ich war so glücklich über dieses Zeichen seiner Liebe gewesen und hatte gehofft, dass es der Beginn von etwas Neuem wäre. Ja, ich hatte mir vorgenommen, ihm nichts mehr abzuverlangen, was er nicht leisten konnte oder wollte. Trotzdem machte sich jetzt Enttäuschung in mir breit.

Seit die Kinder klein waren, war es so gewesen: Er war ausgegangen, ich mit Svenja und Pablo zu Hause geblieben. Diese Abende bedeuteten wohl ein Stück Freiheit für ihn, den Beweis, dass er noch ein selbstbestimmtes Leben führte. Ich hatte das immer stillschweigend akzeptiert. Komischerweise hatte ich mich auch nie gefragt, was sich in diesem Teil seines Lebens abspielte. Ich wehrte den Gedanken auch jetzt ab. Wenn ich aufhörte, ihm zu vertrauen, wäre es das Ende.

Mitten in der Nacht wachte ich auf. Es war drei Uhr. Ich stand auf, um zur Toilette zu gehen. Im Vorbeigehen öffnete ich vorsichtig die Tür zum Büro. Auf dem Boden lagen Kleidungsstücke und Schuhe. Michael schlief auf dem Sofa und schnarchte leise. Auf Zehenspitzen ging ich zu ihm und küsste ihn auf die Stirn. Er grunzte und drehte sich zur Seite, ohne aufzuwachen.

Als ich wieder auf dem Flur stand, bemerkte ich, dass Pablos Tür nur angelehnt war. Ich stieß sie auf und blickte ins Zimmer – sein Bett war leer. Ein leiser Schreck durchfuhr mich. Er würde doch nicht wieder weggelaufen sein? Dann kam mir ein anderer Verdacht. Ich lief die Treppe hinunter und riss die Tür zu Sofias Zimmer auf. Pablo lag da, in Sofias Arme gekuschelt.

In meinem Kopf rauschte es, ich konnte plötzlich nicht mehr klar denken. Eine düstere, bedrohliche Woge schien auf mich zuzurollen und mir alles entreißen zu wollen, was ich liebte. Ein entsetzliches Gefühl von Verlust ergriff mich. „Lass ihn los!", wollte ich schreien. „Er ist mein Kind!" Im letzten Moment gelang es mir, mich zusammenzureißen.

DER NÄCHSTE TAG war ein Samstag, und ich bereitete ein gemütliches Familienfrühstück vor. Ich wollte es Michael und den Kindern ganz besonders schön machen.

„Und? Was hast du heute Schönes vor?", fragte ich Sofia, als wir alle um den Tisch saßen.

Sie zuckte die Schultern. „Eigentlich nichts."

„Machen wir denn nichts zusammen?", fragte Pablo enttäuscht.

„Ich habe Sofia freigegeben", erklärte ich. „Sie muss sich auch mal von euch erholen, stimmt's, Sofia?"

Sie nickte zögernd. „Ich unternehme aber auch gern was mit den Kindern. Vielleicht wollen Sie und Ihr Mann ja mal für sich sein."

„Um Gottes willen", sagte ich. „Willst du unsere Ehe ruinieren?"

Michael sagte nichts, er blickte nur kurz von seinem Frühstücksei auf.

„Wes-tern City, Wes-tern City!", begann Pablo zu skandieren.

Ich stöhnte unhörbar. Fiel mir denn nichts ein, womit ich ihn von dieser unseligen Idee abbringen könnte? „Wir könnten ins Deutsche Museum gehen", schlug ich vor.

Pablo protestierte. „Da waren wir doch schon hundert Mal!"

„Das ist ja wie Schule", maulte Svenja.

„Warum nicht in die Western City?", mischte Michael sich ein.

Ich lächelte ihn an. „Würdest du denn mitkommen?"

„Würde ich wirklich gern", sagte er, „aber ich muss den Bericht über gestern schreiben. Du weißt schon …"

„… das Experimentalfilmfestival, klar." Es fiel mir schwer, meinen Ärger zu verbergen. „Also gut", sagte ich mit aufgesetzter Fröhlichkeit, „dann fahren Pablo, Svenja, Sofia und ich jetzt in die Western City!"

Genau so hatte ich mir mein erstes Wochenende zu Hause vorgestellt.

ALS WIR abends nach Hause kamen, fanden wir einen bestens gelaunten Michael mit einem Glas Rotwein auf der Wohnzimmercouch vor.

Sofia ging in ihr Zimmer, die Kinder stritten in der Küche um die Souvenirs, die sie bekommen hatten. Anstecker, Cowboyhüte, Wasserpistolen.

„Und?", fragte Michael. „Wie war's?"

„Super“, sagte ich. „Lauter entwicklungsverzögerte Typen, die als Cowboys und Indianer herumrennen und mit Spielzeugpistolen herumfuchteln. Und dazwischen ich mit einem Au-pair-Mädchen und zwei zänkischen Bälgern. Hätte nicht schöner sein können.“ Ich ließ mich auf das Sofa neben ihn fallen. „Können wir wenigstens morgen was zusammen machen?“

„Was möchtest du denn machen?“

„Ach, keine Ahnung“, sagte ich resigniert. „Irgendwas Schönes. Mit dir.“

Michael stand auf und streckte sich. „Wie wär's mit Kino?“

„Jetzt?“

„Warum nicht?“

Ich rollte mich schmollend zusammen. „Weil ich müde bin.“

Michael grinste. „Na, dann lass uns ins Bett gehen.“

Ich setzte mich auf und funkelte ihn an. „Was bildest du dir eigentlich ein? Du lässt mich fast die ganze Woche allein, obwohl ich ohnehin so selten da bin. Und wenn's dir gerade in den Kram passt, soll ich auf Kommando Lust haben, mit dir zu schlafen?“

Er setzte sich auf einen Sessel mir gegenüber. „Ja, wäre schön.“

„Schon mal was davon gehört, dass Sex als Ausdruck von Liebe gilt? Ich brauche Nähe, um Leidenschaft zu fühlen!“

„Und ich brauche Leidenschaft, um Nähe zu fühlen“, erwiderte er.

Einen Moment schwiegen wir beide erschrocken. Dann sagte ich leise: „Warum ist es bloß immer so kompliziert zwischen uns?“

„Du machst es kompliziert“, sagte er und zog mich an sich. „Schon mal den Ausdruck ‚Liebe machen‘ gehört? Manchmal entsteht das, was du dir wünschst, während du es machst.“

Plötzlich fühlte ich mich ganz weich in seinem Arm. Ich schloss die Augen und näherte mein Gesicht dem seinen, bis unsere Münder sich trafen. In diesem Moment hörte ich ein Geräusch. Ich öffnete die Augen und blickte direkt in das Gesicht von Sofia, die gerade an der Glastür vorbeiging, die das Wohnzimmer vom Flur trennte. Schnell sah sie zur Seite.

Am darauffolgenden Samstag feierten wir Svenjas 13. Geburtstag.

Ich hatte ihre Geschenke rund um den Geburtstagskuchen im Wohnzimmer aufgebaut; Pablo, Sofia und ich sangen *„Happy Birthday to You“*, Michael schlief noch.

Mitten in unseren Gesang hinein klingelte es. Wir brachen ab und sahen uns gegenseitig fragend an. Ich ging zur Haustür und öffnete.

„Geburtstagsüberraschung!“, verkündete meine Mutter strahlend.

Meine Freude war nicht gerade überschwänglich. Ich hatte ihr den Anschlag auf mein Arbeitszimmer noch nicht verziehen. Dafür waren die Kinder entzückt, ihre Großmutter zu sehen.

Als wir schon beim Frühstück saßen, kam endlich Michael dazu. Unrasiert, mit verstrubbelten Haaren, in Jogginghose und T-Shirt. Ich hatte das immer süß und sexy gefunden, aber jetzt fand ich seinen Aufzug völlig unangebracht. Welchen Eindruck würde er auf Sofia machen?

Er gratulierte Svenja, die sich hingebungsvoll an ihn schmiegte, dann schenkte er sich Kaffee ein und griff nach einem Brötchen.

Da klingelte es wieder. Diesmal lief Pablo an die Tür. Ich hörte seinen Jubelschrei, und mir schwante nichts Gutes. Es dauerte nur einen Moment, und es erschien – mein Vater. Ich erstarrte. Meine Mutter verstummte schlagartig.

Das war eine Situation, mit der keiner gerechnet hatte. Meine Eltern gingen sich seit zwanzig Jahren aus dem Weg, normalerweise meldeten sie sich an, um unliebsame Zusammentreffen zu vermeiden. Keine Ahnung, warum sich ausgerechnet heute beide zu einem Überraschungsbesuch entschlossen hatten.

„Hallo Papa", sagte ich so ungezwungen wie möglich und stand auf, um ihn zu umarmen.

Michael erhob sich vom Tisch und sagte: „Ich glaube, jetzt ziehe ich mir doch mal was an."

Meine Mutter stand ebenfalls auf. „Ich gehe dann wohl besser."

Svenja und Pablo standen mit aufgerissenen Augen da und wagten nicht, sich zu rühren. Sie hatten ihre Großmutter und ihren Großvater noch nie gleichzeitig in einem Raum gesehen.

Schließlich war es mein Vater, der die Stille unterbrach. Er ging auf meine Mutter zu, berührte sie sacht an der Schulter und sagte: „Findest du nicht, Barbara, es ist an der Zeit, endlich damit aufzuhören?"

Sie standen einander gegenüber und blickten sich an.

Eine scheinbare Ewigkeit lang reagierte meine Mutter nicht. Endlich senkte sie den Blick, legte ihre Hand leicht auf den Arm meines Vaters und sagte leise: „Ja." Ihr Gesicht war von einer zarten Röte überzogen. Sie wirkte verlegen, aber auch irgendwie erleichtert. Mein Vater strahlte übers ganze Gesicht.

Wahnsinn, dachte ich, dass ich das noch erleben darf! Verstohlen wischte ich mir eine Träne weg. Ich bedauerte, dass Michael diesen besonderen Moment verpasst hatte. Erst jetzt kam er zurück und schien gar nicht zu bemerken, dass in der Zwischenzeit etwas Außergewöhnliches passiert war.

Ich beugte mich zu ihm und flüsterte: „Sie reden wieder miteinander!"

Er flüsterte zurück: „War ja auch höchste Zeit."

Dann musterte ich ihn und sagte: „Schönes Hemd! Ist das neu?"

Er blickte an sich herunter. „Ja, nicht wahr? Hat Sofia ausgesucht."

Abrupt trat ich einen Schritt zurück. Sofia suchte Michaels Hemden aus? Das ging zu weit. Einen Mann beim Kleiderkauf zu beraten, war etwas sehr Persönliches, fast Intimes. Ich fühlte mich, als hätte ich herausgefunden, dass Sofia in meinem Bett geschlafen hatte.

DER TAG verlief, wie man es von einem gelungenen Familientreffen erwarten konnte. Alle gaben sich Mühe, fröhlich und ungezwungen zu sein, etwaige Konflikte wurden elegant umschifft. Ich hätte glücklich sein müssen.

Aber statt den Tag zu genießen, beobachtete ich unablässig Sofia. Wie sie mit meiner Mutter scherzte. Wie sie Pablo zärtlich über die Stirn strich. Wie sie Svenja an sich drückte. Wie sie Michael einen Gegenstand reichte, um den er sie gebeten hatte. Zwischen ihnen herrschte eine Vertrautheit, die mich auszuschließen schien.

Einmal hob sie den Kopf, und unsere Blicke trafen sich. Sie lächelte mir zu. Als ich ihr Lächeln nicht erwiderte, wandte sie, unsicher geworden, den Blick ab.

AUCH am nächsten Tag blieb Sofia den ganzen Tag zu Hause, versuchte aber, mir aus dem Weg zu gehen.

Nachmittags, als ich zufällig an ihrer halb geöffneten Zimmertür vorbeiging, sah ich, dass Michael bei ihr war. Sie saß auf dem Bett, das Gesicht in den Händen vergraben, er hockte auf dem Schreibtischstuhl ihr gegenüber und sprach leise auf sie ein. Ich blieb stehen. Michael bemerkte mich und machte mir ein Zeichen, nicht zu stören.

Ich ging weiter und versuchte, mir einzureden, dass an dieser Situation nichts seltsam war. Sofia hatte viel mehr Zeit mit Michael verbracht als mit mir. Es war verständlich, dass sie sich ihm anvertraute, wenn sie ein Problem hatte. Ich fragte mich nur, was es für ein Problem sein könnte, das sie so intensiv mit ihm zu besprechen hatte.

Später erzählte Michael mir, sie habe Streit mit ihrem Vater gehabt, und er glaube, dass der sie schikaniere. Jedes Mal wenn sie mit ihm telefoniert habe, sei sie ganz verstört gewesen.

Zweifelnd blickte ich ihn an. Soweit ich es beobachtet hatte, war Straus vernarrt in seine Tochter. Ich glaubte nicht an diese Erklärung. Was, wenn es gar nicht um Sofias Vater ging? Vielleicht war gar nicht er der Grund für ihren Kummer, sondern womöglich mein Mann! War er für sie wirklich nur eine Art Ersatzvater, oder sah sie etwas anderes in ihm? Natürlich könnte sie sich in ihn verliebt haben.

Ich gab mir einen Ruck. Hör auf mit dem Schwachsinn, befahl ich mir. Michael ist ein erwachsener, vernünftiger Mann. Wie oft hatte er sich lustig gemacht über Männer jenseits der Vierzig, die sich mit „jungem Gemüse" schmücken. Undenkbar, dass er selbst so etwas machte. Undenkbar?

AN EINEM der nächsten Tage sprach ich mit Sofia. „Ich finde, du solltest ein paar Gleichaltrige kennen lernen, mal ausgehen, feiern, Spaß haben. Es gibt da einen Au-pair-Treff. Wäre das nicht was für dich? Ich habe wirklich Angst, dass du trübsinnig wirst, wenn du immer nur zu Hause bist."

„Ich bin gerne hier", sagte sie. „Aber wenn Sie möchten, schaue ich es mir mal an."

Ich hatte bereits im Internet recherchiert und herausgefunden, dass am selben Abend eines der Treffen stattfinden sollte. Inständig hoffte ich, Sofia würde ein paar Bekanntschaften schließen. Ich hielt es nicht mehr aus, sie ununterbrochen hier im Haus zu haben.

ALS DIE KINDER im Bett waren, setzte ich mich mit einem Buch ins Wohnzimmer. Nachdem ich fünfmal den ersten Abschnitt der ersten Seite gelesen hatte und immer noch nicht wusste, worum es da ging, legte ich das Buch weg und dachte nach.

Michael war schon wieder unterwegs. Vielleicht ging er mir bewusst aus dem Weg, weil er etwas zu verbergen hatte. Immer wieder kam dieser Gedanke in mir hoch, immer wieder verbot ich ihn mir.

Ich konnte es mir nicht leisten, mir diese Art Sorgen zu machen. In Kürze würde ich wieder nach Litauen fahren müssen, da brauchte ich einen freien Kopf.

Nach einem weiteren Versuch legte ich das Buch endgültig zur Seite und ging in den Keller, um Wäsche aufzuhängen. Auf dem Rückweg kam ich an Sofias Zimmer vorbei. Einem plötzlichen Impuls folgend trat ich ein. Das Zimmer war tadellos aufgeräumt. An der Wand hingen zwei Bilder von Pablo. Auf einem Bild stand: *Für Sofia, mit fiel Libe von Pablo*.

Auf dem Regal lag ein Stapel *Psychologie Heute*-Hefte, daneben standen einige Standardwerke von Sigmund Freud, Wilhelm Reich, Erich Fromm.

Neben den Büchern standen einige gerahmte Fotos. Auf einem war Natalja mit Georg und Paul zu sehen. Daneben das Bild einer hübschen Frau mit dunklen Haaren, vermutlich Sofias Mutter. Ihren Vater entdeckte ich als jungen Mann mit Sofia als Baby auf dem Arm. Das letzte Bild zeigte

Michael mit Sofia, Svenja und Pablo. Er hatte den Arm um die Kinder gelegt, Sofia stand rechts daneben, und alle vier strahlten in die Kamera. Eine glückliche Familie. Mein Magen krampfte sich zusammen.

Mein Blick fiel auf Sofias Notizbuch mit der Aufschrift *Familie Moser*. Ich schlug das Buch auf und erkannte meine ersten Anweisungen fürs Einkaufen, die Frühstückszubereitung und die Schulbrote. Danach hatte sie zahlreiche Kochrezepte notiert, alles Lieblingsgerichte der Kinder. Ich fand Termineinträge, Telefonnummern und Notizen, die mit schulischen und anderen Aktivitäten der beiden zu tun hatten.

Plötzlich änderte sich die Art der Einträge. Nun las ich Notizen wie: *Svenja ist eindeutig in der Pubertät. Ich weiß nicht, ob es gut für sie ist, dass ihre Mutter gerade in dieser Phase so viel weg ist.*

Pablo vermisst Mutter und Vater. Ich verstehe ja, dass man Leidenschaft für seinen Beruf hat und Geld verdienen muss, aber könnte nicht wenigstens einer von beiden mehr zu Hause sein? Der Junge hängt sich sehr an mich, und ich versuche, ihm beide zu ersetzen. Er ist so ein süßer Kerl!

Michael ist ein faszinierender Mann. Ich verstehe, dass man sich von ihm angezogen fühlt. Aber ich weiß nicht, ob ich mit jemandem wie ihm verheiratet sein möchte. Er ist eher der Mann, mit dem man sich eine leidenschaftliche Affäre vorstellen könnte, aber natürlich …

Ich hörte ein Geräusch und schreckte auf. Schnell legte ich das Heft zurück und verließ das Zimmer. Bevor ich die Tür zumachen konnte, wurde die Haustür leise ins Schloss gezogen. Sofia. Ich flitzte die Treppe hinauf.

Mit klopfendem Herzen ließ ich mich aufs Bett fallen, hörte ihre Schritte auf dem Flur, dann das Öffnen und Schließen der Kellertür. Wenig später hörte ich ein weiteres Mal die Haustür. Michael. Es waren höchstens fünf Minuten vergangen. Ein Zufall?

In meinem Kopf rasten die Gedanken. Ich war nicht mal bis zur Hälfte des Heftes gekommen, die Einträge waren aus den ersten zwei oder drei Wochen ihres Aufenthalts. Was stand auf den restlichen Seiten? Was war in den Wochen passiert, die seither vergangen waren?

Wieder hörte ich unten Türen auf- und zuklappen. Dann leise Stimmen. Es wurde still. Warum sprachen sie nicht? Küssten sie sich?

Ich biss in die Decke, um nicht zu schreien.

Gleich darauf kam Michael herein. „Du bist ja noch wach“, hörte ich ihn im normalsten Tonfall der Welt sagen.

Ich richtete mich auf. „Ich weiß genau, was los ist!“, schrie ich.

Erschrocken machte er einen Satz auf mich zu und packte mich an den Schultern. „Bist du verrückt geworden? Du weckst ja die Kinder!“

„Die Kinder, die Kinder!“, äffte ich ihn nach. „Die sind dir doch sonst auch scheißegal, also tu jetzt nicht so scheinheilig!“

Er ließ sich neben mir aufs Bett fallen. „Sag mal, was ist eigentlich los mit dir?“

Ich brach in Tränen aus. „Ich merke doch, was hier los ist!“, stieß ich schluchzend hervor. „Sofia versucht, meinen Platz einzunehmen. Bei den Kindern hat sie's fast schon geschafft. Bleibt die Frage, wie weit sie bei dir gekommen ist? Sie hat doch garantiert versucht, dich zu verführen.“

„Ach, Katja!“ Michael wollte meine Hände nehmen.

Mit einer heftigen Bewegung entzog ich sie ihm. „Also los, sag schon! Ist was zwischen euch?“

„Katja, das ist einfach lächerlich! Das Mädchen ist neunzehn! Ich bin doch kein Kinderschänder!“

„Red keinen Quatsch“, sagte ich heftig. „Sie ist eine junge Erwachsene. Sie ist hübsch und klug. Ihr seid wochenlang allein, wenn ich in Litauen bin. Da würde jeder Mann schwach werden.“

„Ich bin aber nicht jeder Mann.“

„Das würde jeder Mann in dieser Situation sagen.“

Michael beugte sich vor und zwang mich, ihm in die Augen zu sehen. „Mein Gott, Katja, was kann ich tun, damit du mir glaubst?“

Ich starrte vor mich hin. Wahrscheinlich würde ich die Wahrheit sowieso nicht herausfinden können, aber allein der Verdacht zerriss mich. Ich vertraute Michael nicht mehr. Sofia vertraute ich schon gar nicht. In wenigen Tagen müsste ich wieder nach Litauen und würde wochenlang nicht mitbekommen, was sich hier abspielte. Mein Leben entglitt mir, alles entzog sich meiner Kontrolle und meinem Zugriff. Ich hatte Angst.

Acht

Jonas empfing mich am Flughafen Palanga und lächelte breit. Konnte es sein, dass er diesmal gute Nachrichten hatte? Nach den aufreibenden Tagen zu Hause hatte ich nicht die Nerven für weitere Katastrophen.

Er verstaute meinen Koffer im Auto und reichte mir den Schlüssel. Ich fuhr los. Dann konnte ich meine Neugier nicht länger bezähmen.

„Na los, sag schon“, forderte ich ihn auf. „Was gibt's Neues?“

Die Bombe war geplatzt. Der *Küstenbote* hatte die Enthüllungsstory über die korrupten Gemeinderäte gebracht, und die Druckwelle der Explosion hatte sie allesamt hinweggefegt.

„Vorerst sind sie nur beurlaubt“, sagte Jonas. „Aber ich kann mir nicht vorstellen, dass die nochmal zurückkommen.“

„Das war also die gute Nachricht“, sagte ich. „Aber ich wette, du hast auch eine schlechte!“

Jonas nickte. „Leider ja. Durch die Beurlaubung von einem Drittel seiner Mitglieder ist der Gemeinderat nicht mehr abstimmungsberechtigt, deshalb finden zurzeit keine Sitzungen statt.“

Verdammt. Das hieß, unser Antrag würde wieder nicht behandelt werden.

„Wie lange dauert denn die Pause?“

„Das ist noch nicht bekannt.“

Im Hotel überreichte er mir einen Packen Zeitungen, die alle über die Korruptionsaffäre berichteten. Wir bestellten Kaffee und er übersetzte mir stichwortartig die Artikel. „Du kannst stolz auf dich sein“, sagte er schließlich. „Du hast einen echten Skandal aufgedeckt.“

Mein Handy klingelte. Es war Straus, der mir zu unserem gemeinsamen Coup gratulierte und sich für den Abend mit mir verabreden wollte. „Das müssen wir doch feiern!“, dröhnte er.

Ich checkte ein, erhielt mein altes Zimmer wieder und mit dem Schlüssel dazu einen Umschlag, auf dem mein Name und die Adresse des Hotels standen. Auf dem Brief klebte eine Briefmarke, er war also nicht abgegeben worden, sondern mit der Post gekommen. Ein unangenehmes Gefühl beschlich mich.

Als ich in meinem Zimmer war, riss ich den Umschlag auf und zog ein zusammengefaltetes, weißes Blatt heraus. Ich faltete es auf. Der Text war, wie die Adresse, auf einem Computer geschrieben und ausgedruckt.

Give up and go back to your country. Otherwise you will get heavy problems. Gib auf und geh in Dein Land zurück. Sonst wirst Du schwere Probleme bekommen.

Ich schluckte und faltete das Blatt wieder zusammen. Dieser Brief wirkte deutlich professioneller als das handgeschriebene Zettelchen mit dem *„Go away“*. Wenn man keine Fingerabdrücke darauf entdecken könnte, was anzunehmen war, würde man niemals herausfinden, wer ihn geschrieben hatte. Ihn der Polizei zu übergeben wäre also vermutlich sinnlos.

Ich steckte ihn in meine Handtasche und beschloss, später darüber nachzudenken.

Um kurz vor acht ging ich hinunter, um Straus zu treffen. Gerade betrat er das Hotel und kam strahlend auf mich zu. Ich reichte ihm die Hand, er nahm sie und zog mich zu einer Umarmung an sich, wobei er mir auf den Rücken klopfte, bis ich hustete.

„Frau Moser, wie schön, Sie zu sehen!"

„Die Freude ist ganz meinerseits", röchelte ich und löste mich aus der Umklammerung.

„Heute lassen wir's richtig krachen!", kündigte er an, und wir betraten das Restaurant.

„Champagner!", bestellte er, als wir an der Theke vorbeigingen. Der gut aussehende Kellner zwinkerte mir zu und kam gleich darauf mit einer Flasche im Kühler und zwei Gläsern an unseren Tisch.

„Auf die Moral in Wirtschaft und Politik!", rief Straus, und wir stießen an.

Ich kippte das halbe Glas auf einmal. „Und?", sagte ich. „Wie viele Morddrohungen haben Sie nach der Veröffentlichung bekommen?"

„Ein paar, das ist normal."

Ich räusperte mich und nahm einen weiteren Schluck. „Muss man … solche Drohungen ernst nehmen?"

„Kommt darauf an. Warum fragen Sie?"

Ich holte den Brief aus meiner Tasche und faltete ihn auf. „Weil ich auch eine bekommen habe."

Straus setzte seine Brille auf und griff nach dem Blatt. Er las und ließ die Hand sinken. „Schwer zu sagen. Offenbar war der Schreiber clever genug, keine Spuren zu hinterlassen. Wenn er einigermaßen intelligent ist, könnte er auch in der Lage sein, den nächsten Schritt zu planen. Aber ich bin schon mehrmals bedroht worden, und mir ist noch nie was passiert."

Das beruhigte mich etwas. Wenn einer Erfahrung darin hatte, sich Feinde zu machen, war es Straus. Der Kellner brachte die Speisekarte. Straus bestellte als Vorspeise Blinis mit Kaviar, und als wir die aufgegessen hatten, war die Champagnerflasche leer. Ich fühlte mich angenehm beschwingt.

Straus fragte nach Sofia. Ich wunderte mich, dass er offenbar kaum Kontakt zu ihr hatte. Die Geschichte mit dem Streit erschien mir dadurch noch weniger wahrscheinlich.

Als wir den Hauptgang beendet hatten, sagte er: „Ich hätte Ihnen übrigens einen interessanten Vorschlag zu machen."

„Ah ja?", erwiderte ich, ohne übermäßiges Interesse zu zeigen.

Er nahm einen Schluck von dem Wein, den er inzwischen bestellt hatte. „Wenn ich die Sache richtig sehe, haben Sie doch immer noch das Problem der fehlenden Genehmigung, obwohl Sie eigentlich schon die perfekten Standorte für Ihre Windräder haben, stimmt's?"

„Im Prinzip, ja."

„Nun, die Firma Baudema hat zwar eine Genehmigung für diese Zone, aber ihr fehlen die Standorte – weil auf denen schon die Firma Sunwind sitzt."

„So was Dummes“, sagte ich.

„Jetzt denken Sie mal nach!“ Straus wurde lebhaft. „Die Lösung liegt doch auf der Hand: Wenn Sie zusammengehen würden, könnten Sie das Projekt gemeinsam realisieren!“

Ich blickte ihn entgeistert an. Vor Kurzem hatte er mir noch erklärt, dass in der Firma Baudema Betrüger säßen. Und jetzt sollten wir gemeinsame Sache mit denen machen? Was führte der Mann bloß im Schilde?

„Ehrlich gesagt, ich verstehe Sie nicht genau.“

Straus lächelte verlegen. „Ja, das kommt ein bisschen überraschend, ich weiß. Aber ich habe mir die Firma inzwischen genauer angesehen und bin der Meinung, dass ich mich geirrt habe. Die sind in Ordnung.“

„Und die Sache mit den Krediten? War die auch in Ordnung?“

Er setzte seinen Ich-erklär-dir-jetzt-mal-die-Welt-Blick auf. Dann behauptete er, die Baudema hätte ja gar nichts Böses gemacht, sondern nur Anteile verkauft und ihren Kunden Kredite angeboten. Das wäre normale Geschäftspolitik. Moralisch verwerflich wäre nur gewesen, dass die für die Genehmigung zuständigen Gemeinderäte das Angebot angenommen hätten.

„Ah, jetzt verstehe ich!“, sagte ich spöttisch. „Ein unmoralisches Angebot zu machen ist in Ordnung, nur annehmen darf man es nicht?“ Ich war schlagartig wieder nüchtern. Mein Instinkt sagte mir, dass ich auf der Hut sein musste.

Er wischte meine Äußerung mit einer Handbewegung weg. „Seien Sie doch nicht so kleinkariert! Tatsache ist, dass die Firma Sunwind und die Firma Baudema beide ein Problem haben, das die jeweils andere Firma lösen könnte. Warum reden Sie nicht wenigstens mal mit denen?“

Ich war mir sicher, dass er den Vorschlag nicht machte, um mir einen Gefallen zu tun. Aber wenn er eigene Interessen verfolgte – welche könnten es sein? Um Zeit zu schinden, sagte ich unverbindlich: „Ist gut, ich denke mal darüber nach.“ Eigentlich war die Idee von bestechender Logik – vorausgesetzt, die Firma Baudema war solide. Trotzdem blieb ich misstrauisch.

„Sie sind eben eine kluge Frau!“ Straus hob sein Weinglas, und wieder stießen wir an.

„Das wird sich zeigen“, sagte ich lachend. „Vielleicht bin ich ja nur im Begriff, auf einen Ihrer Tricks reinzufallen. Sie sind ein gerissener Hund.“

Er tat, als wäre er gekränkt. „Sie haben ein völlig falsches Bild von mir.“

Ich fragte mich, ob er selbst glaubte, was er da erzählte.

Es war nach Mitternacht, als ich in mein Zimmer zurückkehrte, und ich war mehr als angeheitert. Deshalb dauerte es eine Weile, bis ich realisierte, dass etwas nicht stimmte. Ich lag schon im Bett und wollte gerade das Licht ausmachen, als ich bemerkte, dass der Schrank, den ich immer abschloss, wenn ich den Raum verließ, offen stand. Ich setzte mich auf und suchte in meiner Tasche nach dem Schlüssel. Der war genau da, wo ich ihn hingesteckt hatte.

Ich ging zu dem Schrank und zog die Tür auf. Mein Laptop war weg.

Geschockt setzte ich mich einen Moment aufs Bett. Dann zog ich mich wieder an und ging hinunter zur Rezeption. Es war niemand mehr dort, inzwischen war es halb eins.

Es blieb mir nichts anderes übrig, als bis zum Morgen zu warten. Zurück in meinem Zimmer kontrollierte ich Fenster und Türen, sah sogar unters Bett und hinter den Duschvorhang. Diffuse Angst hatte mich erfasst. Jemand war in meinem Zimmer gewesen! Woher wusste ich, dass er nicht wiederkommen würde? Lange konnte ich nicht einschlafen.

Am nächsten Morgen meldete ich den Diebstahl der Hotelleitung. Die Direktorin war bestürzt und versprach, sofort die Polizei zu informieren.

Dann erzählte ich Jonas, was passiert war.

„Du hast hoffentlich Sicherungskopien gemacht?“, war seine erste Frage.

„Von den meisten Sachen schon. Und vieles kann Franz mir auch wieder rüberschicken. Das ist es nicht, was mir Sorge macht. Viel schlimmer ist, dass diese Typen jetzt alles wissen, was wir wissen. Da sind Briefe drauf, Strategiepapiere, Sitzungsprotokolle. Unser gesamtes Projekt.“

„Diese Typen? Wen meinst du?“

„Ich glaube, dass unsere Gegner dahinterstecken, wer immer sie sind. Der Computer war ziemlich alt und nicht mehr viel wert. Es kann nur um diese Informationen gegangen sein.“ Ich zeigte ihm den Brief. „Sieht aus, als würden die jetzt ernst machen.“

Betroffen sah Jonas auf. „Wann hast du den gekriegt?“

„Gestern.“

„Was können die uns denn tun?“, überlegte Jonas laut.

„Einen Schlägertrupp vorbeischicken? Umbringen werden sie uns schon nicht.“

Die Tür zum Restaurant öffnete sich, eine jüngere Frau und ein etwas älterer Mann, beide in Polizeiuniform, traten ein. Jonas stand auf und winkte die beiden an unseren Tisch. Der Mann befragte mich, Jonas übersetzte, und die Frau schrieb mit. Schließlich gab ich ihnen auch noch den Brief. Nicht dass ich glaubte, sie würden den Urheber ausfindig machen. Aber er stützte meine These, dass es kein normaler Diebstahl war.

„Kann ich eine Bestätigung unserer Anzeige für die Versicherung haben?“, bat ich.

Der Polizist erklärte, ich könne nachmittags aufs Revier kommen und meine Aussage unterschreiben. Dann erhielte ich eine Kopie der Anzeige, die ich mit der Schadensmeldung einreichen könne.

Ich bedankte mich, und die beiden zogen ab. Hoffentlich war keiner von ihnen mit irgendwelchen Windkraftgegnern verwandt oder verschwägert, das würde die Aufklärungswahrscheinlichkeit gegen null senken. Aber viel höher war sie vermutlich ohnehin nicht.

„Wie sieht unser Tagesplan aus?“, fragte ich Jonas.

„Wir kaufen einen neuen Laptop. Und du lässt dir von Franz alles an Dateien mailen, was nötig ist. Spätestens morgen sollte dein Büro wieder funktionieren.“

Wir kauften einen nicht zu teuren Laptop und eine externe Festplatte, die ich ab jetzt jeden Abend anschließen würde, um die Daten zu sichern. Danach würde ich sie in den Safe sperren.

Nach dem Mittagessen gingen wir zu Fuß zum Polizeirevier. Der Polizist, der morgens im Hotel gewesen war, schob mir einen Computerausdruck zur Unterschrift hin.

Jonas las das Dokument genau durch, dann hob er den Kopf. „Hast du gesagt, du hieltest es für wahrscheinlich, dass jemand vom Hotelpersonal den Diebstahl begangen habe?“

„Um Gottes willen, nein! Das habe ich nicht gesagt. Ich habe gesagt, dass ich vermute, der Dieb komme aus den Kreisen der Windkraftgegner. Deshalb habe ich ihnen ja auch den Drohbrief gegeben!“

Jonas übersetzte, was ich gesagt hatte.

„Wir haben keinen Brief erhalten“, sagte der Polizist mit undurchdringlicher Miene.

Jonas und ich blickten uns an. „Hast du eine Kopie?“, murmelte er. Ich schüttelte den Kopf.

Jonas drängte den Beamten, den Passus mit dem Hotelpersonal zu ändern. Der tat das schließlich widerwillig, und ich unterschrieb.

Beim Rausgehen sagte ich kopfschüttelnd: „Das glaubt mir kein Mensch.“

Jonas machte den neuen Laptop gebrauchsfertig. In der Zwischenzeit telefonierte ich mit Franz. Der war sauer wegen des gestohlenen Computers, sah aber ein, dass ich keine Schuld hatte.

„Noch was, Franz. Gestern habe ich einen Drohbrief bekommen. Die Bullen haben ihn einkassiert und hinterher so getan, als wüssten sie von nichts.“

Jetzt war sogar Franz einen Moment sprachlos. „Das gibt's doch nicht“, sagte er schließlich empört. „Soll ich irgendwas unternehmen? Meine Beziehungen spielen lassen? Einen Minister darauf ansetzen?"

„Danke, aber ich glaube nicht, dass es was bringt. Wir müssen einfach vorsichtig sein."

„Sag Jonas, er soll gut auf dich aufpassen!", befahl Franz.

„Wird gemacht!" Ich bemühte mich, unbeschwert zu klingen.

Es fiel mir schwer, mich auf meine Aufgabe zu konzentrieren. Immer wieder wanderten meine Gedanken nach Hause, zu Michael und zu der schlimmen Szene, die ich ihm vor meiner Abreise gemacht hatte. Mehrmals war ich kurz davor gewesen, ihn anzurufen, um mich mit ihm auszusprechen, aber dann schaffte ich es doch nicht. Es erschien mir kaum möglich, ein klärendes Gespräch am Telefon zu führen. Und so versuchte ich nach Kräften, meine düsteren Gedanken zu verdrängen.

Dabei kam mir zugute, dass es eine Menge zu tun gab. Wir wollten zu Raistenkis. Der brauchte mal wieder einen Tritt in den Hintern, weil er sonst vergaß, dass er für uns tätig war.

Es war ein strahlender Wintermorgen. In den Tagen zuvor hatte es noch mal kräftig geschneit, nun schien die Sonne und brachte den Schnee zum Glitzern. Ich lenkte den Wagen vom Hotelparkplatz und bog auf die Straße ein.

„Es gibt mehrere Möglichkeiten", erklärte ich Jonas, der sich inzwischen mit seiner Rolle als Beifahrer abgefunden hatte. „Der Idealfall wäre, dass die alten Gemeinderäte durch neue ersetzt werden, die zur Abwechslung mal nicht korrupt sind und unseren Antrag genehmigen." Dass er genehmigungsfähig war, hatte Bajoras zwei Tage, nachdem ich ihm die Baudema-Liste vorgelegt hatte, bestätigt. Staunend hatte ich zur Kenntnis genommen, wie schnell Dinge sich ändern können, wenn man das richtige Druckmittel anwendet!

„Und der schlimmste Fall?"

„Wäre, wenn die alten Gemeinderäte zurückkämen. Die würden uns doch mit Freuden über die Klinge springen lassen. Wenn sie rehabilitiert wären, hätten wir kein Druckmittel mehr."

„Und was würden wir dann machen?"

Ich erzählte ihm von Straus' Vorschlag mit der Baudema. Er war ebenso erstaunt, wie ich es gewesen war. Aber auch er sah die Logik, die in der Idee lag.

Wir hatten die Landstraße erreicht, die an dieser Stelle von Alleebäumen gesäumt war. Ich bog ein und gab Gas. Es herrschte starker Verkehr. Plötzlich leuchteten vor mir die Bremslichter eines Lkws auf. Ich trat kräftig auf die Bremse. Nichts. Kein Widerstand. Keine Bremswirkung. Unaufhaltsam rasten wir auf den Lkw zu.

Ich hörte Jonas aufschreien. Vor mir der Lkw, neben mir Alleebäume, dazwischen kaum Platz für ein Zweirad. Ich hatte die Wahl. Entweder wir knallten frontal auf den Lastwagen, oder ich versuchte, die Lücke zwischen zwei Bäumen zu treffen. Instinktiv riss ich das Steuer nach rechts.

Ein lauter Knall, ich wurde zur Seite geschleudert, bevor ich nach vorn krachte. Dann wurde es dunkel.

ALS ICH zu mir kam, beugte sich ein fremder Mann über mich und fragte etwas auf Litauisch. Ich konnte nicht antworten, stöhnte nur. Mein Schädel dröhnte.

Jonas! Ich drehte den Kopf, der Beifahrersitz war leer, die Tür geöffnet. Ich sah ihn auf einer Decke im Schnee liegen, mehrere Menschen beugten sich über ihn. O mein Gott.

Ich versuchte auszusteigen, der Mann wollte mich festhalten. Ich riss mich los, taumelte um das Auto herum und fiel neben dem bewegungslosen Jonas in den Schnee. Jemand hatte ihn mit einer Jacke zugedeckt, seine Augen waren geschlossen. In seinen Haaren war Blut.

Panisch versuchte ich, in den Gesichtern der Umstehenden zu lesen.

Eine Frau sagte etwas auf Litauisch, wenn ich es richtig deutete, versuchte sie, mich zu beruhigen. Von fern hörte ich eine Sirene, wenig später sah ich einen Rettungswagen, der versuchte, sich einen Weg zwischen den Autos zu bahnen. Ich robbte ein Stück näher zu Jonas, aber da war auch schon der Rettungswagen angekommen, zwei Sanitäter sprangen heraus und drängten die Umstehenden weg.

DAS NÄCHSTE MAL wachte ich im Krankenhaus auf. Mein Kopf schmerzte, mir war schwindlig und übel.

Ich lag in einem großen Raum mit mehreren Betten, von denen bis auf eines alle belegt waren. Eine Schwester tauchte auf.

„Wie fühlen Sie sich?" Sie sprach Deutsch, wenn auch mit starkem Akzent.

„Ich weiß nicht genau … mein Kopf tut weh, und mir ist schlecht."

„Sie haben eine Gehirnerschütterung und Prellungen. Aber Sie hatten großes Glück. Gibt es jemanden, den wir verständigen sollen?"

Natürlich, Raistenkis erwartete uns. Ich fragte nach meiner Handtasche, die zu meiner Überraschung neben dem Bett stand. Ich gab ihr die Telefonnummer, und sie versprach, ihn anzurufen.

Michael würde ich selbst informieren. Aber erst müsste dieses Hämmern im Kopf nachlassen, vorher konnte ich nicht klar denken. Ich schloss die Augen, und in diesem Moment erlebte ich alles noch einmal, den Lkw, der unaufhaltsam näher kam, meinen wirkungslosen Tritt auf die Bremse, die Unausweichlichkeit des Aufpralls. Ich riss die Augen wieder auf.

Nie in meinem Leben hatte ich mich so ausgeliefert gefühlt. Mein ganzer Körper zitterte, kalter Schweiß brach aus all meinen Poren. Ich schrie, die Schwester kam angelaufen, gefolgt von einer zweiten mit einer Spritze in der Hand. Wenig später sank ich in eine wohlige Wärme.

GEGEN ABEND fühlte ich mich etwas besser, vermutlich wegen der Schmerz- und Beruhigungsmittel, die sie mir gegeben hatten. Jonas! Noch immer wusste ich nicht, was mit ihm los war. Ich suchte den Notfallknopf und klingelte. Als die Schwester kam, setzte ich mich mit einiger Mühe auf.

„Wie geht es meinem Beifahrer, Jonas Macaitis?"

Sie zögerte. „Er ist … ziemlich schwer verletzt."

„Aber … er lebt doch?"

Es dauerte scheinbar eine Ewigkeit, bis sie endlich nickte.

„Gott sei Dank!" Erleichtert ließ ich mich ins Kissen zurückfallen. „Kann ich zu ihm?"

„Heute noch nicht. Anweisung des Arztes."

Ich fragte, wo ich telefonieren könne. Sie schickte mich in den Besucherraum. Es dauerte endlos, bis ich die paar Meter mithilfe eines Rollators zurückgelegt und Michaels Handynummer gewählt hatte.

„Wo steckst du?", fragte ich.

„In der Redaktion, wir haben Produktionstag." Er klang nicht übermäßig erfreut, mich zu hören.

„Tut mir leid, dass ich dich stören muss", sagte ich sachlich, „aber ich dachte, ich sollte dich informieren. Ich hatte einen Autounfall."

Schweigen. „Ist dir was passiert?"

„Gehirnerschütterung und Prellungen. Ist nicht so schlimm. Aber … Jonas ist ziemlich schwer verletzt."

„Das … tut mir leid. Kann ich irgendwas tun?"

„Nein, ist schon okay."

Wieder schwieg er. „Bist du … ich meine, geht's dir wirklich gut?"

„Ja, mir geht's gut."

„Wo bist du denn jetzt?"

„In Klaipeda, im Krankenhaus."

„Hast du alles, was du brauchst? Kann ich … kann ich nicht doch irgendwas für dich tun?" Mit einem Mal klang seine Stimme zittrig.

„Ja, erzähl bitte den Kindern nichts davon. Ich will nicht, dass sie Angst bekommen."

„Nein, natürlich nicht."

„Und noch was, Michael", sagte ich stockend. „Es tut mir leid, was neulich passiert ist. Ich weiß nicht, was in mich gefahren ist. Ich war plötzlich davon überzeugt, dass du mich mit Sofia betrügst. Inzwischen erscheint es mir ziemlich abwegig. Ich bin so … verunsichert, weißt du? Vielleicht ist das zurzeit alles … ein bisschen viel für mich."

„Mach dir keine Sorgen", sagte er sanft. „Wir reden in Ruhe über alles, wenn wir uns nächstes Mal sehen."

„Aber eines muss ich dich trotzdem noch fragen", sagte ich. „Wie war das mit dem Hemd, das Sofia für dich ausgesucht hat?"

Michael lachte kurz auf. „Ganz einfach, ich hatte drei Hemden mit nach Hause gebracht, weil ich mich nicht entscheiden konnte. Und dann habe ich sie gefragt, welches ihr gefällt. Sie hat es mir gesagt, und dann habe ich eines zurückgebracht, bei dem ich mir selbst nicht sicher war. Das ist alles."

Und ich hatte mir die beiden Hand in Hand beim Shopping-Bummel vorgestellt. Offenbar war meine Fantasie völlig mit mir durchgegangen.

„Was für ein Idiot ich war", sagte ich leise. „Hoffentlich verzeihst du mir."

NACH einer unruhigen Nacht voller Albträume wachte ich am nächsten Morgen früh auf. Ich war wie zerschlagen, mein ganzer Körper schmerzte. Nur der Kopf tat nicht mehr so weh.

Das Frühstück wurde gebracht. Am Vortag hatte ich wegen meiner Übelkeit nichts essen können. Jetzt merkte ich, wie hungrig ich war. Ich schlang das lasche Brötchen mit Butter und Marmelade hinunter und trank den dünnen Kaffee.

Heute hatte eine andere Schwester Dienst. Sie sprach kein Deutsch. Angestrengt versuchte ich, mich ihr verständlich zu machen. Ich schrieb Jonas' Namen auf einen Zettel, zeichnete ein Bett und ein Fragezeichen daneben. Sie schien zu begreifen und machte mir ein Zeichen zu warten.

Wenig später kam sie zurück und schrieb mir die Station und das Zimmer auf, in dem Jonas lag. Ich bedankte mich und machte mich auf den Weg, diesmal ohne Rollator.

Jonas' Anblick schockierte mich. Er lag auf der Überwachungsstation in einem Bett, das umgeben war von Monitoren und anderen Geräten, aus denen Schläuche zu seinem Körper führten. Seine rechte Schulter und sein Arm waren eingegipst, er trug einen Kopfverband. Jonas versuchte ein Lächeln.

„Es tut mir so furchtbar leid!“, sagte ich. Mir kamen die Tränen. Ich setzte mich so nah wie möglich ans Bett. „Hast du Schmerzen?“

Er versuchte, den Kopf zu schütteln. „Schmerzmittel.“

Ja, damit waren sie hier großzügig, das hatte ich schon bemerkt. „Was für Verletzungen hast du?“

Mit dem Kinn deutete er nach rechts.

„Arm gebrochen?“

„Schulter.“

„Und sonst? Platzwunde? Gehirnerschütterung? Prellungen?“

Er nickte jedes Mal. Dann sagte er: „Und du?“

„Alles okay“, sagte ich. „Gehirnerschütterung, ein paar blaue Flecken.“

Erleichtert lächelten wir uns an.

„Was ist … eigentlich genau passiert?“, fragte Jonas mit Mühe.

„Das besprechen wir alles, wenn es dir besser geht. Ich bleibe noch zwei Tage hier im Krankenhaus. Morgen komme ich wieder.“

„Okay“, flüsterte er und schloss dankbar die Augen.

DIE NÄCHSTEN BEIDEN MALE hatte ich keine Gelegenheit, in Ruhe mit Jonas zu sprechen. Ständig war irgendjemand bei ihm, Ärzte, Schwestern, Besucher.

Jonas würde zwei Wochen im Krankenhaus bleiben und weitere zwei Wochen einen Gips tragen müssen. Ich würde also alles, was mit dem Unfall zusammenhing, allein regeln müssen.

Als ich aus dem Krankenhaus entlassen wurde, fuhr ich mit dem Taxi zur Filiale von Litacars und bat den Fahrer, auf mich zu warten.

Der Geschäftsführer sprach Englisch. Das Unfallauto stand draußen auf dem Hof, ein Gutachter von der Versicherung würde es untersuchen.

„Wie ist es denn eigentlich passiert?“, fragte der Geschäftsführer.

„Die Bremse hat nicht reagiert“, sagte ich.

Der Typ sah gar nicht amüsiert aus. „Das kann nicht sein, unsere Fahrzeuge sind einwandfrei gewartet.“

„So war es aber. Wann kommt denn der Gutachter?“, fragte ich. „Wenn ein Defekt am Wagen vorliegt, wird er ihn ja wohl finden!“

„In den nächsten Tagen“, sagte der Mann. „Wir informieren Sie.“

ENDLICH traf ich Jonas allein an. Er trug statt des Kopfverbandes nur noch ein Pflaster und war auf die normale Station umgebettet worden. Er lag jetzt in einem Vierbettzimmer, aber zwei der Betten waren nicht belegt; der andere Patient war gerade in die Cafeteria gegangen.

Ich hatte Jonas Schokolade und Blumen mitgebracht, außerdem einen Cheeseburger mit Pommes und eine Cola. Dankbar stürzte er sich darauf.

„Daf Effen hier ist grauenhaft“, sagte er mit vollem Mund.

„Weiß ich doch!“

Als er fertig war, lächelte er mich an. „Du hast mir das Leben gerettet!“

Schlagartig wurde ich ernst. „Falsch“, sagte ich. „Um ein Haar hätte ich dich umgebracht. Aber, Jonas, ich konnte wirklich nichts dafür! Die Bremse hat nicht funktioniert. Da war einfach keine Reaktion, nichts!“

Er nickte langsam, als versuche er, sich zu erinnern. „Ich hab ja gesehen, wie du gebremst hast. Und dass der Wagen nicht langsamer wurde. Ich bin kein Autoexperte, aber das klingt für mich nach einem geplatzten Bremsschlauch.“

„Aber neue Bremsschläuche gehen doch nicht einfach kaputt!“

Wir schwiegen beide. Und dachten wohl beide dasselbe.

„Katja …“, begann Jonas, und seine Stimme war plötzlich heiser.

„O nein“, sagte ich schnell, „das kann einfach nicht sein!“ Mir wurde eiskalt.

„Wo ist der Wagen jetzt?“

„Bei der Autovermietung. Die wollten mich anrufen, sobald der Gutachter da war.“

Jonas bat mich, die Nummer von Litacars zu wählen und ihm das Handy zu geben.

„Darf man denn hier telefonieren?“, fragte ich.

„Nein, aber das ist ein Notfall.“

Ich reichte ihm das Handy und hörte, wie er aufgeregt mit jemandem sprach. Er drückte den Aus-Knopf. „Der Wagen ist weg. Die Versicherung hat ihn abholen lassen, und diese Pfeife von Geschäftsführer behauptet, er wüsste nicht wohin.“

Ich dachte nach. „Das müsste sich doch rausfinden lassen. Wie hieß denn die Versicherung?“

Weil wir erst vor Kurzem den Versicherungsschutz auf mich ausgedehnt und mich als Fahrerin hatten eintragen lassen, erinnerte sich Jonas sofort an den Namen. Jetzt brauchten wir nur noch eine Telefonnummer.

Ich nahm mein Notebook aus der Tasche, schaltete es ein und schloss den Internetstick an. Ungeduldig suchte ich nach der Website des Versicherers, und tatsächlich gab es einen Vertreter in Klaipeda. Ich nahm das Handy und wählte. Als ich hörte, dass jemand dranging, reichte ich Jonas das Telefon.

Wieder hörte ich ihm zu. Diesmal blieb er ruhig und kritzelte mit der linken Hand einige Worte auf einen Zettel. Nachdem er das Gespräch beendet hatte, setzte er sich auf, schwang die Beine aus dem Bett und sagte: „Gib mir bitte meine Sachen aus dem Schrank."

Entgeistert starrte ich ihn an. „Spinnst du, Jonas?"

„Katja, da läuft schon wieder ein krummes Ding. Wenn du mich fragst, macht die Versicherung gemeinsame Sache mit dem Autovermieter." Ich verstand gar nichts mehr. Jonas sagte: „Ich erklär's dir auf dem Weg, hilf mir jetzt beim Anziehen."

Er wirkte so entschlossen, dass ich es aufgab, ihm zu widersprechen, und ihm half, seine Hose, die Socken und die Schuhe anzuziehen. Dann streifte ich ihm vorsichtig den Pullover über, dabei zog er vor Schmerzen scharf die Luft ein. Zuletzt legte ich ihm seine Jacke auf die eingegipste Schulter. Wir gingen zur Tür und kontrollierten den Flur. Keine der Schwestern war zu sehen. Wir liefen die wenigen Meter bis zum Lift und fuhren nach unten.

Vor dem Krankenhaus standen Taxis. Erleichtert ließ Jonas sich auf den Sitz sinken.

„Sag mal, wenn du meinst, da läuft ein krummes Ding, warum hat der Typ von der Versicherung dir dann verraten, wo das Auto ist?", fragte ich.

Jonas grinste. „Ich habe das traumatisierte Unfallopfer gespielt und ihm erklärt, es sei Teil meiner Therapie, mich mit dem Unfallwagen zu konfrontieren. Da hat er wohl Mitleid bekommen."

„Raffiniert", sagte ich anerkennend. „Und jetzt erklär mir bitte mal deine Krumme-Ding-Theorie."

„Also, wenn sich rausstellt, dass der Wagen einen Defekt hatte, der durch mangelhafte Wartung entstanden ist, wäre der Vermieter haftbar, deshalb hat der ein Interesse daran, dass kein solcher Defekt entdeckt wird. Wenn der Versicherungstyp nun in sein Gutachten schreibt, dass kein Defekt am Auto war, es sich also um einen Fahrfehler gehandelt haben muss, spart der Vermieter eine Menge Geld. Davon gibt er dem Versicherungsfritzen was ab, lässt den Schrottwagen verschwinden, und alle sind zufrieden."

„Und wir haben es jetzt so eilig, damit wir das Auto noch ansehen können, bevor es sich womöglich in Luft auflöst?", vergewisserte ich mich.

„So ist es", bestätigte Jonas.

Das Taxi hatte uns zu einem Industriegelände am Stadtrand gebracht. Auf einem großen Platz standen Hunderte Unfallautos.

Ich zahlte, und Jonas bat den Fahrer zu warten.

Ich half Jonas beim Aussteigen. „Langsam!", befahl ich. Eingehakt schritten wir die Reihen der Autos ab.

Endlich entdeckten wir unseren kaputten Wagen. Die rechte Seite war völlig eingedrückt. Am schlimmsten sah die Tür aus. Jonas stieß die Luft aus. „Dafür sehe ich doch noch ganz gut aus", versuchte er einen Scherz. „Hilf mir", sagte er dann, „ich muss mich hinlegen."

Ich stützte ihn und half ihm, sich neben dem linken Vorderrad auf den Boden gleiten zu lassen. Wieder stöhnte Jonas vor Schmerz. Er streckte den Kopf unters Auto. Dann winkte er mich zu sich. Ich legte mich ebenfalls auf den mit schmutzigem Schnee bedeckten Boden und sah in die Richtung, die er mir wies. Sofort begriff ich, was er meinte. Eine Leitung, die vom Rad ins Innere des Wagens führte, war geplatzt. Verbogenes Metallgewebe und gerissener Gummi waren zu sehen. Neben dem Riss, der längs verlief, war eine winzige waagerechte Kerbe zu erkennen.

Jonas zog sein Handy heraus und machte zwei Fotos.

Neun

In Windeseile packte ich meine und Jonas' Sachen, checkte aus dem Hotel in Gargzdai aus und ließ mich zum „Finn In", einem Hotel im Zentrum von Klaipeda, bringen. Das war ein gesichtsloser Kasten, anonym wie alle Kettenhotels, also genau das, was ich brauchte. Ich wollte unsichtbar werden.

Während ich auspackte, musste ich unaufhörlich an die Ereignisse des Vormittags denken. Auf der Rückfahrt vom Schrottplatz ins Krankenhaus waren Jonas und ich wie unter Schock gewesen.

„Wir müssen die Polizei einschalten", hatte er gesagt.

Ich hatte schnaubend gelacht. „Überleg doch mal, wer für den Anschlag zuständig ist: unsere Freunde und Helfer aus Gargzdai, die den Drohbrief unterschlagen haben." Als ich das Wort Anschlag ausgesprochen hatte, hatte ich Gänsehaut bekommen. Wie es aussah, hatte jemand versucht, uns umzubringen. Es war so unglaublich, dass mein Gehirn sich weigerte, diese Information zur Kenntnis zu nehmen.

„Was machen wir denn jetzt?", hatte ich ratlos gefragt.

„Als Erstes wechselst du das Hotel. Und dann besorgen wir dir eine Waffe."

Ich hatte hysterisch gelacht. „Bist du verrückt? Soll ich ab jetzt mit einem Revolver rumlaufen?"

„Warum nicht? So ein kleiner Damenrevolver passt in jede Handtasche."

Frau Moser rüstet auf, hatte ich gedacht. Das war doch alles völlig irrsinnig.

„Ich überleg's mir, okay?" Damit war ich aufgestanden, hatte ihm die linke Hand gedrückt und gesagt: „Bis morgen. Auch wenn das Essen schlecht ist, hier bist du wenigstens sicher."

ALS ICH im Finn In gerade meinen Koffer zuklappte und im Schrank verstaute, klingelte mein Handy. Straus erkundigte sich nach meinem Befinden und klang ehrlich besorgt. Ich fragte mich, wie viel er wusste. „Ähm … was haben Sie denn so gehört?“, erkundigte ich mich.

„Na, dass Sie einen Unfall hatten und im Krankenhaus sind.“

Mehr wusste er also nicht, und das war auch gut so. „Ich bin schon wieder raus, aber mein Assistent liegt noch in der Klinik.“

„Und wo sind Sie?“

„Ich bin ins Finn In umgezogen. Ich … wollte näher bei Herrn Macaitis sein. Einer muss sich ja um ihn kümmern.“

„Im Finn In? Na, dann schauen Sie mal aus dem Fenster. Im Gebäude gegenüber ist die Redaktion des *Küstenboten*.“

Ich ging zum Fenster und zog den Vorhang zur Seite. Auf der anderen Straßenseite stand ein großer, moderner Bürokomplex.

„In welchem Stock wohnen Sie?“

„Im sechsten.“

„Winken Sie mal!“, forderte er mich auf.

Ich winkte und hörte ihn lachen. „Ich sehe Sie! Wie wär’s, wenn Sie auf einen Sprung rüberkommen, ich würde gern was mit Ihnen besprechen.“

Ich versprach, gleich da zu sein. Wenig später stand ich vor der Redaktion des *Küstenboten* und drückte die Klingel. Straus begrüßte mich herzlich und führte mich durch die Redaktionsräume. Es gab einen Empfangsbereich, fünf Redaktionsbüros, ein Büro für seine Sekretärin und das Chefzimmer. Der Blick von dort ging direkt rüber zum Hotel. Ich wusste nicht recht, ob ich mich beschützt oder beobachtet fühlen sollte.

Er ließ Kaffee und Mineralwasser bringen und schloss die Tür. „So, und nun verraten Sie es mir. Wie haben die Kerle es gemacht?“

Verständnislos blickte ich ihn an.

„Jetzt schauen Sie nicht so dämlich aus der Wäsche! Sie haben neulich einen Drohbrief bekommen. Und kurz danach fahren Sie gegen einen Baum. Und nun glauben Sie, das war Zufall?“

Ich senkte den Blick. „Nein, ehrlich gesagt glaube ich das nicht.“

„Na bitte, ich auch nicht. Wie haben sie es also angestellt?“

„Bremsschlauch angeschnitten.“

Er ließ sich auf seinem Schreibtischsessel nach hinten fallen. „Nicht zu fassen. Diese Schweinebande!“ Nach einer Pause fragte er: „Wer weiß alles davon?“

„Niemand. Nur Jonas und ich. Und … Sie.“ Ich erläuterte ihm, was wir uns zur Einschaltung der Polizei überlegt hatten, und er pflichtete mir bei. Es würde zu nichts führen, außer zu noch mehr Ärger.

„Aber wir können diese Kriminellen doch nicht einfach so davonkommen lassen!", polterte er.

„Was wollen Sie denn machen?"

„Es veröffentlichen." Straus stand auf und ging im Büro auf und ab. Dabei bewegte er die Hände, als forme er etwas. „Wir machen eine Geschichte, in der alles vorkommt, was Sie an Widerständen erlebt haben. Die bürokratischen Hürden, das aggressive Geschrei beim Hearing, der Drohbrief …"

„… die *zwei* Drohbriefe, meinen Sie. Dazu der Typ, der gesagt hat, ich solle abhauen. Der gestohlene Laptop. Die toten Fledermäuse, die unters Windrad gelegt wurden, obwohl es in der Gegend keine gibt …"

Straus' Gesicht glühte vor Eifer. „Und jetzt noch der Mordanschlag. Wenn das keine Story ist!"

„Aber was bezwecken Sie damit?"

„Stimmung! Es geht darum, die Stimmung gegen die Windkraftgegner zu wenden. Wir müssen deutlich machen, dass sie ein Haufen verblendeter, ideologisch verbohrter Idioten sind, die vor Gewalt nicht zurückschrecken. Dann verlieren sie den Rückhalt in der Bevölkerung."

Das klang gut. Vielleicht würde ein solcher Artikel sogar dazu führen, dass sie sich nicht mehr trauten, Gewalt gegen uns anzuwenden.

„Und … was hätten Sie davon?", fragte ich. „Nachdem ich für diese Story nichts zahlen werde, muss es einen anderen Grund geben, dass Sie plötzlich zu einem so glühenden Befürworter der Windkraft geworden sind."

„Ach, Frau Moser." Seine Stimme klang kummervoll. „Warum haben Sie nur einen so schlechten Eindruck von mir? Habe ich Sie nicht immer unterstützt? Verdanken Sie mir nicht das beste Au-pair-Mädchen aller Zeiten? Habe ich Sie nicht teilhaben lassen am Sturz von sechs korrupten Politikern …" Er unterbrach sich, und seine Stimme wurde wieder normal. „… die übrigens seit gestern allesamt wieder im Amt sind."

„Nein!" Entsetzt starrte ich ihn an.

„Doch."

„Na, dann kann ich sowieso einpacken", sagte ich und stand auf. „Von diesem Gemeinderat werde ich nie mehr eine Genehmigung bekommen."

„Warten Sie!", befahl er, und ich setzte mich zögernd wieder hin. „Deshalb will ich ja die ganze Zeit, dass Sie endlich mit den Baudema-Leuten reden. Sie und die gemeinsam können diesen Gemeinderat aushebeln!"

„Gut“, sagte ich entschlossen. „Dann werde ich jetzt meinen Chef hierherbestellen. Der soll die Firma überprüfen und dann entscheiden.“

„Na endlich“, sagte Straus zufrieden. Und obwohl ich den Eindruck hatte, ihm dankbar sein zu müssen, blieb ein ungutes Gefühl in mir zurück.

DREI TAGE SPÄTER fuhr ich zum Flughafen, um Franz abzuholen. Er hatte einen Leihwagen reserviert, und auf der Fahrt erzählte ich ihm minutiös, was geschehen war. Von Bajoras' Verzögerungstaktik, den zinslosen Krediten der Baudema, den Rücktritten der Gemeinderäte und ihrer wundersamen Rückkehr.

„Ja Kruzitürken!“, rief er aus. „Ich hatte ja keine Ahnung, was hier los ist! Du hättest ja auch mal ein Wort sagen können!“

„Was hättest du von München aus schon tun können?“

Über die zwei Drohbriefe wusste er schon Bescheid, nicht aber über den Anschlag auf uns. Als ich von dem angeschnittenen Bremsschlauch erzählte, sah ich, wie seine Hände sich um das Lenkrad krampften.

„Um Gottes willen, Katja! Warum hast du mir das verschwiegen?“

„Ich wollte dich nicht beunruhigen. Außerdem musste ich mich erst mal selbst von dem Schock erholen.“

„Und was habt ihr unternommen, um diese Schweine zu finden?“

Ich setzte ihm auseinander, wie die Situation war und weshalb wir beschlossen hatten, die Polizei nicht zu informieren.

„Und Raistenkis?“, sagte er. „Was hat der eigentlich die ganze Zeit gemacht?“

Ich seufzte. „Nichts.“

„Das ist zu wenig für die Kohle, die er kriegt“, stellte Franz lapidar fest. „So, und was soll ich jetzt tun?“

„Du musst dir diese Firma Baudema genau ansehen. Wenn sie wider Erwarten sauber sein sollte, ist das wahrscheinlich unsere letzte Chance.“

„Wider Erwarten?“

Ich seufzte erneut. „Nach allem, was ich in letzter Zeit erlebt habe, würde es mich wundern.“

Franz brummte. „Mich auch. Und wohin fahren wir jetzt?“

„Ich muss was erledigen.“

CHRIS stand auf einer Leiter und reparierte einen Fensterladen. Als wir auf ihr Grundstück einbogen, stieg sie ab und kam auf uns zu, einen großen Schraubenzieher in der Hand. Ich hatte sie vor ein paar Tagen angerufen und ihr gesagt, dass ich in einer Notlage sei und ihre Hilfe bräuchte. „Schon wieder?“, hatte sie schnippisch gefragt, worauf ich ihr klargemacht hatte, dass ich es war, die etwas bei ihr guthätte – schließlich hatte ich Miroslav nicht verraten. Sie hatte losgeschimpft, der Scheißkerl interessiere sie sowieso nicht mehr, der sei jetzt mit einer anderen zusammen. „Also, was brauchst du?“, hatte sie gefragt und nicht weiter erstaunt reagiert, als ich ihr erklärte, ich bräuchte eine Waffe.

Ihre Begrüßung fiel, wie immer, eher spröde aus. Trotzdem sah ich, dass Franz sie entzückt musterte. Wenn man diesen Räuberbrautstil mochte, den Chris zu tragen pflegte, konnte man sie durchaus hübsch finden.

„Und wer sind Sie?“, erkundigte sie sich.

Er stellte sich vor und begann sofort damit, sie auszufragen. Woher sie komme, warum sie hier lebe, was sie beruflich mache. Für ihre Verhältnisse gab Chris bereitwillig Auskunft. Allerdings nicht lange. „Kommen wir zum Geschäft“, sagte sie unvermittelt.

„Was für Geschäfte macht ihr zwei denn miteinander?“, fragte Franz interessiert. Mir war klar, dass er nichts von unserem Deal mitbekommen durfte. Unter Garantie würde er versuchen, mir die Waffe auszureden.

„Mädelsgeschäfte“, sagte ich ausweichend und gab Chris ein Zeichen, die Klappe zu halten. Wir gingen ins Haus. Zu meiner Überraschung war diesmal alles sauber und aufgeräumt.

„Was ist denn hier passiert?“, fragte ich.

Sie gab keine Antwort. Stattdessen winkte sie mich die Treppe hinauf ins Schlafzimmer, zog die Schublade einer Kommode auf und holte einen in Stoff gewickelten Gegenstand heraus. Franz war im Wohnzimmer geblieben und untersuchte die Töpferscheibe.

Chris wickelte eine kleine, elegante Pistole aus dem Stoff und hielt sie mir hin. Ich wagte kaum, sie zu berühren. „Ist die geladen?“

„Natürlich nicht“, sagte Chris im Flüsterton. „Nimm schon.“

Vorsichtig nahm ich sie in die Hand und betrachtete sie.

„Wofür brauchst du die?“, fragte Chris.

„Ach, nur so“, sagte ich. „Man weiß ja nie.“

Sie musterte mich mit schräg gelegtem Kopf. „Erzähl mir keinen Scheiß, Katja. Du hast doch vor irgendwas Angst!“

Ich schwieg. Konnte ich ihr vertrauen? Schließlich erzählte ich ihr von unserem Unfall.

Sie wurde blass. „Das darf ja wohl nicht wahr sein!“ Zu meiner Überraschung nahm sie mich plötzlich in den Arm. „Du bist zwar ’ne echt komische kleine Spießerin, aber das haste nicht verdient.“

„Danke", sagte ich gerührt. „Das heißt, du hast auch keine Ahnung, wer so was machen könnte?"

Energisch schüttelte sie den Kopf. „Die Jungs, mit denen ich zusammen war, sind Idealisten, keine Mörder. Die Fledermausidee war das Härteste, was sie in der ganzen Zeit ausgebrütet haben."

Ich fragte mich, ob sie mit ihrer Einschätzung richtig lag.

„Hast du eigentlich von diesem anderen Grundstück gehört?", fragte Chris.

„Welchem anderen Grundstück?"

„Da gibt es so einen Landstrich bei Darbénai, der angeblich super Voraussetzungen für Windkraft besitzt. Irgendeine litauische Firma ist da dran, Baudema oder so."

„Woher weißt du das?", fragte ich überrascht.

„Meinst du, ihr seid die Einzigen, die mit Windrädern Kohle machen wollen? Da oben hättet ihr vielleicht mehr Glück, da gibt es nicht so viel Widerstand. Keine Zugvögel, keine geschützten Tiere."

Interessiert hatte ich zugehört. Noch ein Argument für die Baudema-Idee.

Chris holte eine Schachtel Patronen aus der Kommode und erklärte mir, wie die Waffe geladen wurde. Dann gingen wir nach unten.

„Wie wär's mit einem Schnaps?", fragte Chris.

Franz nickte, setzte sich aufs Sofa und streckte genüsslich die Beine aus.

„Warte, ich helfe dir", sagte ich und folgte Chris in die Küche.

„Also, was kostet das Ding?", flüsterte ich und wog die kleine Pistole fachmännisch in der Hand.

„Zweihundert, inklusive Munition", gab Chris leise zurück.

Ich zog meinen Geldbeutel heraus und gab ihr das Geld. Sie reichte mir die Waffe. Plötzlich war mir komisch zumute.

Chris sah mir an, was ich dachte. Sie musterte mich mit schräg gelegtem Kopf. „Da hast du dich auf was eingelassen mit deinen Windrädern, was?"

Ich drückte sie kurz an mich. Dafür, dass sie noch vor Kurzem mit unseren Gegnern gemeinsame Sache gemacht hat, bin ich ganz schön vertrauensselig, dachte ich. Aber ich war mir sicher, dass Chris mich kein weiteres Mal hintergehen würde.

Mit einer Flasche Obstbrand und drei Gläsern kehrten wir ins Wohnzimmer zurück. In der nächsten halben Stunde unterhielt Chris uns mit Geschichten aus ihrem gefährlichen Einsiedlerleben, dann brachen wir auf.

„Hinreißende Frau!", sagte Franz. „Zu schade, dass ich nicht ein paar Jahre jünger bin. So, und jetzt fahren wir zu unserem ‚Chefverplaner' Raistenkis."

„Was willst du denn von dem?"

„Ihn feuern."

Als wir eine Stunde später in der Redaktion des *Küstenboten* ankamen, stand ich noch unter dem Eindruck der Brüllerei, die Franz und unser ‚Chefverplaner' sich gerade geliefert hatten. Der selbstgefällige Raistenkis war ernsthaft empört gewesen, als Franz ihm erklärte, dass es ohne Leistung auch keine Vergütung geben könne. Offenbar hatte auch er den Kapitalismus noch nicht ganz verstanden.

Straus wedelte mit einem ganzen Packen seines *Küstenboten*, als wir die Redaktion betraten. „Die Heldin des Tages!", rief er und schlug mir begeistert auf die Schulter.

Ich stellte die beiden Männer einander vor. Straus schlug die Zeitung auf und wies stolz auf den ganzseitigen Artikel. Der Text war illustriert mit dem Foto, das er bei unserer ersten Begegnung gemacht hatte, sowie mit dem Bild eines Windrades, unter dem zwei tote Fledermäuse lagen, eine Fotomontage.

„Wow!", sagte Franz beeindruckt. „Eine ganze Seite!" Bestimmt rechnete er gerade aus, was es ihn gekostet hätte, wenn er eine Anzeige in dieser Größe geschaltet hätte.

Straus übersetzte den Text für uns. Er handelte von den Leiden einer aufrechten deutschen Bauingenieurin, die nichts anderes will, als den Menschen der Region günstige, umweltfreundliche Energie zu bringen, und die zum Dank dafür beschimpft, bedroht, bestohlen und fast umgebracht wird. Es war mir fast schon peinlich, wie sehr er meinen selbstlosen Einsatz pries.

Nachdem wir uns alle gegenseitig gratuliert hatten, schlug Franz vor, gemeinsam Mittag zu essen. Danach würde der Termin bei der Baudema stattfinden, von dem alles Weitere abhing.

Das Treffen mit den Baudema-Leuten verlief so vielversprechend, dass Franz sich am Ende alle notwendigen Unterlagen zur Prüfung mitgeben ließ.

Ich wusste nicht recht, was ich von den Leuten halten sollte. Es waren – bis auf den Chef – alles junge, ziemlich coole Typen, die ihre Büros in einer ehemaligen Fabriketage hatten. Sie wirkten kompetent, aber ich nahm ihnen ihr Engagement für die Windkraft nicht ab. Sicher würden sie mit der gleichen coolen Attitüde auch Atommeiler errichten, wenn es nur lukrativ wäre.

Straus hatte die Situation zutreffend eingeschätzt: Einzeln würden sowohl die Sunwind wie die Baudema vermutlich scheitern – gemeinsam könnten wir es schaffen.

Natürlich war ich neugierig gewesen und hatte mich nach dem anderen Stück Land erkundigt, das Chris erwähnt hatte. Der Firmenchef war aufgestanden und hatte uns auf einer Karte einen Landstrich gezeigt, der ziemlich weit im Norden lag, nicht weit von der Grenze nach Lettland.

„Das wäre aber nur unser Plan B“, hatte er gesagt, „für den Fall, dass es nicht zur Kooperation zwischen unseren beiden Firmen kommt.“

„Haben Sie dort denn schon Windmessungen durchgeführt?“, fragte ich. Ohne diese Daten würde kein seriöses Unternehmen den Bau von Windrädern auch nur in Erwägung ziehen.

„Die Messungen laufen und sind sehr vielversprechend“, bekam ich zur Antwort.

An dieser Stelle hatte sich Straus eingeschaltet. Er kenne die fragliche Gegend, seiner Meinung nach sei sie aus geotechnischer Sicht nicht geeignet, außerdem gebe es wohl unklare Eigentumsverhältnisse. Ich fragte mich, woher er so gut Bescheid wusste. Der Kerl verblüffte mich immer wieder.

Am selben Abend rief Michael an und machte mir die schlimmsten Vorwürfe, weil ich ihn nicht über die wahre Ursache des Unfalls aufgeklärt hatte. Als ich überrascht fragte, woher er davon wisse, sagte er, selbstverständlich lese Sofia die Onlineausgabe des *Küstenboten* und habe ihn über den Artikel informiert.

„Es tut mir leid“, sagte ich schuldbewusst. „Ich wollte dich nicht belasten und dachte, es wäre besser, wenn du nichts davon erfährst.“

„Dann darfst du keine Zeitungsinterviews geben.“ Eindringlich sagte Michael: „Katja, ich möchte, dass du das Projekt aufgibst und nach Hause kommst. Ich habe Angst um dich!“

Es tat mir gut, das zu hören. Trotzdem konnte ich ihm nicht nachgeben. Nicht jetzt. Nicht unter diesen Umständen.

„Ich versteh dich, Michael, aber es geht nicht. Wenn ich jetzt aufgebe, haben diese Kriminellen gesiegt. Ich verspreche dir, dass ich kein unnötiges Risiko eingehe. Außerdem ist Franz da und passt auf mich auf.“

Ich überlegte, ob ich ihm von der Waffe erzählen sollte. Aber ich hatte den Verdacht, das würde ihn nicht beruhigen, eher im Gegenteil.

„Du hast einen Mann, du hast Kinder, du hast Verantwortung!“, sagte Michael in vorwurfsvollem Ton. „Was muss passieren, damit du zur Vernunft kommst?“

„Es wird nichts passieren“, sagte ich beruhigend. „Der Artikel hat die öffentliche Aufmerksamkeit auf diese Leute gelenkt. Sie werden jetzt nicht so dumm sein und noch mal was unternehmen.“

„Hoffentlich hast du Recht“, sagte er düster.

In den folgenden Tagen bekam ich Franz kaum zu Gesicht. Er hatte bei einem Ableger der Beratungsfirma Semeco, bei der wir in Vilnius gewesen waren, sein Büro aufgeschlagen. Dort halfen ihm Steuerfachleute, Anwälte und Wirtschaftsprüfer, die Baudema auf Herz und Nieren zu checken.

Am vierten Tag tauchte er mit einem dicken Packen Unterlagen und einem breiten Grinsen auf dem Gesicht wieder auf. „Sieht gut aus, Katja!", sagte er. „Das ist ein potenter, solider Laden! Das könnte die Lösung all unserer Probleme sein! Übers Wochenende lasse ich noch den Finanzierungsplan überprüfen, wenn der in Ordnung ist, können wir am Montag den Vertrag unterschreiben."

Ich fragte ihn, was er bis dahin machen wolle. Plötzlich wurde Franz verlegen und sagte, er wolle vielleicht noch mal zu Chris fahren.

„Bist du noch zu retten?", sagte ich entgeistert. „Also, das kannst du allein machen!"

„Warum willst du denn nicht mitkommen?" Er kam mir vor wie ein kleiner Junge, der an der Hand genommen werden wollte. So kannte ich ihn gar nicht.

„Weil ich es absurd finde. Chris steht auf Naturschutzaktivisten aus dem alternativen Milieu. Du bist außerdem mindestens zehn Jahre zu alt."

„He, he!", protestierte Franz. „Ich war auch mal Naturschutzaktivist, schon vergessen? Und Alter ist bekanntlich was Relatives." Er senkte verlegen den Blick. Offensichtlich hatte er sich in sie verknallt.

„Na ja, versuch es halt", sagte ich nachsichtig. „Mehr als abblitzen kannst du ja nicht."

Das Wochenende vertrieb ich mir mit Fernsehen und Lesen. Von Franz hörte ich nichts. Erst am Montagmorgen, als ich mein Handy einschaltete, fand ich eine SMS von ihm. 11 Uhr Vertragsunterzeichnung bei der Baudema! Bis später, Franz.

Wahnsinn! Sah aus, als würde es weitergehen! Noch während ich die Nachricht las, klingelte das Handy. Es war Jonas. Ich hatte ihn die letzten zwei Tage nicht besucht, weil seine Mutter da gewesen war und ich nicht stören wollte.

„Katja, könntest du bitte sofort zu mir in die Klinik kommen? Ich habe eine interessante Entdeckung gemacht."

Ich packte meine Handtasche und meinen Mantel, sprang vor dem Hotel in ein Taxi und war zwanzig Minuten später im Krankenhaus.

Jonas hatte einen Tisch im Besucherraum mit Beschlag belegt und den

Laptop vor sich aufgebaut, neben ihm lagen das Handy und ein Stapel Papier, auf dem er gerade etwas notierte.

„Hast du hier dein Büro eröffnet?“, begrüßte ich ihn.

Er sah auf und lächelte flüchtig.

Ich zog einen der grauen Plastikstühle zu mir und setzte mich neben ihn. Auf dem Bildschirm seines Notebooks sah ich eine komplizierte Grafik. Soweit ich es erkennen konnte, handelte es sich um ein Netz von Firmenbeteiligungen.

„Was du hier siehst, sind siebzehn ausländische Firmen aus den Bereichen Energie, Maschinenbau und Werkzeugbau, die in den letzten Jahren in Litauen investiert haben.“ Er drückte die Maustaste, und eine neue Grafik erschien. Es war eine Karte von Litauen, auf der mit blauen Punkten markiert war, wo die Firmen aktiv waren.

Ein weiterer Mausklick, eine weitere Grafik.

„Was du hier siehst, ist eine Liste derselben Firmen, zwischen zwei und acht Jahren nach dem Beginn ihres Investments. Alle, deren Namen rot sind, existieren nicht mehr.“

Bis auf drei waren alle Firmennamen rot. Jonas bewegte wieder die Maus. Mit einem Mal wurde der Name der Firma sichtbar, bei der alle Beteiligungen zusammenliefen.

„Baudema“, las ich staunend. „Was hat das zu bedeuten?“

„Dass die Baudema-Leute in den letzten zehn Jahren vierzehn Firmen in den Ruin getrieben haben.“

„Wie bitte? Und wie haben die das gemacht?“

Jonas kratzte sich am Kopf. „Das weiß ich noch nicht genau. Was ich bisher weiß, ist, dass sie in allen Fällen Kooperationsverträge mit ihren Partnern hatten und Joint Ventures gegründet haben. Zuerst lief immer alles gut, es wurden Fabriken gebaut oder übernommen, Solaranlagen und Windkraftanlagen errichtet und vieles mehr. Über die Jahre hat die Baudema die anderen Firmen dann regelrecht ausgesaugt, und am Ende hat sie ihren Partner jedes Mal wie eine ausgehöhlte Frucht fallen lassen.“

Ohne ihn zu unterbrechen, hatte ich ihm aufmerksam zugehört. „Ich verstehe es nicht. Wie genau haben sie das angestellt?“

„Ich vermute, mit juristischen Tricks. Die ausländischen Partner kannten sich nicht gut aus, waren im hiesigen Recht nicht so firm. Sie haben sich Dinge einreden lassen, alles Mögliche unterschrieben. Zuerst lief es ja auch immer super. Und am Ende hat sich dann herausgestellt, dass sie eine Natter am Busen genährt haben, so sagt man doch?“

Fassungslos starrte ich auf den Bildschirm. Dann drehte ich mich wieder zu Jonas. „Aber wie ist es möglich, dass Franz die Firma tagelang mit Fachleuten gecheckt hat und die nichts davon bemerkt haben?"

„Weil das geheime Unterlagen sind, an die man nicht so einfach herankommt."

„Und wie bist du an sie herangekommen?"

„Ich habe doch diesen Onkel im Wirtschaftsministerium. Der hat mir die Sachen besorgt, aber das darf niemand wissen!"

Der Referent des Ministers, ich erinnerte mich.

Jonas öffnete eine neue Datei. Da erschien das Foto eines Mannes mit welligem Haar, Schnauzbart und Brille.

„Wer ist das?", fragte ich.

„Gediminas Vaisnoras, der Chef der Baudema. Er wird per Haftbefehl gesucht."

„Das kann nicht sein", sagte ich. „Den Chef der Baudema habe ich kennen gelernt, er heißt anders, und er sieht auch ganz anders aus."

„So vielleicht?", fragte Jonas und klickte erneut. Brille und Schnauzbart verschwanden, das Haar wurde kürzer. Ich riss die Augen auf. Natürlich! Das war der Mann, der bei dem Treffen dabei gewesen war!

„Er tritt unter mindestens drei verschiedenen Namen auf", erklärte Jonas. „Und er wechselt immer mal wieder sein Aussehen. Er mietet für ein paar Wochen ehemalige Fabriketagen an, die gerade leer stehen. Wenn ein Geschäft abgewickelt ist, werden die Räume wieder gekündigt."

Mein Blick fiel auf die Uhr. „O mein Gott!" Es war zehn vor elf.

Ich hatte schon das Handy in der Hand und tippte hektisch die Nummer von Franz ein. Seine Mailbox sprang an.

„Verdammt!", rief ich. Dann versuchte ich es bei Straus. Zu meiner Erleichterung ging der dran.

„Ich bin's, Katja Moser, geben Sie mir bitte mal meinen Chef?"

„Frau Moser, wo stecken Sie denn? Wir haben schon die Sektgläser in der Hand!"

„Ich bin gleich da", sagte ich. „Bitte warten Sie mit der Unterschrift auf mich! Ich will unbedingt dabei sein!"

„Na klar! Ich gebe Sie weiter."

Franz meldete sich. „Wo bist du denn? Wir warten alle auf dich!"

„Hör zu, Franz", sagte ich beschwörend. „Egal, was passiert, unterschreib nichts, bevor ich da bin!"

„Das kommt darauf an, wann du endlich kommst. Ich kann die ja nicht ewig warten lassen!"

„Du musst jetzt einfach mal tun, was ich dir sage. Bitte vertrau mir!"

Ich drückte den Aus-Knopf. „Los“, sagte ich zu Jonas, der bereits seine Sachen zusammengepackt hatte. Als wir aus dem Gebäude traten, fragte Jonas: „Taxi?“

„Nein!“, rief ich. Gegenüber war ein Polizeirevier, ich winkte ihm, mir zu folgen. Vor dem Revier wollte ein Wagen mit zwei Polizisten gerade anfahren. Ich riss die hintere Tür auf und ließ mich auf den Sitz fallen. „Notfall, *Emergency!*“, rief ich. Die beiden Polizisten wandten ihre Köpfe und blickten mich verblüfft an. Jonas war auf der anderen Seite eingestiegen. Er erklärte schnell, worum es ging, und gab seinen Laptop nach vorn, auf dem noch das Bild von Vaisnoras zu sehen war. Der Fahrer fuhr los, sein Kollege nahm das Funkgerät und gab eine Mitteilung an irgendjemanden durch.

Die Fahrt erschien mir endlos, obwohl wir sicher nicht länger als 25 Minuten unterwegs waren. Als wir endlich das Fabrikgelände erreicht hatten, liefen wir die Treppe zum vierten Stock hoch, wo wir außer Atem ankamen.

Der eine Polizist sagte etwas zu Jonas, der mich am Arm festhielt. „Wir sollen zurückbleiben.“ Ich verlangsamte meinen Schritt und ließ die Polizisten vorbei. Dann deutete ich auf die Tür mit dem improvisierten Baudema-Firmenschild, hinter der lebhaftes Stimmengewirr zu hören war. Die Polizisten zogen ihre Waffen und rissen die Tür auf. Ich schloss die Augen und drückte mich an die Wand.

Drinnen verstummten schlagartig die Gespräche. Ich hörte einen der Polizisten den Namen von Gediminas Vaisnoras und ein scharfes Kommando brüllen. Jonas und ich verständigten uns mit einem kurzen Blick. Wir warteten, bis unser Atem sich beruhigt hatte. Dann traten wir gleichzeitig an die offene Tür, als wären wir gerade erst eingetroffen.

Das Erste, was ich sah, waren die Hände von Vaisnoras, um die sich gerade die Handschellen schlossen, das Zweite war der fassungslose Blick von Franz und das Dritte das wutverzerrte Gesicht von Straus.

Wir warteten, bis die Polizisten den heftig protestierenden Vaisnoras abgeführt hatten, dann betraten wir den Raum. Ich nahm ein volles Sektglas von einem Tablett und erkundigte mich: „Was ist denn hier los?“

„Das fragen wir Sie!“, donnerte Straus.

Ich trank einen Schluck, dann sagte ich: „Aber ich habe keine Ahnung! Ich war im Krankenhaus, um Herrn Macaitis abzuholen. Der wollte es sich auf keinen Fall nehmen lassen, bei der Unterzeichnung dabei zu sein.“

Ich fing einen Blick von Franz auf, der die tatsächlichen Zusammenhänge zu ahnen schien, und schickte ihm einen beschwörenden Blick zurück, damit er jetzt nicht die falschen Fragen stellte.

Straus murmelte etwas Unverständliches vor sich hin.

Die Baudema-Leute hatten sich zu einem Grüppchen zusammengefunden und diskutierten aufgeregt miteinander.

Straus fragte etwas auf Litauisch, einer löste sich aus der Gruppe und kam zu uns. Er wirkte bestürzt. „Es tut uns außerordentlich leid, wir sind völlig überrascht von der Situation. Es kann sich nur um einen bedauerlichen Irrtum handeln. Bis dieser aufgeklärt ist, müssen wir die Vertragsunterzeichnung leider aussetzen." Der Mann reichte erst Franz, dann mir und Jonas die Hand. „Wir melden uns bei Ihnen, sobald wir mehr wissen."

Dann verabschiedete er sich von Straus, und die Gruppe verließ geschlossen den Raum. Auch Straus hatte es plötzlich eilig.

„Wir hören voneinander!", rief er uns zu und verschwand.

Auf der Fahrt in die Klinik erzählten wir Franz, was Jonas über die Baudema herausgefunden hatte. Aber er wollte uns einfach nicht glauben. Immer wieder betonte er, dass die Firma sauber sei, dass wir uns irren müssten.

Als wir die Klinik erreicht hatten, meldete Jonas sich im Schwesternzimmer zurück. Nachdem die Schwester ihn bei seinem ersten Verschwinden mit Vorwürfen überschüttet hatte, reagierte sie nun kaum noch. Sie hatte wohl eingesehen, dass sie seine Ausflüge nicht verhindern konnte.

Im Besucherraum vertiefte Franz sich sofort in die Dokumente. Schließlich sah er auf, nahm meine Hand und die von Jonas und sagte: „Ich glaube, ihr zwei habt mich gerade vor dem größten Fehler meines Lebens bewahrt."

Wir sprachen die Möglichkeiten durch, die uns noch blieben. Viele waren es nicht. Wir beschlossen, uns den Plan B der Baudema-Leute, das andere Grundstück, genauer anzusehen. Wie es aussah, würden sie in nächster Zeit sowieso andere Probleme haben.

Franz musste zwar am nächsten Tag abreisen, aber Jonas würde voraussichtlich in zwei Tagen aus dem Krankenhaus entlassen werden. Dann würden wir uns darum kümmern können. Damit rückte mein nächster Heimaturlaub in noch weitere Ferne, dabei hatte ich so gehofft, zu Hause endlich alles in Ordnung bringen zu können.

Immer wieder drängte sich mir das Bild von Sofia auf, die sich in ihrer stillen Art mehr und mehr in meinem Leben ausbreitete und vielleicht meinem Mann schon viel nähergekommen war, als er es sich – und vor allem mir – eingestehen wollte. Im nächsten Moment zwang ich mich wieder zur Vernunft, und es gelang mir zu glauben, dass zu Hause alles in bester Ordnung sei und ich lediglich paranoid. Lange würde ich dieses emotionale Hin-und-her-gerissen-Sein nicht mehr aushalten.

Franz und ich verabschiedeten uns von Jonas, fuhren ins Hotel und setzten uns in das fast leere Restaurant. Ich hatte den ganzen Tag noch nichts gegessen und fühlte mich wie kurz vor dem Umfallen. Ich entschied mich für eine Pizza und gemischten Salat, Franz für ein Schnitzel.

Er klappte die Speisekarte zu. „Ein toller Junge, dieser Jonas!“, schwärmte er. „So einen bräuchte ich in der Firma.“

Ich sah auf. „Du meinst, in München? Kannst du vergessen. Jonas will nicht nach Deutschland.“

„Und wieso nicht?“

„Heimweh. Nach einem Jahr hat er’s nicht mehr ausgehalten.“

Der Kellner trat an den Tisch. Nachdem wir bestellt hatten, blickte ich Franz erwartungsvoll an. „So, und jetzt raus damit. Wie lief es mit Chris?“

Er lächelte. Plötzlich sah er ganz jung aus. „Besser als bei der Baudema jedenfalls!“

NACHDEM wir uns eine gute Nacht gewünscht hatten, ging ich in mein Zimmer, schloss ab und legte die Sicherheitskette vor. Dann schaltete ich den Fernseher ein, um mich nicht so allein zu fühlen. Trotzdem war ich unruhig. Es gab keinen Schutz, das war mir klar. Wenn mir jemand etwas antun wollte, würde er einen Weg finden.

Ich nahm die Pistole und die Munition aus meiner Tasche, übte das Laden und Entladen, das Sichern und Entsichern, zielte auf verschiedene Punkte im Raum und bemühte mich, die Hand ruhig zu halten und meinen Atem zu kontrollieren.

Was war das für ein Geräusch? Erst dachte ich, dass es aus dem Fernseher käme, aber dann begriff ich, dass jemand an der Tür klopfte. Erschrocken ließ ich die Pistole fallen. Jemand rief meinen Namen. Es war Jonas.

Ich ging zur Tür und öffnete. „Was machst du denn hier?“

„Ich habe es nicht mehr ausgehalten und mich selbst aus dem Krankenhaus entlassen. Hast du meine Sachen?“

Ich nickte. „Ja, komm rein.“ Schnell schloss ich die Tür.

„Woher hast du die denn?“ Einen halben Meter vor Jonas lag die Waffe am Boden. Schnell hob ich sie auf und legte sie in den Schrank unter meine Wäsche.

„Von Chris. War doch dein Vorschlag!“

Jonas griff sich an den Kopf. „Aber das habe ich doch nur so gesagt!“

„Ich finde es beruhigend, eine Waffe zu haben“, sagte ich.

IRGENDWANN begann Jonas, von Sofia zu erzählen. Er habe sie bei Facebook gefunden, seither schrieben sie sich regelmäßig. Sie sei eine ungewöhnliche junge Frau.

„Ungewöhnlich?"

„Sehr ernsthaft und intelligent. Nicht so eine …" Er suchte nach einem Wort.

„… Tussi?", half ich aus.

„Genau. Viele in diesem Alter interessieren sich nur für Klamotten, Stars und Ausgehen, das ist so langweilig."

Ich fragte, wofür Sofia sich interessiere. „Für Menschen", sagte Jonas. „Sie ist jemand, der auch hinter die Fassade blickt."

Das hatte ich gemerkt, als ich in ihrem Notizbuch gelesen hatte. Plötzlich wurde mir bewusst, was ich da neulich getan hatte. Ich war heimlich in ihr Zimmer geschlichen, hatte ihre Sachen durchsucht und in ihren privaten Notizen gelesen. Ich schämte mich vor mir selbst.

„Hat sie … irgendwas über mich geschrieben?"

„Dass sie dich bewundert und du ein Vorbild für sie bist. Sie sieht, wie schwierig es für dich ist, Beruf und Familie zu vereinbaren, und sie möchte alles tun, um dich zu unterstützen. Sie wünscht sich eine Familie wie deine."

Ich schluckte.

„Das muss doch ein tolles Gefühl für dich sein", fuhr Jonas fort, „dass zu Hause alles gut läuft und du dich völlig auf deine Aufgabe hier konzentrieren kannst, oder?"

Das sei sehr toll, versicherte ich ihm, und ich sei Sofia sehr dankbar. Ohne sie hätte ich das Projekt nie fortsetzen können, was beim jetzigen Stand der Dinge allerdings keinen Unterschied machen würde, da wir ja mehr oder weniger wieder am Anfang stünden.

„Abwarten", sagte Jonas. „Das wird schon. Das ist alles …" Als er meinen warnenden Blick sah, brach er ab. Ich lächelte.

Zehn

Am folgenden Morgen machten wir uns auf den Weg Richtung Darbėnai. Den Mietwagen hatten wir von Franz übernommen, und ich ließ Jonas fahren. Bevor wir losgefahren waren, hatte ich heimlich die Bremsschläuche kontrolliert. Und in meiner Handtasche schlummerte der Revolver. Geladen und gesichert. Das allerdings wusste Jonas nicht.

In den Tagen zuvor hatte es stark getaut. Zum ersten Mal sah ich mehr von der Landschaft als eine endlose, weiße Fläche. Noch war alles kahl und braun, aber mit etwas Mühe konnte ich mir vorstellen, wie schön es zu anderen Jahreszeiten sein musste.

Das Gelände, das wir besichtigen wollten, hatte eine Größe von ungefähr acht Quadratkilometern. Es war ein vergleichsweise kleines Gebiet, aber immer noch groß genug für unser Vorhaben. Je näher wir der Küste kamen, desto flacher wurde die Landschaft; am Horizont glitzerte das Meer. Die Besiedelung war spärlich, was als Vorteil zu werten war. Die Dörfer waren kleiner, die Straßen schmaler, die gesamte Infrastruktur schien rückständiger als in der Gegend um Gargzdai. Vielleicht wären die Leute hier dankbarer für ein paar Investitionen.

„Hier ist es." Ich wies auf die Landschaft vor uns, sanft gewellte Felder und Wiesen, wie gemacht für die Bebauung mit Windrädern. „Lass uns doch mit ein paar Leuten reden", schlug ich vor, „dann erfahren wir, wie die Stimmung hier ist."

Wir fuhren weiter, bis einige Häuser vor uns auftauchten. Beim erstbesten hielten wir an und klingelten.

Die Tür wurde geöffnet, eine junge Frau mit einem ungefähr dreijährigen Mädchen an der Hand sah uns fragend an. Im Hintergrund schrie ein Baby.

Jonas lächelte freundlich und erklärte, dass wir ihre Meinung zu Windrädern in der Gegend hören wollten. Die Frau zögerte, dann sagte sie: „Wenn die anderen Probleme damit gelöst sind?"

„Welche anderen Probleme?"

Nun wurde sie lebhaft und sprach länger auf Jonas ein. Als sie fertig war, wandte er sich zu mir: „Genau habe ich es nicht verstanden, aber sie sagte, sie habe Angst, dass man ihnen das Haus wegnimmt. Es gibt irgendeinen jahrelangen Streit, und wenn die Windräder die Lösung seien und der Streit damit beendet, dann wäre sie für die Windräder."

„Aha", sagte ich. Das war ja nicht besonders erhellend.

Wir bedankten uns und fuhren weiter bis in das Dorf. Vor der Kirche saßen zwei alte Männer auf einer Bank und schwiegen.

„Halt an", bat ich, und Jonas bremste. Wir gingen auf die beiden zu, und Jonas sagte sein Sprüchlein auf.

Sofort fingen beide gleichzeitig an zu reden. Jonas sagte: „Sie beschweren sich beide über die Regierung, weil die keine Entscheidung über die Landverteilung trifft, und darüber, dass man sie seit Jahren im Ungewissen lässt. Wenn jetzt auch noch Windräder erlaubt würden, dann gäbe es nur noch mehr Verzögerungen."

„Verstehst du, wovon die reden?", fragte ich, als wir wieder im Auto saßen.

„Ich glaube, es geht um die Nachwehen der Privatisierung", erklärte Jonas, „offensichtlich gibt es auf einen Teil des Landes hier Ansprüche von

Vorbesitzern. Solche Verfahren ziehen sich oft über Jahre hin. Das ist für die Leute, die auf solchen Grundstücken leben, eine große Belastung."

„Um Himmels willen!", sagte ich. „Mit so was will ich nichts zu tun haben, das ist der sicherste Weg, um in einem Jahr zehn Jahre zu altern!"

Jonas wendete den Wagen und fuhr wieder auf die Landstraße. „Mir kommt da eine Idee", sagte er. „Es gibt ein Gesetz, das dem Staat bei berechtigtem Interesse erlaubt, Land zu enteignen oder Besitzansprüche zurückzuweisen. Wenn man es schaffen könnte, die Errichtung von Windkraftanlagen zu einem berechtigten staatlichen Anliegen zu machen, könnte man die Rückgabeansprüche ablehnen. Ich könnte ja mal aufs Grundbuchamt gehen."

Resigniert winkte ich ab. „Tu, was du nicht lassen kannst."

ICH STIEG beim Hotel aus, und Jonas fuhr weiter. In diesem Moment fiel mir ein, dass auch Straus bei der Besprechung neulich etwas von unklaren Eigentumsverhältnissen in dieser Region erwähnt hatte. Vielleicht wusste er ja mehr. Spontan drehte ich mich um und ging, statt ins Hotel, auf die andere Straßenseite zur Redaktion des *Küstenboten*.

Straus' Begrüßung fiel deutlich kühler aus als sonst.

„Und, haben Sie was Neues von der Baudema gehört?", erkundigte ich mich.

„Es gibt nichts Neues", sagte er mit finsterem Gesichtsausdruck. „Und wenn, würde ich es Ihnen nicht sagen."

„Was ist denn los? Warum sind Sie so sauer auf mich?"

„*Sie* haben doch die Bullen angeschleppt!", polterte er los.

Ich musterte ihn herausfordernd. „Und ... wenn es so wäre? Der Mann ist ein Gangster, der vierzehn Firmen ruiniert hat."

Straus zeigte sich seltsamerweise nicht überrascht von dieser Enthüllung. Hatte er womöglich längst von den Machenschaften der Baudema gewusst? Hatte er Sunwind absichtlich in den Abgrund treiben wollen? Und wenn ja, warum?

Er schnaubte. „Wusste ich's doch, dass Sie dahinterstecken!"

„Stimmt", gab ich zu, „aber ich möchte endlich wissen, warum das Ganze für Sie eigentlich so wichtig ist!"

„Das geht Sie gar nichts an!"

„Finden Sie wirklich? Na, vielen Dank jedenfalls für Ihre Bemühungen, auch wenn es eine verdammt schlechte Empfehlung war. Aber so sind wir wenigstens auf ein neues Grundstück gestoßen. Oben bei Darbénai. Vielleicht verlagern wir unser Engagement dorthin."

Seine Reaktion war bemerkenswert. Er kniff die Augen zusammen und sagte so leise, dass es wie ein heiseres Flüstern klang: „Lassen Sie die Finger davon, Frau Moser, sonst werden Sie es bereuen."

„Das werden Sie schon uns überlassen müssen."

Er baute sich drohend vor mir auf. „Wenn Sie nicht auf mich hören, dann werde ich öffentlich machen, dass Sie mit gefälschten Daten operieren!"

Ich spürte das Blut aus meinem Gesicht weichen. „Wovon reden Sie?"

„Von den gefälschten Windmessungen, die Ihnen Herr Raistenkis besorgt hat!"

„Was wissen Sie denn darüber?", sagte ich herablassend.

„Sie wissen vielleicht nicht, dass Raistenkis ein guter Freund von mir ist", sagte Straus. „Außerdem werde ich publizieren, dass die toten Fledermäuse nicht von den Windkraftgegnern stammen, sondern dass Sie das Ganze inszeniert haben, um die Gegner Ihres Projektes in Misskredit zu bringen."

„Aber … gerade haben Sie in Ihrem Artikel über mich was ganz anderes geschrieben", stammelte ich überrumpelt.

„Sehen Sie", sagte er triumphierend und zugleich voller Hass. „Ich kann über Sie schreiben, was ich will, am einen Tag dies, am nächsten jenes. Und immer werden die Leute mir glauben, und nicht Ihnen!"

„Was sind Sie nur für ein Mensch!", sagte ich voller Verachtung und wandte mich zum Gehen. Da spürte ich eine Bewegung hinter mir, und im nächsten Moment seine Hände auf meinen Schultern, die mich grob zu sich umdrehten. Sein verzerrtes Gesicht war direkt vor meinem. „Ich warne Sie!"

Reflexhaft griff ich in meine Tasche, bekam den Revolver zu fassen und drückte ihn Straus in den Bauch. „Nehmen Sie Ihre Hände weg!", fauchte ich. „Sofort!"

Er taumelte einen Schritt nach hinten und starrte entgeistert auf die Waffe „Sie … sind Sie verrückt?"

Ich hielt den Revolver auf ihn gerichtet und sagte, jedes Wort einzeln betonend: „Nie wieder fassen Sie mich an, Herr Straus! Und nie wieder reden Sie so mit mir!" Damit drehte ich mich um und verließ den Raum.

Ich war so außer mir, dass ich kaum Luft bekam. Unten lief ich einfach los, Richtung Zentrum. Am Theaterplatz setzte ich mich in ein Café und bestellte einen doppelten Brandy. Dann schrieb ich Jonas eine SMS, damit er wusste, wo er mich finden könnte.

Noch immer war ich aufgewühlt. Straus hatte eine Grenze überschritten und mich damit gezwungen, ebenfalls eine zu überschreiten. Das hätte mir niemals passieren dürfen, so tief wollte ich nicht sinken.

Seit ich hier war, hatte ich begonnen, Stück für Stück alles zu verraten, was mir wichtig war. Werte, Ideale, Umgangsformen. Wenn das so weiterginge, würde ich irgendwann auch skrupellos, korrupt und gewalttätig werden. So weit durfte ich es nicht kommen lassen.

Jemand klopfte an die Scheibe. Jonas lächelte mir zu und kam herein. Im Vorbeigehen bestellte er einen Kaffee am Tresen, dann setzte er sich zu mir.

„Was ist denn mit dir los?“, fragte er. „Du siehst aus, als hättest du ein Gespenst gesehen!“

„Ich … hatte gerade einen Zusammenstoß mit Straus. Ich habe ihn mit dem Revolver bedroht.“ Ich erzählte ihm von dem Streit und Straus’ heftiger Reaktion.

Jonas schüttelte fassungslos den Kopf. „Warum ist er in dieser Sache bloß so fanatisch? Und warum wollte er unbedingt, dass wir mit der Baudema ins Geschäft kommen?“ Er überlegte. „Vielleicht ist er ja in Wahrheit Teilhaber der Baudema. Dem Kerl traue ich alles zu.“

„Ich auch. Und, was hast du herausgefunden?“

Er zog ein Blatt Papier heraus und reichte es mir. „In der Gegend sind mehrere Restitutionsverfahren anhängig. Bei einem davon geht es um zwei Drittel des Gebietes. Ich fürchte, das können wir abhaken.“

Ich las die sechs Namen auf der Liste. Sie sagten mir nichts.

Das ist jetzt also das Ende, dachte ich erstaunt. Der ganze Kampf, die ganze Aufregung, die ganze Arbeit – umsonst.

Wir gingen zu Fuß ins Hotel, in Gedanken versunken.

Die Rezeptionistin winkte mir, als wir die Lobby betraten. Sie griff hinter sich und reichte mir ein Paket. „Das ist für Sie abgegeben worden.“

Ich ging zu einer Sitzgruppe, legte das Paket ab und riss das Papier weg. Es war mein alter Laptop. Entsetzt blickte ich zu Jonas. Genauso gut hätten sie eine Nachricht schicken können: *Wir wissen, wo Du bist.*

Ich sass im Taxi und starrte auf die Lichter von München, ohne wahrzunehmen, was ich sah. Die Eindrücke des Tages verfolgten mich. Die Szene mit Straus, ich selbst mit der Waffe in der Hand, der Laptop, mit dem meine Feinde mir zeigen wollten, dass sie mich aufgespürt hatten.

Ich hatte Jonas gebeten, bei airBaltic anzurufen, und zu meiner Erleichterung bekam ich noch einen Platz in der Abendmaschine. Beim Abschied am Flughafen hatte ich ihm unauffällig einen in Stoff gewickelten Gegenstand in die Hand gedrückt. „Nimm die, ich will sie nicht mehr.“

Mein Aufbruch aus Klaipeda war so überstürzt gewesen, dass ich noch nicht einmal die Zeit gefunden hatte, zu Hause Bescheid zu sagen. Jetzt wählte ich Michaels Nummer. „Hallo, ich bin’s. Ich bin im Taxi auf dem Weg nach Hause.“

„Was?“, rief er überrascht. „Ich dachte, du kommst frühestens in zwei Wochen!“

„Das dachte ich auch. Aber es sind ein paar Sachen passiert … ich erzähl dir alles später. Wo bist du?“

„In Redaktionsklausur in den Bergen. Wir müssen das Konzept von *Kultwärts* überdenken. Wahrscheinlich machen wir einen kompletten Relaunch.“

„Und wann kommst du zurück?“

„Am Sonntag.“

Heute war Dienstag. Fast hätte ich angefangen zu weinen. Seit dem Unfall war er so besorgt gewesen, so liebevoll. Aber da war ich ja auch weit weg. Und jetzt war es wie immer: Wenn ich ihn brauchte, war er nicht da.

„Okay“, sagte ich gepresst, „dann bis Sonntag.“

Zehn Minuten später bezahlte ich den Fahrer und schloss die Haustür auf. Es war schon halb zwölf, aber als ich in den Flur trat, sah ich durch den Türspalt Licht in Sofias Zimmer. Ich stellte mein Gepäck ab und klopfte.

„Ja?“, hörte ich ihre erstaunte Stimme.

Ich öffnete. Sie saß auf dem Bett und blickte mich aus verweinten Augen an.

„Hallo Sofia.“

Sie sprang auf, um mir die Hand zu geben. „Sie sind da? Aber warum …?“ Dann brach sie in Tränen aus.

Mir schwante, was der Grund für ihren Kummer sein könnte. „Hat dein Vater angerufen?“

Sie nickte. „Ich soll sofort nach Hause kommen.“

Ich zog ihren Schreibtischstuhl heran und setzte mich zu ihr. „Hör zu, Sofia, ich hatte eine schlimme Auseinandersetzung mit deinem Vater. Ich habe schon befürchtet, dass er dich zurückholen wird.“

„Aber ich will nicht nach Hause!“

„Sieh mal, es ist fraglich, ob ich überhaupt noch mal nach Litauen zurückkehre. Das würde bedeuten, dass wir dich sowieso nicht mehr brauchen.“

Resigniert vergrub sie das Gesicht in den Händen. „Ich verstehe“, murmelte sie.

„Es tut mir sehr leid“, sagte ich. „Jetzt schlaf erst mal, und morgen sehen wir weiter. Du kannst ausschlafen, ich stehe mit den Kindern auf.“

„Ist gut“, sagte sie und drehte sich weg.

Ich wünschte ihr eine gute Nacht und verließ langsam das Zimmer.

Leise ging ich nach oben, zuerst zu Pablo, dann zu Svenja. Lange betrachtete ich meine schlafenden Kinder. Ich war so froh, wieder bei ihnen zu sein.

MORGENS weckte ich als Ersten Pablo. Er schlug die Augen auf, lächelte mich an und sagte: „Sind die Windräder fertig?"

„Fast", sagte ich.

„Dann bleibst du jetzt wieder bei uns?"

„Ich denke schon."

Er seufzte zufrieden. „Das ist gut. Ich kenne dich ja gar nicht mehr."

Ich lächelte wehmütig und drückte ihn an mich. Dann weckte ich Svenja.

„Warum bist du denn hier?", fragte sie erschrocken. „Ist was passiert?"

Ich erklärte ihr, dass alles in Ordnung sei. Es habe eine kurzfristige Änderung gegeben, deshalb sei ich wieder zu Hause.

„Für immer?"

„Sieht so aus", sagte ich.

Sofia schlief tatsächlich aus oder blieb zumindest so lange in ihrem Zimmer, bis die Kinder in die Schule gegangen waren. Dann kam sie in die Küche und nahm mit einem leisen „Danke" den Becher Kaffee entgegen, den ich ihr reichte. Sie war blass und übernächtigt, dadurch wirkte sie sehr jung und sehr verletzlich. Wie hatte ich bloß auf den Gedanken kommen können, sie würde versuchen, Michael zu verführen? Und wie hatte ich glauben können, er würde sich für ein so junges Ding interessieren?

„Sag mal, Sofia", begann ich vorsichtig. „Warum willst du eigentlich nicht nach Hause zurück? Hat es was mit deinem Vater zu tun?"

Sie nahm einen Schluck, dann nickte sie. Stockend begann sie zu sprechen. „Er war immer schon … so. Jähzornig. Ich hatte oft Angst vor ihm. Aber dann konnte er auch wieder ganz anders sein, lustig und lieb. Ich wusste nie genau, mit welchem der beiden Papas ich es gerade zu tun hatte."

„Und deine Mutter? Wie ging es ihr damit?"

Sie wurde lebhafter. „Mama hat es gehasst, wenn er so war! Irgendwann hat sie es nicht mehr ausgehalten. Nachdem sie ihn verlassen hatte, gab es einen Streit ums Sorgerecht. Bevor der entschieden war, ist sie gestorben."

Ich starrte sie überrascht an. „Deine Mutter ist tot? Das tut mir leid, Sofia, das wusste ich nicht. Dein Vater hat nur erzählt, dass sie weggegangen ist. Wie ist sie … ich meine, warum ist sie gestorben?"

„Sie ist mit dem Auto von einer Brücke gestürzt. Man hat nie herausbekommen, ob es ein Unfall war oder …" Sie brach ab.

„… Selbstmord?"

Sie nickte wieder und senkte den Blick. Ich brauchte einen Moment, um das zu verarbeiten. Nachdenklich sagte ich: „Ich verstehe immer noch nicht, warum so eine … Wut in deinem Vater ist. Gestern wäre er fast auf mich losgegangen. Was macht aus einem Menschen eine solche Zeitbombe?“

Sie blickte auf. „Das hat mit dem Gefängnis zu tun, glaube ich. Damals in der DDR haben sie ihn eingesperrt, in Hohenschönhausen. Vielleicht hat er deshalb diese Wut in sich. Weil er … unterdrückt wurde und machen musste, was man ihm gesagt hat. Und heute will er den Leuten sagen, was sie machen sollen. Und wenn sie nicht wollen, dann dreht er durch.“

Überrascht hatte ich ihr zugehört. Das war eine ziemlich einleuchtende Interpretation, fand ich. Natürlich lag es nahe, dass jemand seelischen Schaden nimmt, den man einsperrt und unter Druck setzt. Er selbst hatte mir ja beschrieben, dass die Gefängniszeit ihn zu dem gemacht habe, der er heute sei – ein Mensch, der rücksichtslos die eigenen Interessen verfolgt.

Als ich Sofia wie ein Häufchen Elend vor mir sah, brachte ich es nicht übers Herz, sie zu diesem Verrückten zurückzuschicken. Ich drückte kurz ihre Hand. „Du kannst erst mal bei uns bleiben, wenn du willst.“

Ihr Gesicht hellte sich auf. „Ich hoffe nur, mein Vater rastet nicht völlig aus“, sagte sie ängstlich.

„Das hoffe ich auch“, sagte ich. „Aber hier bist du sicher.“

Bereits am selben Abend klingelte das Telefon, und Straus war dran. „Wenn Sie mir meine Tochter nicht zurückschicken“, bellte er, „dann komme ich und hole sie.“

„Das werden Sie nicht wagen!“, fauchte ich zurück. „Sofia ist volljährig, sie kann selbst entscheiden, wo sie sich aufhält. Die Zeit, in der Sie über Ihre Tochter bestimmt haben, Herr Straus, ist endgültig vorbei!“

Einen Moment blieb er still, dann sagte er: „Das werden Sie bereuen, Frau Moser.“

Sofia erzählte ich nichts vom Anruf ihres Vaters, aber tagelang war ich unruhig, befürchtete, dass er seine Drohung wahrmachen und auftauchen könnte. Als nichts passierte, beruhigte ich mich langsam wieder.

Einen Tag bevor Michael zurückkommen sollte, klingelte morgens mein Handy, und Jonas war dran. Er sagte nur: „Du musst sofort zurückkommen. Es gibt sensationelle Neuigkeiten!“

Und so saß ich bereits am Sonntag wieder im Flugzeug, während Michael noch auf dem Weg nach Hause war. Wieder hatten wir uns verpasst.

In Gargzdai war die Hölle los. Jonas berichtete mir, dass einige der zurückgekehrten Gemeinderäte wieder gegen Gesetze verstoßen hätten; zwei von ihnen hatten Schmiergeld angenommen, ein anderer einen politischen Gegner krankenhausreif geprügelt, ein weiterer einem Verwandten einen lukrativen Auftrag zugeschanzt. Nun hatte der Volkszorn sich endgültig gegen die Politiker gewandt und entlud sich seit Tagen in wütenden Demonstrationen vor dem Rathaus.

Aus alter Gewohnheit lenkte Jonas den Wagen auf den Hotelparkplatz. Wir tauschten einen kurzen Blick, dann stiegen wir aus. Niemand wusste bisher, dass wir zurück waren, und niemand kannte unser Auto. Es würde schon nichts passieren.

Wir gingen die Straße hinunter und hörten aus beträchtlicher Entfernung die Sprechchöre. Jonas übersetzte die Parolen, die über den Platz hallten. „Nieder mit der Korruption!" – „Demokratie jetzt!" – „Schluss mit Vetternwirtschaft und Begünstigung!"

Es waren mindestens fünfhundert Leute, darunter erkannte ich einige, die auch beim Hearing gewesen waren.

„Ist das nicht toll!", sagte Jonas euphorisch. Die Demonstranten waren der lebende Beweis dafür, dass nicht alle Litauer moralisch so verkommen waren, wie es sich uns in den letzten Wochen dargestellt hatte. Erst jetzt wurde mir klar, wie schlimm diese Zeit auch für Jonas gewesen sein musste. Er liebte sein Land, er war stolz auf das, was die Menschen hier erreicht hatten, und dann hatte er erleben müssen, wie viel rücksichtslose, kriminelle Energie in manchen dieser Menschen steckte.

„Ja, es ist wirklich toll!", stimmte ich zu. „Ich drücke ihnen die Daumen, dass sie es schaffen, diese korrupten Kerle endgültig loszuwerden." Ich lächelte. „Und dabei denke ich nicht nur an unser Projekt!"

Insgeheim hoffte ich natürlich das Gleiche wie Jonas, der mich deshalb Hals über Kopf aus Deutschland zurückgeholt hatte: dass wir jetzt einem neu gewählten Gemeinderat unseren Antrag vorlegen könnten. Und dass diese Räte vielleicht anders entscheiden würden als ihre Vorgänger.

„Und wohin jetzt?", fragte ich. Darüber, in welchem Hotel wir unterkommen würden, hatten wir noch nicht gesprochen. Aber es war klar, dass wir weder in Gargzdai noch im Finn In wohnen könnten, das wäre zu gefährlich.

Jonas grinste. „Ich habe etwas ganz Besonderes für uns gefunden", kündigte er an. „Die Pension ‚Zum rauchenden Colt'."

Ich begriff sofort. „Du hast uns bei Chris einquartiert? Hältst du das für eine gute Idee?" Ich hatte Chris wirklich ins Herz geschlossen, aber eine Wohngemeinschaft mit ihr stellte ich mir ziemlich nervenaufreibend vor.

„Keine Sorge", sagte Jonas. „Sie ist für einige Zeit nach Deutschland gefahren, Familie und Bekannte besuchen. Und wir hüten so lange ihr Haus."

„Na gut", willigte ich ein. „Hast du meinen Revolver noch?"

„Ja", sagte Jonas, „aber der bleibt bei mir." Damit war ich sehr einverstanden.

Das Haus war sauber und aufgeräumt, Chris hatte Betten für uns bezogen und Handtücher bereitgelegt. Ich durfte in ihrem Zimmer schlafen, Jonas bezog das Gästezimmer, in dem wir bei unserem ersten Besuch gemeinsam übernachtet hatten.

Wir packten aus und richteten uns ein. Auf dem großen Tisch im Wohnraum breiteten wir unsere Unterlagen aus und stellten unsere Computer auf.

Vor uns lag eine Menge Arbeit. Wir mussten unser gesamtes Material noch einmal überprüfen und die Anträge überarbeiten, damit wir für den Moment gerüstet wären, in dem wir durchstarten könnten.

WIR MACHTEN eine Wanderung. Michael lief mit den Kindern vor mir her, ich hatte Mühe, ihnen zu folgen.

„Wartet auf mich!", wollte ich rufen, aber kein Ton kam aus meinem Mund.

Der Abstand zwischen uns wurde immer größer, kaum konnte ich sie noch sehen. Gestrüpp und Schlingpflanzen behinderten mich, schwitzend und mit zerkratzten Armen und Händen kämpfte ich mich durch den immer dichter werdenden Urwald. Auf einmal war ich nicht mehr im Freien, sondern in einer Art Loft, in dem eine Party im Gange war. Junge Leute in schwarzer Kleidung und mit geschminkten Gesichtern schwebten an mir vorbei. Ich wusste, dass irgendwo in der Nähe die Kinder sein mussten, aber sosehr ich auch nach ihnen suchte, ich konnte sie nicht finden. Da stand plötzlich Michael vor mir. Er war ein alter Mann geworden, trotzdem erkannte ich ihn sofort.

„Wie schön, dass du da bist!", sagte er und lächelte mich voller Wärme an. Dann begann sein Bild, zu verblassen und sich schließlich aufzulösen. Da wusste ich, dass er tot war.

Mit einem dumpfen Schrei schreckte ich hoch. Mein Gesicht war nass von Tränen. „Michael!", schluchzte ich.

Ich machte das Licht an und tastete nach meinem Handy. Es klingelte fünf Mal, bis er dranging. „Mmh", hörte ich ihn verschlafen brummen.

„Michael, ich bin's", sagte ich weinend. „Ich hatte einen furchtbaren Traum, und … ich musste einfach deine Stimme hören."

Nach einer kleinen Pause fragte er: „Was hast du denn geträumt?"

Ich erzählte es ihm, und er hörte zu, ohne mich zu unterbrechen.

„Es war so schrecklich, als du plötzlich weg warst. Es hat mir fast das Herz zerrissen …" Ich legte das Telefon ab, um mir die Nase zu putzen.

Als ich es wieder ans Ohr drückte, sagte er: „Das ist doch ein schöner Traum! Die Kinder werden groß und gehen ihre eigenen Wege, und wir werden zusammen alt."

„Denkst du das wirklich? Manchmal kommt es mir so vor, als sei der Abstand zwischen uns unüberwindlich. Und dann bist du mir wieder so nah, und ich kann den Gedanken nicht ertragen, dich zu verlieren."

„So sind Beziehungen eben", sagte er. „Warum macht dir das nur solche Angst?"

Angst! Das war das Schlüsselwort. Genau das war es. Ich hatte solche Angst davor, ihn oder die Kinder zu verlieren, dass ich ständig versuchte, die Kontrolle über sie zu behalten. Jetzt war ich aber die meiste Zeit weg von zu Hause, und die Kontrolle war mir entglitten. Das stürzte mich in Panik. Deshalb traute ich Michael plötzlich Dinge zu, die ich ihm noch nie zugetraut hatte. Deshalb malte ich mir all die Schreckensszenarien aus, in denen Sofia meinen Platz einnimmt, mir meinen Mann, die Kinder, mein ganzes Leben wegnehmen will. Es passierte alles nur in meiner Fantasie.

„Versuch einfach mal loszulassen, die Dinge laufen zu lassen. Du wirst sehen, dann geht alles viel einfacher und besser, als du gedacht hast."

Ich seufzte und dachte, dass er wahrscheinlich Recht hatte.

„Überleg mal, wie selten was wirklich Schlimmes passiert und wie oft wir Angst davor haben", fuhr er fort. „Wir verschwenden so viel Energie mit Ängsten, die völlig sinnlos sind, weil sie sich auf Dinge beziehen, die wir ohnehin nicht beeinflussen können."

Ja, dachte ich und holte tief Luft. „Danke, jetzt geht's mir schon besser."

„Dann schlafen wir jetzt wieder, okay? Ich hatte nämlich gerade einen ganz tollen Traum, bei dem ich kurz davor war, einen Kochwettbewerb zu gewinnen. Vielleicht schaffe ich es ja noch!"

Ich musste lachen. „Ausgerechnet du, der nicht mal eine Dose öffnen kann! Also gut, dann lasse ich dich jetzt weiterschlafen. Und noch was ... Michael ..."

„Ja?"

„Auch wenn du manchmal unmöglich bist: Ich liebe dich."

„Ich dich auch", sagte er sanft. „Dabei bist du viel unmöglicher."

EINIGE TAGE SPÄTER kam Jonas morgens vom Brötchenholen zurück und winkte aufgeregt mit den Zeitungen. „Es ist so weit!", rief er. „Sie haben es geschafft!"

Der Gemeinderat war unter dem Druck der Öffentlichkeit geschlossen zurückgetreten, und es waren Neuwahlen angesetzt. Triumphierend stieß ich mit der Faust in die Luft. Jetzt konnten wir mit unserer Kampagne beginnen!

Wir wollten versuchen, mit möglichst vielen der Kandidaten schon vor der Wahl ins Gespräch zu kommen. Jonas hatte die Liste mit den Namen, Adressen und Telefonnummern besorgt. Sofort begannen wir, Termine zu vereinbaren.

Es lief überraschend gut. Die Leute kannten mich, der Artikel im *Küstenboten* hatte mich zu einer kleinen regionalen Berühmtheit gemacht. In kürzester Zeit hatten wir die gewünschten Verabredungen.

Unsere erste Kandidatin war eine Grundschullehrerin in meinem Alter. Sie lebte mit ihren zwei fast erwachsenen Töchtern in einer kleinen Etagenwohnung, wo sie uns mit Kaffee und selbst gebackenem Kuchen empfing.

Ich beschrieb ihr unsere Pläne und die Schwierigkeiten, auf die wir gestoßen waren, dann legte ich ihr die Ergebnisse der Umweltverträglichkeitsprüfung und die anderen Gutachten vor, die für unser Vorhaben sprachen. Sie hörte aufmerksam zu, machte sich Notizen, ließ sich aber zu keiner eindeutigen Stellungnahme bewegen. Ich hoffte, dass es uns gelungen war, sie zu überzeugen.

Beim Abschied wünschten wir ihr alles Gute für die Wahl, und Jonas machte auf seiner Liste ein Häkchen neben ihren Namen.

In den folgenden Tagen sprachen wir mit einem Arzt, einer Friseurmeisterin, einem Spediteur, einer Anwältin und einem Unternehmer. Sie alle einte der Wunsch nach Sauberkeit in der Politik, wie der Unternehmer es nannte.

Die Wahl fand statt, und die Kandidaten, mit denen wir gesprochen hatten, wurden bis auf einen gewählt. Wir beeilten uns, auch mit den restlichen Abgeordneten Gespräche zu führen. Jonas ging ins Rathaus und kam mit guten Nachrichten zurück: Wegen der Verzögerungen der letzten Wochen sollten nun in schneller Folge Sitzungen stattfinden, bis zu drei pro Woche. Und unser Antrag würde bereits in der zweiten Sitzung drankommen.

„Jaaa!" Ich fiel ihm um den Hals. Nachdem das Projekt schon so gut wie gestorben gewesen war, konnte ich mein Glück kaum fassen.

DER GROSSE TAG war da. Um elf sollte die Sitzung sein, aber schon ab neun zappelte ich nervös herum. Schließlich schlug Jonas vor, loszufahren und im Hotel in Gargzdai noch einen Kaffee zu trinken.

Die Rezeptionistin begrüßte uns reserviert. Der gut aussehende Kellner, der sonst immer ein paar freundliche Worte für uns gehabt hatte, nickte nur kurz.

Einige Frühstücksgäste sahen auf und tuschelten. Was war hier los?

Mein Blick fiel auf die Titelseite des *Küstenboten*, darauf mein Foto und das der toten Fledermäuse. Darüber eine Schlagzeile in riesigen Buchstaben. BETRÜGERISCHE WEST-INVESTORIN ENTTARNT, übersetzte Jonas mit heiserer Stimme.

Straus hatte seine Drohung also wahr gemacht. Und sein Timing war, wie nicht anders zu erwarten, perfekt.

Der Artikel war vernichtend. Von „böswilliger Täuschung" war die Rede, von „Lügen" und „Betrug". Als „Märtyrerin der Windkraftbewegung" hätte ich mich dargestellt, aber nun hätten Recherchen aufgedeckt, dass ich das meiste erfunden hätte. Weder hätte ich Drohbriefe erhalten, noch sei ich Opfer eines Anschlags geworden. Auch die angeblich von Windkraftgegnern platzierten toten Fledermäuse seien eine Erfindung von mir. Außerdem hätte ich einen mit Windmessungen beauftragten Experten gezwungen, falsche Daten zu liefern. Aus alldem könne, so der letzte Satz, „nur folgen, dass Frau Moser mit ihrer Firma Sunwind in diesem Land kein Windkraftwerk errichten darf – an keiner Stelle".

„Dieses Dreckschwein", flüsterte ich mit erstickter Stimme und verbarg mein Gesicht in den Händen. Ich fühlte mich gedemütigt und besudelt und vor allem völlig hilflos. Wie sollte ich jemals jemandem erklären, dass diese Geschichte eine einzige, riesengroße Lüge war?

Ich schreckte auf. „O Gott, die Sitzung! Was sollen wir tun?"

Jonas blickte finster. „Wir müssen dem Gemeinderat erklären, dass du das Opfer einer Verleumdungskampagne geworden bist und wir Gegenbeweise vorlegen werden. Bis dahin bitten wir um einen Aufschub."

Stumm gingen wir die wenigen Hundert Meter bis zum Rathaus, wo sich bereits einige Bürger versammelt hatten. Als sie mich erkannten, breitete sich Unmut aus.

„Da ist ja die Betrügerin!", rief einer. „Lügnerin!", ein anderer.

Ich presste die Lippen zusammen und klammerte mich an Jonas' Arm. Endlose Minuten verstrichen, bis endlich der Sitzungssaal geöffnet wurde und die Leute hineinströmten. Wir gingen langsam zu unseren Plätzen. Nach einer Weile traten die Gemeinderäte, an ihrer Spitze der Bürgermeister, ein. Feindselige Blicke trafen mich.

Der Bürgermeister verlas die Tagesordnung. Punkt eins war der Antrag der Firma Sunwind auf Errichtung von mehreren Windkraftanlagen.

„Sprich du", flüsterte ich, und Jonas stand auf. Er räusperte sich und begann zu reden. Ich verstand nicht die Worte, aber ich spürte die Wut und die Leidenschaft, mit der er sprach. Offenbar erklärte er, dass der Artikel im *Küstenboten* ein Racheakt war, denn mehrfach fielen die Namen Straus und Baudema.

Die finsteren, verschlossenen Gesichter der Anwesenden wirkten wie eine Mauer, aber beim einen oder anderen bemerkte ich ein leichtes Nicken. Vielleicht hatte Jonas es zumindest geschafft, Zweifel zu säen.

Als er fertig war, blickte der Bürgermeister in die Runde und stellte eine Frage. Gemurmel. Sieben Hände signalisierten Zustimmung. Jonas hatte einen Aufschub erreicht.

WIE GEPRÜGELTE HUNDE schlichen wir zum Auto zurück. Mein Handy klingelte. Es war Michael, der von Sofia erfahren hatte, was vorgefallen war. Dankbar hörte ich zu, wie er auf den *Küstenboten* schimpfte und mir versicherte, die Wahrheit würde bestimmt ans Licht kommen, ich dürfe mich jetzt auf keinen Fall unterkriegen lassen.

„Und von Sofia soll ich dir sagen, dass es ihr schrecklich leidtut."

„Sag ihr, das weiß ich. Ich muss mich erst mal von dem Schreck erholen, dann wird's schon irgendwie weitergehen." Nach einer kurzen Pause fügte ich hinzu: „Du fehlst mir."

„Du mir auch", sagte Michael.

ZU HAUSE kochten wir Tee und setzten uns ins Wohnzimmer, um die Lage zu besprechen. Schließlich sagte Jonas den entscheidenden Satz: „Wir müssen ihn mit seinen eigenen Waffen schlagen."

„Und wie soll das aussehen?"

Wir müssten eine Gegendarstellung oder Richtigstellung erwirken, erklärte Jonas, aus der hervorgehe, dass ich von Straus verleumdet worden sei. Aber so etwas juristisch durchzusetzen, dauere viel zu lange, deshalb müssten wir einen anderen Weg finden.

„Willst du etwa eine Anzeige im *Küstenboten* schalten?", fragte ich spöttisch.

Angesichts der hiesigen Presselandschaft blieben uns nicht viele Möglichkeiten. Es gab drei kleinere Blätter, die zusammengenommen die Hälfte der Auflage des *Küstenboten* hatten. Und es gab die landesweit erscheinende *Litauen-Post*, die eine Hauptausgabe und verschiedene Regionalteile hatte.

Wir müssten eine Materialsammlung zusammenstellen, mit der wir beweisen könnten, dass Straus der Lügner und Betrüger war – nicht ich. Und hoffen, dass die *Litauen-Post* den Fall aufgreifen würde.

„Okay", sagte ich, „lass uns anfangen." Wir fuhren unsere Computer hoch und setzten uns gegenüber an den großen Tisch. „Was haben wir?"

„Die Sache mit dem Drohbrief", sagte Jonas. „Ich kann bezeugen, dass es ihn gab und dass die Polizisten ihn einkassiert haben."

„Außerdem habe ich das noch gekriegt“, sagte ich und kramte das *Go away*-Zettelchen hervor. „Die Schrift ist die gleiche wie auf dem Drohbrief, den der Grundstücksverkäufer bekommen hat.“ Ich suchte auch diesen Brief in meinen Unterlagen und legte ihn dazu.

„Der Bremsschlauch“, sagte Jonas. „Leider beweisen diese Bilder nicht, dass es der Bremsschlauch unseres Wagens ist.“

Ich seufzte.

„Die Fledermäuse“, fuhr Jonas fort. „Da haben wir den Tierhändler und Chris als Zeugen.“

„Der gestohlene Laptop!“, rief ich nach kurzem Nachdenken. Ich besaß eine Kopie der Anzeige. „Die Frage ist, was wir Straus von seinen Schweinereien nachweisen können“, sagte ich grübelnd. Plötzlich fiel es mir wie Schuppen von den Augen. Eines meiner Telefongespräche mit Straus hatte ich aufgezeichnet! Ich nahm mein Handy aus der Tasche und drückte die Wiedergabefunktion. Klar und deutlich waren unsere Stimmen zu hören, als ich ihn um Informationen zur Baudema bat und er mir antwortete, das würde teuer werden.

„Wie teuer?“, hörte ich mich fragen.

Und dann die Stimme von Straus: „Zehntausend.“

Ich drückte den Knopf und sah Jonas triumphierend an. „Das ist der Beweis, dass er sich schmieren lässt!“

Er nickte zögernd. „Es ist allerdings auch der Beweis, dass du bereit warst, ihn zu schmieren. Aber das könnte man als Teil des Manövers erklären, mit dem du ihn überführen wolltest. Weiß Straus von dieser Aufnahme?“

„Natürlich nicht!“

„Wir brauchen noch mehr Beweise. Andere Firmen, die bezahlt haben.“

Ich stieß die Luft aus. „Wie soll das denn gehen? Das gibt doch keiner zu.“

JONAS fand über zwanzig Firmen, die in den letzten drei Jahren große Anzeigen im *Küstenboten* geschaltet hatten. Unter einem Vorwand gelang es ihm, Termine bei einigen Geschäftsführern zu bekommen. Er gab sich als freier Journalist aus, der einen Artikel über den Aufschwung der Wirtschaftsregion Gargzdai-Klaipeda-Palanga schreiben wolle. Erfreut berichteten die Herren über ihre Erfolge. Irgendwann lenkte Jonas die Unterhaltung auf die Schmiergeldpraxis beim *Küstenboten*. Er schaffte es, von drei Managern eidesstattliche Erklärungen zu erhalten, dass sie von Straus zur Bezahlung von Schmiergeld erpresst worden waren. Allerdings musste Jonas sich schriftlich verpflichten, in seinem Artikel keine Namen zu nennen.

„Und wie geht's jetzt weiter?", fragte ich. Wir durften keinen Fehler machen. Wenn unser Material in die falschen Hände geriete, wäre der ganze Aufwand umsonst gewesen. „Meinst du, in dieser Sache könnte uns dein Onkel helfen?", fragte ich schließlich zögernd.

„Daran habe ich auch schon gedacht", sagte Jonas.

DAS GEBÄUDE der *Litauen-Post* lag im Zentrum von Vilnius, nicht weit vom Wirtschaftsministerium. Jonas' Onkel hatte uns tatsächlich einen Termin bei Aron Wencelidas, dem Chefredakteur, verschafft. Wir waren am frühen Morgen losgefahren und hatten die Strecke in etwas mehr als fünf Stunden bewältigt.

Ein junges Mädchen holte uns am Empfang ab und fuhr mit uns ins oberste Stockwerk. Dort wurden wir gebeten, zu warten. Endlich öffnete sich eine Tür, und Herr Wencelidas persönlich bat uns in sein Büro.

„So, und worum geht's?", kam er gleich zur Sache.

Wir breiteten unser Material vor ihm aus. Jonas zeigte ihm die Artikel des *Küstenboten* über mich und unser Projekt und fasste ihren Inhalt zusammen. Er berichtete von den Vorgängen rund um die Baudema, von dem Zusammenprall zwischen Straus und mir, von den Drohungen, die dieser dabei ausgesprochen hatte. Wir zeigten ihm die Beweise, mit denen wir Straus' Unterstellungen widerlegen oder entkräften könnten, dann spielten wir ihm die Aufnahme meines Telefongesprächs mit ihm vor. Zum Schluss präsentierten wir die eidesstattlichen Erklärungen, in denen Straus der Erpressung von Schmiergeldzahlungen beschuldigt wurde.

Wencelidas hörte konzentriert zu und beugte sich schließlich nach vorn. „Interessant. Könnten Sie mir dieses Material überlassen?"

Jonas und ich wechelten einen Blick. Wir hatten von allem Kopien angefertigt, das Telefonat hatten wir auf CD, ebenso die Fotos.

„In Ordnung", sagte ich. „Was geschieht damit?"

„Ich möchte es gern von dem zuständigen Redakteur prüfen lassen. Das sind massive Vorwürfe, die da von Ihnen erhoben werden. Bevor wir entscheiden, ob wir daraus etwas machen, müssen wir sichergehen, dass wir keine Hitler-Tagebücher kaufen." Er lächelte anzüglich und stand auf. „Ich danke Ihnen für Ihr Vertrauen. Sie hören von mir."

Damit verabschiedete er uns und öffnete eine Tür seines Büros.

„Was meinst du?", fragte ich, als wir ein Stück gegangen waren. „Findet er die Sache wirklich interessant, oder hält er uns für paranoide Spinner?"

Jonas hob die Schultern. „Ich habe keine Ahnung. Wir werden sehen."

Elf

Ein paar Tage später, während wir beim Frühstück saßen, klingelte das Telefon.

„Habt ihr schon Zeitung gelesen?“, fragte Franz.

„Nein, wieso?“

„Na, dann los!“, befahl er. „Die *Litauen-Post*, landesweite Ausgabe!“

Während Jonas in seine Stiefel sprang und zum Auto eilte, fragte ich: „Woher, in aller Welt, weißt du morgens um zehn, was in der landesweiten Ausgabe der *Litauen-Post* steht?“

Er druckste ein wenig herum, dann rückte er damit raus, dass Chris bei ihm sei. Sie lese jeden Morgen im Internet litauische Zeitungen.

Einen Moment war ich sprachlos. „Seid ihr jetzt … ein Paar?“

Franz lachte. „Nenn es, wie du willst! Auf jeden Fall geht’s uns großartig!“

„Na dann, noch eine schöne Zeit“, sagte ich überrumpelt.

Als Jonas mit der Zeitung zurückkam, betrat er, übers ganze Gesicht strahlend, das Wohnzimmer. Er faltete die Titelseite auf und las die Schlagzeile des Aufmachers: „Schmiergeld, Lügen, Drohungen – wie dieser Mann Menschen zerstört!“ Darunter das Foto eines finster blickenden Straus. Bis ins Detail wurde beschrieben, wie übel Straus mir mitgespielt, wie er mich verleumdet und bedroht hatte. In besonderer Ausführlichkeit wurde seine Schmiergeldpraxis behandelt; neben den drei Aussagen, die wir geliefert hatten, gab es noch eine Reihe anderer Zeugen. Die Journalisten der *Litauen-Post* hatten ganze Arbeit geleistet.

Vor Erleichterung begann ich zu weinen. Ich war rehabilitiert! Ich war vor Straus und seinen miesen Methoden nicht in die Knie gegangen, ich hatte mich gewehrt und der Wahrheit zum Sieg verholfen!

Die Reaktionen, die der Artikel hervorrief, wären mit „Sturm der Entrüstung“ nur unzureichend beschrieben. Die Onlineseite der *Litauen-Post* quoll bereits wenige Stunden nach Erscheinen über vor empörten Leserbriefen, in denen gefordert wurde, dass Straus die Lizenz für den *Küstenboten* entzogen werden solle.

Auch in den Abendnachrichten wurde die Geschichte behandelt, und plötzlich tauchte sogar Straus im Bild auf. Eine Reporterin hatte ihn am Eingang zum *Küstenboten* gestellt und hielt ihm ein Mikro vors Gesicht.

„Herr Astrauskas, was sagen Sie zu den Vorwürfen?“

„Alles Unsinn!“, bellte er mit finsterer Miene.

„Und die Schmiergeldvorwürfe?"

„Nichts als Lügen!" Damit riss er die Tür des Redaktionsgebäudes auf und verschwand nach innen.

Ich drehte mich zu Jonas um. „Sag mal, ist Astrauskas sein litauischer Name?"

Er nickte. Ganz weit hinten in meinem Kopf klingelte etwas.

„Gib mir doch bitte mal die Liste, die du neulich vom Grundbuchamt mitgebracht hast, du weißt schon, die mit den Rückgabeverfahren."

Er zog ein Blatt Papier hervor. Wir entdeckten den Namen gleichzeitig. Tomas Astrauskas war einer derjenigen, die das Land Litauen auf Rückgabe von Grund verklagt hatten. Seine Klage lief seit acht Jahren, und sein Antrag umfasste zwei Drittel des Gebietes bei Darbénai, das wir besichtigt hatten. Das war der Teil, auf dem die Baudema ihren Plan B realisieren wollte.

Ich schlug mir mit der Hand gegen die Stirn. „Jetzt begreife ich endlich alles! In seinem ersten Artikel hat er mich angepinkelt, weil er Geld für einen zweiten wollte. Dann ist er der Baudema-Schweinerei auf die Spur gekommen, deren Aufdeckung ihm ein persönliches Anliegen war, deshalb hat er mich zu seiner Komplizin gemacht und großzügig auf die Zahlung eines Informationshonorars verzichtet. Darauf hat er sich die Baudema genauer angesehen und herausgefunden, dass sie dabei sind, die Hände nach ‚seinem' Land auszustrecken …"

„… und da er natürlich das Gesetz über die Möglichkeit der Enteignung beziehungsweise der Zurückweisung von Eigentumsansprüchen kennt", fiel Jonas mir ins Wort, „bekam er Panik, weil ein Windkraftprojekt ihn seine Ansprüche kosten könnte!"

„Und weil er das unbedingt verhindern wollte, hat er die Sunwind in die Kooperation mit der Baudema gehetzt, obwohl er wusste, dass die Leute Gauner sind. Und als wir ihm mit Vaisnoras' Verhaftung einen Strich durch die Rechnung gemacht haben, ist er ausgetickt!"

Jonas nickte heftig. „Genau, so muss es gewesen sein!"

„Dieser intrigante Mistkerl!", sagte ich.

Mir fiel etwas ein. Ich griff zum Handy und wählte die Nummer von zu Hause. „Sofia? Ich bin's, Katja. Ich wollte dir nur sagen, dass es mir leidtut für dich. Diese Sache mit deinem Vater nimmt dich sicher sehr mit. Aber all das ändert nichts an meiner Wertschätzung für dich, das sollst du unbedingt wissen!"

„Danke", sagte sie. „Mein Vater bekommt, was er verdient. Ich habe kein Mitleid mit ihm." Ihre Stimme klang kühl und unbeteiligt.

„Hat er denn noch mal versucht, dich zurückzuholen?", fragte ich.

Es dauerte einen Moment, ehe sie weitersprach. „Er sagte … wenn ich jetzt nicht nach Hause käme, bräuchte ich überhaupt nicht mehr zu kommen."

Ich holte tief Luft und sagte: „Dann ist dein Zuhause ab jetzt bei uns."

Vom anderen Ende der Leitung war ein Schlucken zu hören. „Danke, Katja. Vielen Dank!"

Am nächsten Tag rief Chefredakteur Wencelidas an. „Und, was sagen Sie zu unserer Geschichte?"

„Ihre Journalisten haben tolle Arbeit geleistet. Ich bin Ihnen zu großem Dank verpflichtet."

„Für die Wahrheit muss sich niemand bedanken. Zufällig waren wir schon länger an Astrauskas dran, Ihr Material kam uns wie gerufen. Ich bin froh, dass wir ihm das Handwerk legen konnten."

„Was passiert denn jetzt weiter?"

„Vermutlich wird es das eine oder andere Ermittlungsverfahren geben, zum Beispiel gegen die Polizei in Gargzdai und gegen die Mietwagenversicherung, die das Auto beiseitegeschafft hat, statt der Sache mit dem kaputten Bremsschlauch nachzugehen. Rechnen Sie damit, dass die Staatsanwaltschaft auf Sie zukommt. Außerdem könnte es sein, dass Straus seine Lizenz verliert. Dann kann er endlich eine PR-Agentur eröffnen, die auch so heißt."

„Und Sie kaufen den *Küstenboten*?", fragte ich scherzhaft.

„Wer weiß …", sagte er, und mir kam der Gedanke, dass vielleicht auch Wencelidas nicht ausschließlich der Wahrheit verpflichtet war, sondern mit dieser Geschichte gleichzeitig einen unliebsamen Konkurrenten vom Markt verdrängt hatte.

„Ich habe hier übrigens eine Anfrage für Sie", unterbrach er meine Überlegungen.

„Was für eine Anfrage?"

„Die Redaktion von *TeleTalk täglich* lässt fragen, ob Sie sich vorstellen könnten, mit Herrn Straus in einer Sendung aufzutreten."

Ich schluckte. Das hatte mir gerade noch gefehlt. „Was denken Sie?", fragte ich schließlich. „Ist das eine gute Idee?"

„Nun ja, er behauptet weiter steif und fest, Sie würden lügen. Und sicher gibt es immer noch eine Menge Leute, die glauben, ihm sei übel mitgespielt worden. In der Sendung hätten Sie die Chance, vor einem großen Publikum zu beweisen, dass Sie die Gute sind."

Mir wurde flau. „Ich … muss darüber nachdenken", sagte ich. „Bis wann müssen Sie es wissen?"

„Wenn's geht, noch heute", sagte er, „dann könnten Sie morgen Abend in die Sendung kommen."

Ich dankte ihm und legte auf. Jonas, der Zeuge des Gesprächs war, musterte mich neugierig. „Und?"

„Ich soll mit Straus bei *TeleTalk täglich* auftreten."

Jonas wiegte den Kopf. „So ein Fernsehauftritt ist riskant. Da geht es nur um Sympathie, nicht um Fakten. Wenn du die Nerven verlierst, setzt du alles aufs Spiel, was wir mit dem Artikel erreicht haben."

„Ich weiß", sagte ich nachdenklich. „Aber wenn ich es nicht mache, wird Straus mir unterstellen, ich ginge der Konfrontation aus dem Weg, weil ich nicht glaubwürdig sei. Vielleicht muss ich es riskieren."

Ich griff zum Telefon und rief Franz an, um seinen Rat einzuholen.

„Natürlich machst du das", sagte er spontan. „Wenn es darum geht, Sympathiepunkte zu sammeln, hast du doch die Nase vorn! Straus ist der Prototyp des hässlichen Deutschen, der ein aufstrebendes Land wie Litauen dazu benutzt, sich persönlich zu bereichern. Du bist eine Vertreterin des anderen Deutschland, du bringst moderne Technologie und Arbeitsplätze!"

Das klang ziemlich überzeugend. Aber wie schwer öffentliche Auftritte zu steuern waren, hatte ich bereits erfahren.

Den Ausschlag gab schließlich Straus selbst. In der Mittagsausgabe der Fernsehnachrichten wiederholte er seine Behauptung, ich sei eine Lügnerin. Er blickte in die Kamera, was so wirkte, als richte er den Blick direkt auf mich. Dann sagte er: „Frau Moser, trauen Sie sich! Sagen Sie mir ins Gesicht, was Sie mir zu sagen haben!"

TELETALK TÄGLICH war die populärste Sendung im litauischen Fernsehen. Der Moderator Simonidas Bronius genoss Kultstatus.

Als Jonas und ich beim Studio ankamen, wurden wir von Franz und Chris erwartet. „Wo kommt ihr denn her?", fragte ich überrascht und gerührt.

„Wir lassen dich doch bei deinem großen Auftritt nicht allein", erklärte Franz und klopfte mir aufmunternd auf die Schulter.

„Hau ihm ordentlich eine aufs Maul, diesem Schmierfinken!", empfahl Chris und drückte mich an sich.

Bei so viel Rückendeckung fühlte ich mich gleich besser, was noch lange nicht hieß, dass ich mich gut fühlte. Ich kam mir vor, als ginge ich Richtung Schafott, wo eine gierige Menge darauf lauert, meinen Kopf rollen zu sehen.

Zunächst wurde ich in die Maske geführt, wo eine Maskenbildnerin auf mich wartete, die viel zu stark geschminkt war. Ich hoffte, sie würde diesen Look nicht auf mich übertragen.

Franz und Chris waren Richtung Zuschauerraum verschwunden, während Jonas als mein persönlicher Assistent und Dolmetscher die ganze Zeit bei mir bleiben durfte.

Ich hoffte, dass ich Straus nicht vor der Sendung über den Weg laufen würde, aber Jonas beruhigte mich: Der sei auf der anderen Seite des Studios untergebracht.

Endlich waren alle Vorbereitungen abgeschlossen, und ich wurde vom Aufnahmeleiter an die Stelle geführt, von der aus ich auftreten sollte. Jonas zeigte mir durch einen Spalt im Vorhang, wo er gleich sitzen würde. Ich nickte ihm zu, und er verschwand.

Vor Nervosität musste ich ständig schlucken und fragte mich, ob ich überhaupt ein Wort herausbringen würde.

Ein Musikjingle ertönte, in meinem Ohrhörer knackte es, und die Simultanübersetzung begann. Der Moderator stellte mich als eine Frau vor, die sich für die Zukunft engagiere, in der erneuerbare Energien eine immer größere Rolle spielten. Nach Litauen sei ich gekommen, um einen Windpark zu errichten. Was ich dabei Unglaubliches erlebt habe, würde ich gleich darlegen.

Der Aufnahmeleiter gab mir ein stummes Zeichen. Mechanisch setzte ich mich in Bewegung und betrat die Studiodekoration, wo mich freundlicher Beifall empfing. Bronius begrüßte mich und zeigte mir meinen Platz.

Dann sagte er Straus an. Er beschrieb ihn als einen Mann mit litauischen Wurzeln, der mit der Lizenz für den *Küstenboten* die Chance erhalten habe, sich eine Existenz aufzubauen und gleichzeitig einen Beitrag für die junge Demokratie zu leisten, und nun sei er als Erpresser, Verleumder und Betrüger selbst in die Schlagzeilen geraten. Heute Abend wolle man klären, was an den Vorwürfen dran sei.

Von der gegenüberliegenden Seite betrat Straus das Studio. Verhaltener Beifall. Er schickte einen finsteren Blick in die Runde. Der Moderator drückte ihm die Hand und er setzte sich, ohne mich eines Blickes zu würdigen.

Der Moderator fasste die Ereignisse zusammen und stellte mir einige Fragen. Ich erzählte von meinen Erlebnissen.

Dann sprach er Straus an. „Herr Astrauskas, in einem großen Artikel Ihrer Zeitung haben Sie Katja Mosers Einsatz für umweltfreundliche Windenergie in den höchsten Tönen gelobt. Sie haben die Hindernisse beschrieben, mit denen sie hier zu kämpfen hatte. Nun behaupten Sie plötzlich das Gegenteil und werfen Frau Moser vor, sie habe sich das alles ausgedacht. Können Sie uns das erklären?“

Mit hochrotem Kopf begann Straus zu erzählen, wie perfide ich ihn hinters Licht geführt und wie geschickt ich ihn in mein Gespinst aus Lügen und Erfindungen verwickelt habe, um ihn auf meine Seite zu ziehen.

„Geben Sie doch mal ein konkretes Beispiel“, forderte Bronius ihn auf.

„Diese Geschichte mit den Fledermäusen“, polterte Straus. „Das hat sie sich doch ausgedacht, um die Windkraftgegner in den Dreck zu ziehen! In Wahrheit hat sie selbst dafür gesorgt, dass die toten Viecher da rumliegen. Und dann hat sie irgendeinen Tierhändler bestochen, für sie auszusagen.“

„Haben Sie dafür irgendeinen Beweis?“

„Das liegt doch auf der Hand!“

Aus dem Publikum hörte ich Gemurmel. Bronius wandte sich zu mir. „Können Sie uns das Gegenteil beweisen?“

„Dass Herr Straus es offenbar normal findet, sich eine Aussage mit Schmiergeld zu erkaufen, lässt interessante Rückschlüsse auf sein Verhältnis zur Wahrheit zu“, sagte ich. „Tatsache ist, dass ich niemanden bestochen habe, dass der Tierhändler die Käufer eindeutig beschreiben konnte und dass ich die schriftliche Aussage einer Windkraftgegnerin besitze, die an der Manipulation mit den toten Tieren beteiligt war.“

„Als könnte man so was nicht fälschen!“, schrie Straus.

In diesem Moment geschah etwas Unerwartetes. Im Publikum wurde es unruhig, jemand stand auf und kam auf die Studiobühne. Es war Chris. Bronius bat um ein Handmikrofon.

„Guten Abend, darf ich fragen, wer Sie sind?“

„Na, Sie reden gerade von mir, und da dachte ich, dass ich ein Wörtchen mitreden will.“

Um Bronius’ Lippen spielte ein Lächeln. „Na, dann los!“

Chris hatte Deutsch gesprochen, aber der Simultandolmetscher reagierte schnell und übersetzte bereits für die Zuschauer.

„Ich war bei der Sache mit den Fledermäusen dabei, und das tut mir heute leid. Das war ein ganz mieser Trick, um die Windräder zu verhindern. Und noch mieser finde ich, wie der Herr Astrauskas sich hier verhält. Der wirft einfach mit Behauptungen um sich, ohne irgendwas beweisen zu können. Und diesen Dreck hat er jahrelang im *Küstenboten* verbreitet, und damit soll jetzt mal Schluss sein!“

Lauter Beifall brandete auf. Chris zwinkerte mir unauffällig zu und ging zu ihrem Platz zurück.

„Na, dann die Sache mit meiner angeblichen Bestechlichkeit“, rief Straus, „da möchte ich jetzt mal einen Beweis sehen!“

„Sehen können Sie den Beweis nicht, aber hören“, sagte der Moderator und gab ein Handzeichen Richtung Studioregie. Es knackte und rauschte, dann ertönte das aufgezeichnete Telefonat zwischen Straus und mir. Es endete mit Straus' Forderung nach den zehntausend Euro.

Straus war blass geworden. Im Publikum wurde gebuht.

„So was kann man an jedem Computer zusammenbasteln", stammelte er.

Jetzt wurde es mir zu bunt. „Ich finde es wirklich bezeichnend, Herr Straus, dass Sie sämtliche Beweise, die gegen Sie vorliegen, einfach als Manipulation und Betrug abtun. Würden Sie freundlicherweise in Erwägung ziehen, dass es Menschen gibt, die nicht lügen und betrügen?"

„Was soll das heißen?", brüllte er.

„Lassen Sie mich eine Frage stellen", bat ich, und der Moderator nickte.

Ich fasste kurz die Vorgänge um die Baudema zusammen, dann sagte ich zu Straus: „Sie wollten meine Firma in den Ruin treiben, warum?"

„Unsinn!", schrie er.

Ich blieb ganz ruhig. „Ich sage Ihnen warum. Um Ihre Rückgabeansprüche nicht zu gefährden. Sie prozessieren seit Jahren gegen den litauischen Staat, weil Sie Land zurückhaben wollen."

„Das muss ich mir nicht bieten lassen!", tobte er. „Das ist Rufmord!"

„Rufmord?", sagte ich und zog die Liste heraus. „Hier ist eine Aufstellung der laufenden Restitutionsverfahren für diese Gegend, und hier steht Ihr Name." Ich hielt das Blatt in die Kamera, die zoomte drauf.

„Warum wollen Sie nicht, dass Ihre Rückgabeforderung bekannt wird?", schaltete sich der Moderator wieder ein.

„Weil einem hierzulande nicht der Schmutz unter dem Nagel gegönnt wird!", brüllte Straus. „Vor allem nicht, wenn man Deutscher ist."

Das Publikum war jetzt richtig aufgebracht. Jemand rief Straus eine Beschimpfung zu.

„Könnte es nicht sein", fuhr Bronius fort, „dass Ihr schlechtes Image eher die Folge Ihrer Geschäftspraktiken beim *Küstenboten* ist?"

„Was für Geschäftspraktiken? Ich führe eine erfolgreiche, profitable Zeitung, ich schreibe, was die Leute lesen wollen, und stehe auf keiner Seite."

Nun blickte Bronius zu mir. „Was meinen Sie dazu?"

Ich zuckte die Schultern. „Wer auf keiner Seite steht, hat irgendwann keine Freunde mehr."

Das Publikum applaudierte lautstark. Straus schimpfte in meine Richtung. Bronius blickte lächelnd in die Kamera und sagte: „Meine Damen und Herren, ein schönes Schlusswort! Wie immer bei *TeleTalk täglich*: spannende Gespräche, kontroverse Diskussionen. Schön, dass Sie dabei sind! Und hier unser nächstes Thema."

Eine Filmzuspielung begann. Bronius bedankte sich bei Straus und mir, und wir wurden in entgegengesetzten Richtungen aus dem Studio geführt.

In den Kulissen wurde ich bereits von Jonas erwartet, der begeistert den Daumen nach oben reckte. „Du warst super, Katja! Herzlichen Glückwunsch!"

„Danke", sagte ich erschöpft. „Ich bin so froh, dass es vorbei ist."

Eine Woche später wurde bekannt, dass Straus die Lizenz des *Küstenboten* entzogen worden war.

In der Zwischenzeit waren Jonas und ich zweimal von der Staatsanwaltschaft vernommen worden. Der verantwortliche Polizist aus Gargzdai wurde vom Dienst suspendiert, gegen den Mietwagenunternehmer und die Versicherung lief ein Strafverfahren. Außerdem hatten wir eine Mitteilung von der Gemeinde erhalten: Unser Antrag stand erneut auf der Tagesordnung.

Franz hatte beschlossen, bis zur endgültigen Entscheidung dazubleiben, und so war aus der Zweier-WG eine Vierer-WG geworden. Beim Umräumen unserer Sachen war mein Blick auf einen herumliegenden Brief gefallen, der an Chris adressiert war. Die Schrift war mir aufgefallen, und ich hatte sie mit der des Drohbriefs an den Grundstücksverkäufer und dem *Go away*-Zettelchen verglichen. Es war dieselbe Handschrift.

„Von wem ist dieser Brief?", fragte ich Chris.

„Von Miroslav. Darin hat er Schluss gemacht. Willste ihn lesen?"

„Nein danke. Wollte nur wissen, wer ihn geschrieben hat." Ich zeigte ihr die beiden Nachrichten.

„So ein Blödmann!", schimpfte Chris. „Hier die Leute zu bedrohen. Ich kann diese Fanatiker nicht leiden!"

Ich lächelte nur.

Der Tag der Gemeinderatssitzung. Wieder wachte ich früh auf, wieder konnte ich es kaum erwarten, loszufahren. Diesmal beschlossen wir, keinen Kaffee im Hotelrestaurant zu trinken. „Wer weiß, was heute in der Zeitung steht", witzelte Jonas.

Wir stellten das Auto ab. Eingerahmt von Jonas, Franz und Chris, die es sich nicht hatte nehmen lassen mitzukommen, ging ich die Straße hinunter.

High Noon, dachte ich. Die Stunde der Entscheidung.

Auch diesmal warteten draußen Leute, die an der Versammlung teilnehmen wollten. Anders als beim letzten Mal sahen fast alle freundlich aus.

Wir gingen hinein und suchten uns Plätze. Wieder traten die Räte gemeinsam mit dem Bürgermeister auf und setzten sich um den großen Tisch. Die nette Lehrerin, der Unternehmer, der Spediteur und all die anderen, die wir kennen gelernt hatten, lächelten mir zu.

Der Bürgermeister eröffnete die Sitzung mit der Mitteilung, dass die lang erwartete Gesetzesnovelle verabschiedet worden sei und die Genehmigung neuer Detailpläne damit deutlich vereinfacht und beschleunigt werde.

„Wir haben in diesem Punkt jetzt Rechtssicherheit", erklärte er. *Rechtssicherheit*. Das Wort klang wie Musik in meinen Ohren.

Diesmal standen zwei Anträge vor unserem auf der Tagesordnung, und meine Anspannung wuchs mit jeder Minute. Endlich verlas der Bürgermeister Punkt drei, unseren Antrag. Dann erteilte er einer Vertreterin der Windkraftgegner das Wort, es war die Frau im weißen Mantel, die schon beim Hearing und der Ortsbegehung dabei gewesen war. Ich erschrak. Würde jetzt alles von vorn beginnen? Würden sie erneut Widerspruch einlegen?

Die Frau fasste alle Gegenargumente nochmal zusammen. Dann sagte sie: „Wir müssen aber zugeben, dass Frau Moser angemessen auf unsere Einwände reagiert hat. Vieles konnte sie sofort beantworten, für alle offen gebliebenen Fragen hat sie in den Tagen und Wochen nach der Veranstaltung die Antworten geliefert. Dann passierten die vielen unschönen Dinge, die uns allen bekannt sind und von denen sich die Gruppe, für die ich spreche, ausdrücklich distanzieren möchte."

„Wie ist denn nun Ihre Haltung?", fragte der Bürgermeister.

„Wir haben immer noch Zweifel und Kritik an dem Projekt. Wir sehen aber auch die Vorteile für die Region. Deshalb sind wir bereit, unseren grundsätzlichen Widerstand aufzugeben."

Die Stimmzettel wurden ausgegeben, ausgefüllt, eingesammelt. Der Bürgermeister faltete sie unter dem Blick seines Stellvertreters auseinander und machte zwei Häufchen. Dann zählte er die Zettel und sagte: „Der Antrag der Firma Sunwind auf Errichtung von bis zu acht Windkraftwerken auf dem bezeichneten Grund wurde mit sechs zu vier Stimmen … angenommen!"

Wir sprangen auf und fielen uns jubelnd in die Arme. Viele der Zuhörer applaudierten. Als die Situation sich wieder beruhigt hatte, ergriff der Bürgermeister noch einmal das Wort. „Gestatten Sie mir noch eine persönliche Bemerkung. Seit rund zwanzig Jahren haben wir in diesem Lande die Chance, unser Gemeinwesen demokratisch zu organisieren und unsere Wirtschaft nach den Grundsätzen der Marktwirtschaft zu entwickeln. Ohne die Unterstützung von ausländischen Investoren wäre dies nicht möglich. Wir, der Gemeinderat von Gargzdai, möchten uns bei Ihnen, liebe Frau Moser, entschuldigen. Was Sie hier erleben mussten, wirft ein sehr schlechtes Licht auf unser Land. Wir hoffen und wünschen uns, dass Sie hier zukünftig andere Erfahrungen machen und Litauen so sympathisch und liebenswert erleben, wie es eigentlich ist!“

Alle Räte standen auf und applaudierten.

Jonas beugte sich zu mir. „Du bist ja ganz gerührt!“, flüsterte er.

Mit feuchten Augen funkelte ich ihn an. „Ich, gerührt? Blödsinn!“

Ein Jahr später

Drei, zwei, eins … los!“

Der Techniker legte einen Schalter um, und ganz langsam begann der Rotor, sich in den blauen Sommerhimmel hineinzudrehen. Das vertraute Sirren fing an und verstärkte sich, bis die Rotorblätter ihre volle Geschwindigkeit erreicht hatten. Ich schloss die Augen, zog die Luft tief ein und versuchte, mir diesen Moment so genau einzuprägen, dass ich ihn bis ans Ende meines Lebens nicht vergessen würde.

Ich hatte es geschafft! Und die Menschen, die mir am meisten bedeuteten, waren bei mir: Michael hatte den Arm um mich gelegt, neben uns standen Svenja, Pablo und Sofia. Wenige Schritte entfernt starrten Franz und Chris verzückt in den Himmel, und Jonas ging herum und verteilte Pappbecher mit Sekt. Nur meine Eltern fehlten. Natürlich hatte ich sie eingeladen, aber beide antworteten, sie könnten leider nicht kommen – sie machten gemeinsam eine Reise durch Italien!

Jetzt ertönte die Stimme von Willi Hildebrandt, dem Vizepräsidenten der deutsch-litauischen Handelsgesellschaft, durch ein Mikrofon: „Verehrte Frau Moser, liebe Sunwind-Mitarbeiter, verehrte Pressevertreter! Ich möchte es mir nicht nehmen lassen, Ihnen am heutigen Tag im Namen unserer Gesellschaft ganz herzlich zu Ihrem Erfolg zu gratulieren! Diese Windkraftanlage markiert den Beginn eines neuen Kapitels der deutsch-litauischen Zusammenarbeit. Wir freuen uns mit Ihnen und sind stolz, dass auch wir einen Beitrag zu diesem Erfolg leisten konnten …“

Jonas und ich wechselten einen Blick. Welchen Beitrag? Schließlich hatte er alles darangesetzt, uns von unseren Plänen abzubringen.

Am Ende seiner Rede kam Hildebrandt zu mir, drückte mir die Hand und sagte: „Herzlichen Glückwunsch, Frau Moser, auch von mir persönlich. Erstaunlich, in welch kurzer Zeit Sie hier zum Erfolg gekommen sind. Wie sind Sie denn mit der litauischen Mentalität zurechtgekommen?“

„Bestens“, sagte ich.

„Sehen Sie!“, erwiderte er strahlend und klopfte mir auf die Schulter. „Das habe ich Ihnen doch gleich gesagt. Die Litauer sind ein prima Völkchen, innovationsfreudig, kooperationsbereit und sympathisch! Gut, dass Sie meinen Rat befolgt haben und dieses Projekt so zielstrebig angegangen sind!“

Ich hob eine Augenbraue.

„Auch aus Steinen, die einem in den Weg gelegt werden, kann man Schönes bauen“, sagte Michael.

Hildebrandt blickte ihn fragend an. Dann hellte sich sein Gesicht auf. „Goethe?“

Michael nickte anerkennend.

Eigentlich schade, dachte ich, dass Straus jetzt nicht da ist. Der Mann, der es um ein Haar geschafft hätte, nicht nur die Sunwind zu ruinieren, sondern auch meine berufliche und moralische Reputation. Der sich am Ende aber geschlagen geben musste und – nachdem sein Restitutionsverfahren gescheitert war – nach Dresden zurückgekehrt war. Dort hatte er eine PR-Agentur eröffnet. Ich war überzeugt, dass er damit sehr erfolgreich sein würde.

Ein zartes Greinen riss mich aus meinen Gedanken, ich blickte zu dem Kinderwagen, der in der Nähe stand, und musste lächeln. Unglaublich, was alles passiert war, seit wir vor einem Jahr das Rathaus von Gargzdai verlassen hatten!

Ich hatte Chris damals spontan für alles gedankt, was sie für uns getan hatte. „Hoffentlich kann ich mich irgendwann bei dir revanchieren!“, hatte ich gesagt, selbst erstaunt darüber, wie sehr mir diese verrückte Räuberbraut ans Herz gewachsen war.

Chris hatte gegrinst. „Da hätte ich schon eine Idee! Du kannst Patentante werden.“

Ungläubig hatte ich die Augen aufgerissen. „Waaas?“

„Du hast schon richtig verstanden, ich kriege ein Kind!“

„Wie … ist das denn so schnell passiert?“

Chris hatte gelacht. „Muss ich dir das jetzt wirklich erklären?“

Jetzt beugten sich Chris und Franz gemeinsam über den Kinderwagen, schaukelten ihn hin und her und gaben beruhigende Geräusche von sich.

Inzwischen lebte Franz mit Chris in Litauen und hatte unser Projekt übernommen. Ich war nach München zurückgekehrt und zur Geschäftsführerin befördert worden. Meine Bedingung war gewesen, dass Jonas mein Assistent werden müsse. Daraufhin hatte Franz ihm ein sehr gutes Angebot gemacht, und ich wusste, dass Jonas es auf jeden Fall annehmen würde. Denn in der Zwischenzeit war noch etwas anderes passiert:

Eines Tages, als ich mal wieder auf Heimaturlaub gewesen war, hatte es an der Tür geklingelt. Zu meiner Überraschung stand Jonas vor mir, eine Hand hinter dem Rücken versteckt.

„Was machst du denn hier?“, fragte ich. „Hältst du es denn gar nicht mehr ohne mich aus?“

Er grinste verlegen. Dann hielt er mir plötzlich eine riesige Flasche Champagner hin. „Herzlichen Glückwunsch, du hast die Wette gewonnen.“

Eine Sekunde starrte ich ihn an, dann begriff ich. Sofia! Er hatte sich tatsächlich in sie verliebt! Und sie sich offenbar auch in ihn, denn von nun an war Jonas ein häufiger Gast bei uns. Als Sofias Praktikumshalbjahr bei uns beendet war, überraschte sie uns mit der Mitteilung, sie habe einen Studienplatz für Psychologie in Regensburg bekommen. Jonas nahm sich eine Wohnung in der Stadt, und an den Wochenenden pendelte Sofia zu ihm. Die beiden besuchten uns oft, für uns waren sie fast wie große Kinder geworden.

Zu guter Letzt hatte Michael es geschafft, mich gründlich zu überraschen.

Eines Tages bat er mich, ihn zu einer Buchpremiere zu begleiten. Die Veranstaltung fand in einer Buchhandlung in Schwabing statt. Wir betraten den Laden. Ich sah mich um – und traute meinen Augen nicht. Vor uns auf einem Tisch waren ungefähr hundert Exemplare desselben Buches aufgebaut. Es trug den Titel „Goethe – Ein junger Wilder“. Der Name des Autors war Michael Moser.

Ungläubig starrte ich ihn an. „Du hast ein Buch geschrieben? Und … warum weiß ich davon nichts?“

Er lächelte. „Ich wollte gern dein Gesicht sehen, genau in diesem Moment.“

Mit einem Mal begriff ich. Die endlosen Recherchen mit Sofia, der angebliche Relaunch von *Kultwärts*, sein Rückzug auf die Berghütte. Kein Betrug, keine Affäre. Eine Liebesbeziehung mit Johann Wolfgang von Goethe. Jahrelang hatte er davon gesprochen, ein Buch über den Dichter als jungen Mann schreiben zu wollen. Ich hatte es für Spinnerei gehalten. Und nun hatte er seinen Traum verwirklicht. Das Buch lag vor uns, und ich hatte das Gefühl, nun könnte mein Mann endlich zu mir zurückkehren.

Ich umarmte ihn vor all den Leuten, die uns umringten. „Du Verrückter!“, flüsterte ich ihm ins Ohr. „Ich bin so stolz auf dich!“

NACHDEM die Einweihungsfeierlichkeiten bei der Windkraftanlage vorüber waren, machten Michael, die Kinder und ich eine mehrtägige Rundreise durch Litauen. Bei strahlendem Sommerwetter kamen wir schließlich in Vilnius an.

„Ich will euch was zeigen“, sagte ich und führte sie zu der Stelle, wo die Steinplatte mit der Inschrift STEBUKLAS in den Boden eingelassen war.

„Was bedeutet das?“, wollte Svenja wissen.

„Es heißt Wunder“, erklärte ich. „Man sagt, wer sich etwas ganz intensiv wünscht, sich dabei mit einem Bein auf die Platte stellt und dreimal um die eigene Achse dreht, dessen Wunsch geht in Erfüllung.“

„Au ja!“, rief Pablo, stellte sich mit einem Fuß auf die Platte, schloss die Augen und drehte sich. „Ich wünsche mir ein Rennrad und eine Playmobilstation und einen Computer und dass die Ferien noch zehn Jahre dauern …“ Ihm wurde schwindlig, er musste aufhören und taumelte in meine Arme.

„Jetzt du, Svenja!“, forderte Michael sie auf.

„Ich glaube, es wirkt besser, wenn man den Wunsch für sich behält“, flüsterte ich ihr zu. Sie lächelte mich verschwörerisch an. Dann drehte sie sich langsam, mit geschlossenen Augen, einen Wunsch vor sich hin flüsternd, den keiner von uns hören konnte. Ich vermutete aber, er könnte mit einem gewissen Kilian aus ihrer Schule zu tun haben, der seit Neuestem bei uns ein und aus ging.

„Du bist dran!“, sagte ich zu Michael. „Und du weißt ja, bei Eheleuten wirkt der Zauber nur, wenn man dem anderen sofort verrät, was man sich gewünscht hat!“

„Das hättest du gern“, grinste er. Mit großer Geste breitete er die Arme aus, schloss die Augen und drehte sich. Und obwohl er kein Wort sagte, glaubte ich zu wissen, was er sich wünschte.

„Jetzt du, jetzt du!“, rief Pablo und hopste vor mir auf und ab.

Ich dachte an meinen Wunsch vom letzten Mal, der tatsächlich in Erfüllung gegangen war. Und so stellte ich meinen rechten Fuß auf die Platte, schloss die Augen und drehte mich dreimal.

„Ich wünsche mir, dass ich die Fähigkeit zu träumen nicht verliere und immer die Kraft haben werde, für meine Träume zu kämpfen.“

AMELIE FRIED

„Wir haben einiges mit Au-pair-Mädchen erlebt, und ich bin froh, dass diese Phase vorbei ist."

Um für ihren Roman *Eine windige Affäre* zu recherchieren, suchte sich Amelie Fried eine Firma, die in Litauen Windparks baut. Getarnt als Assistentin, fuhr sie mit dem Chef der Firma nach Litauen, nahm an all seinen Terminen teil und erhielt so aus erster Hand Einblick in die Arbeit der Behörden und Presse vor Ort. Dabei wurde sie Augenzeugin von Korruption und Intrigen – die Szene mit den verendeten Fledermäusen, die angeblich Opfer der Windräder wurden, hat sie selbst erlebt, und auch die Anwohner, die während einer Anhörung mit Stühlen aufeinander losgehen, sind keine Erfindung …

Fried selbst steht dem Thema Windkraft positiv gegenüber, auch wenn sie eine Landschaft ohne Windräder schöner findet. Aber „lieber sehe ich Windräder als Atomkraftwerke".

Zum Thema Vereinbarkeit von Familie und Beruf musste Amelie Fried nicht weiter recherchieren. Die bekannte Schriftstellerin und Moderatorin, die seit 1984 mit verschiedenen Sendungen im Fernsehen zu sehen ist, hat am eigenen Leib erfahren, wie schwierig dies sein kann. Auch sie und ihr Mann hatten, als ihre Kinder klein waren, Au-pair-Mädchen angestellt, und die Autorin sagt schmunzelnd: „Wir haben einiges mit ihnen erlebt, und ich bin ehrlich gesagt froh, dass diese Phase vorbei ist".

Frieds Romane waren allesamt Bestseller und wurden zum Teil von ihrem Mann, der Drehbuchautor ist, verfilmt. Um ihre Bücher sowie ihre Kolumnen schreiben zu können, ist viel Disziplin und Sitzfleisch nötig. Oft braucht Amelie Fried dazu „einige Wochen am Stück ohne Termine, ohne Telefon, eventuell an einem anderen Ort."

Die gebürtige Ulmerin lebt mit ihrem Mann und ihren beiden Kindern in der Nähe von München.

FLUCH
MICHAEL RIDPATH

Jahrhundertelang galt sie als verschollen. Nun ist die Handschrift einer alten isländschen Saga, die von einem verfluchten Ring berichtet, wiederaufgetaucht.

Die Freude von Professor Agnar Haraldsson über die sensationelle Entdeckung währt nur kurz: Er wird tot aufgefunden. Und auch anderen scheint die geheimnisvolle Saga wenig Glück zu bringen ...

1

Professor Agnar Haraldsson faltete den Brief zusammen und schob ihn zurück in den kleinen vergilbten Umschlag. Er warf einen letzten Blick auf die in altertümlicher, schmuckvoller Schrift verfasste Adresse: *Högni Ísildarson, Laugavegur 64, Reykjavík, Island*. Die Briefmarke trug das Profil eines bartlosen britischen Königs, irgendein Edward oder George.

Agnars Herz pochte, der Umschlag zitterte in seiner Hand. Der Brief war am Morgen eingetroffen, versteckt in einem größeren Umschlag mit einer modernen isländischen Briefmarke und einem Poststempel aus Reykjavík. Er überstieg Agnars kühnste Hoffnungen. Nein, mehr noch: Er war perfekt.

Als Professor für Isländisch an der Universität Island hatte Agnar das Privileg, an den ältesten Saga-Handschriften seiner Heimat forschen zu können, die von Mönchen auf Kalbsleder kopiert worden waren. Als Tinte verwendeten sie den Saft schwarzer Bärentrauben und als Schreibwerkzeug Schwanenfedern. Diese prächtigen Dokumente waren Islands Vermächtnis, Islands Seele. Doch keines würde jemals so großes Aufsehen in der Welt erregen wie dieses eine Blatt Papier, das er in der Hand hielt.

Er schaute von seinem Schreibtisch auf, blickte über den ruhigen See vor seinem Fenster. In der Aprilsonne funkelte er in einem außergewöhnlichen Dunkelblau. Ein perfekter Ort für ein Ferienhaus. Agnar war übers Wochenende hierhergeflüchtet, um ungestört arbeiten zu können. Seine Frau hatte vor Kurzem ihr zweites Kind zur Welt gebracht, und Agnar musste eine umfangreiche Übersetzung zu einem knapp gesetzten Termin fertigstellen.

„Aggi, komm wieder ins Bett!“

Er drehte sich zu der atemberaubend gut gebauten Andrea um, Literaturstudentin im fünften Semester, die über den blanken Holzboden auf ihn zukam, nackt, das blonde Haar zerzaust.

„Tut mir leid, mein Engel, das geht jetzt nicht“, sagte Agnar und wies mit dem Kinn auf den Stapel Papier vor sich.

„Wirklich nicht?“ Sie beugte sich vor und küsste ihn, fuhr mit den Fingern unter sein Hemd und spielte mit den Haaren auf seiner Brust. „Bist du dir ganz sicher?“

Agnar grinste und setzte die Brille ab. Nun, eine kleine Ablenkung würde er sich leisten können.

Auf dem Weg zu seinem Wagen ging Sergeant Detective Magnus Jonson durch eine Wohnstraße im Bostoner Stadtteil Roxbury. Seit einer Woche hatte er kaum geschlafen, aber er musste noch eine Menge Schreibarbeit erledigen, ehe er Feierabend machen konnte. Maria Campanelli, weiß, 27 Jahre, hatte erstochen in ihrem Apartment gelegen, seit 36 Stunden tot. Die Mordkommission fahndete nach dem Täter, und Magnus war zuversichtlich, dass er bald gefunden würde. Damit er jedoch auch verurteilt werden konnte, mussten die Akten hundertprozentig in Ordnung sein.

Der Papierkram ging Magnus leicht von der Hand, mit ein Grund, weshalb er vor Kurzem zum Sergeant befördert worden war. Vielleicht hatte Colby Recht, und er sollte wirklich Jura studieren.

Colby. Seit er vor einem Jahr mit ihr zusammengezogen war, hatte sie ihn bedrängt: Warum er nicht die Mordkommission verlasse und Jura studiere, warum er sie nicht heirate. Als sie dann vor sechs Tagen Arm in Arm von ihrem Lieblingsitaliener im North End nach Hause spazierten, fuhr ein Jeep mit heruntergelassener Scheibe an ihnen vorbei, und aus einem halbautomatischen Gewehr ging eine Reihe von Schüssen auf sie nieder. Magnus hatte Colby zu Boden gerissen. Entweder dachten die Schützen, sie hätten ihr Ziel getroffen, oder es waren zu viele Menschen in der Nähe, um die Sache zu Ende zu bringen. Jedenfalls raste der Jeep, ohne anzuhalten, davon.

Daraufhin hatte Colby Magnus vor die Tür gesetzt, und er verbrachte seither schlaflose Nächte im Gästezimmer seines Bruders in Medford.

Jemand zupfte ihn am Ellbogen – ein etwa fünfzigjähriger Mann: Latino, kahlköpfig, klein, übergewichtig, schlecht rasiert. „Detective? Ich glaube, ich hab was gesehen. In der Nacht, als das Mädchen erstochen wurde.“

Magnus seufzte. Sie hatten bereits einen Zeugen, der den Freund der jungen Frau kommen sehen hatte, und einen anderen, der ihn sechs Stunden später gehen sah. Dazu drei weitere, die einen lautstarken Streit mitbekommen hatten, und einen, der einen Schrei gehört hatte. Andererseits: Zeugen konnte man nie genug haben. Müde griff Magnus nach seinem Notizblock.

Der Kahlköpfige schaute nervös die Straße entlang. „Nicht hier! Ich will nicht, dass man uns zusammen sieht.“

Magnus zuckte mit den Schultern und folgte dem Mann in eine schmale

Seitengasse. An der Ecke stand ein auffällig tätowierter Jugendlicher mit dem Rücken zu Magnus und rauchte eine Zigarette.

In der Gasse schien der Kahlköpfige schneller zu gehen. Gerade wollte Magnus ihm hinterherrufen, er solle auf ihn warten, da blieb er plötzlich wie angewurzelt stehen. Er hatte geschlafen! Jetzt war er hellwach.

Unter den Tätowierungen auf den Armen des Jugendlichen hatte er einen kleinen Punkt über dem einen Ellbogen und fünf Punkte über dem anderen wahrgenommen. Die Eins und die Fünf – fünfzehn –, das war das Zeichen einer Gang namens Cobra 15, die hier in Roxbury nichts zu suchen hatte. Der tätowierte Junge war mindestens fünf Kilometer außerhalb seines Reviers. Allerdings machte Cobra 15 Geschäfte mit Sotos Leuten, den hiesigen Drogendealern. Die Kerle in dem Jeep im North End arbeiteten ebenfalls für Soto, davon war Magnus überzeugt. Vermutlich zog der Junge hinter ihm in diesem Augenblick eine Pistole aus dem Hosenbund.

Magnus tauchte nach links ab, stieß eine Mülltonne um, warf sich zu Boden, rollte herum, zog seine Waffe und richtete sie auf den Halbwüchsigen, der seinerseits die Waffe hob. Magnus' Finger krümmte sich um den Abzug, doch plötzlich zögerte er. In der Einmündung zur Gasse stand eine mit Einkaufstüten beladene junge Frau und starrte ihn mit offenem Mund an. Sie war dick, sehr dick, und befand sich direkt in der Schusslinie hinter dem tätowierten Jungen. Die Vorschrift für solche Situationen war eindeutig: Nicht schießen, wenn die Gefahr besteht, einen Unbeteiligten zu treffen.

Der junge Kerl nutzte die Verzögerung, um Magnus ins Visier zu nehmen.

„Polizei! Waffe runter!“, rief Magnus. Wenn der Junge als Erster schoss und ihn verfehlte, konnte er selbst abdrücken. Magnus war zwar eins neunzig groß und wog über neunzig Kilo, aber er lag flach auf dem Asphalt, teilweise verdeckt von der umgeworfenen Mülltonne, sodass er dem aufgeregten Burschen eine vergleichsweise kleine Zielscheibe bot.

Die Frau stand wie angewurzelt da. Wenn sie sich doch nur in Bewegung setzte!

Auf einmal merkte Magnus, dass der Jugendliche etwas hinter ihm beobachtete. Der Mann mit der Glatze! Der Junge wollte wohl Zeit schinden, bis der Kahlköpfige von hinten auf Magnus schoss.

Da drückte Magnus ab. Der Jugendliche zuckte getroffen zusammen und feuerte ebenfalls los, verfehlte Magnus aber. Der packte die Mülltonne und schleuderte sie nach hinten, wo sie dem Glatzkopf, der gerade seine Pistole ziehen wollte, ans Schienbein prallte, sodass der Mann das Gleichgewicht verlor. Magnus schoss zweimal und traf ihn zuerst in die Schulter, dann in den kahlen Schädel.

Plötzlich wurde es laut. Die dicke junge Frau hatte ihre Einkaufstüten fallen lassen und schrie aus vollem Hals. In der Nähe heulte eine Polizeisirene. Überall Geschrei und hastige Schritte.

Der Kahlköpfige rührte sich nicht mehr. Der Jugendliche lag rücklings auf dem Boden, seine Brust hob und senkte sich, sein gelbes T-Shirt war blutbefleckt. Er versuchte mit letzter Kraft, seine Pistole auf Magnus zu richten. Der trat ihm aufs Handgelenk und kickte die Waffe fort. Schwer atmend stand er über dem Halbwüchsigen, der ihn hatte umbringen wollen. Siebzehn oder achtzehn Jahre alt. Bei Cobra 15 konnte ein Jugendlicher in diesem Alter bereits mehrere Menschenleben auf dem Gewissen haben.

Aber nicht das von Magnus. Zumindest nicht heute.

„Ich zieh dich da ab." Deputy Superintendent Williams, Chef der Mordkommission, traf stets klare Entscheidungen, eine Eigenschaft, die Magnus an ihm schätzte. „Das war der zweite Mordversuch an dir, in einer Woche."

„Ich war müde und hab nicht aufgepasst. Kommt nicht wieder vor", sagte Magnus.

Williams hob die Augenbrauen. Tiefe Furchen durchzogen sein schwarzes Gesicht. Er war klein und stämmig, zielstrebig und ehrlich, ein guter Chef. Deshalb hatte sich Magnus ihm auch anvertraut, als er vor sechs Monaten mitbekommen hatte, wie sein Kollege Lenahan am Handy mit einem anderen Polizisten über die Manipulation von Beweismitteln sprach.

Damals hatte sich Magnus bei einem Beschattungsauftrag die Beine vertreten, war zum Wagen zurückgekehrt und hinter dem Beifahrerfenster in der Herbstsonne stehen geblieben. Die Scheibe war einen Spaltbreit geöffnet, so konnte er Lenahan deutlich verstehen. Der Kollege drängte einen gewissen Detective O'Driscoll, bloß keinen Fehler zu machen und die Fingerabdrücke von einer Waffe zu wischen.

Magnus und Lenahan waren noch nicht lange ein Team. Mit seinen 53 war Lenahan zwanzig Jahre älter als Magnus. Er war intelligent und beliebt, aber faul. Er setzte seine drei Jahrzehnte Erfahrung und sein Wissen so ein, dass er möglichst wenig arbeiten musste. Magnus dagegen glaubte, alle Opfer und ihre Angehörigen hätten einen Anspruch auf Gerechtigkeit, und dafür gab er sein Bestes. Die Zusammenarbeit der beiden stand also von Anfang an unter keinem guten Stern, doch Magnus wäre nie auf die Idee gekommen, dass Lenahan ein falscher Hund sein könnte.

Es gibt zwei Dinge, die ein Cop mehr hasst als alles andere: unaufrichtige Kollegen und solche, die andere verpfeifen. Für Magnus war die Entscheidung einfach: Wenn er zuließe, dass einer wie Lenahan ungestraft

Beweismittel in einem Mordfall vernichtete, wäre alles sinnlos, wofür er in seinem Berufsleben gekämpft hatte. Aus diesem Grund ging er direkt zu Williams.

Zwei Wochen später war seine Beförderung durch, und er wurde von Lenahan getrennt. Aus einem anderen Bundesstaat wurde ein Undercoverteam des FBI eingeschleust, eine große Ermittlung kam ins Rollen. Schließlich machten die Bundespolizisten die Bande ausfindig, von der Lenahan und zwei weitere Beamte, O'Driscoll und Montoya, bezahlt wurden. Es waren Dominikaner, ihr Anführer hieß Pedro Soto und belieferte Straßengangs in ganz Neuengland mit Kokain und Heroin. Die drei korrupten Polizisten wurden festgenommen. Wenn der Fall vor Gericht käme, wäre Magnus Kronzeuge. Doch das FBI hatte noch nicht genug Beweismaterial gesammelt, um Soto zu belasten. Er war nach wie vor auf freiem Fuß.

„Wenn wir nichts unternehmen, bist du innerhalb von zwei Wochen tot", sagte Williams.

„Aber ich verstehe nicht, warum sie mich umbringen wollen", gab Magnus zurück. „Klar, meine Zeugenaussage wird Lenahan festnageln, aber über Soto und die Dominikaner weiß ich doch gar nichts."

„Lenahan will auf keinen Fall mit einer Meute von Mördern in einem Hochsicherheitstrakt landen. Das würde kein Cop wollen, da wäre er besser tot. Wir nehmen an, dass er den Dominikanern ein Ultimatum gestellt hat: Entweder räumen sie dich aus dem Weg, oder er liefert sie uns aus. Wenn du tot bist, sind Lenahan und seine beiden Komplizen frei, und Sotos Geschäft kann weiterlaufen, als wäre nichts geschehen." Williams blickte Magnus ins Gesicht. „Deshalb müssen wir überlegen, was wir mit dir machen."

Magnus verstand, worauf sein Chef hinauswollte. Aber das Zeugenschutzprogramm bedeutete, dass er ein neues Leben mit einer neuen Identität am anderen Ende des Landes anfangen müsste. Das wollte er nicht.

„Und? Schon eine Idee?", fragte er.

„Zufällig ja." Williams grinste. „Du bist isländischer Staatsbürger, oder?"

Magnus nickte. „Und US-Bürger. Ich hab die doppelte Staatsbürgerschaft."

„Beherrschst du die Sprache?"

„Ein bisschen. Als Kind konnte ich sie. Mit zwölf bin ich hierhergekommen. Warum?"

„Vor Kurzem erzählte mir ein alter Kumpel vom New York Police Department, er habe gerade Besuch gehabt vom Polizeichef von Island, und der habe nachgefragt, ob man ihm nicht einen Beamten als Berater ausleihen könne. Offenbar gibt es in Island nicht viele Morde, wenigstens bisher nicht. Vor einer Stunde habe ich den isländischen Polizeichef angerufen. Als ich ihm von einem Detective erzählte, der Isländisch spricht, war er höchst erfreut. Was hältst du davon?"

Magnus hatte keine Wahl. „Ich mache es", sagte er, ohne lange zu überlegen. „Unter einer Bedingung."

Williams runzelte die Stirn. „Und die wäre?"

„Ich nehme meine Freundin mit."

MAGNUS hatte Colby schon des Öfteren wütend erlebt, aber noch nie derart fuchsteufelswild.

„Was denkst du dir dabei, mich von deinen Gorillas entführen zu lassen? Soll das ein Witz sein? Sag diesen Kerlen, sie sollen mich zurück ins Büro bringen!"

Sie saßen im Fond eines FBI-Wagens auf dem Parkplatz eines Schnellrestaurants. Die beiden Bundesbeamten, die Colby einfach mitgenommen hatten, standen jetzt fünfzig Meter weiter mit den beiden Kollegen zusammen, die Magnus hergefahren hatten.

„Man hat wieder versucht, mich umzubringen", sagte Magnus. „Diesmal hätte es fast geklappt."

Er konnte immer noch nicht fassen, wie dämlich er gewesen war, sich in die enge Gasse locken zu lassen. Nach der Schießerei war er ausführlich von zwei Beamten der Ermittlungsgruppe für dienstlichen Schusswaffengebrauch befragt worden. Es war das zweite Mal, dass Magnus im Dienst jemanden mit der Waffe getötet hatte. Nach dem ersten Mal – damals war er erst zwei Monate in Uniform im Streifendienst unterwegs gewesen – hatte er wochenlang unter Schuldgefühlen gelitten. Diesmal war er einfach froh, noch am Leben zu sein.

„Das hat alles nichts mit mir zu tun", sagte Colby.

„Es hat doch mit dir zu tun, Colby."

„Wie meinst du das?"

„Mein Chef will, dass ich Boston verlasse. Er meint, die Dominikaner geben keine Ruhe, bis sie mich umgebracht haben."

„Boston verlassen hört sich vernünftig an."

Magnus atmete tief durch. „Ich möchte, dass du mich begleitest. Es könnte sein, dass sie dich ins Visier nehmen, wenn ich nicht mehr hier bin."

„Und was ist bitte schön mit meinem Job?"

„Den musst du wohl eine Weile auf Eis legen. Nur für ein paar Monate, bis zum Prozess."

Colby biss sich auf die Lippe. Eine Träne lief ihr die Wange hinunter. „Wo würden wir denn hingehen?"

„Das kann ich dir leider erst sagen, wenn feststeht, dass du mitkommst."

Sie sah ihm in die Augen. „Werden wir heiraten?"

„Ich weiß nicht", zögerte Magnus. „Wir können ja darüber reden."

„Nein! Ich will nicht mehr darüber reden, das tun wir schon seit Monaten. Ich will es jetzt wissen. Du erwartest von mir, dass ich alles stehen und liegen lasse und mit dir fortgehe. Okay, ich tu's. Aber nur, wenn wir heiraten."

„Das ist nicht der richtige Augenblick für so eine Entscheidung."

„Was soll das heißen? Liebst du mich etwa nicht?"

„Natürlich liebe ich dich", erwiderte Magnus.

„Dann lass uns heiraten! Raus damit, Magnus: Ja oder nein?"

Magnus seufzte. „Es ist doch nur zu deiner eigenen Sicherheit."

„Das heißt also nein?" Colbys Blick bohrte sich in seine Augen.

Magnus nickte. „Nein."

Sie biss die Lippen zusammen und legte die Hand auf den Türgriff. „Gut. Dann sind wir fertig miteinander. Ich fahre zurück zur Arbeit."

Magnus fasste sie am Arm. „Bitte, Colby!"

„Nimm deine Hände weg!", schrie sie und stieß die Tür auf. Hastig lief sie hinüber zu den vier FBI-Beamten, die um den anderen Wagen herumstanden. Keine Minute später war das Fahrzeug mit ihr verschwunden.

2 Magnus schaute von seinem Buch auf und aus dem Flugzeugfenster. Die Maschine befand sich im Landeanflug. Unter ihnen hing eine Decke aus schweren grauen Wolken, die nur an wenigen Stellen aufriss. Magnus versuchte einen Blick auf das Land zu erhaschen, doch er sah lediglich aufgewühltes graues Meer, betupft mit weißen Schaumkronen.

Er machte sich Sorgen um Colby. Wenn er sich bereiterklärt hätte, sie zu heiraten, säße sie jetzt neben ihm und nicht in ihrem Apartment, wo vielleicht der falsche Mann an ihre Tür klopfte. Magnus wusste, es wäre nicht aufrichtig gewesen, sie unter Druck zu heiraten. Und Williams hatte versprochen, Polizeischutz für sie anzuordnen. Aber wenn die Dominikaner sie sich trotzdem schnappten, würde er dann mit den Folgen leben können?

Anfangs hatte Colby nichts dagegen gehabt, dass er ein Cop war. Sie hatten sich auf der Party eines alten Collegefreundes von Magnus kennen gelernt und sofort zueinander hingezogen gefühlt. Colby war hübsch, lebhaft, klug und willensstark. Und ihr gefiel die Vorstellung, dass Magnus, Absolvent einer Eliteuniversität, mit einer Pistole durch die Straßen von South Boston lief – bis sie begann, ihn nicht als Liebhaber, sondern als potenziellen Ehemann zu betrachten.

Sie war dreißig Jahre alt und wollte heiraten, und zwar Magnus. Oder vielleicht eher einen leicht veränderten Magnus? Einen erfolgreichen Anwalt, der ein ansehnliches Gehalt bezog und in einem großen Haus in Brookline wohnte? Was sah sie in ihm? Und wer war er wirklich?

Er holte seinen isländischen Ausweis hervor. Das Foto glich dem in seinem amerikanischen Reisepass: rotes Haar, kantiger Kiefer, blaue Augen, blasse Sommersprossen auf der Nase. Lediglich der Name war nicht identisch. Hier stand sein richtiger Name: Magnús Ragnarsson. Er hieß Magnús, sein Vater hieß Ragnar, und der Vorname seines Großvaters war Jón. Daher hieß sein Vater Ragnar Jónsson und er Magnús Ragnarsson. Logisch.

Doch die amerikanische Bürokratie ließ sich nicht auf diese Logik ein. Ein Sohn konnte keinen anderen Nachnamen haben als der Vater – oder die Mutter, die in Magnus' Fall Margrét Hallgrímsdóttir hieß. Und so wurde aus dem zwölfjährigen Isländer Magnús Ragnarsson der amerikanische Junge Magnus Jonson.

Er schaute wieder in das Buch auf seinem Schoß: Es war die Saga von Njál, eine seiner liebsten. Auch wenn er in den vergangenen dreizehn Jahren nur wenig Isländisch gesprochen hatte, so hatte er doch viel gelesen. Nach dem Umzug nach Boston hatte sein Vater ihm aus den Sagas vorgelesen, die meist vom Leben der Wikingerclans handelten, die sich um 900 auf Island niedergelassen hatten, bis im Jahr 1000 das Christentum kam. Die Helden waren mutige Abenteurer mit klaren moralischen Grundsätzen – ermutigend für einen einsamen Isländer auf einer amerikanischen Junior High School. Wenn einer ihrer Angehörigen getötet wurde, wussten die Wikinger immer, was zu tun war: Sie forderten Geld zur Wiedergutmachung, und wenn darauf nicht eingegangen wurde, forderten sie Blut, alles streng nach dem Gesetz.

So wusste auch Magnus, was er zu tun hatte, als er zwanzig Jahre alt war und sein Vater ermordet wurde: der Gerechtigkeit Genüge leisten. Doch die Polizei fand den Mörder seines Vaters nie, und trotz großer Bemühungen gelang es auch Magnus nicht. Obwohl er nach dem College beschloss, zur Polizei zu gehen. Bis heute wollte er Genugtuung für den Tod seines Vaters, doch wie viele Mörder er in den letzten zehn Jahren auch festgenommen hatte, sein Streben nach rechtmäßiger Vergeltung blieb unerfüllt.

Das Flugzeug sank weiter. Wieder eine Lücke in den Wolken; diesmal konnte Magnus sehen, wie sich die Wellen an den braunen Lavafeldern der Halbinsel Reykjanes brachen. Es war der 24. April, ein Tag nach dem offiziellen Sommeranfang.

Je näher er Island kam, desto mehr hatte er das Gefühl, er nähere sich der Aufklärung oder zumindest der Bewältigung des Mordes an seinem Vater.

Doch das Flugzeug brachte ihn auch seiner Kindheit näher – einer glücklichen Zeit, jedenfalls bis zu seinem achten Lebensjahr. Damals wohnte seine Familie in einem kleinen Haus mit winzigem Garten in Reykjavík. Magnus' schöne Mutter, die so gern lachte, unterrichtete an einer höheren Schule, der Vater an der Universität.

Dann änderte sich alles. Ragnar zog fort, um in Amerika Mathematik zu lehren, die Mutter wurde missmutig und müde. Sie schlief den ganzen Tag, bekam ein aufgedunsenes Gesicht, wurde immer dicker und schrie Magnus und seinen kleinen Bruder Óli ständig an. Die drei zogen zu Margréts Eltern, auf einen Bauernhof im Norden des Landes, doch alles wurde nur noch schlimmer. Magnus merkte, dass seine Mutter nicht ständig müde, sondern betrunken war. Erfolglos versuchte sie verschiedene Arbeitsstellen zu halten, zuerst als Lehrerin, später als Kassiererin. Die beiden Söhne überließ sie weitgehend dem strengen, furchteinflößenden Großvater, der selbst gern einen über den Durst trank, und der engstirnigen, kleinlichen Großmutter.

Eines Tages, als Magnus und Óli in der Schule waren, kippte Margrét eine halbe Flasche Wodka hinunter, setzte sich ins Auto und fuhr frontal gegen einen Felsen. Sie war sofort tot. Nach einer entsetzlich trostlosen Woche kam Ragnar und nahm beide Kinder mit nach Boston.

Wenn Magnus und Óli von da an mit dem Vater nach Island reisten, dann zelteten sie irgendwo auf dem Land, besuchten die Großmutter väterlicherseits oder Ragnars alte Freunde, aber niemals Margréts Familie. Das holte Magnus vier Wochen nach dem Tod seines Vaters nach, in der Hoffnung, sich mit den Verwandten auszusöhnen. Doch der Besuch war eine einzige Katastrophe. Die Feindseligkeit der Großeltern, die offenbar nicht nur seinen Vater, sondern auch ihn selbst hassten, schmerzte. Danach war Magnus nie mehr nach Island zurückgekehrt.

DREISSIG MINUTEN nach der Landung saß er im Fond eines weißen Streifenwagens, der im Regen über die Autobahn von Keflavík nach Reykjavík preschte. Magnus achtete nicht auf die Umgebung. Er konzentrierte sich auf den Mann neben sich: Snorri Gudmundsson, Islands Polizeichef, ein kleiner Herr mit klugen blauen Augen und dichtem grauem Haar. Gudmundsson sprach ein schnelles Isländisch, Magnus konnte ihm kaum folgen.

„Wie du vermutlich weißt, gibt es in Island fast keine Gewaltverbrechen", erklärte er. „Bis zur *kreppa* und den Demonstrationen dagegen bestand der Großteil der Polizeiarbeit darin, samstag- und sonntagmorgens Ordnung zu schaffen, wenn die Partygänger ihren Spaß gehabt hatten."

Kreppa war das isländische Wort für die Finanzkrise, die das Land besonders hart getroffen hatte. Die Banken, die Regierung und viele Einwohner waren pleite.

„Ein neuer Trend bereitet uns jedoch Sorgen“, fuhr der Polizeichef fort. „Es gibt immer mehr Drogen und Drogenbanden. Die Medien überzeichnen das Problem natürlich, aber wenn ich die Gefahr ignorieren würde, wäre ich ein schlechter Polizeichef.“ Er hielt inne, um sich zu vergewissern, dass Magnus ihn verstand. „Ich bin stolz auf unsere Polizei. Sie arbeitet engagiert und hat eine gute Aufklärungsquote, aber ihr fehlt einfach die Erfahrung mit Verbrechen, wie sie in Großstädten verübt werden. Immerhin hat der Großraum Reykjavík nur hundertachtzigtausend Einwohner, im ganzen Land leben gerade mal dreihunderttausend Menschen. Trotzdem möchte ich, dass wir vorbereitet sind, falls hier Dinge passieren wie in Amsterdam, Manchester – oder Boston. Deshalb habe ich um Unterstützung gebeten.“ Er musterte Magnus aufmerksam. „Ich habe deine Akte gelesen und mit Deputy Superintendent Williams gesprochen. Er hat dich begeistert gelobt.“

Magnus hob die Augenbrauen. Er wusste, dass seine Akte einige schwarze Flecken aufwies, weil er nicht immer genau das tat, was man ihm sagte.

„Wir stellen uns vor, dass du so bald wie möglich einen Crashkurs an der Polizeiakademie besuchst. Bis dahin stehst du für Fortbildungen und Auskünfte zur Verfügung, wenn etwas geschieht, wobei du uns helfen kannst.“

„Ein Crashkurs? Wie lange soll der dauern?“, fragte Magnus.

„Wir hoffen, dass wir dich in weniger als sechs Monaten durchbekommen. Der Kurs ist unumgänglich. Du kannst niemanden verhaften, solange du die isländischen Gesetze nicht kennst.“

„Klar. Aber wie lange soll ich denn deiner Meinung nach hierbleiben?“

„Ich habe ein Minimum von zwei Jahren vorgeschlagen. Deputy Superintendent Williams versicherte mir, das sei akzeptabel.“

Magnus wollte protestieren, sagte aber nur: „Mir gegenüber hat er das nicht erwähnt.“ Er würde mit Gudmundsson zusammenarbeiten, bis er zur Zeugenaussage nach Boston zurückkehren musste. Und dort würde er dann bleiben, egal was der isländische Polizeichef mit ihm vorhatte.

Snorri grinste. „Wie es der Zufall will, haben wir bereits eine Aufgabe für dich. Heute Vormittag wurde in einem Ferienhaus am Thingvellir-See eine Leiche gefunden. Und einer der ersten Verdächtigen ist offenbar ein Amerikaner. Ich bringe dich gleich mal hin.“

Der Flughafen Keflavík liegt auf einer Landzunge, die sich westlich von Reykjavík in den Atlantik erstreckt. Durchs linke Fenster sah Magnus die bunten Metalldächer der Häuschen in der Innenstadt von Reykjavík, überragt vom Kirchturm der Hallgrímskirkja, Islands größtem Gotteshaus, das sich auf einer kleinen Anhöhe erhebt. Dahinter reichte Esja, ein beeindruckender Felsrücken, bis in die tiefhängenden Wolken.

Durch trostlose Vororte mit unansehnlichen Mietskasernen gelangten sie in den Osten der Stadt, entfernten sich dann von der Bucht und fuhren zur Hochebene von Mosfell hinauf, über der dunkle Wolken dahinjagten. Nach zwanzig Minuten ging es wieder abwärts, und Magnus erblickte den schwarzen Thingvellir-See vor sich. Als Junge war er mehrmals dort gewesen, hatte auch Thingvellir selbst besucht, eine große Grasfläche entlang einem Graben am nördlichen Seeufer, wo die Grenze zwischen der Nordamerikanischen und der Eurasischen Platte verläuft. Hier war zu Zeiten der Sagas das Althing abgehalten worden, die gesetzgebende Versammlung Islands.

Sie bogen von der Hauptstraße ab und fuhren an einem großen Bauernhof vorbei, hinunter zum See. Dann folgten sie einem Kiesweg zu einer Handvoll Ferienhäuser im Schutze mehrerer Birken, die noch kein Laub trugen.

Magnus erblickte die vertrauten Zeichen eines Tatorts: kreuz und quer geparkte Streifenwagen, blinkende Blaulichter, Absperrband und umhereilende Gestalten in Polizeiuniformen oder den weißen Overalls der Spurensicherung. Im Zentrum der Aufmerksamkeit stand das fünfte Haus, das letzte der Reihe. Magnus musterte die Nachbarhäuser. So früh in der Saison war nur eines, nämlich das zweite, bewohnt. Ein Range Rover parkte davor.

Ihr Wagen hielt neben einem Krankenwagen, der Polizeichef und Magnus stiegen aus. Ein großer Mann mit schütterem Haar kam auf sie zu. Er trug einen Overall.

„Darf ich dir Inspektor Baldur Jakobsson von der Mordkommission Reykjavík vorstellen?“, sagte der Polizeichef. „Er leitet die Ermittlungen. Baldur, das ist Sergeant Detective Magnus Jonson vom Boston Police Department.“ Er schaute Magnus fragend an. „Jonson?“

„Ragnarsson“, korrigierte Magnus.

Der Polizeichef lachte erfreut, weil Magnus zu seinem isländischen Namen zurückgefunden hatte. „Ragnarsson.“

„Good afternoon“, sagte Baldur förmlich. Sein Englisch hatte einen starken Akzent.

„G'dan daginn“, erwiderte Magnus.

„Baldur, kannst du Magnus erklären, was hier passiert ist?“

„Aber sicher“, sagte Baldur. „Das Opfer heißt Agnar Haraldsson, Professor an der Universität Island. Das Ferienhaus gehört ihm. Man verpasste ihm in der vergangenen Nacht wohl im Haus einen Schlag auf den Kopf und beförderte ihn dann nach draußen in den See. Zwei Kinder aus dem Haus da drüben – das mit dem Range Rover davor – fanden ihn heute Morgen um zehn Uhr. Sie holten ihren Vater, und der wählte den Notruf."

„Wann wurde das Opfer zum letzten Mal lebend gesehen?", wollte Magnus wissen.

„Die Nachbarn sahen Agnar gestern gegen elf Uhr vormittags eintreffen. Er parkte sein Auto vor dem Haus und ging hinein. Sie winkten ihm zu, er winkte zurück, aber sie sprachen nicht miteinander. Am Abend bekam er Besuch, eine Person oder mehrere. Die Nachbarn sahen nur das Auto, ein kleines hellblaues, vielleicht ein Toyota Yaris. Das Auto kam etwa um halb acht oder acht und fuhr um halb zehn wieder weg. Das haben die Nachbarn zwar nicht beobachtet, aber die Frau hörte es, als sie vor dem Fernseher saß."

„Noch weitere Besucher?"

„Nichts, was die Nachbarn mitbekommen hätten. Sie waren allerdings den ganzen Nachmittag in Thingvellir, möglich wäre es also schon."

Baldur beantwortete Magnus' Fragen sachlich und direkt. Der Polizeichef hörte aufmerksam zu, überließ jedoch Magnus die Gesprächsführung.

„Kann ich die Leiche sehen?"

Baldur nickte, führte die beiden über einen schmalen Pfad zum See hinunter und ließ Overalls, Stiefel und Handschuhe für sie bringen. Hinter der Absperrung lag der Tote ausgestreckt im sumpfigen Gras am Ufer.

„Die Sanitäter aus Selfoss zogen ihn aus dem See. Sie dachten, er wäre ertrunken, aber der Arzt, der die Leiche untersuchte, schöpfte Verdacht."

„Warum?"

„Das Opfer hat eine große Platzwunde am Hinterkopf."

„Darf ich mal sehen?"

Agnar war ein Mann von rund vierzig Jahren – gewesen, musste man wohl sagen. Er hatte längeres dunkles Haar mit grau melierten Schläfen, scharf geschnittene Gesichtszüge und einen modischen Dreitagebart. Die Leiche war noch steif, er musste also seit mehr als acht, aber weniger als 24 Stunden tot sein. Vorsichtig teilte Magnus das Haar und untersuchte die Wunde. „Man hat ihm einen Schlag mit einem Stein verpasst, der eine raue Oberfläche hatte. In der Wunde sind Splitter davon zu sehen. Vermutlich hat der Mörder den Stein in den See geworfen. Darf ich mich im Haus umsehen?"

Baldur nickte, und sie kehrten zum Ferienhaus zurück, wo die Techniker der Spurensicherung mit Pinzetten und Fingerabdruckpulver hantierten.

Magnus sah sich um. Die Eingangstür führte direkt in einen großzügigen Wohnbereich mit Panoramafenster auf den See hinaus. Die Einrichtung war modern, aber nicht teuer. Viele Bücherregale, eine eindrucksvolle CD-Sammlung, kein Fernseher. Ein mit Papier überhäufter Schreibtisch stand in einer Ecke des Raumes, in der Mitte waren Sessel und ein Sofa um einen niedrigen Tisch gruppiert, auf dem ein halb volles Glas Rotwein und ein Glas mit einem Rest Cola standen. Beide waren mit einem dünnen Film verschmierten Fingerabdruckpulvers bedeckt. Eine geöffnete Tür gab den Blick in die Küche frei.

„Sieht so aus, als hätte man ihn hier auf den Hinterkopf geschlagen, während er sich dem Schreibtisch zuwandte. Dann wurde er aus dem Haus gezogen und in den See geworfen", sagte Baldur. „Allerdings …" Er zögerte. „Komm mal und sieh dir das an!" Er führte Magnus in die Küche. Sie war ordentlich aufgeräumt, lediglich eine offene Flasche Wein und die Reste eines Schinken-Käse-Sandwichs standen auf der Theke.

„Wir haben hier ebenfalls einige Blutspritzer gefunden", Baldur wies auf die Arbeitsfläche, „aber ansonsten keinerlei Anzeichen für einen Kampf. Ist er verletzt hier reingetaumelt? Ich kann es mir nicht erklären."

Magnus sah sich im Raum um. Drei Fliegen prallten immer wieder gegen die Fensterscheibe – ein vergeblicher Ausbruchsversuch.

„Das waren die Fliegen", sagte er.

„Die Fliegen?"

„Ja. Sie landen auf der Wunde, nehmen so viel Blut wie möglich auf und stoßen es dann wieder aus. So können sie es besser verdauen. Diese hier sind offenbar nach ihrem Leichenschmaus in die Küche geflogen. Vielleicht wollten sie sich zum Nachtisch etwas von dem Sandwich gönnen?" Magnus beugte sich über den Teller. „Genau. Da ist auch was zu sehen. Die Leiche lag also lange genug im Haus, um den Fliegen ein Festmahl zu ermöglichen. Aber da reichen schon fünfzehn, zwanzig Minuten."

Der Polizeichef lächelte, Baldur nicht.

„Fußspuren?", fragte Magnus und blickte auf den lackierten Holzboden.

Baldur nickte. „Schuhgröße fünfundvierzig. Was seltsam ist."

Jetzt stand Magnus ein Fragezeichen ins Gesicht geschrieben. „Warum?"

„In Island zieht man normalerweise die Schuhe aus, wenn man ein Haus betritt. Es sei denn, die Besucher sind Fremde, die diese Sitte nicht kennen."

„Aha", meinte Magnus. „Ist bei den Papieren auf dem Schreibtisch etwas Interessantes dabei?"

„Den Laptop haben die Techniker mitgenommen. Der Rest ist vor allem Universitätskram – Aufsätze von Studenten, Artikel über isländische Literatur und so was. Wir müssen das noch gründlich durchgehen. Es gibt aber einen Terminkalender, der uns verrät, wer gestern Abend hier war."

„Der Polizeichef sprach von einem Amerikaner", sagte Magnus. „Wohl mit Schuhgröße fünfundvierzig, was?"

Baldur lächelte immer noch nicht. „Er heißt Steve Jubb und war laut Kalendereintrag gestern Abend um halb acht hier. Es steht auch eine Telefonnummer dabei. Sie ist vom ‚Hótel Borg‘, dem besten Haus in Reykjavík. Wir lassen ihn gerade dort abholen. Entschuldigst du mich bitte, Snorri? Ich muss zurück und ihn befragen.“

Magnus war beeindruckt von der Ungezwungenheit der Isländer. Kein „Sir“, kein „Polizeichef Gudmundsson“. Daran würde er sich gewöhnen müssen, doch es gefiel ihm.

„Vergiss bitte nicht, Magnus bei der Befragung hinzuzuziehen“, sagte der Polizeichef.

Baldurs Gesicht blieb ausdruckslos, aber Magnus spürte, dass er innerlich kochte. Wahrscheinlich war dies einer der größten Fälle des Jahres. Dass Baldur da nicht viel Lust hatte, den Fall unter den Augen eines jüngeren und rangniederen Ausländers zu bearbeiten, war nachvollziehbar.

„Natürlich“, sagte er und wandte sich Magnus zu. „Ich hole Árni, der fährt mit dir aufs Präsidium und zeigt dir dort alles. Und ja, komm später auf jeden Fall vorbei, dann sprechen wir über Steve Jubb.“

Baldur rief einen Beamten herbei, der Magnus begleiten sollte, und fuhr dann mit dem Polizeichef zurück nach Reykjavík.

„Hi, wie geht’s?“, sagte der Kollege in flüssigem Englisch mit amerikanischem Einschlag. „Ich heiße Árni Holm – Árni wie der Terminator.“ Er grinste breit und freundlich.

Magnus konnte sich ein Lächeln nicht verkneifen. Árnis schlaksiger Körper wies keinerlei Ähnlichkeit mit dem des kalifornischen Gouverneurs auf.

„Komdu sæll“, erwiderte er den Gruß. „Ich freue mich, dass du meine Sprache sprichst, aber ich möchte gern mein Isländisch verbessern. Dein Englisch ist ja bereits perfekt.“

„Ich habe in den USA Kriminologie studiert“, erwiderte Árni stolz auf Isländisch. „Am Kunzelberg College in Indiana. Ist eine kleine Schule, aber sie hat einen sehr guten Ruf. Vermutlich hast du noch nicht davon gehört.“

„Hm, das stimmt“, erwiderte Magnus. „Und wo geht’s jetzt hin? Ich würde Baldur gern bei der Befragung dieses Steve Jubb Gesellschaft leisten.“

ALS ERSTES stellte Magnus fest, dass Jubb kein Amerikaner war. Er hatte einen britischen Akzent und kam aus Yorkshire, aus einer Stadt namens Wetherby, wie sich zeigte. Er arbeitete als Fernfahrer, war Junggeselle und lebte allein. Laut Reisepass war er 51 Jahre alt. Der große, breitschultrige Mann mit Bierbauch trug ein weißes T-Shirt unter dem Jeanshemd, schwarze Jeans und eine Baseballkappe, unter der sein ergrauendes Haar hervorsah.

Der graue Kinnbart war gepflegt. Auf dem Unterarm konnte Magnus die bunten Schnörkel einer Tätowierung erkennen.

Außer Jubb befanden sich drei Personen im Vernehmungsraum: Baldur, ein weiterer Kriminalbeamter und ein junger Dolmetscher. Magnus und Árni verfolgten die Befragung draußen auf einem Monitor.

Baldur war geschickt im Vernehmen, wirkte selbstsicher und umgänglicher als zuvor bei Magnus. Er lächelte sogar ab und zu. Die Befragung ging jedoch nur mühsam voran, weil alles vom Dolmetscher hin- und herübersetzt werden musste. Nicht wegen Baldurs schlechten Englisch, wie Árni erklärte, sondern damit die Befragung vor Gericht zugelassen würde.

Jubb behauptete, Agnar ein Jahr zuvor bei einem Urlaub in Island kennen gelernt und damals verabredet zu haben, auf dieser Fahrt bei ihm vorbeizuschauen. Er hatte sich einen Wagen gemietet, jenen blauen Toyota Yaris, und war zum Thingvellir-See hinausgefahren. Agnar und er hatten sich etwas länger als eine Stunde unterhalten, dann war Jubb zum Hotel zurückgefahren. Die Frau an der Rezeption konnte seine Zeitangabe bestätigen.

Agnar und Jubb hatten über Orte in Island gesprochen, die Jubb sich ansehen könnte. Der Fernfahrer gab an, Cola getrunken zu haben, sein Gastgeber Rotwein. Seine Schuhe hatte der Besucher im Ferienhaus nicht ausgezogen. Nach britischem System trug er Schuhgröße zehneinhalb.

Nachdem es eine halbe Stunde so gegangen war, verließ Baldur den Raum und kam zu Magnus. „Und? Was meinst du?“

„Seine Geschichte passt“, erwiderte Magnus.

„Aber er verheimlicht irgendwas“, meinte Baldur.

„Das ist von hier aus schwer zu beurteilen. Kann ich mal persönlich mit ihm sprechen? Ohne den Dolmetscher? Ich weiß, dann könnt ihr es nicht als Beweis verwenden, aber vielleicht kann ich ihn ein bisschen weichklopfen.“

Baldur überlegte kurz und nickte dann.

Gleich darauf betrat Magnus das Vernehmungszimmer und nahm Platz.

„Hey, Steve, wie geht's Ihnen?“, begann er. „Alles in Ordnung?“

Jubb runzelte die Stirn. „Wer sind Sie?“

„Magnus Jonson“, stellte Magnus sich vor. Wenn er Englisch sprach, gebrauchte er automatisch seinen amerikanischen Namen.

„Aha, ein Ami also“, sagte Jubb mit seinem starken Yorkshire-Akzent.

„Erraten. Ich helfe bei den Jungs hier ein Weilchen aus.“

Jubb brummte etwas.

„Dann erzählen Sie mir mal, worüber Sie mit Agnar geredet haben.“

„Über dies und das. Was man sich in Island ansehen kann. Er kennt das Land ziemlich gut.“

„Nein, ich meine, worüber Sie sich bei Ihrem ersten Treffen unterhalten haben. Was war so interessant, dass Sie ihn wiedersehen wollten? Er war Universitätsprofessor, Sie sind Fernfahrer."

Jubb zögerte, dann sagte er: „Über Sagas. Agnar war Fachmann darin, und ich hab mich schon immer dafür interessiert. Das ist einer der Gründe, weshalb ich nach Island gefahren bin."

„Sagas!", rief Magnus erstaunt. „Wollen Sie mich auf den Arm nehmen?"

Jubb zuckte mit den breiten Schultern. „Ich beantworte nur Ihre Frage."

Magnus hielt inne, schätzte den Mann ab. „Okay, tut mir leid. Welche gefällt Ihnen am besten?"

„Die Völsunga-Saga."

Magnus hob die Augenbrauen. „Eine ungewöhnliche Wahl." Die beliebtesten Sagas handelten von den Wikinger-Siedlern im Island des 10. Jahrhunderts. Die Völsunga-Saga spielte in einer deutlich früheren Zeit und erzählte von einem alten germanischen Königsgeschlecht – den Wälsungen, aus denen die Burgunder hervorgingen. Unter anderem handelte die Saga von Attila, dem Hunnen. Magnus hatte sie ein paarmal gelesen. „Wie heißt denn der Zwerg, der Odin und Loki sein Gold geben muss?"

Jubb grinste. „Andwari."

„Und wie heißt Sigurds Schwert?"

„Gram. Und sein Pferd heißt Grani." Jubb kannte sich aus. Er mochte als Trucker arbeiten, aber er war ein belesener Mensch.

„Ich mag die Sagas." Magnus lächelte. „Mein Vater hat sie mir immer vorgelesen, aber der war ja auch Isländer. Wie sind Sie darauf gestoßen?"

„Durch meinen Großvater", entgegnete Jubb. „Er hat sie an der Universität studiert. Als ich klein war, erzählte er mir die Geschichten."

„Auf Englisch?"

„Na klar."

„Auf Isländisch sind sie besser."

„Das meinte Agnar auch." Jubb überlegte. „Es tut mir leid, dass er tot ist. War ein interessanter Typ."

„Haben Sie ihn umgebracht?" Magnus erwartete keine ehrliche Antwort, aber manchmal half ihm die von der Frage provozierte Reaktion weiter.

„Nein, verdammt noch mal!"

Magnus beobachtete ihn. Der Engländer wirkte überzeugend, und doch … Irgendwas versuchte er zu verbergen.

Da ging die Tür auf, und Baldur kam hereingestürzt, vom Dolmetscher gefolgt. Der Inspektor, der mehrere Blätter in der Hand hielt, betätigte einen Schalter auf einer kleinen Konsole vor dem Computer. „Befragung um achtzehn Uhr zweiundzwanzig wiederaufgenommen", sagte er, während er sich setzte. Er sah Jubb in die Augen und fragte auf Englisch: „Wer ist Isildur?"

Jubb zuckte merklich zusammen. „Keine Ahnung."

Magnus kam der Name irgendwie bekannt vor.

„Sieh dir das hier mal an", sagte Baldur, nun wieder auf Isländisch, und reichte Magnus drei Blätter. Auch Jubb schob er drei zu. „Ausgedruckte E-Mails von Agnars Computer."

Jubb nahm die Blätter und überflog sie, Magnus ebenfalls. Es handelte sich um schlichte Bestätigungen des Besuchs, den der Engländer am Telefon vorgeschlagen hatte; Datum, Uhrzeit und Treffpunkt wurden vereinbart. Der Tonfall war recht geschäftsmäßig für eine private Verabredung.

Die dritte Mail war am interessantesten. Sie war am vergangenen Dienstag abgeschickt worden:

> Absender: Agnar Haraldsson
> Empfänger: Steve Jubb
> Betreff: Treffen am 23. April
> Hallo Steve,
> ich freue mich, dich am Donnerstag zu sehen. Ich habe etwas gefunden, was du bestimmt hochinteressant finden wirst. Schade, dass Isildur nicht auch kommen kann. Ich will ihm etwas vorschlagen, was man am besten persönlich bespricht. Ist es zu spät, um ihn zu überreden, doch mitzukommen?
> Viele Grüße
> Agnar

„Und? Wer ist Isildur?", fragte Baldur erneut.

Jubb seufzte schwer und warf die Blätter auf den Tisch.

„Was war das für ein Vorschlag, den Agnar mit Isildur besprechen wollte?"

„Ich beantworte keine weiteren Fragen", sagte Jubb. „Ich möchte zurück ins Hotel."

„Das geht nicht", erwiderte Baldur. „Sie sind verhaftet und bleiben hier."

Jubb runzelte die Stirn. „Wenn das so ist, möchte ich mit jemandem von der britischen Botschaft sprechen."

„Wir können die britische Botschaft unterrichten, dass wir Sie hier festhalten, aber als Verdächtiger in einer Mordsache haben Sie nicht das Recht, jemanden von dort zu sprechen. Wir können Ihnen einen Anwalt besorgen, wenn Sie wollen."

„Das will ich allerdings. Und bis der hier ist, sage ich nichts mehr."

3 Bei der von Baldur geleiteten Teambesprechung am nächsten Morgen war ein halbes Dutzend Mitarbeiter anwesend, dazu Magnus, die stellvertretende Staatsanwältin, eine junge rothaarige Frau namens Rannveig, sowie der Leiter der Mordkommission, Hauptkommissar Thorkell Holm, ein freundlicher Mann Anfang sechzig, der im Hintergrund blieb, sich aber gut mit seinen Beamten zu verstehen schien.

Magnus konnte keine Ähnlichkeit zwischen ihm und Árni feststellen, obwohl sie denselben Nachnamen hatten. Die beiden gehörten offenbar zu der kleinen Minderheit von Isländern – oft Menschen aus wohlhabenderen Kreisen –, die das Namensgebungssystem der restlichen Welt benutzten.

Eine gespannte Erwartung lag in der Luft.

„Unser Verdächtiger schweigt noch immer", berichtete Baldur. „Dafür hat sich die britische Polizei gemeldet: Steve Jubb hat keine Vorstrafen, abgesehen von zwei Verurteilungen wegen Cannabisbesitz in den Siebzigerjahren. Rannveig wird ihn heute Vormittag dem Richter vorführen, damit wir die Erlaubnis bekommen, ihn die nächsten drei Wochen in Haft zu behalten."

„Haben wir denn genügend Beweise dafür?", fragte Magnus.

Baldur runzelte die Stirn. „Jubb war ungefähr zu der Zeit am Tatort, als der Mord begangen wurde. Wir wissen, dass er mit Agnar irgendein Geschäft besprochen hat, er will uns aber nicht sagen, worum es sich handelte. Er verheimlicht uns etwas, und solange er das tut, gehen wir davon aus, dass er der Mörder ist. Das wird der Richter auch so sehen."

„Klingt gut", meinte Magnus. In den Vereinigten Staaten hätten diese Indizien nicht annähernd ausgereicht, um einen Verdächtigen festzuhalten.

Baldur nickte knapp. „So – was haben wir inzwischen herausbekommen?"

Zwei Beamte hatten Agnars Ehefrau Linda in ihrem Haus in Reykjavík aufgesucht. Sie war erschüttert. Das Paar war seit sieben Jahren verheiratet – für Agnar die zweite Ehe – und hatte zwei kleine Kinder. Linda war eine von Agnars Studentinnen gewesen, genau wie die erste Ehefrau, von der er bereits geschieden war, als er Linda kennen lernte. Sie erzählte, er sei ins Ferienhaus gefahren, um in Ruhe zu arbeiten, wie an den beiden vorangegangenen Wochenenden auch. Offenbar stand der Abgabetermin für eine Übersetzung bevor.

Auf Agnars Laptop waren keine weiteren interessanten E-Mails gefunden worden, aber es gab eine große Zahl von Word-Dateien und besuchten Internetseiten, die analysiert werden mussten. In seinem Büro an der Universität und im Ferienhaus stapelten sich Arbeitspapiere, die alle zu lesen waren.

Die Spurensicherer hatten im Ferienhaus Fingerabdrücke von Agnar, Steve Jubb und zwei unidentifizierten Personen gefunden. Von Linda gab es keine; sie erklärte, in diesem Jahr noch nicht dort gewesen zu sein. Auch an der Beifahrertür von Jubbs Leihwagen waren keine Abdrücke zu finden, was seine Aussage bestätigte, Agnar allein besucht zu haben. Im Schlafzimmer hatten die Beamten Spuren von Kokain gefunden und ein Tütchen mit einem Gramm der Droge in einem Schrank.

„Vigdís, hast du irgendwas über Isildur herausbekommen?", fragte Baldur und wandte sich einer großen, eleganten dunkelhäutigen Frau von ungefähr dreißig Jahren zu. Sie trug einen engen schwarzen Pulli zur Jeans und war Magnus sofort aufgefallen, als er den Raum betreten hatte. Vigdís war der erste farbige Mensch, dem er seit der Ankunft in Island begegnet war.

„Offenbar ist Ísildur ein isländischer Name. In der nationalen Einwohnerdatenbank gibt es in den letzten achtzig Jahren nur einen Eintrag mit diesem Namen, ein Kind namens Ísildur Ásgrímsson, geboren 1974 in Fludir, gestorben 1977 ebenfalls dort." Fludir war eine Stadt im Südwesten Islands, wie Magnus sich dunkel erinnerte. „Sein Vater, Ásgrím Högnason, war Arzt und starb 1992."

„Und es gibt niemanden mit diesem Namen, der noch lebt?"

Vigdís schüttelte den Kopf.

„Hat schon mal jemand von einem Ísildur gehört?", fragte Baldur in die Runde. Keiner sagte etwas, nur Árni, der neben Magnus saß, wollte offenbar den Mund öffnen, überlegte es sich dann aber anders.

„Na gut." Baldur ließ den Blick durch den Raum wandern. „Wir müssen noch viel mehr über Agnar herausfinden – was er entdeckt hatte und um was für ein Geschäft es ging. Und am dringendsten müssen wir herausbekommen, wer dieser Ísildur ist. Hoffen wir, dass Steve Jubb den Mund aufmacht, wenn ihm aufgeht, dass er die nächsten Wochen im Knast verbringen wird."

NACH DER Besprechung führte Árni Magnus in ein Großraumbüro mit dem Schild GEWALTVERBRECHEN an der Tür. Zwei oder drei der Beamten, die Magnus bei der Besprechung gesehen hatte, saßen am Telefon oder vor dem Computer, die anderen waren bereits unterwegs und befragten Zeugen.

Magnus' Schreibtisch stand Árnis gegenüber. Das Telefon funktionierte, und Árni versicherte ihm, dass ein Mitarbeiter aus der IT-Abteilung ihm im Lauf des Vormittags sein Passwort geben werde. Dann ging er zum Kaffeeautomaten und kehrte mit zwei Bechern zurück. Der Junge hatte Potenzial.

Magnus nippte an seinem Kaffee und dachte über den toten Professor nach und über die beiden Kinder, die mit dem Wissen aufwachsen würden, dass ihr Vater ermordet worden war. Sie sollten irgendwann erfahren, wer Agnar umgebracht hatte, und sie sollten wissen, dass der Mörder bestraft würde. Auch wenn Magnus die Familie vielleicht nie kennen lernen würde, konnte er ihr eines versichern: Er würde Agnars Mörder finden.

„Hast du dich schon entschieden, wo du wohnen willst?“, fragte Árni.

„Nein“, entgegnete Magnus. „Das Hotel ist ganz in Ordnung, denke ich.“

„Meine Schwester hat in ihrer Wohnung ein Zimmer frei. Ist ein nettes Haus, zentral gelegen, in Thingholt. Sie würde dir nicht viel berechnen.“

Magnus hatte noch keinen Gedanken an Geld, Unterkunft oder Kleidung verschwendet; er war einfach nur froh, am Leben zu sein. „Ich schau's mir mal an“, sagte er geistesabwesend.

„Super. Ich kann dich heute Abend vorstellen, wenn du Lust hast.“

Der Kaffee war nicht schlecht. Isländer tranken viele Tassen täglich – die ganze Gesellschaft lief auf Koffein.

„Ich bin mir sicher, dass ich den Namen Isildur schon mal gehört habe“, murmelte Magnus.

„Wahrscheinlich in dem Film“, sagte Árni.

„Film? Was für ein Film?“

„‚Die Gefährten‘. Hast du den nicht gesehen? Der erste Teil aus der Trilogie ‚Der Herr der Ringe‘.“

„Nein, den Film habe ich nicht gesehen. Ich kenne das Buch, aber ich weiß nicht mehr, in welchem Zusammenhang Isildur darin vorkommt.“

„Am Anfang des Films gelangt er in den Besitz des Rings, verliert ihn dann aber in einem Fluss. Gollum findet ihn später.“

„Árni! Warum hast du das nicht bei der Besprechung gesagt?“

„Ich wollte erst, aber dann dachte ich, die anderen würden mich vielleicht auslachen. Außerdem hat es ja wohl nichts mit unserem Fall zu tun.“

„Aber sicher hat es das! Kennst du die Völsunga-Saga?“

„Aus der Schule, glaub ich“, sagte Árni. „Sie handelt von Sigurd, Brynhild und Gunnar, nicht?“

„Und von einem verzauberten Ring. Es ist die isländische Version des Nibelungenlieds, auf dem der ‚Ring‘-Zyklus von Wagner basiert. Ich wette, auch Tolkien kannte die Saga. Steve Jubb sagt, es sei seine Lieblingssaga. Wahrscheinlich ist er ‚Herr der Ringe‘-Fan und hat einen Freund mit demselben Tick, der den Spitznamen Isildur trägt.“

„Also ist Isildur gar kein Isländer?“

Magnus schüttelte den Kopf. „Wahrscheinlich ist er ein Trucker aus Yorkshire. Wir müssen mit Baldur sprechen.“

Sie mussten eine Stunde warten, ehe Baldur vom Gerichtsgebäude auf der Lækjargata zurückkam. „Wir können Steve Jubb drei Wochen lang festhalten“, sagte er zufrieden.

„Das heißt, er kommt nicht auf Kaution raus?“, fragte Magnus.

„In Island gibt es keine Kaution für Mordverdächtige. Wir haben normalerweise drei Wochen Zeit für die Ermittlungen, dann müssen wir der Verteidigung die Beweismittel übergeben.“ Er hielt inne. „Jubb hat den Anwalt, den wir ihm besorgt hatten, gefeuert und stattdessen Kristján Gylfason engagiert, den renommiertesten Strafverteidiger Islands. Seltsam. Kristján ist nicht gerade billig. Irgendjemand unterstützt Jubb wohl.“

„Isildur?“, fragte Magnus.

„Kann sein.“ Baldur zuckte mit den Schultern. „Wer auch immer das ist.“

„Wir haben vielleicht eine Idee.“

Baldur hörte sich Magnus' Theorie an und legte die hohe Stirn in Falten. „Ich denke, wir müssen uns noch einmal mit Mister Jubb unterhalten.“

KRISTJÁN GYLFASON strahlte eine auf Kompetenz und Wohlstand beruhende Gelassenheit aus. Diesmal befanden sich fünf Männer im Vernehmungsraum: Jubb, Baldur, Magnus, der Anwalt und der Dolmetscher.

Baldur legte die englische Ausgabe des „Herrn der Ringe“ auf den Tisch. Árni hatte sie rasch in der Buchhandlung Eymundsson in der Innenstadt besorgt. „Schon mal gelesen?“

Jubb musterte den Wälzer kurz, dann nickte er.

Bedächtig schlug Baldur das zweite Kapitel auf und schob das Buch zu Jubb hinüber. „Lesen Sie das mal! Wollen Sie immer noch behaupten, Sie wüssten nicht, wer Isildur ist?“

„Eine Figur in einem Buch“, entgegnete Jubb. „Mehr nicht.“

„Wie oft haben Sie das Buch gelesen?“, fragte Baldur.

„Ein, zwei Mal.“

„Ein, zwei Mal?“ Baldur schnaubte. „Isildur ist ein Spitzname, stimmt's? Von einem Ihrer Freunde, der wie Sie ‚Herr der Ringe‘-Fan ist.“

Steve Jubb zuckte mit den Schultern. Magnus' Blick blieb an der Tätowierung hängen, deren unteres Ende aus seinem Ärmel hervorschaute.

„Ziehen Sie mal Ihr Hemd aus!“

Wortlos schälte sich Jubb aus dem Jeanshemd. Seinen Unterarm zierte das Tattoo eines Mannes mit Helm und Bart, der eine Axt schwang. Nein, es war kein Mann, eher ein Zwerg.

„Lassen Sie mich raten“, sagte Magnus, „Ihr Spitzname ist Gimli.“ Ihm war wieder eingefallen, dass der Zwerg im „Herrn der Ringe“ Gimli hieß.

Erneutes Schulterzucken.

„Ist Isildur ein Kumpel aus Yorkshire?“, wollte Magnus wissen. „Treffen Sie sich freitags mit ihm im Pub, trinken ein paar Bier und unterhalten sich über isländische Sagas?“

Keine Antwort.

Baldur beugte sich vor. „Wir bekommen auf jeden Fall heraus, was Sie uns verschweigen. Und vor Gericht wird sich Ihre mangelnde Kooperationsbereitschaft nicht unbedingt vorteilhaft für Sie auswirken."

Der Anwalt wollte etwas sagen, doch Jubb legte ihm die Hand auf den Arm. „Na, wenn ihr so verdammt schlau seid, dann werdet ihr ja irgendwann herausfinden, dass ich einen Dreck mit Agnars Tod zu tun habe. Bis dahin sag ich keinen Ton." Er verschränkte die Arme, streckte das Kinn vor und gab keinen Mucks mehr von sich.

VIGDÍS wartete vor dem Vernehmungszimmer. „Agnar hatte eine Geliebte", sagte sie mit einem leichten Lächeln.

Baldur hob die Augenbrauen. „Wirklich?"

„Andrea Fridriksdóttir. Agnar war ihr Literaturprofessor. Sie wartet unten. Hat sich sofort gemeldet, als sie erfuhr, dass er umgebracht worden ist."

„Dann gehen wir mal runter und unterhalten uns mit ihr."

Als Magnus klar war, dass er nicht hinzugezogen würde, ging er zu seinem Schreibtisch, wo eine Frau aus dem Büro des Polizeichefs auf ihn wartete. Sie hatte alles für ihn in die Wege geleitet: Handy, Bankkonto, Tagesspesen, Bezahlung, Vorschuss in bar … Sogar einen Wagen würde er in einigen Tagen erhalten – aber keine Pistole. Abgesehen von ein paar Beamten eines Sondereinsatzkommandos, das man Wikinger-Einheit nannte, durfte niemand in Island eine Handfeuerwaffe besitzen.

Als Nächstes kam ein Mitarbeiter aus der IT-Abteilung, der Magnus ein Passwort gab und ihm den Computer erklärte. Als der Mann gegangen war, saß Magnus da und starrte auf den Bildschirm. Jetzt konnte er es nicht länger vor sich herschieben: Er musste Colby eine Nachricht zukommen lassen.

Er hatte sich einverstanden erklärt, unter keinen Umständen in den Vereinigten Staaten anzurufen, weil nicht auszuschließen war, dass die drei verhafteten Cops Freunde oder gar Komplizen bei der Bostoner Polizei hatten. Freunde, für die es höchstens einen Tag Arbeit bedeuten würde, Magnus' Aufenthaltsort herauszufinden. Deshalb musste er sich auf E-Mails beschränken, und selbst die durfte er nicht direkt versenden, sondern nur über einen Kontaktmann beim FBI: Agent Hendricks in Cleveland.

Magnus überlegte lange. Obwohl er sich nach wie vor zu Colby hingezogen fühlte, war er immer mehr davon überzeugt, dass sie nicht die Frau war, mit der er den Rest seines Lebens verbringen wollte. Aber er konnte nicht zulassen, dass ihr seinetwegen etwas zustieß. Deshalb schrieb er schlicht:

Die Antwort auf deine Frage ist „Ja". Komm bitte zu mir. Ich mache mir große Sorgen um dich.
Alles Liebe
Magnus

Nicht sehr romantisch – kaum der richtige Anfang für ein Leben zu zweit.

Anschließend verfasste er einen kurzen Bericht für Williams: Er sei in Sicherheit und per Mail zu erreichen, falls der Prozesstermin bekanntgegeben würde. Er überlegte, ob er auch an Ollie schreiben sollte, wie sein Bruder sich nun nannte, entschied sich aber dagegen. Das FBI hatte Ollie informiert, dass Magnus untertauchen würde. Das musste reichen. Je weniger er mit Ollie zu tun hatte, umso besser. Nicht nur Colby drohte Gefahr von der Soto-Bande.

UM ZWEI UHR nachmittags hielt Baldur eine zweite Besprechung ab. Die Mannschaft wirkte immer noch frisch und konzentriert.

Bei der Obduktion hatte man Schlamm in Agnars Lunge gefunden, ein Hinweis darauf, dass er noch gelebt haben musste, als er ins Wasser geworfen worden war. Sein Blut wies Spuren von Kokain und Alkohol auf, allerdings viel zu wenig für eine Vergiftung. Das Fazit der Rechtsmedizin lautete, das Opfer sei mit einem Stein bewusstlos geschlagen und zum See geschleppt worden, wo es ertrank. Keine große Überraschung.

Baldur und Vigdís hatten Andrea befragt, die zugegeben hatte, seit etwa einem Monat eine Affäre mit Agnar gehabt und das vergangene Wochenende mit ihm im Ferienhaus verbracht zu haben. Tatsächlich stimmten ihre Fingerabdrücke mit einer der beiden noch nicht identifizierten Spuren überein. Andrea sagte aus, Agnar habe große Angst gehabt, seine Frau könnte herausfinden, dass er ein Doppelleben führte. Sie hatte ihn bereits vor vier Jahren mit einer Studentin ertappt, und er hatte damals geschworen, ihr künftig treu zu bleiben.

Magnus erklärte kurz seine Theorie, Isildur sei der Spitzname eines „Herr der Ringe"-Fans und Steve Jubb selbst ein Tolkienianer.

Baldur reichte eine Liste mit Einträgen aus Agnars Terminkalender herum: Daten, Orte und Namen von Personen, die er getroffen hatte. An einem Nachmittag der vergangenen Woche stand *Hruni* in seinem Kalender.

„Das liegt in der Nähe von Fludir, oder?", fragte Baldur.

„Nur ein paar Kilometer entfernt", sagte Rannveig, die stellvertretende Staatsanwältin. „Ich war schon mal dort. Da gibt's nur die Kirche, das Pfarrhaus und eine alte Scheune."

„Vielleicht ist ja der Tanz gemeint, nicht die Ortschaft", überlegte Baldur.

Magnus hatte schon von Hruni gehört. Der Überlieferung nach war der Pastor von Hruni im 17. Jahrhundert für die wilden Feste bekannt, die er an Weihnachten in seiner Kirche feierte. Eines Weihnachtsabends sah man den Teufel draußen herumlungern, und am nächsten Morgen war die Kirche samt Gemeinde vom Erdboden verschluckt. Seither bezeichnete der Ausdruck „Hruni-Tanz“ etwas, das in sich zusammenstürzt.

„Ísildur Ásgrímsson, der kleine Junge, der so früh starb, stammte aus Fludir“, sagte Vigdís. „Und das hier“, sie tippte auf einen Namen in der Liste, „ist seine Schwester. Ingileif Ásgrímsdóttir, 6. April, 14.30 Uhr. Zumindest glaube ich, dass sie die Schwester ist. Ich kann noch mal nachsehen.“

„Tu das bitte“, sagte Baldur. „Und wenn du Recht hast, mach sie ausfindig und befrage sie.“

Er nahm ein Blatt Papier vom Tisch. „Wir haben Steve Jubbs Hotelzimmer durchsucht, die Spurensicherung nimmt sich gerade seine Kleidung vor. Auf seinem Handy sind zwei interessante Nachrichten gespeichert, die er verschickt hat. Seht mal!“

Er reichte das Blatt herum, auf das zwei kurze Sätze in einer Sprache getippt waren, die Magnus nicht einmal ansatzweise kannte.

„Weiß jemand, was das ist?“, fragte Baldur.

Kopfschütteln und Stirnrunzeln am Tisch, aber Magnus bemerkte, dass Árni unbehaglich auf seinem Stuhl herumrutschte. „Árni?“, fragte er.

Der junge Kollege warf ihm einen bösen Blick zu und schluckte. „Elbisch“, sagte er ganz leise. „Tolkien hat verschiedene elbische Sprachen erfunden. Das hier könnte eine davon sein.“

Baldur funkelte seinen Mitarbeiter ärgerlich an. „Du willst mir doch nicht weismachen, dass das *huldufólk* dahintersteckt, oder?“

Árni zuckte zusammen. Das *huldufólk* – das verborgene Volk – sind elfenähnliche Wesen, die angeblich überall in Island in Felsen und Steinen leben. Normalerweise sind die Isländer stolz darauf, doch Baldur wollte seine Mordermittlungen nicht vom Aberglauben durchkreuzen lassen.

„Árni könnte Recht haben“, sagte Magnus. „Wir wissen, dass Steve Jubb und Isildur – wer auch immer das ist – ein Geschäft mit Agnar vorhatten. Sie könnten sich in einer Geheimsprache darüber ausgetauscht haben. Beide sind Fans von ‚Der Herr der Ringe‘, was läge daher näher als Elbisch?“

Baldur schürzte die Lippen. „In Ordnung, Árni. Sieh zu, ob du jemanden findest, der Elbisch kann, und lass es ihn übersetzen.“ Er blickte in die Runde. „Wenn Steve Jubb es uns nicht sagen will, müssen wir selbst herausfinden, wer dieser Isildur ist. Wir werden uns mit der englischen Polizei in Yorkshire in Verbindung setzen und fragen, ob sie uns bei Jubbs Freunden behilflich sein kann. Und wir müssen in allen Kneipen und Restaurants in Reykjavík herumfragen, ob Jubb außer Agnar noch jemanden getroffen hat. Vielleicht ist Isildur ja in der Stadt; das erfahren wir aber nur, wenn wir uns umhören." Baldur erteilte jedem am Tisch eine eigene Aufgabe – Magnus sollte Vigdís helfen, die Schwester von Ísildur Ásgrímsson ausfindig zu machen –, dann war die Besprechung beendet.

Ingileif Ásgrímsdóttir war Inhaberin einer Kunstgalerie auf der Skólavördustígur. New York hat seine Fifth Avenue, London die Bond Street und Reykjavík eben die Skólavördustígur. Kleine Läden mit Künstlerbedarf, Schmuck, Designermode oder exotischen Lebensmitteln säumen die Straße. Aber auch hier zeigte die Finanzkrise ihre Wirkung: In manchen Schaufenstern wurde der Räumungsverkauf angekündigt, andere standen bereits leer.

Vigdís drückte die Tür zur Galerie auf, Magnus folgte ihr hinein. Eine Frau – wahrscheinlich Ingileif – unterhielt sich auf Englisch mit einem Touristenpärchen. Und so musterten Magnus und Vigdís die zum Verkauf stehenden Objekte und beobachteten nebenbei unauffällig die schlanke Frau mit dem blonden Haar, das zum Pferdeschwanz zurückgebunden war. Das breite Lächeln unter den hohen Wangenknochen setzte sie wirkungsvoll bei ihren Kunden ein, die am Ende ein abstraktes Gemälde kauften, auf dem man Reykjavík und den Berg Esja erahnen konnte.

Als die beiden die Galerie verlassen hatten, wandte sich die Inhaberin an Magnus und Vigdís. „Entschuldigen Sie, dass Sie warten mussten. Kann ich Ihnen helfen?" Ihr Lächeln war wirklich bezaubernd.

Vigdís kam sofort zur Sache. „Bist du Ingileif Ásgrímsdóttir?"

Als die Frau nickte, holte die Beamtin ihre Polizeimarke hervor. „Ich bin Vigdís Audarsdóttir von der Polizei Reykjavík, und das hier ist mein Kollege Magnús Ragnarsson. Wir haben ein paar Fragen im Zusammenhang mit dem Mord an Agnar Haraldsson."

Das Lächeln verschwand. „Dann setzt euch mal besser." Die Frau führte sie zu einem überfüllten Schreibtisch im hinteren Teil der Galerie, wo sie auf kleinen Stühlen Platz nahmen. „Ich habe die Sache mit Agnar in den Nachrichten gesehen. Er war einer meiner Professoren an der Universität."

„Du hast ihn kürzlich getroffen", sagte Vigdís nach einem Blick in ihr Notizbuch. „Am 6. April um halb drei?"

„Ja, das stimmt", sagte Ingileif mit rauer Stimme. Sie räusperte sich. „Ich bin ihm zufällig auf der Straße begegnet, da lud er mich ein, ihn mal an der Universität zu besuchen. Das habe ich dann gemacht."

„Worüber habt ihr geredet?"

„Ach, über nichts Bestimmtes. Hauptsächlich über meinen Werdegang und über die Galerie. Er war sehr aufmerksam und höflich."

„Hat er auch von sich erzählt?"

„Eigentlich hatte sich nicht viel verändert bei ihm. Nur, dass er inzwischen ein zweites Kind hatte." Sie lächelte kurz. „Seltsam, sich Agnar mit Kindern vorzustellen, aber so kann's kommen."

„Du stammst aus Fludir, nicht wahr?"

„Das stimmt", sagte Ingileif. „Der beste Ackerboden im ganzen Land, die größten Zucchini, die prallsten Tomaten. Weiß gar nicht, warum ich von dort weggegangen bin."

„Hört sich ja toll an. Das ist in der Nähe von Hruni, nicht?"

„Ja, Hruni ist die Kirche der Gemeinde. Liegt drei Kilometer weiter."

„Hast du Agnar am Nachmittag des 20. April in Hruni getroffen?"

Ingileif runzelte die Stirn. „Nein. Da war ich im Geschäft."

„An dem Tag war er in Hruni mit jemandem verabredet. Hältst du es nicht für einen ziemlich großen Zufall, dass er ausgerechnet nach Fludir fuhr, in das Dorf, wo du aufgewachsen bist?"

Ingileif zuckte mit den Schultern. „Eigentlich nicht." Sie rang sich ein Lächeln ab. „Island ist ein kleines Land. Hier gibt es viele Zufälle."

Vigdís sah sie zweifelnd an. „Kann irgendjemand bestätigen, dass du den ganzen Nachmittag im Geschäft warst?"

Ingileif überlegte kurz. „Das war ein Montag, nicht wahr? Dísa von der Boutique nebenan … Sie hat sich Teebeutel von mir geliehen."

Vigdís warf Magnus einen Blick zu. Er spürte, dass sie Ingileif noch nicht direkt auf ihre Beziehung zu Agnar ansprechen wollte, deshalb schlug er einen anderen Weg ein. „Du hattest einen Bruder namens Ísildur?"

„Ja", sagte Ingileif. „Aber ich habe ihn nicht gekannt. Er ist einige Jahre vor meiner Geburt gestorben. Ich glaube, an einer Hirnhautentzündung. Er war das erste Kind meiner Eltern, sein Tod hat sie schwer getroffen."

„Ísildur ist ein ungewöhnlicher Name. Weißt du, weshalb deine Eltern diesen Namen wählten?"

Ingileif schüttelte den Kopf. „Keine Ahnung." Sie wirkte nervös und runzelte wieder die Stirn. Magnus entdeckte eine v-förmige Narbe über ihrer Augenbraue, die von den Stirnfransen verdeckt wurde. „Mein Urgroßvater väterlicherseits hieß ebenfalls Ísildur. Vielleicht wollte mein Vater seinem Großvater damit eine Ehre erweisen?"

„Da würden wir gern deine Mutter fragen", sagte Magnus. „Kannst du uns ihre Adresse geben?"

Ingileif seufzte. „Sie ist letztes Jahr gestorben. Mein Vater starb 1992."

„Das tut mir leid", sagte Magnus und meinte es auch so. Er schätzte Ingileif auf Ende zwanzig, sie musste also beim Verlust ihres Vaters etwa im gleichen Alter gewesen sein wie er selbst, als er seine Mutter verlor.

„War einer von beiden vielleicht ein Fan von ‚Der Herr der Ringe'?"

„Das glaube ich nicht", sagte Ingileif. „Wir hatten das Buch zwar und ich habe es als Kind auch gelesen, aber das war bei uns zu Hause nie ein Thema."

„Hast du die Filme gesehen?"

„Nur den ersten, die anderen beiden nicht mehr. Der Film gefiel mir nicht so recht. Kennt man einen Ork, kennt man alle."

Magnus schwieg und wartete auf mehr. Ingileifs blasse Wangen erröteten.

„Hast du schon mal von einem Engländer namens Steve Jubb gehört?"

Sie schüttelte nachdrücklich den Kopf.

Magnus warf Vigdís einen kurzen Blick zu. Es war an der Zeit, auf Agnar zurückzukommen.

„Ingileif, hattest du eine Affäre mit Agnar Haraldsson?", fragte Vigdís.

„Nein", sagte Ingileif ungehalten. „Gewiss nicht."

„Aber er war dir sympathisch?"

„Ja, schon. Er konnte sehr charmant sein."

„Hattest du früher mal eine Affäre mit ihm?", hakte Magnus nach.

„Nein", antwortete Ingileif, jetzt wieder mit heiserer Stimme.

„Ingileif, dies ist eine Mordermittlung", sagte Vigdís langsam und bestimmt. „Wenn du uns belügst, können wir dich festnehmen. Also, noch einmal: Hattest du früher eine Affäre mit Agnar?"

Ingileif errötete wieder. Dann holte sie tief Luft. „Also gut, ich hatte eine Affäre mit ihm, als ich bei ihm studierte. Obwohl ... Eine Affäre kann man das kaum nennen. Wir haben ein paarmal miteinander geschlafen, mehr nicht." Sie überlegte kurz. „Agnar übte eine große Anziehungskraft auf Frauen aus; in seiner Gegenwart fühlte man sich als etwas Besonderes, interessant und schön. Aber im Grunde war er ein Schürzenjäger, der mit möglichst vielen Mädchen schlafen wollte, um sich selbst zu beweisen, was für ein toller Hecht er war. Als ich ihn das letzte Mal traf, versuchte er mit mir zu flirten, aber ich ging ihm nicht mehr auf den Leim. Ich fange nichts mit verheirateten Männern an."

„Eine letzte Frage", sagte Vigdís. „Wo warst du am Donnerstagabend?"

„Auf der Party einer Freundin, die eine Ausstellung ihrer Gemälde eröffnet hat. Von ungefähr acht bis gegen halb zwölf. Sie heißt Frída Jósefsdóttir. Ich kann euch ihre Adresse und Telefonnummer geben, wenn ihr möchtet."

„Bitte", sagte Vigdís und schob ihr Notizbuch hinüber. Ingileif schrieb auf eine leere Seite und reichte es zurück.

„Und als du die Galerie verlassen hast?", fragte Vigdís.

Ingileif lächelte verlegen. „Bin ich nach Hause gegangen. Mit Lárus Thorvaldsson."

„Ist das dein Freund?"

„Eher nicht", sagte Ingileif. „Er ist Maler. Wir kennen uns seit Jahren und verbringen ab und zu eine Nacht zusammen. Ihr wisst ja, wie das so ist."

Zum ersten Mal während der ganzen Unterhaltung wirkte Ingileif vollkommen offen.

Vigdís nahm die Antwort locker. Offenbar wusste auch sie, wie das so ist. Sie reichte noch einmal das Notizbuch hinüber, und Ingileif schrieb die Angaben zu Lárus hinein.

„LÜGEN ist nicht gerade ihre Stärke", meinte Magnus, als er mit Vigdís wieder auf der Straße war.

„Ich wusste sofort, dass da was zwischen ihr und Agnar gelaufen ist."

„Aber als sie sagte, das alles sei längst vorbei, wirkte sie überzeugend."

„Kann sein", erwiderte Vigdís. „Ich werde ihr Alibi trotzdem überprüfen."

„Es muss irgendeine Verbindung zu Steve Jubb geben", überlegte Magnus. „Der Name Ísildur ist wichtig, da bin ich mir sicher. Ist dir aufgefallen, dass sie sich überhaupt nicht gewundert hat, als wir nach ihrem längst verstorbenen Bruder fragten? Wenn sie den ‚Herrn der Ringe' tatsächlich kennt, hätte sie den Zusammenhang doch erwähnen müssen. Es gibt da etwas, was sie uns nicht sagen will."

„Sollen wir sie zur Vernehmung aufs Revier holen?", schlug Vigdís vor. „Vielleicht sollte Baldur sie sich mal ansehen."

„Warten wir noch ein bisschen. In ein, zwei Tagen befragen wir sie erneut. Beim zweiten Mal ist es oft einfacher, jemanden zum Reden zu bringen."

Sie schauten in der Boutique nebenan vorbei, und die Inhaberin bestätigte, Anfang der Woche in Ingileifs Galerie gewesen zu sein, um sich Teebeutel zu leihen. Sie konnte sich aber nicht mehr genau erinnern, ob es am Montag- oder Dienstagnachmittag gewesen war.

Als Vigdís wenig später die Straße hinauf- und an der Hallgrímskirkja vorbeifuhr, fragte Magnus: „Woher kommst du eigentlich ursprünglich?"

„Ich bin Isländerin", sagte Vigdís. „Ich bin hier geboren und habe noch nie woanders gelebt."

Magnus hakte nicht noch mal nach. Offenbar ein heikles Thema.

Vigdís seufzte. „Mein Vater war amerikanischer Soldat am Luftwaffenstützpunkt Keflavík. Ich kenne seinen Namen nicht, habe ihn nie gesehen. Laut meiner Mutter weiß er nicht mal, dass es mich gibt. Zufrieden?"

„Das tut mir leid", sagte Magnus. „Ich weiß, wie schwer es sein kann, seine Identität zu finden. Mir ist selbst nicht klar, ob ich Isländer oder Amerikaner bin, und je älter ich werde, desto weniger weiß ich es."

„Hey, ich habe kein Problem mit meiner Identität", sagte Vigdís. „Ich weiß genau, wer ich bin, nur die anderen wollen das nicht glauben."

„Aha." Magnus beobachtete ein paar Regentropfen, die auf die Windschutzscheibe fielen. „Ist bestimmt nicht leicht, die einzige schwarze Polizeibeamtin im Land zu sein."

„Da hast du allerdings Recht. Ich bin ziemlich sicher, dass Baldur mich nicht in der Abteilung haben wollte. Aber ich hatte gute Ergebnisse in den Prüfungen, und Snorri hat mir die Stelle gegeben."

„Der Polizeichef?"

Sie nickte. „Er meinte, es verschafft der Polizei von Reykjavík einen modernen, weltoffenen Anstrich, wenn er mich einstellt. Das Problem ist bloß, dass ich das Gefühl habe, mich jeden Tag aufs Neue bewähren zu müssen."

„Also, ich finde, du bist ein guter Cop", sagte Magnus.

Vigdís lächelte. „Danke."

Sie erreichten das Polizeipräsidium, einen hässlichen langgestreckten Betonblock. Vigdís fuhr in den Hof hinter dem Gebäude und suchte einen Parkplatz. Der Regen war heftiger geworden und prasselte jetzt aufs Autodach. Ein Blick nach draußen hielt Vigdís vom Aussteigen ab.

Magnus nutzte die vertrauliche Situation, um etwas mehr über seine neuen Kollegen herauszufinden. „Ist Árni eigentlich mit Thorkell Holm verwandt?"

„Er ist sein Neffe, und das ist wohl auch der Grund, warum er überhaupt in dieser Abteilung ist. Árni ist nicht gerade unser bester Mann, aber er ist harmlos. Ich glaube, Baldur versucht gerade, ihn loszuwerden."

„Baldur ist auch nicht glücklich darüber, dass ich hier bin, oder?"

„Nein. Wir Isländer mögen es nicht, wenn ein Amerikaner uns zeigt, was wir wie zu tun haben."

Magnus seufzte. Er konnte Baldurs Einstellung verstehen, aber das vereinfachte sein Leben in Reykjavík nicht gerade. „Und was meinst du dazu?"

Vigdís lächelte. „Ich denke, ich kann vielleicht was von dir lernen, und das ist immer gut. Komm! Der Regen lässt nach. Ich weiß nicht, wie es bei dir aussieht, aber ich habe noch einiges zu tun."

4

Nach dem Besuch der beiden Polizisten war Ingileif reichlich durcheinander. Ein seltsames Paar: Die dunkelhäutige Frau sprach fehlerfrei Isländisch, während der große rothaarige Mann eher stockend und mit amerikanischem Akzent redete. Und keiner von beiden hatte ihr geglaubt.

Als Ingileif aus der Zeitung von Agnars Tod erfahren hatte, war ihr sofort klar gewesen, dass sie mit einem Besuch der Polizei rechnen musste. Sie dachte, sie hätte sich eine einleuchtende Geschichte zurechtgelegt, doch am Ende fand nicht einmal sie selbst die Story überzeugend. Sie war einfach keine gute Lügnerin.

Niedergeschlagen kehrte sie an ihren Schreibtisch zurück, holte die Unterlagen und einen Taschenrechner hervor und starrte auf all die Minuszeichen. Wenn sie die Überweisung der Stromrechnung hinausschob, würde sie vielleicht gerade so Svala bezahlen können, die Frau, von der die Glaskunst in der Galerie stammte. Aber lange konnte das nicht mehr so weitergehen.

Ingileif liebte die Galerie. Das taten sie alle, die sieben Frauen, denen der Laden gehörte und die ihre Arbeiten hier ausstellten. Sie entwarfen Schmuck, Glaswaren, Kerzenhalter und Vasen aus Lava oder malten abstrakte Landschaften. Ingileifs Spezialität waren Handtaschen aus Fischhaut, zu wunderschön schimmerndem Leder gegerbt. Irgendwann hatte sich herausgestellt, dass sie in puncto Werbung und Organisation ein Naturtalent war. Das Geschäft begann unter ihrer Leitung zu florieren. Der Durchbruch kam mit der Zusammenarbeit mit Nordidea, einer Firma, die in Kopenhagen saß und Läden in ganz Deutschland hatte. Die Bestellzahlen schossen in die Höhe, sodass Ingileif weitere Künstlerinnen mit ins Boot nahm. Allerdings zahlte Nordidea nur schleppend, und als die Bankenkrise zuschlug, wurde die Zahlungsmoral noch schlechter. Irgendwann versiegte der Geldfluss ganz.

Die Galerie hatte ein großes Darlehen zu bedienen. Auf Anraten ihres Bankberaters hatten die Frauen den Kredit in Euro aufgenommen, da die Zinsen niedriger waren. Doch als die Krone an Wert verlor, stieg die Darlehenssumme derart, dass der ursprüngliche Rückzahlungsplan nicht mehr erfüllt werden konnte. Überdies schuldete die Galerie den Künstlerinnen Millionen Kronen, die Ingileif unbedingt zurückzahlen wollte.

Ihre Kolleginnen hatten keine Ahnung, wie ernst die Lage war, und Ingileif wollte auch nicht, dass sie es erfuhren. Die Künstlerinnen waren ihre Freundinnen – und Reykjavík war eine kleine Stadt. Jeder in der Kunstszene kannte Ingileif. Wenn sie all diese Menschen hängen ließe, würde man das nie vergessen.

Sie griff zum Telefon, um Anders Bohr von der Buchhaltungsfirma in Kopenhagen anzurufen, die Nordideas chaotische Finanzen irgendwie zu retten versuchte. Jeden Tag wurde Ingileif dort vorstellig und bearbeitete Anders mit einer Mischung aus Charme und Drohungen. Bisher war er noch nicht eingeknickt. Sie konnte es nur erneut probieren.

HUNDERT Kilometer östlich davon hielt ein roter Suzuki mit Allradantrieb vor einer Kirche, und ein kräftiger Mann stieg aus. Er war deutlich über eins achtzig groß, hatte dunkles Haar, das an den Schläfen ergraute, einen kräftigen, unter einem Bart versteckten Kiefer und dunkle Augen, die unter buschigen Brauen funkelten. Er wirkte eher wie 45, dabei war er 61 Jahre alt.

Der Pastor von Hruni streckte sich und atmete die kühle, klare Luft ein. Über den blassblauen Himmel jagten weiße Wattebäuschchen. Die tiefstehende Sonne verbreitete ein klares Licht, das die Hügel und Berge rund um Hruni wie einen Schattenriss konturierte. Der Mann drehte sich um und warf einen Blick auf seine geliebte Kirche, ein kleines Gebäude mit weiß gestrichener Wellblechverkleidung und einem roten Wellblechdach. Es war rund achtzig Jahre alt, doch die Grabsteine daneben sahen grau und verwittert aus. Wie überall in Island waren die Bauwerke neu, aber die Orte alt.

Der Pastor kam gerade von einer achtzigjährigen Bauersfrau, die unheilbar an Krebs litt. Trotz seiner furchteinflößenden Erscheinung war er in seiner Gemeinde beliebt. Einige seiner Kollegen mochten ein größeres Wissen über Gott besitzen, doch der Pastor kannte sich mit dem Teufel aus, und in einem Land, das ständig von Erdbeben, Vulkanausbrüchen und Stürmen bedroht war, in dem Trolle und Geister umherstreiften, dort war es wichtig, über den Teufel Bescheid zu wissen. Jeder in der Gemeinde von Hruni kannte das furchtbare Schicksal der Vorfahren, die mit dem Satan getanzt hatten und für ihre Sünden vom Erdboden verschluckt worden waren.

Auf Bitten der Bauersfrau hatte der Pastor einen alten Segen gesprochen, und es hatte funktioniert: In die Wangen der Kranken war die Farbe zurückgekehrt, und zum ersten Mal seit einer Woche hatte sie Appetit.

Früher hatte er immer mit seinem alten Freund Ásgrím zusammengearbeitet, denn auch der Arzt hatte gewusst, wie wichtig es ist, dass der Patient an seine Heilung glaubt. Aber der Doktor war schon seit bald zwanzig Jahren tot. Seine Nachfolgerin, eine junge Frau, glaubte nur an Medikamente und tat ihr Bestes, um den Pastor von ihren Patienten fernzuhalten.

Ásgrím fehlte ihm. Der Doktor war der zweitbeste Schachspieler der Gegend gewesen – besser war nur der Pastor selbst. Er vermisste die geistige Anregung, besonders an den langen Winterabenden. Seine Frau, die ihn einige Jahre nach Ásgríms Tod verlassen hatte, vermisste er dagegen nicht. Sie hatte die Exzentrik ihres Mannes weder verstanden noch gemocht.

Die Gedanken an Ásgrím riefen dem Pastor die Meldung vom Vortag in Erinnerung – der Professor, den man ermordet im Thingvellir-See gefunden hatte. Er runzelte die Stirn, während er auf das Haus zuging. An die Arbeit! Er verfasste gerade ein großes Werk über den mittelalterlichen Wissenschaftler Sæmundur den Gelehrten und fragte sich, ob sein Ruf jemals an den von Sæmundur heranreichen würde. Vielleicht würde er eines Tages etwas tun, was in der ganzen Welt Beachtung fände. Eines Tages.

Árni hatte Schwierigkeiten, in Island jemanden aufzutreiben, der des Elbischen mächtig war. Magnus am Schreibtisch gegenüber schlug ihm vor, im Internet zu recherchieren. Das hatte auch Magnus selbst vor, nur dass er sich auf die Suche nach Isildur machen wollte. Doch zuvor wartete eine E-Mail von Colby auf ihn, weitergeleitet von Agent Hendricks:

> Hallo Magnus,
> die Antwort kann nur „Nein" lauten. Ich spüre, dass du es nicht ernst meinst, also mach mir nichts vor. Und schick mir keine Mails mehr, ich werde sie nicht beantworten.
> C.

Sie hatte natürlich Recht: Er wollte sie nicht wirklich heiraten. Aber er war ernsthaft um ihre Sicherheit besorgt. Rasch tippte er seine Antwort:

> Hi Colby,
> ich mache mir große Sorgen um dich. Ich muss dich in Sicherheit bringen. Jetzt. Wenn du nicht zu mir kommen willst, werde ich versuchen, etwas anderes für dich zu organisieren. Sprich mit Deputy Superintendent Williams von der Schroeder Plaza. Nur mit ihm persönlich!
> Bitte tu mir diesen einen Gefallen!
> Alles Liebe
> Magnus

Vermutlich würde es nicht funktionieren, aber einen Versuch war es wert.

Den restlichen Nachmittag arbeitete sich Magnus durch Internetforen und Chatrooms. Es gab eine unüberschaubare Zahl von „Herr der Ringe"-Fans in aller Welt, angefangen von dreizehnjährigen Mädchen, die für Orlando Bloom schwärmten, bis hin zu Spezialisten, die lange Abhandlungen darüber verfassten, ob die Flügel der Balrogs real oder metaphysisch waren.

Magnus erinnerte sich nur vage an all die Figuren. Ihn verblüffte die Abwegigkeit der Internetdiskussionen und vor allem die Leidenschaft, ja Verbissenheit, mit der sie geführt wurden. Für viele Menschen waren der Roman und seine Figuren offenbar der einzige Lebensinhalt.

Nach zwei Stunden stieß Magnus auf einen Tolkien-Fan namens Isildur, der in einem ellenlangen Posting den umfangreichen Artikel eines gewissen John Minshall über die Macht des „Einen Rings" kommentierte.

In Tolkiens Buch gibt es verschiedene Ringe der Macht, die alle von den Elben angefertigt wurden. Nur der größte von ihnen, der „Eine Ring, sie alle zu beherrschen", stammt von Sauron, dem dunklen Herrscher. Lange vor den im Roman beschriebenen Ereignissen gab es einen auf Leben und Tod geführten Kampf zwischen dem bösen Sauron und einem Bündnis aus Menschen und Elben, den das Bündnis für sich entschied. Ein Mann namens Isildur schnitt dem dunklen Herrscher den Ring samt Finger von der Hand. Doch auf dem Heimweg lauerten die Orks dem siegreichen Isildur und seinen Mannen auf. Isildur sprang in einen Fluss, wo ihm der Ring vom Finger rutschte. Jahrhunderte später findet ihn ein hobbitähnliches Wesen namens Déagol, das dort mit seinem Freund Sméagol fischt. In Sméagol erwacht ein unbändiges Verlangen nach dem funkelnden Ring, den sein Freund ihm nicht geben will. Da erwürgt Sméagol den Freund und steckt sich den Ring an den Finger. Im Laufe der Zeit wird Sméagol zu einem hinterhältigen, besessenen Wesen namens Gollum, bis ihm der Ring schließlich von Bilbo Beutlin, dem Hobbit, abgenommen wird.

Der Ring verfügt über vielerlei Fähigkeiten: Sein Hüter wird nicht älter, sondern nur irgendwann müde und schwindet dahin. Wenn der Besitzer den Ring trägt, ist er unsichtbar. Im Laufe der Zeit übt der Ring eine Macht auf seinen Hüter aus, verleitet ihn zum Lügen und Betrügen, sogar zum Töten, nur damit er den Ring in seinem Besitz behält. Währenddessen ist Sauron, der dunkle Herrscher, auf der Suche nach dem Ring. Wenn er ihn findet, wird er die absolute Herrschaft über Mittelerde erlangen. Der Ring kann einzig und allein vernichtet werden, indem man ihn zum Schicksalsberg bringt, einem Vulkan in der Mitte von Mordor, Saurons dunklem Reich, und ihn in das Feuer des Berges wirft. Dies ist die Aufgabe von Bilbos Neffen, einem Hobbit namens Frodo.

Minshall behauptete in seinem Artikel, Tolkien habe sich von Wagners „Ring"-Zyklus inspirieren lassen, in dem sich die Götter um den Ring streiten, um die Welt zu beherrschen. Dem widersprach der Tolkien-Fan namens Isildur empört. Er behauptete, Tolkien habe schon als Schüler die Völsunga-Saga gelesen, die ihn dann sein Leben lang beeinflusste.

In beiden Quellen wird beschrieben, wie die drei Götter Odin, Hönir und der gerissene Loki bei einer Wanderung auf einen Wasserfall stoßen, wo ein Zwerg namens Andwari fischt. Loki fängt ihn und stiehlt ihm seinen Goldschatz. Andwari versucht seinen magischen Ring zu verbergen, aber Loki entdeckt ihn und droht, wenn der Zwerg ihm den Ring nicht gebe, werde er ihn zu seiner Tochter Hel schicken, der Göttin des Todes. Andwari belegt den Ring mit einem Fluch und verwandelt sich in einen Felsen. Im weiteren

Verlauf der Saga gelangt der Ring von einer Person zur nächsten und sorgt für Mord und Totschlag, wo immer er ist.

Isildur schien der Ansicht zu sein, dass sowohl J. R. R. Tolkien als auch Richard Wagner die Völsunga-Saga gelesen hatten, und erklärte damit die Parallelen zwischen beiden Geschichten. In Magnus wuchs der Verdacht, dass es sich bei dem Internet-Isildur um Steve Jubbs Kumpan handelte, und er sah sich die Mailadresse näher an. Sie deutete auf einen Provider aus den USA hin. Er musste also nichts weiter tun, als Isildur zu einer Antwort zu verleiten, dann würde der Header die IP-Adresse des Computers verraten.

Nach kurzem Überlegen tippte er:

> Hi Isildur,
> deinen Kommentar zur Völsunga-Saga finde ich sehr interessant. Wo gibt es die zu lesen?
> Matt Johnson

Eine schlichte, wenn auch etwas einfältige Frage. Die Antwort würde Isildur nur wenige Sekunden kosten. Während Magnus auf die Reaktion wartete, erkundigte er sich nach Árnis Fortschritten. Der Schreibtischnachbar konnte einen Erfolg melden: Er hatte einen Dozenten für Sprachwissenschaft an der Universität von New South Wales in Australien ausfindig gemacht, der sich als Experte für Tolkiens erfundene Sprachen bezeichnete. Wie Magnus hatte Árni eine E-Mail abgeschickt und wartete nun auf Antwort.

Magnus wandte sich wieder seinem eigenen Computer zu und stellte erfreut fest, dass eine kurze Nachricht von Isildur eingegangen war:

> Hi Matt,
> es gibt eine gute Ausgabe von Penguin Classics. Lohnt sich wirklich.
> Viel Spaß beim Lesen!
> Isildur

Magnus tippte auf einige Tasten, und schon erschien eine lange Kette von Zeichen und Ziffern auf dem Bildschirm: der E-Mail-Header. Volltreffer!

„Árni, gibt es bei euch in der Computertechnik jemanden, der einen E-Mail-Header für mich checken könnte?“

Árni machte ein zweifelndes Gesicht. „Heute ist Samstag, die werden alle zu Hause sein. Ich kann versuchen, jemanden zu erreichen, aber vermutlich müssen wir bis Montag warten.“

Magnus sah auf die Uhr. In Boston war es jetzt ungefähr Mittag. Johnny Yeoh gehörte zu der Sorte von Computerspezialisten, die alles stehen und liegen ließen, wenn sie bei einer interessanten Sache helfen konnten. Magnus tippte rasch eine Nachricht, kopierte den Header von Isildurs Mail hinein und vergewisserte sich, dass der Text keinerlei Hinweis darauf enthielt, dass er sich gerade irgendwo anders befand als in einer beliebigen Stadt mitten in Amerika. Einen Moment überlegte er, ob er die Mail über Agent Hendricks an Johnnys dienstliche Adresse bei der Bostoner Polizei schicken sollte. Doch dann bekäme er die Antwort nicht vor Montag. Er brauchte sie schneller.

Es war höchst unwahrscheinlich, dass Johnny Yeoh einer von Lenahans Kumpeln war. Und dass er überwacht wurde, weil er möglicherweise irgendwann von Magnus kontaktiert würde, war völlig ausgeschlossen. Also tippte Magnus Johnnys private Adresse ein und drückte auf „Senden". Mit etwas Glück würde er am nächsten Morgen wissen, wer Isildur war.

THINGHOLT liegt in Reykjavíks zentralem Postbezirk 101, eine Ansammlung bunter Häuschen, die sich unter der imposanten Hallgrímskirkja an den Hang klammern. Hier wohnen Künstler und Designer, Schriftsteller und Schauspieler, kurz: die Coolen und Angesagten. Nicht gerade das klassische Quartier für einen Polizisten, aber gerade deswegen gefiel es Magnus.

Árni bog in eine ruhige Straße ein und hielt vor einem winzigen Haus, das Magnus an das Zuhause seiner Kindheit erinnerte. Die Betonmauern waren cremefarben gestrichen, das Wellblechdach grasgrün.

Árni drückte auf die Klingel und wartete. „Wahrscheinlich schläft sie."

Magnus sah auf die Uhr: Kurz nach sieben. „So früh geht sie schlafen?"

„Nein, sie ist noch gar nicht aufgestanden!"

In diesem Augenblick ging die Tür auf, und vor ihnen stand ein großes, blasses Mädchen in einem knappen T-Shirt und Shorts.

„Árni!", sagte sie erstaunt. „Wieso weckst du mich um diese Zeit?"

„Es ist sieben Uhr abends", entgegnete Árni. „Können wir reinkommen?"

Die junge Frau nickte und trat zurück, um die beiden einzulassen. Durch den Flur gelangten sie in ein kleines Wohnzimmer mit einem langen blauen Sofa, einem großen Fernseher und zwei Sitzsäcken auf dem glänzenden Holzboden. Ein Regal ächzte unter seiner Bücherlast.

„Meine Schwester Katrín", stellte Árni vor. „Und das ist Magnus, ein amerikanischer Freund von mir. Er weiß nicht, wo er in Reykjavík wohnen soll, deshalb dachte ich, wir fragen dich."

Katrín rieb sich die Augen. Sie sah Árni ziemlich ähnlich, war ebenfalls groß und schmal. Doch während er weiche Gesichtszüge hatte, waren die seiner Schwester scharf geschnitten: kantige Wangen- und Kieferknochen unter kurzem schwarzem Haar, dazu große dunkle Augen.

„Hi", sagte sie. „Wie geht's?" Ihr Englisch hatte einen britischen Akzent.

„Gut“, antwortete Magnus. „Und dir?“

„Auch gut“, murmelte sie.

„Wollen wir uns setzen und ein bisschen reden?“, fragte Árni.

Katrín musterte Magnus einmal von oben bis unten. „Nee. Er ist okay. Ich geh wieder ins Bett.“ Mit diesen Worten verschwand sie durch eine Tür, die vom Flur abging.

„Sieht aus, als hättest du die Aufnahmeprüfung bestanden“, sagte Árni. „Komm, ich zeig dir dein Zimmer!“ Er führte Magnus eine schmale Treppe hinauf. „Früher wohnten hier unsere Großeltern, jetzt gehört das Haus uns beiden. Das Zimmer im ersten Stock vermieten wir. Hier ist es.“

Sie betraten einen kleinen Raum, der mit den nötigsten Möbeln ausgestattet war: Bett, Tisch, zwei Stühle. Durch das eine der beiden Fenster konnte Magnus über eine Seitenstraße bis in die glitzernde Bucht sehen.

„Schöne Aussicht“, bemerkte er. „Was ist mit dem Vormieter passiert?“

Árni wurde verlegen. „Den haben wir verhaftet. Letzte Woche. Drogen.“ Er räusperte sich. „Ich wäre dir dankbar, wenn du ein Auge auf Katrín haben könntest. Unauffällig natürlich.“

„Nervt sie das nicht? Ich meine, hat sie Lust darauf, mit einem Cop zusammenzuwohnen?“

„Wir müssen ihr ja nicht sagen, was du beruflich machst, oder? Ich werde Hauptkommissar Thorkell auch nicht erzählen, dass du hier wohnst.“

„Hätte Onkel Thorkell denn was dagegen?“

„Na ja, Katrín ist nicht unbedingt seine Lieblingsnichte.“

Magnus grinste. Ihm gefielen das winzige Haus, das kleine Zimmer und der Ausblick, ihm gefiel sogar die sonderbare Schwester. „Ich nehme es.“

„Super“, sagte Árni. „Dann holen wir jetzt deine Sachen aus dem Hotel.“

Es dauerte nicht lange, Magnus’ Tasche zum Haus zu bringen, und nachdem Árni sich vergewissert hatte, dass es dem neuen Mieter an nichts fehlte, fuhr er davon. Von Katrín war nichts zu sehen oder zu hören.

Magnus trat auf die Straße hinaus und ging den Hügel hinunter in Richtung Stadtzentrum. Der Himmel hatte sich aufgehellt, nur über dem Berg Esja hing noch ein schmaler Wolkenstreifen. Die Luft war klar und frisch.

In der Buchhandlung Eymundsson, einem gläsernen Architekturjuwel auf der Austurstræti, nahm Magnus das letzte englische Exemplar des „Herrn der Ringe“ und die Völsunga-Saga auf Isländisch mit. Dann schlenderte er zum alten Hafen hinüber und entdeckte ein Relikt aus seiner Kindheit: den kleinen roten Kiosk mit der Aufschrift BAEJARINS BEZTU PYLSUR – die besten Hotdogs der Stadt. Jeden Mittwochabend nach dem Handballtraining hatte er mit seinem Vater hier einen Hotdog gegessen. Magnus reihte sich in die Schlange ein. Anders als der Rest von Reykjavík hatte sich „Baejarins beztu“ im Lauf der Jahre nicht verändert.

Mit seinem Hotdog bummelte Magnus am Kai entlang. Tagsüber wurde in dem Hafen noch gearbeitet, aber jetzt, am Samstagabend, war alles friedlich und still. Auf der einen Seite lagen die Trawler, auf der anderen schnittige Walbeobachtungsschiffe und die kleinen Boote der Küstenfischer. Am Ende des Kais blieb Magnus stehen und ließ die Stille auf sich wirken.

Island hatte sich seit den erschütternden Ereignissen seiner Kindheit stark verändert, doch was er in Reykjavík wiedererkannte, rief ihm die frühen, die glücklichen Jahre in Erinnerung. Trotzdem hoffte er, dass der Gerichtstermin bald feststünde und er nach Boston zurückkehren könnte. Auch wenn der Agnar-Fall interessant war, vermisste Magnus die potenzielle Gefahr auf den Straßen Bostons. Irgendwann in den letzten zehn Jahren war seine Arbeit – die Suche nach den Bösen, denen dann der Prozess gemacht wurde – mehr als ein Job für ihn geworden. Ein Bedürfnis, fast eine Droge.

Als er über die Laugavegur den Hügel wieder hinaufstieg, hielt er Ausschau nach einer Kneipe und entdeckte in einer Seitenstraße ein Lokal namens „Grand Rokk“. Außentische standen in einem Zelt, in dem ein Dutzend Gäste tranken und rauchten. Magnus bestellte bei dem kahl rasierten Barkeeper an der Theke ein großes Thule. Die anderen Gäste sahen aus, als wären sie schon länger da. Einige hatten Schnapsgläser mit einer braunen Flüssigkeit neben ihrem Bier stehen. In die Tische an der Wand waren Schachbretter eingelassen. An einem wurde gespielt.

Lächelnd erinnerte sich Magnus, wie er Abend für Abend seinen Vater herausgefordert hatte, einen cleveren Strategen, den er, wenn überhaupt, nur mit aggressiven Angriffen auf den König bezwingen konnte. Wenn er das Spiel gewann, freuten sich Vater und Sohn gleichermaßen. Obwohl sein Vater nicht im Traum darauf gekommen wäre, ihn absichtlich gewinnen zu lassen, feuerte er Magnus zu immer besseren Leistungen an.

Ragnar war ein sehr kluger Mann gewesen, ein Mathematiker von internationalem Ruf. Deshalb hatte man ihm auch die Stellung am MIT angeboten, am Massachusetts Institute of Technology. Magnus hatte viele schöne Erinnerungen an seinen Vater, nicht nur ans Schachspielen und das gemeinsame Lesen von Sagas. Ragnar war auch der Held, der Magnus und seinen kleinen Bruder aus dem Elend in Island fortgeholt hatte.

Und doch gab es etwas im Leben des Vaters, das er nie durchschaut hatte: seine Beziehung zu Frauen. Magnus konnte nicht verstehen, warum Ragnar Margrét geheiratet und dann verlassen hatte. Und überhaupt nicht kapieren konnte er, warum der Vater danach die grässliche Kathleen zur Frau genommen hatte. Sie war die junge Ehefrau eines Kollegen vom MIT, auf den ersten Blick hübsch und charmant, wollte jedoch immer alles unter Kontrolle haben und war nicht gut auf Magnus und Ollie zu sprechen. Nach wenigen Monaten Ehe war sie auch nicht mehr gut auf Ragnar zu sprechen. Anderthalb Jahre nach der Hochzeit lag er erstochen im Wohnzimmer des Hauses, das sie für die Sommerferien am North Shore von Boston gemietet hatten.

Für Magnus gab es keinen Zweifel, wer die Hauptverdächtige war. Anfangs hörten sich die mit dem Fall befassten Beamten seine Theorien über seine Stiefmutter auch verständnisvoll an und fühlten ihr gründlich auf den Zahn, aber nur um sie letzten Endes laufen zu lassen. Das wollte Magnus nicht einleuchten, denn es gab keinen anderen Verdächtigen. Erst als er im nächsten Jahr seinen Sommerurlaub vom College nutzte, um selbst Erkundigungen einzuziehen, fand er heraus, dass seine Stiefmutter ein hieb- und stichfestes Alibi hatte: Zum Todeszeitpunkt lag sie mit einem Klimatechniker im Bett, was die Polizei Magnus und Ollie verschwiegen hatte.

Die Kneipe füllte sich allmählich mit jüngeren Leuten, und bald darauf begann eine Band zu spielen. Zu laut für ein nachdenkliches Bier, deshalb verdrückte sich Magnus. In den zuvor so ruhigen Straßen wimmelte es jetzt vor herausgeputzten jungen und nicht mehr ganz so jungen Leuten.

Zeit fürs Bett, dachte Magnus. Als er die Tür zu seiner neuen Unterkunft öffnete, stand Katrín ausgehbereit vor ihm: schwarze Gothic-Klamotten, das Gesicht weiß gepudert und mit reichlich Metall verziert.

„Hi“, sagte sie mit einem flüchtigen Lächeln.

„Schönen Abend“, entgegnete Magnus.

Sie hielt inne. „Du bist ein Bulle, oder?“

Magnus nickte. „Ja, so was in der Art.“

„Árni ist ein Arschloch“, murmelte sie und verschwand in der Dunkelheit.

SOBALD Magnus am Sonntagmorgen an seinem Schreibtisch saß, fuhr er den Computer hoch. Als er die E-Mail von Johnny Yeoh sah, musste er grinsen. Auf den Jungen war Verlass.

Baldur begann die Morgenbesprechung mit den Ergebnissen der Spurensicherung. Drei der vier Fingerspuren im Ferienhaus hatte man Agnar, Steve Jubb und Andrea zuordnen können. Die Fußspuren stammten nachweislich von Jubb, auf dessen Kleidung allerdings kein Blutfleck zu finden war, nicht der winzigste Spritzer. Magnus wusste, dass es schwierig war, jemandem auf den Kopf zu schlagen, ihn aus dem Haus und zwanzig Meter weit zu einem See zu schleppen, ohne eine Spur von Blut an der Kleidung zu haben. Es war schwierig, aber nicht unmöglich.

„Ich habe gestern mit Agnars Frau gesprochen“, berichtete Baldur. „Sie war ganz schön sauer wegen dieser Andrea, von der sie bis dahin nichts wusste. Außerdem hat sie sich Agnars Unterlagen angesehen und entdeckt, dass er finanziell tief in der Klemme steckte. Kokain und Glücksspiel. Sie schätzt, dass er um die dreißig Millionen Kronen Schulden hatte. Aber jetzt, wo er tot ist, deckt seine Lebensversicherung das alles ab.“

Magnus überschlug die Summen rasch im Kopf. Dreißig Millionen Kronen waren etwas mehr als zweihunderttausend Dollar. Selbst nach den Maßstäben der schuldengewohnten Isländer stand Agnar tief in der Kreide.

„Letztlich hatte Linda also ein Motiv, ihren Mann umzubringen“, fuhr Baldur fort. „Sie sagt, sie sei am Donnerstagabend mit den Kindern allein gewesen. Aber sie hätte die beiden ohne Weiteres ins Auto packen und nach Thingvellir fahren können. Als Zeugen taugen die Kinder nichts: das eine ist gerade erst zur Welt gekommen, das andere keine zwei Jahre alt. Wir müssen Linda im Auge behalten. Nun zu dir, Vigdís: Hast du die Frau aus Fludir befragt?“

Vigdís gab kurz das Gespräch mit Ingileif wieder, deren Alibi sie inzwischen überprüft hatte: Die Frau war am fraglichen Abend tatsächlich bis um halb zwölf auf der Feier ihrer Künstlerfreundin gewesen und danach mit ihrem „alten Freund“, dem Maler, verschwunden.

„In diesem Punkt mag sie die Wahrheit gesagt haben, aber wir glauben trotzdem, dass sie bei den anderen Fragen gelogen hat“, ergänzte Magnus.

„Sie war sehr zurückhaltend, was das Thema Agnar betraf“, meinte auch Vigdís. „Ich habe das Gefühl, dass da mehr lief, als sie uns erzählt hat. Wir statten ihr in ein paar Tagen einen zweiten Besuch ab. Mal sehen, ob sie dann bei ihrer Geschichte bleibt.“

„Gibt es Fortschritte, was Isildur betrifft?“, wollte Baldur wissen.

„Ja“, erwiderte Magnus. „Ich habe jemanden entdeckt, der unter diesem Namen in einem ‚Herr der Ringe‘-Forum im Internet auftritt. Ein Freund von mir in den Staaten hat die E-Mail-Adresse überprüft. Der Mann heißt Lawrence Feldman und besitzt zwei Häuser in Kalifornien – eins in Palo Alto und eins in Trinity County, nördlich von San Francisco.“

„Zwei Häuser?“, wiederholte Baldur. „Wissen wir, ob er wohlhabend ist?“

„Er ist stinkreich.“ Johnny hatte zwar keine Akte über Feldman besorgen können, aber im Internet eine Menge über ihn erfahren. „Er gehört zu den Gründern einer Softwarefirma namens 4Portal im Silicon Valley. Als sie letztes Jahr verkauft wurde, brachte das jedem der Gründer vierzig Millionen Dollar ein. Nicht schlecht für den Anfang.“

„Das heißt, er könnte sich einen teuren Anwalt leisten“, bemerkte Baldur. „Falls der Typ polizeilich erfasst ist, brauchen wir seine Akte.“

„Ich könnte ihm einen Besuch abstatten", schlug Magnus vor.

„In Kalifornien?" Baldur machte ein zweifelndes Gesicht. „Wir wissen nicht mit Sicherheit, dass es der Isildur ist, mit dem Steve Jubb Kontakt hatte. Außerdem wird er ohnehin nichts sagen. Warum sollte er auch? Steve Jubb gibt keinen Mucks von sich, obwohl er bereits hier in Haft sitzt."

„Kommt drauf an, wie ich ihn frage."

Baldur schüttelte den Kopf. „Ich bekomme garantiert keine Erlaubnis für eine Reise, die wahrscheinlich reine Zeitverschwendung ist. Hast du noch nichts von der *kreppa* gehört?"

Es war unmöglich, auch nur einige Stunden in Island zu verbringen, ohne von der *kreppa* zu hören. „Wäre ja bloß ein Economy-Flug und eine Nacht in einem Motel", warf Magnus ein.

Baldur funkelte ihn böse an. „Ich werde darüber nachdenken", sagte er und vermittelte dabei den Eindruck, dass er es bestimmt nicht tun werde.

„Gut", wandte er sich dann wieder an alle. „Es sieht so aus, als würde jemand, der sich Isildur nennt, hinter den Verhandlungen mit Agnar stecken. Falls es dieser Lawrence Feldman ist, dann hat er genügend Bargeld für ein wichtiges Geschäft."

„Worüber könnten sie denn verhandelt haben?", fragte Vigdís.

„Irgendwas, das mit dem ‚Herrn der Ringe' zu tun hat", vermutete Magnus. „Oder vielleicht mit der Völsunga-Saga. Es gibt die Theorie, dass Tolkien von der Völsunga-Saga inspiriert wurde."

„Alle alten Fassungen der Saga befinden sich in der Árni-Magnusson-Sammlung der Universität Island", erklärte Baldur. Árni Magnusson war ein Historiker, der im 17. Jahrhundert durch Island reiste und alle Sagas sammelte, die er finden konnte. „Willst du andeuten, dass Agnar ein Exemplar gestohlen haben könnte?"

„Vielleicht hat er es gegen eine Kopie ausgetauscht", schlug Vigdís vor.

„Möglich", sagte Magnus. „Stand irgendwas in Agnars Unterlagen, das uns verraten könnte, worum es bei diesem Geschäft ging?"

„Nein, ich habe das meiste selbst durchgeschaut", sagte Baldur. „Abgesehen von diesen Mails auf seinem Computer gibt es nichts über ein Geschäft mit Steve Jubb. Und die Dateien auf seinem Laptop stehen alle im Zusammenhang mit seiner Arbeit."

„Woran forschte er denn, als er starb?", wollte Magnus wissen.

„Ich kann nicht sagen, ob er irgendetwas erforschte. Er korrigierte Examenstexte und übersetzte zwei Sagas ins Englische und Französische."

Magnus beugte sich vor. „Welche?"

„Keine Ahnung", sagte Baldur abwehrend. Es war ihm erkennbar unangenehm, in der von ihm geleiteten Sitzung Fragen beantworten zu müssen. „Ich habe nicht alle Sachen durchgelesen. Das sind riesige Stapel.“

Magnus riss sich zusammen, um Baldur nicht noch mehr auf die Palme zu bringen. „Kann ich mir die Unterlagen mal ansehen?“

Baldur schaute Magnus an, ohne seine Verärgerung zu verbergen. „Klar“, sagte er trocken. „Das wäre eine gute Beschäftigung für dich.“

ZWEI ORTE kamen in Betracht: Agnars Büro an der Universität und sein Ferienhaus. An der Uni würden mehr Unterlagen sein, doch wenn Agnar an etwas gearbeitet hatte, was wichtig für Steve Jubb war, dann wäre es wohl eher im Ferienhaus zu finden, sodass er es für ihre Besprechung zur Hand gehabt hätte. Also ließ Magnus sich von Árni zum Thingvellir-See bringen.

„Meinst du, Baldur lässt dich nach Kalifornien fliegen?“, fragte Árni.

„Weiß ich nicht. Er wirkte nicht gerade begeistert.“

„Wenn du fliegst, nimmst du mich dann mit?“, fragte Árni. „Ich habe meinen Abschluss in den USA gemacht und kenne mich mit den amerikanischen Dienstvorschriften aus. Außerdem ist Kalifornien sozusagen meine geistige Heimat. Du weißt schon, der Governator …“

Magnus schüttelte den Kopf. Als Nächstes würde Árni persönlich bei Arnold Schwarzenegger vorstellig werden wollen. „Mal sehen“, sagte er vage.

Enttäuscht steuerte Árni den Wagen über die Hochebene von Mosfell und zum See hinunter. Magnus sah einen Jungen und ein Mädchen am Ufer spielen; der Junge mochte etwa acht Jahre alt sein, das Mädchen deutlich jünger. Nach wie vor war nur das Ferienhaus mit dem Range Rover davor bewohnt. Vor Agnars Grundstück stand ein Streifenwagen, in dem ein einzelner Polizist saß. Erfreut über den Besuch führte er Magnus und Árni ins Haus, wo es kalt war und still. Magnus inspizierte den Schreibtisch: Schubladen voller Papier, hauptsächlich Ausdrucke von Dateien. Links daneben stand ein niedriger Schrank, in dem noch mehr Papier lag.

„Okay, Árni, du nimmst dir den Schrank vor, ich den Schreibtisch“, sagte Magnus und zog weiße Latexhandschuhe über. Der erste Stapel, den er untersuchte, war eine französische Übersetzung der Laxdæla-Saga, mit Kommentaren auf Französisch versehen. „Und was hast du gefunden, Árni?“

„Gauks Saga …“ Árni hob fragend die Augenbrauen. „Kennst du die?“

„Nein. Aber war Gauk nicht der Typ, der in Stöng lebte?“

„Genau“ bestätigte Árni. „Ich bin als Kind mal da gewesen. Hat mir riesigen Respekt eingeflößt.“

„Kann ich verstehen“, sagte Magnus. „Ich war mit sechzehn mit meinem Vater dort. Der Ort hat echt was Gruseliges.“ Stöng war ein verlassener

Bauernhof, etwa zwanzig Kilometer nördlich des Vulkans Hekla. Durch einen gewaltigen Ausbruch im Mittelalter war er unter Asche begraben und erst im 20. Jahrhundert wiederentdeckt worden. „Lass mal sehen!"

Árni reichte Magnus das Manuskript, ungefähr 120 frisch ausgedruckte Seiten auf Englisch. Auf dem Titelblatt stand schlicht GAUKS SAGA, ÜBERSETZT VON AGNAR HARALDSSON.

Magnus blätterte, überflog den Text. Auf der zweiten Seite stolperte er über ein Wort, das ihn sofort stutzen ließ: Ísildur.

„Árni, sieh dir das an!" Rasch blätterte er weiter. Ísildur. Ísildur. Ísildur. Ísildur. Auf jeder Seite tauchte der Name mehrfach auf.

„Wow!", machte Árni. „Sollen wir das mit ins Präsidium nehmen, damit die Technik einen Blick drauf werfen kann?"

„Erst lese ich es", sagte Magnus. „Dann kann die Technik es haben."

Damit setzte er sich in einen bequemen Sessel und begann zu lesen. Immer wenn er ein Blatt durchhatte, reichte er es vorsichtig an Árni weiter.

Ísildur und Gauk waren zwei Brüder, die auf einem Hof namens Stöng lebten. Der dunkelhaarige Ísildur war kräftig und mutig, und der blonde Gauk, gutaussehend, aber auch eitel, übertraf seinen Bruder noch an Kraft, obwohl er zwei Jahre jünger war. Beide waren aufrichtige Menschen und in der ganzen Gegend sehr beliebt.

Eines Tages machte sich ihr Vater Trandil auf, um seinem Onkel, Graf Gandalf dem Weißen, in Norwegen einen Besuch abzustatten und an dessen Wikingerraubzügen teilzunehmen. Da die Mutter von Ísildur und Gauk bereits gestorben war, als die beiden noch klein waren, bat Trandil seinen Freund Ellída-Grím, auf seine Söhne aufzupassen. Ellída-Grím erklärte sich bereit, den Hof von Stöng in Trandils Abwesenheit zu führen. Er hatte selbst einen Sohn in Ísildurs Alter: Ásgrím. Die Jungen freundeten sich rasch an.

Drei Jahre war Trandil fort, als eines Tages ein Reisender aus Norwegen die Nachricht überbrachte, Trandil sei im Kampf mit Gandalfs Sohn Erlendur getötet worden. Gandalf sei bereit, die fällige Wiedergutmachung an Trandils Söhne zu bezahlen und ihnen ihr Erbe auszuhändigen, wenn einer der Brüder nach Norwegen käme, um es abzuholen.

Als Ísildur neunzehn war, beschloss er, seinen Großonkel in Norwegen zu besuchen und sich sein Erbe übergeben zu lassen. Gandalf und Erlendur hießen ihn herzlich willkommen und erklärten, Erlendur habe Trandil seinerzeit in Notwehr getötet, als der ihn im Rausch angegriffen habe.

Den Sommer über ging Ísildur mit Erlendur auf Wikingerraubzug. Er war ein tapferer Krieger und machte reiche Beute. Nach zahllosen Abenteuern beschloss er, nach Island zurückzukehren. Gandalf zahlte ihm die Entschädigung, die ihm für den Tod des Vaters zustand, und übergab ihm Trandils Hinterlassenschaft. Doch in der Nacht, bevor Ísildur in See stechen sollte, erklärte Gandalf, er habe ihm noch etwas zu geben. Es war ein kleines Kästchen mit einem altertümlichen Ring darin.

Gandalf erklärte, Trandil habe den Ring bei einem Raubzug in Friesland erbeutet, als er gegen Ulf Beinstutzer gekämpft und den berühmten Stammesführer niedergestreckt habe. Trandil erblickte den Ring an Ulfs Hand und schnitt ihm den Finger ab. Obwohl Ulf Beinstutzer im Sterben lag, lächelte er. „Ich spreche dir meinen Dank aus, weil du mich von einer großen Last befreit hast. Ich fand diesen Ring vor siebzig Jahren im Rhein und trug ihn seither jeden Tag. Er wird dir große Macht verleihen, aber auch den Tod bringen. Jetzt kann ich endlich in Frieden sterben."

Gandalf erzählte Ísildur, der Ring habe einst einem Zwerg namens Andwari gehört. Die Götter Odin und Loki hätten Andwari den Ring zusammen mit einem Goldschatz gestohlen. Dabei belegte der Zwerg den Ring mit einem Fluch: Er solle jeden, der ihn trug, mit seiner Macht zerstören, bis er eines Tages heim zu Hel, der Göttin des Totenreichs, gebracht würde.

Als Odin, der oberste Gott, den Sohn eines Mannes namens Hreidmar tötete, musste er ihm zur Wiedergutmachung den Ring überlassen, der in den folgenden Jahren in den Besitz verschiedener Hüter kam, darunter der Held Sigurd, die Walküre Brynhild und Sigurds Söhne Gunnar und Högni. Wohin der Ring auch gelangte, er hinterließ eine Spur von Verrat und Mord, bis er schließlich von Gunnar in den Rhein geworfen wurde. Dort lag er mehrere Jahrhunderte, ehe Ulf Beinstutzer ihn fand.

Als Trandil mit dem Ring des toten Ulf aus Friesland nach Norwegen zurückkehrte, war er ein anderer Mensch geworden: verschlossen, durchtrieben und selbstsüchtig. Unablässig verhöhnte er Erlendur, und eines Abends griff er ihn im Rausch an, woraufhin Erlendur Trandil mit einem glücklichen Hieb tötete. Er wollte den Ring an sich nehmen, doch Gandalf beanspruchte ihn für sich. Sobald er ihn übergestreift hatte, fühlte er sich anders: stärker und mächtiger. Zugleich überkam ihn eine große Gier.

Später am selben Abend klopfte eine samische Zauberin aus dem Norden an die Tür von Gandalfs Haus und bat um Obdach. Als sie sah, dass Gandalf den Ring trug, erschrak sie fürchterlich und sagte, der Ring verfüge über eine grausame Macht. Er verzehre jeden, der ihn besitze, bis irgendwann einer komme, der so mächtig sei, dass er die Welt beherrschen und alles Gute darin zerstören werde, sodass die Welt in ewige Dunkelheit falle.

Der Ring könne nur auf eine Weise vernichtet werden, nämlich wie Andwari es vorhergesagt habe: Er müsse in den Rachen von Hel geworfen werden.

„Ich weiß, was damit gemeint ist“, sagte Erlendur. „Hekla, der große Vulkan in der Nähe von Trandils Hof in Stöng. Er hat mir davon erzählt.“

Und so gab Gandalf Ísildur den Ring mit nach Island, um ihn dort in den Vulkan Hekla zu werfen.

Mit dem Ring und seinen Schätzen traf Ísildur in Island ein, wo Gauk in der Zwischenzeit den Hof übernommen und sich mit einer Frau namens Ingileif verlobt hatte. Als Ásgrím von Ísildurs Rückkehr erfuhr, reiste er nach Stöng, um seinen Pflegebruder wiederzusehen. Ísildur erzählte Gauk und Ásgrím von seinen Abenteuern, von Andwaris Ring und von Gandalfs Auftrag, ihn in den Vulkan Hekla zu werfen. Er sagte, er wolle den Ring gleich am nächsten Tag auf den Berg bringen, und bat Gauk und Ásgrím, ihn zu begleiten und dafür zu sorgen, dass er seinen Auftrag auch erfülle.

Hekla hatte einen furchterregenden Ruf. Noch nie hatte jemand den Gipfel erklommen. Doch die drei jungen Männer brachen früh am nächsten Morgen unerschrocken auf. Am zweiten Tag hatten sie den Großteil des Weges zurückgelegt, als Ásgrím in eine Felsspalte fiel und sich das Bein brach. Er konnte nicht weitergehen und beschloss zu warten, bis die Brüder vom Gipfel zurückkämen.

Kurz vor Mitternacht kehrte Gauk allein zurück. Er erzählte Ásgrím, Ísildur habe den Ring aus dem Kästchen geholt und in den Krater werfen wollen, schien aber nicht dazu in der Lage zu sein. Er sagte, der Ring sei zu schwer. Gauk drängte ihn, den Ring hineinzuwerfen, aber Ísildur wurde wütend und steckte ihn sich an den Finger. Dann habe er sich umgedreht und sei in den Krater gesprungen, bevor Gauk ihn aufhalten konnte.

„So ist wenigstens der Ring vernichtet“, sagte Ásgrím, „wenn auch zu einem hohen Preis.“

In den folgenden Jahren veränderte sich Gauk, wurde streitsüchtig und habgierig. Trotzdem hielt sein Pflegebruder Ásgrím zu ihm, und die schöne, weise Ingileif heiratete Gauk. Sein Nachbar, Ketil der Blasse, war ein kluger, friedfertiger Bauer und ein begnadeter Dichter. Er war bei allen beliebt, außer bei seiner Frau Helga, die ihren Ehemann verachtete.

Als Gauk nach Mittsommer vom Althing in Thingvellir zurückkehrte und an Ketils Hof vorbeikam, ging ihm einer von dessen Knechten nicht schnell genug aus dem Weg. Gauk schlug ihm kurzerhand den Kopf ab, und Ketil beschwerte sich nicht. Da verachtete Helga ihren Mann noch mehr und schwor, nicht mehr das Bett mit ihm zu teilen, bis er von Gauk Wiedergutmachung gefordert hätte. Und so ritt Ketil der Blasse hinüber nach Stöng.

„Ich bin gekommen, um Wiedergutmachung für den Tod meines Knechts zu verlangen", sagte er.

Gauk behauptete, die Tötung sei völlig rechtmäßig gewesen. „Er versperrte mir den Weg zu meinem eigenen Hof."

„So sehe ich das aber nicht", entgegnete Ketil.

Gauk lachte ihn aus. „Du siehst vieles nicht, Ketil. Jeder weiß, dass dich in jeder neunten Nacht der Troll von Búrfell besteigt."

„Und alle wissen, dass du keine Kinder zeugen kannst, weil die Töchter des Trolls dich entmannt haben", erwiderte Ketil, da Gauk und Ingileif damals noch keine Kinder hatten.

Daraufhin griff Gauk zu seiner Axt und schlug Ketil dem Blassen nach kurzem Kampf ein Bein ab. Ketil fiel tot zu Boden.

Danach war Gauk häufig auf Ketils Hof, da Helga jetzt seine Geliebte war. Sein Pflegebruder Ásgrím hielt weiterhin treu zu ihm, aber Ingileif wurde eifersüchtig und wollte Gauk in seine Schranken weisen. Sie sprach mit Ásgríms Frau Thórdís und vertraute ihr ein Geheimnis an. Ísildur sei nicht mit dem Ring in den Krater von Hekla gesprungen. Vielmehr habe Gauk den Ring an sich genommen und seinen Bruder in die Tiefe gestoßen. Den Ring habe er in einer Höhle versteckt, die vom Hund eines Trolls bewacht werde.

Als Thórdís ihrem Mann erzählte, was sie von Ingileif erfahren hatte, wollte Ásgrím ihr nicht glauben. Doch in der Nacht hatte er einen Traum, in dem die alte samische Zauberin auf ihn zeigte. „Ísildur hat versucht, den Ring zu vernichten, und wurde dabei getötet. Jetzt ist es an dir, den Ring zu finden und in den Rachen von Hel zu werfen."

Nun glaubte Ásgrím, was Thórdís ihm erzählt hatte, aber er besaß keinen Beweis, um Gauk des Mordes zu bezichtigen. Daher ging er zu seinem Nachbarn Njál, einem bekannten, klugen Rechtsgelehrten, und bat ihn um Hilfe. Njál schlug vor, Gauk eine Falle zu stellen. Und so erzählte Ásgrím seiner Frau, die es wiederum an Ingileif weitergab, dass Ísildur ihm bei seiner Rückkehr aus Norwegen heimlich einen legendenumwobenen Helm geschenkt habe, der einst dem Sohn von Hreidmar gehörte. Ásgrím habe den Helm in einer alten Scheune auf seinem Hof versteckt.

Daraufhin hielt er jede Nacht in der Scheune Wache. In der dritten Nacht hörte er, wie Gauk hereinkam und nach dem Helm suchte. Als Ásgrím ihm entgegentrat, zog Gauk sein Schwert.

„Würdest du mich töten, um stehlen zu können, was dir nicht gehört? So wie du deinen Bruder getötet hast?", fragte Ásgrím.

Statt zu antworten, stürzte sich Gauk mit dem Schwert auf Ásgrím, und die beiden kämpften. Gauk war zwar der bessere Krieger, aber Ásgrím, getrieben vom Zorn über den Verrat seines Pflegebruders, zu dem er stets so treu gehalten hatte, durchbohrte Gauk mit dem Speer. Den Ring konnte er jedoch nicht finden, und Ingileif wollte ihm nicht verraten, wo er versteckt war. Sie sagte, der Ring habe schon genug Unheil angerichtet. Sechs Monate nach Gauks Tod brachte sie einen Sohn zur Welt: Högni.

Der Ring fand keine Ruhe. Hundert Jahre später gab es einen gewaltigen Vulkanausbruch, und Hekla begrub den Hof in Stöng unter einer Ascheschicht. Der Ring ist noch immer in den Hügeln dort verborgen. Eines Tages wird er zum Vorschein kommen, so wie er zur Zeit von Ulf Beinstutzer aus dem Rhein kam. Wenn es so weit ist, muss er in den Schlund von Hekla geworfen werden, wie die samische Zauberin es bestimmt hat. Bis dahin soll diese Saga von Högnis Nachkommen geheim gehalten werden.

ALS MAGNUS Árni das letzte Blatt reichte, versuchte er seine Aufregung zu verbergen. War es möglich, dass die Saga echt war? Wenn ja, dann wäre das einer der bedeutendsten Funde in der isländischen Literaturgeschichte. Magnus war sich ziemlich sicher, dass die Saga bisher unbekannt war. Wenn sie wirklich authentisch wäre, hätten Gauks Nachkommen sie über Jahrhunderte erfolgreich geheim gehalten – bis sie im 21. Jahrhundert von einem unbedeutenden Isländisch-Professor entdeckt worden wäre.

Magnus hatte keinen Zweifel daran, dass es diese Saga war, die Agnar Steve Jubb und dessen Geschäftspartner Isildur hatte verkaufen wollen. Die Hinweise auf den „Herrn der Ringe" waren in Gauks Saga viel deutlicher als in der Völsunga-Saga. Ísildurs Aufgabe, den Ring in die Hekla zu werfen, besaß auffällige Parallelen zu Frodos Auftrag, Saurons Ring zum Schicksalsberg zu bringen. Die „Herr der Ringe"-Foren im Internet würden jahrelang damit beschäftigt sein, wenn die Saga bekannt würde. *Falls* sie denn bekannt würde. Vielleicht hatte Isildur ja auch vor, sie irgendwo zu verstecken. Als seine ganz persönliche Wikingerbeute, überlegte Magnus.

Aber vor ihm lag nur eine englische Übersetzung. Es musste eine isländische Handschrift oder wohl eher eine Kopie davon geben, anhand deren Agnar seine Übersetzung erstellt hatte.

Während Árni die letzte Seite las, durchsuchte Magnus die übrigen Unterlagen. Nichts.

„Vielleicht ist sie in Agnars Büro an der Uni?", schlug Árni vor.

„Oder jemand anders hat sie", überlegte Magnus und schaute aus dem Fenster über den See zu den schneebedeckten Bergen. Plötzlich ging ihm ein Licht auf. „Komm, Árni, wir fahren zurück nach Reykjavík!"

5 Die Galerie auf der Skólavördustígur war sonntags nur wenige Stunden geöffnet, und als Magnus und Árni dort ankamen, hatte sie bereits wieder geschlossen. Doch sie sahen hinten im Laden jemanden am Schreibtisch sitzen. Magnus klopfte an die Glastür.

Verärgert stand Ingileif auf. Ihre Verärgerung wurde noch größer, als sie sah, wer geklopft hatte. „Wir haben geschlossen."

„Wir möchten dir noch ein paar Fragen stellen", gab Magnus zurück.

Ingileif bemerkte seinen ernsten Gesichtsausdruck, ließ die beiden herein und führte sie zu ihrem Schreibtisch. Die Männer setzten sich ihr gegenüber.

„Du hast gesagt, dein Urgroßvater hieß Ísildur?", begann Magnus. „Und dein Vater hieß Ásgrím?"

Ingileif runzelte die Stirn. „Ja, das wisst ihr doch schon."

„Interessante Namen."

„Nichts Besonderes", sagte Ingileif.

Magnus antwortete nicht, sondern ließ das Schweigen wirken, bis Ingileif langsam rot anlief. „Heißt auch jemand in deiner Familie Gauk?"

Ingileif schloss die Augen, stieß die Luft aus und lehnte sich zurück.

Magnus wartete.

„Ihr habt die Saga also gefunden?", fragte sie.

„Nur Agnars Übersetzung. Aber damit hättest du rechnen müssen, früher oder später."

„Nun, den Namen Gauk versuchen wir in unserer Familie zu vermeiden."

„Das wundert mich nicht. Warum hast du uns nichts davon erzählt?"

Ingileif schlug die Hände vors Gesicht.

Magnus wartete.

„Gut, ich hätte es sagen sollen. Aber wenn ihr die Saga gelesen habt, könnt ihr vielleicht verstehen, warum ich es nicht getan habe. Meine Familie hat sie seit vielen Generationen erfolgreich geheim gehalten."

„Bis du versucht hast, sie zu verkaufen."

Ingileif nickte. „Bis ich versuchte, sie zu verkaufen. Was ich von Herzen bereue."

„Du meinst, weil jetzt jemand gestorben ist?"

Ingileif holte tief Luft. „Ja."

„Und die Saga wurde wirklich jahrhundertelang geheim gehalten?"

Ingileif nickte. „Vor meinem Vater war das Wissen um die Saga immer nur an den ältesten Sohn weitergegeben worden, in seltenen Ausnahmen an die älteste Tochter. Erst mein Vater beschloss, sie allen seinen Kindern vorzulesen, schwor uns aber auf absolute Geheimhaltung ein."

„Hast du die Originalhandschrift noch?"

„Die ist leider zerfallen, wir haben bloß Fragmente davon. Aber im 17. Jahrhundert wurde eine hervorragende Abschrift angefertigt. Die wiederum habe ich für Agnar abgeschrieben, damit er sie übersetzt; sie muss irgendwo bei seinen Unterlagen sein."

„Und warum hast du die Saga nach so vielen Jahrhunderten verkauft?"

Ingileif seufzte. „Mein Vater war von der Idee besessen, dass es den darin erwähnten Ring noch immer gibt. Er unternahm Wanderungen ins Thjórsá-Tal, wo Gauks Hof stand, und suchte nach dem Ring, fand ihn aber natürlich nicht." Sie hielt kurz inne. „Die Suche nach dem Ring hat ihn das Leben gekostet. Er stürzte bei schlechtem Wetter von einem Felsen."

„Das tut mir leid", sagte Magnus aufrichtig.

„Uns anderen wurde die Gauk-Saga dadurch gründlich verleidet. Mein Bruder Pétur, der schon als Junge genauso besessen war wie unser Vater, wollte nichts mehr davon wissen. Meine Schwester Birna hatte sich nie besonders dafür interessiert, und meine Mutter gab der Saga die Schuld an Vaters Tod. Am ehesten habe noch ich einen Bezug dazu, immerhin habe ich an der Uni Isländisch studiert. Deshalb dachte ich, es steht mir zu, darüber zu verfügen." Sie seufzte wieder. „Die Galerie ist so gut wie pleite. Ich brauche dringend Geld, viel Geld. Also habe ich mit Pétur und Birna über den Verkauf der Saga gesprochen, als unsere Mutter letztes Jahr starb. Birna war die Saga herzlich egal. Pétur war erst gegen den Verkauf, ließ sich aber dann erweichen. Ich glaube, er hat selbst Geldsorgen. Hat ja jeder heutzutage."

„Was macht er beruflich?"

„Er betreibt mehrere Kneipen und Klubs."

„Und warum bist du mit der Saga ausgerechnet an Agnar herangetreten?"

„Er war mein Professor an der Uni", erklärte Ingileif. „Und ich kannte ihn, wie gesagt, recht gut. Er erklärte sich bereit, die Saga still und heimlich an der isländischen Regierung vorbei zu verkaufen, und fand auch genau den richtigen Interessenten dafür. Einen steinreichen amerikanischen ‚Herr der Ringe'-Fan, der bereit war, den Erwerb geheim zu halten."

„Lawrence Feldman? Steve Jubb?"

„Ich weiß den Namen nicht. Von diesem Steve Jubb hast du schon einmal gesprochen, nicht? Da sagtest du aber, er sei Engländer."

„Hast du deshalb behauptet, noch nie von ihm gehört zu haben?"

„Nein, ich hatte den Namen wirklich noch nie gehört. Aber ich gebe zu, dass ich euch nicht gerade eine Hilfe war. Ich wollte unbedingt, dass die Saga geheim bleibt. Schon als ich Agnar davon erzählt hatte, bekam ich sofort Gewissensbisse. Ich sagte ihm, ich wolle sie wieder vom Markt nehmen und doch in der Familie behalten." Ingileif schürzte die Lippen. „Er meinte, dafür sei es jetzt zu spät. Er wisse ja Bescheid und werde es an die große Glocke hängen, wenn ich den Verkauf nicht durchzöge."

„Er hat dich erpresst?", fragte Magnus.

„So kann man das wohl nennen. Aber es geschah mir ganz recht."

„Wie viel sollte die Saga denn seiner Meinung nach einbringen?"

„Er meinte, es würden Millionen sein. Millionen Dollar."

Magnus atmete tief durch. „Und wo ist sie jetzt?"

„Hier in der Galerie." Ingileif zögerte. „Möchtet ihr sie sehen?"

Magnus und Árni folgten ihr zu einem Schrank am hinteren Ende des Ladens, in dessen Boden ein Safe eingelassen war. Ingileif drehte an den Knöpfen, holte einen Lederband hervor und legte ihn auf den Schreibtisch.

„Das ist die Abschrift aus dem siebzehnten Jahrhundert, die früheste vollständige Kopie." Sie schlug das Buch auf. Die Blätter waren aus Papier und mit einer säuberlichen schwarzen Schrift beschrieben. Ingileif ging zum Safe zurück. „Dann haben wir hier noch das Original oder vielmehr das, was davon übrig ist." Vorsichtig zog sie einen großen alten Umschlag hervor, legte ihn auf den Schreibtisch und holte zwei Pappdeckel heraus, zwischen denen, durch Seidenpapier getrennt, sechs Pergamentbögen lagen. Ingileif hob das Seidenpapier an, sodass die Männer die ausgebleichten Blätter genau betrachten konnten. Sie waren am Rand eingerissen und mit schwarzen Buchstaben bedeckt. Magnus konnte das Wort *Ísildur* entziffern.

„Unglaublich", sagte er, und das war es wirklich. Die Zweifel, die er hinsichtlich der Authentizität der Übersetzung in Agnars Ferienhaus gehabt hatte, waren wie weggeblasen. Er konnte nicht anders, als die Handschrift mit der Fingerspitze vorsichtig zu berühren.

„Ja, unglaublich", sagte Ingileif mit einer Spur von Stolz in der Stimme.

„Weißt du, wer die Saga aufgeschrieben hat?", fragte Magnus.

„Wir glauben, dass es ein Mann namens Ísildur Gunnarsson war", erklärte Ingileif, „einer von Gauks Nachkommen. Wir gehen davon aus, dass er im späten 13. Jahrhundert lebte."

„Aber wenn es so ein großes Familiengeheimnis war, wie konnte es in Tolkiens Hände gelangen?", wollte Magnus wissen. „Ich meine, die Parallelen zum ‚Herrn der Ringe' sind so eindeutig, das kann einfach kein Zufall sein. Tolkien muss Gauks Saga gekannt haben."

Ingileif zögerte. „Einen Moment." Sie ging wieder an den Safe und legte einen kleinen vergilbten Umschlag vor Magnus auf den Tisch. Der zog vorsichtig ein Blatt Papier hervor, schlug es auseinander und las:

20 Northmoor Road, Oxford
9. März 1938
Mein lieber Högni Ísildarson,
vielen herzlichen Dank für die Zusendung der Abschrift von Gauks Saga, die ich mit großem Genuss gelesen habe. Das Treffen des Viking Club in der College-Bar in Leeds liegt jetzt fast fünfzehn Jahre zurück, aber ich kann mich noch gut daran erinnern, wie Sie mir von der Saga erzählten. Wehmütig blicke ich auf jene Abende zurück.

Es freut mich sehr, dass Ihnen das Buch gefallen hat, das ich Ihnen schickte. Ich habe vor Kurzem mit einer zweiten Geschichte über die Hobbits in Mittelerde begonnen und bereits das erste Kapitel – „Ein langerwartetes Fest" – abgeschlossen, mit dem ich sehr zufrieden bin. Ich habe nach Wegen gesucht, die beiden Geschichten miteinander zu verbinden. Es könnte sein, dass Sie mir dieses Bindeglied geliefert haben.

Bitte vergeben Sie mir, wenn ich einige Ideen aus Ihrer Saga entleihe. Ich verspreche Ihnen hoch und heilig, dass ich auch weiterhin den Wunsch Ihrer Familie respektieren werde, die Saga als solche geheim zu halten.

Mit den besten Wünschen und herzlichen Grüßen
J. R. R. Tolkien

Magnus klopfte das Herz bis zum Hals. Was für eine unglaubliche Entdeckung! Ein reicher „Herr der Ringe"-Fan würde ein Vermögen für diese beiden Dokumente bezahlen. Oder dafür töten …

Noch am Abend zuvor hatte Magnus die ersten beiden Kapitel des „Herrn der Ringe" gelesen. Das erste trug tatsächlich den Titel „Ein langerwartetes Fest" und beschrieb die Feier anlässlich des 111. Geburtstags von Bilbo Beutlin, an deren Ende sich Bilbo seinen Zauberring an den Finger steckt und verschwindet. Im zweiten Kapitel, „Der Schatten der Vergangenheit", kehrt der Zauberer Gandalf zurück, um Bilbos Neffen Frodo über die böse Kraft des Rings aufzuklären und ihm den Auftrag zu erteilen, aus dem Auenland zu fliehen. Es lag auf der Hand, dass Gauks Saga die Verbindung zwischen erstem und zweitem Kapitel darstellte.

„Und davon hast du Agnar erzählt?", fragte Magnus.

Ingileif nickte. „Er bat mich, ihm das Dokument einige Tage zu überlassen. Ich sollte ihm Tolkiens Brief in sein Ferienhaus schicken. Agnar wollte alles haben, was die Echtheit der Saga bestätigen konnte. Er war überzeugt, dass wir mit dem Brief einen höheren Preis dafür erzielen würden."

„Das kann ich mir vorstellen. Högni Ísildarson war also dein Großvater?"

„Ja. Er ging 1923 nach England, an die Universität von Leeds, wo er bei J. R. R. Tolkien Altenglisch studierte. Tolkien hat großen Eindruck auf ihn gemacht. Ich kann mich noch erinnern, wie mein Großvater mir von ihm vorschwärmte." Ingileif lächelte. „Tolkien war gar nicht so viel älter als er, erst Anfang dreißig. Solange er lebte, standen sie in lockerem Briefkontakt."

„Es wäre gut gewesen, wenn du mir das hier schon gezeigt hättest, als ich das erste Mal da war", sagte Magnus und sah ihr in die Augen. „Hast du irgendeine Ahnung, warum Agnar umgebracht wurde?"

„Nein." Ingileif hielt seinem Blick stand. „Ich dachte, dass das hier nichts mit seinem Tod zu tun hat, deshalb habe ich euch nichts davon gesagt." Sie seufzte. „Kann es sein, dass die Leute, die ihr eben erwähnt habt, die Saga in ihren Besitz bringen wollten, ohne Agnar zu bezahlen?"

„Möglich." Magnus zögerte. „Oder du selbst hast Agnar umgebracht."

„Warum sollte ich das denn tun?" Ingileif sah ihm trotzig in die Augen.

„Um ihn zum Schweigen zu bringen."

„Aber deshalb würde ich ihn doch nicht umbringen!", sagte sie mit Nachdruck. „Ich würde niemanden umbringen, egal aus welchem Grund."

Magnus ging nicht darauf ein. „Wir melden uns wieder."

Mit einem dumpfen Knall ließ Magnus die 120 Seiten der Übersetzung von Gauks Saga auf Baldurs Schreibtisch fallen.

„Was ist das denn?", fragte Baldur verärgert.

„Der Grund, warum Steve Jubb Agnar umgebracht hat." Magnus berichtete, was er und Árni im Ferienhaus gefunden und bei der anschließenden Befragung von Ingileif erfahren hatten.

Baldur hörte aufmerksam zu. „Wir müssen sie herbringen und ihre Fingerabdrücke abnehmen. Vielleicht sind es die fehlenden Spuren vom Tatort." Er klopfte auf den Papierstapel vor sich. „Das ist also das besagte Geschäft. Was aber immer noch nicht erklärt, warum Agnar umgebracht wurde. Wir wissen, dass Steve Jubb kein Exemplar der Saga erhalten hat. In seinem Hotelzimmer war nichts zu finden."

„Er könnte es versteckt haben", warf Magnus ein. „Oder er hat es am nächsten Morgen mit der Post an Lawrence Feldman geschickt."

„Kann sein. Das Hauptpostamt liegt beim Hótel Borg direkt um die Ecke. Vielleicht erinnert sich dort jemand an ihn. Falls er es als Einschreiben versendet hat, kann man sogar die Adresse erfahren, an die es ging."

„Und wenn der Deal gar nicht zustande kam?", überlegte Magnus weiter. „Weil sie sich nicht über den Preis einigen konnten?"

„Feldman und Jubb brauchten Agnar lebend, bis sie das Original der Saga hatten." Baldur seufzte. „Morgen früh knöpfe ich mir Steve Jubb noch mal vor."

„Was ist mit Lawrence Feldman in Kalifornien?", hakte Magnus nach. „Jetzt ist es doch noch wichtiger, mit ihm zu sprechen, oder?"

„Ich habe gesagt, ich würde darüber nachdenken, und genau das werde ich auch tun", gab Baldur zurück. „Ach, und noch was, Magnus …"

„Ja?"

„Du hättest das mit der Saga melden müssen, *bevor* du zu Ingileif gefahren bist. *Ich* leite diese Ermittlung."

Magnus wollte widersprechen, doch er wusste, dass Baldur Recht hatte. „Entschuldigung", sagte er.

ALS MAGNUS an seinen Schreibtisch zurückkehrte, wartete bereits ein aufgeregter Árni auf ihn. „Ich habe Antwort von dem Elbisch-Fachmann in Australien bekommen!" Er reichte Magnus den Ausdruck der E-Mail.

> Lieber Detective Holm,
> die beiden Nachrichten, die Sie mir schickten, sind in Quenya verfasst, der geläufigsten von Tolkiens Sprachen. Die Übersetzung lautet wie folgt:
> 1. Morgen treffe ich Agnar Haraldsson. Soll ich darauf bestehen, die Geschichte zu sehen?
> 2. Habe Haraldsson getroffen. Er hat (???). Er will viel mehr Geld. 5 Millionen. Wir müssen reden.
> Anmerkung: Ich konnte keine Übersetzung für das Wort „kallisarvoinen" finden, für das ich (???) eingefügt habe.
> Es hat mich sehr gefreut, dass meine Kenntnisse von Quenya endlich von praktischem Nutzen für jemanden sind.
> Mit freundlichen Grüßen
> Barry Fletcher
> School of Languages and Linguistics
> University of New South Wales

„Also, die erste Nachricht ist ja wohl eindeutig. Und die zweite wurde um elf Uhr abends verschickt, in der Mordnacht, ja?", fragte Magnus.

„Genau. Sobald Jubb von dem Treffen mit Agnar zurück im Hotel war."

„Kein Wunder, dass er reden musste, wenn er gerade einen bewusstlos geschlagenen Menschen in den See geworfen hatte."

„Ich frage mich, was dieses *kallisar*…, oder wie das heißt, bedeutet", sagte Árni.

Magnus überlegte. „Manuskript? ‚Er hat das Manuskript' – das würde doch Sinn ergeben."

„Ich weiß nicht", meinte Árni. „Es hört sich so an, als hätte Agnar noch etwas anderes. Wofür er noch mehr Geld haben will."

Magnus seufzte. Allmählich verlor er die Geduld. „Árni! Wir wissen, dass Agnar in der Nacht gestorben ist. In der SMS steht, er habe viel mehr Geld verlangt. Deshalb brachte Jubb ihn um, und das wollte er seinem Chef beichten. So einfach ist das. Kommt bei den Drogendeals bei uns ständig vor. Los, wir zeigen das Baldur. Der will bestimmt mit Jubb darüber sprechen."

VIGDÍS fuhr die gewundene Straße nach Hruni hinauf. Sie hatte fast zwei Stunden von Reykjavík hierher gebraucht. Baldur hatte darauf bestanden, dass jeder Termin in Agnars Kalender untersucht wurde, deshalb überprüfte sie jetzt den geheimnisvollen Eintrag *Hruni* vom Montag.

Zwei oder drei Autos kamen ihr entgegen, dann fuhr sie um eine Kurve, und vor ihr lag das Tal, in das Hruni sich drückte. Wie Rannveig gesagt hatte, gab es hier nichts außer einer Kirche und dem Pfarrhaus unter einem Felsvorsprung sowie eine alte Scheune gleich daneben. Vor der Kirche waren zwei Personen, eine sehr große und eine sehr kleine, in eine angeregte Diskussion vertieft: der Pastor von Hruni und eines seiner weiblichen Gemeindemitglieder. Vigdís hielt sich im Hintergrund, bis das Gespräch beendet war und die alte Dame mit geröteten Wangen eilig zu ihrem kleinen Wagen humpelte, um davonzufahren.

Der Pastor wandte sich Vigdís zu, ein imposanter Mann mit dichtem Bart und dunklem, grau meliertem Haar. Angesichts seiner offensichtlichen Kraft erschrak Vigdís kurz, doch der Priesterkragen um seinen Hals beruhigte sie wieder. Fragend hob er die buschigen Augenbrauen. Daran war Vigdís gewöhnt.

„Vigdís Audarsdóttir, Polizei Reykjavík", stellte sie sich vor. „Können wir uns kurz unterhalten?"

„Natürlich", erwiderte er. „Komm doch mit ins Haus!" Er führte Vigdís ins Pfarrhaus und dort in sein Arbeitszimmer. „Setz dich doch! Möchtest du vielleicht einen Kaffee, mein Kind?"

„Ich bin nicht dein Kind", gab Vigdís zurück, „ich bin Polizeibeamtin. Aber danke, ich nehme gern einen Kaffee."

Sie setzte sich aufs Sofa und sah sich im Zimmer um, während sie auf die Rückkehr des Pastors wartete. Auf einem großen Schreibtisch lagen Papiere und aufgeschlagene Bücher, weitere Bücher säumten die Wände.

Der Pastor kam mit zwei Tassen Kaffee zurück und ließ sich auf einem alten Sessel nieder. „Und? Wie kann ich dir helfen?" Er lächelte, doch seine tiefliegenden schwarzen Augen blitzten Vigdís dabei herausfordernd an.

„Wir ermitteln im Todesfall von Professor Agnar Haraldsson. Er wurde am Donnerstag ermordet."

„Ich habe es in der Zeitung gelesen."

„Wir wissen, dass Agnar vor Kurzem hier in Hruni war." Vigdís schaute in ihre Aufzeichnungen. „Letzten Montag. Hat er dich besucht?"

„Ja. Er kam am Nachmittag, meine ich."

„Kanntest du Agnar?“

„Nein, ich hatte ihn nie zuvor gesehen.“

„Und worüber wollte er mit dir sprechen?“

„Über Sæmundur den Gelehrten.“

Der Name war Vigdís ein Begriff, obwohl Geschichte in der Schule nicht ihr Lieblingsfach gewesen war. „Was ist mit Sæmundur dem Gelehrten?“

Der Pastor antwortete nicht sofort. Seine dunklen Augen versuchten Vigdís zu ergründen, die allmählich bedauerte, keinen Kollegen als Begleitung mitgenommen zu haben. „Glaubst du an Gott, mein Kind?“

Sie wunderte sich über die Frage, wollte ihre Überraschung aber auf keinen Fall zeigen. „Das hat keinerlei Bedeutung für diese Ermittlung.“

Der Pastor lächelte in sich hinein. „Ich staune immer wieder, wie Beamte diese einfache Frage zu umgehen versuchen. Du hast Recht, es ist nicht unmittelbar von Bedeutung. Aber meine nächste Frage schon: Glaubst du an den Teufel, Vigdís?“

Unwillkürlich antwortete sie: „Nein.“

„Das wundert mich. Ich dachte, bei Menschen deiner Hautfarbe wäre die Vorstellung, dass es einen Teufel gibt, weit verbreitet.“

„Wenn überhaupt ein Teil in mir steckt, der abergläubisch ist, dann ist es garantiert die isländische Hälfte“, entgegnete Vigdís kühl.

Der Pastor lachte polternd. „Wohl wahr. Aber das ist kein Aberglaube, oder besser gesagt, es ist mehr als das. Der Glaube in Island ist anders als in anderen Ländern. Es gibt nichts, was mit der Schönheit der Mittagssonne vergleichbar wäre, die von einem Gletscher reflektiert wird, oder mit der Friedlichkeit eines Fjords in der Morgendämmerung. Andererseits kennen wir Isländer auch die Schrecken von Vulkanausbrüchen und Erdbeben, die öde Leere der Lavawüsten. In diesem Land kann man den Schwefel riechen.“ Er lächelte. „Gott ist hier – und der Teufel ebenso.“

Ohne es zu wollen, hörte Vigdís ihm zu. Seine ruhige, tiefe Stimme fesselte sie, nur seinen Blick fand sie beunruhigend. Plötzlich spürte sie Panik in sich aufsteigen und das Verlangen, fortzulaufen.

„Sæmundur wusste mit dem Teufel umzugehen. Der Legende nach wurde er in Paris vom Satan in die Schwarze Magie eingeführt. Er beschwatzte den Teufel sogar einmal, die Gestalt eines Seehunds anzunehmen und ihn von Frankreich nach Island zu bringen. Aber er war auch der erste Historiker Islands, ein großartiger Mann. Ich habe mein Leben der Erforschung seiner Person gewidmet. Professor Agnar wollte, dass ich ihm davon berichte.“

„Und das hast du getan?“, brachte Vigdís mit Mühe hervor.

„Natürlich nicht“, gab der Pastor zurück. „Eines Tages wird das alles veröffentlicht werden, aber der Tag liegt noch in weiter Ferne." Er lächelte wieder. „Trotzdem hat es mir gutgetan, dass endlich einmal ein Universitätsprofessor erkannte, was ein einfacher Pfarrer zur wissenschaftlichen Forschung dieses Landes beitragen kann."

„Erwähnte Agnar einen Engländer namens Steve Jubb?"

„Nein."

„Oder vielleicht eine Frau namens Ingileif Ásgrímsdóttir?"

„Oh, ich kenne Ingileif", sagte der Pastor. „Eine nette junge Frau. Aber der Professor hat nicht von ihr gesprochen, nein. Ich glaube, sie hat an der Universität Isländisch studiert, vielleicht war er ja ihr Lehrer?"

Vigdís hätte eigentlich noch ein, zwei weitere Fragen stellen müssen, doch sie konnte es kaum erwarten, das Haus zu verlassen. „Vielen Dank, dass du dir die Zeit genommen hast", sagte sie und erhob sich.

„Keine Ursache." Auch der Pastor stand auf und hielt ihr die Hand hin.

Ohne nachzudenken, ergriff Vigdís sie, und schon steckten ihre Finger wie in einem Schraubstock zwischen seinen beiden Pranken fest.

„Ich würde gern noch länger mit dir über deinen Glauben sprechen, Vigdís. Hier oben in Hruni beginnt man Gott auf eine Weise zu verstehen, wie es in der Großstadt unmöglich ist. Bleib doch noch ein bisschen!"

Seine Hände waren warm und kräftig, seine Stimme beruhigend und sein Blick bezwingend. Fast wäre Vigdís tatsächlich geblieben. Doch dann aktivierte sie tief in sich eine enorme Willenskraft, entzog dem Pastor ihre Hand und eilte aus dem Haus.

IN IHREM Schlafzimmer bewunderte Colby ihr neues Kleid im Spiegel. Sie hatte es bei Riccardi erstanden, ein kleiner Luxuskauf. Schlicht. Elegant. Edel. Die Saphir-Ohrringe, die Magnus ihr zu ihrem letzten Geburtstag geschenkt hatte, passten ausgezeichnet dazu.

Magnus. Sosehr sie sich auch bemühte, sie musste ständig an ihn denken. Wo er jetzt wohl war? In Island? Saß er tatsächlich auf diesem verregneten, gottverlassenen Felsen mitten im Nordatlantik? Es war lächerlich, dass er angenommen hatte, sie würde ihn dorthin begleiten.

Colby hatte stets gewusst, dass Magnus in einer gefährlichen Welt lebte, doch diese Welt war für sie weit weg gewesen – bis zu jenem Abend, als man auf sie geschossen hatte. Magnus hatte behauptet, sie befänden sich noch immer in Gefahr. Sie dagegen war überzeugt, dass sie sich umso sicherer fühlen konnte, je größer die Entfernung zwischen ihm und ihr war.

Natürlich war es ein Fehler gewesen, ihn zur Ehe zwingen zu wollen. Doch inzwischen war sie ganz froh, dass er sich geweigert hatte. Nicht weil sie ihn nicht mehr anziehend gefunden hätte, im Gegenteil. Sie mochte diese Mischung aus latenter Gefahr und Macht, die ihn umgab. Außerdem war er klug und ein guter Zuhörer. Das Problem war: Magnus war ein Verlierertyp und würde es immer bleiben.

Mit seinem Abschluss an der Brown University hätte er einen viel besseren Job haben können, doch er wollte nicht. Er war besessen von seiner Arbeit, musste unbedingt einen Mord nach dem anderen aufklären, auch wenn es dabei um die letzten Penner ging. Colby wusste, dass das mit seinem Vater zu tun hatte, doch das unterstrich in ihren Augen lediglich, wie schwer es sein würde, ihn zu ändern. Nein, nicht schwer. Unmöglich.

Magnus' Entschluss, seinem Vorgesetzten von dem korrupten Kollegen zu erzählen, hatte das Fass zum Überlaufen gebracht. Das war zwar ehrenwert, aber dämlich. Vermutlich würde er nicht einmal bei der Polizei die Karriereleiter hinaufklettern. Ein Verlierertyp eben.

Deshalb hatte Colby zugesagt, als der smarte, gut gekleidete Anwalt, mit dem sie vor einem Jahr schon mal zu tun gehabt hatte, sie zum Essen einlud. Er hieß Richard Rubinstein. Im Internet hatte sie herausgefunden, dass er vor Kurzem Partner einer Kanzlei im Zentrum Bostons geworden war. Was nicht zwangsläufig auf einen Staranwalt schließen ließ, aber immerhin verriet, dass er kein Verlierertyp war.

Sie würde jetzt ihren Spaß haben. Doch nicht mit Magnus' Ohrringen. Colby ersetzte sie durch ein Paar schlichter Perlen, ehe sie in den lauen Abend hinaustrat. Dass sie aus einem Auto auf der anderen Straßenseite beobachtet wurde, merkte sie nicht.

Diego musterte das Foto auf seinem Schoß. Ja, das war das Mädchen. Nach ihrer Kleidung zu urteilen, würde sie eine Weile unterwegs sein. Das gab ihm genügend Zeit, sich unbemerkt in ihr Apartment zu schleichen.

Blieb bloß noch das Problem mit dem Cop, der direkt vor dem Gebäude in seinem Streifenwagen saß. Aber wenn sich Diego auch nur ein bisschen mit Cops auskannte, dann würde der hier bestimmt bald Hunger bekommen.

Und tatsächlich: Kaum war die Frau die Straße hinunter verschwunden, wurde der Motor angelassen und der Streifenwagen fuhr los, um eine Pizza oder einen Burger zu holen, ehe die Frau zurückkam.

Diego stieg aus seinem Auto und überquerte die Straße.

MAGNUS ging zu Fuß vom Polizeipräsidium zu seiner neuen Unterkunft in Thingholt. Er genoss die Bewegung an der frischen Luft, denn sein Kopf brummte von den Ereignissen des Tages. Es war noch zu früh für ein abschließendes Urteil, aber die Übersetzung von Gauks Saga gab keinerlei

Anlass zu der Vermutung, dass es sich um eine Fälschung handeln könnte. Wenn jedoch jemand in der Lage war, eine Saga zu fälschen, dann Agnar.

Was eine andere interessante Möglichkeit ins Spiel brachte: Vielleicht hatte Steve Jubb entdeckt, dass das von Agnar für so viele Millionen Dollar angebotene Dokument eine Fälschung war, und ihn deswegen umgebracht?

Magnus war immer noch nicht überzeugt, dass Ingileif die ganze Wahrheit sagte, obwohl sie bei dem Gespräch am Nachmittag bedeutend ehrlicher gewirkt hatte. Und er musste zugeben, dass er ihre Mischung aus Verletzlichkeit und Entschlossenheit sehr anziehend fand.

„Magnús!"

Er befand sich in einer kleinen Straße unweit von Katríns Haus, ziemlich weit oben am Hang. Als er sich umdrehte, steuerte eine Frau, die ihm vage bekannt vorkam, zögernd auf ihn zu. Sie war um die vierzig, hatte kurzes rotes Haar und ein rundes Gesicht mit einem breiten Lächeln, das ihn stark an seine Mutter erinnerte. Neugierig starrte sie ihn an. „Du bist doch Magnús, oder? Magnús Ragnarsson?"

„Sigurbjörg?" Das war eher geraten, aber ihr Lächeln wurde noch breiter, also stimmte es. Sie war eine von Magnus' Cousinen mütterlicherseits, aus dem Teil seiner Verwandtschaft, dem er in Reykjavík eigentlich aus dem Weg gehen wollte.

„Wie lange haben wir uns nicht gesehen? Fünfzehn Jahre?", fragte er.

„Fast. Seit du damals nach dem Tod deines Vaters in Island warst." Sigurbjörg merkte, dass Magnus das Gesicht verzog. „Komm, wir trinken eine Tasse Kaffee, und du erzählst mir alles, ja?"

Sie gingen die Straße hinunter zu einem Café auf der Laugavegur und setzten sich neben einen Mann mit Brille, der an seinem Laptop arbeitete.

„Hast du nicht in Kanada studiert?", fragte Magnus.

„Ja, an der McGill. Als wir uns damals trafen, hatte ich gerade meinen Abschluss in Jura in der Tasche. Ich blieb dann in Island und bin jetzt Partnerin in einer Anwaltskanzlei. Außerdem habe ich mir einen Mann und drei Kinder zugelegt."

„Glückwunsch!"

„Meine Eltern leben immer noch in Toronto, mittlerweile natürlich als Rentner." Sigurbjörgs Vater war in den Siebzigerjahren nach Kanada ausgewandert und hatte dort als Bauingenieur gearbeitet. Wie Magnus war Sigurbjörg in Island geboren, hatte aber den Großteil ihrer Kindheit in Nordamerika verbracht. „Und du? Seit wann bist du hier?"

„Erst seit zwei Tagen", erwiderte Magnus. „Ich lebe immer noch in Boston und arbeite dort bei der Mordkommission. Vor Kurzem erhielt mein

Vorgesetzter einen Anruf, der Polizeichef von Island suche jemanden, der rüberkommt und hier aushilft. Ich wurde dazu verdonnert."

„Verdonnert? Wolltest du denn nicht herkommen?"

„Sagen wir, ich hatte gemischte Gefühle."

„Wegen deines letzten Besuchs?" Sigurbjörg nickte verständnisvoll. „Das muss hart für dich gewesen sein, so kurz nach dem Tod deines Vaters. Großvater hat sich damals unmöglich benommen."

„Ja, es war hart. Ich war zwanzig und hatte beide Eltern verloren, das machte mir ordentlich zu schaffen. Ich trank zu viel Alkohol, fühlte mich einsam und verlassen." Magnus warf Sigurbjörg einen Seitenblick zu. Sie war die Einzige aus seiner Verwandtschaft, die in jenen furchtbaren Tagen Mitgefühl gezeigt hatte. Von allen hatte er sich ihr am nächsten gefühlt. Magnus wollte reden.

„Ich brauchte eine Familie, mehr als nur meinen Bruder Óli. Immerhin hatte ich ein paar Jahre bei Großvater und Großmutter gelebt, deshalb dachte ich, sie würden mich nach allem, was geschehen war, willkommen heißen. Stattdessen lehnten sie mich ab. Schlimmer noch, sie gaben mir das Gefühl, ich sei schuld am Tod meiner Mutter." Magnus' Miene verhärtete sich. „Großvater meinte, mein Vater sei der schlechteste Mann, den er je gekannt habe, er sei froh, dass er tot sei. Das beschwor in mir das ganze Elend jener letzten Jahre herauf, bevor Dad mich mit nach Amerika nahm. Du weißt, dass meine Mutter Alkoholikerin war? Deshalb hatte Dad sie verlassen."

„Aber nein", widersprach Sigurbjörg. „Sie fing doch erst zu trinken an, als sie von seiner Affäre erfuhr. Damit nahm alles seinen Anfang – dass dein Vater ging, dass sie ihre Arbeit verlor. Und dann der schreckliche Autounfall. Großvater gibt deinem Vater die Schuld an allem, bis heute."

Lautstark nahmen zwei Männer und eine Frau den Nebentisch in Beschlag und begannen über eine Fernsehsendung zu diskutieren, die sie am Vorabend gesehen hatten. Magnus beachtete sie nicht. Er starrte ins Leere.

„Was für eine Affäre?"

„Ach, herrje, du hast nichts davon gewusst? Vergiss, was ich gesagt habe." Sigurbjörg wollte aufstehen. „Ich muss los."

Magnus griff nach ihrer Hand. „Was für eine Affäre?"

Sie setzte sich wieder und schluckte. „Dein Vater hatte ein Verhältnis mit der besten Freundin deiner Mutter. Sie bekam es heraus, die beiden hatten einen furchtbaren Streit, deine Mutter fing an zu trinken."

„Bist du sicher, dass das stimmt?"

„Nein, ich nehme es nur an", sagte Sigurbjörg. „Es muss wohl noch andere Probleme gegeben haben. Ich mochte deine Mutter wirklich gern, aber sie war schon immer ein bisschen überdreht. Na ja, kein Wunder, bei den

Eltern." Sie legte ihre Hand auf seine. „Aber jetzt muss ich wirklich los. Ich verspreche dir, dass ich den Großeltern nicht verrate, dass du hier bist."

Mit diesen Worten eilte sie davon.

GEDANKENVERLOREN starrte Magnus auf seine Kaffeetasse, die noch zu einem Viertel gefüllt war. Er musste etwas trinken. Etwas Alkoholisches.

Es war nicht weit bis zum Grand Rokk, der Kneipe, wo er am Vorabend gewesen war. Magnus bestellte ein Thule und zum Nachspülen den gleichen Schnaps, wie ihn die anderen Gäste an der Theke tranken. Er schmeckte nach Kümmel, war süß und stark, aber in Ordnung, wenn man ihn mit dem Bier zusammen hinunterschluckte.

Sigurbjörg hatte soeben sein Weltbild auf den Kopf gestellt, seine ganze Lebensgeschichte. Wer er war, wer seine Eltern waren, wer Recht hatte und wer nicht, das alles stimmte plötzlich nicht mehr.

Seine Mutter hatte den Vater vertrieben, hatte durch ihre Trinkerei Magnus vernachlässigt und ihn mit ihrem Selbstmord verlassen. Ragnar hatte seine Söhne heldenhaft gerettet, bis er grausam ermordet wurde, wahrscheinlich von der bösen Stiefmutter. Das war die Geschichte von Magnus' Kindheit. Das hatte ihn zu dem gemacht, der er war.

Und jetzt sollte das alles nicht mehr wahr sein?

Noch ein Bier, noch einen Schnaps.

Magnus hatte seinen Vater immer dafür bewundert, dass er der Mutter keine Vorwürfe wegen des Chaos gemacht hatte, in das sie ihrer aller Leben gestürzt hatte. Doch das lag gar nicht an Ragnars Edelmut, sondern daran, dass er selbst einen Teil der Schuld trug. Oder die ganze Schuld?

Magnus wusste es nicht. Er würde es nie erfahren. Fest stand nur, dass sein Vater anders gewesen war, als er geglaubt hatte. Nicht ehrenhaft, sondern ein Ehebrecher. Welche Vergehen hatte er sonst noch verheimlicht vor seinen Söhnen? Oder vor seiner Frau?

Magnus warf dem Barkeeper mit dem rasierten Schädel einen Blick zu und tippte an sein leeres Glas, das prompt aufgefüllt wurde. Allmählich war sein Kopf angenehm benebelt, aber er wollte nicht aufhören, noch lange nicht. Heute würde er so lange trinken, bis es wehtat.

Noch ein Bier. Und einen Schnaps. Zwei Schnäpse. Wie viele Schnäpse waren es insgesamt? Wie viele Biere? Er hatte keine Ahnung.

Irgendwann war es an der Zeit, zu gehen. Der Raum drehte sich heftig um Magnus. Mannomann, war er betrunken! So schlimm war er schon lange nicht mehr abgestürzt. Doch es fühlte sich gut an.

Er marschierte aus der Kneipe und streckte sich in der kalten Nachtluft.

Es war weit nach Mitternacht. Der Himmel war klar, über ihm blinkten eisige Sterne. Er mochte Reykjavík. Es war eine unschuldige kleine Stadt, und er würde seinen Teil dazu beitragen, dass es so blieb.

Als Magnus die Straße hinauf nach Hause wankte, sah er in einer Seitengasse drei Männer. Ein allzu vertrautes Bild. Drogenhändler in seiner Spielzeugstadt! Na, denen würde er Bescheid geben.

„Hey!“, rief er und torkelte auf die drei zu. „Hey! Was macht ihr da?“

Der Drogenverkäufer war klein und dunkelhaarig, vermutlich kein Isländer. Der Käufer war größer, drahtig und trug eine Wollmütze. Er hatte einen Freund dabei, einen hochgewachsenen, breiten nordischen Typ, noch größer als Magnus, mit kurzem blondem Haar und blondem Ziegenbart.

„Was geht dich das an?“, erwiderte der Drogendealer auf Englisch.

„Gib das Zeug her!“, sagte Magnus und hielt ihm fordernd die Hand hin. „Ich bin von der Polizei.“

„Verpiss dich!“, zischte der Dealer.

Mit einem einzigen Schlag gegen den Kiefer knockte Magnus ihn aus. Da stürzte sich der nordische Brocken auf ihn und wollte ihn zu Boden werfen, doch Magnus konnte ihn abschütteln und zwei gezielte Treffer setzen. Dann drehte er dem Riesen den Arm auf den Rücken. „Du bist verhaftet!“, rief er.

Der Dealer lag stöhnend am Boden. Der Typ mit der Wollmütze beschloss, sich aus dem Staub zu machen.

„Lass mich los, verdammt noch mal!“, knurrte der Kleiderschrank auf Isländisch, fuhr herum und warf sich rückwärts gegen die Mauer, wobei er Magnus hinter sich einquetschte. Der ließ den Arm seines Kontrahenten los, der Riese schnellte herum und boxte ihn in den Bauch. Dem nächsten Schlag konnte Magnus ausweichen und gleich darauf einen Aufwärtshaken landen. Der Riese taumelte. Noch ein Treffer, und er ging zu Boden.

Magnus sah auf den Dealer hinunter, der sich gerade aufrappelte. „Du bist auch verhaftet.“ Doch in dem Moment begann sich die Gasse zu drehen. Magnus schwankte und stolperte. Als der Dealer seinen Zustand bemerkte, verpasste er ihm grinsend eine Ohrfeige, und Magnus ging zu Boden.

Eine Weile lag er auf dem kalten Asphalt. Sekunden? Minuten? Er wusste es nicht. Dann hörte er Sirenen. Hilfe nahte. Gut so.

Unsanft wurde er hochgezogen, von einem Mann, der die Uniform der Polizei von Reykjavík trug.

„Sie sind da runter“, lallte Magnus auf Englisch und wies in eine unbestimmte Richtung.

„Komm mit!“, forderte der Uniformierte und zog ihn zu dem Wagen mit dem Blaulicht hinüber.

„Ich bin Polizist", sagte Magnus. „Hier, ich zeige dir meinen Ausweis."
„Komm mit!", wiederholte der Streifenbeamte.
Da erbrach sich Magnus auf die Schuhe des Kollegen.

Als Diego das Licht einschaltete, erstarrten die beiden nackten Menschen, die sich auf dem Bett wälzten. Aber nur kurz. Dann glitt der Mann von der Frau herunter und setzte sich auf, alles in einer geschmeidigen Bewegung. Die Frau öffnete den Mund und wollte schreien, besann sich aber eines Besseren, als sie die Waffe in Diegos Hand entdeckte.

Diego grinste. Die Sache war reichlich komisch. Er hatte sich im Wohnzimmer in einen Sessel gesetzt und mit der Waffe in der Hand geduldig den ganzen Abend im Dunkeln gewartet. Als schließlich zwei Personen in die Wohnung gekommen waren, rührte sich Diego nicht vom Fleck. Er wollte die beiden überraschen, wenn sie sich umdrehten, doch dazu kam es gar nicht. Der Kerl stürzte sich sofort auf die Frau, und sie führte ihn schnurstracks ins Schlafzimmer, ohne dass einer der beiden den Eindringling entdeckte.

Diego beschloss zu warten, bis sie die Klamotten ausgezogen hatten. Je wehrloser sie waren, umso besser für ihn. Dann war er durch die geöffnete Tür ins Schlafzimmer geschlichen und hatte den beiden im schwachen Widerschein der Straßenlaternen eine Weile zugeschaut. Jetzt saßen sie da und blinzelten ins grelle Licht der Deckenleuchte.

„Du da!" Diego wies mit dem Revolver auf den Mann. „Ab ins Badezimmer! Los! Und wenn ich auch nur einen Mucks höre, komm ich da rein und durchlöchre dir deinen mageren Arsch!"

Der Typ brauchte keine weitere Aufforderung. Wie der Blitz schoss er aus dem Bett ins Bad und schloss die Tür.

Diego ging auf die Frau zu, packte sie mit der einen Hand an den Haaren und drückte ihr mit der anderen den Revolver in den Mund.

„Wo ist Magnus?"

„Wer?" Die Frau war kaum zu verstehen.

„Magnus Jonson, dein Freund." Er grinste. „Oder *einer* deiner Freunde."

„Ich … ich weiß es nicht."

Diego drückte ab. *Klick.* Ein erstickter Schluchzer von Colby.

Dann erklärte er ihr seine Version des russischen Roulettes. Das machte er unheimlich gern. Er weidete sich an der Angst seiner Opfer.

„Also, ich frag dich noch mal: Wo ist Magnus?"

„Ich weiß es nicht", nuschelte Colby verzweifelt. „Ich schwöre! Er meinte, er würde wegfahren und könne mir nicht sagen wohin."

„Hast du eine Vermutung?"

Colby schüttelte den Kopf, doch Diego spürte, wie ihr Widerstand schwächer wurde.

„Du hast sehr wohl eine Vermutung, stimmt's?"

„N…nein. Wirklich nicht."

„Tja, leider glaub ich dir nicht." Er drückte ab. *Klick.*

„O Gott." Colby sackte nach hinten und schluchzte mit dem Revolverlauf im Mund.

„Du hast also eine Vermutung. Gut. Dann werde ich jetzt mal raten. Ist er noch im Land?"

„Nein."

„Reden wir von Mexiko?"

Kopfschütteln.

„Kanada?"

Wieder Kopfschütteln.

Diego fand richtig Spaß an der Sache. „Ist es dort heiß oder kalt?"

Keine Antwort. Diego drückte erneut den Abzug durch. *Klick.*

„Kalt. Da ist es kalt."

„Braves Mädchen. Aber ich geb auf. Mit Erdkunde kenn ich mich nicht aus. Wo ist er?" Wieder ein Klicken.

Das Spiel war ein wenig ungerecht. Colby hatte natürlich keine Ahnung, in welcher Kammer sich die Kugel befand. Nur Diego wusste, dass sie in der letzten war. Es wäre wirklich zu schade, wenn er ihr das Hirn rauspusten würde, bevor er die gewünschte Antwort bekommen hatte.

„Okay, okay, er ist in Schweden. Ich weiß nicht, wo genau. Vermutlich in Stockholm. In Schweden."

„MACHST du so was öfter?"

Magnus hatte Schwierigkeiten, sich auf das zornrote Gesicht des Polizeichefs zu konzentrieren. Sein Mund war trocken, sein Kopf brummte.

„Es tut mir leid, Sir." Zum Teufel mit der isländischen Lässigkeit! Snorri Gudmundsson war sein oberster Vorgesetzter. „Es ist Jahre her, dass ich so betrunken war."

„Warum hast du es dann getan?"

„Ich hatte eine schlechte Nachricht erhalten", erklärte Magnus. „Wird nicht wieder vorkommen."

„Das will ich hoffen", sagte der Polizeichef. „Ich habe eine wichtige Aufgabe für dich vorgesehen, das setzt voraus, dass meine Beamten dich respektieren. Innerhalb von drei Tagen hast du es geschafft, dich zum Gespött der gesamten Mannschaft zu machen."

Magnus erinnerte sich nur verschwommen an die Ereignisse der vorigen Nacht, doch das Gelächter hatte er noch im Gedächtnis. Der wachhabende Beamte hatte bereits von dem neuen Star-Detective aus Amerika gehört und fand es höchst komisch, dass ausgerechnet der jetzt in der Ausnüchterungszelle lag. Auch die Streifenpolizisten, die ihn festgenommen hatten, feixten. Und die übrigen uniformierten Kollegen nach Dienstschluss. Und die aus der nächsten Schicht.

Sie waren so nett gewesen, ihn nach Hause zu bringen, und er konnte sich noch vage erinnern, dass Katrín ihm die Sachen ausgezogen und ihn ins Bett gesteckt hatte. Als er ein paar Stunden später aufgewacht war, hatte er das Gefühl gehabt, sein Kopf würde platzen. Um zehn schleppte er sich zum Dienst. Die Kollegen grinsten und flüsterten miteinander, als er sich an seinen Schreibtisch setzte. Keine Minute später stand Baldur vor ihm und sagte, er solle auf der Stelle zum Chef kommen.

„Es tut mir sehr leid, dass ich dich enttäuscht habe", wiederholte Magnus. „Ich weiß wirklich zu schätzen, was du hier für mich getan hast, und ich kann euch mit Sicherheit helfen."

Der Polizeichef brummte. „Wie läuft der Fall Agnar Haraldsson? Ich habe gehört, es wurde eine Saga gefunden. Ist sie echt?"

„Schon möglich, ein Experte befasst sich gerade damit. Sieht so aus, als wollte der Engländer, Steve Jubb, sie Agnar abkaufen. Es gab Schwierigkeiten, sie stritten sich, und Jubb brachte ihn um."

„Er schweigt sich aber immer noch aus, oder?"

„Ja. Aber es gibt einen gewissen Lawrence Feldman, der im Internet den Decknamen Isildur benutzt. Der scheint das Geschäft finanziert zu haben. Wir wissen, wo er wohnt. Wenn ich ihn unter Druck setzen könnte, würde er mit Sicherheit auspacken."

„Und warum tust du es nicht?"

„Weil er in Kalifornien lebt. Baldur will es nicht genehmigen."

Der Polizeichef nickte nur. „Enttäusch mich nicht noch einmal! Sonst schicke ich dich postwendend nach Boston zurück und kümmere mich nicht mehr darum, wer da was von dir will."

INGILEIF beobachtete, wie Professor Moritz vorsichtig den Umschlag mit den Pergamentfragmenten nach draußen trug, während seine Kollegin den größeren Band aus dem 17. Jahrhundert mitnahm. Zwei uniformierte Polizeibeamte und der junge Kommissar namens Árni scharwenzelten um die beiden herum. Nathan Moritz war Amerikaner und von der Universität Michigan für zwei Jahre an die Universität von Island ausgeliehen worden.

Ingileif hatte erwartet, dass sie erleichtert sein würde, doch sie war es nicht. Sie ertrank fast in ihren Schuldgefühlen. Das Geheimnis, das ihre Familie seit so vielen Generationen bewahrt hatte, wurde soeben zur Tür hinausgetragen. Es war bestimmt nicht leicht gewesen, die Existenz der Saga vor der weitverzweigten Verwandtschaft, vor Nachbarn und angeheirateten Familienmitgliedern zu verheimlichen, aber sie hatten es geschafft. Vor allem hatten ihre Vorfahren die Saga nicht verkauft, nicht einmal als sie unter unvorstellbarer Armut litten und während Hungersnot. Was gab ihr das Recht, die Saga jetzt in Geld umzusetzen?

Sie sah sich in der Galerie um. Die ausgestellten Objekte – Vasen, Taschen aus Fischhaut, Kerzenhalter, gemalte Landschaften – waren wirklich schön. Aber waren sie tatsächlich so wichtig? Bis zu Agnars Tod war die Galerie das Wichtigste in Ingileifs Leben gewesen. Jetzt war ihr klar, wie falsch sie mit ihrer Einschätzung gelegen hatte.

Die Galerie war auch deshalb pleite, weil Ingileif die Geschäftssituation falsch eingeschätzt hatte. Sicher machte die *kreppa* alles noch schlimmer, doch sie hätte Nordidea niemals vertrauen dürfen. Ingileif trug die Schuld und hätte die Konsequenzen ziehen müssen.

Der Professor und die Polizisten stiegen in ihre Wagen und fuhren davon. Ingileif fühlte sich plötzlich eingesperrt in der kleinen Galerie. Sie schnappte sich ihre Tasche und schloss die Tür hinter sich zu. Es war ihr egal, ob ihr an diesem Vormittag das eine oder andere Geschäft entging.

Während sie zur Bucht hinunterlief, drehten sich ihre Gedanken unablässig im Kreis. Bald erreichte sie das Wasser und nahm den Radweg am Ufer entlang. Die vom Meer hereinstreichende Brise kühlte ihr Gesicht.

Ihr war klar, dass sie mit Pétur sprechen sollte, aber sie konnte sich einfach nicht dazu durchringen. Voller Inbrunst hatte ihr Bruder die Saga für das gehasst, was sie seiner Meinung nach ihrem Vater angetan hatte. Dennoch war er überzeugt, dass der Verkauf ein Fehler wäre. Erst als Ingileif ihm versicherte, dass bei dem von Agnar vermittelten Geschäft das Geheimnis nicht verraten würde, hatte Pétur widerwillig zugestimmt.

Jetzt war der arme Aggi ermordet worden, und sie selbst hatte dummerweise versucht, die Existenz der Saga vor der Polizei zu verheimlichen. Das hätte niemals funktioniert. Und doch verheimlichte sie immer noch etwas.

Ihr Blick fiel auf ihre Handtasche, in die sie den Brief geschoben hatte, kurz bevor die Polizei kam und die Saga mitnahm. Den anderen Brief. Sie musste an den großen rothaarigen Kommissar mit dem amerikanischen Akzent denken. Er wollte Agnars Mörder finden, und sie besaß Informationen, die ihm sicherlich helfen würden. Es war viel zu spät, um weiter den Mund zu halten.

Vor dem Höfdi-Haus blieb sie stehen. In dem eleganten Herrenhaus mit der weißen Holzfassade hatten sich Gorbatschow und Reagan getroffen, als Ingileif sechs Jahre alt war. Sie kramte die Telefonnummer des Kommissars aus der Handtasche und tippte die Ziffern in ihr Handy.

COLBY wartete auf dem Bürgersteig darauf, dass die Bank öffnete. Sie marschierte direkt zum Kassierer, kam als Erste an die Reihe und hob zwölftausend Dollar von ihrem Konto ab. Dann fuhr sie zu einem Laden für Campingzubehör und kaufte sich ihre Ausrüstung zusammen.

Als der Mann mit der Waffe ihr Apartment verlassen hatte, war sie zu verängstigt gewesen, um zu schreien. Richard war keine große Hilfe gewesen: Er kam aus dem Badezimmer gehuscht und murmelte vor sich hin, seine Anwaltskarriere sei ihm viel zu wichtig, um etwas mit Gangstern zu tun zu haben; Colby solle sich ihre Freunde besser aussuchen. Teilnahmslos hatte sie zugesehen, wie er hastig in seine Klamotten schlüpfte und verschwand.

Sie war froh, dass sie dem Gangster nichts von Island gesagt hatte. Vor lauter Angst hätte sie Magnus beinahe verraten. Zum Glück war ihr in letzter Sekunde Schweden eingefallen, und der Schlägertyp hatte ihr geglaubt, davon war sie überzeugt. Sie hoffte bloß, dass er und seine Freunde eine Weile brauchten, um den Fehler zu entdecken, denn dann wäre sie nicht mehr da.

Vom Campingladen fuhr sie in den Supermarkt und dann, den Kofferraum voller Vorräte, nach Westen. Irgendwann würde sie nach Norden abbiegen, Richtung Maine oder New Hampshire, und dort in der Natur abtauchen. Aber zuerst musste sie noch etwas erledigen.

Sie fuhr von der Interstate ab und fand ein Internetcafé. Die erste E-Mail ging an ihren Chef. Sie schrieb, dass sie nicht zur Arbeit kommen werde und es nicht erklären könne, doch er solle sich keine Sorgen machen. Die zweite Mail war für ihre Mutter bestimmt und hatte in etwa denselben Inhalt. Die dritte E-Mail ging an Magnus.

6 Es waren höchstens zehn Minuten Fußweg vom Polizeipräsidium zum Höfdi-Haus, wo Ingileif sich mit Magnus treffen wollte. Magnus ging es ein wenig besser, aber er musste sich stark zusammenreißen, um einen klaren Kopf zu bekommen. Die Geschichte von der Untreue seines Vaters hatte irgendetwas tief in ihm aus dem Gleichgewicht gebracht. Sich voll auf den Agnar-Fall zu konzentrieren könnte da hilfreich sein.

Eine einsame Gestalt hockte auf der niedrigen Mauer neben dem weißen Gebäude. „Danke, dass du gekommen bist“, sagte Ingileif.

„Nichts zu danken“, erwiderte Magnus. „Dafür habe ich dir meine Nummer ja gegeben.“

Er setzte sich neben sie, beide schauten auf die Bucht hinaus. Eine stetige Brise trieb kleine Wolken über den blassblauen Himmel, Schatten huschten über das glitzernde graue Wasser. Ingileif wirkte nervös. Kerzengerade saß sie auf dem Mäuerchen, ihre gerunzelte Stirn vertiefte die Kerbe über ihrer Augenbraue. Sie sah aus wie viele junge Frauen in Reykjavík: schlank, blond, hohe Wangenknochen. Gleichzeitig hatte sie etwas an sich, das sie von den anderen unterschied, eine Entschlossenheit, die Magnus anziehend fand. Im Moment jedoch schien sie mit sich selbst zu kämpfen, ob sie ihm etwas Bestimmtes erzählen sollte oder nicht. Schweigend saß er neben ihr und wartete.

Endlich begann sie zu sprechen. „Weißt du, dass es hier spukt?“

„Wo? Im Höfdi-Haus?“ Magnus schaute sich zu dem eleganten weißen Gebäude um, das mitten auf einer großen Rasenfläche stand.

„Ja. Dort geht der Geist eines jungen Mädchens um, das sich vergiftet hat, als sie wegen Inzest mit ihrem Bruder verurteilt wurde. Sie jagt den Bewohnern immer wieder eine Heidenangst ein.“

„Die Isländer sollten allmählich lernen, in Bezug auf Geister etwas unerschrockener zu sein“, meinte Magnus.

„Nicht nur die Isländer. Früher war hier das britische Konsulat untergebracht. Der Konsul hatte solche Angst, dass er das Außenministerium bat, mit seiner Behörde umziehen zu dürfen. Angeblich macht das Mädchen ständig das Licht an und aus.“ Ingileif seufzte. „Sie tut mir ziemlich leid.“

Magnus meinte, ein Beben in ihrer Stimme zu hören. Sonderbar.

„Und darüber wolltest du mit mir sprechen?“, fragte er.

„Nein, nein.“ Ingileif lächelte schwach. „Ich wollte dir etwas zeigen.“ Sie wühlte in ihrer Tasche und holte einen vergilbten Umschlag hervor, den sie Magnus reichte. „Ich hätte ihn dir schon gestern geben sollen.“

Magnus öffnete den Umschlag, nahm einen Briefbogen heraus und las:

> Merton College, Oxford
> 12. Oktober 1948
> Lieber Högni Ísildarson,
> vielen Dank für Ihren Brief. Was für eine unglaubliche Geschichte! Am erstaunlichsten fand ich die Sache mit der Runeninschrift „Der Ring des Andwari“. Wie gern hätte ich mir den Ring angeschaut, ihn berührt. Aber ich glaube, Sie haben gut daran getan, ihn in sein Versteck zurückzubringen. Wenn das nicht möglich gewesen wäre, hätte man ihn auf die Hekla tragen und hineinwerfen müssen! Es wäre völlig falsch, seinen bösen Zauber für wissenschaftliche Zwecke zu bewahren.

Nachdem Gauks Hof unter dem Ascheberg entdeckt wurde, erscheint mir die Saga noch viel glaubwürdiger als zuvor. Aber machen Sie sich bitte keine Sorgen – ich werde niemandem von Ihrer Entdeckung erzählen.

Nach zehn Jahren Schinderei habe ich „Der Herr der Ringe" nun endlich fertiggestellt. Es ist ein weit ausgreifender Roman geworden, auf den ich sehr stolz bin. In diesen Zeiten, wo es so wenig Papier gibt, wird es schwer werden, ihn zu drucken, aber mein Verleger ist begeistert. Wenn das Buch, wie ich hoffe, irgendwann erscheint, werde ich Ihnen natürlich ein Exemplar zukommen lassen.

Mit den besten Wünschen und herzlichen Grüßen
J. R. R. Tolkien

„Hier steht, dein Großvater hätte den Ring gefunden", sagte Magnus.

Ingileif nickte. „Stimmt."

Magnus schüttelte den Kopf. „Das ist unglaublich."

Ingileif seufzte. „Nein, ist es nicht. Es erklärt alles."

„Was denn genau?"

Ingileif schaute aufs Meer hinaus. Magnus sah, dass sie mit ihren Gefühlen kämpfte. „Ich habe dir doch erzählt, dass mein Vater starb, als ich zwölf war …" Sie überlegte kurz. „Er war auf der Suche nach dem Ring. Ich habe nie verstanden, wie ein so gebildeter Mensch derart überzeugt sein konnte, dass der Ring existiert. Aber er wusste es einfach. Sein Vater muss es ihm erzählt haben."

„Doch wo genau der Ring versteckt ist, hat er ihm nicht gesagt?"

„Offenbar nicht. Mein Vater begann sofort nach dem Tod meines Großvaters mit der Suche. Er verbrachte ganze Tage im Thjórsá-Tal und der Umgebung, durchkämmte das Gelände bei jeder Witterung. Und eines Tages kehrte er nicht mehr zurück." Ingileif biss sich auf die Lippe.

„Wann hast du diesen Brief gefunden?", wollte Magnus wissen.

„Erst vor Kurzem. Agnar hatte den ersten Brief von Tolkien gelesen und mich gebeten, nach weiteren Beweisen zu suchen. Deshalb bin ich nach Fludir gefahren und habe die Unterlagen meines Vaters durchgesehen. Als ich Agnar von dem zweiten Brief erzählte, kam er selbst nach Fludir und traf sich dort mit mir, um sich den Brief anzuschauen."

Magnus holte sein Notizbuch hervor. „Wann war das?"

„Letzte Woche Sonntag." Ingileif rechnete kurz nach. „Am Neunzehnten."

„Vier Tage vor seinem Tod", bemerkte Magnus. Ihm fiel Steve Jubbs SMS ein, in der stand, Agnar wolle fünf Millionen, weil er *kallisarvoinen* habe. Ob damit der zweite Tolkien-Brief gemeint war? Oder der Ring?

„Hast du irgendeine Idee, wo der Ring sein könnte?"

Ingileif schüttelte den Kopf. „Nein. In der Saga steht ja, der Ring sei in einer kleinen Höhle, die von einem Hund bewacht wird. Es gibt alle möglichen seltsam anmutenden Lavaformationen, die man aus einem bestimmten Blickwinkel für einen Hund halten könnte. Ich gehe davon aus, dass mein Großvater die Stelle gefunden hat, aber mein Vater nicht."

„Und Agnar? Hatte der eine Idee, wo es sein könnte?"

Erneut schüttelte Ingileif den Kopf. „Nein. Er hat mich natürlich auch danach gefragt."

„Deiner Meinung nach ist der Ring also immer noch in irgendeiner kleinen Höhle versteckt?"

Ingileif nickte. „Aber du glaubst mir immer noch nicht, oder?"

Magnus betrachtete die akkurate Schrift auf dem Briefbogen. Die Vorstellung, dass der Ring aus Gauks Saga noch existierte, war äußerst verlockend. Aber er konnte nicht einmal sicher sein, dass die Saga als solche echt war. Und selbst wenn es irgendwann einen goldenen Ring gegeben hätte, so wäre er jetzt entweder unter Tonnen von Vulkanasche begraben oder längst von einem armen Hirten gefunden und verkauft worden.

Im Grunde war es jedoch unwesentlich, was Magnus dachte; ausschlaggebend war, was Agnar, Steve Jubb und Isildur geglaubt hatten. Denn wenn sich einem wahren „Herr der Ringe"-Fan die Chance eröffnete, den Ring in seinen Besitz zu bringen – den Einen Ring –, dann mochte er versucht sein, dafür zu töten.

„Ich weiß nicht, was ich denken soll", sagte Magnus. „Es wäre natürlich besser gewesen, wenn du gleich damit herausgerückt wärst."

Ingileif seufzte. „Es wäre am besten gewesen, wenn ich die verfluchte Saga gar nie aus meinem Safe geholt hätte."

Die Kantine war fast voll besetzt. Officer Pattie Lenahan sah sich nach einem bekannten Gesicht um und erblickte Shannon Kraychyk von der Verkehrspolizei allein an einem Tisch hinten im Raum, neben einer Gruppe von Freaks aus der Computerabteilung. Pattie trug ihr Tablett hinüber.

„Wie geht's, Shannon?"

„Gut. Mal abgesehen von meinem bescheuerten Sergeant, der mir ständig auf den Füßen steht, weil wir unsere Quote in diesem Monat noch nicht erfüllt haben. Was soll ich denn bitte schön tun, wenn die Bürger von Boston plötzlich beschließen, das Tempolimit einzuhalten?"

Pattie und Shannon machten eine Weile ihrer Unzufriedenheit Luft, dann entschuldigte sich Shannon und ließ Pattie mit dem Rest ihres Salats allein.

Die Computerfreaks unterhielten sich mittlerweile über einen Fall aus dem letzten Jahr. Pattie konnte sich noch gut daran erinnern. Es ging um eine

Frau in Brookline, die von ihrem Nachbarn entführt worden war; einige Wochen hatte der Fall die Gespräche auf der Dienststelle beherrscht.

„Jonson habe ich auch schon länger nicht mehr gesehen“, bemerkte einer der Computertechniker.

„Weißt du das nicht? Er ist untergetaucht. Wird als Zeuge im Lenahan-Fall auftreten.“

„Soll das heißen, er ist im Zeugenschutzprogramm?“

„Glaub schon.“

„Ich hab aber erst neulich von ihm gehört.“

Pattie musterte den Sprecher kurz: ein kleiner chinesischstämmiger Mann, der sehr schnell redete. „Er hat mir eine Mail geschickt und mich gebeten, einen E-Mail-Header für ihn zu prüfen. Wie damals im Brookline-Fall.“

„Und? Konntest du ihm helfen?“

„Klar. War keine große Sache. Ging um einen Typen aus Kalifornien.“

Das Gespräch plätscherte dahin, während Pattie ihren Salat aufaß. Sie holte sich noch einen Becher Kaffee, den sie mit ins Großraumbüro nahm.

Die Verhaftung von Onkel Sean hatte für großen Aufruhr in der Verwandtschaft gesorgt. Kein Wunder: In Patties Familie waren seit drei Generationen alle bei der Polizei, und keiner von ihnen war ein schlechter Cop, schon gar nicht Onkel Sean. Pattie kannte Magnus Jonson nicht persönlich; doch wenn sie eines wusste, dann, dass man niemals einen Kollegen verpfiff. Niemals.

Besser, sie erzählte ihrem Vater, was sie gerade gehört hatte.

DER LÄRM war ohrenbetäubend. Magnus und Árni saßen am hinteren Ende des langen, niedrigen Kellerraums und hörten sich eine unbegabte Jugendband an, die eine sonderbare Mischung aus Reggae und Rap mit ganz eigener isländischer Note spielte. Vielleicht originell, aber es tat in den Ohren weh. Vor allem Magnus, dem immer noch sein Kater zu schaffen machte.

Er war auf die Dienststelle zurückgekehrt, um Baldur von seinem Gespräch mit Ingileif zu berichten. Der Inspektor teilte seine Zweifel, ob der Ring aus der Saga tatsächlich existierte, aber er konnte auch nachvollziehen, dass allein die Vorstellung, es sei so, bei Steve Jubb, Isildur und Agnar kriminelle Energien geweckt haben mochte.

Baldur hatte einen seiner Mitarbeiter nach Yorkshire geschickt, um Jubbs Wohnung und seinen Computer unter die Lupe zu nehmen. Sie hatten allerdings Schwierigkeiten, von den britischen Behörden einen Durchsuchungsbeschluss zu bekommen. Wie aus dem Nichts war aus London ein Staranwalt aufgetaucht, der alle möglichen Einwände erhob – ein weiterer Hinweis, dass hinter diesem Fall ganz großes Geld steckte.

„Liegt dir die Musik, Árni?“, fragte Magnus und war erleichtert, als Árni ihn nur entgeistert ansah. Wenigstens hatte der Junge Geschmack.

Dann legte die Band eine Pause ein. Stille, endlich Stille.

Pétur Ásgrímsson erhob sich von seinem Stuhl und ging ein paar Schritte auf die Band zu. „Danke, aber das ist nichts“, sagte er. „Meldet euch nächstes Jahr noch mal, wenn ihr euren Sound ein bisschen verfeinert habt.“

Er wandte sich zu seinen Besuchern um, ein großer, eindrucksvoller Mann mit schlanker Figur, breiten Schultern und hohen Wangenknochen wie Ingileif. Sein glatt rasierter Schädel wölbte sich über dem langen, schmalen Gesicht; die intelligenten grauen Augen musterten die beiden Polizisten.

„Ihr wollt mit mir über Agnar Haraldsson reden, nehme ich an?“

„Wundert dich das?“, fragte Magnus.

„Nein, ich habe längst mit euch gerechnet.“ Die Antwort enthielt einen leichten Tadel. Als wollte er ihnen vorwerfen, sie seien zu langsam.

„Du wusstest, dass Ingileif versucht hat, mit Agnars Hilfe Gauks Saga zu verkaufen, oder?“

Pétur nickte. „Ich war alles andere als erfreut darüber.“

„Hast du Agnar mal kennen gelernt?“

„Nein. Ich wollte damit nichts zu tun haben.“

„Aber du hattest nichts gegen deinen Anteil am Verkaufserlös?“, warf Árni ein.

„Nein“, sagte Pétur schlicht und sah sich in seinem Nachtklub um. „Die Zeiten sind hart, die Banken machen Schwierigkeiten. Ich hab mir zu viel Geld geliehen, so wie alle.“

„Ist das dein einziger Klub?“ Sie befanden sich im „Neon“ auf der Austurstræti, einer kurzen Einkaufsstraße im Stadtzentrum.

„Mein dritter“, antwortete Pétur. „Mit dem ‚Theme‘ auf der Laugavegur habe ich angefangen.“

„Sorry, das kenne ich nicht“, sagte Magnus. „Ich bin lange nicht in Island gewesen.“

„Ich dachte mir schon, dass du Amerikaner bist. Man hört es an deinem Akzent“, meinte Pétur. „Vor einiger Zeit war das Theme der angesagteste Laden in ganz Reykjavík“, erklärte er dann.

„Was ist mit dem Klub passiert?“, wollte Magnus wissen.

„Er läuft noch, aber er ist nicht mehr so beliebt wie früher. Ich hab das kommen sehen und deshalb das ‚Soho‘ eröffnet, dann das Neon.“ Pétur lächelte selbstbewusst. „Diese Stadt ist launisch. Man muss immer einen Schritt voraus sein, sonst geht man unter.“

„Hast du Gauks Saga mal gelesen?“, fragte Magnus.

„Ob ich sie gelesen habe? Ich glaube, ich kenne sie auswendig. Mein Vater und mein Großvater waren besessen davon und gaben ihre Besessenheit an mich weiter. Ich wurde zum künftigen Hüter der Saga erzogen."

„Wusstest du, dass dein Großvater den Ring gefunden hatte?"

„Hat meine Schwester euch das erzählt?"

Magnus nickte. „Sie hat einen Brief von Tolkien an deinen Großvater ausgegraben, aus dem hervorgeht, dass Högni den Ring gefunden hat."

„Und zurücklegte", ergänzte Pétur. „Er hat ihn wieder zurückgebracht."

„Ja, das steht auch in dem Brief." Magnus beobachtete Pétur. „Warum bist du denn heute nicht mehr so von der Saga gefesselt?"

Pétur holte tief Luft. „Kurz vor dem Tod meines Vaters stritten wir uns über die Saga oder vielmehr über den Ring. Mein Großvater vertraute meinem Vater nicht mehr, weil er die Saga der ganzen Familie gezeigt hatte. Das hätte er nicht tun sollen. Nur ich, als ältester Sohn, hätte sie sehen dürfen." Ein Anflug von Verbitterung lag in seiner Stimme. „So beschloss Großvater ein paar Monate vor seinem Tod, mir von der Existenz des Rings zu erzählen. Er sagte, falls ich oder mein Vater den Ring je finden und aus seinem Versteck holen sollten, würde ein schreckliches Unheil über die Welt hereinbrechen. Das flößte mir großen Respekt ein."

„Was für ein Unheil?", fragte Magnus.

„Keine Ahnung, er führte es nicht näher aus. In meiner Fantasie war es eine Art Atomkrieg. Aber schon einen Tag nach dem Tod meines Großvaters brach mein Vater zu einer Reise ins Thjórsárdalur auf, um den Ring zu suchen. Ich war wütend und sagte ihm, er solle nicht gehen, doch er hörte nicht auf mich."

„Du hast ihn nicht begleitet?"

„Nein, ich war im Internat in Reykjavík. Aber ich wäre so oder so nicht mitgegangen. Mein Vater war eng befreundet mit dem Pastor unserer Gemeinde. Kaum war mein Großvater gestorben, erzählte mein Vater dem Pastor von Gauks Saga und dem Ring, und sie machten sich gemeinsam auf die Suche. Auch darüber regte ich mich auf: dass er das Geheimnis jemandem verraten hatte, der nicht zur Familie gehörte. Meiner Mutter gefiel das auch nicht. Sie fand diesen ganzen Kram mit dem Zauberring befremdend." Pétur lächelte. „Natürlich haben die beiden den Ring nie gefunden."

„Glaubst du denn, dass es ihn gibt?", fragte Árni mit großen Augen.

„Damals habe ich es geglaubt", entgegnete Pétur. „Heute bin ich mir nicht mehr sicher." Er klang zornig. „Ich denke nicht mehr darüber nach. Mein Vater war so verrückt, in den Bergen herumzuklettern, obwohl ein Schneesturm angesagt war. Er ist in den Tod gestürzt, und der Ring ist schuld daran. Es muss ihn gar nicht geben, aber er hat meinen Vater trotzdem umgebracht."

Er schluckte. „Das Unglück trieb einen Keil zwischen mich und meine Familie. Dieser ganze Zinnober mit dem Ring, ich konnte es nicht mehr ertragen. Ich brach die Oberschule ab und ging nach London."

„Was ist mit deiner Schwester?", fragte Magnus. „Seht ihr euch noch?"

„Hin und wieder. Als ich aus London zurückkam, war Ingileif sauer auf mich, weil sie fand, ich hätte unsere Mutter im Stich gelassen." Pétur verzog das Gesicht. „Damit hat sie wohl Recht."

„Weißt du, ob sie in den letzten Wochen etwas mit Agnar hatte?"

„Kann ich mir nicht vorstellen", sagte Pétur. „Aber es war klar, dass sie sich an ihn wenden würde, wenn sie die Saga verkaufen wollte." Er kniff die Augen zusammen. „Ihr wollt ihr doch nicht etwa den Mord in die Schuhe schieben?"

Magnus zuckte mit den Schultern. „Wir ermitteln in alle Richtungen. Sie hat es mit der Wahrheit nicht sehr genau genommen, als wir zum ersten Mal mit ihr geredet haben."

„Ingileif hat nur versucht, ihren Fehler zu vertuschen. Sie wusste, dass sie die Saga nicht zum Verkauf anbieten durfte. An sich ist sie ein durch und durch anständiger Mensch und würde alles für ihre Freunde und ihre Familie tun. Sie war die Einzige von uns dreien, die unsere krebskranke Mutter am Ende pflegte. Es ist unvorstellbar, dass sie jemanden umgebracht haben soll. Ist euch bekannt, dass Ingileif Probleme mit der Galerie hat?"

Magnus nickte.

„Das ist der Grund, warum sie die Saga zu Geld machen wollte: um ihre Geschäftspartnerinnen auszahlen zu können. Sie gibt sich selbst die Schuld an der Pleite der Galerie. Ich habe ihr gesagt, sie soll sich keine allzu großen Vorwürfe machen. Heutzutage ist fast ganz Island pleite." Er hielt kurz inne. „Arme Ingileif. Sie hat ein schweres Leben gehabt. Zuerst der Vater, dann der Stiefvater, dann die Mutter – und als Krönung des Ganzen der Verlust der Galerie."

„Der Stiefvater?", hakte Magnus nach.

„Ja, unsere Mutter hat noch mal geheiratet. Einen gewissenlosen Säufer namens Sigursteinn. Ich habe ihn nicht persönlich kennen gelernt, das war in der Zeit, als ich in London lebte. Eines Tages fiel er hier in Reykjavík besoffen von der Hafenmauer und ertrank. Wie ich hörte, war es das Beste für alle. Aber unsere Mutter kam nie darüber hinweg."

Magnus nickte. „Und deine andere Schwester? Birna?"

Pétur schüttelte den Kopf. „Ihr Leben ist noch verkorkster als Ingileifs."

„Danke, Pétur." Magnus erhob sich. „Ach, eine letzte Frage: Was hast du an dem Abend gemacht, an dem Agnar starb?"

„Wann war das?"

„Am letzten Donnerstag, dreiundzwanzigster April. Sommeranfang."

„War viel los in den Klubs an dem Abend. Ich bin die ganze Nacht zwischen meinen drei Läden hin und her gependelt."

Die Tür ging auf, und drei neue Musiker kamen herein. Sie zogen große Flightcases mit Musikinstrumenten und Elektronik hinter sich her.

Pétur wandte sich wieder Magnus und Árni zu. „Wenn ihr mich jetzt bitte entschuldigt, ich muss mir noch Musik anhören. Hoffentlich sind die Typen besser als die vorhin."

Árni chauffierte Magnus nach Gardabær hinaus, dem Vorort, in dem Birna Ágrímsdóttir wohnte. Magnus' hatte immer noch Kopfschmerzen.

„Überprüfst du bitte Péturs Alibi, Árni?", bat er.

„Ist er denn verdächtig?", fragte Árni erstaunt. „Ich dachte, du bist dir sicher, dass Steve Jubb Agnar umgebracht hat?"

„Jeder ist verdächtig", gab Magnus ungeduldig zurück und starrte nach draußen, wo graue Vororte vorbeizogen. „Tu mir den Gefallen, ja?"

Árni nickte. „Übrigens hat sich der australische Elbisch-Experte noch mal gemeldet", sagte er. „Er hat eine Idee, was *kallisarvoinen* heißen könnte."

„Und zwar?"

„Es ist Finnisch. Tolkien hat wohl zahlreiche Quenya-Begriffe aus dem Finnischen entlehnt. Unser Fachmann hat *kallisarvoinen* im Wörterbuch nachgeschlagen. Es bedeutet ‚Schatz'."

„Schatz? So nennt Gollum im ‚Herrn der Ringe' den Ring: ‚mein Schatz'."

„Eben."

Magnus rief sich Jubbs SMS in Erinnerung: *Habe Haraldsson getroffen. Er hat kallisarvoinen.* „Also glaubte Steve Jubb, Agnar hätte den Ring."

„Wir haben bei Agnar aber keinen alten Ring gefunden", bemerkte Árni.

„Vielleicht hat Steve ihn mitgenommen", überlegte Magnus. „Nachdem er Agnar umgebracht hatte."

„Und was soll er damit gemacht haben? In seinem Hotelzimmer war er jedenfalls nicht."

„Vielleicht irgendwo versteckt. Oder er hat ihn einfach in einen Umschlag gesteckt, in den nächsten Briefkasten geworfen und zu Isildur nach Kalifornien geschickt."

„Aber Jubb schickte Isildur die SMS *nach* seinem Besuch bei Agnar. Also hatte Agnar den Ring noch, oder zumindest ging Jubb davon aus."

„Stimmt." Magnus seufzte.

„Glaubst du wirklich, dass Agnar den Ring gefunden hat?", fragte Árni. „Er hatte erst am Sonntag davon erfahren, und seine Mail an Jubb ging bereits am Dienstag raus. Andere Leute haben jahrelang nach dem Ring gesucht und ihn nicht gefunden, und da soll Agnar es in zwei Tagen geschafft haben?“ Er sah Magnus zweifelnd an. Beide schwiegen eine Weile.

„Und was machen wir jetzt?“, fragte Árni schließlich.

„Wir sagen Baldur Bescheid und suchen nach Verstecken. Vielleicht haben wir etwas übersehen.“ Magnus wandte sich mürrisch ab und schaute wieder aus dem Fenster auf die grauen Betonklötze.

Birna Ásgrímsdóttir wohnte in einer Neubausiedlung, in der jedes Haus seinen Garten hatte. In den Einfahrten standen teure Geländewagen. Birna wirkte rundlicher, weicher und älter als Ingileif. Mit ihren großen blauen Augen und dem Schmollmund hätte sie attraktiv sein können, doch eine gewisse Schlampigkeit trübte das Bild. Von ihren Mundwinkeln zogen sich zwei tiefe Falten nach unten.

Als sie Magnus erblickte, lächelte sie und ließ den Blick über seinen Körper wandern, ehe sie ihm ins Gesicht sah. „Hallo.“

„Hallo“, sagte Magnus, gegen seinen Willen aus dem Konzept gebracht. „Wir kommen von der Polizei Reykjavík, um dich wegen des Mordes an Professor Agnar Haraldsson zu befragen.“

„Okay“, sagte Birna. „Kommt rein! Möchtet ihr etwas trinken?“

„Einen Kaffee, bitte“, sagte Magnus.

Árni nickte. „Für mich auch“, bat er mit belegter Stimme. Die Frau besaß eine merkwürdige Ausstrahlung.

Sie setzten sich ins Wohnzimmer und warteten auf den Kaffee. Überall an den Wänden hingen Fotos eines wunderschönen blonden jungen Mädchens im Badeanzug mit verschiedenfarbigen Schärpen: Birna. Eine jüngere Birna. Außerdem gab es Bilder von einem attraktiven dunkelhaarigen Mann in der Uniform der Icelandair.

Birna kam mit dem Kaffee zurück. „Tut mir leid, aber ich glaube nicht, dass ich euch groß helfen kann. Ich versuch’s trotzdem.“

„Hast du Agnar mal kennen gelernt?“

„Nein, nie. Ihr wisst Bescheid über die Familiensaga, nehme ich an?“

„Ja, wir sind im Bilde.“

„Nun, Ingileif führte die Verhandlungen mit Agnar. Sie hat mich vorher gefragt, ob ich etwas gegen den Verkauf einzuwenden hätte. Hatte ich nicht.“

„Hat sie mit dir auch über den Ring gesprochen?“

Birna lachte laut auf. „Falls es den jemals gegeben hat, dann ging er schon vor Jahrhunderten verloren. Ich will dir mal was sagen“, raunte sie und beugte sich zu Magnus vor. Als er den Alkohol in ihrem Atem roch, musste er sich zusammenreißen, um nicht den Kopf abzuwenden. „Dieser Ring und die Saga machen nichts als Schwierigkeiten. Ingileif hätte das dämliche Ding verkaufen sollen, als sich ihr die Gelegenheit bot.“

„Stehst du deiner Schwester nahe?“

Birna lehnte sich in ihrem Sessel zurück. „Gute Frage. Früher standen wir uns nahe, ja. Als meine Mutter nach dem Tod meines Vaters erneut heiratete, hatte ich Ärger mit meinem Stiefvater. Damals half mir Ingileif sehr. Aber danach haben wir uns irgendwie auseinandergelebt. Ich habe einen Nichtsnutz geheiratet, und Ingileif widmete sich ihrem Designerkram.“

„Was war das für ein Ärger mit deinem Stiefvater?“

Birna schaute Magnus in die Augen, als überlegte sie, ob sie ihm vertrauen konnte. „Ist das wichtig für die Ermittlungen?“

Er zuckte mit den Schultern. „Das weiß ich erst, wenn du es mir sagst.“

Sie zog eine Packung Zigaretten aus der Tasche und zündete sich eine an. „Als mein Vater starb, war ich vierzehn und ein hübsches Mädchen.“ Sie wies mit dem Kinn auf die Fotos. „Meine Mutter hatte sich in den Kopf gesetzt, ich sollte Miss Island werden.“ Birna lächelte. „Obwohl wir uns die größte Mühe gaben, kam ich nie über den dritten Platz hinaus. Dann heiratete Mama Sigursteinn, einen Autoverkäufer aus Selfoss. Schon als ich ihn das erste Mal sah, wusste ich, dass er scharf auf mich war. Nach der Hochzeit wartete er nicht mal einen Monat, bis er … nun ja …“ Sie nahm einen tiefen Zug von der Zigarette. „Also, er hat mich vergewaltigt. Damals verstand ich das nicht richtig, aber es war eine Vergewaltigung. Er wollte Sex, und ich hatte Angst vor ihm. So passierte es. Viele Male. Als Ingileif davon Wind bekam, drehte sie durch und ging mit einer kaputten Flasche auf ihn los. Doch am Ende war sie es, die verletzt war. Hast du die kleine Narbe über ihrer Augenbraue bemerkt?“

Magnus nickte.

„Die ist von Sigursteinn. Ingileif erzählte Mama alles, aber die glaubte ihr nicht. Es gab einen riesigen Familienkrach, und Ingileif musste von zu Hause ausziehen. Drei Monate später war Sigursteinn auf Geschäftsreise in Reykjavík und fiel betrunken in den Hafen. Ich war so erleichtert.“

„Wie reagierte deine Mutter darauf?“

„Sie war völlig von Sinnen. Sie ging sogar so weit, zu behaupten, Ingileif hätte Sigursteinn umgebracht, was einfach nur albern war. Erst als ich ihr bis ins kleinste Detail erzählte, was er mir angetan hatte, glaubte sie es endlich. Das hat unserer Familie so ziemlich den Rest gegeben.“

„Kann ich mir vorstellen“, sagte Magnus.

„Ingileif ging nach Reykjavík. In den letzten Jahren begann sie wieder mit Mama zu reden. Kurz vor ihrem Tod waren die beiden viel zusammen.“

„Und du?“

„Ich?" Birna blinzelte. „Ich habe Matthías geheiratet und lebe nun glücklich und zufrieden bis an mein Lebensende."

Magnus überhörte den Sarkasmus. „Und Pétur?"

„Der hat von alldem nichts mitbekommen. Er kehrte erst ein paar Jahre später aus London zurück. Ab und zu treffen wir uns."

Was für eine Familie, dachte Magnus. Fast noch schlimmer als meine.

„Noch eine Frage: Wo warst du am Donnerstagabend?"

Birna zögerte. „Muss ich das beantworten?"

Magnus wusste schon, was jetzt kommen würde. „Ja, musst du. Und wir werden überprüfen, was du uns erzählst. Aber ich kann dir versichern, dass wir es für uns behalten."

Birna seufzte. „Matthías war in New York und lag wahrscheinlich mit einer Stewardess im Bett. Ich habe die Nacht mit einem Freund namens Dagur Tómasson im Hotel ‚Merlin' in Kópavogur verbracht. Es ist nichts Ernstes, Dagur ist ebenfalls verheiratet", fügte sie hinzu und sah Magnus lange in die Augen. „Ich beschränke mich bloß nicht gern auf einen Mann."

Fünf Minuten später, als Árni und Magnus auf dem Rückweg ins Präsidium waren, sagte Árni grinsend: „Ich glaube, sie mag dich."

„Halt den Mund", knurrte Magnus. „Und überprüf das Hotel."

BALDUR hörte aufmerksam zu, als Magnus ihm seine Theorie vortrug, Agnar habe versucht, den Ring aus Gauks Saga an Steve Jubb und Isildur zu verkaufen. „Und? Was schlägst du jetzt vor?", fragte er, als Magnus fertig war. „Sollen wir noch mal zu Agnars Haus gehen und nach einem sagenumwobenen Ring suchen, der seit tausend Jahren verschollen ist?"

Magnus' ohnehin miese Laune wurde noch schlechter. Aber weil ihm klar war, dass Baldur ihn provozieren wollte, riss er sich zusammen.

„Sieh mal, wir wissen, dass Steve Jubb Agnar umgebracht hat", erklärte er geduldig. „Seine Beweggründe will er uns nicht verraten, also müssen wir sie selbst herausfinden. Was wir wiederum wissen, ist, dass Agnar eine Saga verkaufen wollte – wir beide haben sie gesehen; sie existiert."

Baldur schüttelte den Kopf. „Wir haben hundertzwanzig Seiten Papier gesehen, das vor zwei Wochen von einem Drucker ausgespuckt wurde."

Magnus lehnte sich zurück. „Okay. Vielleicht ist die Saga eine Fälschung. Vielleicht gibt es einen Ring, der ebenfalls gefälscht ist. Aber wenn es so wäre, dann hätte Steve Jubb doch bloß ein noch stärkeres Motiv gehabt, Agnar umzubringen. Es bleibt dabei: Wir müssen den Ring finden."

„Ich bin mir gar nicht sicher, dass Steve Jubb Agnar umgebracht hat."

Magnus schnaubte verächtlich.

„Ich habe ihn gerade noch mal befragt. Er hat mir nichts von Sagas oder Ringen erzählt, aber er hat darauf beharrt, Agnar nicht ermordet zu haben."

„Und das glaubst du ihm?"

„Ich habe das Gefühl, dass er die Wahrheit sagt." Baldur zog ein Blatt Papier aus dem Stapel auf seinem Schreibtisch. „Hier ist der Laborbericht."

Magnus überflog die Seite. Es war eine Analyse der Schmutzspuren unter Jubbs Schuhen.

„Es wurden keine Bodenspuren von dem Weg gefunden, der vom Ferienhaus zum See hinunterführt, auch keine Spuren vom Seeufer selbst."

„Vielleicht hat er seine Schuhe gründlich gereinigt."

„Spuren von der Erde direkt vor dem Ferienhaus fanden sich aber daran. Das heißt, er war an dem Abend vor dem Haus, aber nicht dahinter, und er hat die Schuhe nicht gereinigt."

„Vielleicht hat er Stiefel übergezogen und sie hinterher weggeworfen?"

„Dann hätten wir Stiefelabdrücke im Haus oder drum herum gefunden", sagte Baldur. „Außerdem ist das reichlich unwahrscheinlich, oder?"

Magnus starrte auf das Blatt Papier und überlegte, wie Jubb die Leiche zum See hinuntergeschleppt haben könnte, ohne sich die Schuhe schmutzig zu machen. Er konnte einfach nicht glauben, dass Jubbs Anwesenheit in dem Ferienhaus reiner Zufall gewesen sein sollte.

„Jemand anders hat Agnar zum See runtergetragen", sagte Baldur. „Und höchstwahrscheinlich hat dieser Jemand ihn auch umgebracht – nachdem Steve Jubb gegangen war."

„Habt ihr Fußabdrücke am See gefunden?"

Baldur schüttelte den Kopf. „Nichts Verwertbares. Es hat in der Nacht geregnet, außerdem war der Tatort gründlich mit Fremdspuren verunreinigt: Die spielenden Kinder, deren Vater, die Sanitäter und die Polizeibeamten aus Selfoss, sie alle haben Fußabdrücke hinterlassen."

„Ein Komplize vielleicht …", überlegte Magnus. „Isildur, also dieser Lawrence Feldman …"

Baldur bemerkte den Denkfehler sofort. „Du hast ihn keine achtundvierzig Stunden später angeschrieben, und er antwortete von einem Computer in Kalifornien."

„Dann eben ein isländischer Komplize. Auch hierzulande gibt es ‚Herr der Ringe'-Fans."

„Von Steve Jubbs Handy aus wurde keine andere isländische Nummer angerufen, nur die von Agnar. Und wir wissen, dass er zwischen seiner Ankunft in Reykjavík am Donnerstagvormittag und seinem Aufbruch zum Thingvellir-See am späten Nachmittag sein Hotel nicht verlassen hat."

„Erzähl mir nicht, dass du ihn laufen lassen willst!"

„Noch nicht. Er bleibt verdächtig. Aber wir müssen die Ermittlungen breiter anlegen." Baldur zählte die Punkte an seinen Fingern ab: „Agnar traf sich in der Woche vor seinem Tod mit seiner derzeitigen und einer ehemaligen Geliebten. Seine Frau war mehr als sauer wegen seiner Untreue. Er hatte große Geldprobleme. Er nahm Drogen. Womöglich hatte er weitere Schulden, von denen wir nichts wissen? Bei einem Dealer vielleicht? An dem Abend muss noch jemand anders bei ihm gewesen sein, und wir müssen herausbekommen, wer es war."

„Aber es kann doch kein Zufall sein, dass er gerade dabei war, dieses Geschäft mit Jubb und Isildur auszuhandeln", warf Magnus ein.

„Nicht?", gab Baldur zurück. „Hör zu: Wenn du willst, kannst du dich ja auf diese Saga-Sache konzentrieren. Aber es gibt zig andere Aspekte, mit denen wir uns befassen müssen."

„Wenn ich nach Kalifornien fliegen würde, könnte ich Isildur mit Sicherheit dazu bringen …"

„Nein", unterbrach Baldur ihn barsch.

Den Rest des Tages verbrachte Magnus damit, die Polizeibeamten zu befragen, die das Ferienhaus, Agnars Wohnhaus, sein Büro an der Uni und Steve Jubbs Hotelzimmer durchsucht hatten. Keinerlei Hinweis auf einen Ring. Dann stattete er Agnars Frau Linda in ihrem Haus in Seltjarnarnes einen Besuch ab. Sie reagierte mit unverhohlenem Ärger auf die Störung.

Linda war groß und dünn, hatte blondes Haar und ein verhärmtes Gesicht. Plötzlich auf sich allein gestellt, hatte sie große Mühe, den Alltag mit Baby und Kleinkind zu bewältigen. Sie war wütend auf ihren Mann, auf die Polizei, die Bank, die Anwälte und auf das riesengroße Loch in ihrem Leben.

Magnus hatte Mitleid mit ihr und den Kindern. Wieder mal eine Familie, die durch einen Mord zerstört wurde.

Den verfluchten Ring hatte Linda natürlich nicht gesehen. Magnus suchte das Haus nach Verstecken ab, fand aber nichts. Um acht Uhr verabschiedete er sich wieder und nahm den Bus ins Zentrum von Reykjavík. Die Genehmigung für sein Dienstfahrzeug war noch nicht durch, und Árni hatte er nicht dabeihaben wollen.

Das Gespräch mit Baldur ging ihm nicht aus dem Sinn. Er konnte dessen Skepsis nachvollziehen: Wie hätte Steve Jubb Agnar ermorden und die Leiche aus dem Haus schaffen sollen, ohne sich Kleider und Schuhe schmutzig zu machen? Andererseits konnte Magnus einfach nicht glauben, dass Jubb den Isländisch-Professor wegen eines Millionen Dollar schweren geheimen

Deals besucht hatte und Agnar nur Stunden später aus einem völlig anderen Grund ermordet worden sein sollte.

Er machte einen Abstecher in den Lebensmittelladen und holte sich ein Thai-Curry, das er in Katríns Küche in die Mikrowelle schob.

„Und, wie geht's?", fragte jemand auf Englisch.

Als Magnus sich umdrehte, nahm sich seine Vermieterin gerade einen Joghurt aus dem Kühlschrank und öffnete ihn.

„So lala."

„Du warst ganz schön weggetreten gestern Abend."

„Tut mir leid", sagte Magnus zerknirscht. „Danke, dass du mich ins Bett gebracht hast."

„Schon gut. Wahrscheinlich kannst du für mich irgendwann dasselbe tun." Sie lehnte sich gegen den Kühlschrank. „Bist du echt bei der Polizei?"

„Allerdings, ja." Magnus holte das Curry heraus, kippte es auf einen Teller und begann zu essen.

„Weißt du, ich kann es nicht leiden, wenn mein kleiner Bruder mir nachspioniert."

„Das wundert mich nicht", sagte Magnus. „Aber keine Sorge – ich werde niemandem erzählen, was du so treibst."

„Gut", sagte Katrín und wechselte das Thema. „Ich hab dich gestern gesehen, als du in Ingileifs Galerie gegangen bist. Steht sie unter Verdacht?"

„Das kann ich dir nicht sagen."

„Sorry, ich weiß, ich bin neugierig." Sie wedelte mit dem Löffel herum. „Es geht um den Mord an Agnar, oder?"

„Auch das kann ich dir nicht sagen", erwiderte Magnus.

„Also stimmt's! Ich hab ihn neulich noch im ‚Café Paris' gesehen, zusammen mit Tómas Hákonarson."

„Wer ist das?", wollte Magnus wissen.

„Er hat eine eigene Fernsehshow, in der er Politikern auf den Zahn fühlt. Heißt ‚Auf den Punkt' und ist ziemlich witzig."

Magnus war klar, dass er sich den Namen notieren sollte, aber er war zu müde und hatte keine Lust. Schweigend aßen sie zu Ende. Dann stellte er den leeren Teller in den Geschirrspüler.

„Ich brauche dringend etwas Schlaf. Gute Nacht."

Bei der morgendlichen Besprechung trat Baldur mit neuem Schwung auf. Er ließ den Laborbericht über den Schmutz an Steve Jubbs Schuhen herumgehen und erklärte, dass sie die Ermittlungen breiter anlegen müssten. Weitere Zeugen sollten befragt werden: alle, die vielleicht noch einen

Besucher bei Agnar gesehen haben könnten, die Leute, die Agnar Drogen verkauften, seine Studenten, seine früheren Geliebten, seine Kollegen und Freunde, alle.

Der Kollege, der nach Yorkshire gereist war, hatte mit Jubbs Nachbarn gesprochen. Steve Jubb sei ein Einzelgänger, oft mit dem Lkw unterwegs. Seine Begeisterung für den „Herrn der Ringe“ war allgemein bekannt. Seine Exfreundin beschrieb ihn als intelligenten Sonderling ohne jede Neigung zu Gewalttätigkeiten. Also keine neuen Anhaltspunkte.

Während der gesamten Besprechung würdigte Baldur Magnus keines Blickes. Anschließend gab er ihm ein Zeichen, ihm in sein Büro zu folgen, wo er die Tür hinter Magnus schloss.

„Ich schätze es nicht, wenn man mich hintergeht!“

„Was meinst du damit?“

„Ich meine, dass ich es nicht schätze, wenn du hinter meinem Rücken zum Chef rennst und ihm sagst, wir sollten Leute nach Kalifornien schicken!“

„Er hat mich nach meiner Meinung gefragt, und ich habe sie ihm gesagt“, entgegnete Magnus. „Wann soll ich fahren?“

Baldur schüttelte den Kopf. „Gar nicht. Árni ist bereits unterwegs.“

„Árni? Allein? Und was soll ich tun?“

„Du kannst den Ring suchen“, sagte Baldur mit verbissenem Grinsen. „Damit dürftest du hinreichend beschäftigt sein.“

MAGNUS kehrte an seinen Computer zurück und loggte sich ein. Er war überzeugt, dass Baldur einen Fehler machte, wenn er die Rolle von Isildur oder Lawrence Feldman, oder wie auch immer der Kerl hieß, herunterspielte. Er selbst würde jedenfalls weiter nach dem Ring suchen und hoffen, dass Árni mit etwas Brauchbarem zurückkam.

Als er seine E-Mails checkte, war eine Nachricht von Colby darunter:

> Hi Magnus,
> gestern Abend ist einer von deinen hässlichen Freunden in mein Apartment eingebrochen und hat mich bedroht. Er schob mir eine Pistole in den Mund und wollte wissen, wo du bist. Ich hatte eine Riesenangst und sagte, du wärst in Schweden. Daraufhin ist er abgehauen.
> Ich bin untergetaucht. Die finden mich nicht. Du findest mich auch nicht. Niemand weiß, wo ich bin.
> Du hast mir mein Leben versaut, Magnus, und beinahe hättest du mich auf dem Gewissen. Egal wo du bist: Fahr zur Hölle! Und lass ja nie wieder von dir hören!
> C.

Die Mitteilung war von einer kurzen Mail von Agent Hendricks begleitet, der sich für die verspätete Weiterleitung entschuldigte. Er sei gestern leider nicht im Büro gewesen.

Magnus starrte auf den Bildschirm, von Gefühlen überwältigt. Wut auf den Kerl, der Colby das angetan hatte. Auf Williams, der sie nicht beschützt hatte. Auf sich selbst, dessen Schuld es war, dass es überhaupt dazu kommen konnte. Zornig schlug er mit der Faust auf den Tisch. Die einzigen beiden Kollegen, die außer ihm im Raum waren, drehten sich verwundert um.

Wenigstens hatte Colby nicht preisgegeben, wo er sich aufhielt. Obwohl ihm das im Moment eigentlich egal war. Am liebsten hätte er das nächste Flugzeug nach Boston genommen, Pedro Soto höchstpersönlich aufgespürt und ihn ins Jenseits befördert.

Über Agent Hendricks schickte Magnus eine bitterböse E-Mail an Deputy Superintendent Williams, teilte ihm mit, was passiert war, und fragte ihn, wo denn bitte der Schutz gewesen sei, den er Magnus versprochen hatte.

Wenn die Bostoner Polizei Colby nicht schützen konnte, dann würde er eben rüberfliegen und das selbst erledigen.

Ingileif saß im „Café Mokka" vor einem Cappuccino. Sie mochte das holzvertäfelte kleine Café, eines der ältesten in Reykjavík. Es war berühmt für seine Waffeln und seine Gäste: Künstler, Musiker, Schriftsteller …

„Hey, Inga!"

Die anderen Gäste schauten zu dem Mann hinüber, der auf Ingileif zukam, doch gleich darauf führten sie ihre Gespräche weiter oder senkten den Blick wieder in ihre Zeitung. In Island ist man stolz darauf, dass prominente Menschen ihr Leben unbehelligt in der Öffentlichkeit führen können.

„Tómas! Wie schön, dich zu sehen!" Ingileif stand auf und gab dem Mann einen Kuss auf die Wange. Seine Gesichtszüge waren ihr sehr vertraut. Zum einen sicherlich, weil sie ihn einmal pro Woche im Fernsehen sah, zum anderen lag das an ihrer gemeinsam verbrachten Kindheit.

„Warte kurz", sagte er, „ich hole mir einen Kaffee. Willst du auch einen?"

Sie schüttelte den Kopf, und Tómas ging zur Theke, um einen doppelten Espresso zu bestellen.

„Wie geht's?", fragte er, als er an den Tisch zurückkam. „Ich war neulich in eurer Galerie. Schöne Sachen. Läuft bestimmt gut, oder?"

„Schon …", sagte Ingileif.

„Aber?" Er bemerkte das Zögern in ihrer Antwort.

„Zu gut", gestand Ingileif. „Unser größter Kunde ist letzten Monat pleitegegangen und schuldet uns eine Menge Geld."

„Und die Bank ist keine große Hilfe?“

„Richtig. Vor ein paar Jahren haben sie uns das Geld hinterhergeworfen, und jetzt können sie es nicht schnell genug zurückbekommen. Wir haben einen von diesen Euro-Krediten abgeschlossen, die ständig teurer werden.“

„Na, viel Glück damit“, sagte Tómas. „Ich bin sicher, du schaffst das.“

„Danke.“ Ingileif lächelte. „Und wie geht's dir so? Deine Sendung läuft ja super. Fand ich klasse, wie du dir letzte Woche diesen Banker vorgeknöpft hast, der drei Monate vor der Pleite seiner Bank noch einen Bonus von vier Millionen Dollar an sich selbst ausgezahlt hatte.“

„Zumindest besaß er so viel Anstand, nach Island zurückzukehren und sich zu stellen“, sagte Tómas. „Aber in nächster Zeit werde ich vermutlich keinen Banker mehr in die Sendung bekommen.“

Er nippte an seinem Espresso. Der Erfolg stand ihm gut, fand Ingileif.

„Hast du das von Agnar Haraldsson gehört?“, fragte Tómas und betrachtete sie aufmerksam durch seine Brille. „Ich meine mich zu erinnern, dass du mal was mit ihm hattest. Muss ein ziemlicher Schock für dich gewesen sein. Das ging ja selbst mir an die Nieren, und ich kannte ihn kaum.“

„Ja“, sagte Ingileif, deren Stimme plötzlich rau klang. „Schrecklich.“

„Hat sich die Polizei bei dir gemeldet?“

„Warum sollte sie?“ Ingileif spürte, dass sie rot wurde.

„Na ja, das ist ein großer Fall. Da wird doch bestimmt umfassend ermittelt. Wurde nicht bereits jemand verhaftet?“

„Ja, ein Engländer. Die Polizei glaubt, er hätte krumme Geschäfte mit Agnar gemacht. Aber es gibt wohl nicht genug Beweise dafür.“

„Habt ihr euch in letzter Zeit noch mal getroffen?“

Ingileif nickte. Als sie sah, dass Tómas die Augenbrauen hochzog, protestierte sie: „Nein, nicht, was du denkst. Agnar war verheiratet. Auf so was lass ich mich nicht ein.“

„Ganz recht“, sagte Tómas. „Du hast einfach Klasse.“

„Danke“, gab Ingileif zurück.

„Und? Worüber habt ihr geredet?“

Kurz überlegte sie, ob sie ihm von der Saga erzählen sollte. Doch dann entschied sie sich dagegen. „Warum willst du das wissen? Doch nicht etwa für deine Sendung?“

„Du lieber Himmel, nein!“ Tómas merkte selbst, wie wenig überzeugend das klang. „Ehrenwort! Tut mir leid, wenn ich zu direkt bin mit meinen Fragen. Ist schon zur Gewohnheit geworden.“

„Ja, sieht ganz so aus“, sagte Ingileif.

Tómas hatte schon immer die Fähigkeit besessen, das Vertrauen anderer

Menschen zu gewinnen. Er wirkte völlig harmlos, aber eine innere Stimme mahnte Ingileif, vorsichtig zu sein.

„War nur ein lockeres Treffen“, sagte sie, „so wie jetzt mit dir.“

Tómas lächelte. „Ich glaube, ich muss los. Am Samstag gebe ich eine Party, hast du Lust zu kommen?“

„Wird die so wild wie deine Partys früher?“, fragte Ingileif.

„Noch wilder. Ich geb dir meine Adresse. Bin vor ein paar Monaten umgezogen.“ Er holte eine Visitenkarte mit dem Logo von RUV, dem staatlichen Fernsehsender, heraus und schrieb seine Privatadresse darauf.

Als er das Café verließ, fragte sich Ingileif ratlos, was das denn gerade gewesen war.

VIGDÍS nahm die angebotene Tasse Kaffee entgegen und nippte daran. Sie saß in einem hübschen Haus in einem schicken Stadtteil von Reykjavík, westlich des Zentrums. Der Range Rover der Familie verstellte den Blick auf die ruhige Wohnstraße. Die Frau, die Vigdís gegenübersaß, war Ende dreißig, trug Jeans und einen blauen Pullover. Sie hatte ein intelligentes Gesicht und ein freundliches Lächeln.

„Es tut mir leid, dass ich schon wieder deine Zeit in Anspruch nehmen muss, Helena“, begann Vigdís, „aber ich würde gern alles noch einmal mit dir durchgehen, was dir von dem Tag, an dem der Mord geschah, in Erinnerung geblieben ist. Jede noch so unbedeutende Kleinigkeit.“

Helenas Kinder hatten Agnars Leiche entdeckt.

„Natürlich. Allerdings glaube ich nicht, dass ich dir viel Neues erzählen kann.“ Bei den letzten Worten runzelte sie die Stirn.

Vigdís bemerkte es. „Was ist?“

„Ach … nichts. Ist nicht wichtig.“

Vigdís lächelte einschmeichelnd. „Lass das doch mich entscheiden, ja?“

„Also, unsere fünfjährige Tochter Sara Rós hat gestern beim Frühstück behauptet, sie hätte in jener Nacht zwei Männer im See spielen sehen. Mein Mann glaubt, sie hat geträumt.“

„Im Thingvellir-See?“

„Ja.“ Helena nickte. „Das Problem ist, dass Sara Rós gern Geschichten erfindet. Manchmal will sie damit auf sich aufmerksam machen, manchmal tut sie es nur so aus Spaß.“

„Verstehe. Wenn du einverstanden bist, würde ich gern mal mit ihr reden.“

„In Ordnung. Dann musst du wohl warten, bis sie aus dem Kindergarten zurückkommt.“

„Nein“, sagte Vigdís, „es ist besser, wenn wir sofort mit ihr sprechen.“

Der Kindergarten, den Helenas Tochter besuchte, lag wenige Hundert Meter entfernt. Nur ungern überließ die Leiterin Vigdís ihr Büro. Helena ging ihre Tochter holen.

Sara Rós war ein typisch isländisches Mädchen von fünf Jahren: strahlend blaue Augen, rosa Wangen und lockiges blondes, fast weißes Haar. Auf dem Sofa im Büro der Leiterin kuschelte sie sich an ihre Mutter.

„Hallo", sagte Vigdís. „Ich heiße Vigdís und bin Polizistin."

„Du siehst aber gar nicht so aus", sagte Sara Rós.

„Weil ich bei der Kriminalpolizei bin. Da trägt man keine Uniform."

„Kommst du aus Afrika?"

„Sara Rós!", rief ihre Mutter.

„Nein, ich komme aus Keflavík." Vigdís lächelte. „Sara Rós, deine Mami hat gesagt, du hättest letzte Woche im Ferienhaus am See etwas gesehen. Kannst du mir das erzählen?"

Das Mädchen warf seiner Mutter einen Blick zu, die daraufhin nickte. „Ich bin aufgewacht und musste zur Toilette, mitten in der Nacht. Als ich wieder ins Bett wollte, hab ich aus dem Fenster geguckt und gesehen, wie zwei Männer im See spielten, vor dem Haus vom Professor. Sie haben rumgespritzt. Dann ist der eine von ihnen müde geworden und eingeschlafen."

„Ist der Mann im Wasser oder am Strand eingeschlafen?"

„Im Wasser."

„Aha. Und was hat der andere Mann gemacht?"

„Er ist an Land gegangen, in sein Auto gestiegen und weggefahren."

„Konntest du sehen, wie er aussah?"

„Natürlich nicht! Es war doch dunkel!"

„Und das Auto? Konntest du sehen, welche Farbe es hatte?"

Das Mädchen kicherte. „Ich hab doch gesagt, dass es dunkel war. Im Dunkeln kann man keine Farben sehen."

Vigdís lächelte. „Du hast Recht. Hast du irgendjemandem davon erzählt?"

„Nein."

„Warum nicht?"

„Weil mich keiner gefragt hat."

7 Magnus sah sich ein letztes Mal in Steve Jubbs Hotelzimmer um. Jeden Zentimeter des Raums hatte er abgesucht. Die Putzfrau, eine junge Polin, war sicher, keinen Ring gesehen zu haben und auch nichts, worin ein Ring versteckt gewesen sein könnte. Also noch einmal zum Ferienhaus am Thingvellir-See.

Magnus nahm die Treppe hinunter in die Lobby und gab der Rezeptionistin die Chipkarte des Zimmers zurück. Beim Verlassen des Hotels kam ihm ein kleiner Mann mit einem schütteren Bart entgegen, der einen Trolley hinter sich herzog. Er trug eine grüne Baseballkappe mit der Aufschrift FRODO LEBT. Magnus hielt ihm die Tür auf.

„Oh … ähm … herzlichen Dank, Sir“, sagte der Mann auf Englisch mit einem amerikanischen Akzent.

„Nichts zu danken“, erwiderte Magnus.

Während er auf den silbernen Toyota zusteuerte, den er am Morgen gegen seine Unterschrift übernommen hatte, dachte er über die Baseballkappe nach. Bisher hatte er sich noch nie Gedanken über Fanartikel zum „Herrn der Ringe“ gemacht. Würde er jetzt bei jedem T-Shirt mit einem Aufdruck von Gollum oder Gandalf stutzen? Gab es eigentlich viele davon?

Nein, gab es nicht! Magnus machte auf dem Absatz kehrt und kam gerade noch rechtzeitig in die Lobby zurück, um zu sehen, wie sich die Fahrstuhltür hinter dem Rollenkoffer schloss.

„Wie heißt der Gast, der da gerade eingecheckt hat?“, fragte er die Rezeptionistin.

„Feldman“, sagte sie mit einem Blick auf den Bildschirm. „Lawrence Feldman. Zimmer dreihundertzehn.“

„Danke.“

Magnus gab Feldman eine Minute Vorsprung, um auf sein Zimmer zu gelangen, dann fuhr er mit dem Aufzug in die dritte Etage und klopfte an die Tür von Nummer 310. Der Mann öffnete.

„Isildur?“, sagte Magnus.

Feldman blinzelte. „Wer sind Sie?“

„Sergeant Detective Jonson. Zeitweilig versetzt zur Polizei Reykjavík. Darf ich reinkommen?“

„Hm, denke schon“, sagte Feldman. „Sind Sie mir vom Flughafen gefolgt?“ Er sah müde aus, aber die braunen Augen waren flink und intelligent.

Magnus brummte nur. Feldman hatte Recht: Sie hätten sich denken können, dass er früher oder später in Island auftauchen würde, und hätten die Flughäfen überwachen sollen. Er wollte Feldman lieber nicht verraten, dass er ihm rein zufällig über den Weg gelaufen war. Als Magnus an Árni dachte, der in diesem Augenblick auf dem Weg nach Kalifornien war, musste er sich zusammenreißen, um nicht zu grinsen.

„Sollte ich mir einen Anwalt besorgen?“, wollte Feldman wissen.

„Gute Frage“, meinte Magnus. „Wenn wir in den USA wären, würde ich Ihnen mit Sicherheit dazu raten. Aber hier? Keine Ahnung.“

„Wie meinen Sie das?“

„Na ja, hier kann man bis zu drei Wochen eingesperrt werden, wenn man als Verdächtiger gilt. So wie Steve Jubb, der sich zurzeit im Hochsicherheitsgefängnis Litla Hraun befindet. Ich könnte Sie ohne Weiteres auch dorthin schicken, wenn Sie nicht kooperieren. Schließlich geht es um Verabredung zum Mord.“

Feldman blinzelte nur.

„Das ist echt hart hier in Island. Die Gefängnisse sind voll mit diesen riesigen blonden Wikingertypen. Aber keine Sorge, die werden Sie mögen. Die haben was übrig für kleine Kerlchen.“ Magnus grinste. Natürlich hatte er keinerlei Vorstellung davon, wie es wirklich in Litla Hraun zuging. So wie er Island kannte, nahm er eher an, dass die Wärter jeden Abend heißen Kakao verteilten, während die Insassen Fernsehen schauten.

„Wenn ich mit Ihnen rede, können Sie mir dann garantieren, dass ich nicht da reinkomme?“, fragte Feldman.

Magnus sah ihm in die Augen. „Hängt davon ab, was Sie mir erzählen.“

Feldman schluckte. „Ich habe nichts mit Haraldssons Ermordung zu tun. Und Gimli, glaube ich, auch nicht.“

„Okay“, sagte Magnus. „Fangen wir ganz von vorn an. Erzählen Sie mir von Gauks Ring!“

„Vor drei Jahren hörte ich zum ersten Mal davon. Ein Däne namens Jens Pedersen tauchte in einem Internetforum auf und behauptete, er habe den Brief eines alten Dichters gefunden, der mit dem Sagensammler Árni Magnusson befreundet gewesen sei. Dieser Dichter habe Gauks Saga gelesen, die einige Sätze über Ísildurs Aufgabe enthalte, den Ring in die Hekla zu werfen. Jens Pedersen hat seine Doktorarbeit über diesen Dichter geschrieben und wandte sich an das Forum, um herauszufinden, ob es eine Verbindung zwischen Gauks Saga und ‚Der Herr der Ringe‘ gibt. Natürlich waren wir alle völlig aus dem Häuschen. Ich meldete mich bei ihm, und er berichtete, dass er von Professor Agnar Haraldsson von der Universität Island Informationen über Gauk und die verlorene Saga erhalten habe. Dann hörte ich leider nichts mehr von ihm.“ Feldman seufzte. „Vermutlich hielt er mich für einen Spinner.“

Magnus ließ das so stehen. „Und wie kam Steve Jubb ins Spiel?“

„Gimli? Den habe ich im selben Forum kennen gelernt. Er erzählte eine Geschichte von seinem Großvater, der angeblich in den Zwanzigerjahren in Leeds studierte und dort von Tolkien unterrichtet wurde. Eines Abends saß er mit einem isländischen Kommilitonen und Tolkien in der Kneipe. Nach ein paar Bier erzählte der Isländer von Gauks Saga, vom Ring des Andwari, den ein Wikinger namens Ísildur findet, und dass Ísildur ihn in die Hekla werfen sollte. Die Geschichte machte großen Eindruck auf Gimlis Großvater und offenbar auch auf Tolkien. Als der Großvater dreißig Jahre später ‚Der Herr der Ringe' las, fielen ihm die Ähnlichkeiten zwischen den beiden Geschichten auf."

„Hat er das mal schriftlich festgehalten?"

„Nein. Er erzählte Gimli davon, als der zum ersten Mal ‚Der kleine Hobbit' las. Ich habe den Großvater überprüft. Er hieß Arthur Jubb und war tatsächlich in den Zwanzigerjahren in Leeds an der Uni. Tolkien, der dort Professor war, gründete den Viking Club, wo sie anscheinend miteinander tranken und Lieder sangen. Dass sich in Tolkiens Unterlagen nichts über Gauks Saga findet, liegt wohl daran, dass er versprochen hatte, über deren Existenz Stillschweigen zu wahren."

Magnus nickte.

„Weil ich nicht gern reise, tat ich mich mit Gimli zusammen. Der ist ein kluger Kerl und als Trucker ständig unterwegs. Unser Plan war, dass ich mich um das Finanzielle kümmere, während er die Lauferei übernimmt. So wollten wir gemeinsam Gauks Saga finden. Gimlis Großvater hatte ihm den Namen des isländischen Kommilitonen nicht verraten, deshalb begann Gimli mit seiner Suche in Leeds – ohne Erfolg. Das Archiv der Universität ist anscheinend im Zweiten Weltkrieg bombardiert worden. Also flog Gimli nach Island und traf Professor Haraldsson, der uns aber nicht wirklich weiterhelfen konnte. Wir hatten irgendwie kein Glück – bis sich vor ungefähr einem Monat Haraldsson mit Gimli in Verbindung setzte. Eine ehemalige Studentin sei mit Gauks Saga an ihn herangetreten und wolle sie verkaufen. Sie können sich denken, wie aufgeregt Gimli und ich waren."

„Wie viel verlangte er dafür?"

„Zwei Millionen Dollar. Bedingung war, dass die Saga weiterhin geheim gehalten würde. Dagegen hatte ich nichts. Wir legten fest, wann Gimli nach Island fliegen und Haraldsson treffen sollte. Er besuchte ihn am Thingvellir-See und las die Übersetzung der Saga, doch weil sie sich nicht auf den Endpreis einigen konnten, fuhr Gimli unverrichteter Dinge ins Hotel zurück."

„Von wo er Ihnen eine SMS schickte?"

„Genau. Ich rief ihn zurück, und wir legten uns eine Verhandlungsstrategie zurecht. Gimli sollte Haraldsson am nächsten Tag erneut besuchen. Aber dann erfuhr er, dass der Professor umgebracht worden war und er selbst des Mordes verdächtigt wurde."

„Und der Ring?" fragte Magnus. „*Kallisarvoinen*. Der Schatz."

Feldman seufzte. „Ja, der Ring. Der Professor sagte, er wisse, wo er sei, und könne ihn für uns besorgen. Aber das würde fünf Millionen kosten."

„Er hatte ihn also nicht im Ferienhaus“, überlegte Magnus. „Haben Sie ihm denn geglaubt, dass er tatsächlich den Einen Ring beschaffen könnte?“

Feldman zögerte. „Uns war klar, dass wir riskierten, hereingelegt zu werden. Deshalb machte ich mich auf die Suche nach einem Experten, der den Ring prüfen würde, sobald wir ihn in die Finger bekämen. Ein Experte, der hinterher den Mund halten würde.“

„Steve Jubb hat den Ring also nie gesehen?“

„Nein“, sagte Feldman.

Magnus musterte sein Gegenüber. „Hat Jubb den Professor umgebracht?“

„Ich war nicht dabei, als er Haraldsson besucht hat, aber ich kann es mir nicht vorstellen“, erwiderte Feldman. „Es gab keinen Grund dafür, und Gimli kam mir nie gewalttätig vor.“

„Also sind Sie nach Island gekommen, um ihm zu helfen?“

„Ja“, sagte Feldman. „Wir hatten Kontakt über seinen Anwalt, Kristján Gylfason, aber ich wollte sehen, ob ich selbst etwas für ihn tun kann.“

„Und den Ring suchen“, ergänzte Magnus.

„Ich weiß nicht mal, ob er existiert“, gab Feldman zurück. „Werden Sie mich jetzt verhaften?“

„Vorerst nicht“, sagte Magnus. „Aber ich nehme Ihnen den Reisepass ab. Sie werden Island nicht verlassen. Und wenn Sie den Ring finden, will ich Bescheid wissen, egal ob es der echte ist oder eine Fälschung.“ Feldman wand sich unter Magnus’ Blick. „Sollte ich Sie dabei erwischen, dass Sie Beweismittel unterschlagen, wandern Sie postwendend in den Knast.“

INGILEIF war völlig in ihre Arbeit vertieft. Immer wieder wanderte ihr Blick zwischen dem Skizzenblock und der gegerbten Fischhaut hin und her. Das Nilbarschleder war von einer wunderbar hellblauen, fast durchsichtig wirkenden Farbe. Ingileif entwarf ein Kreditkartenetui. Dienstagnachmittags arbeitete sie nicht in der Galerie, sondern zu Hause in ihrem Atelier. Es tat ihr gut, sich ein, zwei Stunden lang in einer kreativen Aufgabe zu verlieren.

Sie lebte in einer winzigen Zweizimmerwohnung, nicht weit entfernt von der Galerie. Das Schlafzimmer war ihr Atelier und bei Bedarf zugleich Gästezimmer – sie selbst schlief im Wohnzimmer. Das Apartment war isländisch minimalistisch eingerichtet, mit weißen Wänden, viel Holz und nur wenig Mobiliar. Trotzdem war alles sehr eng, aber etwas Größeres konnte sich Ingileif in Reykjavíks Zentrum nicht leisten.

Als es klingelte, ging sie nach unten an die Haustür. Es war Pétur.

„Pési!“ Sie verspürte das plötzliche Bedürfnis, sich ihrem Bruder in die Arme zu werfen. Er zog sie an sich und hielt sie fest, strich ihr übers Haar.

Dann lösten sie sich voneinander, und Pétur grinste seine Schwester verlegen an, überrascht von ihrem unerwarteten Gefühlsausbruch.

„Komm mit hoch“, sagte Ingileif und ging voraus.

„Tut mir leid, dass ich mich nicht gemeldet habe“, sagte Pétur.

„Du meinst, nach Agnars Ermordung?“ Sie ließ sich auf die weiße Tagesdecke auf ihrem Bett fallen. Pétur nahm einen der beiden Chromsessel.

Er nickte. „War die Polizei bei dir?“

„Ja, schon öfter. Und bei dir?“

„Ein Mal“, erwiderte Pétur. „Aber ich konnte ihnen nicht viel sagen.“

„Die gehen wohl davon aus, dass ein Engländer Agnar umgebracht hat. Der Typ, der im Auftrag dieses amerikanischen ‚Herr der Ringe‘-Fans die Saga kaufen wollte.“

„In der Zeitung habe ich nichts über die Saga gelesen“, bemerkte Pétur.

„Nein. Solange die Ermittlungen andauern, hält die Polizei ihre Existenz geheim. Sie haben sie zur Untersuchung mitgenommen. Der Beamte schien sie für eine Fälschung zu halten, was lachhaft ist.“

„Es ist keine Fälschung.“ Pétur seufzte. „Aber irgendwann gehen sie damit an die Öffentlichkeit, und dann wird sich die ganze Welt daraufstürzen.“

„Ich muss dir noch etwas zeigen.“ Ingileif holte ihre Tasche hinter der Tür hervor und reichte Pétur den zweiten Tolkiens-Brief. „Das beweist, dass Großvater den Ring tatsächlich gefunden hat.“

Pétur sah zu seiner Schwester hoch. „Das wusste ich.“

„Das wusstest du? Woher? Seit wann?“

„Großvater hatte es mir erzählt. Er wollte, dass der Ring versteckt blieb, befürchtete aber, dass Vater nach seinem Tod danach suchen würde. Ich sollte ihn davon abhalten.“

Schweigend saßen sie eine Weile da.

„Seit ich diesen Brief entdeckt habe, frage ich mich, ob Vater den Ring gefunden hat, als er damals mit dem Pastor loszog“, sagte Ingileif leise.

„Meinst du nicht, der Pastor hätte uns das gesagt?“

„Wer weiß?“

Pétur schloss die Augen. Als er sie wieder aufschlug, waren sie feucht. „Inga, ich weiß nicht, warum ich so reagiere, wenn ich an Vaters Tod denke, aber es ist immer dasselbe: Ich bekomme den Gedanken einfach nicht aus dem Kopf, dass alles meine Schuld war.“

„Aber du kannst überhaupt nichts dafür, Pési“, sagte Ingileif.

„Das weiß ich. Ich weiß es doch.“ Pétur schniefte und schüttelte den Kopf. „Vielleicht liegt es tatsächlich an diesem verfluchten Ring. Als Kind war ich wie verhext davon. Er faszinierte mich und jagte mir zugleich eine Heidenangst ein. Als Vater starb, wollte ich nichts mehr damit zu tun haben. Und jetzt? Jetzt denke ich, dass er womöglich unsere ganze Familie zerstört hat: Vater, Mutter, Birna, mich, dich. Dass er seit damals, vor tausend Jahren, als Gauk ihn Ísildur auf dem Gipfel der Hekla fortnahm, bis heute zerstörerisch wirkt." Er beugte sich vor, seine feuchten Augen leuchteten. „Es muss ihn ja gar nicht wirklich geben, er muss nur da drin sein." Er tippte sich an die Schläfe. „Er sitzt bei uns allen im Kopf, und dort richtet er sein Unheil an."

Vigdís parkte ihren Wagen in einer der kleinen Straßen, die zur Bucht hinunterführten. Dann stiegen sie und Baldur aus. Ein uniformierter Kollege hatte einen von Agnars Studenten vernommen und der hatte sich erinnert, dass ihn am Tag von Agnars Tod an der Uni ein Mann nach dem Professor gefragt hatte. Der Student hatte dem Mann erzählt, dass Agnar ein Ferienhaus am Thingvellir-See besaß, in dem er sich manchmal aufhielt. Der Mann hatte seinen Namen nicht genannt, aber der Student kannte ihn auch so. Aus dem Fernsehen. Es war Tómas Hákonarson.

Er wohnte im achten Stock eines der neuen Luxusapartmentblocks, die entlang der Bucht aus dem Boden gestampft worden waren. Tómas öffnete die Tür mit verquollenen Augen, als wäre er gerade erst aufgewacht.

Baldur stellte sich und Vigdís vor und drängte in die Wohnung.

„Worum geht's denn?", fragte Tómas blinzelnd.

„Um den Mord an Agnar Haraldsson."

„Aha. Dann nehmt mal Platz."

Die Sitzmöbel waren aus teurem cremefarbenem Leder. Der Blick auf die Bucht war umwerfend, auch wenn gerade eine dunkle Wolke über dem noch dunkleren Meer schwebte. Der Berg Esja war kaum noch auszumachen.

„Wir wollen wissen, wie du den vergangenen Donnerstag verbracht hast, den dreiundzwanzigsten April", sagte Baldur.

Tómas sammelte sich. „Ich bin spät aufgestanden, hab zu Mittag irgendwo ein Sandwich gegessen und einen Kaffee getrunken. Dann bin ich rüber zur Universität gefahren."

„Weiter!"

„Ich suchte Agnar Haraldsson und fragte einen Studenten nach ihm. Der Junge meinte, Agnar könne in seinem Ferienhaus am Thingvellir-See sein. Also bin ich hingefahren."

„Um wie viel Uhr war das?", fragte Vigdís mit gezücktem Stift, das Notizbuch vor sich.

„Ich war so gegen vier dort, glaube ich. Vielleicht auch etwas später. Ich weiß es nicht mehr genau."

„Und Agnar war da?“

„Ja. Wir tranken einen Kaffee und unterhielten uns ein bisschen, dann fuhr ich wieder zurück.“

„Worüber habt ihr euch unterhalten?“, fragte Baldur.

„Ich wollte ein Fernsehprojekt über Sagas mit ihm besprechen.“

„Was für ein Projekt?“

„Tja, das war ja das Problem. Ich hatte keine genaue Vorstellung. Irgendwie hoffte ich, Agnar hätte eine Idee. Hatte er aber nicht.“

„Also bist du wieder gegangen?“

„Ja. Ich war ungefähr eine Dreiviertelstunde bei ihm.“

„Und was hast du dann gemacht?“

„Ich bin zurück nach Hause gefahren, hab mir einen Film auf DVD angesehen und etwas getrunken.“

„Allein?“

„Ja“, sagte Tómas.

„War es das erste Mal, dass du Agnar getroffen hast?“, fragte Baldur.

„Nein“, antwortete Tómas. „Ich hatte ihn schon ein, zwei Mal gesehen.“

Baldurs Gesicht war undurchdringlich, doch Vigdís spürte seine Erregung. Tómas tischte ihnen Märchen auf, und Baldur wusste es.

„Und warum hast du dich bisher nicht bei uns gemeldet?“

„Na ja … ich wollte da nicht mit reingezogen werden. Ich dachte, es wäre nicht wichtig.“

Jetzt konnte Baldur nicht länger an sich halten. Er lachte laut heraus.

„Na klar, Tómas. Du kommst jetzt mit uns auf die Dienststelle, und dann erzählst du uns die Wahrheit, nicht diesen Schwachsinn. Aber vorher zeigst du mir noch, was du an dem Tag anhattest. Und welche Schuhe.“

„Du kannst doch nicht Steve Jubb freilassen!“ Magnus schrie beinahe.

Baldur stand im Gang vor dem Vernehmungszimmer und sah ihn ruhig an. „Das kann ich, und das werde ich. Wir haben keine Beweise, die es rechtfertigen würden, ihn länger festzuhalten. Wir wissen, dass noch jemand bei Agnar war, als Steve Jubb schon wieder nach Reykjavík zurückgefahren war. Und derjenige warf Agnar in den See, mitten in der Nacht.“

„Behauptet ein vierjähriges Mädchen.“

„Sie ist fünf. Aber der Punkt ist, dass alle Ergebnisse der Spurensicherung das bestätigen. Außerdem haben wir einen neuen Verdächtigen.“ Baldur nickte zu der Tür hinüber, hinter der gerade die Marathonvernehmung von Tómas Hákonarson begann.

„Und? Hat er gestanden?“

„Immer mit der Ruhe“, sagte Baldur. „Seine Fingerabdrücke stimmen mit den unidentifizierten Spuren im Haus überein. Wir lassen gerade seine Klamotten und seine Stiefel untersuchen. Im Moment behauptet er noch, er wäre gekommen und wieder gegangen, bevor Steve Jubb eintraf. Da die Nachbarn den ganzen Nachmittag unterwegs waren, könnte es durchaus sein, dass er kam und ging, ohne von ihnen gesehen zu werden. Aber wenn du meinst, Jubb würde lügen, dann musst du dir mal diesen Typen anhören! Seine Geschichte ist so löchrig wie ein Sieb!“

„Dass Lawrence Feldman und Steve Jubb Agnar einen Ring abkaufen wollten, ändert nichts an deiner Sicht der Dinge?“

„Nein“, sagte Baldur bestimmt. „Und jetzt muss ich arbeiten.“

Völlig frustriert setzte sich Magnus an seinen Schreibtisch. Was ihn am meisten wurmte, war die Tatsache, dass Baldur Recht haben könnte. Der isländische Kollege war ein guter Kriminalist – aber das war Magnus auch. Fakt war, dass Tómas Hákonarson Gelegenheit gehabt hatte, Agnar umzubringen, aber kein Motiv, soviel sie bisher wussten. Isildur und Gimli, wie sie sich gern nannten, hatten dagegen Motive noch und nöcher.

Der Arbeitsplatz gegenüber Magnus war leer – Árni saß noch im Flieger nach Kalifornien. Magnus rief ihn auf dem Handy an und hinterließ eine Nachricht auf der Mailbox: Isildur halte sich in Reykjavík auf, Árni könne ruhig wieder nach Hause kommen.

Dann fuhr er seinen Computer hoch und schaute nach neuen E-Mails. Eine war von Deputy Superintendent Williams, der sich für Colbys missglückten Personenschutz entschuldigte. Er behauptete, es habe den ganzen Abend eine Streife vor dem Haus gestanden, aber niemand habe etwas gesehen. Von Colby selbst gab es keine Spur. Sie hatte ihrem Chef und ihren Eltern nur mitgeteilt, dass sie für eine Weile fort sei.

Der Jugendliche, auf den Magnus geschossen hatte, war gestorben. Die gerichtliche Untersuchung der Schießerei mit nunmehr zwei Toten war auf die Zeit nach dem Lenahan-Prozess verschoben worden, der – das war die interessanteste Neuigkeit – voraussichtlich in der kommenden Woche beginnen würde. Magnus sollte so bald wie möglich aussagen. Das FBI hoffte, dass Lenahan danach auspacken würde. Man wollte Magnus demnächst seine Flugverbindung durchgeben, das FBI würde ihn am Flughafen abholen und in einen geheimen Unterschlupf bringen.

Er schrieb rasch zurück, dass er froh sei, bald wieder zu Hause zu sein. Als er an Colby dachte, musste er grinsen. Wenn selbst die Bostoner Polizei sie nicht fand, stellte sie sich wirklich geschickt an. Er schrieb ihr eine kurze Mail, sie solle ihm Bescheid geben, wie es ihr gehe, falls sie die Möglichkeit dazu habe.

Dann kehrten seine Gedanken zum aktuellen Fall zurück. Die Vorstellung, Baldur die Aufklärung zu überlassen, gefiel ihm ganz und gar nicht.

Wenn er Recht hatte und Baldur nicht, dann war der Ring Dreh- und Angelpunkt der Geschichte. Wo war das verfluchte Ding bloß? Agnar war Experte für mittelalterliche isländische Literatur gewesen. Sicherlich kannte er Dutzende von Volksmärchen und Legenden, in denen es Hinweise auf das Versteck des Rings gegeben haben könnte.

Dann fiel Magnus der Eintrag in Agnars Tagebuch ein: *Hruni*. Vigdís hatte den dortigen Pastor befragt, den Freund von Dr. Ásgrím, doch der hatte nichts Interessantes zu erzählen gehabt. Magnus musste selbst noch mal mit ihm reden. Aber vorher wollte er mit Ingileif sprechen. Obwohl er nicht annahm, dass sie den Ring besaß, durfte er diese Möglichkeit nicht außer Acht lassen. Und ja, verflixt, er wollte sie wiedersehen.

MAGNUS ging zur Galerie und erfuhr dort, dass Ingileif am Dienstagnachmittag normalerweise zu Hause arbeitete. Er brauchte zu Fuß nur zehn Minuten bis zu ihrer Wohnung. Als Ingileif ihm die Haustür öffnete, schien sie sich im ersten Moment zu freuen. Ihr Lächeln war offen und warm, wurde aber gleich darauf von Zweifeln umwölkt. Dennoch bat sie ihn herein.

Magnus nahm auf einem der Chromsessel Platz und sagte Ja, als Ingileif ihm ein Glas Wein anbot.

„Ich dachte, im Dienst darfst du nicht trinken?“, wunderte sie sich.

„Ich weiß gar nicht genau, ob ich im Dienst bin“, erwiderte Magnus.

„Ach. Mir war nicht klar, dass du mich einfach nur so besuchen wolltest.“

„Nun, auf jeden Fall ist es keine offizielle Befragung“, erklärte Magnus. „Ich brauche deine Hilfe.“

„Ich dachte, ich hätte euch schon geholfen“, meinte Ingileif. „Auch wenn ich zugeben muss, dass ich am Anfang nicht sehr kooperativ war.“

„Ich möchte mit dir über den Ring sprechen. Ich muss wissen, wo er steckt.“

„Ich habe keine Ahnung“, erklärte Ingileif. „In irgendeiner kleinen Felsspalte in der isländischen Wildnis …“

„Agnar glaubte, ihn gefunden zu haben“, warf Magnus ein. „Er versuchte Lawrence Feldman nämlich nicht nur die Saga zu verkaufen, sondern auch den Ring.“ Er berichtete von den Textnachrichten, die Steve Jubb am Abend von Agnars Tod an Feldman geschickt hatte, und von Feldmans Vermutung, dass Agnar gewusst habe, wo der Ring sei.

„Irgendjemand hat ihn also?“, fragte Ingileif.

„Sieht so aus“, meinte Magnus. „Und die meisten Anhaltspunkte sprechen dafür, dass du das bist.“

Ingileif runzelte die Stirn. „Ich weiß nicht, wo er ist. Wenn ich ihn hätte, würde ich es dir sagen. Glaubst du mir das?"

„Ja", antwortete Magnus. Er wusste, dass er als Polizeibeamter seine Zweifel behalten sollte, aber ein guter Polizist würde auch keinen Wein in ihrer Wohnung trinken. Er hatte es aufgegeben, hier in Island ein guter Polizist zu sein. Er wollte nur noch herausfinden, wer Agnar umgebracht hatte.

„Dein Bruder sagte, dein Vater habe sich eurem Pastor anvertraut. Die beiden hätten Theorien ausgearbeitet, wo der Ring sein könnte. Kannst du mir mehr über diesen Pastor erzählen?"

„Er ist ein sonderbarer Mensch. Meine Freundinnen fürchteten sich vor ihm und waren zugleich fasziniert. Er brachte sie ganz durcheinander."

„Dich nicht?"

„Nein, mit mir ging er immer ganz unkompliziert um, vermutlich wegen meines Vaters."

„Hast du ihn in letzter Zeit mal gesehen?"

„Er hat Ende letzten Jahres meine Mutter beerdigt. Das hat er gut gemacht." Ingileif trank ihr Glas aus. „Möchtest du noch ein Glas Wein?"

Magnus nickte, und sie füllte beide Gläser nach.

„Ich denke zurzeit viel über den Tod meines Vaters nach. Ich weiß, dass du wegen Agnar ermittelst, aber ich frage mich, ob der Tod meines Vaters wirklich so ablief, wie es damals dargestellt wurde."

„Wie denn?"

„Mein Vater und der Pastor machten Anfang Mai eine zweitägige Campingtour in die Berge westlich des Flusses Thjórsá." Ingileif trank einen Schluck Wein. „Am zweiten Tag kam ein Schneesturm auf. Sie verirrten sich, mein Vater stürzte über eine Felskante und schlug zwanzig Meter tiefer auf. Der Pastor ist zu ihm hinuntergeklettert und hat hinterher behauptet, Vater sei schwer verletzt, aber noch am Leben gewesen. So schnell er konnte, lief er los, um Hilfe zu holen, doch er verirrte sich erneut. Sechs Stunden später erreichte er einen Schafbauernhof und nahm den Bauern mit zur Unglücksstelle. Als sie ankamen, war mein Vater tot: Schädel- und Genickbruch. Die Leute von der Rechtsmedizin sagten, er starb nur Minuten nach dem Sturz."

„Das tut mir leid", sagte Magnus. „Mein Vater starb, als ich zwanzig war. Ich weiß, wie hart das ist."

Ingileif lächelte flüchtig. „Man kann sich nie wirklich damit abfinden, auch wenn man irgendwann glaubt, man hätte es überwunden, nicht wahr?"

Magnus nickte. „Denkst du, er wurde hinuntergestoßen?"

„Von Pastor Hákon? Du meinst, sie fanden den Ring, und der Pastor schubste meinen Vater über die Kante, um den Ring für sich zu haben?"

Magnus zuckte die Schultern. „Was meinst du denn?“

„Ich weiß es nicht“, sagte Ingileif. „Der Pastor und mein Vater waren gute Freunde. Nach dem Unglück zog sich der Pastor von allen zurück und wurde immer sonderbarer. Einige Jahre später verließ ihn seine Frau. Es gab niemanden im Dorf, der dafür kein Verständnis gehabt hätte.“

„Ich glaube, ich sollte Pastor Hákon morgen mal einen Besuch abstatten“, sagte Magnus nachdenklich.

„Kann ich mitkommen?“, fragte Ingileif. „Ich muss herausfinden, was damals wirklich geschah. Es ist schon lange her, aber es gibt noch immer so viele offene Fragen. Der Mord an Agnar hat das anscheinend alles wieder aufgewühlt. Ich muss diese Fragen einfach klären, wenn ich mein Leben auf die Reihe bekommen will. Verstehst du das?“

„Allerdings“, erwiderte Magnus. „Du weißt gar nicht, wie gut ich das verstehe.“ Er dachte über ihre Bitte nach. Eigentlich war es nicht üblich, einen Zeugen zur Befragung eines anderen mitzunehmen …

„In Ordnung“, sagte er lächelnd. „Ich würde mich freuen.“

Ingileif erwiderte das Lächeln. „Erzähl mir von deinem Vater“, sagte sie.

Magnus warf einen kurzen Blick auf die Frau, die ihm gegenübersaß und ihn aus ihren grauen Augen mitfühlend ansah. Auch das war bei Ermittlungen nicht üblich, doch er erzählte. Von seiner frühen Kindheit, der Trennung seiner Eltern, seinem Umzug nach Amerika. Von der Stiefmutter, dem Mord an seinem Vater und seiner jüngsten Entdeckung, dass der Vater Ehebruch begangen hatte. Eine Stunde unterhielten sie sich, vielleicht auch zwei. Erst über Magnus, dann über Ingileif.

Schließlich erhob sich Magnus. „Willst du immer noch nach Hruni mitkommen? Zu Pastor Hákon?“

„Gern“, sagte Ingileif.

„Gut.“ Magnus wollte sich gerade verabschieden, da fiel ihm plötzlich etwas ein. „Warte mal … Dieser Pastor … Hat er vielleicht einen Sohn?“

„Ja. Zufällig habe ich ihn heute getroffen. Er ist ein alter Freund von mir.“

„Und wie heißt er?“

„Tómas. Tómas Hákonarson. Ein beliebter Fernsehmoderator. Eigentlich müsstest du ihn kennen.“

„In der Tat“, sagte Magnus. „Ich kenne ihn.“

Es klingelte, und Johnny Yeoh schob ächzend den Stuhl zurück. Fünf Stunden am Stück hatte er sich seinem Lieblingscomputerspiel gewidmet. Zeit, zwischendurch mal eine Kleinigkeit zu essen. Er sah auf die Uhr: Halb eins in der Nacht. Vor einer Dreiviertelstunde hatte er eine Pizza bestellt.

Er drückte auf den Türöffner für den Hauseingang und schloss gleich darauf die Wohnungstür auf, um den Pizzaboten hereinzulassen. Doch die Tür wurde gewaltsam aufgestoßen, Johnny stolperte rückwärts gegen die Wand und hatte plötzlich einen Revolverlauf im Mund. Zwei undurchdringliche braune Augen starrten ihn an, nur Zentimeter von seinen entfernt.

„Johnny, ich hab ein paar Fragen an dich." Der Fremde zog die Waffe zurück und hielt sie ihm zwei Zentimeter vor die Lippen. „Hast du was für einen Cop namens Magnus Jonson erledigt?"

Johnny nickte eifrig.

„Hast du ihm die Adresse von einem Typen in Kalifornien rausgesucht?"

Abermals nickte Johnny.

„Wie wär's, wenn du mir die aufschreiben würdest?" Der Mann war groß und schlank, hatte einen glatten bräunlichen Teint.

„Ich muss im Computer nachsehen", erklärte Johnny bereitwillig.

„Dann mach! Aber ich schau zu. Also keine Notrufe verschicken!"

Johnny Yeoh ging an seinen Schreibtisch und setzte sich vor den Computer. Dabei spürte er die ganze Zeit den Lauf der Waffe an seinem Hinterkopf. In weniger als einer Minute hatte er die Adresse von Lawrence Feldman gefunden und auf einen Zettel geschrieben.

„Hat Jonson gesagt, wo er ist?", fragte der Fremde.

„Nein", antwortete Johnny beflissen. „Ich habe nicht mit ihm gesprochen. Er hat mir nur eine E-Mail geschickt."

„Wo kam die her?"

„Weiß ich nicht. Hab nicht drauf geachtet."

„Dann guck nach!" Wieder wurde ihm die Waffe in den Nacken gestoßen.

Johnny fand die Mail von Magnus. Die Domain war lrh.is. Er runzelte die Stirn. „Wo soll das denn sein?"

„Hey, das frage ich dich!"

„Schon gut, schon gut. Ich schau nach." Johnny brauchte keine Minute, um herauszufinden, dass .is für Island stand.

„Aber Island ist nicht Schweden, oder?"

„Nein", sagte Johnny.

„Ist es in der Nähe von Schweden?"

„Nicht direkt", erwiderte Johnny. „Island gehört zwar zu Skandinavien, aber es liegt bestimmt tausend Kilometer von Schweden entfernt. Na ja, vielleicht sind es auch zwei…"

„Halt die Klappe, das reicht." Der Mann mit dem Revolver schnappte sich den Zettel und ging rückwärts zur Tür. „Mit dir macht dieses Spielchen echt keinen Spaß, Oberstreber."

Dann tat er etwas sehr Sonderbares: Er blickte Johnny Yeoh direkt in die Augen. Hielt sich den Revolver an die eigene Schläfe. Grinste.

Und drückte ab.

8

Der Pastor nahm die Zeitung, die er unten in Fludir gekauft hatte, mit in sein Arbeitszimmer und las den Bericht über die Ermittlungen im Mordfall Agnar. Es klang, als wäre die Polizei nach der Verhaftung des Engländers nicht recht vorangekommen. Grinsend dachte der Pastor daran, wie er die dunkelhäutige Kommissarin aus der Fassung gebracht hatte. Aber er sollte nicht zu selbstgefällig sein, das war gefährlich.

Die Polizei bat alle Zeugen, die am Sommeranfang jemanden zu dem Uferabschnitt des Thingvellir-Sees hinunterfahren sehen hatten, sich zu melden. Das machte ihm Sorgen. Es gab zwar keinen Grund, weshalb die Polizei ihm noch einen Besuch abstatten sollte. Dennoch wollte er darauf vorbereitet sein. Sein Blick wanderte zu dem Bücherstapel auf seinem Schreibtisch. Eigentlich hätte er sich wieder an das Leben des Sæmundur setzen sollen. Aber er wurde die Unruhe nicht los, die der Zeitungsartikel in ihm ausgelöst hatte.

Der Pastor verließ das Haus und ging zur Kirche hinüber. Sonnenlicht strömte durch die klaren Glasfenster herein. Die hellblaue Decke war mit goldenen Sternen verziert, die Kanzel und die kleine elektronische Orgel waren aus hellem Kiefernholz. Der Pastor ging zum Altar, der in roten Samt gehüllt war. Dahinter hing ein Bild des Letzten Abendmahls.

An Tagen wie diesen behaupteten manche Gemeindemitglieder, sie könnten Gott in der Kirche spüren. Doch nur der Pastor wusste, was sich hier tatsächlich verbarg. Unter der prächtigen Samtdecke war der Altar ein schäbiger alter Kiefernschrank, in dem Stapel offizieller Mitteilungen aus den letzten Jahrzehnten lagen. Der Pastor griff unter den Stapel auf der rechten Seite und tastete nach dem vertrauten runden Gegenstand.

Der Ring. Er zog ihn hervor und schob ihn auf seinen rechten Ringfinger. Der Pastor hatte ziemlich kräftige Hände, dennoch saß der Ring wie angegossen. Er war für die Hand eines Kriegers gemacht. Und jetzt gehörte er dem Pastor von Hruni.

BEI DER Morgenbesprechung nahm Baldur keinerlei Notiz von Magnus. Er trug ausschließlich Beweise gegen Tómas Hákonarson zusammen. Niemand hatte Tómas an jenem Abend nach Hause kommen sehen, weder zu der von ihm angegebenen Zeit, also zwischen fünf und sechs Uhr, noch deutlich später. An den Turnschuhen, die er angeblich an jenem Abend getragen hatte, waren nur wenige Bodenpartikel zu finden, aber das Labor wollte noch gründlichere Tests durchführen.

Während der gesamten Sitzung richtete Baldur nicht ein Mal das Wort an Magnus. Er bat ihn weder um seine Meinung, noch erteilte er ihm Aufgaben für die Ermittlung. Dem Leiter der Mordkommission, Thorkell Holm, entging das natürlich nicht.

Magnus gab sich größte Mühe, seinen Ärger zu verbergen. Baldur konnte ihn mal! Selbstverständlich würde er ihm alles über Tómas' Vater erzählen, aber erst wenn er selbst mit dem Pastor gesprochen hatte.

LAWRENCE FELDMAN saß im Fond eines schwarzen Mercedes-Geländewagens und betrachtete die Gefängnisanlage von Litla Hraun. Die einstündige Fahrt von Reykjavík hier herüber war atemberaubend gewesen. Als sie über Lavafelder bis in die Wolkendecke hinauffuhren, hatte Feldman das Gefühl gehabt, irgendwo in Mittelerde zu sein, vielleicht am Rande von Mordor, der Heimat des dunklen Herrschers Sauron.

Seltsame Flechten und Moose bedeckten die Felsen, manche in hellem Grün, andere grau oder orange. Schneefelder zogen sich die Berghänge hinauf. Neben der Straße stiegen Dampfwolken aus dem Boden. Mordor …

Feldman hatte beschlossen, im Auto sitzen zu bleiben, während Kristján Gylfason – der Anwalt, den er für Gimli engagiert hatte – ins Gefängnis hineinging, um Jubb abzuholen. Endlich tauchte Kristjáns elegante Gestalt wieder im Eingang auf, begleitet von einem großen Mann im blauen Trainingsanzug, der einen dicken Bauch vor sich herschob. Feldman entriegelte von innen die Wagentür und stieß sie auf. „Gimli!"

Mit einem Grunzen ließ sich Jubb neben ihm auf den Rücksitz fallen. „Alles okay?", fragte er.

Feldman zögerte. Obwohl er Gimli zum ersten Mal persönlich traf, kam es ihm vor, als kenne er ihn schon ewig. Die Gefühle übermannten ihn. Linkisch beugte er sich vor, um Gimli zu umarmen.

Jubb blieb ungerührt. „Ist ja gut, Kumpel", sagte er mit seinem starken Yorkshire-Akzent.

Feldman löste sich rasch wieder von ihm. „Wie war es da drin?", wollte er wissen. „Ist es wirklich so schlimm, wie man sagt?"

„Ach was, war schon in Ordnung. Essen war okay. Aber das Fernsehen hier in diesem Land ist großer Mist."

Feldman musterte Jubb eingehend, um herauszufinden, ob der Engländer seine Gefängniserfahrungen zu beschönigen versuchte. Unter seinem prüfenden Blick rutschte Gimli verlegen hin und her.

„Danke für die Hilfe, Lawrence. Mit dem Anwalt und allem."

„Schon gut. Und sag bitte Isildur zu mir. Ich nenne dich Gimli."

„Meinetwegen." Jubb zuckte mit den Schultern. „Ich hab denen nichts erzählt. Die haben anscheinend schon eine Menge rausbekommen, aber von mir haben sie's nicht."

„Natürlich nicht", erwiderte Feldman und fühlte sich auf der Stelle schuldig, weil er der Polizei unter deutlich weniger Druck so viel verraten hatte.

Kristján ließ den Wagen an, um nach Reykjavík zurückzufahren.

Feldman warf seinem Begleiter einen Seitenblick zu. „Weißt du, Gimli, Gauks Saga mag vielleicht für uns verloren sein, aber den Ring können wir immer noch finden. Willst du mir helfen?"

„Nach allem, was hier passiert ist?", fragte Gimli.

„Wenn du keine Lust mehr hast, kann ich das natürlich verstehen", versicherte Feldman. „Aber wenn wir ihn finden würden, könnten wir teilen: Ich bekomme ihn fünfundsiebzig Prozent der Zeit, du fünfundzwanzig – also jedes Jahr drei Monate."

Jubb starrte aus dem Fenster und nickte. „Hm, ich hab schon so viel mitgemacht, jetzt soll es sich auch lohnen. Und wo fangen wir an?"

„Hat Agnar irgendwie angedeutet, wo der Ring sein könnte?"

„Nein. Aber als man mich verhört hat, war von zwei Geschwistern die Rede: Peter Ásgrímsson und Ingi… sowieso Ásgrímsdóttir. Ich glaube, dass das die beiden sind, die Agnar die Saga angeboten haben."

„Gut. Dann müssen wir sie nur noch finden. Kristján? Können Sie uns helfen?"

„Das würde ich nicht für klug halten. Wenn ich Sie auch künftig vertreten soll, ist es besser, ich weiß so wenig wie möglich von der Sache."

„Verstehe. Können Sie uns denn einen guten Privatermittler empfehlen? Einen, der bereit ist, die Gesetze etwas großzügiger auszulegen, um herauszubekommen, was wir wissen wollen?"

„Die Ermittler, mit denen wir zusammenarbeiten, würden so etwas niemals tun", sagte Kristján.

„Wen würden Sie denn dann *nicht* empfehlen?", fragte Jubb.

„Es gibt einen Mann namens Axel Bjarnason", antwortete Kristján. „Dem würde ich mich auf keinen Fall anvertrauen. Sie finden seinen Namen im Telefonbuch unter A – bei uns stehen die Leute unter ihren Vornamen drin."

KURZ NACH Mittag hielt Magnus in seinem silbernen Toyota vor der Galerie, um Ingileif zur Fahrt nach Hruni abzuholen. Sie sah gut aus in Jeans und Anorak, das blonde Haar zum Pferdeschwanz zurückgebunden. Und sie wirkte erfreut, Magnus zu sehen.

Unter einer großen dunklen Wolke verließen sie Reykjavík, rechts und links erstreckten sich die Vororte Grafarvogur und Breidholt. Als sie den Pass im Südosten hinauffuhren, verschmolzen Wolken und Lavalandschaft miteinander, bis sie den letzten Anstieg erklommen hatten und in ein weitläufiges Tal hinabschauten, das sich im Sonnenschein vor ihnen ausbreitete.

„Erzähl mir von Tómas“, schlug Magnus vor.

„Ich kenne ihn eigentlich, seit ich denken kann“, sagte Ingileif. „Wir waren schon zusammen auf der Grundschule in Fludir. Seine Eltern trennten sich, als er ungefähr vierzehn war. Tómas zog mit seiner Mutter nach Hella. Er ist völlig anders als sein Vater, nimmt alles auf die leichte Schulter und hat ein einnehmendes Wesen, auch wenn ich ihn nie wirklich attraktiv fand.“

Sie unterbrach sich, als Magnus um eine besonders steile Kurve fuhr und einem entgegenkommenden Lkw ausweichen musste.

„Nach der Uni hing er eine Weile in der Luft“, fuhr Ingileif fort. „Dann fing er als Journalist an und hatte plötzlich diese Sendung, die er jetzt moderiert: ‚Auf den Punkt‘. Ich glaube, der Erfolg ist ihm ein bisschen zu Kopf gestiegen. Er hat immer schon gern getrunken, auch Drogen genommen, und auf seinen Partys geht es angeblich ziemlich wild zu.“

„Warst du mal auf einer dabei?“

„Nee. Ich habe Tómas in letzter Zeit nicht mehr oft gesehen. Aber bei unserem Treffen gestern hat er mich zu einer Party am Samstag eingeladen.“

„Dafür würde ich mir an deiner Stelle noch kein neues Kleid kaufen.“

Ingileif nickte. „Ich habe schon gehört, dass er womöglich etwas anderes vorhat.“

„Wie war er denn drauf, als ihr euch gestern gesehen habt?“

Ingileif erzählte von ihrem Treffen mit Tómas im Café Mokka und von seinen seltsamen Fragen zum Mordfall Agnar.

„Kommt er gut mit seinem Vater aus?“, wollte Magnus wissen.

„Wie es heute ist, weiß ich nicht. Früher war es die klassische Beziehung zwischen einem übermäßig anspruchsvollen Vater und einem Sohn, der es ihm gern recht machen will, das aber nie so richtig schafft.“

„Das heißt, er würde seinem Vater einen Gefallen tun – auch einen großen Gefallen?“

„Zum Beispiel jemanden ermorden?“ Ingileif dachte kurz darüber nach. „Ich kann es mir nicht vorstellen. Aber ich kann mir ohnehin nicht vorstellen, dass hier in Island jemand einen anderen Menschen umbringt.“

„Das passiert überall“, sagte Magnus, „auch hier.“

Sie waren unten in der Talebene angelangt und fuhren nun auf einer langen, geraden Straße zwischen bräunlichen Wiesen hindurch.

„Und du? Lieferst du dir in Amerika als schießwütiger Cop Verfolgungsjagden mit den Gangstern? Wie im Fernsehen?“, fragte Ingileif.

„Ach was, in den Fernsehkrimis ist immer alles verkehrt. Aber es stimmt, ich trage eine Waffe. Und Boston ist tatsächlich voll von schlechten Menschen, zumindest die Gegend, wo ich ständig hingeschickt werde.“

„Macht dich das nicht fertig? Oder findest du es eher aufregend?“

„Weiß nicht recht“, sagte Magnus abweisend. Außenstehenden war das Leben bei der Polizei nur schwer zu erklären. Colby hatte es nie begriffen.

„Entschuldige, dass ich gefragt habe.“ Ingileif wandte sich von ihm ab und schaute aus dem Fenster.

Magnus biss sich auf die Unterlippe. Vielleicht war er ungerecht zu ihr. Am Abend zuvor hatte sie sich ja auch bemüht, ihn zu verstehen.

„Auf meinem College gab es ein Mädchen namens Erin“, nahm er das Gespräch wieder auf. „Sie ging immer nach Providence, um mit vernachlässigten Kindern zu arbeiten. Providence zählt bis heute zu den Städten mit der höchsten Kinderarmut und der meisten Jugendkriminalität der USA. Damals herrschten dort wirklich schlimme Zustände. Ich begleitete Erin ein paarmal, weil ich es gut fand, was sie dort machte. Aber hauptsächlich natürlich, weil sie das schönste Mädchen vom ganzen College war.“

„Wie romantisch!“

„Ja. Und sie tat wirklich viel Gutes. Sie konnte super mit Kindern umgehen. Wenn Erin einen verkorksten Jugendlichen kennen lernte, der mit Drogen dealte oder seine Nachbarn mit dem Messer bedrohte, dann sah sie in ihm den verängstigten kleinen Jungen, der von seinen Eltern und der Gesellschaft im Stich gelassen worden war.“

„Und du?“

„Ich hab auch versucht, es so zu sehen wie sie, wirklich. Aber für mich gab es gute und schlechte Menschen, und in meinen Augen waren die schlechten dafür verantwortlich, wenn ein ganzes Viertel den Bach runterging und dort immer mehr Jugendliche auf Abwege gerieten. Deshalb wollte ich nur eines tun, nämlich diese kleinen Miststücke davon abhalten, das Leben anderer Leute zu ruinieren – so wie mein Leben von dem Kerl zerstört wurde, der meinen Vater umgebracht hat.“

„Deshalb bist du zur Polizei gegangen?“

„Genau. Erin dagegen wurde Lehrerin.“ Magnus lächelte schief. „Und irgendwie glaube ich, sie hat die Welt mehr verbessert als ich.“

Schweigend fuhren sie weiter, querten die Brücke über die Ölfusá und folgten der Straße durch die Stadt Selfoss.

„Wie lange bleibst du noch in Island?“, wollte Ingileif wissen.

„So wie's aussieht, werde ich nächste Woche zurück in die Staaten fliegen, um als Kronzeuge in einem Prozess auszusagen."

„Kommst du danach wieder?"

Magnus schüttelte den Kopf. „Nach Möglichkeit nicht."

„Oh, gefällt es dir nicht in Island?" Ingileif klang gekränkt.

„Doch, es ist wirklich schön hier, aber es weckt zu viele unangenehme Erinnerungen in mir. Und meine Arbeit bei der Polizei von Reykjavík läuft auch nicht richtig rund. Ich komme mit dem Chef nicht gut klar."

Wieder schwiegen sie eine Weile.

„Hast du eigentlich eine Freundin in Boston?", fragte Ingileif dann.

„Nein." Magnus dachte an Colby. Wenn sie jemals seine Freundin gewesen war, dann war sie jetzt seine Exfreundin.

„Guck mal, die Hekla!" Ingileif zeigte nach vorn auf den breiten, schneebedeckten Bergrücken von Islands berühmtestem Vulkan. In den vergangenen vierzig Jahren war er vier Mal ausgebrochen, und alle paar Jahrhunderte ereignete sich ein ganz großer Ausbruch wie der im Jahr 1104, bei dem Gauks Bauernhof in Stöng unter Asche begraben wurde.

„Wusstest du, dass es in Boston Zimtgebäck gibt, das Hekla heißt? Kleine Schnecken, die mit Zuckerguss überzogen sind", erklärte Magnus. „Sie sehen genauso aus wie der Vulkan."

„Explodieren sie auch manchmal plötzlich, wenn man sie essen will?"

„Nicht dass ich wüsste."

„Dann sind das keine echten Heklas. Eine Hekla ist unberechenbar." Ingileif grinste. „Ich kann mich noch an den Ausbruch von 1991 erinnern. Damals war ich zehn Jahre alt. Es begann irgendwann im Januar, mitten in der Nacht. Der Vulkan glühte in Rot und Orange, und gleichzeitig sah man einen grünen Streifen Nordlicht darüber schweben. Das Bild werde ich nie vergessen."

Bald wandte sich die Straße nach Norden, und sie verloren den Vulkan aus dem Blick. Zwei Kilometer vor Fludir bogen sie an der Abzweigung nach Hruni ab und schlängelten sich durch die Hügellandschaft, bevor sie erneut in ein Tal gelangten, wo sie die kleine weiße Kirche unter dem Felsvorsprung sahen. Auf dem leeren Parkplatz davor stellten sie den Wagen ab.

Magnus und Ingileif gingen auf das Pfarrhaus zu und drückten auf die Klingel. Nichts geschah. In der Garage stand ein roter Suzuki.

„Komm, wir schauen in der Kirche nach", schlug Ingileif vor.

Sie betraten das Gebäude, das hübsch war, aber leer. Als sie wieder herauskamen, bemerkte Magnus einen etwa sechzehnjährigen Jungen bei der alten Scheune neben dem Pfarrhaus. „Hast du den Pastor gesehen?", rief er ihm zu.

„Ja, heute Morgen."

„Weißt du vielleicht, wo er jetzt ist? Hat er noch ein anderes Auto?“

„Nein. Vielleicht ist er spazieren gegangen. Das macht er manchmal. Dann ist er den ganzen Tag unterwegs.“

„Danke.“ Magnus sah auf die Uhr. Halb vier. „Und jetzt?“

„Wir könnten zusammen nach Fludir fahren“, schlug Ingileif vor. „Ich zeige dir die übrigen Briefe von Tolkien an meinen Großvater.“

„Gute Idee“, sagte Magnus. „Dann kommen wir später noch mal her.“

DIE AUSTURSTRÆTI war nur einen Häuserblock vom Hótel Borg entfernt. Die beiden Männer an Isildurs Seite – der kräftige Trucker aus England und der isländische Expolizist – gaben ihm ein Gefühl von Sicherheit.

Als Jubb Axel Bjarnason am Telefon sein Honorarangebot unterbreitet hatte, war der Privatdetektiv sofort bereit gewesen, dafür alles stehen und liegen zu lassen. Allerdings hatte Steve Jubb den Verdacht, dass es in Bjarnasons Büro ohnehin nicht allzu viel gab, was liegen bleiben würde. Doch zweifellos kannte sich der Mann in der Stadt aus. Er konnte sofort Pétur Ásgrímssons Namen einordnen und brauchte nur Sekunden, um sich zu vergewissern, dass Ingileifs Galerie tatsächlich da war, wo er dachte. Keine Viertelstunde später war der Detektiv im Hótel Borg aufgekreuzt.

Isildur war hochgradig nervös. Er befand sich in einem fremden Land, ein Mord war geschehen, und der Mörder ging womöglich gerade neben ihm her. Isildur wollte gar nicht weiter darüber nachdenken, ob am Ende doch Gimli den Professor umgebracht hatte. Er wusste, dass ihr Unternehmen wenig Aussicht auf Erfolg hatte. Vielleicht würde die Polizei den Ring vor ihnen entdecken, vielleicht erwies er sich als Fälschung, oder es würde ihn nie jemand finden. Trotzdem: Es bestand die Chance, dass Isildur schließlich der Besitzer des Einen Rings sein würde. Eine umwerfende Vorstellung.

Der Eingang des Neon befand sich direkt an der Straße, doch Bjarnason führte sie daran vorbei und hinter das Gebäude. Dort gab es eine zweite Tür, durch die ein junger Mann Kartons mit Wodka hineintrug. Bjarnason hielt ihn an und fragte etwas auf Isländisch. Der Typ brachte die drei nach unten, zu einem kleinen Büro, wo ein großer schlanker Mann mit kahl rasiertem Schädel in ein ernstes Gespräch mit einer rothaarigen Frau vertieft war.

Der Mann sah hoch. „Ja?“ Keine Andeutung eines Lächelns.

„Ich heiße Lawrence Feldman, und das hier ist Steve Jubb …“

„Was wollen Sie? Ich dachte, Sie sitzen im Knast“, fiel Ásgrímsson Isildur ins Wort, den Blick feindselig auf Jubb gerichtet. Dann wandte er sich Isildur zu. „Wenn Sie die Saga wollen, die hat die Polizei. Und wenn die damit durch ist, werden wir sie ganz bestimmt nicht an Sie verkaufen.“

Isildur ließ sich nicht einschüchtern. „Das können wir ein andermal besprechen. Im Moment möchten wir mit Ihnen über Gauks Ring reden."

„Verlassen Sie auf der Stelle meinen Klub!"

„Wir zahlen gut. Sehr gut", fuhr Isildur ungerührt fort.

„Jetzt hören Sie mir mal zu", sagte Ásgrímsson. „Wegen dieser verfluchten Saga ist ein Mann gestorben. Genau genommen zwei Männer, wenn man meinen Vater dazurechnet. Meine Familie hat die Saga jahrhundertelang geheim gehalten, aus gutem Grund, wie man jetzt sieht. Sie wäre immer noch geheim, wenn es Sie nicht gäbe, mit Ihrer Rumschnüffelei und Ihren Dollars, die Sie überall herumschwenken." Er trat einen Schritt auf Isildur zu. „Sie sehen doch, was dabei herauskommt: Professor Agnar Haraldsson ist tot! Belastet Sie das nicht? Finden Sie nicht, dass Sie sich einfach so schnell wie möglich wieder nach Amerika verdrücken sollten?"

„Mister Ásgrímsson …"

„Raus!", schrie Pétur und zeigte auf den Ausgang. „Haut endlich ab!"

Der Pastor schwitzte in der Sonne. Was für ein herrlicher Tag. In dem Hochtal, in dem er unterwegs war, schmolz bereits der Schnee. Das Gras, das darunter zum Vorschein kam, war noch gelb, nur am Bachufer gab es saftig grüne Stellen. Frühling!

Auf der linken Seite des Tals ragten Felsen empor. Der Pastor verließ den Weg und stapfte durch das gelbe Gras auf die Felswand zu. Seit die Radionachrichten am Mittag gemeldet hatten, dass Tómas als Verdächtiger im Mordfall Agnar Haraldsson festgenommen worden war, wusste der Pastor, dass er ein gutes neues Versteck finden musste. Er blieb stehen und betrachtete den Ring an seiner rechten Hand. Dabei ging ihm durch den Sinn, wie Ásgrím und er den Ring vor siebzehn Jahren gefunden hatten. Es war der großartigste, wichtigste Moment in seinem Leben gewesen. Und in Ásgríms natürlich, auch wenn dessen Leben wenig später zu Ende gewesen war.

Seither hatte der Pastor den Ring immer wieder getragen. Er liebte ihn, er verehrte ihn. Manchmal saß er einfach nur da und betrachtete ihn, bestaunte seine Geschichte und die geheimnisvolle Aura, die ihn umgab. Doch obwohl der Ring Hákon jedes Mal, wenn er ihn überstreifte, ein umwerfendes Gefühl von Erhabenheit verlieh, war die Enttäuschung des Pastors mit der Zeit immer größer geworden. Er hatte geglaubt, der Ring habe ihn wegen seines Wissens über den Teufel und Sæmundur erwählt, und hatte sich mit noch mehr Eifer in seine Studien vertieft. Aber nichts war geschehen. Der Weg zu Macht und Herrschaft hatte sich ihm nicht offenbart.

Jetzt stocherte er in den Felsen herum und suchte einen Hohlraum ähnlich der Nische, in der er den Ring seinerzeit gefunden hatte. Doch plötzlich hielt er inne. Vielleicht sollte er ihn gar nicht verstecken? Der Ring hatte sich ihm und Ásgrím bestimmt nicht gezeigt, um dann wieder von der Bildfläche zu verschwinden. Er wollte doch entdeckt werden.

Der Altar in der Kirche von Hruni war zwar nicht das beste Versteck. Jeder, der halbwegs gründlich danach suchte, konnte den Ring dort finden. Aber er war dort am *richtigen* Platz. Der Pastor nahm den Ring ab, barg ihn in seiner Hand, schloss die Augen und versuchte zu fühlen, was der Ring ihm sagte. Ja, die Kirche war wirklich der richtige Aufbewahrungsort.

Hákon machte auf dem Absatz kehrt und ging mit weit ausgreifenden Schritten zurück in Richtung Hruni. Er schaute auf die Uhr. Mit etwas Glück würde er bei Einbruch der Nacht zu Hause sein.

INGILEIFS Haus – oder vielmehr das ihrer Familie – stand am Ufer des Flusses, der durch Fludir rauschte. Der Ort wirkte wohlhabend. Es gab ein Lebensmittelgeschäft, ein Hotel, zwei Schulen, einige Verwaltungsgebäude und mehrere Gewächshäuser, die mithilfe heißer Quellen beheizt wurden. Ingileif sagte, hier finde man den besten Ackerboden in ganz Island.

Das einstöckige Haus war heimelig und doch groß genug für eine fünfköpfige Familie. Im ehemaligen Elternschlafzimmer breiteten Magnus und Ingileif den Inhalt etlicher Pappkartons auf dem Boden aus. Es gab tatsächlich ein Dutzend Briefe von Tolkien an Ingileifs Großvater Högni, die nach dessen Tod in den Besitz ihres Vaters übergegangen waren. Ingileif zeigte Magnus eine Erstausgabe von „Die Gefährten", dem ersten Band von „Der Herr der Ringe". Das Buch war mit einer handschriftlichen Widmung versehen: *Für Högni Ísildarson – eine gute Geschichte gebiert die nächste. Mit Dank und den besten Wünschen, J. R. R. Tolkien, September 1954.*

Sie schauten einen Ordner mit Notizen und bekritzelten Kartenblättern durch, lauter Vermutungen, wo der Ring versteckt sein könnte. Die meisten waren in Ásgríms Handschrift verfasst, es gab aber auch Notizen und Briefe von Pastor Hákon. Sie handelten von verschiedenen Volksmärchen, die er erforscht hatte, unter anderem von der Legende einer Schäferin namens Thorgerd, die mit einem Elfen fortlief.

„Gibt es Elfen bei euch in Amerika?", fragte Ingileif.

„Bei uns gibt es Drogendealer und Zuhälter, wir haben Gangster, dubiose Anwälte und Investmentbanker, aber keine Elfen. Wenn wir im South End allerdings jemals Probleme damit bekämen, wüsste ich sofort, wo ich mir Hilfe holen würde." Magnus grinste.

„Dann hast du als Kind also keine Geschichten über sie gehört?"

„Doch, schon, vor allem als ich bei meinen Großeltern lebte. Und du?"

„Meine Großmutter sah ständig und überall verborgenes Volk", sagte Ingileif, „zum Beispiel in dem Felsen unweit des Bauernhofs, wo meine Mutter geboren wurde. Am Abend vor der Geburt kam eine verborgene Frau zu Großmutter, die dem Kind eigentlich den Namen Boghild geben wollte. Die verborgene Frau sagte jedoch, das Mädchen müsse jung sterben, wenn es nicht Líney genannt werde. Und so bekam meine Mutter den Namen Líney."

„Klingt auch besser als Boghild", meinte Magnus. „Die verborgene Frau hatte Geschmack, oder?"

Ingileif blieb ihm die Antwort schuldig, denn ihr Handy klingelte. Als sie sich meldete, konnte Magnus eine aufgeregte Männerstimme hören. Ingileif trug nicht viel mehr als „Oh", „Ja" und „Okay" zu dem Gespräch bei.

„Mein Bruder", erklärte sie anschließend. „Offenbar waren die beiden Ausländer, die hinter der Saga her sind, gerade bei ihm im Neon und haben nach dem Ring gefragt. Pétur hat sie rausgeworfen. Er wollte mich warnen, falls sie auch zu mir kommen. Er will nicht, dass ich ihnen irgendwas sage."

„Und?"

„Tu ich auch nicht. Und die Saga kriegen sie für kein Geld der Welt – falls sie denn je wieder in unseren Besitz gelangen sollte." Sie sah auf die Uhr. „Es ist gleich sieben. Inzwischen müsste der Pastor ja wohl zurück sein."

Und so fuhren sie abermals nach Hruni hinauf. Der rote Suzuki stand immer noch in der Garage, doch als sie klingelten, wurde die Tür wieder nicht geöffnet. Sie spähten in die Berge hinauf und ins Tal hinab, ob irgendwo ein einsamer Wanderer zu entdecken war. Vergeblich.

„Wann wird es zurzeit dunkel?", fragte Magnus. „Um halb zehn?"

„So um den Dreh herum", sagte Ingileif.

Magnus überlegte. „Hast du Hunger?"

Sie nickte. „Ich weiß auch, wo wir etwas zu essen bekommen."

„Gut. Dann gehen wir jetzt essen und kommen danach noch mal wieder."

„Und fahren anschließend nach Reykjavík zurück?"

Magnus nickte.

„Okay." Ingileif lächelte. Ihre grauen Augen unter dem blonden Pony blitzten. „Das wäre die eine Möglichkeit ..."

„Und die andere?"

„Wir besuchen den Pastor morgen früh."

SCHWEISSGEBADET schreckte Magnus aus dem Schlaf auf und wusste im ersten Moment nicht, wo er war. Hinter den dünnen Vorhängen des Fensters, das er nicht kannte, leuchtete bläuliches Mondlicht.

Er drehte sich um und sah die Frau neben sich: Ingileif.

Ihre Augen waren geschlossen, sie atmete leise durch halb geöffnete Lippen. Er mochte sie. Er mochte sie wirklich.

Als sie aus Hruni nach Fludir zurückgekommen waren, hatten sie vor dem einzigen Hotel gehalten. Es gab dort ein gutes Restaurant, wo sie in aller Ruhe gegessen hatten. Dann waren sie am Fluss entlang zu Ingileifs Haus spaziert und dort schließlich im ehemaligen Kinderzimmer gelandet.

Magnus lächelte im Dunkeln. Aber er musste vorsichtig sein. Mit einer Zeugin zu schlafen war in Amerika absolut tabu, und irgendwie hatte er das Gefühl, auch Baldur wäre nicht begeistert, wenn er davon erführe.

Konnte Magnus sich denn völlig sicher sein, dass Ingileif unschuldig war?

Natürlich konnte er das.

Doch der Polizist in ihm flüsterte etwas anderes.

BEIM dritten Versuch war der Pastor von Hruni zu Hause. Ein beeindruckender Mann mit langem Bart und buschigen schwarzen Augenbrauen öffnete ihnen die Tür. Mit gerunzelter Stirn sah er Magnus an, doch als er dessen Begleitung erblickte, änderte sich sein Gesichtsausdruck.

„Ingileif! Was verschafft mir das Vergnügen?"

Magnus stellte sich vor: „Ich heiße Magnús Ragnarsson und arbeite für die Polizei von Reykjavík. Ich würde dir gern einige Fragen stellen."

Der Pastor zog die Augenbrauen zusammen. „Ich habe mit deinem Besuch gerechnet. Kommt mit."

Magnus und Ingileif zogen die Schuhe aus und folgten dem Pastor in ein Arbeitszimmer, das bis unter die Decke mit Büchern vollgestopft war. Außer dem Schreibtisch standen eine verschlissene Couch und ein Sessel darin. Ingileif und Magnus setzten sich nebeneinander aufs Sofa.

Hákon ließ sich im Sessel nieder und wandte sich an Ingileif: „Dass die Polizei noch mal kommen würde, damit hatte ich ja gerechnet. Aber warum bist du dabei?"

„Sie macht sich Gedanken über den Tod ihres Vaters", erklärte Magnus.

„Ah, verstehe", sagte der Pastor. „Das ist völlig normal, vor allem weil du bei der Tragödie damals noch so jung warst. Aber warum willst du ausgerechnet jetzt mit mir darüber reden? Und in Gegenwart der Polizei?"

Magnus ersparte Ingileif die Antwort. „Weißt du, dass wir deinen Sohn verhaftet haben?", fragte er den Pastor.

„Ja, ich hab's im Radio gehört. Das ist ein Fehler, junger Mann, ein furchtbarer Fehler." Die tiefliegenden Augen funkelten Magnus düster an.

„Tómas wird gerade in Reykjavík vernommen", sagte Magnus. „Ich bin mir sicher, dass meine Kollegen mit dir sprechen wollen, wenn sie mit deinem Sohn fertig sind. Aber jetzt erzähl mir doch mal genau, was damals auf dem Ausflug geschah, auf dem Ásgrím Högnason ums Leben kam."

Der Pastor holte tief Luft. „Dazu gab es natürlich eine polizeiliche Ermittlung, bei der ich mich lang und breit erklärt habe. Die Akte kann man bestimmt einsehen. Und nun zu dir, Ingileif: Es war Anfang Mai, wie du weißt. Dein Vater und ich, wir hatten den ganzen Winter an unserem Projekt gearbeitet." Er warf ihr einen fragenden Blick zu.

„Magnús hat Gauks Saga gelesen", erklärte sie. „Er weiß auch, dass mein Großvater behauptet hat, den Ring gefunden und wieder versteckt zu haben."

Das ließ den Pastor kurz innehalten und nachdenken. „Wenn das so ist, wisst ihr genauso viel wie ich. Aufgrund meiner Volkskundekenntnisse und der Hinweise in der Saga hatten wir eine Liste von möglichen Verstecken für den Ring erstellt. Schon einige Jahre zuvor war ich über eine wenig bekannte Legende aus der Gegend hier gestolpert. Sie handelt von einem Ring, der in einer von einem Troll bewachten Höhle versteckt ist. Eigentlich ist es eine Variante der Geschichte von der Schäferin, die einen Elfen kennen lernt und mit ihm davonläuft. Es gibt recht viele Geschichten darüber, aber das Motiv des Rings kommt darin normalerweise nicht vor. Die Lage der Höhle ist in dieser Legende genau angegeben, also packten wir ein Zelt ein und wanderten dorthin."

Der Pastor seufzte. „Die Höhle war dann eher ein kleines Loch im Fels. Und es war nichts drin. Enttäuscht schlugen wir unser Lager auf, an einem Fluss, knapp zwei Kilometer entfernt. Es war ein schöner Tag gewesen, doch in der Nacht fiel Schnee, und als wir morgens aufwachten, schneite es noch immer. Wir bauten das Zelt ab und machten uns auf den Heimweg, aber das Schneetreiben wurde immer dichter. Ich konnte deinen Vater kaum noch sehen, obwohl er nur wenige Meter vor mir ging. Plötzlich hörte ich einen Schrei, und als ich aufblickte, war Ásgrím verschwunden. Mir wurde klar, dass er einen Steilhang hinuntergestürzt sein musste. Ich kletterte hinterher und rutschte selbst dabei aus. Zum Glück wurde mein Sturz durch den Schnee gedämpft."

Hákon hielt inne und sah Ingileif eindringlich an. „Als ich deinen Vater fand, war er bewusstlos, aber er lebte noch. Ich zog meinen Mantel aus, deckte ihn damit zu und eilte dann los, um Hilfe zu holen. Dabei verirrte ich mich. Erst als das Schneetreiben nachließ, sah ich in der Ferne einen Bauernhof. Da war ich selbst schon halb erfroren. Der Bauer und sein Sohn begleiteten mich zurück zu Ásgrím, während die Bauersfrau die Bergrettung benachrichtigte. Als wir endlich bei deinem Vater ankamen, war er tot." Der Pastor schüttelte traurig den Kopf.

„Hast du nach Vaters Tod weiter nach dem Ring gesucht?“, fragte Ingileif.

„Nein. Weißt du, es hat mir Freude gemacht, zusammen mit deinem Vater an der Sache herumzurätseln. Aber als Ásgrím tot war, verlor ich jedes Interesse an dem Ring und der Saga.“

„Am vergangenen Sonntag hast du meiner Kollegin von einem Besuch von Professor Agnar Haraldsson berichtet“, warf Magnus ein.

„Stimmt.“

„Und hast du ihr erzählt, worüber Agnar mit dir sprechen wollte?“

Der Pastor lächelte, und die Haut um seine Augen legte sich in tausend kleine Falten. „Ich muss zugeben, ich war nicht ganz ehrlich zu deiner Kollegin. Du musst wissen, ich nehme das Vertrauen meiner Gemeindemitglieder sehr ernst.“ Wieder traf Ingileif ein eindringlicher Blick.

„Worüber hat Agnar also tatsächlich mit dir gesprochen?“

„Über Gauks Saga natürlich und über den Ring. Der Professor erzählte mir, Ingileif habe ihn gebeten, die Saga im Auftrag der Familie zu verkaufen.“ Jetzt sah er Ingileif mit gerunzelter Stirn an. „Mich hat das ganz schön erschüttert, nach all den Jahrhunderten, in denen die Saga geheim gehalten worden war.“

Der Tadel ihres Pastors ließ Ingileif erröten.

„Ich denke nicht, dass dir ein Urteil darüber zusteht“, sagte Magnus. „Fakt ist, dass du eine Mordermittlung behindert hast, indem du meiner Kollegin nicht gleich die Wahrheit gesagt hast. Hatte Agnar denn an irgendetwas besonderes Interesse?“

„Ingileif hatte gerade den Brief von Tolkien an ihren Großvater gefunden, in dem von der Entdeckung des Rings die Rede ist. Agnar kam daraufhin her und stellte mir etwa dieselben Fragen wie du jetzt. Er war ganz aufgeregt.“

„Hast du ihm etwas erzählt, was du uns noch nicht gesagt hast?“, fragte Magnus.

„Natürlich nicht.“

Magnus musterte den Pastor. „Agnar hat zwei Tage nach dem Treffen mit dir eine Nachricht verschickt, die so klingt, als wüsste er, wo der Ring ist.“

„Nun, das wusste er aber ganz offenbar nicht, als ich mit ihm sprach.“

„Hast du ihm erzählt, wo du damals gesucht hattest?“

„Nein. Er wollte es wissen, aber ich sagte, ich könne mich nicht erinnern. Obwohl ich es natürlich noch genau weiß.“

Ingileif zeigte dem Pastor eine Landkarte, die sie bei den Unterlagen ihres Vaters gefunden hatte. „Ist das die Stelle?“

Hákon spähte darauf. „Ja, das ist sie. Und da ist dieser Hof, Álfabrekka. Ich hätte es Agnar eigentlich auch erzählen können, denn ich bin überzeugt, dass dort kein Ring ist. Zumindest war vor siebzehn Jahren keiner da. Glaubt mir, Ásgrím und ich haben jeden Zentimeter dieser Höhle abgesucht, und sie war nicht sehr groß."

„Weiß dein Sohn über all das Bescheid?", fragte Magnus.

„Tómas? Glaube ich nicht. Er war ja erst dreizehn. Ich habe ihm weder damals noch später von der Saga und dem Ring erzählt."

„Und warum hat er Agnar dann an dem Tag, als er starb, besucht?"

„Keine Ahnung. Ich wusste nicht einmal, dass sie sich kannten." Hákon beugte er sich vor, und seine dunklen Augen bohrten sich in die von Magnus. „Mein Sohn ist kein Mörder, junger Mann. Merk dir das!"

„PUH, IST DER KERL GRUSELIG!", stöhnte Ingileif, als sie auf dem Rückweg nach Reykjavík waren.

„War er schon immer so?"

„Er war immer sonderbar. Wir sind nicht oft zur Kirche gegangen, aber wenn, dann haben mir seine Predigten eine Heidenangst eingejagt. Es ging nur um Feuer und Schwefel, und der Teufel lauerte hinter jedem Felsbrocken." Sie warf Magnus von der Seite einen Blick zu. „Was meinst du, Mister Detective, hat der Pastor uns die Wahrheit gesagt?"

„Glaube ich nicht. Fest steht, dass er Vigdís wegen Agnar angelogen hat. Und ich bin mir ziemlich sicher, dass er seinem Sohn von der Saga und dem Ring erzählt hat. Warum sonst sollte Tómas sich mit Agnar getroffen haben? Es war unklug von Hákon, das zu leugnen."

„Warum?"

„Weil ich ihn der Lüge überführen kann, wenn ich Tómas dazu bringe, mir zu erzählen, dass er durch seinen Vater von der Saga erfahren hat. Von da an wird Hákon es schwer haben, seine Version der Geschichte aufrechtzuerhalten. Aber was denkst du über ihn?"

„Ich glaube, er hat den Ring. Auf jeden Fall hat er meinen Vater umgebracht, da bin ich mir sicher. Können wir kurz bei dem Hof vorbeifahren, wo Pastor Hákon damals Hilfe holte?", fragte Ingileif. „Vielleicht kann sich dort jemand an etwas erinnern."

„Ich würde gern so schnell wie möglich wieder in Reykjavík sein, um Tómas zu befragen."

„Aber es könnte ein wenig Licht auf den Tod meines Vaters werfen."

Magnus zögerte.

„Bitte, Magnús! Du weißt, wie wichtig das für mich ist. Wir müssten nur das Thjórsá-Tal hochfahren."

„Das ist ein Umweg von fünfzig Kilometern, hin und zurück."

Magnus wusste, dass er Baldur so schnell wie möglich über sein Gespräch mit Hákon unterrichten musste, und er wollte das lieber persönlich tun als am Telefon, damit er anschließend selbst zu Tómas gehen konnte. Andererseits wusste er auch, wie wichtig es für Ingileif war, Klarheit über den Tod ihres Vaters zu gewinnen.

„Gut", seufzte er. „Hol die Karte raus und sag mir, wohin ich fahren soll."

9 Die Einreisekontrolle war kein Problem. Der Beamte warf einen flüchtigen Blick auf Diegos gefälschten amerikanischen Pass und stempelte ihn dann ab. In der Ankunftshalle suchte Diego ein Schild mit der Aufschrift MR ROBERTS und fand es schließlich. Der Mann, der es in der Hand hielt, war untersetzt und hatte kurz geschnittenes braunes Haar. Er brachte Diego zum Parkplatz, wo ein Nissan-Geländewagen wartete.

Diego war nicht ganz so gewalttätig wie manch anderer von Sotos Auftragskillern, dafür war er gerissen, und das zählte oft mehr. Mit Sicherheit war er der beste Mann, um einen Bostoner Cop mitten unter Eskimos aufzuspüren und auszuschalten. Er hatte nicht viel Zeit gehabt, seine Reise vorzubereiten. Doch Soto hatte über seine Großhändler Kontakt zu den Drahtziehern im isländischen Drogenhandel herstellen können. Es waren Litauer, sie würden ihm helfen.

Nach einer halben Stunde Fahrt hielten sie auf dem Parkplatz eines Taco Bell. Diego war ganz aus dem Häuschen. Er bestand darauf, sich einen Burrito zu holen, auch wenn es noch früh war. Als er zum Wagen zurückkehrte, wartete ein weiterer Mann auf dem Rücksitz auf ihn. Um die dreißig, ebenfalls kurzes Haar, kleine blaue Augen.

„Ich heiße Lukas", sagte er mit starkem Akzent. „Willkommen in Island!"

„Joe", stellte Diego sich vor und ergriff die ihm dargebotene Hand. „Hast du die Knarre?"

Lukas holte zögernd eine Walther PPK aus einer Umhängetasche. Diego untersuchte die Waffe und war zufrieden: ordentlicher Zustand, Seriennummer abgefeilt.

„Vorsicht damit", sagte der Litauer. „In Island gibt es keine Knarren. Diese ist aus Amsterdam."

„Aber die Cops haben doch Kanonen, oder?"

„Polizei hat hier auch keine Waffen. Nur am Flughafen."

Diego grinste. „Umso besser! Und wie komme ich wieder weg?"

Lukas griff erneut in die Tasche und zog ein Handy heraus. „Nimm das hier! Erster Name auf Adressenliste ist Karl. Du rufst an, wenn du wegwillst.

Wenn du willst jemand sprechen, du sagst: ‚Kann ich mit Óskar reden?‘ Verstanden? Sonst glauben wir, Bullen haben dich geschnappt.“

„Und wie geht's dann weiter?“

„Treffen wir uns und schaffen dich aus Island raus.“

„Verstanden“, sagte Diego. „Und wo finde ich nun Magnus Jonson?“

„Würde sagen, du wartest vor Polizeipräsidium, bis du ihn siehst.“

„Okay. Kannst du dich auch ein bisschen für mich umhören, Mann? Rausfinden, wo er wohnt, zum Beispiel?“

„Nein“, sagte Lukas. „Wenn du auf Straße in Reykjavík Polizist erschießt, ist das Knaller. Riesenknaller. Wenn Polizei hört, dass wir nach Bulle gefragt haben, gibt großen Ärger für uns. Du verstehst?“

„Ist nicht schwer zu verstehen“, sagte Diego.

„Gut. Jetzt fahren wir dich zu Hotel. Gegenüber von Polizeipräsidium ist Busbahnhof. Ich schlage vor, du wartest da.“

Árni war froh, wieder in Island zu sein, auch wenn seine innere Uhr völlig aus dem Rhythmus war. Erstaunlich, wie anstrengend es sein konnte, ein paar Stunden in einem Flugzeug zu sitzen.

Er hatte sich so auf die Befragung von Isildur gefreut. Und er hatte gehofft, ein bisschen mehr von Kalifornien zu sehen. Leider war er nicht mal nach San Francisco hineingekommen, sondern hatte die Nacht in einem Holiday Inn am Flughafen verbracht und am nächsten Morgen seinen Rückflug über Toronto organisiert.

Der Flughafen Keflavík war voll, aber Árni ging geradewegs durch Ausweiskontrolle und Zoll. Als er durch die Tür in die Ankunftshalle trat, entdeckte er einen Mann, den er kannte: Andrius Juska, untersetzt, kurzes Haar, Laufbursche einer litauischen Bande, die in Reykjavík Amphetamine vertickte. Juska hielt ein Schild für einen gewissen Mr Roberts hoch.

Árni ging langsamer, bummelte ein wenig. Ein schlanker Mann mit bräunlicher Gesichtsfarbe steuerte auf den Litauer zu. An der zurückhaltenden Begrüßung war abzulesen, dass sich die beiden noch nie gesehen hatten.

Árni ließ seine Reisetasche von den Fingern rutschen und bückte sich umständlich, um sie aufzuheben.

Die beiden Männer sprachen Englisch miteinander, der Litauer hatte einen starken Akzent, der andere Mann einen amerikanischen. Kein gebildetes Amerikanisch, sondern das von der Straße. Árni musterte ihn genauer. Der Typ war um die dreißig, trug eine schwarze Lederjacke und wirkte, als könnte er sich durchaus allein durchschlagen. Jedenfalls sah er nicht wie ein typischer amerikanischer Islandtourist aus. Interessant.

GUT ZEHN Kilometer südlich von Fludir bogen Magnus und Ingileif nach links ab und folgten der Straße durch das Tal zu Gauks altem Hof in Stöng. Rechts vor ihnen erhob sich die wolkenverhangene Hekla.

Auf Ingileifs Anweisung bog Magnus von der Straße in einen unbefestigten Weg ab, der sich zwischen Hügeln hindurch in ein kleineres Tal wand. Nachdem sie acht Kilometer lang durchgeschüttelt worden waren, erreichten sie ein kleines weißes Bauernhaus mit rotem Dach, das sich am Fuß eines Abhangs in die Hügel schmiegte. Álfabrekka.

Als sie auf den Hof fuhren, kam ein drahtiger, lebhaft wirkender Mann von Mitte fünfzig in einem blauen Overall auf sie zumarschiert. „Guten Morgen", grüßte er mit breitem Grinsen. „Wie kann ich euch helfen?" Leuchtend blaue Augen funkelten in seinem bleichen, faltigen Gesicht. Unter der Wollmütze schauten graue Haarbüschel hervor.

Ingileif stellte sich und Magnus vor. „Mein Vater war Doktor Ásgrím Högnason. Kannst du dich an ihn erinnern? Er verunglückte 1992 hier in der Nähe."

„O ja, natürlich erinnere ich mich daran, sehr gut sogar", sagte der Bauer. „Mein Beileid, auch wenn es viele Jahre her ist. Aber lasst uns nicht hier draußen herumstehen! Kommt rein und trinkt einen Kaffee mit uns!"

Im Haus wurden sie von den Eltern des Bauern begrüßt. Der Vater war ein unglaublich verhutzeltes Männlein, das sich aus einem bequemen Sessel erhob; die Mutter kümmerte sich um Kaffee und Plätzchen. Der Jungbauer, der sie auf dem Hof begrüßt hatte, führte das Gespräch. Er hieß Adalsteinn. Noch bevor sie ihm ihre Fragen stellen konnten, erzählte er, dass er alleinstehend sei, dass sich der Hof seit Generationen im Familienbesitz befinde und das Leben als Bauer heutzutage äußerst schwer sei.

„Adalsteinn, kannst du mir sagen, was an dem Tag geschah, als ihr meinen Vater fandet?", fragte Ingileif schließlich.

Der Bauer schilderte ausführlich, wie ein halb erfrorener Pastor vor der Tür gestanden hatte und wie er und sein Vater dem Pastor zu der Stelle gefolgt waren, wo Ásgrím lag. Der Verunglückte sei eindeutig tot und sehr kalt gewesen. Es habe keine Hinweise auf einen Kampf oder ein Verbrechen gegeben. Auch die Polizei habe keine Fragen gestellt, die darauf schließen ließen, dass sie etwas anderes als einen Unfall vermuteten.

Die Mutter des Bauern schmückte die Erzählung ihres Sohnes hier und da aus oder korrigierte ihn gelegentlich, nur der alte Mann saß schweigend in seinem Sessel und lauschte. Erst als Magnus und Ingileif sich schließlich erhoben und wieder gehen wollten, ergriff er das Wort.

„Erzähl ihnen von dem verborgenen Mann, Steini."

„Vom verborgenen Mann?" Magnus schaute den Alten fragend an.

„Ja, Vater, ist gut. Ich erzähl's ihnen draußen." Adalsteinn führte Magnus und Ingileif hinaus auf den Hof.

„Vater hat sein ganzes Leben lang das *huldufólk* gesehen", erklärte er. „Hier in der Gegend leben einige von ihnen, sagt er. Weißt du darüber Bescheid?" Mit seinen freundlichen Augen musterte er Magnus, als suchte er nach Anzeichen von Spott.

„Ja, ich weiß Bescheid", sagte Magnus. *Álfabrekka* bedeutete schließlich Elfenhang. „Erzähl weiter!"

„Nun, Vater behauptet, er hätte, eine Stunde bevor der Pastor kam, einen jungen verborgenen Mann in der Nähe des Hofes vorbeihasten sehen."

„Einen verborgenen Mann? Woher weiß er, dass es kein Mensch war?"

„Meine Mutter und er waren überzeugt, dass es ein verborgener Mann war, weil der Pastor einen alten Goldring trug. Sie sahen ihn, als sie dem Pastor die Handschuhe auszogen, damit er wieder warme Hände bekam."

„Und was hat das mit dem verborgenen Volk zu tun?"

Adalsteinn holte tief Luft. „Es gibt eine alte Legende hier in der Gegend, die handelt vom Ehering eines Elfen. Thorgerd, die Tochter des Bauern von Álfabrekka, hütete ihre Schafe, als sie von einem gut aussehenden jungen verborgenen Mann angesprochen wurde. Er nahm sie mit sich und heiratete sie. Der Bauer war empört, suchte Thorgerd und tötete sie. Dann jagte er den verborgenen Mann. Der versteckte den Ehering in einer Höhle, die vom Hund eines Trolls bewacht wurde. Der Bauer ging den Ring suchen, doch der Troll tötete den Bauern und verspeiste ihn. Dann gab es einen großen Ausbruch von Hekla, und der Hof wurde unter Asche begraben."

Magnus bemerkte, wie stark Gauks Saga über die Generationen hinweg verändert worden war. Aber die wesentlichen Elemente waren noch vorhanden. „Also glaubt dein Vater, der verborgene Mann suchte den Pastor?"

„Irgendwie so."

„Dürfen wir noch einmal hineingehen und deinen Vater danach fragen?"

„Von mir aus gern", sagte der Jungbauer.

Der Alte saß noch immer im Sessel, seine Frau wusch die Kaffeetassen ab.

„Dein Sohn hat erzählt, der Pastor hätte einen Ring getragen?"

„O ja", sagte die Frau des Alten. „Er war dreckig und angelaufen, aber man sah, dass er aus Gold war. Er muss sehr alt gewesen sein."

„Es war der Ehering des verborgenen Mannes", erklärte der Alte. „Deshalb musste dein Vater sterben. Er hat den Ehering des verborgenen Mannes gestohlen. Dieser Narr! Was erwartete er denn?"

„Konntest du den verborgenen Mann deutlich erkennen?", fragte Magnus.

„Nein, es schneite ja. Ich habe ihn nur ganz flüchtig gesehen."

„Aber er war jung?“

„Ja. Das sah man daran, wie er sich bewegte.“

Magnus warf Ingileif einen kurzen Blick zu. „Könnte er ungefähr dreizehn Jahre alt gewesen sein?“

„Nein“, sagte der Alte tief überzeugt. „Er war größer. Außerdem war er ja verheiratet. Dreizehn wäre sogar zu den alten Zeiten für einen verborgenen Mann zu jung zum Heiraten gewesen.“

„TÓMAS war mit dreizehn schon sehr groß, einer der Größten in unserer Klasse“, sagte Ingileif, während sie durch das Thjórsárdalur zurück in Richtung Reykjavík rasten. „Bestimmt über eins siebzig.“

„Es könnte also sein, dass er damals zusammen mit den beiden Männern unterwegs war“, sagte Magnus.

„Aber das hätte die Polizei doch herausbekommen, oder?“

„Nicht unbedingt“, erwiderte Magnus. „Es gab ja keinen Grund, anzunehmen, dass es sich um Mord handelte. Die Beamten werden Hákons Aussagen nicht angezweifelt haben. Ich werde mir die Akten ansehen.“

„Ich wusste doch, dass Hákon den Ring hat!“, rief Ingileif.

„Sieht ganz danach aus. Obwohl ich immer noch nicht glauben kann, dass es ihn wirklich gibt.“

„Die Bauern haben ihn doch an seinem Finger gesehen!“

„Ja, kurz nachdem sie einen Elfen gesehen hatten.“

„Ach, mir ist egal, was du glaubst. Ich glaube, dass Hákon meinen Vater ermordet und den Ring an sich genommen hat. So muss es gewesen sein.“

„Es sei denn, Tómas hat deinen Vater auf dem Gewissen.“

Magnus, der ziemlich schnell fuhr, schoss über die Kuppe eines kleinen Hügels und wäre fast mit einem weißen BMW zusammengestoßen, der ihnen entgegenkam. „Das war knapp.“ Er warf Ingileif einen kurzen Blick zu, um zu sehen, wie sie reagierte.

Sie saß stocksteif da und runzelte die Stirn. Gleich darauf klingelte ihr Handy. Sie meldete sich, schielte zu Magnus hinüber, murmelte zwei- oder dreimal „Ja“, dann legte sie auf.

„Wer war das?“, fragte Magnus.

„Die Galerie“, antwortete sie.

MAGNUS setzte Ingileif vor ihrer Wohnung ab und fuhr direkt zum Polizeipräsidium, um mit Baldur zu sprechen.

„Nicht schon wieder so ein dämlicher Elf!“ Baldur hatte aufmerksam zugehört, als Magnus seine Gespräche mit Pastor Hákon und den Bauern von

Álfabrekka wiedergab, verlor aber die Geduld, als er auf die Geschichte mit dem verborgenen Mann zu sprechen kam. „Eigentlich müsste ich doch der Abergläubische von uns beiden sein. Stattdessen muss ich mir von dir diesen Schwachsinn über Elfen und Trolle anhören!"

„Das war natürlich kein Elf", sagte Magnus, „sondern Tómas. Er war mit dreizehn Jahren schon sehr groß."

„Und der Ring? Willst du mir jetzt erzählen, der Pastor trug einen alten Ring, der Odin oder Thor gehörte?"

„Ich weiß nicht, ob der Ring echt ist", gab Magnus zurück. „Aber das ist auch egal. Ausschlaggebend ist, dass eine kleine Gruppe von Menschen diesen Ring vor siebzehn Jahren für wichtig genug hielt, um dafür zu töten."

„Ach, wir klären jetzt also noch ein anderes Verbrechen auf, ja? Einen Todesfall aus dem Jahr 1992! Nur war das leider kein Verbrechen, sondern ein Unfall."

Magnus lehnte sich auf dem Stuhl zurück. „Lass mich mit Tómas reden."

„Nein."

„Ich kann ihm sagen, die Bauern hätten ihn im Schneesturm gesehen. Ich kann sagen, wir wüssten, dass er dort war."

„Nein, habe ich gesagt."

Sie saßen schweigend da und starrten sich an. Dann grinste Magnus. „Gib mir einfach zwanzig Minuten. Du kannst gern dabei sein, dann merkst du ja, ob wir vorankommen. Wenn ich nichts erreiche, haben wir zwanzig Minuten verloren, mehr nicht."

Baldurs Mundwinkel zeigten nach unten, die Skepsis war ihm ins Gesicht geschrieben. Aber er dachte nach. Dann atmete er tief durch. „Okay.", sagte er. „Zwanzig Minuten."

TÓMAS HÁKONARSON wirkte müde, genau wie seine Anwältin, eine unauffällige Frau um die dreißig. Als Baldur Magnus vorstellte, taxierte Tómas ihn aus kleinen Augen.

„Keine Sorge, ich will mit dir nicht über Agnar reden", begann Magnus.

„Gut", sagte Tómas.

„Ich würde gern mit dir über einen anderen Mord sprechen. Einen Mord, der vor siebzehn Jahren geschah."

Tómas war plötzlich hellwach und sah Magnus konzentriert an.

„Vor siebzehn Jahren stieß dein Vater Doktor Ásgrím von einem Felsen. Und du hast dabei zugesehen."

Tómas schluckte. „Ich weiß nicht, wovon du redest."

„Ich komme gerade aus Hruni, wo ich deinen Vater befragt habe. Anschließend war ich auf Álfabrekka und unterhielt mich dort mit den Bauern, die er im Mai 1992 zu Hilfe holte. Sie haben dich damals gesehen."

„Das kann nicht sein."

„Sie sahen einen dreizehnjährigen Jungen an ihrem Hof vorbeihasten."

Tómas runzelte die Stirn. „Das war ich nicht."

„Wirklich nicht?"

„Nein. Und überhaupt: Warum sollte mein Vater den Doktor umbringen? Die beiden waren Freunde."

Magnus lächelte. „Wegen des Rings."

„Was für ein Ring?"

„Der Ring, über den du mit Professor Agnar sprechen wolltest."

„Ich habe keine Ahnung, wovon du redest."

Magnus beugte sich vor. „Die Bauern haben gesehen, dass dein Vater den Ring trug. Wir wissen also, dass er Ásgrím von dem Felsen gestoßen hat und den Ring an sich nahm. Du hast das beobachtet und bist weggelaufen."

„Hat er das gestanden?", fragte Tómas.

Magnus merkte, dass er die Frage im selben Moment bedauerte, denn sie bedeutete, dass es etwas zu gestehen gab.

„Das wird er noch tun. Wir verhaften ihn in Kürze." Magnus fixierte Tómas, der mit dem leeren Kaffeebecher vor sich herumspielte. „Sag uns endlich die Wahrheit, Tómas! Du musst deinen Vater nicht mehr schützen. Dafür ist es nun zu spät."

Tómas warf seiner Anwältin einen kurzen Blick zu, die aufmerksam zuhörte. „Okay. Keine Ahnung, wen diese Bauern gesehen haben, mich jedenfalls nicht."

Magnus wollte widersprechen, hielt aber den Mund.

„Ich weiß nicht mal genau, ob mein Vater den Doktor umgebracht hat, echt nicht. Aber ich weiß, dass er den Ring hat. Gauks Ring."

„Woher weißt du das?", fragte Magnus.

„Er hat's mir erzählt. Etwa fünf Jahre später, als ich achtzehn war. Er sagte, er würde ihn für mich aufbewahren, es sei der Ring des Andwari aus der Völsunga-Saga. Einmal hat er ihn mir sogar gezeigt."

„Du hast ihn also mit eigenen Augen gesehen?"

„Ja."

„Hat dein Vater auch erzählt, wie er in den Besitz des Rings gelangt ist?"

Tómas zögerte. „Ja, schon. Er sagte, er und Ásgrím hätten ihn an jenem Wochenende gefunden, und Ásgrím habe ihn getragen, als er vom Felsen stürzte. Er sagte, er habe ihm den Ring vom Finger gezogen."

„Als sein Freund sterbend im Schnee lag?"

Tómas zuckte mit den Schultern. „Keine Ahnung. Entweder da oder als er mit den Bauern zurückkam und der Doktor schon tot war."

„Hat dich das nicht schockiert?"

„Doch." Tómas schluckte. „Mein Vater war immer schon etwas sonderbar. Nach dem Tod des Doktors wurde er noch seltsamer und …"

„Und was?"

„Na ja, es würde mich nicht wundern, wenn er nicht davor zurückgeschreckt wäre, einem Sterbenden einen Ring vom Finger zu ziehen."

„Oder diesen Mann umzubringen?"

Tómas zögerte. Magnus warf der Anwältin einen Blick zu. Sie lauschte aufmerksam und ließ ihren Mandanten reden.

Tómas holte tief Luft. „Ja. Auch das."

„Hat er zugegeben, es getan zu haben?"

„Nein, hat er nicht."

„Hast du ihn je darauf angesprochen?"

„Nein, niemals!" Tómas war deutlich anzusehen, wie ungeheuerlich er die Vorstellung fand, sich mit seinem Vater anzulegen.

„Warum hast du Agnar besucht?", fragte Magnus.

„Er war auf mich zugekommen. Wir kannten uns flüchtig, hatten uns auf Partys gesehen, so wie das in dieser Stadt ist."

Magnus nickte.

„Wir trafen uns im Café. Agnar meinte, ein reicher Amerikaner habe sich an ihn gewandt und wolle Gauks Ring kaufen. Ich stellte mich dumm, Agnar redete weiter. Er sagte, er sei gerade in Hruni gewesen und habe mit meinem Vater gesprochen. Der hatte offenbar geleugnet, den Ring zu besitzen, doch Agnar glaubte ihm nicht."

„Hat er gesagt warum?"

„Ja. Es war lächerlich." Tómas verzog die Lippen zu einem Grinsen. „Er meinte, er wüsste es, weil Vater viel jünger aussah, als er tatsächlich war. In Gauks Saga ist dieser Krieger, der den Ring trägt, dieser Ulf, schon neunzig Jahre alt, sieht aber viel jünger aus. Agnar glaubte, dass der Ring dieselbe Wirkung auf meinen Vater ausübte, ihn also nicht altern ließ."

„Ich verstehe", sagte Magnus. „Aber das ist ein bisschen weit hergeholt."

„Allerdings. Ich habe ihn deshalb auch ausgelacht. Das Problem war, dass er daraus schließen konnte, dass ich wusste, wovon er sprach. Kurzum, er versuchte mich – oder vielmehr uns – zu erpressen."

„Wie denn?"

„Er sagte, wenn Vater ihm den Ring nicht verkaufe, werde er zur Polizei gehen und alles über den Ring und den Mord an Doktor Ásgrím erzählen."

„Wie hast du reagiert?“

„Ich rief Vater an und berichtete ihm von dem Gespräch mit Agnar.“

„Wie nahm er es auf?“

„Er wollte nichts davon hören. Wir waren uns einig, wie absurd Agnars Vorstellung war, Vater hätte Ásgrím umgebracht. Er meinte, wir sollten nicht auf die Erpressung eingehen. Das wollte ich Agnar sagen. Ich suchte ihn an der Uni, und da meinte ein Student, er sei in seinem Ferienhaus. Also fuhr ich raus zum Thingvellir-See. Agnar war tatsächlich dort. Ich sagte ihm, mein Vater habe keine Ahnung, wovon er rede, und bat ihn, uns in Ruhe zu lassen.“

„Du hast ihn gebeten?“, hakte Magnus nach. „Oder bedroht?“

„Nein, ich bat ihn und erklärte ihm, dass seine Auftraggeber mit Sicherheit niemals in den Besitz des Ringes kämen, wenn er zur Polizei ginge. Indirekt gab ich damit zu, dass Vater ihn hatte.“

„Wie reagierte Agnar darauf?“

„Er dachte eine Weile nach und meinte schließlich, wenn mein Vater zu stur sei, den Ring von sich aus abzugeben, sollte ich ihn stehlen. Dann würde Vater nicht ins Gefängnis wandern. Ich sagte, ich würde es mir überlegen.“

Magnus hob die Augenbrauen.

„Ich wusste, dass Agnar Recht hatte – Vater hätte den Ring niemals hergegeben. Ich wollte aber nicht, dass er ins Gefängnis musste. Da ich das Versteck kannte, wäre es einfach gewesen, den Ring an mich zu nehmen und ihn Agnar zu verkaufen.“

„Und? Hast du es getan?“

„Nein. Ich fuhr nach Hause, setzte mich hin und dachte über alles nach. Am Ende entschloss ich mich, Vater anzurufen und ihm zu erzählen, was Agnar vorgeschlagen hatte.“

„Wie reagierte er?“

„Stocksauer. Er regte sich auf, weil ich Agnar ungewollt verraten hatte, dass er den Ring besaß.“ Tómas’ Stimme klang verletzt und wütend. „Er war kein bisschen dankbar dafür, dass ich zu ihm gehalten hatte.“

„Was hast du dann gemacht?“

„Ich war völlig fertig und nahm mir ein Glas Whisky, um mich zu beruhigen.“ Tómas wand sich. „Am Ende hatte ich fast die ganze Flasche geleert. Am nächsten Morgen wachte ich erst spät auf. Das Erste, was ich im Radio hörte, war die Nachricht von Agnars Tod.“ Er schluckte.

„Um wie viel Uhr bist du vom Thingvellir-See zurückgekommen?“, fragte Magnus.

„So gegen halb sechs. Das hab ich deinem Kollegen schon gesagt.“ Tómas schaute zu Baldur hinüber.

„Und wann hast du deinen Vater angerufen?"

„Vielleicht eine halbe Stunde oder eine Stunde später."

In Magnus' Kopf lief alles auf die entscheidende Frage hinaus: „Dein Vater hätte also später am Abend noch zum Thingvellir-See fahren können, um Agnar zum Schweigen zu bringen?"

Tómas antwortete nicht.

„Nun?"

„Ich weiß es nicht", murmelte er. Es lag auf der Hand, dass ihm dieser Gedanke längst selbst gekommen war.

„Eine Frage noch", sagte Magnus. „Wo versteckt dein Vater den Ring?"

„GUT GEMACHT", sagte Baldur, als sie vom Vernehmungszimmer zu seinem Büro gingen. Er lächelte nicht, sah Magnus nicht einmal an dabei. Dennoch war zu spüren, dass er es ernst meinte.

„Sollen wir Hákon festnehmen?"

„Wir sagen den Kollegen in Selfoss Bescheid, dass sie ihn abholen und zur Vernehmung herbringen sollen", gab Baldur zurück. „Die sind schneller bei ihm. Und sie sollen nach dem verfluchten Ring suchen."

Als Magnus an seinem Schreibtisch ankam, saß dort ein erschöpfter Árni.

„Und? Was macht der Governator?", fragte Magnus.

„Sehr witzig. Ich habe gehört, hier hat sich einiges getan."

„Baldur lässt gerade den Pastor von Hruni verhaften."

„Meint ihr, er hat Agnar umgebracht?"

„Er oder sein Sohn Tómas", gab Magnus zurück, „der Fernsehmoderator. Das werden wir bald wissen."

„Feldman und Jubb sind also unschuldig?"

„Sieht so aus", sagte Magnus. Dann berichtete er ausführlich, was während Árnis Kalifornien-Kurztrip alles passiert war.

Nicht einmal eine Stunde später stürzte Baldur mit hochrotem Kopf in den Raum. „Er ist weg!"

„Und der Ring?", fragte Magnus sofort.

„Auch weg. Wenn es ihn je gegeben hat."

DIE LETZTEN 24 Stunden waren für Isildur sehr frustrierend gewesen. Allmählich begann er an Axel, dem Privatdetektiv, zu zweifeln. Pétur Ásgrímsson hatte sie rausgeworfen, seine Schwester Ingileif schien wie vom Erdboden verschluckt, und Axels angebliche Kontakte zur Polizei waren auch nicht sehr ergiebig. Tómas Hákonarson saß offenbar wegen des Mordes an Agnar in Haft, weil er am fraglichen Abend erwiesenermaßen am

Thingvellir-See gewesen war. Doch alle Gerüchte über magische Ringe tat die Polizei als Ammenmärchen ab. Schwachköpfe!

Isildur und Gimli warteten im Hótel Borg auf einen Anruf von Axel. In zwei verschiedenen Räumen. Obwohl sie in der virtuellen Welt eine enge Bindung aufgebaut hatten, besaßen sie in Wirklichkeit nur wenig Gemeinsamkeiten. Feldman las noch einmal die Völsunga-Saga, während sich Jubb eine Sportsendung im Fernsehen anschaute.

Endlich klingelte Isildurs Handy. Es war Axel.

„Ich hab sie gefunden", sagte der Detektiv. „Sie ist jetzt in ihrer Wohnung. Ich hole euch in fünf Minuten ab."

Isildur ging zu Gimli, und gemeinsam warteten sie vor dem Hotel, bis Axel in seiner alten Klapperkiste vorfuhr. Kurz darauf standen sie vor dem Haus, in dem Ingileif wohnte.

Isildur drückte auf die Klingel. Eine hübsche Blondine öffnete die Tür und lächelte zurückhaltend.

„Hi", sagte Isildur voller Zuversicht, dass sie Englisch sprechen werde. „Mein Name ist Lawrence Feldman. Ich bin derjenige, der Ihre Saga kaufen wollte. Dürfen wir hereinkommen?"

Das Lächeln verschwand. „Nein, dürfen Sie nicht", sagte Ingileif. „Gehen Sie bitte. Ich möchte nichts mit Ihnen zu tun haben."

„Ich wäre immer noch bereit, einen sehr hohen Preis für die Saga zu zahlen, Miss Ásgrímsdóttir."

„Darüber will ich mich nicht mit Ihnen unterhalten."

Isildur blieb hartnäckig. „Und falls Sie zufällig wissen sollten, wo sich der Ring befindet, würde ich Sie für diese Information ebenfalls bezahlen."

„Haut ab!", stieß Ingileif hervor und knallte die Tür zu.

Gimli grinste. „Witzig. Genau das hat ihr Bruder auch gesagt."

Doch Isildur fand das gar nicht komisch. Seiner Erfahrung nach bekam man normalerweise, was man haben wollte, wenn man nur mit genügend Geld winkte. Doch anscheinend galt das nicht für Island.

Sie überquerten die Straße und gingen zum Auto zurück.

„Und jetzt?", fragte Jubb.

„Kennen Sie sich mit elektronischer Überwachung aus, Axel?", fragte Isildur. „Abhörsysteme, Wanzen in Telefonen und so weiter."

„Das ist verboten", sagte Axel.

„Klar, es ist riskant. Was bedeutet, dass Sie einen Zuschlag bekommen müssen. Ich will nur wissen, wie viel diese Frau weiß. Und wenn sie uns das nicht selbst sagen will, müssen wir auf andere Weise dahinterkommen."

„Ich schaue mal, was ich tun kann."

Árni war hundemüde, eigentlich zu müde zum Autofahren. Auf dem Weg zu seiner Wohnung fuhr er beinahe auf einen Lieferwagen auf, der plötzlich vor ihm an einer Ampel hielt. Seine Gedanken kreisten um den Fall und um das, was Magnus ihm erzählt hatte. Irgendetwas passte in der Geschichte nicht ganz zusammen. Doch erst als er zu Hause angekommen war und sich einen Kaffee kochte, wurde ihm klar, was da nicht stimmte. Ach, du lieber Himmel! Er hatte schon wieder einen Fehler gemacht!

Árni war versucht, die Sache zu vergessen, ins Bett zu kriechen und darauf zu vertrauen, dass Magnus und Baldur von selbst darauf kämen. Aber das durfte er nicht. Er musste mit einigen Leuten reden, und zwar auf der Stelle. Wenn er Glück hatte, würde sich herausstellen, dass er auf dem Holzweg war.

Kaum hatte er die Tasse ausgetrunken, nahm er seine Jacke und ging nach draußen zu seinem Wagen.

Diego war unzufrieden. Den Großteil des Tages hatte er damit verbracht, am Busbahnhof gegenüber dem Polizeipräsidium herumzulungern. Magnus hatte er weder kommen noch gehen sehen. Trotzdem konnte Diego nicht mit Sicherheit wissen, ob Magnus in dem Gebäude war, denn es gab noch eine Hintertür, die auf den Parkplatz führte.

Außerdem fiel er in diesem Land auf wie ein bunter Hund. Diego war es gewohnt, in der Masse unterzugehen. In jeder amerikanischen Stadt war das so, aber hier waren die Menschen dermaßen blass und hellblond, dass sie fast schon farblos wirkten.

Das Rumhängen hier brachte nichts. Diego überlegte, was er stattdessen tun konnte. Vielleicht sollte er sich wieder an die Litauer wenden. Er wusste, dass Soto sie großzügig dafür bezahlt hatte, dass sie ihm halfen. Diego sah ja ein, dass die Litauer in einem so kleinen Land wie diesem nicht mit einem Auftragsmord in Verbindung gebracht werden wollten, aber sie konnten ihm bestimmt jemanden nennen, der ihm weiterhelfen würde. Einen Privatdetektiv oder einen korrupten Anwalt. Ihm blieb nicht viel Zeit. Jonson konnte jeden Moment in ein Flugzeug steigen und zurück in die Staaten fliegen. War er erst einmal dort, würde das FBI ihn in Sicherheit bringen.

Während Diego in dem Café im Busbahnhof die vierte oder fünfte Tasse Kaffee trank, huschten seine Augen zwischen den beiden Vordereingängen des Polizeipräsidiums hin und her. Eben kam ein großer Mann heraus. Ein großer Mann mit rotem Haar.

Das war er!

Diego ließ den halb vollen Kaffeebecher stehen und rannte beinahe aus dem Busbahnhof. An die Arbeit!

MAGNUS ging die Straße hinauf in Richtung Grand Rokk. Es war halb neun, und er hatte den Eindruck, an diesem Abend auf dem Revier nicht mehr gebraucht zu werden.

Baldur war fuchsteufelswild gewesen. Warum Magnus ihn nicht sofort angerufen habe, als ihm klar geworden sei, dass Hákon der Vater von Tómas sei, hatte er geschrien. Und warum er nicht bei Hákon in Hruni geblieben sei und Verstärkung angefordert habe, damit der Pastor verhaftet werden konnte.

Er hatte natürlich Recht. Es war nicht korrekt, dass Magnus bis zu seiner Rückkehr nach Reykjavík damit gewartet hatte, Baldur über alles zu informieren, was er von Hákon erfahren hatte. Er hatte einzig und allein deshalb so gehandelt, weil er wollte, dass nicht Baldur, sondern er selbst Tómas' Geschichte platzen ließ. Was ihm ja auch gelungen war. Er hatte den Fall gelöst. Hatte nicht nur herausbekommen, wer Agnar getötet hatte, sondern auch, was mit Ingileifs Vater geschehen war.

Der Triumph war süß gewesen – hatte aber nur eine Stunde angedauert. Magnus hatte die Sache verbockt, daran gab es nichts zu rütteln.

Zumindest würde der isländische Polizeichef nun nicht mehr von ihm verlangen, volle zwei Jahre dazubleiben. Alle würden froh sein, Magnus in der kommenden Woche wieder loszuwerden. Und er selbst wäre froh, endlich hier wegzukommen. Stimmte doch, oder?

Er überlegte. Mit Baldur lief es alles andere als gut, aber es gab auch Dinge, die ihm während seines kurzen Aufenthalts in Island gefallen hatten. Obwohl die Erinnerungen an seine Kindheit schmerzhaft waren, fühlte er sich mit dem Land verbunden. Mehr noch, er empfand eine gewisse Verpflichtung. Der Stolz der Isländer auf ihre Heimat und ihre Entschlossenheit, alles in ihrer Macht Stehende für ihr Land zu tun, waren ansteckend.

Die Idee des Polizeichefs, jemanden wie Magnus zu holen, war ja nicht schlecht. Die Polizisten, die er hier kennen gelernt hatte, gaben sich wirklich Mühe mit ihrem Job. Sie waren klug und aufrichtig – feine Kerle, auch Baldur. Ihnen fehlte nur die Erfahrung mit Gewaltverbrechen.

Und nicht zuletzt war da noch Ingileif. Magnus hatte das Gefühl, sie beide verband mehr als eine gemeinsame Nacht. Wie viel mehr, wusste er nicht. Aber er wollte Ingileif unbedingt noch einmal sehen, bevor er zurückflog.

Nachdenklich leerte er sein Bier und verließ die Kneipe.

DIEGOS Wagen parkte noch immer in der Nähe des Busbahnhofs. Der Killer war Magnus zu Fuß gefolgt und stand jetzt im Raucherzelt, das vor dem Grand Rokk aufgebaut war. Er war zunächst in die Kneipe geschlendert und hatte sich an der Theke ein Bier geholt. Dabei hatte er den großen

Cop allein mit seinem Glas in der Ecke stehen sehen, in Gedanken versunken. Perfekt.

Es gab nur ein einziges Problem: Auf gar keinen Fall würde er den Auftrag bei Tageslicht ausführen. Er brauchte die Dunkelheit, um unauffällig zu verschwinden. Aber noch war es hell. Diego sah auf die Uhr. Fast halb zehn. Was war bloß los mit diesem Land? Es war doch erst Ende April; zu Hause wäre es schon seit Stunden dunkel.

Er musste Jonson also weiterhin folgen. Wenn der Cop bei Einbruch der Dunkelheit noch draußen unterwegs war, würde Diego es auf der Straße erledigen. Andernfalls würde er ihm nach Hause folgen und in den frühen Morgenstunden bei ihm einbrechen.

Plötzlich verließ der große Cop die Kneipe und spazierte am Zelt vorbei auf die Straße zu. Mittlerweile dämmerte es wenigstens. Diego heftete sich ihm an die Fersen.

AUS SEINEM Wagen, der verkehrswidrig vor der Buchhandlung Eymundsson auf der Austurstræti stand, rief Árni auf der Dienststelle an. Magnus war schon weg. Árni versuchte es auf Magnus' Handy. Keine Antwort. Das Telefon war abgestellt. Schließlich rief Árni bei seiner Schwester an.

„Hast du Magnus heute Abend schon gesehen?", fragte er Katrín.

„Nein, er ist nicht da."

„Weißt du, wo er sein könnte?"

„Keine Ahnung … Doch, warte, vielleicht ist er im Grand Rokk."

„Danke!" Árni legte auf und gab Gas. Er musste unbedingt mit Magnus sprechen. Er hatte es überprüft: Er hatte tatsächlich einen Fehler gemacht. Árni wusste jetzt, wer Agnar umgebracht hatte.

Er stellte den Wagen direkt vor der Kneipe ab, lief hinein, zeigte dem Barkeeper seine Polizeimarke und fragte, ob er Magnus gesehen habe. Hatte er. Der lange Kerl sei vor einer Viertelstunde gegangen.

Árni sprang wieder ins Auto und fuhr die Straße zur Hallgrímskirkja hinauf. An der Kreuzung hielt er an. Vor ihm überquerte ein großer, schlanker Mann in einem weiten Kapuzenpulli zielstrebig die Fahrbahn. Die Gestalt kam Árni irgendwie bekannt vor.

Es war der Typ aus der Ankunftshalle am Flughafen Keflavík – der Amerikaner, auf den der litauische Drogenhändler gewartet hatte. Jetzt beschleunigte er seinen Schritt und zog sich die Kapuze über den Kopf.

Árni überquerte die Kreuzung und fuhr weiter den Hügel hinauf. Da entdeckte er Magnus, der mit hängenden Schultern langsam die Straße entlangschlurfte, in Gedanken versunken. Árni war müde. Es dauerte ein paar

Sekunden, bis er merkte, was hier vor sich ging. Doch dann bremste er, legte den Rückwärtsgang ein, raste den Hügel wieder hinunter, knallte mit einigem Getöse gegen ein parkendes Auto, stieß die Tür auf und sprang hinaus.

„Magnus!“, rief er.

Als er den Aufprall des Autos hörte, wirbelte Magnus herum. Der Latino ebenfalls. Er war höchstens zwanzig Meter von Árni entfernt und griff jetzt vorn in die Tasche seines Sweatshirts.

Árni lief los. Im Schein der Straßenbeleuchtung sah er, wie der Latino die Augen aufriss. Die Pistole hervorholte. Sie anhob.

In dem Moment, als der Schuss fiel, warf Árni sich nach vorn.

Magnus sah, wie Árni aus dem Wagen sprang, hörte ihn rufen, sah ihn auf die große Gestalt im grauen Kapuzenpulli zulaufen. Als Árni den Mann zu Boden warf, stürzte Magnus hinzu. Er hörte einen Schuss, gedämpft durch Árnis Körper. Dann rollte der Mann unter Árni hervor und drehte sich zu Magnus um. Auf dem Boden liegend hob er die Pistole.

Magnus, der nur rund fünf Meter entfernt war, entdeckte zwischen zwei Häusern links von sich eine dunkle Lücke und tauchte darin ab. Noch ein Schuss. Das Projektil prallte gegen eine Metallverkleidung.

Magnus fand sich in einem Garten wieder, vor ihm und auf der Seite lagen weitere Gärten. Er rannte nach rechts und hievte seinen Körper über einen mannshohen Zaun. Da fiel der nächste Schuss. Ein Flutlicht flammte auf, blendete Magnus. Der Garten gehörte zu einem nobel wirkenden Anwesen. Magnus sah sich nach einem Versteck um. Er würde nicht vor diesem Kerl davonlaufen. Er wollte ihn erwischen.

Ein paar Meter weiter stand eine Gartenhütte. Magnus lief schnurstracks darauf zu und presste sich im Schatten gegen die Wand. Bei dem grellen Licht ringsum konnte der Mann ihn auf keinen Fall sehen.

Nun kam der Fremde über den Zaun. Er hielt inne. Lauschte.

Magnus rang nach Luft. Er schluckte, um seine Atmung in den Griff zu bekommen, damit er keinen Laut von sich gab.

Der Fremde spähte in den Garten. Vernahm nichts als Stille. Hörte niemanden mehr laufen. Wusste aber, dass Magnus im Garten war. Eine Sekunde lang starrte er Magnus direkt ins Gesicht. Der rührte sich nicht und betete, dass seine Theorie mit dem Licht tatsächlich stimmte. Sie tat es.

Vorsichtig untersuchte der Mann das nächstliegende Gebüsch. Dann noch eines. Dann stand er wieder still und lauschte.

Das Flutlicht reagierte auf Bewegung. Keine Bewegung – kein Licht.

Es erlosch.

Magnus war klar, dass er ein, zwei Sekunden Zeit hatte, bis sich die Augen des anderen an die Dunkelheit gewöhnt hatten. Klar war auch, dass der Kerl in Richtung der Schritte schießen und treffen würde, wenn Magnus gerade auf ihn zuliefe. Deshalb ging er einige Meter nach vorn und schlug dann einen Haken nach links.

Prompt fiel der nächste Schuss. Für den Bruchteil einer Sekunde beleuchtete das Mündungsfeuer das Gesicht des Fremden. Er zog die Waffe nach rechts, richtete sie direkt auf Magnus, ziemlich weit oben.

Magnus duckte sich und warf sich dem Kerl vor die Füße. Wieder ein Schuss, ein bisschen zu hoch, und der Typ fiel hin.

Magnus fasste nach der Hand mit der Waffe, umklammerte den Lauf und drehte ihn in Richtung des Mannes. Noch ein Schuss, darauf das Geräusch von zersplitterndem Glas vom Haus her. Ein Knacken und ein Schrei, als der Daumen brach, eingeklemmt im Abzugsbügel. Mit der freien Hand griff der Fremde nach Magnus' Gesicht und tastete nach den Augen. Magnus riss den Kopf nach hinten, entwand dem anderen die Waffe, sprang auf die Füße und richtete die Pistole auf das Gesicht des Mannes.

„Aufstehen!“, schrie er auf Englisch. „Aufstehen, oder ich puste dir den Kopf weg!“

Der Mann erhob sich langsam und ließ Magnus dabei nicht aus dem Blick.

„Hände hoch! Hier rüber!“, schrie Magnus auf Englisch. Und als er im Haus aufgeregte Stimmen hörte, rief er auf Isländisch: „Holt die Polizei!“ Dann schubste er den Mann am Haus entlang bis zur Straße und stieß ihn mit dem Gesicht nach vorn gegen die Garagenwand.

Jetzt hatte er ein Problem: Er wollte sich um Árni kümmern, konnte aber nicht riskieren, den Mann unbewacht zu lassen.

„Umdrehen!“, befahl er. Als sich der Fremde zu ihm umwandte, nahm Magnus die Waffe in die linke Hand und versetzte dem Kerl mit rechts einen Kinnhaken, woraufhin er bewusstlos in sich zusammensackte.

Magnus kniete sich neben Árni. Er atmete in kurzen Stößen, und aus einer Wunde an der Brust sickerte Blut. Aber das grässliche pfeifende Geräusch eines Lungendurchschusses fehlte.

„Halt durch, Árni. Das wird wieder. Ist nicht so schlimm.“

Árnis Lippen bewegten sich.

„Schsch“, machte Magnus. „Sei ruhig. Wir haben gleich einen Krankenwagen hier.“ Er hörte schon die näher kommenden Sirenen.

Árnis Lippen bewegten sich wieder. Magnus konnte nicht richtig verstehen, was er sagen wollte, aber die letzten Worte klangen wie „… ist so weit“.

„Hey, du brauchst dich noch nicht zu verabschieden, Árni, du schaffst es. Denk dran, du bist der Terminator!“

Árni bewegte den Kopf von links nach rechts und versuchte wieder zu reden, doch es war zu viel für ihn. Er schloss die Augen. Seine Lippen bewegten sich nicht mehr.

10 Magnus sprang in den Streifenwagen, der das Rettungsfahrzeug mit Blaulicht und Sirene zum Krankenhaus leitete. Es dauerte keine fünf Minuten, bis sie dort waren. Die Sanitäter drängten Magnus beiseite und schoben Árni auf der Liege durch die Gänge und in den Operationssaal hinein. Magnus brachte man in ein kleines Wartezimmer, wo er ruhelos auf und ab ging.

Uniformierte Polizeibeamte eilten auf dem Gang hin und her. Árnis Schwester wurde benachrichtigt. Wenig später kam sie hereingestürzt.

„Wie geht es ihm?"

„Ich weiß es nicht. Es war noch kein Arzt hier."

„Ich habe unsere Eltern angerufen, sie sind unterwegs."

„Es tut mir leid", sagte Magnus.

Katrín sah ihm in die Augen. „Hast du auf ihn geschossen?"

„Nein."

„Dann musst du dich nicht entschuldigen."

Magnus lächelte schwach und zuckte mit den Schultern. Es war nicht der richtige Augenblick, um ihr zu erzählen, dass ein bewaffneter dominikanischer Gangster seinetwegen nach Island gekommen war.

Eine Ärztin erschien. Sie war Mitte vierzig, wirkte kompetent und souverän, aber besorgt. „Bist du eine Angehörige?", fragte sie Katrín.

„Ja, ich bin Árnis Schwester."

„Er hat ziemlich viel Blut verloren. Das Projektil steckt immer noch im Körper, direkt neben dem Herzen. Wir schneiden ihn auf und holen es raus, aber das wird eine Weile dauern."

„Kommt er durch?"

Die Ärztin sah Katrín fest in die Augen. „Ich weiß es nicht. Er hat eine Chance. Mehr kann ich nicht sagen."

„Gut. Dann verliert keine Zeit", sagte Katrín. „Fangt an!"

Magnus war überzeugt, dass es in Island versierte Ärzte gab. Aber ob sie genügend Erfahrung mit Schussverletzungen hatten? Zu Hause, im Boston Medical Center, machten sie am Freitag- und Samstagabend fast nichts anderes, als Schusswunden zuzunähen.

Vor dem Wartezimmer kam Unruhe auf. Baldur stürzte herein. Magnus hatte ihn bereits wütend erlebt, aber noch nie so geladen wie jetzt.

„Wie geht's ihm?", fragte er.

„Er wird gerade operiert“, erklärte Magnus. „Das Projektil steckt noch im Körper, sie versuchen es herauszuholen.“

„Wird er durchkommen?“

„Das hoffen sie“, sagte Magnus.

„Ich habe ein paar Fragen an dich.“ Mit deutlichem Missfallen drehte sich Baldur zu Katrín um. Sie hatte zwar nicht ihren kompletten Putz angelegt, aber ein bisschen Metall glitzerte doch in ihrem Gesicht. „Du entschuldigst uns kurz?“, sagte er und ging mit Magnus auf den Gang hinaus.

„Weißt du, warum auf einen meiner Beamten geschossen wurde?“

„Ja.“ Magnus nickte. „Ich werde als Kronzeuge in einem großen Polizeikorruptionsprozess in Boston aussagen. Es gibt Leute, die mich kalt stellen möchten. Dominikanische Drogenhändler. Deshalb wurde ich hierher abkommandiert. Aber jetzt haben sie mich anscheinend gefunden.“

„Und warum hast du mir nichts davon erzählt?“

„Der Polizeichef fand, je weniger Personen Bescheid wüssten, desto geringer sei die Gefahr, dass etwas durchsickert.“

„Das heißt, *er* wusste Bescheid?“

„Selbstverständlich.“

„Wenn Árni stirbt, dann werde ich ...“ Baldur fiel so schnell keine angemessene Drohung ein.

„Ich habe mich bei Árnis Schwester entschuldigt, und ich entschuldige mich bei dir“, sagte Magnus. „Es tut mir leid, dass ich den Killer angelockt und euch in Gefahr gebracht habe. Vielleicht sollte ich wieder gehen.“

„Ja, am besten sofort. Ich möchte, dass du das Krankenhaus verlässt. Hier kannst du sowieso nichts ausrichten. Geh zurück ins Präsidium und gib deine Aussage zu Protokoll.“

Magnus wäre gern geblieben, um zu sehen, was aus Árni wurde. Aber Baldur hatte Recht: Es war besser, wenn er ging.

Er streckte den Kopf ins Wartezimmer. „Ich muss los“, sagte er zu Katrín. „Sag mir Bescheid, wenn es was Neues gibt – so oder so.“

„Hat dich der Obersheriff nach Hause geschickt, oder was?“

Magnus nickte. „Er ist ein bisschen angespannt. Verständlicherweise.“

Katrín schien unbeeindruckt. „Ich ruf dich an.“

MAGNUS schlief schlecht. Zum Glück träumte er nicht, doch er rechnete die ganze Nacht mit dem Klingeln des Telefons. Um sechs Uhr stand er auf und rief im Krankenhaus an. Die Operation war abgeschlossen, das Projektil entfernt. Árni hatte viel Blut verloren und war noch nicht wieder bei Bewusstsein, aber man war vorsichtig optimistisch.

Magnus machte sich auf den Weg ins Präsidium. Es war ein grauer, windiger Tag, kalt, aber nicht eisig.

Im Raum der Abteilung Gewaltverbrechen hielten sich drei Kollegen auf. Magnus nickte ihnen zu, und sie grüßten lächelnd zurück.

Vigdís brachte ihm eine Tasse Kaffee.

„Danke“, sagte Magnus lächelnd. Und dann: „Tut mir leid, das mit Árni.“

„Es ist nicht deine Schuld“, sagte Vigdís.

„Wissen wir schon, wer der Killer ist?“

„Nein. Er hat einen amerikanischen Pass, aber der ist höchstwahrscheinlich gefälscht. Der Kerl macht den Mund nicht auf.“

„Das ist ein Profi. Der sagt nichts.“ Magnus hatte dem Kollegen, der am Vorabend seine Aussage aufgenommen hatte, alle Informationen gegeben, über die er verfügte. Auch die Namen von Ansprechpartnern bei der Bostoner Polizei. Dabei war ihm unmissverständlich mitgeteilt worden, dass Baldur nicht wollte, dass er den Dominikaner selbst befragte.

„Halt die Augen offen!“, sagte Vigdís. „Jetzt, wo Árni nicht mehr auf dich aufpassen kann.“

Magnus grinste. „Mach ich.“ Sie hatte Recht: Bis er in die Staaten zurückflog, sollte er sich besser einen Ort zum Untertauchen suchen.

Als Vigdís gegangen war, fuhr er seinen Computer hoch. Er musste dem FBI und Williams persönlich mitteilen, was passiert war. Doch bevor er seine Nachricht schrieb, sah er eine neue E-Mail im Posteingang. Sie war direkt an ihn geschickt worden, nicht über das FBI.

> Hi Magnus,
> ich muss dir ganz dringend was sagen. Vor ein paar Tagen ist ein Typ abends in meine Wohnung eingedrungen und hat mir eine Pistole in den Mund gesteckt. Er wollte wissen, wo du bist. Ich hab durchblicken lassen, dass du mir eine Mail mit isländischer Domain-Endung geschickt hast. Das liegt mir echt im Magen. Ich hab's nicht im Dezernat erzählt, aber ich dachte, du musst Bescheid wissen, damit du auf der Hut sein kannst.
> Johnny Yeoh

Magnus spürte Wut in sich aufsteigen. Er klickte auf ANTWORTEN und begann zu tippen, doch nach der ersten Zeile hielt er inne. Eigentlich konnte er Johnny keinen Vorwurf machen. Wenn der Computerspezialist seinem ungebetenen Besucher nicht gesagt hätte, was der wissen wollte, würde er jetzt vielleicht nicht mehr leben. Allerdings hätte er Magnus früher warnen können.

Am wütendsten war er jedoch auf sich selbst. Er hätte die vom FBI aufgestellten Regeln nicht verletzen dürfen. Es gab gute Gründe dafür, dass er keine E-Mails direkt an Personen in Amerika schicken sollte. Er löschte den getippten Text und ersetzte ihn durch ein schlichtes „Danke für die Info". Johnny Yeoh würde ohnehin genug Ärger bekommen, weil er den Vorfall nicht umgehend gemeldet hatte. Denn früher oder später würde alles herauskommen.

Magnus verfasste eine E-Mail an Williams, in der er berichtete, was am Vorabend geschehen war. Dass Johnny Yeoh den Dominikanern den Tipp mit Island gegeben hatte, erwähnte er nicht.

Gerade als er die Nachricht abschickte, kam Baldur in den Raum.

„Was machst du denn hier?", knurrte er.

„Meinen Job."

„Wir brauchen hier niemanden, der uns bei der Arbeit zuschaut. Hast du deine Aussage gemacht?"

„Gestern Abend schon."

„Dann geh nach Hause und bleib da, damit wir dich erreichen können, wenn wir dich brauchen."

„Habt ihr Pastor Hákon gefunden?", wollte Magnus wissen.

„Noch nicht. Aber wir finden ihn. Er kann das Land nicht verlassen."

„Habt ihr in Stöng nach ihm gesucht? Und auf Álfabrekka? Hákon ist ein seltsamer Typ, auf gewisse Weise ein Romantiker. Es könnte sein, dass er an einen Ort fährt, der für den Ring wichtig ist."

Baldur schüttelte den Kopf. „Wenn du glaubst, dass ich von meinen wenigen Leuten auch noch jemanden abkommandiere, der deinen bescheuerten Hirngespinsten nachjagt, dann …" Frustriert verstummte er. „Ach, vergiss es. Geh nach Hause, ja?"

Aber Magnus ging nicht nach Hause. Er lieh sich einen Wagen, um nach Stöng, zu Gauks verlassenem Hof, zu fahren.

Je weiter er nach Osten kam, desto schlechter wurde das Wetter. Eine feuchte graue Wolkendecke hatte sich über Island gelegt, und Magnus fuhr mitten hindurch. Selbst als er aus den Lavafeldern herunterkam, in die weite Ebene um Selfoss, konnte er kaum etwas sehen.

Er war sich natürlich nicht sicher, ob er in Stöng oder Álfabrekka etwas finden würde. Aber er wollte auf gar keinen Fall in Reykjavík herumhängen und nichts tun. Und in der Regel konnte er sich auf seinen Riecher verlassen.

PÉTUR sah zu, wie der kleine Trupp von Polen sein Auto schrubbte, wusch, polierte. Er hatte der Versuchung widerstanden, den Arbeitern doppelt so viel Geld zu geben, damit sie gründlicher putzten, denn er wollte nicht, dass sie sich an ihn erinnerten.

Normalerweise behielt Pétur einen kühlen Kopf, doch den Dreck hätte er beinahe vergessen. Wenn die Polizei gestern Abend vorbeigekommen wäre und seinen Wagen beschlagnahmt hätte, wäre es für die Techniker ein Leichtes gewesen herauszufinden, wo er am Nachmittag gewesen war.

Das Dumme an einem weißen BMW-Geländewagen war, dass er auffiel, selbst in einem Land, wo es viele teure Geländewagen gab. Inga hatte ihn jedenfalls bemerkt, als er ihr auf der Straße durch das Thjórsá-Tal entgegengekommen war. Deshalb hatte er sie auch umgehend auf dem Handy angerufen und gebeten, es nicht zu erwähnen. Er hoffte bloß, sie hatte tatsächlich den Mund gehalten.

Behutsam schloss sich seine Hand um den Gegenstand tief in seiner warmen Manteltasche. Einen Ring.

Den Ring.

INGILEIF hatte den Mund gehalten. Sie hatte sich zwar gewundert, als sie Pési das Thjórsárdalur hochfahren sah, denn sie konnte sich nicht vorstellen, was ihr Bruder dort wollte. Doch instinktiv hatte sie Magnus nichts davon gesagt. Sie redete sich ein, es sei nicht so wichtig.

Jetzt war sie unterwegs, um herauszufinden, ob wirklich Hákon ihren Vater umgebracht hatte oder ob es doch Tómas gewesen war. Letzteres hielt sie für unwahrscheinlich, aber sicher sein konnte sie nicht. Allerdings kannte sie jemanden, der es wissen musste: Tómas' Mutter.

Erna stammte aus einem Dorf in den Westfjorden, wo sie Hákon kennen gelernt hatte, als er dort Pastor war. In Ingileifs Erinnerung war sie eine liebenswürdige, rechtschaffene, vernünftige Frau, die sich stets dem Willen ihres Mannes unterworfen hatte. Es musste sie viel Mut gekostet haben, ihn zu verlassen, aber es war sicherlich ein kluger Entschluss gewesen.

Erna würde wissen, ob ihr Sohn oder ihr Exmann den Arzt umgebracht hatte. Und so fuhr Ingileif in ihrem alten Polo hinaus nach Hella, ungefähr fünfzig Kilometer südlich von Fludir, wo Erna mit ihrem zweiten Ehemann lebte. Die Fahrt im Nebel war unangenehm, wenigstens herrschte nicht viel Verkehr auf der Straße.

Ingileif lauschte den Nachrichten im Radio, hoffte auf neue Informationen über Tómas. Aber es kam nichts dergleichen. Es gab eine Meldung über eine Schießerei und einen verletzten Polizisten, der ins Krankenhaus gebracht worden war. Außerdem hatte die Polizei einen amerikanischen Staatsbürger festgenommen. Einen schrecklichen Moment lang dachte Ingileif, der verwundete Polizist sei Magnus. Doch dann nannten sie den Namen Árni Holm, und Ingileif atmete auf.

Hella war eine moderne Siedlung am Ufer der West Ranga. Ernas Anschrift hatte Ingileif aus dem Internet-Telefonbuch. Das einstöckige Haus stand nur etwa dreißig Meter vom Fluss entfernt. Als Tómas' Mutter die Tür öffnete, erkannte sie Ingileif auf der Stelle und bat sie ins Haus.

Ernas blondes Haar war immer noch blond, aber inzwischen gefärbt, außerdem war sie rundlicher geworden. Doch ihre blauen Augen leuchteten, als sie Ingileif erblickte, auch wenn sie gleich darauf von Sorge getrübt wurden. „Hast du die furchtbaren Neuigkeiten über Tómas gehört?", fragte sie, während sie sich in der Küche ans Kaffeekochen machte.

Ingileif nickte. „Es steht in allen Zeitungen. Hast du ihn schon besucht?"

„Nein. Die Polizei lässt mich nicht zu ihm. Ich habe mit seiner Anwältin telefoniert. Sie meint, die Polizei habe nicht genügend Beweise, um ihm irgendetwas anzuhängen. Sie sagt, es hat alles mit einem Manuskript zu tun, das dieser Professor verkaufen wollte. Komm, setzen wir uns."

Das Wohnzimmer hatte ein prächtiges Panoramafenster mit Blick auf den Fluss, der aber bei dem Nebel kaum zu sehen war.

Ingileif nahm einen Schluck Kaffee. „Bei dem Manuskript handelt es sich um eine alte Saga, die seit Generationen im Besitz meiner Familie ist: Gauks Saga. Hat dein Exmann mal mit dir darüber gesprochen, Erna?"

„Nein. Aber mit deinem Vater hat er viel über diese Dinge geredet, nicht?"

„Genau. Als meine Mutter Ende letzten Jahres starb, beschloss ich, die Saga über Professor Agnar zum Verkauf anzubieten. Und nun glaubt die Polizei, Agnar sei wegen dieser Saga umgebracht worden."

„Hm. Ich verstehe immer noch nicht, was Tómas damit zu tun haben soll."

„Die ganze Sache geht auf den Tod meines Vaters zurück."

„Ach." Jetzt wurde Erna argwöhnisch.

„Bestimmt wird dir die Polizei bald Fragen dazu stellen, vielleicht noch heute", sagte Ingileif. „Aber ich verspreche dir, dass ich nicht weitersage, was du mir erzählst. Ich möchte nur wissen, was mit meinem Vater passiert ist. Ich muss es wissen."

„Es war ein Unfall", sagte Erna, „ein schrecklicher Unfall. Hákon war dabei. Es gab eine polizeiliche Ermittlung mit allem Drum und Dran."

„Hat dein Mann dir erzählt, was er und mein Vater an dem Wochenende vorhatten?"

„Nein. Sie machten irgendwelche Forschungen. Keine Ahnung, worum es da ging. Er war sehr verschlossen, was das betraf."

„Hat er mal von einem Ring gesprochen?"

„Von einem Ring? Nein. Was für ein Ring?" Erna wirkte aufrichtig ahnungslos.

Ingileif holte tief Luft. „Der Ring, der in Gauks Saga erwähnt wird – in diesem Manuskript, das der ermordete Professor verkaufen sollte. Weißt du, die Polizei glaubt, mein Vater und dein Mann hätten diesen Ring an jenem Wochenende gefunden."

„Davon hat er nie gesprochen, und ich habe keinen Ring gesehen. Aber ich kann mir gut vorstellen, dass ihn so etwas fasziniert hätte. Und irgendetwas war da. Irgendwas war im Altar in der Kirche versteckt. Ich habe immer wieder beobachtet, wie er heimlich hinschlich."

„Hast du selbst mal nachgesehen?", fragte Ingileif.

„Nein. Ich dachte, dass mich das nichts angeht." Erna schauderte. „Ehrlich gesagt, ich wollte es gar nicht wissen. Hákon hatte ziemlich ungewöhnliche Hobbys. Ich hatte Angst davor, was ich da finden könnte."

„Die Polizei glaubt, dass mein Vater wegen des Rings umgebracht worden sein könnte", bemerkte Ingileif.

„Aber von wem?", fragte Erna. „Doch nicht etwa von Hákon?"

„Doch, das glauben sie." Ingileif schluckte. „Und ich auch."

Erna war bestürzt. Dann wurde sie zornig. „Ich weiß, dass Hákon seine Schrullen hat. Aber ich bin mir absolut sicher, dass er deinen Vater nicht umgebracht hat. Er könnte niemals jemanden töten. Und …"

Tränen traten ihr in die Augen.

„Und?"

„Dein Vater war der einzige echte Freund, den Hákon jemals hatte. Manchmal glaube ich … nein, ich weiß es, dass Hákon mehr an ihm hing als an mir. Der Tod deines Vaters hat ihn sehr erschüttert, beinahe zugrunde gerichtet." Sie schniefte. „Er benahm sich immer sonderbarer, vernachlässigte seine Pflichten. Nach diesem Unglück konnte man nicht mehr mit ihm zusammenleben. Es war völlig unmöglich."

Ingileif merkte, dass sie beim Thema Hákon nicht weiterkommen würde. Sie selbst war nach wie vor überzeugt, dass der Pastor ihren Vater umgebracht hatte. Aber Erna hielt das offenbar für ausgeschlossen, und Ingileif wollte nicht mit ihr darüber streiten.

„Und was hat das alles nun mit Tómas zu tun?", fragte Erna erneut.

„Die Polizei glaubt, dass er Hákon und meinen Vater damals begleitet hat. Die Bauern, bei denen Hákon Hilfe holte, haben ihn gesehen. Oder jedenfalls einen Jungen. Und die Polizei meint, es war Tómas." Ingileif wollte die Geschichte nicht unnötig verkomplizieren und behielt die Sache mit dem verborgenen Volk deshalb für sich.

„Aber das ist absurd", sagte Erna. „Die glauben, Tómas hätte Dr. Ásgrím ermordet? Er war doch damals erst zwölf!"

„Dreizehn", korrigierte Ingileif. „Und ja, sie glauben wirklich, dass er dabei war. Zumindest könnte er gesehen haben, was passiert ist."

„Das ist lächerlich", sagte Erna. „Das muss jemand anders gewesen sein." Dann leuchteten ihre Augen auf. „Warte mal kurz! Tómas kann es gar nicht gewesen sein!"

„Warum nicht?"

„Weil wir an dem Wochenende zusammen in Reykjavík waren. Tómas sang mit dem Chor von Hruni in der Hallgrímskirkja, und ich bin mitgegangen, um mir das anzuhören. Wir haben an dem Samstag bei meiner Schwester in Reykjavík übernachtet."

„Weißt du das ganz genau?"

„Doch, sicher. Wir sind erst am Sonntagabend nach Hause gekommen. Da war Hákon gerade aus den Bergen zurückgekehrt. Er war in einem furchtbaren Zustand." Erna lächelte Ingileif erleichtert an. „Siehst du? Mein Sohn ist unschuldig!"

Hundert Meter von dem Haus entfernt, in dem Ingileif verschwunden war, stand Axels Kleinwagen in Hella am Straßenrand. Axel saß am Steuer, Isildur hinten und Gimli auf dem Beifahrersitz, einen Laptop auf dem Schoß. Axel hatte vier Wanzen bei Ingileif angebracht, als er in den frühen Morgenstunden unbemerkt bei ihr eingebrochen war: eine in ihrer Tasche, eine im Mantel, eine in ihrem Atelier – das war die heikelste gewesen, immerhin lag Ingileif nebenan im Wohnzimmer unruhig träumend auf ihrer Schlafcouch – und eine im Auto. Die Wanze im Wagen funktionierte wie ein Peilsender: Die Position des Fahrzeugs wurde auf dem Monitor mithilfe der GPS-Karte in Gimlis Laptop blinkend angezeigt.

So hatten sie Ingileif in sicherem Abstand von Reykjavík nach Hella folgen können. Dort waren sie an dem Haus vorbeigefahren, vor dem Ingileif angehalten hatte, und hatten dann außer Sicht geparkt. Die Wanze im Mantel übertrug alles, was gesprochen wurde, laut und deutlich auf einen in den Laptop gestöpselten Empfänger – allerdings auf Isländisch. Beim Abhören murmelte Axel zwar die englische Übersetzung vor sich hin, doch die war so bruchstückhaft, dass man sich keinen Reim darauf machen konnte.

Als der Detektiv einen Ring erwähnte, konnte Isildur seine Ungeduld nicht länger zügeln. Doch Axel weigerte sich, mehr zu sagen, da er die Unterhaltung vollständig mithören wollte.

Kaum hatte Ingileif das Haus wieder verlassen, wollte Isildur von Axel alles wissen, was drinnen geredet worden war. Der nahm den Laptop von Gimlis Beinen, drückte auf verschiedene Tasten und ging das Gespräch, das auf der Festplatte des Computers gespeichert war, langsam und systematisch durch.

Isildur war vor Aufregung ganz aus dem Häuschen. „Wo ist diese Kirche, in der der Ring versteckt ist?"

„Ich weiß es nicht", sagte Axel. „Die Kirche, die Hella am nächsten ist, steht in einem Ort namens Oddi."

„Es hört sich doch an, als wären die beiden Frauen Nachbarinnen gewesen, als Ingileif noch ein Kind war", bemerkte Jubb bedächtig. „Dieser Hákon ist ja wohl der Vater von Tómas Hákonarson. Wissen wir, wo der geboren wurde? Wo er aufwuchs? Es klang so, als hätte diese Erna ihren Mann damals verlassen und wäre weggezogen."

„Schau mal, was du über Tómas Hákonarson findest!", sagte Isildur. „Er ist ein großer Star in diesem Land, irgendwo wird es wohl eine Biografie von ihm geben."

Axel rief die Internetsuchmaschine auf, tippte den Namen ein, klickte und scrollte. „Ich hab's: Er wuchs in Fludir auf. Das ist nicht weit von hier."

„Na, dann fahren wir jetzt direkt zur Kirche von Fludir!", rief Isildur. „Auf geht's!"

Axel gab Gimli den Laptop zurück und ließ den Motor an.

„Die Kirche von Fludir steht in Hruni", erklärte er. „Dieser Mann muss der Pastor von Hruni sein." Der Detektiv grinste.

„Was ist daran so Besonderes?"

„Ach nichts. Sagen wir einfach, es passt."

ALS MAGNUS das Thjórsá-Tal zur Hekla hinauffuhr, wurde die Landschaft immer trostloser. Statt Gras herrschten hier schwarzes Gestein und Sandhügel vor, die Gegend glich einer gewaltigen verlassenen Kohlehalde.

Der Fluss wand sich an dem knapp 700 Meter hohen abgerundeten Felsbrocken namens Búrfell vorbei, der Heimat der Trolle in den alten Volksmärchen. Direkt dahinter überquerte die Straße einen Wasserlauf, und Magnus gelangte an eine Kreuzung mit einem Wegweiser. Oder vielmehr mit gleich zwei Schildern. Auf dem einen stand STÖNG, auf dem anderen STRASSE GESPERRT.

Er bog ab. Es war keine Straße. Es war nicht einmal ein Weg. Kurven, Kehren, steile Anstiege, jähes Gefälle. Von Nebel umwabert, bugsierte Magnus seinen Wagen durch das schwarze Gelände. Links unten rauschte ein Nebenfluss der Thjórsá. Ein, zwei Mal überlegte Magnus, ob er umkehren sollte. Hákon mit seinem Allradantrieb hatte natürlich weniger Probleme, falls er hier entlanggefahren ist, dachte er.

Als er um die nächste Kurve bog, erblickte er den roten Suzuki auch schon an einem kurzen Straßenabschnitt zwanzig Meter über dem Fluss.

Magnus parkte daneben. Er stieg aus dem Auto und ging zu dem Suzuki hinüber. Der Wagen war leer. Magnus probierte den Türgriff. Unverschlossen. Kein Schlüssel in der Zündung.

Vielleicht hatte Hákon den Wagen hier abgestellt, um zu Fuß nach Stöng weiterzugehen? Das war eine Möglichkeit. Aber Hákon war Isländer und er fuhr einen Geländewagen. Er würde nicht so schnell aufgeben.

Der Mann war verrückt, das war Magnus klar. Es konnte sein, dass er sich in dieser Einöde zu einer langen Wanderung aufgemacht hatte. Vielleicht zu der kleinen Höhle bei Álfabrekka? Oder zur Hekla? Womöglich würde er tagelang unterwegs sein.

Magnus suchte nach Fußabdrücken neben dem Suzuki und fand auch einige, doch sie waren undeutlich. Er zog immer weitere Kreise um das Fahrzeug, aber der Boden war zu hart, um ihm zu verraten, welche Richtung Hákon genommen haben mochte.

Doch dann entdeckte er etwas Interessantes: Reifenspuren. Rund zehn Meter vom Suzuki entfernt an einer Stelle, wo der Boden weich war. Hier hatte ein anderes Auto gestanden. Bloß wann?

Magnus überlegte, ob er nach Stöng weiterfahren sollte. In Gedanken rief er sich den verlassenen Hof aus seiner Kindheit in Erinnerung. Er lag mitten in einem grünen Flecken an einem Flüsschen.

Doch zuerst musste er Baldur melden, was er gesehen hatte. Er holte sein Handy hervor. Kein Empfang. Das war wenig überraschend. Leise vor sich hin schimpfend beschloss er, zurück in Richtung Hauptstraße zu fahren, bis er Empfang hatte und telefonieren konnte.

Nach zwei Kilometern durchrüttelnder Fahrt klingelte sein Telefon, das neben ihm auf dem Beifahrersitz lag. Magnus brachte den Wagen zum Stehen und nahm das Gespräch an.

„Hi Magnus, hier ist Ingileif."

„Hallo, Ingileif", sagte Magnus erfreut.

„Alles in Ordnung bei dir? Ich hab vorhin im Radio gehört, dass es eine Schießerei gegeben hat. Unglaublich. Ein Polizeibeamter liegt im Krankenhaus, und ein Amerikaner wurde verhaftet. Ich dachte, einer von den beiden wärst du."

„Zum Glück nicht, aber ich war darin verwickelt. Der Verletzte ist mein Kollege Árni. Ich hab mir den Täter geschnappt."

„War der etwa hinter dir her?"

„Der war hinter mir her."

Es folgte ein kurzes Schweigen. Dann sagte Ingileif: „Ich war gerade bei Tómas' Mutter. Sie heißt Erna und wohnt in Hella."

„Aha?"

„Sie ist überzeugt, dass Tómas meinen Vater nicht umgebracht hat. Er könne es gar nicht gewesen sein, weil er an dem Wochenende mit dem Kirchenchor in Reykjavík war und in der Hallgrímskirkja sang."

„Behauptet sie zumindest. Vergiss nicht, sie ist seine Mutter."

„Aber das kann man doch nachprüfen, oder? Auch wenn es siebzehn Jahre zurückliegt?"

„Ja, kann man", gab Magnus zu. Ingileif hatte Recht: Es war nicht sehr wahrscheinlich, dass jemand sich eine so dumme Lüge ausdachte.

„Außerdem hat sie mir verraten, wo Hákon den Ring versteckt hat."

„Im Altar in der Kirche?"

„Woher weißt du das?"

„Hat Tómas mir gestern gesagt."

Wieder Schweigen in der Leitung.

„Wo bist du im Augenblick?"

„Ich versuche Hákon zu finden. Er ist seit gestern Mittag verschwunden. Aber vor ein paar Minuten habe ich seinen Wagen entdeckt, an der Straße nach Stöng. Hákon muss sich hier mit jemandem getroffen haben. Ganz in der Nähe gibt es Reifenspuren von einem zweiten Wagen."

Am anderen Ende der Leitung herrschte erneut Schweigen. Magnus dachte schon, die Verbindung sei unterbrochen. Der Empfang war immer noch schlecht. „Ingileif? Ingileif, bist du noch da?"

„Ja, bin ich. Tschüss, Magnus." Damit war sie weg.

PÉTUR lag unter seinem Wagen und wischte das Fahrgestell mit einem Lappen sauber. Als er von der Waschanlage nach Hause gekommen war, hatte er sich Eimer und Lappen genommen und war in eine Wohnstraße gefahren, die über einen Kilometer von seiner Wohnung entfernt war. Er wollte nicht, dass seine Nachbarn sahen, wie sorgfältig er sein Auto säuberte.

Sein Telefon klingelte in der Jeanstasche. Er kroch unter dem BMW hervor und ging dran.

„Pési? Hier ist Inga."

Pétur rappelte sich auf. Für dieses Gespräch musste er alle Sinne beisammenhaben. „Inga! Hi! Wie geht's dir?"

„Warum sollte ich gestern nicht sagen, dass ich dich gesehen habe?"

„Du warst doch mit diesem großen Bullen unterwegs, oder?"

„Ja. Wir kamen gerade von den Bauern, die damals mit Hákon nach unserem Vater gesucht haben. Pési, ich bin mir ziemlich sicher, dass Vater ermordet wurde. Das war kein Unfall."

„Ich dachte, wir wären uns einig gewesen, nicht mehr darüber zu reden", sagte er ungehalten. „Warum besprichst du das mit der Polizei? Was soll das bringen?"

„Pési, wohin bist du gestern gefahren?"

Er holte tief Luft. „Das kann ich dir nicht sagen, Inga. Tut mir leid."

„So geht das nicht, Pési. Ich muss wissen, was hier los ist. Wolltest du Hákon treffen? Auf dem Weg nach Stöng?"

„Hör mal, wo bist du gerade?"

„In der Nähe von Hella."

„Also gut, du hast Recht. Ich bin dir eine Erklärung schuldig. Aber nicht am Telefon. Das will ich persönlich mit dir besprechen."

„Okay. Ich bin heute Nachmittag wieder in Reykjavík."

„Nein, nicht hier in der Stadt. Weißt du noch, wo Vater immer mit uns Picknick gemacht hat? Der Platz von dem er sagte, es sei sein Lieblingsort in ganz Island? Da treffen wir uns. Sagen wir, in anderthalb Stunden."

„Warum gerade da?"

„Ich fahre oft dorthin, Inga. Da kann ich unseren Vater spüren. Und mit ihm reden. Ich möchte gern, dass er dabei ist, wenn ich mit dir spreche."

Ingileif wunderte sich. So viel Sentimentalität, das sah ihrem Bruder gar nicht ähnlich. Aber sie wusste auch, wie sehr der Tod des Vaters Pétur damals getroffen hatte.

„Okay, in anderthalb Stunden."

„Bis dann. Und versprich mir, dass du der Polizei nichts sagst. Zumindest nicht, bis ich dir alles erklären konnte."

„Versprochen."

DA MAGNUS nun Empfang hatte, rief er Baldur an. „Ich habe Hákons Auto gefunden", sagte er, bevor der Inspektor wieder auflegen konnte.

„Wo?"

„An der Straße nach Stöng. Von ihm selbst fehlt aber jede Spur."

„Ich schicke ein paar Leute hoch, die sich das ansehen sollen."

„Und ihn suchen", ergänzte Magnus.

„Das wird nicht nötig sein."

„Warum nicht? Habt ihr ihn gefunden?"

„Ja. Unten im Hjálparfoss. Vor einer halben Stunde hat ein Mitarbeiter des Elektrizitätswerks dort eine Leiche entdeckt. Einen großen Mann mit Bart und weißem Pastorenkragen."

Der Hjálparfoss war ein Wasserfall, nur einen guten Kilometer von der Abzweigung nach Stöng entfernt. Magnus hatte den Wegweiser gesehen.

„Er könnte hinuntergesprungen sein“, sagte Baldur.

„Das glaube ich nicht“, widersprach Magnus. „Ich habe Reifenspuren von einem anderen Fahrzeug neben dem Suzuki gefunden. Hákon wurde mit Sicherheit gestoßen.“

„Egal, du gehst jedenfalls nicht zum Tatort“, sagte Baldur. „Ich möchte nicht, dass du noch weiter an diesem Fall arbeitest. Ich bin jetzt unterwegs zum Hjálparfoss, und wenn ich ankomme, will ich dich dort nicht sehen.“

Am liebsten hätte Magnus ihm eine passende Antwort gegeben. Schließlich war es *seine* Idee gewesen, dass Hákon nach Stöng gefahren sein könnte, und *er* hatte auch den Wagen gefunden. „War mir eine Freude, dir zu Diensten zu sein“, sagte er nur sarkastisch und legte auf. Baldur würde mindestens eine, wenn nicht zwei Stunden brauchen, um von Reykjavík zum Hjálparfoss zu gelangen. Zeit genug.

Vorsichtig fuhr Magnus den Weg zum Hjálparfoss hinunter. Nach einigen Hundert Metern erblickte er den Wasserfall, zwei mächtige, von einem Basaltfelsen gespaltene Wasserströme, die in ein Becken hinabstürzten.

Ein Streifenwagen mit Blaulicht stand am Ufer des Beckens, und eine kleine Gruppe von drei oder vier Personen umringte etwas auf dem Boden.

Magnus parkte neben dem Polizeifahrzeug und stellte sich den Kollegen vor. Die Beamten waren freundlich und traten zurück, damit er einen Blick auf die Leiche werfen konnte. Es war der Pastor von Hruni.

Magnus betrachtete Hákons Finger. An keinem steckte ein Ring.

DAMIT ist alles anders, dachte Magnus auf dem Rückweg nach Reykjavík. Es sah ganz so aus, als wäre Hákon umgebracht worden. Aber nicht von Tómas, denn der saß hinter Gittern. Doch von wem dann?

Seit Magnus in Island angekommen war, hatte er von vielen Menschen gehört, die im Lauf der Jahre eines unnatürlichen Todes gestorben waren. Nicht nur Agnar und jetzt Hákon. Sondern auch Dr. Ásgrím. Und sogar Ingileifs Stiefvater. Zu viele Fälle für so ein friedliches Land.

Noch ein Gestürzter. Noch ein Ertrunkener. Und es gab nur zwei Personen, die mit all diesen Todesfällen in Verbindung standen. Einen Bruder und eine Schwester. Pétur und Ingileif.

Magnus schloss Ingileif aus. Aber Pétur?

Er hatte Alibis. Als sein Vater starb, war er in Reykjavík im Internat gewesen. Aber vielleicht war es ihm irgendwie gelungen, an jenem Wochenende Ausgang zu bekommen, ohne dass seine Familie davon erfuhr? Als sein Stiefvater dann ums Leben kam, hielt sich Pétur angeblich in London auf. Aber er hätte ohne Weiteres für zwei Tage nach Reykjavík fliegen können, ohne dass es jemand mitbekam. Wenn er erfahren hatte, was dieser Mann seiner Schwester Birna angetan hatte, mochte er sich berufen gefühlt haben, Rache zu üben.

Doch was war mit dem Mord an Agnar? Dafür hatte Pétur ein hieb- und stichfestes Alibi. Er war die ganze Nacht in seinen Klubs unterwegs gewesen, Árni hatte das überprüft.

Magnus schlug mit der Hand aufs Lenkrad. Árni! Das war es gewesen, was sein Kollege ihm mitteilen wollte, kurz bevor er das Bewusstsein verlor und ins Krankenhaus kam. Nicht „Es ist so weit", sondern „Es ist die Zeit". Árni wollte Magnus auf die Zeitangaben in Péturs Alibi hinweisen.

Magnus konnte sich vorstellen, was passiert war: Árni war in allen drei Klubs gewesen und hatte bestätigt bekommen, dass der Chef am Abend der Mordtat dort gewesen war. Aber Árni hatte keinen genauen Zeitplan erstellt, wo Pétur sich in jener Nacht wann und wie lange aufgehalten hatte. So eine Schlamperei war Árni durchaus zuzutrauen.

Magnus fuhr schneller. Er wollte mit Ingileif sprechen. Sie war Péturs Schwester, ihre Loyalität galt natürlich in erster Linie ihm. Aber sie würde keinen Mörder decken. Oder etwa doch?

Magnus wählte ihre Nummer. „Ingileif? Ich bin's, Magnus. Wo bist du?"

„Auf der Straße nach Fludir."

Die Straße von Hella nach Fludir führte an der Abzweigung zum Thjórsá-Tal vorbei.

„Ich muss mit dir sprechen, ich bin ganz in der Nähe. Wenn du kurz am Straßenrand hältst und mir sagst, wo du bist, dann komme ich zu dir."

„Ich kann nicht, Magnus, ich habe einen Termin."

„Ingileif, wo ist Pétur?"

„Ich weiß es nicht." Ihre Stimme wurde leiser, klang nicht mehr so entschieden. Sie log.

„Wo fährst du hin?", fragte Magnus. „Willst du dich mit ihm treffen?"

Ingileif legte einfach auf.

Ein Streifenwagen raste mit Blaulicht und Sirene vorbei. Verstärkung für die Kollegen bei der Leiche des Pastors.

Magnus fiel wieder ein, wie Ingileif gestern auf genau dieser Straße plötzlich so seltsam erstarrt war. Wie vom Donner gerührt. Hatte sie etwas gesehen? Vielleicht den Fahrer eines entgegenkommenden Autos? Pétur?

Er rief sie erneut an. Sie nahm nicht ab. Er sprach ihr eine Mitteilung auf die Mailbox: Hákons Leiche sei am Fuß des Hjálparfoss gefunden worden. Falls sie sich mit ihrem Bruder traf, musste sie das vorher wissen.

Magnus fuhr weiter. Es waren noch einige Kilometer bis zu der Kreuzung, wo es links nach Reykjavík und rechts nach Fludir ging. Aber zuerst musste er Baldur von Pétur erzählen.

Er rief ihn auf dem Handy an. Keine Antwort. Der Inspektor ging einfach nicht ans Telefon.

Magnus versuchte es bei Vigdís. Sie würde ihm wenigstens zuhören.

„Vigdís, du musst Pétur Ásgrímsson festnehmen."

„Warum?"

Magnus erklärte es ihr. Vigdís stellte ein, zwei sachliche Fragen dazu.

„Ergibt Sinn für mich", sagte sie schließlich. „Hast du das schon Baldur erzählt?"

„Er nimmt sein Handy nicht ab."

„Ich rede mit ihm."

Eine Minute später rief Vigdís zurück. „Baldur erlaubt mir nicht, Pétur zu verhaften", sagte sie. „Er meint, in diesem Fall hätte es schon zu viele vorschnelle Festnahmen gegeben."

„Das sagt er nur, weil der Vorschlag von mir kommt", bemerkte Magnus verbittert.

„Dazu kann ich nichts sagen", gab Vigdís zurück. „Ich weiß bloß, dass ich Pétur nicht verhaften kann, wenn mein Chef es mir verbietet."

„Klar, natürlich nicht, Vigdís. Tut mir leid, dass ich dich da mit reingezogen habe. Es ist nur so, dass er sich mit seiner Schwester treffen will. Vielleicht ist sie ihm auf die Schliche gekommen. Ich habe Angst, dass er versuchen könnte, sie zum Schweigen zu bringen. Für immer."

„Sind das nicht ein paar Schlussfolgerungen zu viel?"

Magnus runzelte die Stirn. Vigdís mochte Recht haben, doch er machte sich große Sorgen um Ingileif.

„Kann sein", gab er zu. „Aber lieber ein paar zu viel als zu wenig, oder?"

„Hör zu. Ich schau mal, ob ich Pétur in einem seiner Klubs oder zu Hause auftreiben kann. In Ordnung?"

„Danke", sagte er. „Das ist superlieb von dir."

Inzwischen näherte er sich der Kreuzung. Wenn Vigdís sich in Reykjavík um Pétur kümmerte, konnte er sich auf Ingileif konzentrieren.

Magnus bog rechts ab nach Fludir.

PÉTUR konnte den Thingvellir-See vor sich im Nebel kaum ausmachen. Etwas mehr als eine Woche war es her, dass er zum letzten Mal hier gewesen war. Eine Woche, in der viel geschehen war. In der er die Übersicht verloren hatte …

Es war alles Ingas Schuld. Hätte sie bloß niemals die Saga zum Verkauf angeboten!

Das bevorstehende Treffen mit ihr machte ihn nervös. Er wollte seiner Schwester alles erklären. Vielleicht konnte sie verstehen, weshalb er Sigursteinn umgebracht hatte. Der Kerl hatte den Tod wirklich verdient, nach allem was er Birna angetan hatte.

Das mit Agnar und Hákon würde schwerer zu erklären sein. Aber Pétur hatte keine Wahl gehabt. Inga war klug, sie würde das begreifen.

Er war drauf und dran, die Kontrolle zu verlieren. Bei Agnar hatte er seine Spuren noch gut verwischt. Bei Hákon nicht mehr so gut. Und bei Inga? Er hoffte inbrünstig, dass sie ihn verstehen und den Mund halten würde. Denn wenn sie es nicht täte … Ja, was dann?

Pétur tastete nach dem Ring in seiner Tasche und verspürte plötzlich das Bedürfnis, ihn zu betrachten. Er fuhr an den Straßenrand und stellte den Motor ab. Nachdenklich musterte er den Goldreif. Er sah nicht aus, als wäre er tausend Jahre alt. Pétur schielte auf die Innenseite und konnte den Umriss von Runen ausmachen. Was sollte da noch mal stehen?

ANDWARANAUTUR. Der Ring von Andwari.

Dies war der Ring, der seine Familie zerstört hatte. Seit Högni ihn gefunden hatte, waren sie verflucht. Sein Vater war in den Bann des Rings gezogen worden und durch ihn zu Tode gekommen. Für kurze Zeit war auch Pétur in seinen Bann geraten, bis er ihn wortwörtlich hinter sich gelassen hatte. Agnar war seinem Zauber erlegen und Hákon ebenfalls. Nein, Hákon war von dem Ring besessen.

Nur Péturs Großvater Högni hatte den Mut gehabt, den Ring dorthin zu bringen, wo er hingehörte. Außer Reichweite der Menschen.

Sein ganzes Leben lang hatte Pétur gegen die Macht des Rings gekämpft. Es war an der Zeit, sich die Wahrheit einzugestehen: Er hatte verloren.

Der Ring hatte gewonnen.

Pétur schob ihn sich über den Finger.

Wenn Inga sich weigerte, den Mund zu halten, würde sie sterben müssen. So einfach war das.

MAGNUS raste nach Fludir. Die Auffahrt zu Ingileifs Elternhaus war leer. Er sprang aus dem Wagen und drückte auf die Klingel. Nichts. Er trat einen Schritt zurück und prüfte die Fenster. Kein Lebenszeichen. Es war ein düsterer Tag. Wenn jemand im Haus wäre, hätte wenigstens in einem Zimmer Licht brennen müssen.

Verdammt! Wo steckte sie bloß?

Magnus stieg wieder in seinen Wagen. Wohin? Wenn Ingileif nach Reykjavík zurückgefahren wäre, um Pétur dort zu treffen, hätte Magnus sie sehen müssen. Er hatte Ausschau nach ihr gehalten, wann immer ihm ein Fahrzeug entgegengekommen war. Nördlich von Fludir gab es nicht mehr viel. Aber im Osten lag Hruni. Vielleicht war sie dorthin gefahren? Entweder um Pétur zu treffen oder um den Ring zu suchen.

Die Abzweigung nach Hruni befand sich unmittelbar südlich von Fludir. Magnus legte die drei Kilometer von dort bis Hruni in zwei Minuten zurück. Ein Streifenwagen stand auf dem Parkplatz vor der Kirche, ein Kollege saß am Steuer. Er erkannte Magnus und grüßte ihn.

„Hast du Ingileif Ásgrímsdóttir gesehen?“, fragte Magnus. „Blonde Frau, Ende zwanzig?“

„Nein. Und ich bin seit acht Uhr früh hier.“

„Verdammt!“

„Hast du schon gehört, dass sie glauben, sie hätten Hákons Leiche?“, fragte der Beamte.

„Ja. Ich hab ihn gesehen, unten am Hjálparfoss. Und jetzt mache ich mir Sorgen um Ingileif. Ich fürchte, der Mörder des Pastors ist mittlerweile hinter ihr her.“

„Falls ich sie sehe, melde ich es per Funk.“

„Kannst du mich besser direkt anrufen?“ Magnus gab dem Polizisten seine Handynummer.

„Du kannst ja mal noch die Leute da drüben fragen“, meinte der.

Magnus drehte sich um. Ein Wagen war so am Straßenrand geparkt, dass man von dort aus Kirche und Pfarrhaus im Blick hatte.

„Wer ist das?“

„Drei Männer. Ein Isländer und zwei Ausländer. Ich habe sie gefragt, was sie hier zu suchen haben, aber sie konnten mir keine Antwort geben. Jedenfalls keine sinnvolle.“

Feldman und Jubb, dachte Magnus. „Sie warten darauf, dass du abhaust, damit sie die Kirche durchsuchen können“, sagte er. „Aber danke für den Tipp, ich sprech mal mit ihnen.“

Er ließ sein Auto zu dem Kleinwagen hinüberrollen. Auf dem Fahrersitz saß ein stämmiger Isländer, daneben Jubb. Feldman hockte im Fond. Als sie Magnus erkannten, wurden sie sichtlich verlegen. Der Isländer kurbelte das Fenster hinunter.

„Hallo, Lawrence, Steve“, sagte Magnus auf Englisch.

„Tag, Officer“, erwiderte Lawrence vom Rücksitz.

„Und Sie sind …“, wandte sich Magnus an den Isländer.

„Axel Bjarnason. Privatermittler. Ich arbeite für Mister Feldman.“

Magnus wollte ihnen gerade sagen, dass sie nur ihre Zeit verschwendeten, in der Kirche sei kein Ring zu finden. Doch dann überlegte er es sich anders. Sollten sie ruhig den ganzen Tag in diesem gottverlassenen Heideflecken im Nebel hocken.

„Hat einer von euch Ingileif Ásgrímsdóttir gesehen?“, fragte er.

Der Ausdruck von sturer Gleichgültigkeit in Axels Gesicht veränderte sich nicht. Aber Jubb runzelte die Stirn.

„Nein, Officer, haben wir nicht“, sagte Feldman. „Zumindest heute nicht. Wir haben gestern versucht, mit ihr zu sprechen, aber sie war nicht gerade erfreut, uns zu sehen.“

„Das wundert mich nicht“, sagte Magnus. „Wenn ihr sie doch noch seht, gebt mir Bescheid.“ Er schrieb seine Handynummer auf einen Zettel, den er aus seinem Notizbuch riss, und reichte ihn Feldman. „Der Pastor ist gerade gefunden worden. Ermordet. Ich bin mir fast sicher, dass der Mörder jetzt hinter Ingileif her ist.“

Feldman nahm den Zettel entgegen. „Wir rufen auf jeden Fall an, wenn sie uns über den Weg läuft.“

Magnus wandte sich noch einmal zur Kirche um, die im Dunst unter dem Felsvorsprung kauerte. „Schönen Tag noch“, sagte er, stieg wieder in seinen Wagen und schoss den Hügel hinunter, zurück zur Hauptstraße.

Er musste sie verpasst haben, als sie ihm entgegengekommen war. Jetzt konnte sie nur noch in Reykjavík sein.

11 Steve Jubb sah dem Wagen des Polizisten nach, der über die Hügelkuppe verschwand. „Du weißt, dass das nicht in Ordnung ist.“

„Was ist nicht in Ordnung, Gimli?“, fragte Feldman.

„Erst mal heiße ich nicht Gimli, sondern Steve. Du heißt nicht Isildur, sondern Lawrence. Wir sind nicht in Mittelerde, sondern in Island. ‚Der Herr der Ringe‘ ist nicht echt, sondern ein Buch. Eine verdammt gutes Buch, aber trotzdem nur eine Geschichte.“

„Aber, Gimli, der Ring könnte in dieser Kirche sein! Der Ring aus der Völsunga-Saga! Der Ring, von dem Tolkien geschrieben hat. Begreifst du nicht, wie grandios das ist?“

„Ehrlich gesagt ist es mir piepegal. Der Professor, mit dem ich vor einer Woche gesprochen habe, ist tot. Ein Pfarrer ist tot. Da draußen läuft irgendein Spinner rum, der ein Mädchen umbringen will. Einen lebenden Menschen, Lawrence, kapierst du das nicht?“

„Hey, das hat doch nichts mit uns zu tun“, sagte Feldman.

„Hör zu! Dieser Bulle da sucht Ingileif. Wir wissen, wo sie ist. Wir sollten es ihm sagen.“ Jubb holte sein Handy hervor. „Gib mir seine Nummer.“

„Nein, Gimli. Nein!“

„Herrgott noch mal!“ Jubb sprang aus dem Wagen, riss die Hintertür auf und zerrte Feldman heraus. Er ballte die Hand zur Faust. „Gib mir jetzt die Nummer, oder ich polier dir die Fresse.“

Feldman gab dem stämmigen Engländer den Zettel mit Magnus' Nummer.

Jubb ging auf die Fahrerseite. „Sind Sie dabei?“, fragte er Axel.

„Das Problem ist, Steve, dass die Wanzen im Wagen von der Kleinen nicht ganz legal sind.“

Da hatte Jubb die Nase voll vom Diskutieren. Er beugte sich vor, packte den Detektiv und warf ihn auf die Straße. Dann klemmte er sich hinters Steuer und ließ den Motor an. Feldman und Axel klopften an die Türen, doch Jubb wendete und raste dem Polizisten hinterher.

Als Magnus die Kreuzung an der Hauptstraße südlich von Fludir erreichte, klingelte sein Handy. Er trat auf die Bremse. „Ja?“

„Steve hier. Warten Sie bitte auf mich! Ich bin direkt hinter Ihnen.“

„Okay“, sagte Magnus, „ich warte.“ Hatte er's doch geahnt, dass Feldman und Jubb mehr wussten, als sie durchblicken ließen.

Er hielt am Straßenrand an. Keine zwei Minuten später sah er im Rückspiegel den Wagen des Privatdetektivs auf sich zukommen. Er parkte hinter Magnus, Jubb sprang heraus, einen Laptop unter dem Arm, und setzte sich auf den Beifahrersitz.

„Einen Moment.“ Er schaltete den Laptop und den daran angeschlossenen Empfänger ein. „Das Ding hier verrät uns, wo Ingileif ist.“

„Na, großartig!“, sagte Magnus. „Und was ist mit Ihren Freunden?“

„Idioten“, knurrte Jubb, während er auf dem Computer herumtippte.

Magnus konnte ihm da nur zustimmen.

Gespannt spähte er auf den Bildschirm auf Jubbs Schoß. Er zeigte eine Karte von Südwestisland, auf der sich ein kleiner Kreis auf einer Straße oberhalb Fludirs nach Norden bewegte.

„Sie haben Ingileifs Auto verwanzt?“

Jubb brummte nur und tippte weiter auf der Tastatur herum.

„Wo will sie bloß hin?“, fragte Magnus. „Da oben ist doch nichts, oder? Schauen Sie mal auf die Landkarte! Im Handschuhfach liegt eine.“

Jubb holte sie hervor. „Sie haben Recht, nördlich von hier ist fast nichts mehr. Die Straße führt einfach mitten durch die Landschaft.“

„Und um diese Jahreszeit wird sie außerdem noch gesperrt sein", murmelte Magnus.

„Moment mal! Hier ist was. Gullfoss? Wissen Sie, was das ist?"

„Ein Wasserfall", sagte Magnus. „Ein gewaltiger Wasserfall."

PÉTUR fuhr auf den großen Parkplatz, der so früh im Jahr und bei diesem Wetter vollständig leer war, und stieg aus seinem BMW. Den riesigen tosenden Wasserfall auf der anderen Seite des Informationszentrums konnte man von hier aus nicht sehen, aber umso deutlicher hören. Anstatt geradewegs darauf zuzusteuern, bog Pétur links ab, stromaufwärts. Dort führte ein inzwischen befestigter Pfad den kleinen Anstieg hinauf. In seiner Kindheit war das lediglich ein schmaler Trampelpfad für Schafe gewesen.

Direkt hinter der Kuppe lag eine flache Senke. Dort hatte Dr. Ásgrím mit seiner Familie an sonnigen Tagen Picknick gemacht. In der Wiesenmulde oberhalb des Wasserfalls war man selbst mitten im Sommer oft ungestört. Jetzt, Anfang Mai und bei diesem Nebel, verirrte sich keine Menschenseele hier herauf.

Pétur ging auf den Fluss zu. Das dumpfe Brausen wurde immer lauter, je näher er kam. Stromabwärts stürzten die Fluten über die Kante des mächtigen Wasserfalls. Er besaß eine ungeheure Kraft. In zwei Stufen fiel die Hvítá in die Schlucht hinunter, und von jeder wurde ein dichter Gischtvorhang aufgeworfen. Wenn die tiefstehende Sonne ihr Licht in den Sprühnebel über dem Kessel schickte, entstand hier ein Naturschauspiel, auf das der Name Gullfoss beziehungsweise „goldener Wasserfall" zurückging. Manchmal tanzten auch noch violett-goldene Regenbogen über der Gischt.

Pétur stand da und wartete auf Ingileif, zufrieden mit dem von ihm gewählten Treffpunkt. Genau wie bei der Straße nach Stöng, wohin er Hákon mit der weit hergeholten Geschichte gelockt hatte, er wisse, wo der Helm des Fafnir versteckt sei. Pétur hatte noch das erwartungsvoll aufgeregte Gesicht des Pastors vor Augen, als er ihn zum Fluss hinunterführte. Dann war er stehen geblieben und hatte Hákon vorangehen lassen. Ein Schlag mit einem Stein auf den Hinterkopf, und der Pastor war gestürzt. Pétur konnte gerade noch verhindern, dass er direkt ins Wasser fiel. Er hielt ihn so lange fest, bis er ihm den Ring vom Finger gezogen hatte, dann schubste er ihn in die Strömung.

Er fragte sich, was die Polizei wohl denken würde, wenn sie die Leiche des Pastors und sein Auto fand. Ein Unfall? Möglicherweise Selbstmord?

Eine gute Idee. Wenn es ganz schlimm kommen sollte und auch Inga im Wasserfall endete, könnte Pétur behaupten, sie habe sich umgebracht. Sie habe bei ihm angerufen, sei außer sich gewesen, gequält von Schuldgefühlen, weil sie versucht hatte, Gauks Saga zu verkaufen. Sie habe ihm gesagt, sie werde nach Gullfoss fahren. Er habe befürchtet, sie wolle sich umbringen, und sei dorthin geeilt, um sie davon abzuhalten. Aber er sei zu spät gekommen. Habe sie gerade noch springen sehen.

Das würde auch erklären, weshalb er selbst beim Wasserfall war. Es käme der Wahrheit so nahe, dass er damit durchkommen könnte.

Doch er machte den zweiten Schritt vor dem ersten. Pétur drehte den Ring an seinem Finger. Wenn es ihm gelänge, Inga alles ordentlich zu erklären, würde sie einsehen, dass er keine andere Wahl gehabt hatte. Oder nicht?

MAGNUS und Steve Jubb rasten durch Fludir und gelangten in das mit kuppelförmigen Gewächshäusern betupfte Ackerland dahinter, aus dem Vulkandämpfe kreiselnd in den Himmel aufstiegen. Die Straße verlief an der Hochwasser führenden Hvítá entlang.

„Ich war so dämlich“, stöhnte Jubb. „Irgendwie habe ich mir eingebildet, der Tod von Agnar hätte nichts mit mir zu tun. Ich hoffte die ganze Zeit, ich könnte die Existenz von Saga und Ring geheim halten.“

„Und ich glaubte, Sie hätten den Professor umgebracht“, sagte Magnus.

„Ist mir schon klar. Aber ich wusste ja, dass ich es nicht gewesen bin, und dachte, letzten Endes würden auch Sie dahinterkommen.“

„Hatten Sie irgendwann mal mit Pétur zu tun?“

„Nein, nie“, sagte Jubb. „Ich habe ihn zum ersten Mal gesehen, als ich ihn mit Lawrence Feldman besuchte. Das ist vielleicht ein schräger Vogel, kann ich Ihnen sagen.“

„Und Sie nicht?“, warf Magnus ein.

„Nein. Es ist nicht schlimm, ein ‚Herr der Ringe‘-Fan zu sein“, wehrte sich Jubb. „Schlimm ist es, wenn man sich davon blenden lässt und nicht mehr sieht, was in der Wirklichkeit passiert.“

Magnus’ Telefon klingelte. Vigdís war in der Leitung.

„Pétur ist weder zu Hause noch im Neon. Die haben ihn da den ganzen Tag noch nicht gesehen. Ich fahre jetzt zu den anderen beiden Klubs.“

„Nicht nötig“, erwiderte Magnus. „Pétur ist auf dem Weg nach Gullfoss, wo er seine Schwester treffen will. Wie es aussieht, um sie umzubringen.“

„Bist du dir sicher?“

Magnus zögerte. Wie überzeugt war er? Bei diesem Fall hatte er schon etliche Fehler gemacht.

„Ja, ich bin mir sicher. Hör mal, kannst du ein Sondereinsatzkommando besorgen? Wie heißen die hier noch mal – die Wikinger-Einheit? Je schneller sie hier sind, desto besser.“

„Die Wikinger-Einheit bekommen wir niemals genehmigt“, entgegnete Vigdís „Ich rufe Baldur an. Aber wir wissen beide, was er dazu sagen wird.“

„Verflixt noch mal!“ Magnus wusste, dass Baldur seine Bitte abschlagen würde. „Kannst du dann wenigstens kommen, Vigdís?“

Kurzes Schweigen. „In Ordnung. Bin schon unterwegs.“

„Und bring eine Waffe mit!“

„Ich bin so schnell wie möglich da. Unbewaffnet.“ Sie legte auf.

„Achtung!“ Steve Jubb zuckte zusammen. Magnus wäre beinahe von der Straße gerutscht. Er hatte die Kurve mit nur einer Hand am Steuer zu schnell genommen. Je weiter sie sich nach Norden bewegten, desto schlechter wurde die Fahrbahn. Kieselsteine knallten wie Geschosse gegen den Wagenboden.

„Sie ist in Gullfoss angekommen!“, sagte Jubb mit Blick auf seinen Bildschirm.

Nachdem sie die Ausläufer einiger Berge überwunden hatten, ging es abwärts und auf einer schmalen Hängebrücke über eine enge Schlucht. Dann befanden sie sich auf einer besseren Straße und rasten über das flache Moorland in den Nebel.

PÉTUR sah, wie die vertraute Gestalt seiner Schwester über dem Rand der Senke aus dem Nebel auftauchte. Sie hatte noch immer denselben Gang wie als Mädchen – selbst ihr Mantel hatte dieselbe Farbe. Erinnerungen an die Familienausflüge von damals kehrten zurück, an die Zeit, bevor alles kaputtgegangen war. Pétur verspürte einen unerwarteten Anflug von Liebe zu seiner kleinen Schwester. Sie würde ihn nicht enttäuschen. Sie konnte ihn unmöglich enttäuschen.

Er hob die Hand und winkte ihr zu.

„Warum mussten wir uns unbedingt hier treffen?“, fragte sie fröstelnd.

„Es ist der richtige Ort“, sagte Pétur ernst. „Der richtige Ort, um über Vater zu reden.“ Das war kein guter Anfang.

„Ich möchte nur wissen, was du gestern gemacht hast, als du nach Stöng hochgefahren bist. Hákons Wagen wurde gefunden. Und seine Leiche unten am Hjálparfoss.“

„Das erkläre ich dir gleich. Zuerst will ich dir was über Vater erzählen.“

„Mein Gott!“, rief Ingileif. „Weißt du etwa, wie er gestorben ist?“

Pétur nickte. „Ich war an dem Wochenende dabei – auf dem Ausflug von Vater und dem Pastor.“

„Ich dachte, du warst im Internat.“

„War ich nicht. Vater wollte, dass ich ihn auf der Wanderung begleite. Er war überzeugt, dass sie den Ring finden würden. Ich war hin- und hergerissen.

Wie du weißt, war ich strikt dagegen, dass sie den Ring aus seinem Versteck holten – ich hatte Großvaters Warnungen noch im Ohr. Doch irgendwann überzeugte er mich. Das Problem war, dass Mutter es verboten hatte, deshalb erzählten wir ihr nichts. Ich nahm den Bus von Reykjavík nach Hella, wo die beiden mich abholten. Wir zelteten draußen in den Hügeln, und am nächsten Morgen gelangten wir zu der Höhle. Eigentlich war es keine richtige Höhle, eher ein Loch in der Lava. Wir brauchten drei Stunden, bis wir es fanden. Vater entdeckte es schließlich. Er war so aufgeregt!"

Pétur lächelte bei der Erinnerung. „Wer wollte es ihm verübeln? Es war unglaublich. Da lag der Ring, von einer dünnen Staubschicht bedeckt. Er glänzte nicht etwa oder so, man musste ihn abreiben, um zu sehen, dass er aus Gold war. Aber er war der Beweis, dass Gauks Saga tatsächlich die Wahrheit erzählt. Ich war völlig fasziniert. Doch nach einer Weile sagte ich zu Vater, wir sollten den Ring zurücklegen. Ich erzählte von dem Unheil, das er in die Welt bringen würde, und dass Großvater mir gesagt hatte, ich solle darauf achten, dass Vater ihn nicht an sich nähme. Da kam es zum Streit. Ich versuchte sogar, ihm den Ring zu entwinden, doch er stieß mich von sich. Irgendwie hatte ich alles verdorben. Die beiden gingen voraus, ich lief in zwanzig Meter Abstand hinterher und schmollte. Dann schlug das Wetter um. Eben war es noch sonnig gewesen, und im nächsten Moment schneite es. Ich witterte meine Chance. Vor mir ging der Pastor, Vater ganz vorn an der Spitze. Ich huschte an Hákon vorbei und versuchte, Vater den Ring abzuluchsen, wollte damit zurücklaufen und ihn wieder in die Höhle legen. Ich war sicher, dass ich in dem Schneesturm schneller wäre als die beiden, sodass sie bald aufgeben würden. Vater und ich rangen im Schnee miteinander, ich stieß ihn von mir, er stürzte und schlug mit dem Kopf auf einen Stein."

Pétur schluckte. Tränen traten ihm in die Augen. „Ich dachte, er wäre bloß hingefallen, doch er war tot. Einfach so."

Ingileif starrte ihren Bruder wütend an. „Erzähl keinen Blödsinn! Du hast ihn einen Steilhang hinuntergestoßen! Er wurde doch unten gefunden."

„Hab ich nicht, ich schwör's. Er ist mit dem Kopf aufgeschlagen. An der Schläfe – hier." Pétur tippte an seinen rasierten Schädel.

„Und wie willst du das mit dem Absturz erklären?"

„Pastor Hákon nahm die Sache in die Hand. Als mir klar wurde, was ich getan hatte, war ich völlig am Ende. Hákon wusste, dass es keine Absicht gewesen war. Er sagte, ich solle abhauen, schnell fortlaufen und so tun, als wäre ich nie dort gewesen. Also rannte ich los." Er hielt kurz inne. „Hákon hat Vater hinuntergeworfen, aber da war er schon tot. Der Pastor wollte mich decken."

Ingileif presste die Hand vor den Mund und zog die Augenbrauen gequält zusammen. „Das glaube ich nicht", sagte sie. „Dann warst du also der Elf, den der alte Bauer gesehen hat."

„Welcher Elf?" Pétur runzelte die Stirn.

„Ach, vergiss es."

Pétur lächelte seine Schwester Verständnis heischend an. „Es stimmt, ich habe Vater umgebracht. Aber es war keine Absicht. Es war ein furchtbares, grausames Unglück. Wenn Hákon noch leben würde, könnte er das bestätigen." Er machte einen Schritt nach vorn, nahm ihre Hände in seine. „Kannst du mir verzeihen, Inga?"

Einen Augenblick blieb sie fassungslos stehen. Dann wich sie zurück.

„Das war kein Mord, Inga. Das verstehst du doch, oder?"

„Und was ist mit Agnar? Und mit dem Pastor? Hast du die auch umgebracht?"

„Verstehst du denn nicht? Das musste ich tun!"

„Was soll das heißen, du musstest es tun?"

„Du weißt ja jetzt, dass Hákon den Ring an sich genommen hatte. Als Agnar nach Hruni fuhr, beschuldigte er den Pastor, Vater umgebracht zu haben, um den Ring in seinen Besitz zu bringen. Hákon warf ihn natürlich aus dem Haus, doch daraufhin wandte sich Agnar an Tómas und versuchte ihn als Vermittler zu gewinnen. Er wollte Hákon über Tómas erpressen."

„Aber was hast du mit alldem zu tun?"

„Hákon war gut zu mir gewesen. Er hatte mich aus den polizeilichen Ermittlungen völlig herausgehalten. Und den Ring hatte ich aus meinen Gedanken verdrängt. Bis zu dem Zeitpunkt hatte ich keine Ahnung, was damit geschehen war. Aber es überraschte mich auch nicht, als ich erfuhr, dass Hákon ihn meinem Vater abgenommen hatte. Irgendwann rief er mich an und erklärte mir, was los war. Dass es so aussah, als müsste er die Wahrheit über Vaters Tod sagen. Es sei denn, ich würde etwas unternehmen."

„Was denn?"

„Das sagte er nicht. Aber wir wussten beide, was er meinte."

„O Gott! Du hast tatsächlich Agnar umgebracht!"

„Ich musste es tun. Verstehst du nicht? Ich hatte keine andere Wahl!"

„Natürlich hattest du eine Wahl." Ingileif schüttelte den Kopf. „Und dann hast du Hákon ermordet?"

Pétur nickte. „Ich wusste, dass die Wahrheit herauskommen würde, als sein Sohn im Gefängnis saß und die Polizei Hákon suchte."

Ingileif wich einen weiteren Schritt zurück. „Also gut, Vater hast du vielleicht aus Versehen getötet, aber die anderen beiden nicht. Moment mal – hast du womöglich auch Sigursteinn ermordet?"

Pétur nickte. „Du musst zugeben, dass er es verdient hatte, nach allem was er Birna angetan hat."

„Was bist du eigentlich für ein Ungeheuer?", rief Ingileif mit weit aufgerissenen Augen. „Du kannst nicht mein Bruder sein! Wer bist du nur?"

Pétur schloss die Augen. „Du hast Recht", sagte er leise. „Es liegt an ihm." Er zog die Hand aus der Tasche und zeigte ihr den Ring an seinem Finger. „Hier. Schau ihn dir an!"

Er zog ihn ab und reichte ihn Ingileif. Es war seine letzte Chance. Vielleicht würde der Ring seine Schwester ebenso verderben, wie er ihn, seinen Vater, Hákon und all die anderen verdorben hatte.

Ingileif starrte den Goldreif an. „Das ist er?"

„Ja."

Sie schloss die Finger darum. Pétur verspürte den Drang, ihn ihr zu entwinden, er riss sich aber zusammen. Sollte sie ihn haben. Sollte er seinen bösen Zauber von nun an auf sie ausüben.

„Und? Was wirst du jetzt tun?", fragte Pétur.

„Ich gehe zur Polizei", sagte Ingileif. „Was hast du denn gedacht?" In ihrem Blick lagen nicht nur Grauen und Entsetzen, sondern auch Hass.

Pétur ließ die Schultern hängen. Na gut. Dann sollte der Ring seinen Willen bekommen. Es war töricht gewesen zu glauben, die Sache könnte irgendwie anders ausgehen.

Er trat einen Schritt vor.

MAGNUS bog mit quietschenden Reifen auf den fast leeren Parkplatz ein. Zwei Fahrzeuge standen nebeneinander – ein großer weißer Geländewagen und ein deutlich kleineres Auto mit Schrägheck. Ein dritter Wagen war einige Meter weiter geparkt.

„Der gehört Ingileif", sagte Jubb und wies auf das Schrägheck.

„Sie bleiben hier!", rief Magnus und sprang aus dem Fahrzeug. Er rannte über den Parkplatz, einige Holzstufen hinunter und hatte den Wasserfall vor sich, einen Hexenkessel aus tosenden Fluten.

Der Fußweg führte zu einem Vorsprung mit Aussichtspunkt auf halber Höhe des Falls. Nichts. Niemand. Nur Wasser.

Eine unvorstellbare Menge Wasser.

Magnus schaute nach oben. Der Weg hörte nach einem kurzen Stück auf, das Ende war deutlich erkennbar. Aber flussabwärts gab es weitere Stufen, einen Pfad, noch einen Parkplatz, eine Schlucht. Jede Menge nicht einsehbare Stellen.

Magnus rannte die Stufen hinunter in die Schlucht.

„PÉSI? Was hast du vor?“ Ingileifs Augen weiteten sich, doch ihre Wut war größer als die Angst. Pétur wusste, dass ihm ein Kampf bevorstand. Seine Schwester würde nicht widerstandslos abtreten. Er schluckte. Es würde ihm sehr schwerfallen, Ingileif zu schlagen. Aber er musste es tun.

Er machte noch einen Schritt nach vorn.

Im selben Moment erhaschte er aus dem Augenwinkel eine Bewegung. Ein Pärchen mit einem Kamerastativ erschien am Rand der Senke. Eine Gestalt – nach Figur und Größe zu urteilen eine Frau – winkte zu ihnen herüber. Pétur reagierte nicht, sondern wandte sich wieder Ingileif zu, die nichts gemerkt hatte. Er musste auf Zeit spielen, warten, bis die Touristen fort waren.

„Willst du, dass ich mich stelle?“, fragte er seine Schwester.

„Ja“, sagte sie.

„Und warum sollte ich das tun?“, entgegnete Pétur.

Zwei Minuten lang führten sie ein stockendes Gespräch, und Pétur behielt das Pärchen am Rand seines Blickfelds im Auge. Er verfolgte, wie die beiden das Stativ aufstellten, ein Bild vom Wasserfall machten, das Stativ wieder zusammenklappten und über den Rand der Senke verschwanden.

Pétur machte den nächsten Schritt auf seine Schwester zu.

JUBB blieb nicht im Wagen sitzen. Er sah sich eine Weile auf dem Parkplatz um und ging dann zum Informationszentrum hinüber. Eine Dame mittleren Alters wünschte ihm auf Englisch einen guten Tag. Sie hatte ihn auf Anhieb als Ausländer erkannt.

„Haben Sie hier zwei Personen gesehen?“, fragte Jubb. „Einen Mann und eine Frau? Er hat eine Glatze, sie ist blond. Beide sind Isländer.“

„Nein, ich glaube nicht. Ich habe gerade mit einem Pärchen aus Deutschland gesprochen. Aber die Frau hatte dunkle Haare. Sie wollten Fotos vom Wasserfall machen.“

„Danke“, sagte Jubb.

Als er das Informationszentrum wieder verließ, erblickte er das deutsche Pärchen, das vom Hügel zum Parkplatz hinunterstapfte. Der Mann trug ein Stativ über der Schulter.

Jubb ging auf die beiden zu. „Hallo?“, rief er. „Sprechen Sie Englisch?“

„Ja“, sagte die Frau.

„Haben Sie da oben einen Mann und eine Frau gesehen? Der Mann hat eine Glatze, die Frau ist blond?“

„Ja“, antwortete die Frau. „Dort oben auf dem Hügel.“

Jubb dachte kurz nach. Sollte er selbst hinauflaufen oder Magnus holen? Magnus holen. Er rannte vom Parkplatz zum Wasserfall.

PÉTUR beschloss, Ingileif nicht zu schlagen, zumindest nicht sofort. Er schlenderte auf den Rand der Schlucht zu.

„Wo willst du hin?“, rief Ingileif ihm nach.

„Mir den Fluss ansehen.“

Wie er es gehofft hatte, folgte sie ihm. Sie redete auf ihn ein, flehte ihn an, sich zu stellen, hielt aber gebührenden Abstand. Pétur blieb kurz stehen, antwortete ihr und ging dann weiter. Es schien zu funktionieren. Schließlich war er nur noch ein kleines Stück vom Abgrund entfernt.

Ingileif blieb abrupt stehen. An ihrem Blick erkannte er, dass sie begriffen hatte, was er gerade tat – sie in den Tod locken.

Sie stolperte einige Schritte rückwärts, drehte sich dann um und wollte loslaufen. Pétur stürzte ihr nach. Er hatte die längeren Beine, war stärker, durchtrainierter. Er holte sie ein und warf sie zu Boden. Sie schrie, doch ihr Schrei ging im Tosen des Wassers unter. Pétur drückte sie ins Gras und schlug ihr ins Gesicht. Ingileif schrie, hörte aber nicht auf zu zappeln. Erneut schlug er zu, härter diesmal, bis sie sich nicht mehr rührte.

Er schluckte. Heiße Tränen standen ihm in den Augen. Aber er hatte keine Wahl gehabt. Er hatte nie eine Wahl gehabt.

Pétur nahm seine bewusstlose Schwester über die Schulter und stapfte auf die Schlucht zu, an den Abgrund. Doch die Stelle war nicht gut geeignet. Unter ihm senkte sich ein grasbewachsener Abhang eher sanft in den Fluss, keine schroff abfallende Felswand. Er musste ein paar Meter weiter stromaufwärts. Während er Ingileif über den holprigen Pfad schleppte, schlugen ihre Arme und der Kopf gegen den nackten Fels. Sie hatten die richtige Stelle fast erreicht: eine Felswand, die beinahe senkrecht in den Fluss abfiel, der tief unten gurgelnd und brausend in Richtung Wasserfall schoss.

Der Ring! Sie hatte ja noch den Ring! Verflucht!

Pétur legte seine Schwester ab. Sie stöhnte, als er sich über sie beugte und ihre Taschen durchsuchte.

Da flog wie aus dem Nichts eine große Gestalt auf ihn zu und warf ihn um.

MAGNUS hatte Steve Jubb wegen des tosenden Wasserfalls nicht gehört. Doch als er irgendwann stehen blieb und den Weg zurückblickte, über den er gekommen war, erkannte er die untersetzte Gestalt von Jubb, der mit rudernden Armen den Pfad herunter auf ihn zugelaufen kam. Magnus rannte ihm entgegen. Es ging bergauf, es war steil, doch er gab alles.

„Hier oben!“, rief Jubb. „Oberhalb des Wasserfalls!“

Magnus wartete keine weiteren Erklärungen ab, er hastete einfach weiter bergauf. Sein Herz raste, seine Brust drohte zu zerspringen, als er oben ankam. Dann erblickte er die beiden: zwei Gestalten, nur wenige Meter vom Abgrund entfernt. Eine lag auf dem Boden, die andere beugte sich darüber.

In die Senke hinunter rannte Magnus noch ein bisschen schneller. Bei dem Getöse würde Pétur ihn nicht hören, außerdem war er zu sehr mit Ingileif beschäftigt, um mitzubekommen, was um ihn herum geschah.

Magnus stürzte sich auf ihn, gemeinsam rollten sie auf den Abgrund zu.

Pétur wand sich, riss sich los und kam wieder auf die Füße. Schwankend stand er am Rand des Felsens über dem Fluss.

Magnus starrte ihn an, blieb aber auf Distanz. Er hatte nicht vor, im Todeskampf mit Pétur vereint in den Abgrund zu stürzen. Er sah, dass sein Gegner ihn taxierte. Pétur war lang und schlaksig, aber Magnus war noch größer und vor allem kräftiger. Er wusste, dass man ihm ansah, wie gut er sich verteidigen konnte. Normalerweise legte sich niemand mit ihm an.

Er hörte ein Stöhnen hinter sich. Ingileif. Zum Glück war sie wenigstens noch am Leben.

„Gut, Pétur“, sagte Magnus mit ruhiger Stimme, „es wäre besser, wenn du jetzt aufgibst. Du hast keinen anderen Ausweg mehr. Komm mit!“

Pétur zögerte. Dann warf er einen Blick hinter sich, auf den brodelnden Fluss und die aus dem Wasser ragenden Felszacken. Eine halbe Drehung, und er war verschwunden.

Als Magnus an den Abgrund herantrat und hinuntersah, konnte er eine Art Pfad erkennen, eigentlich eher eine Reihe von Griffen und Tritten, die zu einigen Felsen am Rand des Flussbetts führten. Es müsste möglich sein, sich daran entlang bis zum Fluss hinunterzuhangeln und dort unten dann auf den Gesteinsbrocken stromaufwärts zu kraxeln.

Kurzentschlossen folgte er Pétur, aber durch die Gischt waren die Steine extrem rutschig, und Magnus hatte große Probleme, nicht den Halt zu verlieren. Pétur war waghalsiger, sein Vorsprung vergrößerte sich. Da rutschte Magnus plötzlich ab. Mit einer Hand konnte er sich gerade noch an einem Felsen festklammern. Unter ihm rauschte der Fluss auf den Wasserfall zu. Ein wunderschönes Farbenspiel aus Grün und Weiß. Der pure eisige Tod.

Mit beiden Armen hievte Magnus sich hoch und landete keuchend auf dem Felsen. Er sah, wie Pétur seinen Weg über wuchtige Steine suchte, die höchstens noch anderthalb Meter Abstand zum Wasser hatten. Der Typ besaß einen außergewöhnlich guten Gleichgewichtssinn.

Aber dann glitt auch Pétur aus. Wie eben noch Magnus hielt er sich mit einer Hand am Felsen fest; doch anders als Magnus fand er keinen sicheren Halt. So hing er dort, baumelte hin und her und zog verzweifelt die Beine an, damit seine Füße nur ja nicht mit dem Wasser in Berührung kamen. Sonst würde der Fluss ihn packen und mit sich reißen.

Magnus versuchte zu Pétur zu gelangen und sprang auf einen Stein im Wasser. Dann auf den nächsten. Die Felsen waren hier schon gut drei Meter vom Ufer entfernt. Es war der reine Wahnsinn.

Pétur starrte ihn an, das Gesicht vor Anstrengung verzerrt, der kahle Schädel triefnass. Lange würde er sich nicht mehr halten können.

Unschlüssig drehte sich Magnus um. Oben am Rand des Abgrunds stand Ingileif, winkte und rief ihm etwas zu. Sie machte ihm Zeichen umzukehren. Er konnte nicht verstehen, was sie rief, aber er konnte ihre Lippen lesen. „Lass ihn!“, schienen sie zu sagen.

Da wandte er sich wieder zu Pétur um und sah regungslos zu, wie der Mann, der vier Menschen umgebracht hatte – darunter auch seinen eigenen Vater –, um sein Leben kämpfte.

Pétur konnte an Magnus’ Blick ablesen, dass der ihn aufgegeben hatte. Er schloss die Augen, löste den Griff seiner Hand und stürzte, ohne einen Laut von sich zu geben, in den Fluss. Sein Körper wurde im brodelnden Wasser herumgewirbelt und über die Kante des Wasserfalls gerissen. Innerhalb von zwei Sekunden war er verschwunden.

12

Magnus erblickte Ingileif, die vor dem weißen BMW-Geländewagen ihres Bruders stand, dahinter der schneebedeckte Berg. Er parkte neben ihr und stieg aus dem Auto.

„Du bist spät dran“, sagte sie. Ihr Gesicht war rot vor Kälte, ihre Augen leuchteten.

„Entschuldige.“

„Schon gut. Ich bin ja froh, dass du hier bist.“

Magnus lächelte. „Und ich bin froh, dass du mich gefragt hast.“

„Ich dachte, du wärst vielleicht schon wieder in Amerika.“

„Erst morgen.“

„Wo wohnst du denn jetzt?“

„Darf ich nicht sagen.“

Ingileif runzelte die Stirn. „Ich dachte, du vertraust mir inzwischen.“

„Ach, Quatsch. Daran liegt es nicht. Sagen wir einfach, ich musste auf die harte Tour lernen, dass es besser ist, wenn so wenig Personen wie möglich wissen, wo ich bin.“

Es war durchaus denkbar, dass Soto einen Ersatzmann für den Killer schickte, der auf Árni geschossen hatte. Deshalb hatte der Polizeichef beschlossen, alle in dem Glauben zu lassen, Magnus sei bereits nach Boston abgereist. Tatsächlich wohnte er beim Bruder des Polizeichefs auf einem Bauernhof nördlich von Reykjavík. Es war eine hübsche Gegend am Rand eines Fjords.

Niemand hatte etwas von Colby gehört. Das war ein gutes Zeichen. Sie musste nur noch ein paar Tage unentdeckt bleiben.

„Und? Was machen wir jetzt?“ Magnus schaute zur Hekla hinauf.

„Hochklettern natürlich.“

„Darf ich fragen warum?“

„Was bist du eigentlich für ein Isländer?“, schimpfte Ingileif. „Es ist ein schöner Tag, da steigen wir halt auf einen Berg. Los geht’s!“

Und so machten sie sich daran, den Vulkan zu bezwingen. Es war ein wunderschöner Tag, die Luft war kalt und klar, und schon jetzt erstreckte sich unter ihnen eine beeindruckende Landschaft. Magnus fühlte sich großartig. Die Anstrengung wirkte belebend, und es war schön, Ingileif an seiner Seite zu haben. Oder besser vor sich. Sie legte einen flotten Schritt vor, dem Magnus nur zu gern folgte.

„Du fliegst also morgen?“, hakte Ingileif nach.

„Ja.“

„Kommst du wieder?“ Ein banger Unterton lag in ihrer Stimme.

„Ich weiß noch nicht“, sagte Magnus. „Der Polizeichef hat mich gebeten, länger hierzubleiben. Ich überlege noch.“

Und er überlegte es sich wirklich. Zum Teil empfand er eine Art Verpflichtung – Dankbarkeit für das, was der Polizeichef und Árni für ihn getan hatten. Zum andern hatte er seit dem Gespräch mit seiner Cousine den Verdacht, dass die Antwort auf die Frage nach der Ermordung seines Vaters eher in Island als in den Straßen von Boston zu finden sein könnte.

„Ich würde mich freuen.“ Ingileif schaute ihn an und lächelte schüchtern. „Falls das von Bedeutung ist.“

Magnus grinste. „Ja, das ist von Bedeutung.“

Sie trat auf ihn zu, reckte sich und küsste ihn lang und innig. Dann löste sie sich wieder von ihm. „Komm, wir haben einen weiten Weg vor uns.“

Je weiter sie hinaufstiegen, desto sonderbarer wurde der Berg. Der Gipfel der Hekla war kein schlichter runder Kegel, sondern bestand aus vielen alten Kratern von früheren Ausbrüchen, die über den Grat verteilt waren. Aus Erdspalten stieg Schwefelrauch auf. Nicht sehr tief unter der Oberfläche brodelte der Vulkan vor sich hin.

Der Ausblick vom Gipfel war überwältigend. Ganz Island lag ihnen zu Füßen: breite Flussläufe, schroffe Berge, gewaltige Gletscher.

Magnus sah sich um. „Welcher der vielen Krater es wohl war, in den die drei Brüder Ísildur, Gauk und Ásgrím damals den Ring werfen wollten?“

„Woher will man das wissen?“, gab Ingileif zurück. „Seit den Tagen von Gauks Saga hat sich der Berg noch oft verändert.“

„Was hast du jetzt mit der Saga vor? Willst du sie immer noch verkaufen?“

Ingileif schüttelte den Kopf. „Wir vermachen sie dem Árni-Magnusson-Institut. Aber davor überlasse ich sie ein Jahr lang Lawrence Feldman für so viel Geld, dass ich die Galerie damit auslösen kann. Birna bekommt natürlich auch ihren Anteil.“

„Das ist eine gute Idee.“

„Ja. Sie stammt von Lawrence, aber ich finde, damit können wir alle leben. Ich glaube, er hat ein schlechtes Gewissen.“

„Zu Recht.“ Magnus ließ sich noch einmal durch den Kopf gehen, was in den vergangenen beiden Wochen geschehen war. Er fragte sich, ob der Ring jemals wieder gefunden würde. Péturs Leiche jedenfalls war noch nicht aufgetaucht. Irgendwie hoffte Magnus, dass der Ring für immer dort bleiben würde: tief im Gullfoss.

„Los, komm!“ Ingileif kletterte links von dem Pfad, den sie heraufgekommen waren, den Hang hinunter, ging an einem alten Krater entlang und blieb vor einer schmalen Rauchspirale stehen, die sich aus einem Riss im Boden wand.

„Sei vorsichtig!“, mahnte Magnus. Der Schnee und die Lava, auf denen sie stand, sahen nicht sehr vertrauenerweckend aus. In der Luft lag ein starker Schwefelgeruch.

Sie holte etwas aus ihrer Tasche.

„Was ist das?“, fragte Magnus.

„Der Ring.“

„Der Ring? Ich dachte, den hätte Pétur!“

„Er hat ihn mir beim Wasserfall gegeben, bevor du kamst. Ich glaube, er wollte mich damit umstimmen.“

„Aber das hast du niemandem erzählt!“

„Stimmt.“

„Was hast du mit ihm vor?“

„Was glaubst du wohl?“, gab Ingileif zurück. „Ich werde ihn in den Schlund der Hölle werfen. So, wie es mein Großvater von mir erwartet hätte. So, wie es Ísildur tun wollte.“

„Tu das nicht!“, warnte Magnus.

„Warum nicht? Es ist das einzig Richtige.“

„Warum nicht? Weil es eine der bedeutendsten archäologischen Entdeckungen ist, die dieses Land je erlebt hat. Ich meine, ist er aus echtem Gold? Hat Högni ihn vor achtzig Jahren versteckt? Oder jemand anders? Oder ist er tatsächlich viele Jahrhunderte alt? Stammt er wirklich aus der Zeit von Attila dem Hunnen? Das sind faszinierende Fragen, schon ohne die Verbindung zu Tolkien. Und die könnten von Archäologen beantwortet werden."

„Natürlich sind das faszinierende Fragen", sagte Ingileif. „Und ich kann dir versichern, er ist aus echtem Gold. Innen ist eine in Runen gekratzte Inschrift. Aber egal was da steht, es ist böse. Ich will ihn loswerden."

„Nein, Ingileif, warte!" Magnus verspürte den überwältigenden Drang, ihr den Ring zu entreißen.

Ingileif lächelte. „Ich habe dich hier herauf mitgenommen, weil ich sichergehen wollte, dass ich stark genug bin. Und jetzt schau dich mal an!"

Magnus sah den Ring zwischen Ingileifs Daumen und Zeigefinger. Er wusste nicht, ob er zehn Jahre oder tausend Jahre alt war. Aber er wusste, dass sie Recht hatte.

Er nickte.

Ingileif bückte sich und warf den Ring in den Felsspalt.

Es gab keinen Donner. Keine Blitze. Die Sonne schien weiterhin am blassblauen isländischen Himmel.

Ingileif kletterte zu Magnus zurück und gab ihm einen flüchtigen Kuss auf die Lippen. „Komm", sagte sie. „Lass uns gehen! Wenn du morgen nach Boston fliegst, dann haben wir noch einiges vor und nicht mehr sehr viel Zeit dafür."

Lächelnd folgte Magnus ihr den Berg hinunter.

MICHAEL RIDPATH

Island – Land der Gegensätze und reizvoller Schauplatz für einen Kriminalroman

Vom Banker und Wertpapierhändler zum Bestsellerautor, und das nicht etwa im Sachbuchbereich, sondern als Verfasser von Kriminalromanen – so kann man die Karriere des 1961 im englischen Devon geborenen Michael Ridpath in einem Satz umschreiben. Doch dem Geschäft mit dem großen Geld blieb er auch als Schriftsteller lange Zeit treu: Sein 1995 erschienener Erstling, der auf Anhieb den Sprung in die Bestsellerlisten schaffte, trägt den Titel *Der Spekulant,* und auch die folgenden sieben Romane spielen in Börsen- oder zumindest in Wirtschaftskreisen.

Mit *Fluch,* dem ersten Band einer geplanten Reihe um den amerikanisch-isländischen Polizisten Magnus Jonson, verlässt der in London lebende Ridpath erstmals die Welt der internationalen Finanzmärkte und taucht stattdessen in die raue, bizarre Landschaft Islands ein – und in das vielschichtige, sympathisch-versponnene Wesen der Isländer. In Ridpaths Augen ist der Inselstaat im Nordatlantik mit seinen gut 300 000 Einwohnern ein ganz außergewöhnlicher Ort. „Ich denke, eines der Merkmale dieses Landes ist der Kontrast, teilweise auch Konflikt zwischen Alt und Neu“, sagt der Autor. „1940 war Island vermutlich das ärmste Land Europas, 2007 war es eines der am weitesten entwickelten. Einerseits scheint jeder Isländer seine eigene Facebook-Seite zu haben, andererseits glaubten noch die Großmütter der heutigen Isländer an Elfen.“ Seinen Ermittler Magnus Jonson – oder Ragnarsson, wie er sich in Island nennt – hat Michael Ridpath ganz bewusst mit zwei Nationalitäten ausgestattet, um diese verschiedenen Seiten für seine Leser nachvollziehbarer zu machen. „Ein ganz und gar isländischer Kriminalbeamter würde sich über all die sonderbaren Dinge, die in seinem Land geschehen, nicht wundern. Er würde sie einfach für selbstverständlich halten.“

NICOLAS
BARREAU
Das
Lächeln
der
Frauen

Die Geschichte, die ich erzählen möchte, beginnt mit einem Lächeln. Sie endet in einem kleinen Restaurant mit dem verheißungsvollen Namen „Le Temps des Cerises“, das sich in Saint-Germain-des-Prés befindet, dort, wo das Herz von Paris schlägt …

Eins

Letztes Jahr im November hat ein Buch mein Leben gerettet. Ich weiß, das klingt jetzt sehr unwahrscheinlich. Manche mögen es gar für überspannt halten, wenn ich so etwas sage, oder melodramatisch. Und doch war es genau so.

Dabei hatte nicht einmal jemand auf mein Herz gezielt und die Kugel wäre wundersamerweise in den Seiten einer dicken, in Leder gebundenen Ausgabe von Baudelaires Gedichten stecken geblieben, wie man es manchmal in Filmen sehen kann. So ein aufregendes Leben führe ich nicht.

Nein, mein dummes Herz war bereits vorher verwundet worden. An einem Tag, der wie jeder andere zu sein schien.

Ich erinnere mich noch genau. Die letzten Gäste im Restaurant – eine Gruppe von ziemlich lauten Amerikanern, ein diskretes japanisches Paar und ein paar diskutierwütige Franzosen – waren wie immer lange sitzen geblieben, und die Amerikaner hatten sich nach dem *gâteau au chocolat*, dem Schokoladenkuchen, mit vielen „Aaahs" und „Ooohs" die Lippen geleckt.

Suzette hatte, nachdem der Nachtisch serviert war, wie immer gefragt, ob ich sie wirklich noch brauche, und war dann glücklich davongeeilt. Und Jacquie war wie immer schlecht gelaunt gewesen. Dieses Mal hatte er sich über die Essgewohnheiten der Touristen ereifert und die Augen verdreht, während er die leer gegessenen Teller scheppernd in die Spülmaschine warf. „*Ah, les Américains*! Verstehen nichts von französischer *cuisine*! Essen immer die Dekoration mit – warum muss ich für Barbaren kochen, ich hätte gute Lust, alles hinzuschmeißen, es macht mir schlechte Laune!"

Er hatte sich die Schürze losgebunden und mir beim Hinausgehen sein *bonne nuit* entgegengebrummt, bevor er sich auf sein altes Fahrrad schwang und in der kalten Nacht verschwand. Jacquie ist ein großartiger Koch und ich mag ihn sehr, auch wenn er seine Griesgrämigkeit vor sich herträgt wie einen Topf Bouillabaisse. Er war schon Koch im *„Temps des Cerises"*, als das kleine Restaurant mit den rot-weiß karierten Tischdecken, das etwas abseits vom belebten Boulevard Saint-Germain in der Rue Princesse liegt, noch meinem Vater gehörte. Mein Vater liebte das Chanson von der „Zeit der Kirschen“, die so schön ist und so schnell vorbei, dieses zugleich lebensbejahende und etwas wehmütige Lied über Liebende, die sich finden und wieder verlieren.

Dies ist der Ort, an dem ich aufgewachsen bin, und wenn ich nach der Schule mit meinen Heften in der Küche saß, umgeben vom Geklapper der Töpfe und Pfannen und von tausend verheißungsvollen Gerüchen, konnte ich sicher sein, dass Jacquie immer eine kleine Leckerei für mich hatte. Jacquie, der eigentlich Jacques Auguste Berton heißt, kommt aus der Normandie, wo man bis zum Horizont sehen kann, wo die Luft nach Salz schmeckt und das endlose Meer, über dem Wind und Wolken ihr rastloses Spiel treiben, dem Auge nicht den Blick verstellt. Mehr als einmal am Tag versichert er mir, dass er es liebt, weit zu gucken, weit! Manchmal wird ihm Paris zu eng und zu laut, und dann sehnt er sich an die Küste zurück.

„Wer einmal den Geruch der Côte Fleurie in der Nase hat, wie kann der sich in den Pariser Abgasen wohlfühlen?“ Er wedelt mit dem Fleischmesser und schaut mich vorwurfsvoll mit seinen braunen Augen an, bevor er sich mit einer ungeduldigen Bewegung die dunklen Haare aus der Stirn wischt.

Doch so viel Jacquie auch schimpft – ich lächle still, weil ich weiß, dass er mich nie im Stich lassen würde. Und so war es auch in jenem letzten November, in dem der Himmel über Paris weiß wie Milch war und die Menschen mit dicken Wollschals durch die Straßen hasteten. Ein November, der so viel kälter war als alle anderen, die ich in Paris erlebt hatte. Oder kam mir das nur so vor?

Wenige Wochen zuvor war mein Vater gestorben. Einfach so, ohne Vorwarnung, hatte sein Herz eines Tages beschlossen, nicht mehr zu schlagen. Jacquie fand ihn, als er nachmittags das Restaurant aufschloss. Papa lag friedlich auf dem Fußboden – umgeben von frischen Gemüsen, Lammkeulen, Jakobsmuscheln und Kräutern, die er morgens auf dem Markt gekauft hatte. Er hinterließ mir sein Restaurant und das Rezept für sein berühmtes *Menu d'amour*, mit dem er angeblich vor vielen Jahren die Liebe meiner Mutter gewonnen hatte (sie starb, als ich noch sehr klein war, deswegen werde ich nie wissen, ob er nicht doch geschwindelt hat). Er war achtundsechzig Jahre alt, und ich fand das viel zu früh. Aber Menschen, die man liebt, sterben immer zu früh, egal wie alt sie werden. Und als ich im Herbst etwas verzagt, aber doch entschlossen in seine Fußstapfen trat, traf mich die Erkenntnis, dass ich nun ziemlich allein auf der Welt war, mit voller Wucht.

Gott sei Dank hatte ich Claude. Er arbeitete als Bühnenbildner am Theater, und der riesige Schreibtisch in seiner kleinen Atelierwohnung quoll stets über von Zeichnungen und kleinen Modellen aus Karton. Wenn er einen größeren Auftrag hatte, tauchte er manchmal für ein paar Tage ab. „Ich bin nächste Woche nicht vorhanden", sagte er dann, und ich musste mich erst daran gewöhnen, dass er tatsächlich weder ans Telefon ging noch die Tür öffnete, obwohl ich Sturm klingelte. Kurze Zeit später war er wieder da, als wäre nichts gewesen. Er küsste mich übermütig auf den Mund, nannte mich „meine Kleine", und die Sonne spielte in seinen goldblonden Locken Versteck. Dann nahm er mich an der Hand, zog mich mit sich fort und präsentierte mir mit flackerndem Blick seine Entwürfe.

Sagen durfte man nichts. Als ich Claude erst einige Monate kannte, hatte ich einmal den Fehler begangen und laut überlegt, was man noch verbessern könnte. Claude hatte mich fassungslos angestarrt und mit einer einzigen heftigen Handbewegung seinen Schreibtisch leer gefegt. Farben, Stifte, Blätter, Gläser, Pinsel und kleine Kartonstücke wirbelten durch die Luft, und das filigrane, in sorgsamer Arbeit gefertigte Bühnenmodell für Shakespeares „Sommernachtstraum" zerbrach in tausend Stücke. Seither hielt ich mich mit kritischen Bemerkungen zurück.

Claude war sehr impulsiv, sehr wechselhaft in seinen Stimmungen, sehr zärtlich und sehr besonders. Wir waren damals ungefähr zwei Jahre zusammen, und es wäre mir nie in den Sinn gekommen, die Beziehung zu diesem komplizierten und höchst eigenwilligen Menschen infrage zu stellen. Wenn man genau hinsieht, hat doch jeder von uns seine Kompliziertheiten, seine Empfindlichkeiten und Spleens. Es gibt Dinge, die wir tun, über die andere lachen, den Kopf schütteln, sich wundern. Merkwürdige Dinge, die nur zu uns gehören.

Ich zum Beispiel sammle Gedanken. In meinem Schlafzimmer gibt es eine Wand mit bunten Zetteln voller Gedanken, die ich festgehalten habe, damit sie mir in ihrer Flüchtigkeit nicht verloren gehen. Gedanken über belauschte Gespräche im Café, über Küsse im Park bei Nacht, über das Herz und über Hotelzimmer, über Gartenbänke, über Fotos, über Geheimnisse und wann man sie preisgibt, über das Licht in den Bäumen und über die Zeit, wenn sie stillsteht. Meine Notizen haften an der hellen Tapete wie tropische Schmetterlinge, und wenn ich die Balkontür öffne und ein Luftzug durch das Zimmer streicht, zittern sie ein wenig, so als wollten sie davonfliegen.

Und hier noch etwas: Immer wenn ich unglücklich oder unruhig bin, gehe ich los und kaufe Blumen. Natürlich mag ich Blumen auch, wenn ich glücklich bin, aber an Tagen, wenn alles schiefläuft, sind Blumen für mich wie der Beginn einer neuen Ordnung. Ich stelle ein paar blaue Glockenblumen in die Vase und es geht mir besser. Ich pflanze Blumen auf meinem alten

Steinbalkon, der zum Hof hinausgeht, und während ich mit den Fingern in die feuchte Erde greife und darin herumwühle, wird alles ganz einfach.

Ich mag keine Veränderungen in meinem Leben. Ich nehme immer denselben Weg, wenn ich zur Arbeit gehe, ich habe eine ganz bestimmte Bank in den Tuilerien, die ich heimlich als „meine" Bank betrachte. Und ich würde mich niemals im Dunkeln auf einer Treppe umdrehen, weil ich das unbestimmte Gefühl hätte, dass hinter mir etwas lauert, das nach mir greift, wenn ich zurückschaue. Das mit der Treppe habe ich übrigens niemandem erzählt, nicht einmal Claude. Ich glaube, er hat mir damals auch nicht alles erzählt.

Tagsüber gingen wir beide unserer Wege. Was Claude abends machte, wenn ich im Restaurant arbeitete, wusste ich nicht immer so genau. Vielleicht wollte ich es auch nicht wissen. Aber nachts, wenn die Einsamkeit sich über Paris senkte, lag ich in seinen Armen und fühlte mich sicher.

Als ich an jenem Abend die Lichter im Restaurant löschte und mich auf den Weg nach Hause machte, ahnte ich noch nicht, dass meine Wohnung genauso leer sein würde wie mein Restaurant. Es war, wie gesagt, ein Tag wie jeder andere. Nur dass Claude sich mit drei Sätzen aus meinem Leben verabschiedet hatte.

ALS ICH am nächsten Morgen aufwachte, wusste ich, dass etwas nicht in Ordnung war. Leider gehöre ich nicht zu den Menschen, die mit einem Schlag hellwach sind, und so war es zunächst auch mehr ein merkwürdiges unbestimmtes Unwohlsein als dieser eine konkrete Gedanke, der sich erst allmählich in mein Bewusstsein schob. Ich blinzelte und drehte mich zur Seite. Halb im Schlaf noch streckte ich meine Hand aus und tastete nach etwas, das nicht mehr da war. „Claude?", murmelte ich.

Und dann war der Gedanke angekommen. Claude hatte mich verlassen!

Was gestern Nacht noch seltsam unwirklich erschienen war, wurde mit Anbruch dieses grauen Novembermorgens unwiderruflich. Reglos lag ich da und lauschte, aber die Wohnung blieb still. Aus der Küche kam kein Geräusch. Keiner, der mit den großen dunkelblauen Tassen herumklapperte, kein Duft nach Kaffee, der die Müdigkeit vertrieb. Kein leises Surren eines elektrischen Rasierers. Kein Wort.

Ich zog die Decke fester um mich und dachte daran, wie ich gestern nichtsahnend in die leere, dunkle Wohnung getreten war. Nur das Licht in der Küche brannte, und ich hatte einen Moment verständnislos auf das Stillleben gestarrt, das sich im Schein der schwarzmetallenen Hängelampe meinem Blick darbot. Ein handgeschriebener Brief, der offen auf dem alten Küchentisch lag. Eine Schale mit Obst. Eine Kerze, zur Hälfte abgebrannt.

Claude schrieb mir nie, nicht einmal einen Zettel. Er hatte eine manische Beziehung zu seinem Mobiltelefon, und wenn sich seine Pläne änderten, rief er mich an oder hinterließ eine Nachricht auf meiner Mailbox.

„Claude?", rief ich und hoffte noch irgendwie auf eine Antwort, aber da griff schon die kalte Hand der Angst nach mir. Mir wurde ein bisschen schwindlig. Ich setzte mich auf einen der vier Holzstühle und zog das Blatt unglaublich vorsichtig zu mir heran, als ob das etwas hätte ändern können.

Wieder und wieder las ich die wenigen Worte, die Claude in seiner großen, steilen Schrift zu Papier gebracht hatte:

> Aurélie,
> ich habe die Frau meines Lebens kennen gelernt. Es tut mir leid, dass es gerade jetzt passiert ist, aber irgendwann wäre es sowieso geschehen.
> Pass gut auf Dich auf,
> Claude

Mein Herz klopfte wie verrückt. So also fühlte es sich an, wenn einem der Boden unter den Füßen weggezogen wurde. Am Vormittag hatte Claude sich noch mit einem Kuss im Flur von mir verabschiedet, der mir besonders zärtlich schien. Ich wusste nicht, dass es ein Kuss war, der mich verriet. Eine Lüge! Wie erbärmlich, sich auf diese Weise davonzustehlen!

In einer Aufwallung von ohnmächtiger Wut zerknüllte ich das Papier und warf es in eine Ecke. Sekunden später hockte ich laut aufschluchzend davor und strich den Bogen wieder glatt. Ich trank ein Glas Rotwein und dann noch eines. Ich zog mein Telefon aus der Tasche und rief Claude immer wieder an, hinterließ verzweifelte Bitten und wilde Beschimpfungen. Ich glaube, ich habe es ungefähr fünfundzwanzigmal probiert, bevor ich mit der dumpfen Klarsichtigkeit, die der Alkohol einem bisweilen beschert, zu der Erkenntnis kam, dass meine Versuche vergeblich bleiben würden.

Mein Kopf schmerzte. Ich stand auf und tappte in meinem kurzen Nachthemd durch die Wohnung. Im Wohnzimmer fehlte die weinrote Kaschmirdecke, die ich Claude zum Geburtstag geschenkt hatte, und über dem Stuhl hing nicht wie sonst, achtlos hingeworfen, sein dunkler Pullover. Ich riss den Kleiderschrank auf, der im Flur stand. Ein paar leere Kleiderbügel schlugen mit leisem Klirren gegeneinander. Ich holte tief Luft. Alles ausgeräumt. Selbst an die Socken in der untersten Schublade hatte Claude gedacht. Er musste seinen Abgang sehr sorgfältig geplant haben, und ich fragte mich, wie es sein konnte, dass ich nichts gemerkt hatte, nichts. Davon, dass er vorhatte zu gehen. Davon, dass er sich verliebt hatte. Davon, dass er bereits eine andere Frau küsste, während er mich küsste.

In dem hohen goldgerahmten Spiegel, der im Flur über der Kommode hing, spiegelte sich mein blasses, verweintes Gesicht wie ein bleicher Mond, der von zitternden dunkelblonden Wellen umgeben war. Meine langen, in der Mitte gescheitelten Haare waren zerzaust. Rechts über mir steckte im Rahmen des Spiegels das Foto von Claude und mir, das ich so sehr mochte. Wir lachen beide auf diesem Foto, unsere Köpfe eng aneinandergeschmiegt, vor einem tiefblauen Himmel, der die Silhouette von Paris zärtlich einhüllt. Es war an einem lauen Sommerabend entstanden, als wir über den Pont des Arts schlenderten. Ein beleibter Afrikaner, der auf der Brücke seine Taschen zum Verkauf ausgebreitet hatte, hatte es von uns gemacht. *„Que ça dure!“*, hatte er uns mit tiefer Stimme nachgerufen. Möge es so bleiben!

Ich nahm das Bild herunter, legte es auf das dunkle Holz und stützte mich mit beiden Händen auf die Kommode. Ich merkte, wie sich meine Augen erneut mit Tränen füllten. Sie liefen mir die Wangen hinunter und platschten wie dicke Regentropfen auf Claude und mich und unser Lächeln, bis alles zur Unkenntlichkeit verschwamm. Ich zog die Schublade auf und stopfte das Foto zwischen die Schals und Handschuhe. Dann drückte ich die Schublade zu und dachte darüber nach, wie einfach es doch war, aus dem Leben eines anderen zu verschwinden.

Es war zumindest sehr rücksichtsvoll von Claude, mich an einem Sonntag zu verlassen. Montags bleibt das *Temps des Cerises* nämlich geschlossen. Das ist mein freier Tag, und an diesem Tag mache ich stets irgendetwas Schönes. Ich gehe in eine Ausstellung. Ich verbringe Stunden im *Bon Marché*, meinem Lieblingskaufhaus. Oder ich sehe Bernadette.

Bernadette ist meine beste Freundin. Wir haben uns vor acht Jahren auf einer Zugfahrt kennen gelernt, als ihre kleine Tochter Marie stolpernd auf mich zulief und schwungvoll einen Becher Kakao über meinem cremefarbenen Strickkleid entleerte. Am Ende dieser sehr kurzweiligen Zugfahrt von Avignon nach Paris und nach dem gemeinsamen und nicht sehr erfolgreichen Versuch, das Kleid in einer schwankenden Zugtoilette mit Wasser und Papiertaschentüchern zu reinigen, waren wir fast schon Freundinnen.

Bernadette ist alles, was ich nicht bin. Sie ist schwer zu beeindrucken, unerschütterlich in ihrer guten Laune, sehr patent. Mit bemerkenswerter Gelassenheit nimmt sie die Dinge, die da kommen, und versucht das Beste daraus zu machen. Was ich manchmal für fürchterlich verworren halte, rückt sie mit ein paar Sätzen zurecht. „Du liebe Güte, Aurélie“, sagt sie dann und schaut mich belustigt aus ihren dunkelblauen Augen an. „Was du dir immer für Gedanken machst! Das ist doch alles ganz einfach …“

Bernadette wohnt auf der Île Saint-Louis und ist Grundschullehrerin, aber sie könnte ohne Weiteres auch Beraterin für kompliziert denkende Menschen sein. Wenn ich in ihr klares, schönes Gesicht schaue, denke ich oft, dass sie eine der wenigen Frauen ist, denen es wirklich gut steht, die Haare in einem schlichten Knoten zu tragen. Und wenn sie ihre blonden, schulterlangen Haare offen trägt, sehen ihr die Männer hinterher. Sie hat ein lautes, ansteckendes Lachen. Und sie sagt immer, was sie denkt.

Das war auch der Grund, weshalb ich sie an diesem Montag nicht treffen wollte. Bernadette konnte Claude von Anfang an nicht leiden. „Das ist ein Freak", hatte sie gesagt, nachdem ich ihr Claude bei einem Glas Wein vorgestellt hatte. „Ich kenne solche Typen. Egozentrisch und guckt einem nicht richtig in die Augen. Mit so einem wirst du nicht glücklich."

Ich fand das damals ein bisschen vorschnell, aber als ich jetzt das Kaffeepulver in meine Glaskanne löffelte und das kochende Wasser darübergoss, musste ich mir eingestehen, dass Bernadette Recht gehabt hatte.

Ich schickte ihr eine SMS und sagte unser gemeinsames Mittagessen mit kryptischen Worten ab. Dann trank ich meinen Kaffee, zog Mantel, Schal und Handschuhe an und trat hinaus in den kalten Pariser Morgen. Ich hatte kein Ziel, mein Kopf war seltsam leer und mein Herz so schwer, dass ich sein Gewicht spürte. Es waren noch nicht viele Leute unterwegs, und die Absätze meiner Stiefel klackten verloren auf dem alten Pflaster, als ich auf den steinernen Torbogen zuging, der die Rue de L'Ancienne-Comédie mit dem Boulevard Saint-Germain verbindet. Ich war so froh gewesen, als ich vor vier Jahren meine Wohnung in dieser Straße gefunden hatte. Ich mag dieses kleine, lebendige Viertel, das sich jenseits des großen Boulevards mit seinen verwinkelten Straßen und Gassen, Gemüse-, Austern- und Blumenständen, Cafés und Geschäften bis zum Seineufer erstreckt. Ich wohne im dritten Stock, in einem alten Haus mit ausgetretenen Steintreppen und ohne Aufzug, und wenn ich aus dem Fenster schaue, kann ich hinübersehen zu dem berühmten *„Procope"*, jenem Restaurant, das schon seit Jahrhunderten dort steht und das erste Kaffeehaus von Paris gewesen sein soll. Dort hatten sich Literaten und Philosophen getroffen. Voltaire, Rousseau, Balzac, Hugo und Anatole France. „Hast du ein Glück", hatte Bernadette gesagt, als ich ihr mein neues Zuhause zeigte. „Wenn man bedenkt, wer hier alles schon gesessen hat – und du wohnst nur ein paar Schritte entfernt … toll!"

Ehrlicherweise muss ich gestehen, dass mich die Tatsache, dass man im *Procope* damals die beste Eiscreme von Paris essen konnte, weitaus mehr entzückte als die Vorstellung bärtiger Männer, die ihre klugen Gedanken zu Papier brachten, aber das hätte meine Freundin vielleicht nicht verstanden.

Bernadettes Wohnung ist voller Bücher. Sie stehen in meterhohen Regalen, sie liegen auf Esstischen, Schreibtischen, Couchtischen und Nachttischen. „Ein Leben ohne Bücher könnte ich mir nicht vorstellen", hat Bernadette einmal gesagt, und ich habe beschämt genickt.

Im Prinzip lese ich auch. Aber meistens kommt etwas dazwischen. Und wenn ich die Wahl habe, mache ich am Ende doch lieber einen langen Spaziergang oder ich backe eine Aprikosentarte, und der wunderbare Duft aus diesem Gemisch aus Mehl, Butter, Vanille, Eiern, Früchten und Sahne, der dann durch die Wohnung zieht, ist es, der meine Phantasie beflügelt und mich zum Träumen bringt. Wahrscheinlich liegt das an diesem mit einem Kochlöffel und zwei Rosen verzierten Metallschild, das heute noch in der Küche des *Temps des Cerises* hängt. Als ich in der Grundschule lesen lernte und sich Buchstabe für Buchstabe zu einem großen, sinngebenden Ganzen zusammenfügte, stand ich davor und entzifferte die Worte: *Streng genommen hat nur eine Sorte Bücher das Glück unserer Erde vermehrt: die Kochbücher.* Der Spruch war von einem Joseph Conrad, und ich weiß noch, dass ich lange Zeit ganz selbstverständlich angenommen hatte, dass dieser Mann ein berühmter deutscher Koch sein müsse. Um so erstaunter war ich, als ich später durch einen Zufall auf seinen Roman „Herz der Finsternis" stieß, den ich mir aus alter Verbundenheit sogar kaufte, dann aber doch nicht las.

Jedenfalls klang der Titel so düster wie meine Stimmung an diesem Tag. Vielleicht wäre jetzt der passende Zeitpunkt gewesen, dieses Buch hervorzuholen, überlegte ich voller Bitterkeit. Aber ich lese keine Bücher, wenn ich unglücklich bin; ich pflanze Blumen.

Das dachte ich zumindest in diesem Moment, nicht wissend, dass ich in derselben Nacht mit begehrlicher Hast die Seiten eines Romans umblättern würde, der sich mir sozusagen in den Weg geworfen hatte. Zufall? Bis heute glaube ich nicht daran, dass es ein Zufall war.

Ich bog auf den Boulevard Saint-Germain ein. Es hatte angefangen zu regnen, die Autos fuhren wasserspritzend an mir vorbei, und ich zog den Schal enger um mich. Warum müssen schreckliche oder deprimierende Dinge immer im November passieren? Der November war für mich die denkbar schlechteste Zeit, um unglücklich zu sein. Die Auswahl der Blumen, die man pflanzen konnte, hielt sich in Grenzen.

Alle hatten mich verlassen. Papa war tot, Claude war verschwunden, und ich war allein wie nie zuvor in meinem Leben. Da klingelte mein Mobiltelefon.

„Was ist los, mein Schatz?" Bernadette kam wie immer direkt zur Sache. „Alles in Ordnung? Wo bist du?"

„Irgendwo auf dem Boulevard Saint-Germain“, erwiderte ich kläglich und stellte mich für einen Moment unter die Markise eines Geschäfts, das bunte Schirme in der Auslage hatte. Der Regen tropfte aus meinen nassen Haaren, und ich ertrank in einer riesigen Woge aus Selbstmitleid.

„Was um Himmels willen machst du auf dem Boulevard Saint-Germain? Du hast mir doch geschrieben, dir wäre etwas dazwischengekommen!“

„Claude ist weg“, sagte ich und schniefte in mein Telefon.

„Wie meinst du das – weg?“ Bernadettes Stimme wurde wie immer, wenn es um Claude ging, sofort eine Spur unduldsamer. „Ist der Idiot wieder mal abgetaucht und meldet sich nicht?“

„Für immer weg“, sagte ich aufschluchzend. „Er hat mich verlassen. Ich bin so unglücklich.“

„Ach, du meine Güte“, sagte Bernadette und ihre Stimme war wie eine Umarmung. „Meine arme, arme Aurélie. Was ist passiert?“

„Er … hat … eine … andere …“, schluchzte ich weiter. „Gestern, als ich nach Hause kam, waren alle seine Sachen weg, und da lag ein Zettel …“

„Er hat es dir nicht einmal persönlich gesagt?“ Bernadette sog erbost die Luft ein. „Ich habe dir immer gesagt, dass Claude ein Arschloch ist. Ein Zettel! Das ist wirklich das Letzte … nein, das ist das Allerletzte!“

„Bitte, Bernadette …“

„Jetzt hör mal, mein Liebchen“, sagte Bernadette, und ich kniff die Augen zusammen. Wenn Bernadette ihre Sätze mit „Jetzt hör mal“ einleitete, war das meistens der Auftakt zu grundsätzlichen Meinungsbekundungen, die oft stimmten, die man aber nicht immer ertragen konnte. „Vergiss diesen Blödmann, so schnell es geht! Natürlich ist es jetzt schlimm, aber dieser Mann war wirklich unsäglich, und im tiefsten Innern weißt du das auch. Jetzt versuche dich zu beruhigen. Alles wird gut, und ich verspreche dir in die Hand, dass du bald schon einen ganz netten Mann kennen lernen wirst, der so eine wunderbare Frau wie dich zu schätzen weiß.“

„Ach, Bernadette“, seufzte ich. Bernadette hatte gut reden. Sie war mit einem wirklich netten Mann verheiratet, der mit unglaublicher Langmut ihren Wahrheitsfanatismus ertrug.

„Hör mal“, sagte sie jetzt wieder. „Du nimmst dir sofort ein Taxi und fährst nach Hause, und wenn ich hier alles klarhabe, komme ich zu dir. Alles halb so wild, ich bitte dich! Kein Grund für ein Drama.“

Ich schluckte. Natürlich war es nett von Bernadette, dass sie zu mir kommen und mich trösten wollte. Doch ich hatte das ungute Gefühl, dass ihr Verständnis von Trost ein anderes war als meines. Ich wusste nicht, ob ich Lust darauf hatte, mir den ganzen Abend über erklären zu lassen, wieso

Claude der beknackteste Typ aller Zeiten war. Immerhin war ich bis gestern noch mit ihm zusammen gewesen, und ein bisschen mehr Mitgefühl hätte ich auch ganz schön gefunden.

Und dann schoss die gute Bernadette über das Ziel hinaus. „Ich sag dir mal was, Aurélie“, sagte sie in ihrer Lehrerinnenstimme, die keinen Widerspruch duldete. „Ich bin sehr froh, dass Claude dich verlassen hat. Ich weiß, du hörst das jetzt nicht gern, aber ich sag's trotzdem: Dass dieser Blödmann aus deinem Leben verschwunden ist, ist für mich ein Grund zum Feiern.“

„Wie schön für dich“, entgegnete ich schärfer, als ich es eigentlich wollte, und ich spürte, wie die unterschwellige Erkenntnis, dass meine Freundin nicht ganz unrecht hatte, mich mit einem Mal unglaublich wütend machte. „Weißt du was, Bernadette? Feiere du doch schon mal ein bisschen vor, und falls du es in deiner großen Euphorie ertragen kannst, lass mich einfach noch ein paar Tage traurig sein, ja? Lass mich einfach nur in Ruhe!“

Ich legte auf, holte tief Luft und schaltete mein Handy dann ganz aus.

Na toll, jetzt hatte ich auch noch Krach mit Bernadette. Vor der Markise strömte der Regen auf das Pflaster, und ich drückte mich fröstelnd in eine Ecke und überlegte, ob es nicht wirklich besser wäre, nach Hause zu fahren. Doch die Vorstellung, in eine leere Wohnung zurückzukehren, machte mir Angst. Entschlossen stieß ich die Tür zu dem kleinen Schirmgeschäft auf und kaufte einen himmelblauen Regenschirm mit weißen Punkten.

Es wurde der längste Spaziergang meines Lebens. Nach einer Weile verschwanden die Geschäfte und Restaurants, die rechts und links des Boulevards lagen, und ich zog meine einsame Bahn durch den Regen, vorbei an den steinernen Fassaden der großen sandfarbenen Häuser, die dem Auge wenig Ablenkung boten. Am Ende des Boulevards, der auf den Quai d'Orsay stößt, bog ich rechts ab und überquerte die Seine Richtung Place de la Concorde. Wie ein dunkler Zeigefinger ragte der Obelisk in der Mitte des Platzes auf, und es kam mir so vor, als hätte er in seiner ganzen ägyptischen Erhabenheit nichts zu tun mit den vielen kleinen Blechautos, die ihn hektisch umkreisten. Wenige Minuten später spazierte ich durch die Tuilerien, eine kleine traurige Gestalt unter einem getupften Regenschirm, der sich langsam und mit leichten Auf- und Abwärtsbewegungen durch den leer gefegten Park bewegte, diesen Richtung Louvre verließ, bei Einbruch der Dämmerung am rechten Ufer der Seine entlangschwebte, vorbei an der Île de la Cité, vorbei an Notre-Dame, vorbei an den Lichtern der Stadt, die allmählich aufleuchteten, bis er schließlich auf dem kleinen Pont Louis-Philippe, der zur Île Saint-Louis hinüberführt, anhielt. Die tiefblaue Farbe des Himmels legte sich über Paris wie ein Stück Samt. Es war kurz vor sechs, der Regen hörte allmählich auf, und ich lehnte mich ein wenig erschöpft über die Steinbrüstung der alten Brücke und starrte nachdenklich in die Seine. Die Laternen spiegelten sich zitternd und glitzernd auf dem dunklen Wasser – zauberhaft und zerbrechlich wie alles Schöne.

Nach acht Stunden, Tausenden von Schritten und noch mal tausend Gedanken war ich an diesem stillen Ort angekommen. So viel Zeit hatte es gebraucht, um zu begreifen, dass die abgrundtiefe Traurigkeit, die sich auf mein Herz gelegt hatte, nicht allein dem Umstand geschuldet war, dass Claude mich verlassen hatte. Ich war zweiunddreißig Jahre alt, und es war nicht das erste Mal, dass eine Liebe zerbrach. Ich glaube, es war dieses Gefühl, dass sich alles auflöste, veränderte, dass Menschen, die meine Hand gehalten hatten, plötzlich für immer verschwanden, dass mir die Bodenhaftung verloren ging und zwischen diesem riesigen Universum und mir nichts mehr war als ein himmelblauer Regenschirm mit kleinen weißen Punkten.

Das machte es nicht gerade besser. Ich stand allein auf einer Brücke, ein paar Autos fuhren an mir vorbei, die Haare wehten mir ins Gesicht, und ich umklammerte den Schirm, als könnte dieser auch noch davonfliegen.

„Hilfe!“, flüsterte ich leise und taumelte ein wenig gegen die Steinmauer.

„Mademoiselle? Oh, *mon Dieu*, Mademoiselle, nicht! Warten Sie!“

Ich hörte eilige Schritte hinter mir und erschrak. Der Schirm glitt mir aus der Hand, machte eine halbe Umdrehung, prallte von der Brüstung ab und fiel dann in einem kleinen wirbelnden Tanz nach unten, bevor er mit einem kaum hörbaren Platschen auf dem Wasser landete.

Ich drehte mich verwirrt um und sah in die dunklen Augen eines jungen Polizisten, der mich mit besorgtem Blick musterte. „Alles in Ordnung?“, fragte er aufgeregt. Offenbar hielt er mich für eine Selbstmörderin.

Ich nickte. „Ja, alles bestens.“ Ich rang mir ein kleines Lächeln ab.

Er zog die Augenbrauen hoch. „Ich glaube Ihnen kein Wort, Mademoiselle“, sagte er. „Ich habe Sie schon eine ganze Weile beobachtet, und so, wie Sie da standen, sieht keine Frau aus, bei der alles bestens ist.“

Ich schwieg betroffen und sah für einen Moment dem weiß getupften Regenschirm hinterher, der gemächlich auf der Seine davonschaukelte.

Der Polizist folgte meinem Blick. „Es ist immer dasselbe“, meinte er. „Ich kenne das schon mit diesen Brücken. Erst neulich haben wir noch weiter unten ein Mädchen rausgefischt aus dem eiskalten Wasser. Gerade noch rechtzeitig. Wenn jemand sich lange auf einer Brücke rumtreibt, kann man sicher sein, dass er entweder heftig verliebt ist oder kurz davor, ins Wasser zu springen.“ Er schaute mich misstrauisch an. „Sie sehen ziemlich durcheinander aus, Mademoiselle. Sie wollten doch wohl keine Dummheiten machen, was? So eine schöne Frau wie Sie.“

„Aber nein!“, versicherte ich. „Außerdem stehen auch ganz normale Menschen manchmal länger auf Brücken, einfach weil es schön ist, über den Fluss zu schauen.“

„Sie haben aber ganz traurige Augen.“ Er ließ nicht locker. „Und es sah eben ganz so aus, als wollten Sie sich fallen lassen.“

„So ein Unsinn!“, entgegnete ich. „Mir war nur ein bisschen schwindlig.“ Und das war auch kein Wunder, fand ich, immerhin hatte ich außer einem Kaffee den ganzen Tag nichts zu mir genommen.

„Also dann …“ Ich lehnte mich mit dem Rücken gegen die Brüstung und versuchte ihn mit einem Lächeln zu verabschieden.

Der Polizist legte zwei Finger an seine Kappe. „Tja, wenn ich nichts für Sie tun kann …“

„Nein, wirklich nicht.“

„Dann passen Sie gut auf sich auf.“

„Mach ich.“ Ich presste die Lippen aufeinander und nickte. Das war der zweite Mann in vierundzwanzig Stunden, der mir sagte, ich solle gut auf mich aufpassen. Ich drehte mich wieder um und stützte mich mit den Ellbogen auf die Brüstung. Aufmerksam studierte ich die Kathedrale von Notre-Dame, die sich wie ein mittelalterliches Raumschiff aus der Dunkelheit am Ende der Île de la Cité erhob, und wartete darauf, dass er ging. Doch der Mann in der dunkelblauen Uniform blieb stehen. Er hatte es sich offenbar zur Aufgabe gemacht, mein persönlicher Schutzengel zu sein.

Ich beschloss, die Flucht zu ergreifen. Die Glocken von Notre-Dame tönten zu mir herüber, und ich ging schnellen Schrittes die Brücke entlang und betrat die Île Saint-Louis. Manche sagen, dieses kleine Inselchen in der Seine, das direkt hinter der viel größeren Île de la Cité liegt und das man nur über Brücken erreichen kann, sei das Herz von Paris. Aber dieses alte Herz schlägt sehr, sehr langsam. Ich kam selten hierher und war jedesmal aufs Neue verwundert über die Ruhe, die in diesem Viertel herrscht.

Als ich in die Rue Saint-Louis einbog, die Hauptstraße, an der sich kleine Geschäfte und Restaurants friedlich aneinanderreihen, sah ich aus den Augenwinkeln, dass eine große schlanke Gestalt in Uniform mir in gebührendem Abstand folgte. Der Schutzengel ließ nicht locker. Was dachte sich dieser Mann eigentlich? Dass ich es an der nächsten Brücke versuchen würde?

Ich beschleunigte meine Schritte, und dann riss ich die Tür zu einem

Geschäft auf, in dem noch Licht brannte. Es war eine kleine Buchhandlung, und als ich sie stolpernd betrat, wäre mir nie in den Sinn gekommen, dass dieser Schritt mein Leben für immer verändern würde.

Im ersten Moment dachte ich, die Buchhandlung wäre menschenleer. In Wirklichkeit war sie nur so vollgestopft mit Büchern, Regalen und Tischchen, dass ich den Inhaber, der am Ende des Raumes mit gebeugtem Kopf hinter einem altmodischen Kassentisch stand, zunächst nicht sah. Er war in einen Bildband vertieft und blätterte mit großer Vorsicht die Seiten um. Er sah so friedlich aus mit seinem gewellten silbergrauen Haar und der halbmondförmigen Lesebrille, dass ich es nicht wagte, ihn zu stören. Ich blieb stehen in diesem Kokon aus Wärme und gelblichem Licht, und mein Herz begann ruhiger zu schlagen. Vorsichtig riskierte ich einen Blick nach draußen. Vor dem Schaufenster, auf dem in verblassten Goldbuchstaben der Schriftzug *Librairie Capricorne Pascal Fermier* geschrieben war, sah ich meinen Schutzengel stehen und angelegentlich die Auslagen betrachten.

Unwillkürlich seufzte ich, und der alte Buchhändler blickte von seinem Buch auf und sah mich überrascht an. *„Ah … bonsoir, Mademoiselle* – ich habe Sie gar nicht kommen hören“, sagte er freundlich, und sein gütiges Gesicht mit den klugen Augen und dem feinen Lächeln erinnerte mich an ein Foto von Marc Chagall in seinem Atelier. Nur dass dieser Mann hier keinen Pinsel in seiner Hand hielt.

„Bonsoir, Monsieur“, antwortete ich einigermaßen verlegen. „Verzeihen Sie, ich wollte Sie nicht erschrecken.“

„Aber nein“, erwiderte er. „Ich hatte nur gedacht, ich hätte bereits abgeschlossen. Schauen Sie sich in Ruhe um. Suchen Sie etwas Bestimmtes?“

Ich suche einen Menschen, der mich wirklich liebt, antwortete ich stumm. Ich bin auf der Flucht vor einem Polizisten, der denkt, dass ich von einer Brücke springen will, und tue so, als wollte ich ein Buch kaufen. Ich bin zweiunddreißig Jahre alt und habe meinen Regenschirm verloren. Ich wünsche mir, dass endlich mal was Schönes passiert.

Mein Magen knurrte vernehmlich. „Nein … nein, nichts Bestimmtes“, sagte ich rasch. „Irgendetwas … Nettes.“ Ich wurde rot. Nun hielt er mich wahrscheinlich für eine Ignorantin, deren Ausdrucksfähigkeit sich in dem nichtssagenden Wort „nett“ erschöpfte. Ich hoffte, dass meine Worte wenigstens meinen knurrenden Magen übertönt hatten.

„Möchten Sie einen Keks?“, fragte Monsieur Chagall. Er hielt mir eine Silberschale mit Buttergebäck unter die Nase, und nach einem kurzen Moment des Zögerns griff ich dankbar zu. Das süße Gebäck hatte etwas Tröstliches und beruhigte meinen Magen sofort.

„Wissen Sie, ich bin heute noch gar nicht richtig zum Essen gekommen“, erklärte ich kauend.

„Das passiert“, sagte Monsieur Chagall, ohne meine Verlegenheit weiter zu kommentieren. „Da drüben“, er zeigte auf einen Tisch mit Romanen, „finden Sie vielleicht, was Sie suchen.“

Und das tat ich dann wirklich. Eine Viertelstunde später verließ ich die Librairie Capricorne mit einer orangefarbenen Papiertüte, auf der ein kleines weißes Einhorn gedruckt war.

„Eine gute Wahl“, hatte Monsieur Chagall gesagt, als er das Buch verpackte, das von einem jungen Engländer geschrieben worden war und den schönen Titel „Das Lächeln der Frauen“ trug. „Das wird Ihnen gefallen.“

Ich hatte genickt und mit hochrotem Kopf nach dem Geld gekramt, und es war mir kaum gelungen, meine Überraschung zu verbergen, die Monsieur Chagall vielleicht für einen Anfall übersteigerter Lesevorfreude hielt, als er hinter mir die Ladentür abschloss.

Ich atmete tief durch und blickte die leere Straße hinunter. Mein neuer Polizistenfreund hatte die Beschattung aufgegeben. Offenbar war die Wahrscheinlichkeit, dass jemand, der ein Buch kaufte, sich anschließend von einer Seine-Brücke stürzte, statistisch gesehen sehr gering.

Doch das war nicht der Grund meiner Überraschung, aus der bald eine Aufgeregtheit wurde, die meine Schritte beschleunigte und mich klopfenden Herzens in ein Taxi einsteigen ließ. In dem Buch, das ich in seiner hübschen orangefarbenen Ummantelung an meine Brust drückte wie einen kostbaren Schatz, stand gleich auf der ersten Seite ein Satz, der mich verwirrte, neugierig machte, ja elektrisierte: *Die Geschichte, die ich erzählen möchte, beginnt mit einem Lächeln. Sie endet in einem kleinen Restaurant mit dem verheißungsvollen Namen „Le Temps des Cerises“, das sich in Saint-Germain-des-Prés befindet, dort, wo das Herz von Paris schlägt.*

Es SOLLTE die zweite Nacht werden, in der ich kaum schlief. Doch diesmal war es kein treuloser Geliebter, der mir die Ruhe raubte, sondern ein Buch! Ein Buch, das mich von den ersten Sätzen an in seinen Bann zog. Ein Buch, das manchmal traurig war und dann wieder so komisch, dass ich laut lachen musste. Ein Buch, das wunderschön und rätselhaft zugleich war, denn selbst wenn man viele Romane liest, wird man selten auf eine Liebesgeschichte stoßen, in der das eigene kleine Restaurant eine zentrale Rolle spielt und in der die Heldin in einer Art und Weise beschrieben wird, dass man meint, sich selbst im Spiegel zu sehen – an einem Tag, wenn man sehr, sehr glücklich ist und alles gelingt!

Als ich nach Hause gekommen war, hatte ich meine feuchten Sachen über die Heizung gehängt und war in einen frischen weichen Schlafanzug geschlüpft. Ich hatte mir eine Kanne Tee gekocht, ein paar Sandwiches gemacht und meinen Anrufbeantworter abgehört. Bernadette hatte dreimal versucht, mich zu erreichen, und sich entschuldigt, dass sie mit dem „Einfühlungsvermögen eines Elefanten" auf meinen Gefühlen herumgetrampelt war. Ich musste lächeln. Mein Groll war schon lange verflogen. Ich stellte das Tablett mit Tee, Sandwiches und meiner Lieblingstasse auf das Rattan-Tischchen neben das safrangelbe Sofa, überlegte einen Moment und schickte meiner Freundin dann eine SMS mit den Worten: LIEBE BERNADETTE, ES IST SO SCHLIMM, WENN DU RECHT HAST. WILLST DU AM MITTWOCHMORGEN VORBEIKOMMEN? ICH FREUE MICH AUF DICH UND SCHLAFE JETZT. GRUSS UND KUSS, AURÉLIE

Das mit dem Schlafen war natürlich gelogen. Ich holte die Papiertüte aus der Librairie Capricorne von der Kommode im Flur und stellte sie vorsichtig neben das Tablett. Ich bezähmte meine Neugier noch ein wenig, trank erst den Tee in kleinen Schlucken, aß dann die Sandwiches, stand schließlich noch einmal auf und holte mir meine Wolldecke aus dem Schlafzimmer. Es war, als wollte ich den Moment, bevor das Eigentliche begann, noch etwas hinauszögern. Und dann, endlich, schlug ich das Buch auf.

Würde ich jetzt behaupten, dass die nächsten Stunden wie im Flug vorübergingen, wäre das nur die halbe Wahrheit. In dieser Nacht verlor ich jegliches Zeitgefühl. Ich war an der Seite dieses jungen Engländers, den die Skileidenschaft seines frankreichliebenden Kollegen (komplizierter Beinbruch in Verbier) nach Paris verschlägt. Er arbeitet für den Autohersteller Austin und soll nun anstelle des auf Monate arbeitsunfähigen Marketingleiters den Mini-Cooper in Frankreich etablieren. Das Problem: Seine Französischkenntnisse sind so spärlich wie seine Erfahrungen mit Franzosen. Er ist nicht nur entsetzt über den abenteuerlichen Fahrstil der Pariser Autofahrer, die sich in Sechserreihen auf zweispurigen Straßen drängeln, sondern auch darüber, dass der Franzose an sich seine Beulen und Kratzer grundsätzlich nicht reparieren lässt. Er lädt hübsche Französinnen zum Essen ein und bekommt eine mittlere Krise, weil diese sich zwar mit dem Ausruf *„Ah, comme j'ai faim!"* – Oh, ich bin so hungrig! – das komplette (und teure) Menü bestellen, dann aber etwa dreimal in ihren Salat picken, vier Gabeln vom *Bœuf Bourguignon* nehmen und zwei Löffelchen von der *Crème Brûlée*, bevor sie das Besteck anmutig in den kulinarischen Rest fallen lassen. Von Schlangestehen hat noch kein Franzose je etwas gehört, und über das Wetter redet hier auch niemand. Warum auch? Es gibt interessantere Themen. Und kaum

Tabus. Man will wissen, warum er mit Mitte Dreißig noch keine Kinder hat, was er von der Politik der Amerikaner in Afghanistan hält, von Kinderarbeit in Indien und ob er mit seinem Sexleben zufrieden ist. Mit anderen Worten: Unser Held fällt von einer Ohnmacht in die nächste.

Er ist der englische Gentleman, der eigentlich nicht gern redet. Und mit einem Mal muss er alles diskutieren. Und an allen möglichen und unmöglichen Orten. In der Firma, im Café, im Fahrstuhl (vier Stockwerke reichen für eine lebhafte Grundsatzdiskussion über Autobrände in den Vororten von Paris), auf der Herrentoilette (ist die Globalisierung eine gute oder schlechte Sache?) und natürlich im Taxi, denn französische Taxifahrer haben im Unterschied zu den Kollegen in London zu jedem Thema eine Meinung (die sie auch kundtun), und dem Fahrgast ist es nicht gestattet, hinter einer Trennscheibe schweigend seinen Gedanken nachzuhängen. Er soll etwas *sagen*!

Am Ende trägt der Engländer es mit britischem Humor. Und als er sich nach einigen Irrungen und Wirrungen Hals über Kopf in Sophie, ein reizendes und etwas kapriziöses Mädchen verliebt, trifft britisches Understatement auf französische Kompliziertheit und sorgt zunächst für viele Missverständnisse und Verwicklungen. Bis am Ende alles in einer wunderbaren „Entente cordiale", einer Herzensverbindung, endet. In einem kleinen französischen Restaurant mit dem Namen *Le Temps des Cerises*. Mit rot-weiß karierten Tischdecken. In der Rue Princesse. *Meinem* Restaurant!

Ich klappte das Buch zu. Es war sechs Uhr morgens, und ich war kein bisschen müde. Dieser Roman war wie ein äußerst belebender Ausflug in eine andere und doch seltsam vertraute Welt. Wenn ein Engländer ein Restaurant, das nicht in jedem Reiseführer zu finden ist, so genau beschreiben konnte, musste er schon einmal da gewesen sein. Und wenn die Heldin seines Romans so aussah wie man selbst bis hin zu jenem zarten dunkelgrünen Seidenkleid, das man in seinem Kleiderschrank hängen hatte, und dieser Perlenkette mit der großen ovalen Gemme, die man zum achtzehnten Geburtstag bekommen hatte, so war das entweder ein riesengroßer Zufall – oder dieser Mann musste diese Frau schon einmal gesehen haben.

Doch wenn diese Frau sich an einem der unglücklichsten Tage in ihrem Leben in einer Buchhandlung genau dieses Buch aus Hunderten von anderen Büchern heraussuchte, war das kein Zufall mehr. Es war das Schicksal selbst, das zu mir sprach. Aber was wollte es mir sagen?

Nachdenklich drehte ich das Buch um und starrte auf das Foto eines sympathisch wirkenden Mannes mit kurzen blonden Haaren und blauen Augen, der auf einer Parkbank saß und mich anlächelte. Ich überlegte, ob ich dieses

Gesicht schon einmal gesehen hatte, dieses jungenhafte, entwaffnende Lächeln. Aber solange ich auch in den Schubladen meines Gehirns suchte – dieses Gesicht fand ich nicht. Auch der Name des Autors sagte mir nichts: Robert Miller. Ich kannte keinen Robert Miller, ich kannte eigentlich überhaupt keinen Engländer. Aufmerksam studierte ich die kurze Biografie des Autors. *Robert Miller arbeitete als Ingenieur für eine große englische Autofirma, bevor er mit „Das Lächeln der Frauen" seinen ersten Roman schrieb. Er liebt alte Autos, Paris und französisches Essen und lebt mit seinem Yorkshireterrier Rocky in einem Cottage in der Nähe von London.*

„Wer bist du, Robert Miller?", sagte ich halblaut. „Und wieso kennst du mich?" Und plötzlich begann eine Idee in meinem Kopf herumzugeistern, die mir immer besser gefiel. Ich wollte diesen Autor, der mir nicht nur in meinen dunkelsten Stunden den Lebensmut zurückgegeben hatte, sondern auch auf irgendeine rätselhafte Weise mit mir verbunden zu sein schien, kennen lernen. Ich würde ihm schreiben. Ich würde mich bei ihm bedanken. Und dann würde ich ihn zu einem ganz zauberhaften Abend in mein Restaurant einladen und herausfinden, was es mit diesem Roman auf sich hatte.

Ich setzte mich auf und zielte mit dem Zeigefinger auf die Brust von Robert Miller, der vielleicht gerade in diesem Moment irgendwo in den Cotswolds seinen kleinen Hund ausführte. „Mr Miller – wir sehen uns!"

Mr Miller lächelte mir zu, und ich zweifelte merkwürdigerweise nicht einen Augenblick daran, dass es mir gelingen würde, meinen neuen (und einzigen!) Lieblingsschriftsteller ausfindig zu machen.

Wie hätte ich auch ahnen können, dass gerade dieser Autor das Licht der Öffentlichkeit scheute wie die Pest.

Zwei

„Was soll das heißen – dieser Autor scheut das Licht der Öffentlichkeit wie die Pest?" Monsieur Monsignac war aufgesprungen. Sein mächtiger Bauch bebte vor Erregung, und unter dem Donnerhall seiner Stimme duckten sich die Teilnehmer der Lektoratsrunde tiefer in ihre Sitze. „Wir haben jetzt fast fünfzigtausend Exemplare von diesem blöden Buch verkauft. Dieser Miller steht kurz vor dem Sprung auf die Liste. *Le Figaro* will eine große Story über ihn machen." Monsignac beschrieb mit seiner rechten Hand eine riesige Schlagzeile in der Luft. „Titel: ‚Ein Engländer in Paris. Der Überraschungserfolg der Éditions Opale.'" Dann ließ er die Hand so abrupt auf den Tisch klatschen, dass Madame Petit, die das

Protokoll führte, vor Schreck ihren Stift fallen ließ. „Und da sitzen Sie hier und wollen mir allen Ernstes erzählen, dass dieser Mann nicht in der Lage ist, seinen verdammten englischen Arsch für einen Tag nach Paris zu bewegen? Sagen Sie mir, dass das nicht wahr ist, André, sagen Sie es!“

Ich sah sein rotes Gesicht, seine hellen Augen, die Blitze schleuderten. Kein Zweifel, Jean-Paul Monsignac, Verleger und Inhaber der Éditions Opale, würde in den nächsten Sekunden einen Herzinfarkt bekommen. Und ich war schuld daran.

„Monsieur Monsignac, bitte beruhigen Sie sich. Glauben Sie mir, ich tue mein Möglichstes. Aber Monsieur Miller lebt sehr zurückgezogen – er ist den Umgang mit der Presse nicht gewöhnt, und er steht einfach nicht gern im Mittelpunkt. Ich meine, das ... das macht ihn doch gerade so sympathisch ...“ Ich merkte, wie ich um mein Leben redete. Warum hatte ich nicht einfach gesagt, dass Robert Miller sich für ein Jahr auf einer Weltreise befand und sein iPhone nicht dabeihatte?

„Blablabla. Hören Sie auf zu quatschen, André! Sorgen Sie dafür, dass der Engländer sich in den Zug setzt, durch den Kanal rauscht, hier ein paar Fragen beantwortet und ein paar Bücher signiert. Das wird man ja wohl noch erwarten können. Immerhin war dieser Mann“, er nahm das Buch, warf einen Blick auf die Rückseite und ließ es dann wieder auf den Tisch vor sich fallen, „Automechaniker, nein, sogar Ingenieur, bevor er seinen Roman geschrieben hat. Da wird er ja wohl auch mal in Kontakt mit der menschlichen Rasse getreten sein.“

„Natürlich“, beeilte ich mich zu sagen. „Er ist nur, na ja, ein bisschen menschenscheu.“

„Das ist jeder intelligente Mensch. ‚Seit ich die Menschen kenne, liebe ich die Tiere.‘ Wer hat das gesagt? Na? Weiß es jemand?“ Monsieur Monsignac blickte erwartungsvoll in die Runde. Er war auf der École Normale Supérieure gewesen, der Eliteschule von Paris, und konnte es nicht lassen, seine Bildung unter Beweis zu stellen. Seltsamerweise funktionierte das Gedächtnis von Monsieur Monsignac sehr selektiv. Während er die Namen der großen Literaten und Denker mühelos behielt, tat er sich in Bezug auf Unterhaltungsliteratur äußerst schwer. Entweder wurde der Name eines Autors sofort vergessen, oder er erging sich in aberwitzigen Verdrehungen wie Lars Stiegsson (Stieg Larsson), Nicolai Bark (Nicholas Sparks) oder Steffen Lark (Stephen Clarke). „Ich halte ja nicht so furchtbar viel von amerikanischen Autoren, aber warum haben wir eigentlich keinen Steffen Lark im Programm?“, hatte er vor zwei Jahren in die Runde gebellt. „Ein Amerikaner in Paris – das scheint ja heute noch bestens zu funktionieren!“

Ich war derjenige, der sich um die englischsprachigen Bücher kümmerte, und ich hatte ihn behutsam darauf aufmerksam gemacht, dass es sich bei Steffen Lark um einen Engländer handelte, der in Wirklichkeit Stephen Clarke hieß und mit großem Erfolg witzige Bücher über Frankreich schrieb.

„Witzige Bücher über Paris. Von einem Engländer. So, so“, hatte Monsieur Monsignac gesagt. „Hören Sie auf, mich zu belehren, André, bringen Sie mir lieber auch mal so einen Clarke, wofür bezahle ich Sie eigentlich? Sind Sie jetzt ein Trüffelschwein oder nicht?“

Wenige Monate später hatte ich das Manuskript eines gewissen Robert Miller aus der Tasche gezogen. Es stand dem Witz und Einfallsreichtum seines populären Vorbilds in nichts nach. Die Rechnung war aufgegangen, das Buch verkaufte sich über die Maßen gut, und dafür musste ich jetzt büßen. Wie heißt es so schön? „Hochmut kommt vor dem Fall.“ Und mit Robert Miller befand ich mich sozusagen im freien Fall.

Dass Jean-Paul Monsignac sich den Namen seines neuen Erfolgsautors schließlich doch noch gemerkt hatte, verdankte ich nur der Tatsache, dass er einen berühmten Namensvetter hatte, der die höheren Weihen („Miller? Ist er etwa verwandt mit Henry Miller?“) bereits erhalten hatte.

Während die Runde noch überlegte, ob das Zitat von Hobbes stammte oder nicht, dachte ich plötzlich, dass Monsignac mit all seinen schrecklichen Eigenarten der beste und menschlichste Verleger war, den ich in fünfzehn Jahren Verlagsarbeit kennen gelernt hatte. Es fiel mir schwer, ihn zu belügen, aber wie es aussah, hatte ich keine Wahl.

„Und wenn wir Robert Miller die Fragen vom *Figaro* einfach schriftlich zukommen lassen und seine Antworten dann an die Presse weiterleiten?“ Es war ein letzter kläglicher Versuch, das Unheil abzuwenden. Und natürlich überzeugte er nicht.

„Nein, nein, das gefällt mir nicht!“ Monsignac hob abwehrend die Hände.

„Ausgeschlossen – da geht ja jede Spontaneität verloren“, fiel nun auch Michelle Auteuil ein und blickte missbilligend durch ihre schwarze Chanel-Brille. Michelle lag mir schon seit Wochen damit in den Ohren, dass man mit „diesem sympathischen Engländer“ doch mal etwas machen sollte. Bisher hatte ich mich taub gestellt. Doch nun hatte sie eine der wichtigsten Zeitungen auf ihrer Seite und – was noch schlimmer war – meinen Chef.

Michelle macht bei uns die Pressearbeit, sie trägt immer nur Schwarz oder Weiß. Sie sagt Sätze wie: „Kein Kulturredakteur auf dieser Welt liest im Ernst historische Romane, André – das können Sie vergessen!“ Dann seufzt sie, verdreht ihre blauen Augen und wirbelt ungeduldig mit ihrem kleinen silbernen Kugelschreiber herum. „Sie haben wirklich keine Ahnung, wie

Pressearbeit heute läuft, was? Wir brauchen Namen, Namen, Namen. Suchen Sie sich wenigstens einen prominenten Vorwortschreiber." Und bevor man noch etwas sagen kann, klingelt schon wieder ihr Telefon, und sie begrüßt mit überschwänglicher Stimme irgendeinen dieser TV- oder Journalistentypen mit Lederjacke, die „im Ernst" keine historischen Romane lesen und sich jetzt noch toller vorkommen, weil eine langbeinige Schönheit mit glatten schwarzen Haaren mit ihnen scherzt.

All das ging mir durch den Kopf, als Michelle Auteuil jetzt vor mir saß und auf eine Reaktion wartete. Ich räusperte mich. „Spontaneität ist ja gerade das Problem. Dieser Miller ist im Gespräch nämlich längst nicht so witzig und schlagfertig, wie man es vielleicht denken könnte. Und er ist – wie übrigens die meisten Schriftsteller – auch nicht sehr spontan."

„Das interessiert mich alles nicht!" Jean-Paul Monsignacs Geduld war endgültig erschöpft. Er wedelte mit Millers Buch in der Luft herum, und ich hielt es nicht für völlig ausgeschlossen, dass er es in der nächsten Sekunde nach mir werfen würde. „André, holen Sie mir diesen Engländer nach Paris! Ich will ein schönes Interview im *Figaro* mit vielen Fotos, basta!"

Mein Magen zog sich schmerzhaft zusammen. „Und wenn er Nein sagt?"

Monsignac kniff die Augen zusammen. Dann sagte er mit der Freundlichkeit eines Henkers: „Dann sorgen Sie dafür, dass er Ja sagt."

Ich nickte beklommen.

„Schließlich sind Sie der Einzige von uns, der diesen Miller kennt, nicht wahr?"

Ich nickte wieder.

„Wenn Sie es sich allerdings nicht zutrauen, ihn herzuholen, kann auch ich mit diesem Engländer reden. Oder vielleicht … Madame Auteuil?"

Diesmal nickte ich nicht. „Nein, nein, das wäre … überhaupt nicht gut", erwiderte ich schnell und spürte, wie die Falle über mir zuschnappte. „Miller ist ein bisschen heikel, wissen Sie – also, nicht leicht zu fassen, aber das … das kriegen wir schon hin. Ich setze mich heute noch mit seinem Agenten in Verbindung." Ich legte die Hand über meinen Bart und drückte mit Daumen und Fingern das Kinn zusammen in der Hoffnung, dass man mir meine Panik nicht ansah.

„Bon", erklärte Monsignac und lehnte sich in seinem Sessel zurück.

Michelle schlug ihr dickes schwarzes Filofax auf. „Sollen wir Anfang Dezember ins Auge fassen? Das würde dem Buch noch mal einen zusätzlichen Schub geben – für das Weihnachtsgeschäft …"

Damit blieben mir knapp drei Wochen – und ich hatte keinen Plan.

Den Rest der nachmittäglichen Dienstagskonferenz erlebte ich wie durch einen dichten Nebel. Buchprojekte wurden vorgestellt und stießen beim Verleger auf Ablehnung („Wer soll das lesen wollen?"), Unverständnis („Was meinen die anderen?") oder Zustimmung („Großartig!"). Jean-Paul Monsignac kritisierte ohne Umschweife, er lachte laut, er flirtete ein bisschen mit Florence Mirabeau, der neuen hübschen Lektoratsassistentin, die erst seit einigen Wochen bei uns arbeitete, und befeuerte seine kleine Truppe. Die Konferenzen in den Éditions Opale waren nicht ohne Grund sehr beliebt und von hohem Unterhaltungswert. Doch ich hatte diesmal nur einen Gedanken. Ich musste Adam Goldberg anrufen! Er war der Einzige, der mir helfen konnte.

Als der Nachmittag sich schon seinem Ende zuneigte, meldete sich Mademoiselle Mirabeau zu Wort. Schüchtern und in einer Ausführlichkeit, die alle anderen gähnen ließ, erzählte sie von einem unverlangt eingesandten Manuskript, bei dem bereits vom dritten Satz an klar war, dass es niemals das Licht der Bücherwelt erblicken würde. Monsignac hob die Hand, um der Unruhe, die sich plötzlich im Raum bemerkbar machte, Einhalt zu gebieten. Mademoiselle Mirabeau war so aufgeregt, dass sie seine warnenden Blicke an uns gar nicht bemerkte. „Das haben Sie sehr schön gemacht, Kindchen", sagte er, als sie endlich ihren letzten Notizzettel beiseitelegte.

Mademoiselle Mirabeau errötete vor Erleichterung. „Wahrscheinlich kommt es aber wohl doch nicht wirklich infrage", hauchte sie.

Monsignac nickte mit ernster Miene. „Ich fürchte, da haben Sie Recht, Kindchen", sagte er geduldig. „Aber machen Sie sich nichts draus. So vieles, was man zu lesen bekommt, ist Schrott. Sie lesen den Anfang: Schrott. Sie gucken in der Mitte rein: Schrott. Das Ende: Schrott. Wenn einem so was auf den Schreibtisch kommt, kann man sich die Mühe sparen und …", er hob seine Stimme ein wenig, „man muss auch gar nicht mehr viel Worte darüber verlieren." Er lächelte.

Mademoiselle Mirabeau nickte einsichtig, die anderen grinsten verhalten. Der Verleger der Éditions Opale war in seinem Element. „Ich verrate Ihnen jetzt mal ein Geheimnis, Mademoiselle Mirabeau", sagte er, und jeder von uns wusste, was nun kommen würde, denn wir hatten es alle schon einmal gehört. „Ein gutes Buch ist auf jeder Seite gut", sagte er, und mit diesen hehren Worten war die Konferenz dann wirklich zu Ende.

Ich raffte meine Manuskripte an mich, lief bis zum Ende des engen Ganges und stürzte in mein kleines Büro. Völlig außer Atem ließ ich mich in den Schreibtischstuhl fallen und wählte mit zitternden Händen eine Nummer in London. Es schellte ein paarmal, ohne dass jemand abhob.

„Adam, geh dran, verdammt noch mal!", fluchte ich leise, und dann schaltete sich der Anrufbeantworter ein. „Literary Agency Adam Goldberg, Sie sind mit unserem Anrufbeantworter verbunden. Leider rufen Sie außerhalb unserer Geschäftszeiten an. Bitte hinterlassen Sie eine Nachricht nach dem Signalton."

Ich holte tief Luft. „Adam!", sagte ich, und es klang selbst in meinen Ohren wie ein Hilfeschrei. „Hier ist André. Bitte ruf mich umgehend an. Wir haben ein Problem!"

Drei

Als das Telefon klingelte, war ich gerade im Garten eines bezaubernden englischen Cottages und zupfte gedankenverloren ein paar welke Blätter aus einem Busch mit duftenden Teerosen. Vögel zwitscherten, der Morgen war erfüllt von einem fast unwirklichen Frieden, und die Sonne schien mild und warm auf mein Gesicht. Der perfekte Anfang eines perfekten Tages, dachte ich und beschloss, das Telefon zu überhören. Ich tauchte mein Gesicht in eine dicke rosafarbene Blüte, und das Klingeln verstummte.

Dann hörte ich ein leises Knacken, und eine Stimme, die ich gut kannte, die aber irgendwie nicht hierher gehörte, erklang hinter mir: „Aurélie? … Aurélie, schläfst du noch? Warum gehst du nicht ans Telefon? Hör mal, ich wollte dir nur sagen, es wird eine halbe Stunde später bei mir, und ich bringe Croissants mit. Aurélie? Haaaallooo!"

Seufzend schlug ich die Augen auf und taumelte auf nackten Füßen in den Flur, wo das Telefon auf seiner Station stand. „Hallo, Bernadette!", sagte ich verschlafen, und der englische Rosengarten verblasste.

„Habe ich dich geweckt? Es ist doch schon halb zehn." Bernadette gehört zu den Menschen, die gern früh aufstehen, und halb zehn ist für sie schon fast Mittag.

„Hm … hm." Ich gähnte. Zu den Nachteilen eines kleinen Restaurants gehört es, dass man am Abend eigentlich nie frei hat. Der unschlagbare Vorteil allerdings ist der, dass man morgens ohne Eile den Tag beginnen kann. „Ich hatte gerade so etwas Schönes geträumt", sagte ich.

„Geht es dir besser? Ich bin gleich bei dir!"

Ich lächelte. „Ja. Viel besser", erklärte ich und merkte überrascht, dass es stimmte. Drei Tage waren vergangen, seit Claude mich verlassen hatte, und bereits gestern, als ich zwar etwas übernächtigt, jedoch keineswegs unglücklich in den Markthallen meine Einkäufe gemacht und abends im Restaurant die Gäste begrüßt hatte, hatte ich kaum noch an ihn gedacht. Dafür umso mehr an Robert Miller und seinen Roman. Und an meine Idee, ihm zu schreiben. Als ich nachts nach Hause gekommen war, hatte ich mich mit einem Glas Rotwein an den Küchentisch gesetzt, noch einmal in dem Buch geblättert, und dann hatte ich lange vor einem weißen Bogen Papier gesessen, meinen Füller in der Hand. Ich konnte mich nicht erinnern, wann ich das letzte Mal einen Brief geschrieben hatte, und nun schrieb ich einen Brief an einen Mann, den ich gar nicht kannte.

EINE STUNDE SPÄTER saß Bernadette vor mir und sah mich verblüfft an. „Du hast ein Buch gelesen?"

Sie war mit einem Strauß Blumen und einer Tüte voller Croissants gekommen, um mich zu trösten, und statt einer Unglücklichen mit gebrochenem Herzen fand sie eine Aurélie vor, die ihr aufgeregt eine abenteuerliche Geschichte erzählte von einem getupften Regenschirm, der weggeweht war, von einem Polizisten auf einer Brücke, der sie verfolgt hatte, von einer verwunschenen Buchhandlung, in der Marc Chagall gesessen und ihr Kekse angeboten hatte, und von diesem wunderbaren Buch, das sie die ganze Nacht gelesen hatte.

Vielleicht hatte ich zu schnell geredet oder zu verworren, jedenfalls hatte Bernadette das Wesentliche nicht begriffen. „Also, du hast dir so einen Liebeskummer-Ratgeber gekauft, und danach ging's dir besser", fasste sie mein ganz persönliches Wunder zusammen. „Ist doch wunderbar!"

Ich schüttelte den Kopf. „Nein, nein, nein, du hast es nicht verstanden, Bernadette. Es war keines dieser Psychobücher. Es ist ein Roman, und ich selbst komme darin vor!"

Bernadette nickte. „Du willst sagen, die Heldin denkt so ähnlich wie du, und das hat dir gut gefallen." Sie grinste und breitete theatralisch die Arme aus. „Willkommen in der Welt der Bücher, liebe Aurélie!"

Ich stöhnte. „Bernadette, jetzt hör mir doch mal zu. Ja, ich lese nicht viele Bücher, und dieses Buch hat mir gefallen, sehr gut sogar. Das ist die eine Sache. Die andere Sache ist: Es kommt ein Mädchen darin vor, eine junge Frau, die so aussieht wie ich. Sie heißt zwar Sophie, aber sie hat lange dunkelblonde gewellte Haare, sie ist mittelgroß und schlank, sie trägt mein Kleid. Und sie sitzt am Ende in meinem Restaurant, das *Le Temps des Cerises* heißt und in der Rue Princesse liegt."

Bernadette sagte einen langen Moment nichts. Dann sagte sie: „Und ist diese Frau aus dem Roman auch mit einem völlig beknackten Typen namens Claude zusammen, der sie die ganze Zeit mit einer anderen betrügt?"

„Nein, ist sie nicht. Sie ist mit gar keinem zusammen und verliebt sich später in einen Engländer, der die Sitten und Gebräuche der Franzosen ziemlich seltsam findet." Ich warf ein Stück Croissant nach Bernadette. „Außerdem hat Claude mich nicht die ganze Zeit schon betrogen!"

„Wer weiß? Aber jetzt will ich sofort dieses wunderbare Buch sehen!"

Ich stand auf und holte es. Bernadette warf einen Blick auf den Titel. „‚Das Lächeln der Frauen'", las sie laut vor. „Ein schöner Titel." Sie blätterte interessiert durch die Seiten.

„Siehst du … hier", sagte ich eifrig. „Und hier … lies das mal!"

Bernadettes Augen gingen hin und her, während ich gespannt wartete.

„Tja", sagte sie schließlich. „Ein bisschen seltsam ist das schon. Aber, *mon Dieu*, es gibt diese merkwürdigen Zufälle. Wer weiß, vielleicht kennt der Autor dein Restaurant oder hat mal was davon gehört. Ein Freund hat ihm davon vorgeschwärmt, der mal dort gegessen hat bei einem Geschäftsbesuch in Paris. Irgend so was. Und versteh mich jetzt bitte nicht falsch, du bist etwas ganz Besonderes, Aurélie, aber du bist sicherlich nicht die einzige Frau mit langen dunkelblonden Haaren …"

„Und was ist mit dem Kleid?", hakte ich nach.

„Ja, das Kleid …" Bernadette überlegte einen Augenblick. „Was soll ich sagen – auch andere Frauen könnten dieses Kleid haben. Oder es war mal in der Auslage eines Schaufensters an einer Puppe drapiert. Es gibt so viele Möglichkeiten …"

Ich gab einen unzufriedenen Laut von mir. „Ich kann nicht glauben, dass das alles ein Zufall sein soll", erklärte ich.

„Meine liebe Aurélie, *alles* ist Zufall oder Schicksal – wenn man so will. Auf jeden Fall hast du dieses Buch zum richtigen Zeitpunkt gefunden, und ich bin froh, dass es dich auf andere Gedanken gebracht hat."

Ich nickte ein wenig enttäuscht. Irgendwie hatte ich mir eine etwas dramatischere Reaktion vorgestellt. „Aber du musst zugeben, dass so etwas nicht oft passiert", sagte ich. „Oder ist dir schon mal so etwas passiert?"

„Ich gebe alles zu", erklärte sie lachend. „Und nein – mir ist so etwas noch nie passiert."

„Obwohl du so viel mehr liest als ich", ergänzte ich.

„Ja, obwohl ich so viel mehr lese", wiederholte sie. Sie warf einen prüfenden Blick auf das Buch und drehte es um. „Robert Miller. Nie gehört. Auf jeden Fall sieht er verdammt gut aus, dieser Robert Miller."

Ich nickte. „Und ich schreibe ihm jetzt einen Brief, weil sein Buch mein Leben gerettet hat. Wenn man so will", fügte ich rasch hinzu.

Bernadette blickte auf. „Hast du ihm *das* geschrieben?"

„Nein, natürlich nicht", sagte ich. „Jedenfalls nicht direkt. Aber ja, ich habe mich bei ihm bedankt. Und ihn zu einem Essen in mein Restaurant eingeladen, das er ja – deinen Worten zufolge – entweder schon kennt oder von dem er gehört hat.“ Von dem Foto, das ich meinem Brief beigelegt hatte, erzählte ich ihr nichts.

„Oh, là là“, sagte Bernadette. „Du willst es aber wissen, was? Willst du mir den Brief vorlesen?

„Auf keinen Fall.“ Ich schüttelte den Kopf. „Briefgeheimnis. Außerdem hab ich ihn schon zugeklebt.“

„Und abgeschickt?“

„Nein.“ Erst jetzt wurde mir klar, dass ich mir über die Adresse noch gar keine Gedanken gemacht hatte. „Wie macht man das eigentlich, wenn man an einen Autor schreiben will?“

„Nun, du könntest an den Verlag schreiben, und die leiten den Brief dann weiter.“ Bernadette nahm das Buch noch einmal zur Hand. „Lass mal sehen. Ah, hier steht es: Éditions Opale, Rue de l’Université, Paris. Das ist doch gar nicht weit von hier. Da könntest du ja fast persönlich vorbeigehen und den Brief abgeben.“ Sie zwinkerte mir zu. „Dann ist er schneller da.“

„Du bist blöd, Bernadette“, sagte ich. „Und weißt du was? Genau so werde ich es machen.“

UND SO KAM ES, dass ich am frühen Abend einen kleinen Umweg nahm und die Rue de l’Université entlangspazierte, um ein längliches Kuvert in den Postkasten der Éditions Opale einzuwerfen. *An den Schriftsteller Robert Miller/Éditions Opale* stand auf dem Umschlag.

Wenn man einen Brief abschickt, setzt man immer etwas in Gang. Ich hätte nicht genau in Worte fassen können, was ich mir als Reaktion auf diesen Brief erwartete. Auf jeden Fall war es mehr, als einfach einen Punkt hinter meinen Dank für ein Buch zu setzen. Ich erwartete mir eine Antwort – auf meinen Brief und meine Fragen –, und die Aussicht, den Autor kennen zu lernen, der seine Geschichte im *Temps des Cerises* enden ließ, war aufregend. Jedoch nicht so aufregend wie das, was dann wirklich passierte.

Vier

Adam Goldberg antwortete nicht, und ich wurde mit jeder Stunde, die verstrich, nervöser. Seit dem vorigen Abend hatte ich immer wieder versucht, ihn zu erreichen. In seiner Agentur in London lief unermüdlich das Band, dessen Ansage ich inzwischen schon mitsprechen konnte. Auch auf Adams Geschäftshandy meldete sich niemand, ich konnte aber eine Nachricht hinterlassen, außerdem wurde der Teilnehmer zusätzlich mit einer SMS über meinen Anruf in Kenntnis gesetzt, das war beruhigend! Auf seinem Anschluss zu Hause klingelte das Telefon minutenlang ins Leere, bevor sich ein Anrufbeantworter einschaltete, auf dem mir die helle Stimme von Adams sechsjährigem Sohn Tom entgegenplapperte. „Hi, die Goldbergs sind nicht zu Hause. Aber keine Sorge – wir sind bald wieder da, und dann können wir reeeeden …" Es folgte ein Kichern, danach kam der Zusatz, dass man das Oberhaupt der Familie Goldberg in dringenden Fällen auch auf seinem privaten Mobiltelefon erreichen konnte, und die Kinderstimme gab eine weitere Telefonnummer bekannt. Wählte man diese Nummer, teilte einem eine freundliche Automatenstimme mit, dass der Teilnehmer „vorübergehend nicht zu erreichen" war. Ich knirschte mit den Zähnen.

Wieder im Verlag, schrieb ich gleich morgens eine Mail an Adams Agentur in der Hoffnung, dass Adam, wo immer er sich gerade befand, seine E-Mails abrufen würde.

> Lieber Adam, ich versuche dich auf allen Kanälen zu erreichen. Wo steckst du?! Hier brennt die Hütte!!! Bitte ruf mich DRINGEND zurück, am besten auf dem Handy. Es geht um unseren Autor Robert Miller, der nach Paris kommen soll. Grüße, dein André.

Eine Minute später war die Antwort da, und ich seufzte erleichtert, bis ich die Botschaft öffnete: *Leider bin ich nicht im Büro. In dringenden Fällen können Sie mich auf meinem Mobiltelefon erreichen.*

Was soll ich sagen? Es folgte die Nummer, die, wenn man sie anrief, „vorübergehend nicht zu erreichen" war. Und so schloss sich der Kreis.

Ich versuchte zu arbeiten. Ich sah Manuskripte durch, beantwortete Mails, trank meinen gefühlten hundertfünfzigsten Espresso und beäugte mein Telefon. Es hatte schon oft geklingelt an diesem Morgen, aber nie war mein Freund und Geschäftspartner Adam Goldberg am anderen Ende der Leitung gewesen. Stattdessen hatte eine französische Autorin angerufen, die sehr nett und auch sehr zeitintensiv war. Entweder befand sie sich mitten in einem Schreibrausch, dann erzählte sie mir von jedem kleinsten Einfall, oder sie befand sich, so wie dieses Mal, mitten in einer Schreibkrise.

Nach dem langen Telefonat legte ich den Hörer erschöpft auf und ging ins Sekretariat, wo Madame Petit ein Schwätzchen mit Mademoiselle Mirabeau hielt. „Hat sich Adam Goldberg inzwischen gemeldet?", fragte ich.

Madame Petit, die ihre barocken Formen an diesem Morgen in ein groß geblümtes buntes Kleid gesteckt hatte, lächelte mich über ihre Kaffeetasse hinweg an. „Nein, Monsieur Chabanais“, entgegnete sie freundlich. „Das hätte ich Ihnen doch sofort gesagt. Nur dieser Übersetzer, Monsieur Favre, der hatte noch ein paar Fragen, aber er meldet sich dann später noch mal. Und … ach ja, Ihre Mutter hat angerufen und bittet dringend um Rückruf.“

„Um Himmels willen!“ Ich hob abwehrend die Hände. Irgendwann einmal hatte ich Maman meine Nummer im Verlag gegeben – für den Notfall. Leider waren ihre Vorstellungen von einem Notfall sehr verschieden von meinen. Im Gegensatz zu mir hatte die Gute viel Zeit, und sie rief mit treffsicherem Gespür immer dann an, wenn ich gerade auf dem Sprung war, um zu einem Termin zu eilen, oder unter Hochdruck ein Manuskript lektorierte. „Wenn meine Mutter anruft, sagen Sie ihr, ich bin in einer Konferenz und melde mich am Abend“, hatte ich Madame Petit deshalb immer wieder eingeschärft. Doch die Sekretärin machte gemeinsame Sache mit Maman. „André, es ist doch Ihre *Mutter*!“, sagte sie, und wenn sie mich ärgern wollte, fügte sie hinzu: „Ich finde, dass Sie manchmal ziemlich gereizt sind.“

„Hören Sie, Madame Petit“, sagte ich jetzt und warf ihr einen drohenden Blick zu. „Ich bin ziemlich im Druck, und Sie stellen auf gar keinen Fall meine Mutter durch. Und auch sonst niemanden – außer Adam Goldberg oder jemanden aus seiner Agentur. Ich hoffe, ich habe mich klar ausgedrückt!“

Die hübsche Mademoiselle Mirabeau sah mich aus großen Augen an. Als ich sie in der ersten Woche unter meine Fittiche genommen und ihr geduldig die Abläufe im Lektorat erklärt hatte, hatte sie mich bewundernd angelächelt und schließlich gesagt, ich wäre genauso wie dieser nette englische Verleger aus der Verfilmung von John le Carrés Thriller *„Das Russlandhaus“* – nur jünger natürlich. Das hatte mir ziemlich geschmeichelt. Na ja, welcher Mann wäre nicht gern Sean Connery als britischer Gentleman-Verleger (in jünger), der nicht nur belesen ist, sondern auch noch intelligent genug, um alle Geheimdienste auszutricksen. Nun sah ich ihren bestürzten Blick. Wahrscheinlich hielt sie mich jetzt für einen Unhold.

„Wie Sie wünschen, Monsieur Chabanais“, entgegnete Madame Petit spitz.

Ich knallte meine Bürotür zu und ließ mich in den Sessel fallen. Missmutig starrte ich in die Mattscheibe meines Computers und studierte mein Gesicht, das sich in der dunkelblauen Fläche spiegelte. Nein, mit dem guten alten Sean verband mich heute gar nichts. Außer dass ich noch immer auf den Rückruf eines Agenten wartete, der zwar keine Geheimdokumente besaß, aber doch ein Geheimnis mit mir teilte.

Adam Goldberg war der literarische Agent von Robert Miller. Der wortgewandte und clevere Engländer führte seit Jahren mit großem Erfolg seine kleine literarische Agentur in London und war mir von unserem ersten Gespräch an sympathisch gewesen. Inzwischen hatten wir schon so viele Buchmessen und mindestens ebenso viele lustige Abende in Londoner Clubs und Frankfurter Bars hinter uns gebracht, dass wir gute Freunde geworden waren. Er war es auch, der mir das Manuskript von Robert Miller angeboten und für eine eher bescheidene Garantiesumme verkauft hatte.

So lautete zumindest die offizielle Version.

„Gut gemacht, André!", hatte Monsieur Monsignac gerufen, als ich ihm erzählte, dass der Vertrag unter Dach und Fach sei, und mir war ein bisschen flau gewesen.

„Nun mach dir mal nicht ins Hemd", hatte Adam gesagt und gegrinst. „Ihr wolltet einen Stephen Clarke, jetzt habt ihr einen. Ihr werdet die Garantie locker einspielen. Und du sparst noch die Übersetzung. Besser geht's doch gar nicht."

Und nun war alles zu gut gegangen, und die Begehrlichkeiten wuchsen. Wer hätte auch ahnen können, dass Robert Millers kleiner Paris-Roman sich so gut verkaufen würde?

Ich lehnte mich in meinem Sessel zurück und dachte daran, wie ich damals auf der Frankfurter Buchmesse mit Adam in Jimmy's Bar gesessen hatte und ihm erzählt hatte, was für eine Art Roman wir für unseren Verlag suchten. Beflügelt von einigen alkoholischen Getränken hatte ich in groben Zügen eine mögliche Handlung entworfen und ihn gebeten, nach einem Roman dieser Art Ausschau zu halten.

„Sorry, aber so etwas habe ich zur Zeit nicht im Angebot", hatte Adam geantwortet. Und daraufhin hatte er leichthin gesagt: „Warum schreibst du das Buch nicht selbst? Ich verkaufe es dann an die Éditions Opale."

Zunächst hatte ich noch lachend abgewehrt. „Was für eine Idee! Das könnte ich gar nicht."

„Unfug", hatte Adam gesagt. „Du hast schon mit so vielen Autoren gearbeitet, du weißt doch, wie's geht. Du hast originelle Ideen, ein gutes Gefühl für den Spannungsbogen, keiner schreibt so witzige Mails wie du, und so einen Stephen Clarke, den pisst du doch besoffen in den Schnee."

Drei Stunden und einige Mojitos später hatte ich schon fast das Gefühl, Hemingway zu sein. „Aber ich kann doch dieses Buch nicht unter meinem Namen schreiben", wandte ich ein. „Ich arbeite in diesem Verlag."

„Das musst du ja auch nicht! Wer schreibt denn heute noch unter seinem richtigen Namen. Ich selbst vertrete einige Autoren, die sogar zwei oder drei

Namen haben und damit für ganz unterschiedliche Verlage schreiben. John le Carré heißt in Wirlichkeit auch David Cornwell. Wir erfinden ein schönes Pseudonym für dich. Wie wäre es mit Andrew Ballantine?"

Ich verzog das Gesicht. „Ballantine ist der Name eines Verlags, und dann Andrew – ich heiße André, und ich kaufe das Ding auch noch ein …"

„Okay, okay, warte, ich hab's: Robert Miller! Na, was sagst du? Das ist so normal, dass es richtig echt klingt."

„Und wenn die Sache auffliegt?"

„Sie fliegt nicht auf. Du schreibst dein kleines Buch. Ich biete es eurem Verlag an, respektive dir. Die Verträge laufen alle über mich. Ihr werdet ein hübsches Sümmchen damit verdienen, so was läuft immer. Du wirst deinen Anteil bekommen. Der alte Monsignac hat endlich seinen Roman à la Stephen Clarke. Und am Ende sind alle zufrieden." Adam stieß mit seinem Mojito an mein Glas. „Auf Robert Miller! Und seinen Roman. Oder traust du dich nicht? Komm, das wird ein großer Spaß!" Er lachte.

Ich sah Adam an, der gut gelaunt vor mir saß. Plötzlich schien alles so einfach. Und wenn ich an mein unspektakuläres Gehalt und mein stets überzogenes Konto dachte, war die Idee einer zusätzlichen Einnahmequelle sehr verlockend. So schön dieser Beruf war – als Lektor, selbst als Cheflektor, wie in meinem Fall, verdiente man nicht gerade üppig. Viele Lektoren, die ich kannte, arbeiteten in ihrer Freizeit noch als Übersetzer, um ihr eher bescheidenes Salär aufzubessern. Die Buchbranche war eben nicht die Automobilbranche. Dafür hatten die Menschen interessantere Gesichter. Nirgendwo sonst traf man mit so vielen beeindruckenden, klugen, intriganten, gewitzten, neugierigen und schnellen Menschen zusammen. Und es war ein Privileg dazuzugehören.

Ich merkte, wie sich der Raum um mich zu drehen begann. „Aber warum muss es ein englischer Name sein, das wird mir alles viel zu kompliziert", sagte ich lahm.

„Ach, Andy, das ist ja gerade der Witz an der Sache! Ein Pariser, der über Paris schreibt – das will doch keiner haben. Nein, da muss ein echter englischer Autor her, der alle Klischees bedient. Britischer Humor, ein ausgefallenes Hobby, am besten ein gut aussehender Junggeselle mit einem kleinen Hund. Ich sehe es vor mir." Er nickte. „Robert Miller ist perfekt, glaub mir."

„Ganz schön clever", sagte ich beeindruckt.

Der Rest war Geschichte. Ich schrieb das Buch, und es ging mir leichter von der Hand, als ich dachte. Adam machte die Verträge und steuerte sogar noch ein Autorenfoto bei – das Bild seines zwei Jahre älteren Bruders, eines gutmütigen Zahnarztes aus Devonshire, der in seinem Leben maximal fünf

Bücher gelesen hatte und nun mehr oder weniger – im Grunde eher weniger – davon in Kenntnis gesetzt wurde, dass er der Verfasser eines Romans war. *„How very funny"*, war nach Adams Aussage alles, was er dazu sagte.

Ob dieser Mann es auch noch komisch finden würde, nach Paris zu kommen, um mit den Journalisten über „sein" Buch zu sprechen und eine Lesung abzuhalten, wagte ich zu bezweifeln. Kannte er überhaupt die Stadt, für die er seiner Vita zufolge ein Faible hatte? Oder war er noch nie aus seinem verschlafenen Devonshire herausgekommen? War er in der Lage, vor Publikum zu sprechen und zu lesen? Vielleicht hatte er einen Sprachfehler, oder er würde eine solche Strohmann-Nummer aus Prinzip nicht mitmachen. Erst jetzt fiel mir auf, dass ich überhaupt nichts über Adams Bruder wusste, außer dass er ein „Vollblutzahnarzt" war (was immer das bedeutete). Ich kannte nicht einmal seinen Namen. Doch, natürlich kannte ich ihn: Robert Miller.

„Verdammt noch mal!" Ich verfluchte den Abend, an dem dieser ganze wahnwitzige Plan entstanden war. Nun drohte alles aus dem Ruder zu laufen. „Was mach ich nur, was mach ich nur?", murmelte ich.

Es klopfte zögernd an der Tür.

„Was ist denn schon wieder!", rief ich unwirsch.

Mademoiselle Mirabeau trat vorsichtig ins Zimmer. Sie trug einen dicken Stoß bedrucktes Papier vor sich her und sah mich an, als sei ich ein Menschenfresser, der kleine blonde Mädchen zum Frühstück verspeist.

„Verzeihen Sie, Monsieur Chabanais, ich wollte Sie nicht stören."

Himmel, ich musste mich zusammenreißen! „Nein, nein, Sie stören nicht." Ich versuchte es mit einem Lächeln. „Was gibt's denn?"

Sie trat näher und legte den Stapel auf meinen Schreibtisch. „Das ist diese italienische Übersetzung, die Sie mir letzte Woche zum Lektorieren gegeben haben. Ich bin jetzt fertig damit."

„Schön, schön, ich schau's mir später an." Ich nahm den Stapel und legte ihn zur Seite.

„Es war eine sehr gute Übersetzung. Hat nicht viel Arbeit gemacht." Mademoiselle Mirabeau legte die Hände auf den Rücken und blieb wie angewurzelt im Zimmer stehen.

„Das freut mich zu hören", sagte ich. „Manchmal hat man eben Glück."

„Ich hab auch schon mal versucht, die Klappentexte zu schreiben. Sie liegen obendrauf."

„Wunderbar, Mademoiselle Mirabeau. Danke. Vielen Dank."

Ein zarter Rosaton zog sich über ihr feines herzförmiges Gesicht. Dann sagte sie unvermittelt: „Es tut mir sehr leid, dass Sie so einen Ärger haben, Monsieur Chabanais."

Meine Güte, sie war wirklich süß! Ich räusperte mich. „Halb so schlimm", entgegnete ich und hoffte, dass es so klang, als hätte ich alles im Griff.

„Scheint nicht ganz einfach zu sein mit diesem Miller. Aber Sie werden ihn schon überzeugen." Sie lächelte mir aufmunternd zu und ging zur Tür.

„Jede Wette", sagte ich und vergaß für einen glücklichen Moment, dass mein Problem nicht Robert Miller war, sondern die Tatsache, dass es ihn überhaupt nicht gab.

Es war, wie ich es erwartet hatte. In dem Moment, als ich mein Schinkenbaguette aus dem Papier gewickelt hatte und herzhaft hineinbiss, klingelte das Telefon. Ich riss den Hörer an mich und versuchte den Bissen unzerkaut in eine Backe zu schieben.

„Hm … ja?", sagte ich.

„Da ist eine Dame dran. Sie sagt, es geht um Robert Miller – soll ich die jetzt durchstellen oder nicht?" Es war Madame Petit, unverkennbar immer noch eingeschnappt.

„Ja, ja, natürlich", würgte ich hervor und versuchte, das Baguettestück irgendwie hinunterzubringen. „Das ist Goldbergs Assistentin, stellen Sie durch, stellen Sie durch!" Manchmal konnte Madame Petit wirklich nicht zwei und zwei zusammenzählen.

Es knackte in der Leitung, und dann hörte ich eine weibliche Stimme etwas atemlos fragen: „Spreche ich mit Monsieur André Chabanais?"

„Am Apparat", entgegnete ich, befreit vom letzten Rest Baguette. „Schön, dass Sie so schnell zurückrufen konnten, ich muss dringend mit Adam sprechen. Wo steckt er denn überhaupt?"

„Äh … Also … Dazu kann ich leider gar nichts sagen." Die Stimme klang ein wenig ratlos. „Ich rufe eigentlich wegen Robert Miller an."

Offenbar hatte sie meine E-Mail an Adam gelesen. Adam und ich hatten damals ausgemacht, dass wir niemandem von unserem kleinen Geheimnis erzählen würden, und ich hoffte, er hatte sich daran gehalten.

„Genau deswegen muss ich ja unbedingt mit Adam reden", sagte ich vorsichtig. „Robert Miller soll nämlich nach Paris kommen."

„Ach", sagte die Stimme erfreut. „Das ist ja ganz wunderbar! Sagen Sie, haben Sie meinen Brief bekommen? Und würden Sie ihn freundlicherweise an Robert Miller weiterleiten?"

Ich kam mir allmählich vor wie Alice im Wunderland bei ihrer Begegnung mit dem weißen Kaninchen.

„Was für einen Brief? Ich habe keinen Brief bekommen", erklärte ich verwirrt. „Sie sind doch von der Agentur Goldberg International, oder?"

„Oh, nein. Hier spricht Aurélie Bredin. Ich habe gestern Abend einen Brief für Robert Miller bei Ihnen eingeworfen, und ich wollte nur sichergehen, dass er weitergeleitet wird."

„Von was für einem Brief reden Sie? Ich habe keinen Brief bekommen."

„Das kann nicht sein. Ich habe ihn persönlich vorbeigebracht. Sie müssen den Brief bekommen haben!" Die Stimme ließ nicht locker, und nun war ich es, der allmählich die Geduld verlor.

„Hören Sie, Madame, wenn ich sage, hier ist kein Brief, dann können Sie mir das glauben. Vielleicht kommt er ja noch, dann leiten wir ihn gern weiter. Können wir so verbleiben?"

Mein Vorschlag schien auf keine große Begeisterung zu stoßen. „Wäre es denn möglich, dass ich die Adresse von Robert Miller bekomme? Oder hat er vielleicht eine E-Mail-Anschrift, unter der man ihn erreichen kann?"

„Tut mir leid, wir geben grundsätzlich keine Adressen von Autoren heraus. Die haben ja nun auch ein Anrecht auf Privatsphäre."

„Könnten Sie nicht eine Ausnahme machen? Es ist wirklich wichtig."

„Wie meinen Sie das – wichtig? In welcher Beziehung stehen Sie denn zu Robert Miller?", fragte ich misstrauisch. Es war merkwürdig für mich, solch eine Frage zu stellen, aber die Antwort war noch merkwürdiger.

„Tja, wenn ich das so genau wüsste … Wissen Sie, ich habe sein Buch gelesen … wirklich ein großartiges Buch … und da stehen einige Dinge drin, die … nun ja … ich würde dem Autor gern ein paar Fragen stellen … und mich bedanken … er hat mir ja sozusagen das Leben gerettet …"

Ich starrte ungläubig in den Hörer. Diese Frau war nicht ganz richtig im Kopf. Wahrscheinlich eine von diesen überdrehten Leserinnen, die einem Autor in ihrem übersteigerten Enthusiasmus Sachen schreiben wie *Ich möchte dich unbedingt kennen lernen!*, *Du denkst genau wie ich!* oder *Mach mir ein Kind!*

„Nun", sagte ich, „das freut mich außerordentlich. Millers Adresse kann ich Ihnen trotzdem nicht geben. Ich leite Ihren Brief gern weiter."

„Aber Sie sagten, Sie hätten meinen Brief gar nicht bekommen. Wie können Sie ihn da weiterleiten?", fragte die Stimme in einer Mischung aus Aufsässigkeit und Verzagtheit.

Ich hätte die Stimme gern geschüttelt, aber Stimmen am Telefon haben die Eigenart, dass sie sich leider nicht schütteln lassen. „Madame – wie war noch gleich Ihr Name?"

„Bredin. Aurélie Bredin."

„Madame Bredin", sagte ich und versuchte ruhig zu bleiben. „Sobald dieser Brief in meinem Postkorb liegt, werde ich ihn weiterleiten, einverstanden?

Und jetzt muss ich dieses Gespräch leider beenden. Ich habe nämlich noch andere Dinge zu tun. Ich wünsche Ihnen noch einen schönen Tag."

„Monsieur Chabanais?!", rief die Stimme rasch.

„Immer noch am Apparat", entgegnete ich mürrisch.

„Aber was machen wir, wenn der Brief verloren gegangen ist?" Die Stimme zitterte ein wenig.

Ich fuhr mir entnervt durch die Haare. Vor meinem Auge erschien eine ältere Dame mit wirrem Haar und viel Zeit, die mit arthritischen Fingern Zeile um Zeile aufs Papier kritzelte. „Dann, liebe Madame Bredin, schreiben Sie einfach einen neuen Brief. Schönen Tag noch."

Von mir aus schreiben Sie auch hundert, dachte ich grimmig, als ich den Hörer auf die Gabel knallte. Keiner wird sein Ziel je erreichen.

Kaum hatte ich aufgelegt, öffnete sich die Tür zu meinem Büro, und Madame Petit steckte den Kopf herein. „Monsieur Chabanais!", sagte sie vorwurfsvoll. „Monsieur Goldberg hat schon zweimal versucht, Sie zu erreichen, und bei Ihnen ist ständig besetzt! Ich hab ihn gerade in der Leitung, kann ich …?"

„Ja!", rief ich. „Um Himmels willen ja!"

Mein Freund Adam war wie immer von einer buddhistischen Gelassenheit, während ich ihn anschnauzte. „Das wird aber auch Zeit! Wo steckst du?! Hast du eine Ahnung, was hier los ist? Ich dreh am Rad, jeder macht mir Stress wegen diesem blöden Miller. Wild gewordene alte Damen rufen hier an und wollen seine Adresse, Monsignac will eine Lesung, der *Figaro* will eine Story. Weißt du, was passiert, wenn der Alte rauskriegt, dass es keinen Miller gibt?! Dann kann ich hier meine Kartons packen!"

Irgendwann musste ich Luft holen, und Adam nutzte die Gelegenheit, um auch etwas zu sagen. „Alles wird gut, mein Freund", sagte er. „Jetzt beruhige dich erst mal. Welche deiner Fragen soll ich zuerst beantworten?"

Ich knurrte in den Hörer.

„Also … ich war ein paar Tage in New York und habe Verlagsbesuche gemacht, Carol hat mich begleitet und Gretchen hatte dummerweise zeitgleich eine Muschelvergiftung, weswegen keiner in der Agentur war. Meine Familie hat die Gelegenheit genutzt und ist zur Oma nach Brighton gefahren. Emma hatte das private Mobiltelefon dabei, aber das Aufladegerät vergessen. Und mein Handy spinnt zur Zeit. Aber mach dir nicht ins Hemd, Andy! Erstens: Du wirst *nicht* deine Kartons packen. Und zweitens: Wir kriegen das schon hin."

„Du meinst: *Du* kriegst das schon hin", erwiderte ich. „Du musst nämlich deinem netten Zahnarzt-Bruder verklaren, dass er hier in Paris antanzen darf, um für zwei Tage Robert Miller zu spielen. Schließlich war die Sache mit dem Foto deine Idee. Du konntest ja den Hals nicht vollkriegen mit deinen ganzen blöden Details. Foto, Hund, Cottage, Humor… Wie ist er denn so drauf, dein Bruder? Ich meine … versteht er Spaß? Kann er sich ausdrücken? Denkst du, er schafft es, überzeugend aufzutreten?"

„Oh, ich denke schon", erwiderte Adam. „Es gibt nur ein winziges Problemchen. Er weiß nichts von dem Buch."

„Was?!", schrie ich. „Du hast es ihm gar nicht gesagt? Aber du hast mir doch erzählt, dass er *how very funny* gesagt hat – das waren seine Worte!"

„Nun ja, um ehrlich zu sein: das waren *meine* Worte", erklärte Adam zerknirscht. „Es gab ja damals keinen Grund, ihm alles zu erzählen. Das Buch ist in England nie erschienen. Und selbst wenn … mein Bruder liest sowieso nie. Höchstens Fachbücher über Implantate."

„Meine Güte, Adam", sagte ich. „Du hast vielleicht Nerven! Und was ist mit dem Foto? Ich meine, es ist immerhin sein Bild."

„Ach, das! Sam trägt inzwischen einen Bart – niemand hätte ihn erkannt."

Adam hatte sich wieder gefangen. Ich jedoch nicht.

„Na, großartig!", schrie ich. „Und jetzt? Kann er sich diesen Bart wieder abnehmen? Wenn er überhaupt bereit ist, dieses ganze Spiel mitzumachen. Nachdem du ihm vorher kein Sterbenswörtchen erzählt hast! Oh, Mann! Das war's dann wohl. Am besten pack ich hier gleich alles zusammen."

Mein Blick wanderte über die vollgestellten Bücherregale, über die Manuskriptstapel, die noch geprüft werden wollten, und weiter zu dem hübschen kleinen Fenster mit den weißen Sprossen und den doppelten Scheiben, von dem aus ich über die Dächer der anderen Häuser hinweg die Spitze der Kirche von Saint-Germain sehen konnte. Ich seufzte tief.

„Jetzt mal keine Panik, André", ertönte aus weiter Ferne die Stimme Adam Goldbergs. „Wir kriegen das schon hin."

„Wir kriegen das schon hin" war offenbar sein Lebensmotto. Meines nicht. Jedenfalls nicht in diesem Moment.

„Sam schuldet mir eh noch einen Gefallen", fuhr Adam fort. „Er ist ein netter Bursche, und er wird schon mitmachen, wenn ich ihn darum bitte. Ich werde ihn noch heute Abend anrufen und ihm alles erklären, okay?"

Ich wickelte schweigend das Telefonkabel um meinen Finger.

„Wann wäre denn der Wunschtermin?", fragte Adam.

„Anfang Dezember", murmelte ich.

„Na, dann haben wir doch noch mehr als zwei Wochen!", rief Adam erfreut. „Ich melde mich, sobald ich meinen Bruder erreicht habe." Und dann beendete mein englischer Freund das Gespräch mit einer kleinen Variation seines Lieblingssatzes. „*Don't worry.* Das kriegen wir locker hin!"

Der Rest des Nachmittags verlief unspektakulär. Ich versuchte die Stapel auf meinem Schreibtisch abzuarbeiten und war nicht recht bei der Sache.

Gegen halb sechs kam Madame Petit mit ein paar Briefen und Verträgen herein, die zu unterzeichnen waren. Dann wünschte sie mir gnädig einen schönen Abend und verabschiedete sich mit dem Hinweis, dass die Post von heute im Sekretariat liege.

„Ja, ja", sagte ich und nickte ergeben. An guten Tagen legte mir Madame Petit meine Post persönlich auf den Schreibtisch. Meistens fragte sie mich dann, ob ich einen schönen Kaffee haben wolle. Wenn sie mit mir böse war, so wie heute, kam ich selbstredend nicht in den Genuss dieses doppelten Privilegs. Madame Petit war eine Frau mit Prinzipien.

In der Regel kam ich gegen zehn Uhr in den Verlag und blieb bis halb acht; wenn ich viel zu tun hatte, konnte es auch einmal neun Uhr werden. Heute Donnerstagabend, kurz vor halb sieben, beschloss ich, früher zu gehen. Der Tag hatte mich angestrengt. Ich packte das Manuskript von Mademoiselle Mirabeau in meine alte Aktentasche und löschte das Licht. „Für heute reicht's", murmelte ich und zog die Tür von meinem Büro hinter mir zu. Doch das Ende meines Tages war im großen Plan der göttlichen Vorsehung wohl noch nicht vorgesehen.

„Verzeihen Sie", sagte die Stimme, die mir am Nachmittag den letzten Nerv geraubt hatte. „Können Sie mir wohl sagen, wo ich Monsieur Chabanais finde?"

Sie stand wie aus dem Boden gewachsen vor mir. Doch es war keine aufsässige Achtzigjährige, die mich mit ihren verloren geglaubten Briefen quälte. Eine junge schlanke Frau in dunkelbraunem Wollmantel und Wildlederstiefeln war die Besitzerin der „Stimme". Um den Hals hatte sie nachlässig einen gestrickten Schal geschlungen. Ihre überschulterlangen Haare flogen auf und glänzten im schwachen Flurlicht wie gesponnenes Gold, als sie jetzt zögernd einen Schritt auf mich zu machte. Sie sah mich aus dunklen grünen Augen fragend an.

Ich rührte mich nicht und starrte die Gestalt mit dem dunkelblonden Haar an wie eine Erscheinung.

„Ich suche Monsieur Chabanais", sagte sie und lächelte. Es war, als ob ein Sonnenstrahl über den Flur huschte. „Wissen Sie, ob er noch da ist?"

Mein Gott, ich kannte dieses Lächeln! Ich hatte es vor ungefähr eineinhalb Jahren schon einmal gesehen. Es war dieses unglaublich bezaubernde Lächeln, mit dem die Geschichte in meinem Roman begann.

Mit Geschichten ist es so eine Sache. Woher nehmen Autoren ihre Geschichten? Schlummern sie einfach so in ihnen und werden durch bestimmte Ereignisse an die Oberfläche geholt? Nehmen die Schreibenden sie aus der Luft? Folgen sie dem Lebensweg realer Personen? Was ist wahr, was ist erfunden? Was gab es wirklich und was hat es nie gegeben?

Meine Theorie ist, dass man die Menschen, die Romane schreiben und uns etwas erzählen, in drei große Gruppen unterteilen kann.

Die einen schreiben immer nur über sich selbst – manche von ihnen gehören zu den ganz Großen der Literatur. Die anderen haben ein beneidenswertes Talent dafür, Geschichten zu erfinden. Sie fahren im Zug, schauen aus dem Fenster, und plötzlich haben sie eine Idee.

Und dann gibt es noch jene, deren Begabung darin liegt, Geschichten zu finden. Sie gehen mit offenem Blick durch die Welt und pflücken Situationen, Stimmungen und kleine Szenen wie Kirschen von den Bäumen. Sie sehen ein Liebespaar an einem lauen Abend durch den Bois de Boulogne schlendern und überlegen, wo das Leben die beiden hinführen wird. Sie fragen sich, wohin die Frau mit den traurigen Augen, die in der Metro sitzt und den Kopf an die Scheibe lehnt, wohl fährt. Sie stehen an der Kinokasse und hören zufällig eine unglaublich lustige Diskussion zwischen der Kartenverkäuferin und einem uralten Ehepaar, das fragt, ob es eine *Studentenermäßigung* gibt! Sie sehen das Licht des Vollmonds, das sich wie eine Silberlache über die Seine ergießt, und ihr Herz füllt sich mit Worten.

Ich weiß nicht, ob es vermessen ist, wenn ich mich als Autor bezeichne. Immerhin habe ich gerade mal einen kleinen Roman geschrieben. Aber wenn ich es tue, würde ich mich jener letzten Kategorie zuordnen. Auch ich zähle zu den Menschen, die ihre Geschichten finden. Und so habe ich auch damals die Heldin meines Romans in einem kleinen Restaurant gefunden.

Ich weiß es noch genau – ich schlenderte an diesem frühlingshaften Abend allein durch Saint-Germain, die Menschen saßen schon draußen vor den Restaurants und Cafés. Meine damalige Freundin wünschte sich zu ihrem Geburtstag eine Kette und hatte mir von einem winzigen Schmuckladen in der Rue Princesse vorgeschwärmt. Ich entdeckte den Laden, verließ ihn kurze Zeit später mit einem bunten Päckchen – und dann fand ich *sie*!

Sie stand hinter der Scheibe eines Restaurants, das die Größe eines Wohnzimmers hatte, und sprach mit einem Gast, der an einem der kleinen Holztische mit rot-weiß karierten Decken saß. Das sanfte Licht überglänzte ihr langes, in der Mitte gescheiteltes Haar, und es war dieses bei jeder Bewegung auffliegende Haar, das mir zuerst ins Auge fiel.

Ich blieb stehen und sog jedes Detail dieser jungen Frau in mich auf. Das schlichte lange grünliche Kleid aus zartem Seidenstoff, dessen breite Träger ihre Schultern und die Arme freiließen. Die Hände mit den langen Fingern, die sich anmutig bewegten, wenn sie redete. Ich sah, wie sie sich an den Hals fasste und mit einer Kette aus winzigen milchig-weißen Perlen spielte, die in einer großen alten Gemme endete.

Und dann schaute sie für einen kurzen Moment auf und lächelte.

Es war dieses Lächeln, das mich verzauberte, obwohl es gar nicht mir galt. Ich wagte nicht zu atmen – so vollkommen schien mir dieser Augenblick.

Dann öffnete sich die Tür des Restaurants, Menschen traten lachend auf die Straße, der Augenblick war vorbei, das schöne Mädchen drehte sich um und verschwand, und ich ging weiter.

Ich hatte niemals zuvor und auch später nicht in dem kleinen Restaurant gegessen, dessen Namen ich so poetisch fand, dass ich gar nicht anders konnte, als meinen Roman dort enden zu lassen – im *Le Temps des Cerises*.

Meine Freundin bekam ihre glitzernde Halskette. Kurze Zeit später verließ sie mich. Doch was mir blieb, war das Lächeln einer Fremden, das mich inspirierte und beflügelte. Ich taufte sie Sophie und schickte sie durch eine abenteuerliche Geschichte, die ich mir ausgedacht hatte.

Und nun stand sie plötzlich vor mir.

„MONSIEUR?" Die Stimme hatte einen besorgten Ton angenommen.

„Verzeihen Sie, Mademoiselle", sagte ich und bemühte mich, meiner Verwirrung Herr zu werden. „Ich war gerade in Gedanken. Was sagten Sie?"

„Ich möchte mit Monsieur Chabanais sprechen", wiederholte sie.

„Nun … Sie sprechen mit ihm", entgegnete ich.

„Oh, Sie sind das!", sagte sie, und ihr Lächeln verschwand. „Dann haben wir heute Nachmittag miteinander telefoniert. Ich bin Aurélie Bredin, erinnern Sie sich? Die mit dem Brief an Ihren Autor … Monsieur Miller." Mit ihren dunkelgrünen Augen sah sie mich vorwurfsvoll an.

„Ja, in der Tat, ich erinnere mich." Sie hatte verdammt schöne Augen.

„Sicher sind Sie verwundert, dass ich hier so hereingeschneit bin", sagte sie.

Was sollte ich darauf erwidern? Der Grad meiner Verwunderung überstieg wahrscheinlich ein Tausendfaches von dem, was sie sich vorstellen konnte. Es grenzte an ein Wunder, dass Sophie, die Heldin meines Romans, die Frau vom Nachmittag war, die von mir die Adresse eines Autors haben wollte (den es gar nicht gab!), weil sein Buch (also mein Buch!) ihr angeblich das Leben gerettet hatte. Doch wie hätte ich ihr das erklären sollen? Ich verstand gerade selbst nichts mehr. Also starrte ich sie weiterhin an.

„Nun", sie räusperte sich, „nachdem Sie heute am Telefon so … ungeduldig und hektisch waren, habe ich gedacht, es ist vielleicht besser, wenn ich persönlich vorbeikomme, um mich nach meinem Brief zu erkundigen."

Das waren meine Stichworte. Großartig, sie war gerade mal fünf Minuten hier und redete bereits wie Maman! „Mademoiselle, ich hatte heute eine Menge um die Ohren. Aber ich war nicht hektisch oder ungeduldig!"

Sie sah mich nachdenklich an, dann nickte sie. „Stimmt", sagte sie. „Wenn ich ehrlich sein soll, waren Sie eher unfreundlich. Ich habe mich schon gefragt, ob alle Lektoren so unfreundlich sind."

Ich grinste. „Keineswegs, wir versuchen nur unseren Job zu machen und werden leider manchmal dabei gestört, Mademoiselle …" Ich hatte ihren Namen schon wieder vergessen.

„Aurélie Bredin." Sie streckte mir die Hand entgegen und lächelte wieder.

Ich ergriff sie und fragte mich bereits in diesem Augenblick, wie ich es anstellen könnte, dass ich diese Hand (und wenn möglich nicht nur die Hand) länger halten konnte als nötig. Dann ließ ich los. „Mademoiselle Bredin, ich freue mich, auch persönlich Ihre Bekanntschaft machen zu dürfen. Man begegnet nicht jeden Tag solch engagierten Leserinnen."

„Hat sich mein Brief denn nun inzwischen gefunden?"

„Oh, ja! Natürlich", log ich. „Er lag ganz friedlich in meinem Postkorb."

Was konnte schon passieren? Entweder lag der Brief tatsächlich noch in meinem Postkorb, oder er lag dort morgen oder übermorgen. Und in jedem Fall würde er seinen Adressaten niemals erreichen, sondern bestenfalls ganz hinten in meinem Stahlschrank landen.

„Dann können Sie ihn ja an Robert Miller weiterleiten", sagte sie.

„Aber selbstverständlich, Mademoiselle Bredin. Allerdings …"

„Allerdings?", wiederholte sie beunruhigt.

„Allerdings würde ich an Ihrer Stelle nicht zu viel erwarten. Robert Miller ist ein äußerst zurückhaltender, um nicht zu sagen schwieriger Mensch. Seit seine Frau ihn verlassen hat, lebt er ganz zurückgezogen. Er hat sein ganzes Herz an seinen kleinen Hund gehängt … Rocky", fabulierte ich.

„Oh", sagte sie. „Wie traurig."

„Ja." Ich seufzte. „Wir versuchen gerade, ihn für eine Geschichte mit dem *Figaro* nach Paris zu holen, aber ich habe wenig Hoffnung."

„Merkwürdig, das hätte ich nie gedacht. Sein Roman ist so … lebensbejahend und humorvoll“, sagte sie nachdenklich. „Haben Sie Monsieur Miller denn einmal persönlich kennen gelernt?“ Sie sah mich voller Interesse an.

„Nun …“ Ich räusperte mich bedeutungsvoll. „Ich glaube sagen zu können, dass ich einer der wenigen bin, die Robert Miller wirklich kennen. Ich habe viel mit ihm an seinem Buch gearbeitet, und er schätzt mich sehr.“

Sie wirkte beeindruckt. „Ach, ich würde diesen Miller wirklich gern kennen lernen. Meinen Sie nicht, es besteht eine kleine Chance, dass er mir antwortet?“

Ich zuckte mit den Schultern. „Was soll ich dazu sagen, Mademoiselle Bredin? Ich glaube es eher nicht, aber ich bin ja nicht der liebe Gott.“

Sie spielte an den Fransen ihres Schals herum. „Wissen Sie … es würde jetzt zu weit führen, Ihnen alles zu erklären, Monsieur Chabanais, aber Monsieur Miller hat mir in einer schwierigen Situation sehr geholfen, und ich würde mich gern erkenntlich zeigen, verstehen Sie?“

Ich nickte und konnte es kaum erwarten, an meinen Postkorb zu stürzen, um zu lesen, was Mademoiselle Aurélie Bredin Monsieur Robert Miller zu sagen hatte. „Tja, warten wir es doch einfach ab“, meinte ich salomonisch.

Mademoiselle Bredin verzog ihr Gesicht in komischer Verzweiflung. „Ich warte aber so ungern“, erklärte sie. „Darf ich Ihnen meine Karte dalassen?“ Sie zog eine kleine weiße Visitenkarte mit zwei roten Kirschen aus ihrem Lederbeutel. „Nur für den Fall, dass Robert Miller doch noch nach Paris kommt. Vielleicht könnten Sie mir dann netterweise Bescheid geben.“

„Ja, lassen Sie uns in Kontakt bleiben.“ Ich gebe zu, ich wollte in diesem Moment nichts mehr als das. Auch wenn ich Robert Miller aus verständlichen Gründen am liebsten außen vor gelassen hätte. Ehrlich, ich fing an, diesen Kerl zu hassen. Ich nahm die Karte und konnte meine Überraschung kaum verbergen. „*Le Temps des Cerises*“, las ich halblaut. „Oh … Sie arbeiten in diesem Restaurant?“

„Mir *gehört* dieses Restaurant“, entgegnete sie. „Kennen Sie es?“

„Äh …“, stammelte ich. Ich musste aufpassen, was ich sagte. „Ist das … nicht das Restaurant, das in Millers Roman vorkommt? Na, so ein Zufall!“

„Ist es ein Zufall?“ Sie sah mich sinnend an und lächelte mir noch einmal zu, bevor sie sich zum Gehen wandte. „Vielleicht finde ich es mit Ihrer Hilfe ja bald heraus. *Au revoir*, Monsieur Chabanais.“

„*Au revoir*, Mademoiselle Bredin.“ Ich lächelte auch und hoffte, dass sie es niemals herausfinden würde. Und schon gar nicht mit meiner Hilfe.

Fünf

„Miller“, sagte Bernadette. „Miller … Miller … Miller.“ Sie saß mit vorgebeugtem Oberkörper an ihrem Computer und gab den Namen Robert Miller ein. „Wollen mal sehen, was Google dazu sagt.“

Es war wieder Montag, und am Wochenende war so viel los gewesen im Restaurant, dass ich keine Zeit gefunden hatte, mich meiner neuen Lieblingsbeschäftigung zu widmen – dem Suchen nach Robert Miller.

„Stell dir vor, seine Frau hat ihn verlassen, und jetzt hat er nur noch seinen kleinen Hund“, hatte ich Bernadette erzählt, als ich sie am Sonntagnachmittag angerufen hatte. Ich lag auf meinem Sofa und hatte Millers Buch in der Hand.

„Nein, *chérie*! Das ist ja der Ball der einsamen Herzen! Er wurde verlassen, du wurdest verlassen. Er liebt die französische Küche, du liebst die französische Küche. Und er hat über dein Restaurant geschrieben und vielleicht sogar über dich. Da kann ich doch nur sagen: *Bon appetit*!“, witzelte sie. „Hat er sich denn schon bei dir gemeldet, dein trauriger Engländer?“

„Also wirklich, Bernadette“, entgegnete ich und stopfte mir ein Kissen in den Nacken. „Erstens ist er nicht *mein* Engländer, zweitens finde ich all diese Zufälle sehr bemerkenswert, und drittens kann er meinen Brief noch gar nicht bekommen haben.“ Ich musste wieder an das etwas seltsame Gespräch in der Éditions Opale denken. „Ich kann nur hoffen, dass dieser komische bärtige Mann meinen Brief auch wirklich abschickt.“ Mit „dieser komische bärtige Mann“ war Monsieur Chabanais gemeint, der mir im Nachhinein immer weniger vertrauenerweckend vorkam.

Bernadette lachte. „Du machst dir viel zu viele Gedanken, Aurélie! Nenn mir einen Grund, warum er deinen Brief zurückhalten sollte.“

„Ich weiß nicht“, entgegnete ich. „Es ist nur so ein Gefühl. Vielleicht ist er eifersüchtig und will seinen heiligen Autor vor allen anderen Menschen abschirmen. Oder auch nur vor mir.“

„Aurélie, was redest du! Du bist eine alte Verschwörungstheoretikerin.“

Ich setzte mich auf. „Bin ich nicht. Dieser Mann war merkwürdig. Erst gebärdet er sich am Telefon wie ein Zerberus. Und dann, im Verlag, hat er mich angestarrt, als ob er nicht alle Tassen im Schrank hätte.“

Bernadette schnalzte ungeduldig mit der Zunge. „Vielleicht war er einfach nur überrascht. Meine Güte, Aurélie, du quatschst ihn am Telefon zu, dann kommst du ohne jede Vorwarnung abends in den Verlag und überfällst den armen Mann, der gerade nach Hause gehen will. Also, ich finde es erstaunlich, dass er dich nicht vor die Tür gesetzt hat. Stell dir mal vor, jeder

Leser käme in den Verlag gestürmt, um sich persönlich davon zu überzeugen, dass seine Post auch an diverse Autoren weitergeschickt wird. Immerhin hat Monsieur Zerberus sich am Ende doch ganz nett mit dir unterhalten."

„Nur um mir klarzumachen, dass der Autor sich sowieso nicht bei mir melden wird, weil er menschenscheu und verbittert in seinem Cottage sitzt und keine Zeit für solche Scherze hat", warf ich ein.

„Und er will dir sogar Bescheid geben, wenn Robert Miller nach Paris kommt", fuhr Bernadette unbeeindruckt fort. „Was willst du eigentlich mehr, Mademoiselle Ich-krieg-den-Hals-nicht-voll?"

Ja, was wollte ich mehr? Ich wollte mehr über diesen Engländer herausfinden, der so sympathisch aussah und so wunderbare Dinge schrieb, und das war der Grund, warum ich an diesem Montagmorgen, eine Woche nachdem alles angefangen hatte, bei Bernadette vor ihrem Computer saß.

„Ich bin so froh, dass du montags nicht zur Schule musst und wir uns treffen können", sagte ich. „Weißt du, ich könnte mich ja gar nicht abends verabreden wie die meisten Leute, da muss ich ja ins Restaurant. Obwohl … jetzt, wo Claude weg ist, ist es natürlich nicht schlecht, abends etwas zu tun zu haben. Diese Winterabende können sehr einsam sein."

„Wenn du willst, können wir heute Abend ins Kino gehen", sagte Bernadette, während sie mit konzentrierter Miene alle Millers dieser Welt für mich heraussuchte. „Émile ist zu Hause, und da kann ich gut weg… Und hier haben wir ihn auch schon!", verkündete sie. „Robert Miller – zwölf Millionen zweihunderttausend Einträge. Na, wer sagt's denn?"

„Das gibt's ja nicht!" Ich blickte ungläubig auf den Bildschirm.

Bernadette klickte wahllos ein paar Einträge auf. „Robert Miller – zeitgenössische Kunst. Rob Miller, Rugby Player, hui – sportlich, sportlich. Robert Talbot Miller, amerikanischer Agent, spionierte für die Sowjetunion – na, der wird's nicht sein, der hat schon das Zeitliche gesegnet." Sie lachte, die Suchaktion begann ihr offensichtlich Spaß zu machen.

„So kommen wir nicht weiter", sagte ich. „Du musst ‚Robert Miller Schriftsteller' eingeben."

Unter „Robert Miller Schriftsteller" gab es immerhin nur noch sechshundertfünfzigtausend Einträge.

„Konntest du dir nicht einen Autor mit einem etwas ausgefalleneren Namen aussuchen?", sagte Bernadette und klickte die erste Seite durch, die sich geöffnet hatte. Es war so ziemlich alles dabei – von einem Mann, der Pferdetrainingsbücher veröffentlichte, über einen Dozenten, der etwas über englische Kolonien geschrieben hatte, bis zu einem furchterregend aussehenden Autor, der ein Buch über die Burenkriege abgesondert hatte.

„So kommen wir nicht weiter“, sagte Bernadette. „Sag mir noch mal den Titel des Romans.“

„‚Das Lächeln der Frauen‘.“

„Gut.“ Sie bewegte ihre Finger über die Tastatur. „Aha, hier haben wir es: „Robert Miller, ‚Das Lächeln der Frauen‘!“ Sie lächelte triumphierend, und ich hielt den Atem an.

„Robert Miller in den Éditions Opale … Mist, da kommt man nur auf die Verlagsseite … Merkwürdig, irgendwo müsste doch das englische Original zu finden sein. “ Sie betätigte wieder ein paar Tasten, dann schüttelte sie den Kopf. „Nichts zu machen, kein Hinweis auf eine Internetseite, kein Facebook – Mr Miller bleibt ein Geheimnis, jedenfalls im World Wide Web.“ Sie schaltete ihren Computer aus. „Ich fürchte, da kann ich dir nicht helfen.“

Ich lehnte mich enttäuscht zurück. „Und was machen wir jetzt?“

„Jetzt machst du uns einen schönen kleinen Salat mit Ziegenkäse. Irgendeinen tieferen Sinn muss es ja haben, dass ich eine Köchin zur Freundin habe, meinst du nicht?“

Ich seufzte. „Fällt dir sonst nichts ein?“

„Doch. Warum rufst du nicht den Verlags-Zerberus an und fragst ihn, ob Robert Miller eine Internetseite hat und wieso du die englische Originalausgabe seines Romans nicht finden kannst?“ Sie stand von ihrem Schreibtisch auf und ging in die Küche. „Nein, ruf nicht an!“, rief sie, als sie die Kühlschranktür aufmachte. „Schick dem armen Mann lieber eine Mail.“

„Ich habe seine E-Mail-Adresse gar nicht“, entgegnete ich unwillig und folgte Bernadette in die Küche.

Sie schloss den Kühlschrank und drückte mir einen Kopf Eichblattsalat in die Hand. „Meine Liebe, das ist ja nun wirklich kein Problem.“

Ich starrte missmutig auf den Salatkopf, der auch nichts dafür konnte. Bernadette hatte Recht. Natürlich war es kein Problem, E-Mail-Adressen von so uninteressanten Leuten herauszubekommen wie André Chabanais, dem Cheflektor der Éditions Opale.

Sechs

„So, so, das finden Sie seltsam“, murmelte ich und studierte noch einmal die E-Mail, die ich mir im Verlag ausgedruckt hatte. „Meine liebe Mademoiselle Aurélie, dies alles ist mehr als seltsam.“ Seufzend legte ich die Mail zur Seite und nahm wieder den Brief zur Hand, der mir wesentlich besser gefiel als diese unverbindliche und wenig charmante Anfrage.

Die Dinge fingen an, sich zu verkomplizieren. Ich lehnte mich in meinem alten Ledersessel zurück und zündete mir eine Zigarette an. Ich hatte schon einige Male versucht, mit dem Rauchen aufzuhören, doch seit letzten Dienstag waren die kleinen blauen Päckchen mit den gesundheitsgefährdenden Glimmstengeln wieder meine ständigen Begleiter.

Die ersten fünf Zigaretten hatte ich geraucht, als Adam nicht zurückgerufen hatte. Als er sich donnerstags endlich gemeldet hatte, hatte ich die Zigaretten in die oberste Schublade meines Schreibtischs gelegt und beschlossen, ihre Existenz zu vergessen. Dann war abends, wie vom Himmel gefallen, dieses Mädchen mit den grünen Augen vor meinem Büro aufgetaucht, und ich war in einen schönen Traum geraten, der zugleich ein Albtraum war: Ich musste die hartnäckige Mademoiselle Bredin loswerden, bevor sie die Wahrheit über Robert Miller herausfand, und wollte nichts lieber, als die Frau mit dem hinreißenden Lächeln wiedersehen.

Nachdem Mademoiselle Bredin am Ende des Flurs verschwunden war, hatte ich mir wieder eine Zigarette angezündet. Dann war ich in das Sekretariat gestürzt, in dem tagsüber Madame Petit herrschte, und hatte mein grünes Plastikfach durchwühlt, bis ich ein längliches weißes Kuvert gefunden hatte, das an den „Schriftsteller Robert Miller" adressiert war. Hastig hatte ich jenen handgeschriebenen Brief aufgerissen, der nun schon seit ein paar Tagen an den unterschiedlichsten Stellen in meiner Wohnung gelegen hatte und immer wieder gelesen worden war.

Paris im November

Dear Robert Miller!
Sie haben mich heute Nacht um den Schlaf gebracht, und dafür möchte ich Ihnen danken! Eben habe ich Ihr Buch „Das Lächeln der Frauen" zu Ende gelesen. Was heißt gelesen? Ich habe diesen Roman verschlungen, der so wunderbar ist und der mir erst gestern Abend (sozusagen auf der Flucht vor der Polizei) in einer kleinen Buchhandlung eher zufällig in die Hände fiel. Damit will ich sagen: Ich habe nicht nach Ihrem Buch gesucht. Meine große Leidenschaft ist das Kochen, nicht das Lesen. Normalerweise. Doch Ihr Buch hat mich mitgerissen, begeistert, es hat mich zum Lachen gebracht und ist gleichzeitig so leicht und so voller Lebensweisheit. Mit einem Wort: Ihr Buch hat mich glücklich gemacht an einem Tag, als ich so unglücklich war wie nie zuvor (Liebeskummer, Weltschmerz), und dass ich Ihr Buch gerade in diesem Moment gefunden habe (oder hat Ihr Buch etwa mich gefunden?), ist für mich eine schicksalhafte Fügung.

Das mag für Sie jetzt vielleicht merkwürdig klingen, aber bereits als ich den ersten Satz las, ahnte ich, dass dieser Roman für mich eine ganz besondere Bedeutung haben würde. Ich glaube nicht an Zufälle.

Lieber Monsieur Miller, bevor Sie denken, Sie haben es mit einer Verrückten zu tun, sollten Sie ein paar Dinge wissen. Das *Temps des Cerises*, das Sie in Ihrem Buch so liebevoll beschreiben, ist mein Restaurant. Und Ihre Sophie – bin ich. Die Ähnlichkeit zumindest ist frappierend; wenn Sie sich das Foto anschauen, das ich beigelegt habe, werden Sie verstehen, was ich meine. Ich weiß zwar nicht, wie das alles zusammenhängt, aber ich frage mich natürlich, ob wir uns schon einmal begegnet sind, ohne dass ich mich daran erinnern kann.

Sie können sich bestimmt vorstellen, dass mir diese ganzen „Zufälle" keine Ruhe lassen. Ich schreibe Ihnen in der Hoffnung, dass Sie vielleicht eine Erklärung für mich haben. Leider habe ich Ihre Adresse nicht und kann nur über den Verlag an Sie herantreten.

Es wäre mir eine Ehre, wenn ich den Mann, der solche Bücher schreibt und dem ich sehr viel schulde, zu einem von mir zubereiteten Essen ins *Temps des Cerises* einladen dürfte. Wie ich Ihrer Vita (und auch Ihrem Roman) entnehmen kann, lieben Sie Paris, und ich denke, dass Sie vielleicht öfter hier sind. Ich fände es so schön, wenn wir uns persönlich kennen lernen könnten. Und vielleicht löst sich dann ja auch so manches Rätsel.

Seitdem Ihr Buch erschienen ist, haben Sie sicherlich viele begeisterte Zuschriften bekommen, und mir ist auch klar, dass Sie nicht die Zeit haben, jedem Einzelnen Ihrer Leser zu antworten. Doch ich bin nicht jeder Leser, das müssen Sie mir einfach glauben. Für mich ist „Das Lächeln der Frauen" in jeder Hinsicht ein ganz besonderes, ja schicksalhaftes Buch gewesen. Und es ist eine Mischung aus tiefer Dankbarkeit, großer Verwunderung und neugieriger Ungeduld, mit der ich diesen Brief an Sie abschicke.

Ich würde mich unglaublich über eine Antwort von Ihnen freuen, und ich wünsche mir nichts mehr als eine Zusage für ein Abendessen im *Temps des Cerises*.

Mit den allerherzlichsten Grüßen
Ihre Aurélie Bredin

PS: Es ist übrigens das erste Mal, dass ich einem Autor schreibe. Und es ist normalerweise auch nicht meine Art, fremde Herren zum Essen einzuladen, aber ich denke, in den Händen eines englischen Gentlemans, für den ich Sie halte, ist mein Brief gut aufgehoben.

Nach der Lektüre dieses Briefes hatte ich mich auf den Bürostuhl von Madame Petit fallen lassen und eine weitere Zigarette geraucht.

Ich muss gestehen – wäre ich Robert Miller gewesen, hätte ich mich für einen Glückspilz gehalten. Ich hätte nicht eine Sekunde gezögert und diesen Brief beantwortet, der so viel mehr war als ein normaler Leserbrief. Ach, ich hätte mich liebend gern von der schönen Köchin in ihr kleines Restaurant einladen lassen und vielleicht auch noch zu ganz anderen Dingen.

Doch dummerweise war ich nur André Chabanais, ein hergelaufener Durchschnitts-Cheflektor, der so tat, als wäre er Robert Miller, ein großartiger, witziger und doch tiefsinniger Schriftsteller, der sich in die Herzen schöner unglücklicher Frauen schrieb.

Ich sog an der Zigarette und betrachtete eingehend das Foto, das Aurélie Bredin ihrem Brief beigelegt hatte. Sie trug darauf dieses grüne Kleid (offenbar war es eines ihrer Lieblingskleider), die Haare fielen ihr offen über die Schultern und sie lächelte ganz verliebt in die Kamera. Und wieder galt ihr Lächeln nicht mir. Als sie das Bild in den Umschlag gesteckt hatte, hatte sie es getan, um auf diese Weise Robert Miller anzulächeln. Hätte sie gewusst, dass ich es sein würde, der ihr Foto in seiner Brieftasche verschwinden ließ, hätte sie nicht mehr so reizend gelächelt, da war ich mir sicher.

Ich drückte die Zigarette aus, warf die Kippe in den Papierkorb und steckte den Brief samt Briefumschlag in meine Aktentasche.

Als ich den Verlag nach diesem ereignisreichen Tag endlich verließ, kamen mir bereits lachend und schnatternd die philippinischen Reinigungskräfte entgegen, die abends die Büros putzten und den Müll entsorgten. „Oooh, Missju Zabanais, musse imme zoviel aabeite!“, riefen sie fröhlich und nickten bedauernd. Ich nickte auch, wenngleich eher geistesabwesend.

Es war kalt, aber es regnete nicht, als ich die Rue Bonaparte hinunterging und mich fragte, warum Mademoiselle Bredin eigentlich auf der Flucht vor der Polizei gewesen war. Sie sah nicht gerade aus wie jemand, der ein T-Shirt klaute. Hatte die Besitzerin des *Temps des Cerises* Steuern hinterzogen? Oder war dieser Polizist, vor dem sie in die Buchhandlung flüchtete, vielleicht ihr Freund, mit dem sie sich fürchterlich zerstritten hatte und der sie anschließend verfolgte?

Die wichtigste Frage jedoch stellte ich mir erst, als ich den Zahlencode eingab, mit dem sich das Eingangstor in der Rue des Beaux-Arts öffnen ließ, das zu meiner Wohnung führte. Wie gewann man das Herz einer Frau, die sich in den Kopf gesetzt hatte, einen Mann kennen zu lernen, den sie bewunderte und dem sie sich schicksalhaft verbunden glaubte? Einen Mann, den es – Ironie des Schicksals – in Wirklichkeit gar nicht gab.

Ich stieß die Wohnungstür auf und machte das Licht an. Was ich brauchte, war eine geniale Idee (die ich leider noch nicht hatte). Eines jedoch wusste ich genau: Robert Miller, dieser perfekte englische Gentleman mit seinem blöden Cottage, der so wahnsinnig geistreich und humorvoll schrieb, würde niemals mit Aurélie Bredin zu Abend essen. Vielleicht aber, und wenn ich es geschickt anstellte, der sehr viel nettere Franzose André Chabanais mit seiner Mietwohnung in der Rue des Beaux-Arts.

Dieser nette Franzose hörte wenige Minuten später seinen Anrufbeantworter ab, auf dem sich eine vorwurfsvolle Nachricht seiner Mutter befand, die ihn aufforderte, doch endlich an den Apparat zu gehen. „André? Ich weiß genau, dass du zu Hause bist, warum nimmst du nicht ab? Kommst du am Sonntag zum Essen? Es gibt eine Überraschung."

Dann war Adams Stimme zu hören. „Hi, Andy, ich bin's! Du, mein Bruder ist gerade auf einem Dentistenkongreß in Sant' Angelo und kommt erst am Sonntagabend zurück. Hahaha, die haben ein Leben, diese Ärzte, was?"

Er lachte unbekümmert, und ich fragte mich, ob er kapiert hatte, dass die Zeit lief. Hatte sein Bruder kein Handy? Gab es in diesem Sant'Angelo (wo war das überhaupt) keine Telefone? Was war los?

„Ich dachte, ist vielleicht besser, ich ruf Sam an, wenn er wieder zu Hause ist und den Kopf frei hat", schob Adam die Erklärung gleich hinterher. „Ich melde mich wieder, wenn ich mit ihm gesprochen habe, übers Wochenende sind wir bei Freunden in Brighton, aber du kannst mich wie immer auf dem Handy erreichen. Also, mach's gut – und mach dir nicht ins Hemd, mein Freund. Wir kriegen Sam schon nach Paris."

Ich nickte ergeben und ging in die Küche, um zu sehen, was der Kühlschrank hergab. Ich fand eine Tüte mit frischen grünen Bohnen, die ich kurz in Salzwasser kochte, und briet mir ein großes Steak dazu.

Als ich gegessen hatte, setzte ich mich mit einem Glas Côtes du Rhône und einem Blatt Papier an den runden Wohnzimmertisch und widmete mich meinen strategischen Überlegungen in Sachen Aurélie Bredin = A. B. Zwei Stunden später hatte ich folgende Überlegungen zu Papier gebracht:

1. Robert Miller ignoriert den Brief und antwortet *nicht*. ➛ A. B. wird sich zunächst wahrscheinlich an ihre Kontaktperson im Verlag wenden, um nachzuhören, was mit dem Autor los ist. André Chabanais = A. C. sagt, der Autor möchte keinen Kontakt. A. C. gibt keine weiteren Informationen raus ➛ A. B. rennt vor die Wand und verliert irgendwann das Interesse ➛ sie hat auch kein Interesse mehr an A. C. als möglichen Mittelsmann.
2. Robert Miller beantwortet den Brief nicht, aber A. C. bietet seine Hilfe an ➛ er macht sich damit bei A. B. beliebt. Allerdings werden Gedanken von A. B. in die falsche Richtung gelenkt, nämlich auf den Autor, nicht auf den Lektor. Kann er ihr am Ende wirklich helfen? Nein. Denn es gibt ja keinen Robert Miller. ➛ A. C. muss Zeit gewinnen, um A. B. zu zeigen, was für ein netter Kerl er ist. (Und was für ein Blödmann der Engländer in Wirklichkeit ist, aber ganz beiläufig!)
3. Robert Miller schreibt nett, aber zunächst etwas vage zurück. ➛ Die Flamme wird am Brennen gehalten. Der Autor verweist auf seinen wun-

derbaren Lektor (A. C.) und macht Hoffnung, dass er in nächster Zeit eventuell in Paris ist, aber nicht weiß, ob Treffen möglich, da zu viele Termine.

4. A. C. arrangiert etwas. Fragt A. B., ob sie zu einem Termin, den er mit Miller hat (ein Abendessen?), dazustoßen möchte ➛ Sie will *und* ist dankbar. Natürlich kommt kein Autor, der angeblich im letzten Moment absagt ➛ A. B. ist sauer auf den Autor. A. C. sagt, er sei leider immer so unzuverlässig ➛ A. B. und A. C. verbringen einen wunderbaren Abend und A. B. merkt, dass sie den sympathischen Lektor eigentlich viel lieber mag als den komplizierten Autor.

Ich nickte zufrieden, als ich Punkt 4 jetzt noch einmal las. Das war für den Anfang keine schlechte Idee. Ob sie wirklich genial war, würde sich zeigen. Allerdings gab es noch ein paar offene Fragen:

1. War Aurélie Bredin das ganze Theater überhaupt wert? *Ja, auf jeden Fall!*
2. Durfte sie jemals die Wahrheit erfahren? *Nein, auf keinen Fall!*
3. Was war, wenn Sam Goldberg als Robert Miller wirklich nach Paris kam, um ein Interview zu geben oder eine Lesung abzuhalten, und A. B. davon erfuhr?

Auf die letzte Frage fiel mir zu vorgerückter Stunde beim besten Willen keine Antwort mehr ein. Ich stand auf, leerte den Aschenbecher aus (fünf Zigaretten) und löschte das Licht. Ich war hundemüde, und für den Moment war die dringendere Frage wohl eher die, was passieren würde, wenn Robert Miller *nicht* nach Paris kam.

Am Freitagmorgen erwartete mich Monsieur Monsignac schon in meinem Büro. „Ah, mein lieber André, da sind Sie ja endlich!", rief er mir entgegen und wippte auf seinen braunen Lederschuhen unternehmungslustig vor und zurück. „Ich habe Ihnen das Manuskript einer jungen und sehr hübschen Autorin auf den Schreibtisch gelegt – sie ist die Tocher des letzten Goncourt-Preisträgers, mit dem ich sehr befreundet bin – und ich würde Sie ausnahmsweise bitten, sich das rasch anzuschauen."

Ich zog mir den Schal vom Hals und nickte. In meiner ganzen Zeit bei den Éditions Opale hatte ich es noch nie erlebt, dass Monsieur Monsignac etwas nicht rasch zurückhaben wollte. Ich warf einen Blick auf das Manuskript, das in einer Klarsichtmappe steckte und den Titel „Bekenntnisse eines traurigen Mädchens" hatte. Das waren höchstens hundertfünfzig Seiten. „Kein Problem, ich gebe Ihnen bis heute Mittag Bescheid", sagte ich und hängte meinen Mantel in den schmalen Schrank neben der Tür.

Monsignac trommelte mit den Fingern auf seinem blau-weiß gestreiften

Hemd herum. Er war etwa zwei Köpfe kleiner als ich und erheblich umfangreicher. Trotz seiner Statur verstand er es, sich zu kleiden. Er hasste Krawatten, trug handgefertigte Schuhe und Paisleyschals und wirkte trotz seiner Körperfülle äußerst agil und beweglich.

„Wunderbar, André", sagte er. „Das mag ich so an Ihnen. Sie reden nicht groß rum, Sie stellen keine überflüssigen Fragen, Sie machen die Dinge einfach. Sie werden es noch weit bringen." Er klopfte mir auf die Schulter, dann zwinkerte er mir zu. „Falls das Ding hier Schrott ist, schreiben Sie einfach ein paar aufbauende Sätze zum Inhalt, Sie wissen schon – es hat durchaus Potenzial und man ist gespannt, was die Autorin noch schreiben wird, und so weiter und so weiter –, und sagen es dann sanft ab."

Ich nickte und verkniff mir ein Grinsen. Und dann, schon zwischen Tür und Angel, drehte sich Monsignac noch einmal um und sagte den Satz, auf den ich die ganze Zeit gewartet hatte. „Und? Alles klar mit Robert Miller?"

„Ich bin im Gespräch mit seinem Agenten Adam Goldberg, und der ist ganz zuversichtlich", entgegnete ich, und mein Puls beschleunigte sich. „Er sagt, wir kriegen Miller, im Grunde geht es nur noch um die … äh … Feinabstimmung. Ich denke, am Montag weiß ich Genaueres."

„Schön." Jean-Paul Monsignac schritt mit zufriedener Miene durch die Tür, und ich kramte in meiner Tasche. Und nachdem ich eine kleine Dosis Nikotin zu mir genommen hatte (drei Zigaretten), beruhigte ich mich allmählich. Ich riss mein Fenster auf und ließ die klare, kalte Luft herein.

Das Manuskript war armselig. Abgesehen davon, dass eine junge Frau, die nicht so recht weiß, was sie eigentlich will, auf eine karibische Insel fährt und uns dort an ihren sexuellen Erlebnissen mit einem schwarzen Inselbewohner teilhaben lässt, gab es keine nennenswerte Handlung. Am Ende reist die junge Frau wieder ab, das Leben liegt immer noch vor ihr wie ein großes Fragezeichen, und sie weiß nicht, warum sie so traurig ist. Ich wusste es auch nicht. Wenn ich als junger Mann die Möglichkeit gehabt hätte, unglaubliche acht Wochen auf einer Trauminsel zu weilen und es mir dort mit einer karibischen Schönheit an weißen Stränden nett zu machen, wäre ich nicht schwermütig gewesen, sondern vor guter Laune wahrscheinlich übergeschnappt. Vielleicht fehlte mir der nötige Tiefgang. Ich formulierte eine behutsame Absage und machte eine Kopie für Monsieur Monsignac.

Mittags brachte Madame Petit die Post. „Sie haben geraucht, Monsieur Chabanais", stellte sie missbilligend fest und erspähte den kleinen Aschenbecher, der hinter meinem Ablagekorb auf dem Schreibtisch stand. „Fangen Sie nicht wieder damit an, Monsieur Chabanais, es ist so ungesund!"

Ich nickte stumm. Was sollte ich auch sagen? Sie hatte ja Recht. Ich wartete, bis Madame Petit aus dem Zimmer gerauscht war, dann klopfte ich mir nachdenklich eine weitere Zigarette aus dem Päckchen, lehnte mich zurück und sah ein paar Sekunden später zu, wie sich die kleinen weißen Rauchkringel, die ich in die Luft pustete, langsam auflösten.

Das Wochenende verlief unspektakulär bis auf den sonntäglichen Besuch bei Maman in Neuilly. Die Tatsache, dass die „Überraschung", die Maman am Telefon angekündigt hatte, sich als ihre stets leidende Schwester und eine redselige, aber schwerhörige und aus diesem Grunde sehr laut sprechende Lieblingscousine (nicht *meine* Lieblingscousine) entpuppte, die sie dazugeladen hatte, machte das Mittagessen nicht gerade zu einem wahren Vergnügen für mich.

In der Nacht von Sonntag auf Montag wälzte ich mich im Bett und hatte schreckliche Albträume von Adams Bruder, dem gut aussehenden Bestsellerautor, der in seiner Hightech-Zahnarztpraxis mit einer halb entkleideten Mademoiselle Bredin auf einer Arztliege lag und sie vor Leidenschaft stöhnend umfing, während ich bewegungsunfähig (und auch stöhnend) auf einem Zahnarztstuhl saß und von einer Helferin die Zähne gezogen bekam. In Schweiß gebadet, wachte ich auf. Doch dieser Traum war harmlos im Vergleich zu dem, was der Montag an Aufregungen bereithielt.

Früh am Morgen hatte Adam im Verlag angerufen mit der Nachricht, dass sein Bruder zunächst zwar etwas unwillig gewesen sei, nun aber doch die Brisanz der ganzen Affäre Miller begriffen habe und bereit sei, für dieses eine Mal mitzuspielen. Allerdings hätten Sams Französischkenntnisse ihre natürliche Grenze, er sei alles andere als ein Büchermensch und sein Wissen über Oldtimer halte sich auch in Grenzen.

„Ich fürchte, wir müssen ihn vorher gut instruieren", sagte Adam. „Für die Lesung kannst du ihm ja die entsprechenden Passagen vorbereiten, das muss er dann halt üben." Was das Abnehmen des Bartes angehe, da müsse er, Adam, noch ein bisschen Überzeugungsarbeit leisten.

Nervös zog ich an meinem Rollkragenpulli, der mir plötzlich den Hals abschnürte. Natürlich wäre es von Vorteil, wenn Robert Miller aussehen würde wie Robert Miller auf dem Foto, gab ich zu bedenken. Die ganze Sache sei ja auch so schon kompliziert genug.

„Klar, ich tue, was ich kann", sagte Adam. Und dann sagte er etwas, das mich sofort zu meinen Zigaretten greifen ließ. „Übrigens würde Sam gern schon übernächsten Montag kommen, das heißt, er *kann* nur dann kommen."

Ich rauchte, so schnell ich konnte. „Bist du verrückt?!", schrie ich. „Wie soll das bitte schön gehen?"

Die Bürotür öffnete sich leise, und Mademoiselle Mirabeau stand mit fragendem Blick und einer Klarsichtmappe auf der Schwelle und wartete.

„Jetzt nicht!“, rief ich entnervt und hielt die Sprechmuschel des Telefons zu. „Meine Güte, jetzt gucken Sie nicht so blöd, Sie sehen doch, dass ich telefoniere!“, zischte ich ihr zu.

Sie sah mich erschrocken an. Dann fing ihre Unterlippe an zu zittern, und die Tür schloss sich so leise, wie sie geöffnet worden war.

„Er kommt ja nicht *jetzt*“, sagte Adam besänftigend, und ich nahm die Hand wieder vom Hörer. „Der Montag wäre perfekt. Ich würde mit Sam am Sonntag anreisen, und wir könnten uns in aller Ruhe noch mal besprechen.“

„Perfekt, perfekt!“, schnaubte ich. „Das ist ja schon in zwei Wochen! So was muss doch vorbereitet werden. Wie sollen wir das hinkriegen?“

„Was ist das Problem? Der *Figaro* steht schon in den Startlöchern, soweit ich das verstanden habe. Und was die Lesung betrifft, so ist es doch wahrscheinlich besser, wenn wir sie in einem kleinen Rahmen abhalten, oder?“

„Natürlich“, entgegnete ich. Die ganze Sache musste so unspektakulär wie möglich über die Bühne gehen. Mit zitternden Händen drückte ich die Zigarette aus. „Mann, ist mir schlecht“, sagte ich.

„Wieso? Läuft doch alles“, erwiderte Adam. „Sag mir lieber, dass mit dem Termin alles okay ist, bevor mein Bruder es sich noch mal anders überlegt.“

Ich holte tief Luft. „*Bon*. Ich spreche sofort mit unserer PR-Abteilung. Bitte sorge dafür, dass dein Bruder den Inhalt des Romans wenigstens in groben Zügen kennt.“

„Mach ich.“

„Und es wäre gut, wenn er die ganze Angelegenheit mit äußerster Diskretion behandeln könnte. Er sollte keinem erzählen, warum er mit dir nach Paris fährt. Seinen guten alten Freunden aus dem Klub nicht, den Nachbarn nicht, und am besten nicht einmal seiner Frau. So eine Geschichte ist schneller rum, als man denkt, und die Welt ist klein.“

„Mach dir keine Sorgen, Andy. Wir Engländer sind *sehr diskret*.“

Entgegen aller Befürchtungen war Michelle Auteuil überaus erfreut, als sie hörte, dass Robert Miller schon so bald nach Paris kommen wollte.

„Wie haben Sie das so schnell hingekriegt, Monsieur Chabanais?“, rief sie überrascht. „Ich bespreche mich gleich mit dem *Figaro* und ich hatte schon mal bei zwei kleineren Buchhandlungen vorgefühlt.“ Sie zog ihr Rolodex zu sich heran, blätterte durch die Karten und lächelte mir zu. „Vielleicht können wir im Frühjahr eine Pressereise nach England machen – ein Besuch im Cottage bei Robert Miller! Wie finden Sie das?“

Mir drehte sich der Magen um. „Großartig“, sagte ich und glaubte zu wissen, wie sich ein Doppelagent fühlt. Ich beschloss, den guten Robert Miller sterben zu lassen, sobald er sein Programm in Paris absolviert hatte. Mit der alten Corvette die unbefestigte Böschung runter. Genickbruch. Tragisch, er war doch noch gar nicht so alt. Nun gab es nur noch den kleinen Hund. Und der konnte glücklicherweise nicht reden. Und auch nicht schreiben. Vielleicht würde ich als Millers treuer Berater und gutherziger Lektor, der ich war, den kleinen Rocky in Pflege nehmen.

Man sah, wie es hinter der weißen Stirn von Michelle Auteuil arbeitete. „Schreibt er denn weiter?“, fragte sie.

„Oh, ich denke schon“, beeilte ich mich zu sagen. „Allerdings braucht er immer sehr lange – nicht zuletzt wegen seines zeitaufwendigen Hobbys. Sie wissen schon, er bastelt ja immer an diesen Oldtimern rum.“

Ich ließ Madame Auteuil in ihrem Büro zurück. Die Idee, Miller sterben zu lassen, entzückte mich. Sie würde mich retten.

Doch bevor ich den britischen Gentleman sterben ließ, würde er mir noch einen kleinen Liebesdienst erweisen.

DIE MAIL von Aurélie Bredin erreichte mich um 17.13 Uhr. Seltsamerweise hatte ich fast ein schlechtes Gewissen, als ich sie aufklickte. Ich hatte den Brief gelesen, den sie vertrauensvoll an Robert Miller geschrieben hatte. Ich trug ihr Foto in meiner Brieftasche mit mir herum, ohne dass sie davon wusste. Das alles war natürlich nicht richtig. Aber auch nicht ganz falsch. Denn wer, wenn nicht ich, hätte die Post für den Schriftsteller öffnen sollen?

Die Kopfzeile des Schreibens versetzte mich in leichte Unruhe.

Betreff: Fragen zu Robert Miller!!!

Ich seufzte. Drei Ausrufungszeichen verhießen nichts Gutes.

Sehr geehrter Monsieur Chabanais,
seit unserem Zusammentreffen in Ihrem Verlag sind einige Tage vergangen. Ich hoffe sehr, dass Sie inzwischen meinen Brief an Robert Miller weitergeleitet haben, und auch wenn Sie mir wenig Hoffnung gemacht haben, bin ich ganz zuversichtlich, dass ich eine Antwort erhalten werde. Es gehört wahrscheinlich zu den Aufgaben eines Lektors, seinen Autor vor hartnäckigen Bewunderern abzuschirmen, aber vielleicht nehmen Sie Ihre Aufgabe ein bisschen zu ernst?

Wie auch immer, ich danke Ihnen für Ihre Mühe und habe heute ein paar Fragen, dic Sie mir sicher beantworten können.

1. Hat Robert Miller so etwas wie eine Internetseite? Leider konnte ich im Netz gar nichts dazu finden.

2. Ich habe auch vergeblich nach der englischen Originalausgabe gesucht. Bei welchem Verlag ist Millers Roman in England erschienen? Und wie lautet der englische Titel?

3. Sie erwähnten bei unserem ersten Telefonat, dass der Autor möglicherweise in der nächsten Zeit zu einer Lesung nach Paris kommt. Da wäre ich natürlich sehr gern dabei – steht schon ein Termin fest?

In der Hoffnung, dass ich Ihre wertvolle Zeit nicht übermäßig in Anspruch nehme, verbleibe ich in Erwartung einer baldigen Antwort mit freundlichen Grüßen

Aurélie Bredin

Ich griff nach den Zigaretten und ließ mich in den Sessel zurückfallen. *Mon Dieu*, Aurélie Bredin war ganz schön hartnäckig! Ich musste sie irgendwie stoppen. Besonders die beiden letzten Punkte bereiteten mir Bauchschmerzen. Ich wollte mir lieber nicht vorstellen, was alles passieren konnte, wenn Mademoiselle Bredin auf Robert Miller alias den völlig unbedarften Samuel Goldberg stieß und womöglich persönlich mit ihm reden konnte! Aber die Wahrscheinlichkeit, dass die schöne Köchin von der geplanten Lesung erfuhr, war verschwindend gering. Ich würde es ihr jedenfalls nicht erzählen. Und da das Interview im *Figaro* ja frühestens am Tag danach erscheinen konnte, lauerte auch von dieser Seite keine Gefahr. Dann war leider alles gelaufen, und falls sie den Artikel entdeckte oder im Nachhinein von der Lesung erfuhr, konnte ich mir immer noch etwas einfallen lassen.

Ich zündete mir die nächste Zigarette an und überlegte weiter. Punkt zwei, die Frage nach der Originalausgabe, war wesentlich heikler, denn es gab ja gar keine englische Version und noch weniger einen englischen Verlag. Ich würde mir eine zufriedenstellende Antwort überlegen müssen. Aber was war, wenn sie im Verlag anrief und Staub aufwirbelte? Man durfte die Energie dieser zarten Person nicht unterschätzen. So wild entschlossen, wie sie war, würde sie am Ende noch an Monsieur Monsignac herantreten.

Ich druckte mir die E-Mail aus, um sie mit nach Hause zu nehmen. Dort konnte ich in Ruhe überlegen, was zu tun war. Noch einmal überflog ich die gedruckten Zeilen und versuchte ein gutes Wort für André Chabanais zu finden. Ich fand keines. Zwischen den Zeilen las man deutlich, was die junge Dame von dem Lektor hielt, mit dem sie vor einer Woche auf den Fluren des Verlags zusammengetroffen war: nichts! Ich hatte offenbar keinen großen Eindruck auf Aurélie Bredin gemacht.

Ein bisschen mehr Dankbarkeit hätte ich schon erwartet. Vor allem wenn man bedachte, dass eigentlich ich und mein Buch es waren, die Mademoiselle an ihrem persönlichen Tiefpunkt wieder glücklich gemacht hatten. Es war *mein* Humor, der sie zum Lachen gebracht hatte. Es waren *meine* Ideen, die sie bezaubert hatten. Es tat mir schon ein bisschen weh, dass ich mit kargen, ja fast schon unfreundlichen Worten und „freundlichen Grüßen" abgefertigt wurde, während mein Alter Ego so charmant umworben und aufs Allerherzlichste verabschiedet wurde.

Grimmig nahm ich einen Zug aus meiner Zigarette. Es wurde Zeit, Phase zwei einzuläuten und Mademoiselle Bredins Begeisterung auf die richtige Person umzuleiten. Gut, ich war nicht so ein smarter Typ wie dieser Zahnarzt auf dem Autorenfoto. Aber schlecht sehe ich nun auch nicht aus. Ich bin groß, stattlich und habe, obwohl ich in den letzten Jahren kaum noch Sport getrieben habe, einen durchtrainierten Körper. Ich habe dunkelbraune Augen, braunes volles Haar, eine gerade Nase, und meine Ohren stehen auch nicht ab. Und der dezente Bart, den ich seit ein paar Jahren trage, hatte lediglich Maman nicht gefallen. Alle anderen Frauen fanden ihn „männlich". Was ich brauchte, und zwar sehr bald, war eine Chance, mich Aurélie Bredin von meiner Schokoladenseite zu präsentieren.

ZWEI STUNDEN SPÄTER war ich in meiner Wohnung und umkreiste meinen Wohnzimmertisch, auf dem ein handgeschriebener Brief und eine ausgedruckte Mail in friedlicher Eintracht nebeneinanderlagen. Draußen fegte ein unfreundlicher Wind durch die Straßen, und es hatte angefangen zu regnen. Ich sah hinaus auf die Straße und knipste die beiden Schirmlampen an, die rechts und links auf der Kommode unter dem Fenster standen. Und plötzlich wusste ich, was ich zu tun hatte.

Ich hatte zwei Briefe bekommen, und ich würde zwei Briefe schreiben. Einen als André Chabanais. Und einen als Robert Miller. Die Antwortmail des Lektors würde Aurélie Bredin noch heute Abend in ihrer Mailbox finden. Und den Brief von Robert Miller würde ich ihr am Mittwoch persönlich in den Briefkasten werfen, weil der zerstreute Autor den Umschlag mit ihrem Absender bedauerlicherweise weggeworfen und das Antwortschreiben an mich geschickt hatte, damit ich es weitergeben konnte. Ich würde zwei Köder auswerfen, und das Gute war, dass ich in beiden Fällen der Mann an der Angel war. Wenn mein Plan aufging, würde Mademoiselle Bredin am Freitag einen sehr netten Abend mit Monsieur Chabanais verbringen.

Ich holte mein Notebook aus dem Arbeitszimmer und klappte es auf. Dann gab ich die E-Mail-Adresse von Aurélie Bredin ein und legte den Ausdruck neben mich.

Betreff: Antworten zu Robert Miller!!!

Liebe Mademoiselle Bredin,
nachdem wir uns ja nun doch schon ein wenig kennen, würde ich gern auf das förmliche „Sehr geehrte Mademoiselle Bredin“ verzichten und hoffe, dass Sie damit einverstanden sind.

Selbstverständlich habe ich Ihren Brief an Robert Miller weitergeleitet – ich habe ihn sogar mit dem Vermerk „Eilt“ in die Post getan, damit Ihre Geduld nicht über die Maßen strapaziert wird. Denken Sie nicht so schlecht von mir! Wenn Sie mich für einen komischen Kauz halten, kann ich Ihnen das nicht verübeln – an dem Tag, als Sie so überraschend im Verlag auftauchten, sind ziemlich unerfreuliche Dinge passiert, und es tut mir leid, wenn der Eindruck entstanden sein sollte, dass ich Sie irgendwie davon abhalten möchte, mit Monsieur Miller in Kontakt zu treten. Er ist ein wunderbarer Autor, und ich schätze ihn sehr, aber er ist auch ein ziemlich eigenwilliger Mann, der sehr zurückgezogen lebt. Ich bin mir wirklich nicht so sicher wie Sie, ob er Ihren Brief beantworten wird, aber ich wünsche es Ihnen. So einen schönen Brief kann man eigentlich nicht unbeantwortet lassen.

Den letzten Satz löschte ich wieder. Ob der Brief schön war, konnte ich ja gar nicht wissen. Schließlich hatte ich ihn nur weitergeleitet. Ich musste wirklich aufpassen, dass ich mich nicht verriet. Stattdessen schrieb ich:

Wäre ich der Autor, ich würde Ihnen zurückschreiben. Zu schade, dass Monsieur Miller nicht sehen kann, was für eine schöne Leserin ihm da schreibt. Sie hätten ein Foto von sich beilegen sollen!

Diese kleine Anspielung konnte ich mir einfach nicht verkneifen.

Doch nun zu Ihren weiteren Fragen:

1. Leider hat Robert Miller keine Internetseite. Er ist, wie ich bereits erwähnte, ein eher privater Mensch. Wir hatten schon Schwierigkeiten, überhaupt ein Foto von ihm zu bekommen. Im Gegensatz zu den meisten Autoren schätzt er es überhaupt nicht, auf der Straße angesprochen zu werden.

2. Es gibt in der Tat keine englische Verlagsausgabe. Der Agent, der Robert Miller vertritt, auch ein Engländer, den ich sehr gut kenne, ist direkt mit dem Manuskript an unseren Verlag herangetreten, und wir haben es übersetzen lassen. In einem englischen Verlag ist es bisher nicht erschienen. Mag sein, dass die Geschichte für ein englisches Publikum nicht so geeignet ist oder auf dem englischen Markt derzeit andere Themen gefragt sind.

3. Es ist derzeit nicht sicher, ob Monsieur Miller in nächster Zeit für Presseaktivitäten zur Verfügung steht, im Moment sieht es eher nicht danach aus.

Das war glatt gelogen und doch auch wieder nicht. In Wirklichkeit würde ja nur ein Zahnarzt zur Lesung nach Paris kommen und als Miller ein paar Fragen beantworten und ein paar Bücher signieren.

> Es war ein ziemlicher Schlag für ihn, dass seine Frau ihn verlassen hat, und seither ist er sehr schwankend in seinen Entscheidungen. Sollte er jedoch irgendwann zu einer Lesung nach Paris kommen, ist es mir ein Vergnügen, Ihnen eine Karte zu reservieren.

Ich hielt einen Moment inne und überflog meinen Brief. Es klang alles sehr glaubwürdig, fand ich. Und dann warf ich meinen ersten Köder aus:

> Liebe Mademoiselle Bredin, ich hoffe, damit Ihre Fragen beantwortet zu haben. Ich würde Ihnen wirklich gern mehr helfen, aber Sie werden verstehen, dass ich mich über die Wünsche unseres Autors nicht einfach hinwegsetzen kann. Allerdings ließe sich vielleicht etwas Informelleres arrangieren. Wie es der Zufall will, treffe ich Robert Miller am kommenden Freitag, um mit ihm über sein neues Buch zu sprechen. Es war eine ganz spontane Idee – er hat an diesem Tag in Paris zu tun und nicht sehr viel Zeit, aber wir werden uns zum Abendessen sehen. Wenn Sie mögen und es zeitlich einrichten können, könnten Sie vielleicht am Anfang ganz zufällig vorbeikommen und auf einen Drink dazustoßen und hätten auf diese Weise die Gelegenheit, Ihrem Lieblingsautor wenigstens einmal persönlich die Hand zu schütteln. Es ist das beste Angebot, das ich Ihnen zur Zeit machen kann, und ich mache es auch nur, damit Sie mir nicht noch mehr beleidigte Mails schreiben.
>
> Nun – was sagen Sie?

Es war das beste *unmoralische* Angebot, das ich ihr zur Zeit machen konnte, und ich war mir eigentlich ziemlich sicher, dass Aurélie Bredin anbeißen würde. Unmoralisch war es vor allem deswegen, weil die Person, um die es eigentlich ging, am Ende gar nicht zu dem Essen erscheinen würde. Doch das konnte Mademoiselle Bredin natürlich nicht wissen.

Ich schickte die Mail mit „sehr herzlichen Grüßen" ab und ging dann entschlossenen Schrittes zu meinem Schreibtisch, um einen Bogen Büttenpapier und meinen Kugelschreiber zu holen.

Sie würde kommen – vor allem, wenn sie den Brief von Robert Miller las, den ich gleich als Nächstes verfassen würde. Ich setzte mich an den Tisch, goss mir ein Glas Wein ein und nahm einen großen Schluck.

Dear Miss Bredin schrieb ich in schwungvoller Schrift. Und dann schrieb ich lange Zeit nichts. Ich saß vor dem weißen Blatt und wusste mit einem Mal nicht, wie ich anfangen sollte. Was schrieb so ein Miller, der allein und verlassen in seinem Cottage saß? Und wie sollte er auf die Fragen reagieren, die Mademoiselle Bredin ihm gestellt hatte?

Nach einer Viertelstunde stand ich auf. So hatte das keinen Zweck. „Mr Miller, Sie sind nicht sehr diszipliniert“, schimpfte ich. Es war kurz nach zehn, die Zigarettenschachtel war leer und ich musste dringend etwas essen. Ich zog meinen Mantel an und winkte zu dem Tisch hinüber. „Ich bin gleich wieder da, und Sie überlegen sich inzwischen was, Sie Schriftsteller!“

ES REGNETE immer noch, als ich die tropfnasse Glastür zum *„La Palette“* aufstieß. Stimmengewirr umfing mich, und im hinteren Teil des Bistros, der im Halbdunkel lag, war jeder Tisch besetzt. Bei Künstlern, Galeristen, Studenten, aber auch Verlagsleuten war das *La Palette* mit seinen einfachen blank gescheuerten Holztischen sehr beliebt. Das alte Lokal lag nur einen Katzensprung von meiner Wohnung entfernt, ich kam oft hierher und traf fast immer auf ein paar Bekannte.

„*Salut*, André!“ Nicolas, einer der Kellner, winkte mir zu. „Sauwetter, was?“

Ich schüttelte ein paar Regentropfen ab. „Kann man wohl sagen!“, rief ich zurück. Dann schob ich mich durch die Menge an die Bar und orderte einen *croque-monsieur* – einen überbackenen Toast – und einen Rotwein.

Das bunte Treiben um mich herum war auf seltsame Weise wohltuend. Ich trank meinen Wein, biss ein Stück von dem warmen Toast ab, bestellte noch mehr Wein und spürte, wie die Hektik dieses aufregenden Tages allmählich von mir abfiel. Manchmal muss man sich einfach nur ein paar Schritte von seinem Problem entfernen, dann wird alles ganz einfach. Den Robert-Miller-Brief zu schreiben war ein Kinderspiel. Es mochte nicht immer von Vorteil sein, in einer Branche zu arbeiten, die ausschließlich von Worten, Geschichten und Ideen lebte, und es gab Momente in meinem Leben, da hätte ich gern etwas Greifbareres, Monumentaleres gehabt, etwas, das man mit den Händen machte. Immer wenn ich den Eiffelturm so kühn und unverwüstlich in den Pariser Himmel aufragen sah, dachte ich voller Stolz an meinen Urgroßvater, einen Ingenieur, der viele Erfindungen gemacht hatte und an der Konstruktion dieses beeindruckenden Monuments aus Eisen und Stahl beteiligt gewesen war. Was für ein großartiges Gefühl musste es sein, wenn man so etwas erschaffen konnte! Doch in diesem Moment hätte ich nicht mit meinem Urgroßvater tauschen wollen. Ich konnte zwar keinen Eiffelturm bauen (ehrlich gesagt nicht einmal ein Regal), doch ich konnte mit Worten umgehen. Ich konnte Briefe schreiben und mir die richtige Geschichte ausdenken. Etwas, das eine romantische Frau, die nicht an Zufälle glaubte, anlocken würde.

Ich bestellte mir noch ein Glas Rotwein und malte mir das Abendessen mit Aurélie Bredin aus, dem bald schon, da war ich mir sicher, ein sehr viel intimeres Essen im *Temps des Cerises* folgen würde. Ich musste es nur geschickt einfädeln. Und eines Tages, wenn Robert Miller lange vergessen war und schon viele wunderbare gemeinsame Jahre hinter uns lagen, würde ich ihr vielleicht sogar die ganze Wahrheit erzählen. Und wir würden gemeinsam darüber lachen.

Während ich an der Theke saß und in meinen Zukunftsvisionen schwelgte, tippte mir jemand auf die Schulter. Vor mir stand Silvestro, mein alter Italienischlehrer, bei dem ich im letzten Jahr Stunden genommen hatte, um mein eingerostetes Italienisch aufzufrischen.

„*Ciao*, André, schön dich zu sehen", sagte er. „Willst du dich zu uns an den Tisch setzen?" Er wies auf einen Tisch hinter sich, an dem zwei Männer und drei Frauen saßen. Eine von ihnen, eine aparte Rothaarige mit Sommersprossen und einem großen weichen Mund, sah lachend zu uns herüber.

„Das ist Giulia", sagte Silvestro und zwinkerte mir zu. „Eine neue Schülerin. Wunderschön und noch zu haben. Was ist? Kommst du?"

„Das ist sehr verlockend", entgegnete ich lächelnd, „aber nein, danke. Ich hab noch was tun."

„Ach, jetzt vergiss mal die Arbeit. Du arbeitest eh immer viel zu viel."

„Nein, nein, diesmal ist es eher was Privates", sagte ich versonnen.

„Aaaah, du meinst – du hast noch was vor, eh?" Silvestro sah mich verschmitzt an und verzog den Mund zu einem breiten Grinsen. „Warum sagst du das nicht gleich? Na, dann will ich deinem Glück nicht im Wege stehen!"

Er klopfte mir wohlwollend auf die Schulter, bevor er wieder an seinen Tisch zurückging. „Freunde, er hat noch was vor!", hörte ich ihn rufen, und die anderen winkten und lachten.

Als ich auf den Ausgang zusteuerte, meinte ich für den Bruchteil einer Sekunde eine schlanke Gestalt mit langem dunkelblonden Haar zu sehen, die weiter hinten mit dem Rücken zur Tür saß und lebhaft gestikulierte. Ich schüttelte den Kopf. Hirngespinste! Aurélie Bredin war jetzt in ihrem eigenen Restaurant in der Rue Princesse. Und ich war ein wenig betrunken.

Da wurde die Tür aufgestoßen, ein kalter Windstoß kam herein und mit ihm ein schlaksiger Mann mit blonden Locken und einem schwarzhaarigen Mädchen in einem karmesinroten Mantel, das sich eng an ihn schmiegte. Sie sahen sehr glücklich aus, und ich trat zur Seite, um sie einzulassen. Dann ging ich selbst hinaus, die Hände in den Manteltaschen. Es war kalt in Paris und es regnete, aber wenn man verliebt war, spielte das Wetter keine Rolle.

Sieben

„Im Grunde findest du das alles völlig verrückt, oder? Gib's ruhig zu!" Ich saß mit Bernadette im *La Palette*, das an diesem Abend brechend voll war. Wir hatten einen Tisch ganz hinten an der Wand ergattert, und inzwischen drehte sich unsere Diskussion nicht mehr um den Film, den wir am Abend im Kino gesehen hatten, sondern darum, wie realistisch oder unrealistisch die Erwartungen einer gewissen Aurélie Bredin waren.

Bernadette seufzte. „Ich meine ja nur, dass es auf Dauer vielleicht besser wäre, seine Energien in realistischere Projekte zu stecken. Ich hab dir doch heute sogar geholfen, Informationen über diesen Robert Miller im Internet zu suchen. Ich finde das ja auch alles ganz lustig und spannend. Ich möchte nur nicht, dass du dich wieder in so eine Sache verrennst." Sie nahm meine Hand und seufzte. „Du hast ein Händchen für aussichtslose Geschichten. Erst bist du mit diesem seltsamen Grafiker zusammen, der alle paar Wochen einfach so verschwindet. Und jetzt redest du nur noch von diesem geheimnisvollen Autor, der auf jeden Fall eines zu sein scheint: schwierig."

„Das sagt dieser komische Verlags-Zerberus. Weißt du, ob's stimmt?" Ich schwieg und malte beleidigt mit meiner Gabel Muster auf die Serviette.

„Nein, weiß ich nicht. Ich möchte doch nur, dass du glücklich wirst. Und ich habe manchmal einfach das Gefühl, dass du dein Herz an Sachen hängst, die nicht klappen können."

„Aber ein Kinderarzt – das klappt, ja?", gab ich zurück.

Nimm lieber einen netten Kinderarzt, als dich immer auf so unrealistische Dinge zu kaprizieren, hatte Bernadette gesagt, als ich nach dem Kino laut überlegte, wie lange wohl ein Brief von England nach Frankreich brauchte.

„Okay, ich hätte das mit dem Kinderarzt nicht sagen dürfen", sagte sie jetzt. „Obwohl dieser Olivier wirklich nett ist."

„Ja. Ein netter Langweiler." Bernadette hatte mir Dr. Olivier Christofle bereits im Sommer, als ich noch mit Claude zusammen war, auf ihrer Geburtstagsfeier vorgestellt und gab seitdem die Hoffnung nicht auf, dass aus uns ein Paar werden könnte.

„Ja, ja, du hast Recht. Der ist nicht aufregend genug." Um Bernadettes Lippen spielte ein feines Lächeln. „Nun gut. Im Moment warten wir gespannt, wie lange die Post braucht, um einen Brief von England nach Paris zu befördern. Und ich möchte in dieser Sache weiterhin auf dem Laufenden gehalten werden, klar? Wenn irgendwann der Zeitpunkt für einen netten langweiligen Arzt gekommen ist, kannst du mir ja einfach Bescheid geben."

Ich zerknüllte die Serviette und warf sie auf meinen Teller, auf dem noch Spuren eines Schinkenomelettes zu sehen waren. „So machen wir es", sagte ich und suchte nach meinem Portemonnaie. „Du bist eingeladen."

Ich merkte in meinem Rücken einen leichten Windzug und zog fröstelnd die Schultern hoch. „Müssen die Leute immer so lange die Tür offen stehen lassen?", sagte ich und zog das Tellerchen mit der Rechnung zu mir herüber.

Bernadette starrte mich entgeistert an, dann verengten sich ihre Augen.

„Was ist? Hab ich jetzt schon wieder was Falsches gesagt?", fragte ich.

„Nein, nein." Sie senkte rasch den Blick. In diesem Augenblick wurde mir klar, dass sie nicht mich angestarrt hatte, und ich machte Anstalten, mich umzudrehen.

„Nicht!", zischte Bernadette, aber da war es schon zu spät.

In der Mitte des *La Palette*, im Durchgang zum hinteren Teil des Bistros, in dem wir saßen, stand Claude und wartete auf einen Tisch am Fenster. Er hatte den Arm zärtlich um eine junge Frau gelegt, die mit ihren kinnlangen schwarzen Haaren und den rosigen Wangen aussah wie eine mongolische Prinzessin. Sie trug einen Mantel aus rotem Filz, der an den Ärmeln und am Saum in winzigen Fransen endete. Und sie war unübersehbar schwanger.

Ich heulte auf dem ganzen Weg nach Hause. Bernadette saß neben mir im Taxi, hielt mich fest im Arm und reichte mir stumm ein Taschentuch nach dem anderen.

„Und weißt du, was das Schlimmste ist?", schluchzte ich, als Bernadette sich später neben mich aufs Bett setzte und mir eine heiße Milch mit Honig hinhielt. „Diesen roten Mantel … den haben wir neulich in einem Schaufenster gesehen, in der Rue du Bac, und ich hab gesagt, den wünsche ich mir zum Geburtstag. Er hätte ihr nicht diesen Mantel schenken dürfen. Das ist … herzlos." Ich sah Bernadette verwundet an. „Diese Frau steht da, in meinem Mantel, und ist so … so glücklich! Und ich habe bald Geburtstag, und ich bin ganz allein und der Mantel ist auch weg. Das ist total ungerecht."

Bernadette strich mir sanft übers Haar. „Natürlich ist das ungerecht, aber die Dinge laufen nun mal nicht immer nach Plan." Sie sah nachdenklich aus. „Du weißt, dass ich nie viel von Claude gehalten habe. Aber vielleicht hat er ja wirklich die Frau seines Lebens gefunden. Vielleicht wollte er es dir schon länger sagen und hat auf einen geeigneten Moment gewartet. Der natürlich niemals kommt. Dann starb dein Vater. Und da war es noch schwerer."

„Aber der Mantel“, beharrte ich.

„Der Mantel, das ist unverzeihlich“, gab sie zu. „Da müssen wir uns etwas überlegen.“ Sie beugte sich über mich und gab mir einen Kuss. „Jetzt trink deine Milch und versuch zu schlafen, es ist schon spät. Und du bist nicht allein, hörst du? Irgendwer wacht immer über dich – und wenn es deine alte Freundin Bernadette ist.“

Ich lauschte auf ihre Schritte, die sich langsam entfernten. Sie hatte so einen festen und zuverlässigen Tritt. „Gute Nacht, Aurélie!“, rief sie noch einmal, und die Holzbohlen im Flur knarrten. Dann löschte sie das Licht, und ich hörte, wie die Tür leise hinter ihr ins Schloss fiel.

„Gute Nacht, Bernadette“, flüsterte ich. „Ich bin froh, dass es dich gibt.“

ICH WEISS NICHT, ob es an der heißen Milch mit Honig lag, aber ich schlief erstaunlich gut in dieser Nacht. Als ich aufwachte, schien zum ersten Mal seit Tagen die Sonne in mein Schlafzimmer. Ich stand auf und zog die Vorhänge zurück. Ein klarer blauer Himmel überspannte Paris oder zumindest den kleinen Ausschnitt, den ich von meinem Balkonfenster aus sehen konnte.

Man sieht immer nur einen kleinen Ausschnitt, dachte ich, als ich mir das Frühstück zubereitete. Gestern Abend, als ich Claude mit seiner schwangeren Freundin gesehen hatte, hatte ich gemeint, die ganze Wahrheit zu sehen. Und doch war es nur *meine* Wahrheit, meine Sicht auf die Dinge. Claudes Wahrheit war eine andere. Und die Wahrheit von der Frau im roten Mantel war wieder eine andere. Konnte man irgendeinen Menschen in seinem tiefsten Innern verstehen? Was ihn bewegte, was ihn antrieb, wovon er träumte?

Ich räumte das Geschirr in die Spüle und ließ Wasser darüberlaufen.

Claude hatte mich belogen, aber vielleicht hatte ich mich auch belügen lassen. Ich hatte nie gefragt. Manchmal lebt man besser mit der Lüge als mit der Wahrheit. Claude und ich hatten nie wirklich über die Zukunft gesprochen. Wir waren eine kurze Strecke des Weges zusammen gegangen. Es hatte schöne Momente gegeben und weniger schöne. Und es war unsinnig, in Herzensangelegenheiten Gerechtigkeit einzufordern.

Ich trocknete mir die Hände ab. Dann ging ich zur Kommode im Flur und öffnete die Schublade. Ich zog das Foto von Claude und mir heraus und sah es noch einmal an. „Ich wünsch dir Glück“, sagte ich. Dann nahm ich das Bild und legte es in die alte Zigarrenkiste, in der ich meine Erinnerungen aufbewahre.

Acht

Als der Anruf kam, war ich gerade dabei, einer sehr beleidigten Mademoiselle Mirabeau Abbitte zu leisten.

Bereits während der Konferenz war mir aufgefallen, dass die sonst so reizende Lektoratsassistentin mich keines Blickes würdigte, und auch nach der Konferenz, als ich auf dem Flur neben ihr herging, scheiterten alle meine Versuche, sie zum Sprechen zu bringen.

„Kommen Sie doch bitte noch kurz in mein Büro“, sagte ich, als wir am Sekretariat angelangt waren.

Sie nickte und folgte mir schweigend.

„Bitte“, ich wies auf einen der Stühle, die an einem kleinen runden Besprechungstisch standen. „Setzen Sie sich doch.“

Mademoiselle Mirabeau nahm Platz wie eine beleidigte Comtesse. Sie verschränkte die Arme und schlug die Beine übereinander.

„Nun“, sagte ich jovial. „Wo drückt der Schuh? Heraus mit der Sprache!“

„Nichts“, sagte sie und sah auf das Parkett.

Es war schlimmer, als ich befürchtet hatte. Wenn Frauen behaupteten, es wäre „nichts“, dann waren sie richtig sauer.

„Kommen Sie, Mademoiselle Mirabeau, seien Sie nicht grausam. Sagen Sie dem alten André Chabanais, warum Sie so beleidigt sind, sonst kann ich heute Nacht nicht schlafen.“

Ich merkte, dass sie ein Lächeln unterdrückte.

„So alt sind Sie gar nicht“, entgegnete sie. „Und wenn Sie nicht schlafen können, geschieht Ihnen das ganz recht.“ Sie zupfte an ihrem Rock herum, und ich wartete. „Sie haben mich total angefahren, gestern, als Sie telefonierten“, brach es schließlich aus ihr heraus. „Dabei wollte ich Ihnen nur dieses Gutachten bringen, Sie hatten doch gesagt, es wäre eilig, und ich habe das ganze Wochenende gelesen. Und das ist dann der Dank.“ Sie hatte ganz rote Wangen bekommen.

„Oh, *mon Dieu*, das tut mir leid.“ Ich sah die kleine Mimose an, die mit vorwurfsvollem Gesicht vor mir saß. Jetzt, da sie es sagte, erinnerte ich mich an mein erregtes Telefonat mit Adam Goldberg, in das Mademoiselle Mirabeau unglückseligerweise hereingeplatzt war. „Wissen Sie, ich wollte Sie gar nicht anfahren, ich hatte mich nur gerade so fürchterlich aufgeregt …“

„Trotzdem“, sagte sie.

Ich sah sie reumütig an. „Ich gelobe Besserung. Verzeihen Sie mir?“

Sie schlug die Augen nieder, und ihre Mundwinkel zuckten, während sie mit ihrem hübschen Bein wippte.

„Ich biete Ihnen zur Versöhnung …“, ich machte eine leichte Verbeugung in ihre Richtung, „ein Himbeertörtchen an. Würden Sie sich morgen Mittag von mir auf ein Himbeertörtchen ins ‚*Ladurée*‘ einladen lassen?“

Sie lächelte. „Sie haben Glück“, sagte sie. „Ich mag Himbeertörtchen.“

„Darf ich daraus schließen, dass Sie mir nicht mehr böse sind?“

„Ja, dürfen Sie.“ Florence Mirabeau stand auf. „Dann will ich jetzt mal das Gutachten holen“, sagte sie versöhnlich und ging zur Tür, blieb aber einen Moment zögernd stehen, so als ob sie noch etwas sagen wollte.

Und dann klingelte das Telefon. Ich wollte nicht schon wieder unhöflich sein, und so blieb ich stehen, anstatt Mademoiselle Mirabeau aus dem Zimmer zu schieben und an den Schreibtisch zu stürzen. Nach dem dritten Klingeln sagte sie: „Nun gehen Sie schon ran, vielleicht ist es wichtig.“ Sie lächelte und verschwand durch die Tür.

FLORENCE MIRABEAU hatte Recht gehabt. Dieser Anruf *war* wichtig.

Ich erkannte die Stimme sofort. Sie klang, wie beim ersten Mal, ein bisschen atemlos, so als ob jemand gerade eine Treppe hinaufgelaufen wäre.

„Spreche ich mit Monsieur André Chabanais?“, fragte sie.

„Am Apparat“, entgegnete ich und lehnte mich mit einem breiten Lächeln in meinem Sessel zurück. Der Fisch hatte angebissen.

Aurélie Bredin war begeistert von meinem Angebot, Robert Miller mit meiner Hilfe „zufällig“ zu begegnen, und die Fragen eins bis drei aus ihrer schnippischen Mail an den unfreundlichen Lektor der Éditions Opale schienen erst einmal vergessen.

„Was für eine fantastische Idee!“, sagte sie. „Das ist wirklich unglaublich nett von Ihnen, Monsieur Chabanais.“

„Keine Ursache“, gab ich weltmännisch zurück. „Wenn ich Ihnen damit weiterhelfen kann, dann freut es mich.“

Sie schwieg einen Moment. „Und ich habe gedacht, Sie wären so ein griesgrämiger Lektor, der an seinen Autor keinen rankommen lässt“, sagte sie kleinlaut. „Ich hoffe, Sie sehen es mir nach.“

Triumph, Triumph! Dies war offenbar der Tag der Abbitten. Zwar bekam ich kein Himbeertörtchen angeboten, aber die leichten Schuldgefühle von Aurélie Bredin schmeckten ungleich süßer.

„Aber meine liebe Mademoiselle Bredin, Ihnen könnte ich gar nichts nachtragen. Ich habe mich ja nun auch nicht gerade von meiner besten Seite gezeigt. Vergessen wir doch einfach diesen ganzen unglücklichen Einstieg und konzentrieren wir uns auf unseren kleinen Plan." Ich rollte mit meinem Sessel an den Schreibtisch heran und schlug meinen Terminkalender auf.

Zwei Minuten später war die Sache abgemacht. Aurélie Bredin würde am Freitagabend um halb acht in der „*Coupole*" erscheinen, wo ich einen Tisch auf meinen Namen reserviert hatte, und wir würden einen Drink nehmen. Gegen acht würde dann Robert Miller (mit dem ich angeblich verabredet war, um über sein neues Buch zu sprechen) dazukommen, und man hätte ausreichend Gelegenheit, sich miteinander bekanntzumachen.

„In der *Coupole*?", fragte sie, und ich hörte sofort, dass ihre Begeisterung sich in Grenzen hielt. „Wollen Sie wirklich in diese Touristenhalle?"

Bei der Wahl des Restaurants hatte ich einen Moment geschwankt. Ein kleines, verschwiegenes Restaurant mit kuscheligen roten Samtsesseln wäre für meine wahren Absichten natürlich besser geeignet gewesen als die berühmte *Coupole* – diese große, lebhafte und abends stets volle Brasserie. Dennoch wäre es vielleicht seltsam gewesen, sich mit einem englischen Autor an einem Ort zu verabreden, der für Verliebte wie geschaffen schien. Die *Coupole* war unverfänglich.

„Das hat Miller vorgeschlagen", entgegnete ich. „Er hat vorher in Montparnasse zu tun, und außerdem liebt er die *Coupole*."

„Er liebt die *Coupole*?" Man spürte förmlich ihre Irritation.

„Nun ja, er ist Engländer. Er sagt, diese Brasserie mache ihn immer so … fröhlich, weil sie so lebendig und bunt ist. Außerdem ist er ein absoluter Fan des *Fabuleux Curry d'Agneau des Indes*", fügte ich hinzu und fand mich sehr überzeugend.

„Das berühmte indische Lammcurry?", wiederholte Mademoiselle Bredin. „Das kenne ich gar nicht. Ist es denn wirklich so gut?"

„Keine Ahnung", entgegnete ich. „Robert Miller war jedenfalls beim letzten Mal absolut hingerissen davon. Aber die Engländer sind ja auch nicht gerade verwöhnt, was die Küche angeht – *fish and chips*, Sie wissen schon."

„Ich dachte, Robert Miller liebt die französische Küche." Offenbar fühlte Aurélie Bredin sich in ihrer Köchinnen-Ehre gekränkt.

„Nun, das können Sie ihn dann ja selbst fragen", entgegnete ich, um die kulinarischen Vorlieben meines Autors nicht weiter diskutieren zu müssen.

„Hat Monsieur Miller den Brief eigentlich inzwischen bekommen?"

„Ich denke, ja. Eine Antwort habe ich noch nicht, aber er wird Ihnen bestimmt schreiben – spätestens nachdem er Sie am Freitag persönlich kennen gelernt hat."

„Was wollen Sie damit sagen?"

„Dass Sie eine ganz bezaubernde junge Frau sind, deren Charme sich kein Mann auf Dauer entziehen kann – nicht einmal ein weltvergessener englischer Schriftsteller.“

Sie lachte. „Sie sind schlimm, Monsieur Chabanais, wissen Sie das?“

„Ja, ich weiß“, entgegnete ich. „Schlimmer, als Sie denken.“

Neun

„Post nubila Phoebus.“ Leise flüsterte ich die Inschrift, die auf dem weißen Findling eingraviert war. „Nach Wolken die Sonne“, das war das Motto meines Vaters gewesen, der – was man bei seinem Beruf vielleicht nicht unbedingt vermutete – ein humanistisch gebildeter Mann gewesen war und im Gegensatz zu seiner Tochter viel gelesen hatte. Auf Regen folgt Sonnenschein – wie weise er doch gewesen war!

Ich stand auf dem Friedhof Père Lachaise, über mir trieben weiße Wolken am Himmel, und wenn die Sonne zum Vorschein kam, wärmte sie sogar ein wenig. Seit Allerheiligen war ich nicht mehr an Papas Grab gewesen, aber heute hatte ich das Bedürfnis gehabt hierherzukommen.

Ich trat einen Schritt zurück und legte den bunten Strauß aus Astern und Chrysanthemen auf das Grab. „Du kannst dir gar nicht vorstellen, was alles passiert ist, Papa“, sagte ich. „Du würdest staunen.“

Die Woche hatte so unglücklich begonnen, und nun stand ich hier auf dem Friedhof und war auf seltsame Weise glücklich und aufgeregt. Und vor allem war ich sehr gespannt auf den morgigen Abend. Die Sonne, die nach dem trüben Wetter der letzten Zeit am Dienstag so heiter in mein Schlafzimmer geschienen hatte, war wie ein Zeichen gewesen. Mit einem Mal hatte sich alles zum Guten gewendet.

NACHDEM ich am Dienstag meine Einkäufe im Restaurant abgeladen, mit Jacquie drei mögliche vorweihnachtliche Menüs durchgesprochen und dann doch noch einige Male an den roten Mantel und seine Trägerin gedacht hatte, war ich am Nachmittag nach Hause gegangen, hatte mich dort an meinen Computer gesetzt und mich daran gemacht, einen Stapel längst überfälliger Rechnungen auf elektronischem Wege zu überweisen.

Vorher jedoch hatte ich einen kurzen Blick in meine Mails geworfen und eine sehr freundliche, ja, man kann sagen durchaus charmante Nachricht von André Chabanais vorgefunden, der mir zu meiner großen Überraschung einen Vorschlag machte, der mich sofort in freudige Aufregung versetzt hatte: Ich hatte die Gelegenheit, Robert Miller, wenn auch nur kurz, kennen zu lernen. Natürlich rief ich sofort an, um das Angebot anzunehmen, und im Gegensatz zu meinem ersten Telefonat mit dem bärtigen Cheflektor war dieses Gespräch sehr lustig und fast schon ein kleiner Flirt, der mir in meiner Verfassung irgendwie guttat.

Als ich Bernadette davon berichtete, zog sie mich sofort auf und meinte, dass dieser Lektor ihr immer besser gefalle, und wenn sich herausstellen würde, dass der Autor am Ende doch nicht ganz so wunderbar sein sollte wie sein Roman, hätte ich ja noch eine Option.

„Du bist unmöglich, Bernadette", sagte ich. „Immer willst du mich verkuppeln. Wenn überhaupt, nehme ich den Autor – der sieht besser aus und ist schließlich derjenige, der das Buch geschrieben hat, schon vergessen?"

„Ist dieser Lektor denn hässlich?", wollte Bernadette wissen.

„Was weiß ich?", entgegnete ich. „Nein, wahrscheinlich nicht, ich hab nicht so genau hingeguckt. André Chabanais interessiert mich nicht. Außerdem suche ich keinen Mann. Ich will einfach nur die Möglichkeit haben, mit diesem Schriftsteller zu sprechen – aus den dir bereits bekannten Gründen. Und weil ich ihm sehr dankbar bin."

„Oh, göttliche Vorhersehung, schicksalhafte Verstrickungen, wohin man schaut …" Bernadette klang wie der Chor einer griechischen Tragödie.

„Genau", sagte ich. „Du wirst schon sehen."

Noch am selben Abend hatte ich Jacquie gesagt, dass ich am Freitag nicht ins Restaurant kommen könne. Ich hatte Juliette Meunier angerufen, die früher im Restaurant des Hotels *„Lutetia"* Chefkellnerin gewesen war und mich schon ein paarmal vertreten hatte. Sie studierte inzwischen Innenarchitektur. Glücklicherweise hatte sie noch nichts vor und sagte mir zu.

Jacquie war natürlich nicht erbaut. „Muss das sein? An einem Freitag? Und gerade jetzt, wo Paul krank ist!", schimpfte er, während er mit Töpfen und Pfannen hantierte und das Essen für unsere kleine Belegschaft kochte.

Eine Stunde bevor das Restaurant öffnete, aßen wir immer alle zusammen zu Abend: Jacquie, unser Küchenchef und von uns allen der Älteste, Paul, der junge Sous-Chef, die beiden Küchenhilfen Claude und Marie, Suzette und ich. Diese Essen, bei denen nicht nur Dinge besprochen wurden, die das Restaurant betrafen, hatten etwas sehr Familiäres. Es wurde geredet, gestritten, gelacht – und dann ging jeder gestärkt an seine Arbeit.

„Tut mir leid, Jacquie, aber ich habe überraschend einen wichtigen Termin", sagte ich. „Ich habe schon mit Juliette telefoniert, sie kommt gern. Wenn Paul noch länger krank ist, kann ich dir auch in der Küche helfen, und wir fragen Juliette, ob sie mich am Wochenende im Restaurant vertritt."

„*Ah, non,* ich arbeite nicht gern mit Frauen in der Küche“, sagte Jacquie, während er in rasendem Tempo zwei große Gemüsezwiebeln auf einem Holzbrett klein hackte und die Stücke mit dem Messer in eine große Pfanne strich. „Außerdem bist du nicht richtig gut in Soßen.“ Er ließ die Zwiebelstückchen in der Butter goldgelb werden und übergoss sie mit Weißwein.

„Was redest du, Jacquie!“, rief ich empört. „Du selbst hast mir die meisten Soßen beigebracht, und mein Filet in Pfeffersoße ist absolut köstlich!“

Er schmunzelte. „Ja, deine Pfeffersoße ist wunderbar, aber auch nur weil du das Geheimrezept kennst von deinem Papa. Dafür machst du sehr gute Desserts. Nun ja, wollen wir hoffen, dass Paul am Samstag wieder auf dem Damm ist.“ Er warf mir einen Blick zu und zog ein Augenlid herunter. „Wichtiger Termin, eh? Wie heißt der Glückliche denn?“

Der „Glückliche“, Robert Miller, ahnte unterdessen noch nicht, dass er am Freitag ein „Blind Date“ in der *Coupole* haben würde. Und ich wusste nicht, ob er sich freuen würde, wenn ein ungebetener Gast sein Gespräch mit André Chabanais störte.

ABER dann kam der Donnerstag und mit ihm ein Brief, der mich mit der Gewissheit erfüllte, dass ich alles richtig gemacht hatte. Ich zog einen Umschlag aus dem Briefkasten, der nur mit meinem Namen versehen war. An das Kuvert hatte jemand einen Zettel geheftet, auf dem zu lesen stand:

> Liebe Mademoiselle Bredin, dieser Brief kam gestern Nachmittag im Verlag an, Glückwunsch! Robert Miller hat den Umschlag mit Ihrer Adresse versehentlich entsorgt, deswegen hat er ihn an den Verlag geschickt. Ich denke, es ist in Ordnung, wenn ich ihn direkt bei Ihnen einwerfe. Wir sehen uns morgen Abend. *Bonne lecture!* André Chabanais

Ich lächelte. Das war typisch für diesen Chabanais, dass er mir gratulierte, als hätte ich eine Wette gewonnen, und mir viel Spaß beim Lesen wünschte. Wahrscheinlich hatte es ihn trotz allem überrascht, dass sein Autor mir geantwortet hatte. Nicht einen Moment kam mir die Frage in den Sinn, woher André Chabanais eigentlich meine private Adresse hatte.

Ich setzte mich im Mantel auf die kalten Steinstufen im Treppenhaus und riss den Brief auf. Dann las ich die Sätze, die in einer steilen Schrift mit blauem Kugelschreiber regelrecht in das Papier gedrückt worden waren.

Dear Miss Aurélie Bredin,

ich war sehr glücklich gewesen, Ihr nettes Brief zu erhalten. Unglücklicherweise hat auch meine kleine Hund Rocky dem Brief gut gefallen. Als ich das realisierte, hatte dieser kleine gefräßige Ungeheuer der Umschläg mit der Adresse schön geschluckt. Ich muss mich for meine Hund entschüldigen, er ist noch sehr jung, und ich schicke meine Antwort an meine treuvolle Lektor André Chabanais, der ihn Sie geben wird.

Ich möchte Sie sagen, liebe Mademoiselle Bredin, dass ich habe schon viele Fan-Post gekriegt, aber noch nie ein so schöne und aufregende. Ich freue mich wirklich sehr, dass Sie meine kleine Paris-Roman so sehr geholfen hat, in einer Zeit, wenn Sie so unglucklich waren. Ich glaube, ich kenne Sie gut verstehen. Ich habe auch lange unglucklich gewesen und ich fühle mit Sie von meine tiefste Herz!

Ich bin nicht so gern in Publikum, ich bleibe lieber inkognito, und ich furchte, ich bin etwas langweilig, denn ich liebe sehr gern in mein Cottage zu sein, in der Natur zu spazieren und an alte Autos rumzureparieren, aber wenn Sie das nicht schreckt, nehme ich die entzuckende Einladung in Ihre kleines Restaurant gern an, wann ich wieder nach Paris komme.

Mein nächstes Mal ist nur ganz kurz und fullgestopft mit Termine, aber ich möchte kommen mit mehr Zeit, so dass wir uns nett und ruhig unterhalten können. Ja, ich kenne Ihre Restaurant, ich habe mir auf den ersten Blick darin verliebt, besonders in der rot-karierte Tischdecken.

Danke sehr vielmals für das schöne Foto, was Sie mir schickten. Darf ich sagen, dass Sie sind sehr sexy, ohne Ihre Intimität zu verletzen? Und, Sie haben naturlich Recht – die Ähnlichkeit zwischen Sophie und Sie, liebe Aurélie, ist erstaunend – und ich denke, ich schulde Sie eine Erklärung von meine kleine Geheimnis! Nur so viel: Ich habe niemals in meine kühnsten Erwartungen gedacht, ein Post von meiner Heldin aus dem Buch zu erhalten.

Ich hoffe so sehr, dass Sie jetzt viel besser fühlen und von Ihre Ungluck befreit sind. Ich freue mir so, Sie bald leibhaftig zu sehen!

Verzeihen Sie mir, meine Französisch ist ein wenig arm, leider! Aber ich wunsche mir sehr, Sie waren trotzdem erfreut, dass ich Sie zurückgeschreibt habe.

Freundlich Wünsche und à tout bientôt!
Sehr ergeben
Ihr Robert Miller

„HABEN Sie eine Gießkanne, Mademoiselle?“, krächzte es hinter mir.

Ich fuhr zusammen und drehte mich um. Vor mir stand eine kleine alte Frau in einem schwarzen Persianermantel mit dazu passender Kappe. Sie hatte rot geschminkte Lippen und musterte mich neugierig.

„Eine Gießkanne!“, wiederholte sie ungeduldig.

Ich schüttelte den Kopf. „Nein, tut mir leid, Madame."

„Das ist schlecht, ganz schlecht." Die Alte wackelte ärgerlich mit dem Kopf. „Man hat mir meine Gießkanne gestohlen. Ich weiß genau, dass ich sie hinter dem Grabstein versteckt hatte", sie zeigte auf ein Grab in der Nähe, über dem ein alter Baum seine knorrigen Äste ausstreckte, „und nun ist sie verschwunden. Überall wird gestohlen heutzutage."

Sie kramte in ihrer großen schwarzen Handtasche und zog schließlich ein Päckchen Gauloises heraus. Sie zündete sich eine Zigarette an, inhalierte tief und blies den Rauch in den blauen Himmel. Dann hielt sie mir die Schachtel hin. „Hier, wollen Sie auch eine?"

Ich schüttelte den Kopf. Ich rauchte manchmal in Cafés, aber nie auf Friedhöfen.

„Nun nehmen Sie schon eine, Kindchen. So jung kommen wir nicht mehr zusammen." Sie kicherte.

Ich lächelte verblüfft. „Also gut, danke", sagte ich.

Sie gab mir Feuer. „Na bitte. Vergessen wir die blöde Gießkanne. Ist es nicht schön, dass die Sonne scheint – nach all dem Regen?"

Ich nickte. Ja, es war schön. Die Sonne schien und das Leben steckte wieder voller Überraschungen.

Um uns herum herrschte Stille. Ich ließ den Blick schweifen. Einige Gräber waren noch von Allerheiligen geschmückt, über andere war die Zeit hinweggegangen, die Natur hatte sich ihr Terrain zurückerobert, und Unkraut und wilde Pflanzen überwucherten die steinernen Einfassungen.

„Ich habe Sie beobachtet", sagte die alte Dame und blinzelte mich aus ihren wissenden braunen Augen an, die von hundert kleinen Fältchen umgeben waren. „Sie sahen aus, als hätten Sie an etwas Schönes gedacht."

Ich nahm einen Zug aus der Zigarette. „Das habe ich auch", entgegnete ich und lächelte. „Ich habe an morgen Abend gedacht, da gehe ich in die *Coupole*."

„So ein Zufall", sagte die alte Dame und wackelte erfreut mit dem Kopf. „In der *Coupole* bin ich morgen auch. Ich feiere meinen fünfundachtzigsten Geburtstag, Kindchen. Ich liebe die *Coupole* – ich bin jedes Jahr an meinem Geburtstag dort. Ich esse immer die Austern, die sind sehr gut."

Plötzlich sah ich die alte Dame im Kreis ihrer Kinder und Enkelkinder, wie sie sich an einem langen Tisch in der Brasserie feiern ließ.

„Na, dann wünsche ich Ihnen schon jetzt eine schöne Feier", sagte ich.

Sie schüttelte bedauernd den Kopf. „Nun, es wird eine kleine Feier diesmal. Sehr klein, um ehrlich zu sein. Nur ich und die Kellner, aber die sind immer ganz reizend." Sie lächelte selig. „Meine Güte, was haben wir schon gefeiert in der *Coupole*. Rauschende Feste. Henry, mein Mann, dirigierte an der Oper, wissen Sie? Und nach den Premieren ist der Champagner nur so geflossen, am Ende waren wir alle herrlich betrunken." Sie kicherte. „Ja, und seit mein alter Freund Auguste gegangen ist", sie blickte bedauernd zu dem Grabstein hinüber, hinter dem die Gießkanne fehlte, „ist leider keiner mehr da, der mit mir feiert."

„Oh", sagte ich. „Das tut mir leid."

„Aber Kindchen, so ist nun mal das Leben. Jeder hat seine Zeit. Manchmal liege ich abends im Bett und zähle alle meine Toten durch. Es sind schon siebenunddreißig." Sie nahm einen letzten Zug aus ihrer Zigarette und warf den Stummel achtlos zu Boden. „Na, und ich bin immer noch da! Und soll ich Ihnen mal was sagen, Kindchen? Ich genieße jeden gottverdammten Tag. Meine Mutter ist hundertzwei geworden und war fröhlich bis zum Schluss."

„Beeindruckend", sagte ich.

Sie streckte mir energisch ihre kleine Hand entgegen, die in einem schwarzen Lederhandschuh steckte. „Elisabeth Dinsmore", sagte sie. „Aber Sie dürfen ruhig Liz zu mir sagen."

Ich ließ meine Zigarette fallen und schüttelte ihr die Hand. „Aurélie Bredin", stellte ich mich vor. „Dinsmore … das klingt nicht sehr französisch."

„Ist es auch nicht", gab Mrs Dinsmore zurück. „Ich bin Amerikanerin, aber ich lebe schon seit Ewigkeiten in Paris. Und Sie, Kindchen? Was machen Sie in der *Coupole*?", fragte sie übergangslos.

„Oh, ich …", entgegnete ich und merkte, wie ich rot wurde. „Ich treffe mich dort mit … jemandem."

„Aaaah", sagte sie. „Und … ist er nett?" Einer der Vorzüge des Alters war offenbar, dass man gleich zum Wesentlichen kommen konnte.

Ich lachte. „Ja … ich denke, ja. Er ist Schriftsteller."

„Meine Güte!", rief Elisabeth Dinsmore aus. „Wie aufregend!"

„Tja", sagte ich, ohne auf die Details meiner Verabredung einzugehen. „Ich bin auch ziemlich aufgeregt."

Nachdem ich mich von Mrs Dinsmore – Liz – verabschiedet hatte, die mich für den nächsten Abend auf ein Glas Champagner an ihren Tisch einlud, blieb ich noch einen Moment vor dem weißen Findling stehen.

„*Au revoir*, Papa", sagte ich leise. „Irgendwie habe ich das Gefühl, morgen wird ein ganz besonderer Tag."

ICH STAND in einer Schlange, die bereits vor der großen Glastür anfing. Die *Coupole* war ein beliebter Treffpunkt bei Jung und Alt. Nicht nur Touristen strömten in die legendäre Brasserie mit der roten Markise, auch Geschäftsleute und die Menschen, die in Paris lebten, kamen gern hierher.

Ich rückte ein Stück in der Schlange vor und betrat das Innere der *Coupole*. Sofort umfing mich lebhaftes Stimmengewirr. Kellner eilten mit riesigen Silbertabletts durch die langen Reihen der weiß gedeckten Tische, über die sich die riesige Halle wölbte. Der Saal mit seinen grün bemalten Pfeilern und den Art-déco-Lampen unter der Decke war beeindruckend. Das Restaurant vibrierte vor Leben. Ich war lange nicht mehr hier gewesen und betrachtete amüsiert das bunte Treiben.

„*Bonsoir,* Mademoiselle, haben Sie reserviert?", fragte mich der Empfangschef geschäftig, als ich an der Reihe war, und eine junge Frau nahm mir meinen Mantel ab und drückte mir eine Garderobenmarke in die Hand.

Ich nickte. „Ich habe eine Verabredung mit Monsieur André Chabanais."

Der Empfangschef warf einen Blick auf seine lange Liste. „*Ah, oui,* ein Tisch für drei Personen. Einen Augenblick bitte!" Er winkte einen Kellner herbei, einen älteren Herrn mit kurzem grauen Haar, der mir mit wohlgefälligem Blick zulächelte. „Wollen Sie mir bitte folgen, Mademoiselle?"

Ich nickte und merkte, wie mein Herz plötzlich zu klopfen begann. In einer halben Stunde würde ich Robert Miller kennen lernen, der sich, wie er in seinem Brief geschrieben hatte „so freute, mich bald leibhaftig zu sehen".

Ich strich mein Kleid glatt. Es war das grüne Seidenkleid, das Kleid aus dem Buch, das Kleid, das ich auf dem Foto trug, welches ich Miller geschickt hatte. Ich hatte nichts dem Zufall überlassen.

Der freundliche Kellner blieb unvermittelt vor einer der holzgetäfelten Nischen stehen. „*Et voilà*", sagte er. „Bitte sehr!"

André Chabanais sprang auf, um mich zu begrüßen. Er trug einen Anzug und ein weißes Hemd mit einer eleganten blauen Krawatte. „Mademoiselle Bredin!", rief er. „Wie schön, Sie zu sehen! Bitte, nehmen Sie Platz."

„Danke." Ich ließ mich auf dem ledergepolsterten Sitz nieder.

André Chabanais setzte sich ebenfalls. „Was möchten Sie trinken? Einen Champagner – zur Feier des großen Tages?" Er grinste mich an.

Ich merkte, wie ich rot wurde. „Werden Sie nicht frech", entgegnete ich. „Aber ja, ein Champagner wäre sehr schön."

Sein Blick glitt flüchtig über meine bloßen Arme, dann sah er mich wieder an. „Kompliment", sagte er. „Sie sehen bezaubernd aus."

„Danke", sagte ich und lächelte. „Sie sehen auch gar nicht so schlecht aus heute Abend."

„Ach, ich habe heute nur eine kleine Nebenrolle." André Chabanais winkte dem Kellner. „Zwei Champagner, bitte!"

„Ich dachte, die Nebenrolle hätte ich heute", erwiderte ich.

„Nun, wir werden sehen“, erklärte Monsieur Chabanais. „Ihr Autor wird gleich da sein.“

„Sie meinen, *Ihr* Autor“, sagte ich.

Monsieur Chabanais lächelte. „Sagen wir einfach *unser* Autor.“

Der Kellner servierte den Champagner und reichte uns die Speisekarten. Monsieur Chabanais prostete mir zu. Ich trank drei große Schlucke und spürte, wie meine Nervosität einer gelösten Vorfreude wich. „Danke noch mal fürs Arrangieren“, sagte ich. „Ehrlich gesagt, bin ich gespannt wie ein Flitzebogen.“

André Chabanais nickte. „Das kann ich gut verstehen.“ Er lehnte sich in seinem Stuhl zurück. „Wissen Sie, im Grunde bewundere ich Ihre Hartnäckigkeit. Wenn man etwas will, muss man es auch *wollen*.“

Ein zarter Klingelton unterbrach seine Eloge auf meine Willenskraft.

„Entschuldigen Sie bitte.“ André Chabanais zog sein Handy aus dem Jackett und wandte sich zur Seite. „Ach, herrje, das tut mir aber leid“, hörte ich ihn sagen. „Nein, nein, das ist überhaupt kein Problem. Bis später dann. *Salut*.“ Er steckte das Telefon wieder in seine Tasche. „Das war Robert Miller. Er sitzt fest und kann erst in einer halben Stunde da sein.“ Er sah mich treuherzig an. „Zu dumm, dass Sie jetzt warten müssen.“

Ich zuckte mit den Schultern. „Hauptsache, er kommt überhaupt“, sagte ich und fragte mich, wo genau Robert Miller festsaß. Ich wollte es gerade fragen, da sagte André Chabanais: „*À propos* – Sie haben mir noch gar nichts über Millers Brief erzählt. Was stand denn drin?“

Ich lächelte ihn an und drehte eine Haarsträhne um meinen Finger. „Wissen Sie was, Monsieur Chabanais, Cheflektor der Éditions Opale?“, sagte ich und machte eine kleine Kunstpause. „Das geht Sie gar nichts an.“

„Oh“, sagte er enttäuscht. „Kommen Sie, seien Sie ein kleines bisschen indiskret, Mademoiselle Bredin. Immerhin habe ich den Brief zugestellt.“

„Niemals“, sagte ich. „Sie machen sich doch nur über mich lustig.“

Er machte ein unschuldiges Gesicht.

„Doch, doch“, sagte ich. „Woher hatten Sie eigentlich meine Adresse?“

Er schien einen flüchtigen Moment irritiert, dann lachte er. „Berufsgeheimnis. Wenn Sie mir nichts verraten, verrate ich Ihnen auch nichts.“

„Keine Chance“, erklärte ich und trank wieder einen Schluck. Der Champagner stieg mir allmählich zu Kopf. „Auf jeden Fall glaube ich nicht, dass unser Autor …“, ich machte ein bedeutsame Pause, „furchtbar verärgert sein wird, wenn er mich hier sitzen sieht. Er hat mir sehr nett geantwortet.“

„Erstaunlich“, entgegnete Monsieur Chabanais. „Ihr Brief muss ja unwiderstehlich gewesen sein.“

„Wie gut kennen Sie Miller eigentlich?“, fragte ich.

„Oh, ziemlich gut.“ Meinte ich in Monsieur Chabanais’ Lächeln einen Hauch von Ironie zu erkennen, oder bildete ich mir das nur ein? Er sah auf die Uhr. „Wissen Sie was? Ich habe einen Bärenhunger. Was halten Sie davon, wenn wir das Essen bestellen?“

„Ich weiß nicht“, meinte ich zögernd, „ich bin ja eigentlich gar nicht vorgesehen …“ Inzwischen war es halb neun, und ich merkte, dass ich allmählich auch Hunger bekam.

„Dann entscheide ich“, erklärte André Chabanais und winkte wieder nach dem Kellner. „Wir warten zwar noch auf einen Gast, aber ich möchte schon bestellen. Wir nehmen zwei-, nein dreimal das *Curry d’Agneau des Indes*, und dazu trinken wir …“, er tippte in die Karte, „diesen Château Lafite-Rothschild.“

„Sehr gern.“ Der Kellner nahm die Karten wieder an sich und entschwand.

„Wenn Sie schon einmal hier sind, sollten Sie auch das berühmte Lammcurry probieren“, sagte Monsieur Chabanais, dessen Laune immer besser wurde. „Mich interessiert Ihre professionelle Meinung.“

Als kurz nach neun das Mobiltelefon von André Chabanais ein zweites Mal klingelte und Robert Miller seine Verabredung in der *Coupole* endgültig absagte, war es zu spät, um noch zu gehen. Wir hatten schon ein Glas von dem köstlichen Rotwein getrunken, und das „sagenhafte Lammcurry“, das meiner Meinung nach durchaus ein paar mehr Bananen, Äpfel und Kokosflocken hätte vertragen können, dampfte auf unseren Tellern.

Monsieur Chabanais schaute mich in komischer Verzweiflung an. „So was Dummes, ich fürchte, jetzt müssen wir zwei das Curry allein aufessen. Sie wollen mich doch jetzt nicht hier mit einem Kilo Lammfleisch und einer ganzen Flasche Rotwein sitzen lassen, oder?“

Ich schüttelte den Kopf. „Sie können ja am wenigsten dafür. Da kann man wohl nichts machen …“ Ich trank einen Schluck von dem Wein und rang mir ein Lächeln ab. Ich war völlig umsonst gekommen. Ich hatte mir umsonst den Abend freigenommen, mich umsonst gebadet, mir die Haare gemacht, das grüne Kleid angezogen. Ich hatte umsonst vor dem Spiegel gestanden und mir Sätze überlegt, die ich Robert Miller sagen wollte. Ich war so nah dran gewesen. Warum konnte nicht einmal etwas klappen?

„Oje, jetzt sind Sie aber ganz furchtbar enttäuscht“, sagte Chabanais mitfühlend. „Manchmal könnte ich diesen Miller zum Mond schießen. Es ist nicht das erste Mal, dass er einen Termin im letzten Moment absagt.“ Er sah mich mit seinen braunen Augen an und lächelte. „Und jetzt sitzen Sie hier mit dem blöden Lektor und denken, dass Sie ganz umsonst gekommen sind und das Curry ist auch nicht so fabelhaft, wie alle sagen ..." Er seufzte. „Das ist in der Tat bitter. Aber der Wein ist exzellent, das müssen Sie zugeben!"

Ich nickte. André Chabanais gab sich alle Mühe, mich zu trösten, und das war trotz allem irgendwie sehr nett.

„Ach, Mademoiselle Bredin, seien Sie nicht so traurig", sagte er jetzt. „Sie werden diesen Autor schon noch kennen lernen. Immerhin hat er Ihnen geschrieben, und das will etwas heißen." Er beugte sich vor. „Ich weiß, ich bin ein schlechter Ersatz, aber ich werde alles tun, was in meiner Macht steht, damit Sie diesen Abend nicht in allzu schlechter Erinnerung behalten und mir vielleicht noch ein winziges Lächeln schenken." Er tätschelte meine Hand und hielt sie einen Moment länger als nötig fest. „Sie sind doch eine so schicksalsgläubige Person. Was meinen Sie – könnte es vielleicht einen tieferen Sinn haben, dass jetzt wir beide hier sitzen und Händchen halten?"

Er zwinkerte mir zu, und ich lächelte wider Willen, bevor ich meine Hand wegzog und ihm auf die Finger klopfte.

„Manchen Leuten reicht man den kleinen Finger, und dann wollen sie gleich die ganze Hand", sagte ich. „So viel Schicksal *kann* es gar nicht geben, Monsieur Chabanais – geben Sie mir lieber noch etwas von dem Wein."

Zehn

Der Abend verlief besser, als ich gedacht hatte. Aurélie Bredin war sichtlich aufgeregt, aber hochgestimmt in der *Coupole* eingetroffen. Sie sah umwerfend aus in ihrem grünen Seidenkleid. Ich flachste ein wenig herum, um ihr die Zeit zu vertreiben, und Aurélie zeigte sich in ihrem Zustand freudiger Erwartung zugänglicher, als ich gedacht hatte.

Dann rief, wie vereinbart, Silvestro auf meinem Handy an. Er hatte den Job übernommen, ohne groß zu fragen. Aurélie Bredin schluckte Robert Millers angebliche Verspätung, und ich bestellte Champagner für uns. Wir tranken und erzählten, und einmal kam ich etwas ins Schwitzen, als sie mich plötzlich danach fragte, woher ich ihre Privatadresse eigentlich hätte. Aber ich konnte mich geschickt aus der Affäre ziehen.

Um Viertel nach neun, wir aßen schon unser Lammcurry und Mademoiselle Bredin erklärte mir gerade, warum sie nicht an Zufälle glaube, rief Silvestro wieder an. Aus den Augenwinkeln sah ich, dass Mademoiselle Bredin beunruhigt ihr Besteck hingelegt hatte und zu mir herübersah. „Ja, wir ... äh, ich meine ... ich habe mir schon etwas zu essen bestellt, und vielleicht schaffen Sie es ja doch noch? ...Okay ... Nein, das verstehe ich doch … Kein Problem … Auf Wiedersehen, Mr. Miller." Ich legte mein Handy neben den Teller und sah Mademoiselle Bredin fest in die Augen. „Miller hat gerade abgesagt", sagte ich. „Er braucht mindestens noch zwei Stunden, bevor er aus seiner Besprechung raus ist, vielleicht sogar länger, und er sei schon jetzt völlig erledigt, und es hätte keinen Zweck, sich noch zu treffen, weil er morgen schon wieder ganz früh zurückmuss."

Ich sah, wie sie schluckte, und für einen Moment hatte ich die Befürchtung, dass sie einfach aufstehen und gehen würde.

„Tut mir echt leid", sagte ich zerknirscht. „Vielleicht war das Ganze doch keine so gute Idee."

Und als sie dann sitzen blieb und mir sagte, dass ich ja am wenigsten dafür könne, hatte ich irgendwie ein schlechtes Gewissen. Aber was sollte ich machen? Ich konnte im Ernst keinen Robert Miller herbeizaubern. Schließlich war ich ja schon da. Und so verlegte ich mich darauf, Mademoiselle Bredin zu trösten und sie mit ein paar Späßen über ihre Schicksalsgläubigkeit aufzuziehen. Ich nahm sogar für einen süßen Moment ihre Hand, doch sie zog sie wieder weg und klopfte mir auf die Finger, als ob ich ein ungezogener kleiner Junge wäre.

Dann fragte sie mich, was Robert Miller eigentlich mache, wenn er keine Bücher schreibe, und was das für eine Besprechung gewesen sei, und ich sagte, genau wisse ich das auch nicht, er sei ja Ingenieur und wahrscheinlich arbeite er immer noch in beratender Funktion für diesen Autokonzern.

Danach hörte ich mir geduldig an, was sie an Robert Millers Buch so großartig fand, wie unglaublich es war, dass sie das Buch genau zum richtigen Zeitpunkt gefunden hätte, und an welchen Stellen sie gelacht hatte oder berührt gewesen war. Geschmeichelt lauschte ich ihren schönen Worten. Mehr als einmal war ich versucht, ihr zu sagen, dass ich es war, ich allein, der ihre Seele gerettet hatte. Aber die Angst, sie zu verlieren, bevor ich die Gelegenheit hatte, sie überhaupt für mich zu gewinnen, war zu groß. Und so heuchelte ich Überraschung, als sie mir – zögernd zwar, aber mit zunehmendem Zutrauen – von den mir bereits zur Genüge bekannten Übereinstimmungen von Restaurant und Heldin berichtete.

„Verstehen Sie jetzt, warum ich diesen Mann sehen muss?", sagte sie, und ich nickte verständnisvoll.

„Ich frage mich, warum diese Frau Miller verlassen hat", sagte sie nachdenklich und pickte mit der Gabel den letzten Rest des Lammcurrys von ihrem Teller. „Er muss ein warmherziger und humorvoller Mensch sein, sonst könnte er nicht solche Bücher schreiben. Und ich finde, dass er fantastisch aussieht. Wieso verlässt man einen so attraktiven Mann?"

Sie trank ihren Wein aus, und ich zuckte die Schultern und füllte erneut ihr Glas. Wie gut, dass sie diesem Sam Goldberg nie persönlich begegnen würde. Nicht, wenn ich es verhindern konnte!

„Was ist? Sie gucken plötzlich so grimmig." Sie sah mich belustigt an. „Habe ich etwas Falsches gesagt?"

„Um Gottes willen, nein!" Ich fand, dass es an der Zeit war, den attraktiven Superhelden ein kleines bisschen zu demontieren. „Man kann nur nie hinter die Fassade schauen, nicht wahr?", sagte ich bedeutungsvoll. „Und gutes Aussehen ist nicht alles. Ich glaube, dass seine Frau es nicht gerade leicht gehabt hat mit ihm. So sehr ich Miller als Autor auch schätze."

Mademoiselle Bredin wirkte verunsichert. „Was meinen Sie damit?"

„Ach, gar nichts – vergessen Sie einfach, was ich gesagt habe." Ich lachte ein bisschen zu laut, so als ob ich überspielen wollte, dass ich mehr gesagt hatte, als ich wollte. Und dann beschloss ich, das Thema zu wechseln. „Wollen wir wirklich den ganzen Abend über Robert Miller reden? Mich interessiert viel mehr, warum eine so bezaubernde Frau wie Sie noch nicht verheiratet ist. Haben Sie so viele Laster?"

Aurélie errötete. „Haha", sagte sie. „Und selbst?"

„Sie meinen, warum so ein bezaubernder Mann wie ich noch nicht verheiratet ist? Oder welche Laster ich habe?"

Ein Lächeln huschte über Aurélies Gesicht. Sie stützte ihre Ellbogen auf den Tisch und sah mich über ihre zusammengefalteten Hände hinweg an. „Die Laster", sagte sie.

„Das habe ich befürchtet", entgegnete ich. „Lassen Sie mich überlegen." Ich nahm ihre Hand und zählte an den Fingern ab. „Essen, trinken, rauchen, schöne Frauen vom rechten Weg abbringen … reicht das für den Anfang?"

Sie entwand mir ihre Hand und lachte amüsiert, während sie nickte, und ich sah auf ihren Mund und überlegte, wie es wohl wäre, ihn zu küssen.

Und dann redeten wir endlich nicht mehr über Robert Miller, sondern über uns, und aus dem komplizenhaften Stelldichein wurde beinahe so etwas wie ein echtes Rendezvous. Ich bestellte noch eine Flasche Wein und wähnte mich schon im siebten Himmel, als etwas passierte, was nicht auf meiner romantischen Menükarte vorgesehen war.

„Un, deux, trois – ça c'est Paris!" Ein Dutzend gut gelaunter Kellner hatte sich an einer Seite des Saals in einem Halbkreis versammelt. Aus vollem Halse schmetterten sie diesen Satz, den man in der *Coupole* an jedem Abend hören kann, wenn unter den zahlreichen Gästen jemand Geburtstag hat.

Der halbe Saal schaute auf, als die Kellner im Gänsemarsch und mit einer riesigen Torte, auf der zahlreiche Wunderkerzen ihr Licht versprühten, zu dem Tisch gingen, an dem das Geburtstagskind saß. Er befand sich zwei Reihen hinter uns, und Aurélie Bredin reckte den Hals, um besser sehen zu können. Und dann stand sie plötzlich auf und winkte.

Ich drehte mich erstaunt um und sah eine vergnügte alte Dame in einem schillernden lilafarbenen Kleid, die allein an ihrem Tisch saß – mit einem riesigen Teller Austern vor sich – und allen Kellnern die Hand schüttelte. Dann blickte sie in unsere Richtung und winkte entzückt zurück.

„Kennen Sie diese Dame?“, fragte ich Aurélie Bredin.

„Ja, natürlich!“, rief sie begeistert. „Das ist Mrs Dinsmore. Wir sind uns gestern auf dem Friedhof begegnet – ist das nicht furchtbar komisch?“

Ich nickte und lächelte. Ich fand es nicht so furchtbar komisch. Es war halb elf, und ich hatte das ungute (aber richtige) Gefühl, dass es mit der schönen Zweisamkeit an unserem Tisch nun vorbei war.

Wenige Minuten später machte ich die Bekanntschaft von Mrs. Dinsmore, einer fünfundachtzigjährigen Amerikanerin. Sie war die Witwe eines Dirigenten, die Mutter eines Brücken bauenden Sohnes in Südamerika, Großmutter von drei blond gelockten Enkelkindern und Muse zahlreicher Künstler, die eines gemeinsam hatten: Sie hatten alle mit Mrs Dinsmore in der *Coupole* rauschende Feste gefeiert und waren alle schon unter der Erde.

Es gibt Menschen, die setzen sich an einen Tisch und übernehmen sofort das Gespräch. Spätestens nach fünf Minuten lauschen alle gebannt den Erzählungen und Anekdoten dieser mitreißenden Persönlichkeit, die unbestreitbar von großem Unterhaltungswert sind, aber kaum zu stoppen. Ich fürchte, Mrs Dinsmore war eine solche Person.

Seit die Fünfundachtzigjährige mit den silbergrauen Löckchen und dem rot geschminkten Mund mit dem Ausruf „Was für eine herrliche Überraschung, Kindchen – darauf trinken wir jetzt einen Bollinger!“ in unserer Mitte Platz genommen hatte, gab es für mich nicht die geringste Möglichkeit mehr, Aurélie Bredins Aufmerksamkeit auf mich zu lenken. Der Champagner wurde sogleich in einem silbernen Kübel an unseren Tisch gebracht, und nach zwei Gläsern ergab ich mich dem Charisma der unentwegt redenden alten Dame. Aurélie Bredin, die sich außerordentlich zu amüsieren schien, warf mir immer dann einen Blick zu, wenn wir gemeinsam über die komischen Erlebnisse der bemerkenswerten Lady in Gelächter ausbrachen. Je mehr wir tranken, desto lustiger wurde es, und nach einer Weile amüsierte ich mich genau so sehr wie alle anderen. Bisweilen unterbrach Mrs Dinsmore ihre kurzweiligen Monologe, um uns auf andere Gäste im Saal aufmerksam zu machen oder uns zu fragen, ob wir unseren Geburtstag auch schon einmal in der *Coupole* gefeiert hätten. Dann wollte sie unsere Geburtstage wissen (auf diese Weise erfuhr ich immerhin, dass Aurélie Bredin in ungefähr zwei Wochen Geburtstag hatte, nämlich am 16. Dezember) und klatschte entzückt in ihre kleinen Hände. „Zweiter April und sechzehnter Dezember“, wiederholte sie. „Ein Widder und ein Schütze. Zwei Feuerzeichen – das passt hervorragend zusammen!“

Das *Coupole* leerte sich allmählich, nur an unserem kleinen Tisch wurde immer noch gefeiert, getrunken und gelacht. Mrs Dinsmore wandte sich mir zu. „Junger Mann, Aurélie sagte mir, Sie seien Schriftsteller. Ein wunderbarer Beruf!“ Sie beugte sich zu Aurélie herüber und sagte: „Kindchen, der ist genau der Richtige.“

Aurélie schlug sich vor Lachen die Hand vor den Mund, und ihr plötzlicher Heiterkeitsausbruch verwirrte mich ebenso wie der Umstand, dass die alte Dame mich für einen Schriftsteller hielt, aber – verdammt, ich war ja Schriftsteller, und außerdem war ich vor allem der Richtige. Und so stimmte ich befreit in das Gelächter der beiden Damen ein.

Als Mrs Dinsmore, Mademoiselle Bredin und ich eine halbe Stunde später als die letzten Gäste und unter herzlicher Verabschiedung der Kellner die *Coupole* verließen, um uns ein Taxi zu teilen, das – so bestimmte es Mrs Dinsmore („Ich habe Geburtstag und ich zahle das Taxi!“) – zunächst Mademoiselle Bredin, die während der Fahrt neben mir saß und ab und zu ihren Kopf mit den duftenden Haaren gegen meine Schulter fallen ließ, dann mich und als Letztes das Geburtstagskind absetzte, musste ich zugeben, dass dieser Abend anders ausgegangen war, als ich es mir erhofft hatte, doch dass es ohne Frage einer der lustigsten Abende gewesen war, die ich je erlebt hatte.

Eine Woche später saß ich am Sonntagnachmittag mit Adam Goldberg im „Café des Éditeurs“ und erzählte ihm von Aurélie Bredin und den sonderbaren Verwicklungen, die mein Leben in den letzten Wochen genommen hatte. Eigentlich warteten wir auf Sam, der zusammen mit Adam angereist war, doch der Zahnarzt war noch zum Champ de Mars gefahren, um dort beleuchtete Miniaturausgaben des Eiffelturms für seine Kinder zu ergattern.

„*Oh, boy*“, sagte Adam, als ich ihm von meinem Abend in der *Coupole* berichtet hatte. „Du bewegst dich auf dünnem Eis. Kannst du nicht ein bisschen weniger lügen?“

„Sagt wer?“, entgegnete ich. „Wenn ich dich daran erinnern darf – diese ganze Sache mit dem Pseudonym und dem Autorenfoto war deine Idee!“

Adam hob beschwichtigend die Hand. „Schon gut, das war etwas Profesmelles. Jetzt bekommt die ganze Sache einen persönlichen Touch. Ich alte das für gefährlich. Was meinst du, was passiert, wenn sie herauskriegt, dass du sie an der Nase herumgeführt hast? Nachher macht das Mädchen einen Riesenwirbel, kommt in den Verlag und heult bei Monsieur Monsignac rum – dann kannst du echt einpacken."

Ich schüttelte den Kopf. „Mein Plan ist absolut wasserdicht", sagte ich. Ich hatte beschlossen, Mademoiselle Bredin einen weiteren Brief von Robert Miller zukommen zu lassen, in dem dieser einen Termin für das gemeinsame Abendessen im *Temps des Cerises* vorschlagen würde – und zwar an Aurélie Bredins Geburtstag. Doch diesmal musste der Brief direkt aus England kommen. Deswegen hatte ich Adam gebeten, ihn nach der Lesung mitzunehmen und in London in einen Briefkasten zu werfen. Warum Robert Miller dann letztlich doch wieder nicht kommen würde, darüber hatte ich mir noch keine Gedanken gemacht.

„Was ist, wenn die Kleine von der Lesung erfährt und hinkommt? Wir können meinen Bruder jetzt nicht auch noch in deine amourösen Lügengespinste einweihen, das wird zu kompliziert. Sam hatte schon ein Problem damit, seiner Frau den wahren Grund für seine Parisreise nicht zu erzählen. Und bevor du fragst – nein, er hat sich den Bart nicht abgenommen. Meine Schwägerin findet den Bart nämlich ganz toll. Nachher denkt sie noch, er hätte eine Geliebte, und das wollte Sam nicht riskieren."

Ich nickte. „Okay, geschenkt. Aber er darf sich nicht verplappern. Er lebt allein mit seinem kleinen Hund Rocky – du erinnerst dich? – in seinem blöden Cottage. Kennt dein Bruder inzwischen den Inhalt des Romans?"

Adam nickte. „Also", kam er noch einmal auf seine Befürchtungen zu sprechen, „was machst du, wenn Mademoiselle Bredin von der Lesung Wind bekommt?"

Ich lachte gönnerhaft. „Adam, sie ist Köchin. Sie hat zufälligerweise mein Buch gelesen, sie ist nicht eine, die normalerweise auf Lesungen geht. Außerdem findet die ganze Chose in einer kleinen Buchhandlung auf der Île Saint-Louis statt. Das ist überhaupt nicht ihr Einzugsgebiet."

Zum ersten Mal in meiner Verlagskarriere war ich froh, dass das Marketing in diesem Fall „suboptimal" gelaufen war, wie sich Michelle Auteuil ausgedrückt hatte. „Die besser gelegenen Buchhandlungen waren schon alle ausgebucht. Unter diesen Umständen können wir mit der Librairie Capricorne sehr zufrieden sein. Der Buchhändler ist ein entzückender alter Herr, und er hat seine Stammkundschaft. Da wird die Buchhandlung schon voll."

Ich fand auch, dass wir sehr zufrieden sein konnten.

Adam war nicht ganz überzeugt. „Dein Wort in Gottes Ohr, Andy. Trotzdem frage ich mich, ob es nicht besser wäre, die ganze Geschichte mit dieser Mademoiselle Bredin einschlafen zu lassen."

„Nein", sagte ich. „Versteh doch, Adam, sie ist nicht irgendeine Frau. Sie ist *die* Frau!" Ich rührte drei Löffel Zucker in meinen Espresso und trank einen Schluck von dem heißen süßen Gebräu. „ Im Übrigen werde ich Robert Miller sowieso bald sterben lassen. Sobald das Essen im *Temps des Cerises* gelaufen ist, wird der gute alte Miller von der Bühne abtreten."

„Heißt das, du schreibst nicht weiter?" Adam setzte sich alarmiert auf. „Jetzt, wo der Roman gerade abgeht? Bei mir auf dem Schreibtisch liegen Angebote aus Deutschland, Holland und Spanien. Und aus dem zweiten Roman machen wir einen Bestseller."

„Um Gottes willen", sagte ich. „Eben noch sagst du mir, das ganze Lügenspiel sei so gefährlich, und jetzt willst du munter weitermachen?"

Adam lächelte fein. „Ich bin eben professionell."

„Und wie stellst du dir das in Zukunft vor? Lassen wir deinen Bruder jedes Mal einfliegen?"

„Läuft es super, kann man auch irgendwann die Wahrheit sagen." Adam lehnte sich entspannt zurück. „Du musst endlich kapieren, wie die Branche tickt, André: Der Erfolg gibt dir immer Recht. Also, ich finde, Robert Miller sollte unbedingt weiterschreiben."

„Nur über meine Leiche", entgegnete ich. „Ich finde, nur ein toter Autor ist ein guter Autor."

„*Hi, fellows*", sagte eine Stimme. „Sprekt ihr etwa uber mich?"

Sam Goldberg war unbemerkt zur Tür hereingekommen. Da stand nun also mein *Alter Ego* in einem dunkelblauen Dufflecoat und einer Kappe im Schottenkaro und war beladen mit kleinen Plastiktüten mit Eiffeltürmen. Er hatte kurze blonde Haare und blaue Augen wie sein Bruder. Leider sah er wirklich so gut aus wie auf dem Foto. Und obwohl er um die Vierzig sein musste, hatte er diese jungenhafte Ausstrahlung, die manche Männer nie verlieren, egal wie alt sie werden.

„Hi, Sam, wo steckst du denn die ganze Zeit?" Adam war aufgestanden und begrüßte seinen Bruder mit einem freundschaftlichen Schlag auf die Schulter. „Wir dachten schon, du hättest dich verlaufen."

Sam grinste. „Shopping", erklärte er und mir fiel auf, dass seine Stimme ganz ähnlich klang wie die seines Bruders. „Ich müsste versprekken, die Familie etwas mitzubringen."

„Das ist André", stellte Adam mich vor, und Sam schüttelte mir die Hand. „Schon, Sie zu sehen", sagte er und strahlte mich an.

„Vielen Dank, dass Sie nach Paris gekommen sind, Sam", entgegnete ich etwas verkrampft. „Sie helfen uns wirklich aus der Patsche."

„Oh, yes!" Er schmunzelte und nickte. „Adam hat mir alles gesprochen. Ich müss sagen, ich war sehr überrascht, dass ich eine Büch geschrieben hätte." Er zwinkerte mir zu. „Glucklicherweise habe ich eine gute Humor."

Ich nickte erleichtert. Adam hatte offenbar gute Arbeit geleistet.

„Wir sind ja jetzt so was wie … wie sagt man? … Brüder in die Geiste?", fuhr er fort. „*Well*, ich hoffe, dass alles gut fonktionieren wird mit unsere kleine Kompott."

Wir lachten alle drei. Dann setzten wir uns, und mein „Bruder im Geiste" bestellte sich einen Tee mit Milch und eine Apfeltarte. Die nächsten zwei Stunden verbrachten wir damit, Sam Goldberg auf seine neue Identität einzuschwören. Erleichtert nahm ich zur Kenntnis, dass Sams Französisch besser war erwartet, da die beiden Goldberg-Brüder als Kinder ihre Sommerferien oft bei einem Onkel in Kanada verbracht hatten, und es machte ihm offenbar nichts aus, vor Publikum zu sprechen. Immerhin hatte er ja auch schon auf Zahnarztkongressen Vorträge zur Prophylaxe und Behandlung von Paradontose gehalten.

Wir sprachen das Interview mit dem *Figaro* durch, das am nächsten Morgen stattfinden sollte, dann die wenigen Passagen, die am Abend in der Buchhandlung zu lesen waren. Ich erklärte ihm den Ablauf der Lesung und riet ihm dringend, seine neue Unterschrift als „Robert Miller" zu üben, damit er sich beim Signieren der Bücher nicht verschrieb. Nach der Lesung, die um acht Uhr beginnen und maximal eineinhalb Stunden dauern sollte, war noch ein Abendessen im kleinen Kreis vorgesehen, an dem der Autor, der Buchhändler, Jean-Paul Monsignac, Michelle Auteuil, Adam Goldberg und meine Wenigkeit teilnehmen sollten. Ich muss sagen, dass mir vor diesem Abendessen ein wenig graute.

Die Lesung in einer Buchhandlung läuft immer irgendwie gleich ab: Begrüßung durch den Buchhändler, Begrüßung durch den Verlag (in diesem Fall sollte ich diesen Job übernehmen, da ich die ganze Sache moderieren würde), der Autor spricht ein paar Worte, dass er sich freut, hier zu sein und so weiter und so fort, und liest ein paar Abschnitte. Dann Applaus, hat noch jemand eine Frage an den Autor?, und immer dieselben Fragen: Wie sind Sie dazu gekommen, dieses Buch zu schreiben? Wollten Sie immer schon Schriftsteller werden? Schreiben Sie an einem neuen Buch? Zum Schluss kommen die Leute, um das Buch zu kaufen und es sich signieren zu lassen. Und am Ende werden ein paar Fotos gemacht.

Eine Autorenlesung ist eine schöne übersichtliche Angelegenheit.

Bei einem Abendessen im kleinen Kreis gab es größere Unwägbarkeiten, vor allem wenn man etwas zu verbergen hatte. Ich riet Sam, sich bei heiklen Fragen aus dem Publikum oder beim Essen auf seine nicht ausreichenden Sprachkenntnisse zurückzuziehen. „Oh, sorry, das habe ich nikt ganz verstanden, wie meinen Sie das?", sollte er treuherzig fragen, und dann würden Adam oder ich einspringen. Mit ein bisschen Geistesgegenwart seitens des Zahnarztes würde der Abend hoffentlich passabel verlaufen. Wichtig war, dass er die folgenden Punkte beherzigte, die wir immer wieder durchkauten: Er lebte allein in seinem Cottage im malerischen Tunbridge Wells. Sein Hund Rocky war ein Yorkshireterrier, der sich momentan in der Obhut eines netten Nachbarn befand. Auf die Frage, ob sein Buch autobiografische Bezüge hätte, sollte er antworten: „Ach, wissen Sie, jedes Buch ist irgendwo autobiografisch. Natürlich gibt es Dinge darin, die ich selbst erlebt habe, andere habe ich auch nur gehört oder sie sind frei erfunden." Nach Paris war er früher sehr oft gekommen, als er noch für die Autofirma gearbeitet hatte, aber im Moment brauchte er viel Ruhe und Natur. Eine Journalistenreise zu seinem Domizil war für ihn der größte Horror. (Dies zur Vorsicht, falls er in die Hände von Michelle Auteuil fiel.) Ein zweiter Paris-Roman war angedacht, aber das würde noch eine ganze Weile dauern (keine konkreten Angaben zum Inhalt!). Sein Hobby waren alte Autos.

„Wir sehen uns dann morgen Abend", sagte ich, als wir alle drei draußen vor dem Café standen. Die beiden Brüder wollten in ihr Hotel, bevor sie am Abend Paris unsicher machen würden, und ich wollte einfach nur nach Hause. „Es wäre gut, wenn ihr eine halbe Stunde vorher da sein könntet." Ich holte tief Luft. „Wird schon schiefgehen, was?"

„Alles wird gut", sagte Adam. „Wir werden ganz pünktlich sein."

„*Yes*, wir werden der Baby schon schütteln", sagte Sam.

Und dann trennten sich unsere Wege.

GRÖSSERE KATASTROPHEN haben immer ihre Vorboten. Als ich am nächsten Morgen im Bad stand und mich rasierte, hörte ich ein lautes Krachen. Ich lief auf nackten Füßen in den dunklen Flur und trat in eine Scherbe. Der schwere, alte Spiegel neben dem Garderobenständer war heruntergefallen, und überall lagen Scherben und Splitter. Fluchend zog ich die Scherbe aus meinem blutenden Fuß und humpelte in die Küche, um ein Pflaster zu holen. Abergläubische Menschen sagen, dass ein Spiegel, der von der Wand fällt, Unglück bringt. Ich bin Gott sei Dank nicht abergläubisch, und so begnügte ich mich damit, unter allerlei Verwünschungen die Überreste des Spiegels zusammenzufegen, und machte mich auf den Weg in den Verlag.

Mittags traf ich eine Autorin zu einem Arbeitsessen. Nach meiner Rückkehr in den Verlag betrat Madame Petit mein Zimmer, um mir zu sagen, dass meine Mutter angerufen habe und dringend um Rückruf bitte.

Ein halbe Stunde später saß ich im Taxi und war auf dem Weg ins Krankenhaus. Maman hatte sich an diesem Montag spontan entschieden, einen kleinen Ausflug nach Paris zu machen, und war mit sämtlichen Einkaufstüten in den Galeries Lafayette die Rolltreppe hinuntergestürzt.

Nun wartete sie mit gebrochenem Bein auf Station IV und lächelte mich zaghaft an. Mir zog sich für einen Moment das Herz zusammen.

„Maman, was machst du denn für Geschichten?“, fragte ich, gab ihr einen Kuss und blickte auf ihr geschientes Bein, das dick verbunden auf der Bettdecke ruhte. „Hast du Schmerzen?“

Sie schüttelte den Kopf. „Es geht schon wieder. Ich habe ein Schmerzmittel bekommen, aber ich bin ganz schläfrig davon.“

„Wie ist das denn passiert?“, fragte ich.

„Ach, weißt du, im Dezember ist das Lafayette doch immer so wunderschön geschmückt. Da dachte ich mir, ich schau mir das an und mache schon mal ein paar Weihnachtseinkäufe. Und dann hab ich mich irgendwie mit all den Tüten auf der Rolltreppe verheddert und bin nach hinten rübergefallen.“

Mein Blick fiel auf ein Paar braune Spangenschuhe mit einem zierlichen und nicht gerade flachen Absatz, das vor dem Einbauschrank an der Seite des Bettes stand. „Hattest du etwa diese Schuhe an?“, fragte ich. „Maman, es ist Winter und du machst Weihnachtseinkäufe in *Stöckelschuhen*?“

Sie guckte schuldbewusst unter ihrer Decke hervor. „Ich mag diese Omaschuhe nun mal nicht“, murrte sie. „Ich bin vielleicht alt, aber ich habe immer noch sehr schöne Beine, oder etwa nicht?“

Ich lächelte. Maman war mit ihren vierundsiebzig Jahren ziemlich eitel. „Ja, natürlich hast du die“, sagte ich. „Aber wenn sie gebrochen sind, nützen sie dir auch nichts.“

Ich blieb zwei Stunden bei Maman, kaufte ihr noch Obst, Säfte, ein paar Illustrierte und eine kleine Notausstattung fürs Bad. Dann war es bereits halb sechs, und ich beschloss, in der Éditions Opale meine Unterlagen zu holen und von dort aus direkt weiter in die Buchhandlung zu fahren.

Madame Petit war bereits gegangen, doch als ich das Licht ausmachen wollte, entdeckte ich noch einen kleinen Zettel von ihr, den sie an meine Lampe geheftet hatte. *Wie geht es Ihrer Mutter?*, stand auf dem Zettel. Und darunter: *Eine Aurélie Bredin bittet um Rückruf.*

Heute frage ich mich, ob nicht spätestens in diesem Moment alle Alarmglocken bei mir hätten klingeln müssen.

Die kleine Buchhandlung in der Rue Saint-Louis war bis auf den letzten Platz ausverkauft. Ich stand mit Pascal Fermier, dem grauhaarigen Besitzer der Librairie Capricorne, in einer Art Teeküche und spähte durch den dunkelgrauen Vorhang, der das Hinterzimmer vom Rest der Buchhandlung abtrennte. Neben mir stapelten sich auf dem Boden die Kataloge aller möglichen Verlage, daneben brummte ein Kühlschrank.

Robert Miller alias Sam Goldberg stand neben mir und hielt sich an einem Glas Weißwein fest. Er war ein bisschen aufgeregt und redete fast überhaupt nichts mehr. Immer wieder schlug er das Buch an den Stellen auf, die ich ihm mit kleinen roten Zetteln markiert hatte.

„Kompliment." Ich wandte mich zu dem alten Buchhändler. „Die Buchhandlung ist ja voll!"

Fermier nickte. „Dass so viele Menschen kommen würden, habe ich auch nicht erwartet." Er wandte sich an Sam. „Sie haben offenbar viele Fans, Mr Miller. Wirklich schön, dass Sie kommen konnten."

Er trat vor den Vorhang, lächelte in die besetzten Stuhlreihen und ging zu einem kleinen Holztisch, der etwas erhöht auf einer zweiten Ebene an der Rückseite des Raumes stand. Auf dem Tisch befand sich ein Mikrofon, daneben ein Glas und eine Karaffe mit Wasser. Dahinter ein Stuhl.

„Es geht los", sagte ich zu Sam. „Keine Panik, ich sitze gleich in der Nähe." Ich deutete auf einen zweiten Stuhl an der Seite auf der Empore.

Sam räusperte sich. „Ich hoffe, ich makke nix verkehrt."

„Wird schon", sagte ich und drückte seinen Arm. „Und nochmals danke!"

Dann trat auch ich hinter dem Vorhang hervor und stellte mich neben Monsieur Fermier. Der Buchhändler wartete, bis das Getuschel erstarb, hieß die Anwesenden in schlichten Worten willkommen und gab das Mikrofon an mich weiter. Ich bedankte mich und sah ins Publikum.

In der ersten Reihe saß der halbe Verlag, das komplette Lektorat war anwesend, sogar Madame Petit thronte in einem dunkelroten Kaftan unübersehbar auf ihrem Stuhl und sagte gerade etwas zu Adam Goldberg. Jean-Paul Monsignac, diesmal mit Fliege, hatte sich neben Florence Mirabeau niedergelassen, die mindestens so aufgeregt schien wie Sam Goldberg. Ganz außen saß eine äußerst zufriedene Michelle Auteuil, wie immer in Schwarz, neben dem Fotografen. „Der ist ja total süß, Ihr Miller, hat hervorragend geklappt mit den Journalisten", hatte sie mir noch rasch gesagt, als ich in die Buchhandlung gekommen war.

„Meine Damen und Herren", begann ich, „ich möchte Ihnen heute einen Autor vorstellen, der unsere schöne Stadt zum Schauplatz seines wunderbaren Romans gemacht hat. Eigentlich könnte er jetzt gemütlich in seinem englischen Cottage am Kamin sitzen, aber er hat keine Mühe gescheut, um heute Abend bei uns zu sein und für uns zu lesen. Sein Roman heißt ‚Das Lächeln der Frauen'. Er könnte aber auch ‚Ein Engländer in Paris' heißen, denn es geht darum, was passiert, wenn ein Engländer in Paris eine beliebte englische Automarke etablieren soll, und mehr noch darum, was passiert, wenn ein Engländer sich in eine französische Frau verliebt. Begrüßen Sie mit mir – Robert Miller!"

Das Publikum klatschte und sah erwartungsvoll auf den schlanken, wendigen Mann in Hemd und Weste, der sich kurz verbeugte und dann hinter dem Tisch Platz nahm.

„Also", sagte Robert Miller lächelnd. „In mein Cottage ist es schön, aber ich müss schon sagen, ich finde es hier auch sehr gemütlik."

Aus den Reihen waren ein paar wohlwollende Lacher zu hören.

„Ich möchte Sie danken, dass Sie gekommen sind. Leider spreke ich nicht so gut Französisch wie Sie, aber doch nikt so schlecht fur eine Ingländer."

Neuerliches Gelächter.

„Also", sagte Robert Miller und schlug mein Buch auf. „Fangen wir an."

Es wurde eine sehr kurzweilige Lesung. Adams Bruder lief, befeuert von der Reaktion seiner Fans, zur Hochform auf. Er las, versprach sich auf amüsante Weise, riss kleine Witzchen, und die Zuhörer waren begeistert. Ich muss zugeben, dass ich es selbst nicht besser hätte machen können.

Am Ende gab es Riesenapplaus. Adam nickte mir komplizenhaft zu und reckte seinen Daumen in die Höhe. Monsieur Monsignac klatschte mit freudiger Miene und sagte etwas zu Mademoiselle Mirabeau, die während der ganzen Lesung an den Lippen des Autors gehangen hatte. Dann kamen die ersten Fragen aus dem Publikum, die unser Autor mit Bravour meisterte. Als er von einer attraktiven Blondine aus der fünften Reihe nach seinem neuen Roman gefragt wurde, wich er allerdings von unserem Plan ab. „Oh ja! Naturlich wird es eine neue Roman geben, er ist schon so gut wie fertig", sagte er selbstverliebt.

„Wovon handelt er? Spielt er wieder in Paris?"

Der Autor nickte. „Ja, und diese Mal ist meine Held ein inglischer Zahnarzt, der sich auf eine Kongress verliebt in eine französische Tänzerin aus dem ‚Moulin Rouge'", fabulierte er.

Ich räusperte mich warnend. Wahrscheinlich hatte ihm sein gestriger Ausflug ins Pariser Nachtleben neue Inspiration gegeben.

Miller sah zu mir herüber. „Well, ich darf noch nikt alles verraten, sonst schimpft mein *editor* mit mir und keiner kauft mehr meine neue Büch", sagte er geistesgegenwärtig.

Monsieur Monsignac lachte laut und mit ihm viele andere. Ich versuchte auch zu lächeln. Bisher war alles gut gelaufen, aber allmählich war es an der Zeit, dass der Zahnarzt zum Schluss kam. Ich stand auf.

„Wieso haben Sie sich einen Bart wachsen lassen, Mr Miller? Haben Sie etwas zu verbergen?“, rief da ein vorwitziges Mädchen mit hochgebundenem Pferdeschwanz von ganz hinten und kicherte mit ihren Freundinnen.

Miller strich sich über seinen dichten blonden Vollbart. „Nun, Sie sind noch sehr jong, Mademoiselle“, entgegnete er. „Sonst wussten Sie, dass kein Mann lasst sich gern schauen in die Karten. Aber …“, er machte eine kleine Kunstpause, „…wenn Sie meinen, ob ich bin beim Secret Service, müss ich Sie leider enttäuschen. Die Sache ist viel einfacher … Ich habe eine wunderbare …“, er stockte, und ich hielt den Atem an. Er würde doch jetzt nicht von seiner Frau sprechen? „… eine wunderbare Rasierapparat“, fuhr er fort, und ich atmete erleichtert weiter. „Und der war eines Tages kapütt.“

Alles lachte, und ich ging zu Miller hinüber und schüttelte ihm die Hand. „Das war ganz großartig, vielen Dank, Robert Miller“, sagte ich laut und wandte mich zum Publikum, das frenetisch applaudierte. „Wenn keiner mehr eine Frage hat, wird der Autor nun gern signieren.“

Der Applaus verebbte, und die ersten Gäste erhoben sich von ihren Stühlen, um nach vorn zu kommen, als sich plötzlich eine helle, etwas atemlose Stimme über die Stuhlreihen hinweg erhob.

„Ich habe noch eine Frage, bitte“, sagte die Stimme, und mein Herz hörte einen Moment auf zu schlagen.

Links an der Seite, gleich in der Nähe des Eingangs, stand wie aus dem Boden gewachsen im roten Samtkleid Mademoiselle Aurélie Bredin.

„Mr Miller, haben Sie sich wirklich in eine Pariserin verliebt – wie der Held in Ihrem Roman?“, fragte sie und ihr Mund verzog sich zu einem feinen Lächeln.

Robert Miller sah mich einen Augenblick verunsichert an, und ich schloss ergeben die Augen und gab mich in Gottes Hand.

„Nun … äh …“ Ich spürte, wie der Zahnarzt ins Schwimmen geriet. „Wie soll ich sagen … die Frauen in Paris sind einfach … so … unglaublich … reizfull …“ Er hatte sich offenbar wieder gefangen und setzte sein Ich-bin-ein-kleiner-Junge-ich-kann-nichts-dafür-Lächeln auf. „Aber ich furchte, ich muss daruber schweigen – ich bin Gentleman, *you know*?“

Er deutete eine Verbeugung an, und die Leute brachen erneut in Applaus aus, während Monsieur Monsignac nach vorn sprang, um Robert Miller zu gratulieren und sich dann mit seinem Autor fotografieren zu lassen.

„Kommen Sie her, André!“, rief er mir zu. „Sie sollen auch mit aufs Foto!“

Ich taumelte an die Seite meines glücklichen Verlegers, der mir zuraunte: „Dieser Engländer ist umwerfend."

Ich nickte und rang mir ein Lächeln für das Foto ab, während ich ängstlich beobachtete, wie die Leute sich zu einer Schlange formierten, um sich ihre Bücher signieren zu lassen. Und am Ende dieser Schlange reihte sich die Frau im roten Samtkleid ein.

Robert Miller setzte sich wieder und begann zu signieren, und ich zog Adam zur Seite. „Hilfe, Hilfe", flüsterte ich aufgeregt.

Er sah mich erstaunt an. „Hat doch alles toll geklappt!"

„Adam, das meine ich nicht. *Sie* ist hier", sagte ich leise. „Die Frau in dem roten Samtkleid, hinten in der Reihe. Sie wird sich gleich ihr Buch signieren lassen. Sie darf unter keinen Umständen die Gelegenheit bekommen, mit deinem Bruder zu sprechen! Wir müssen das verhindern."

Adam schaltete sofort. „Okay, lass uns mal auf unseren Posten gehen."

Als Aurélie Bredin schließlich als Letzte in der Reihe vortrat und ihr Buch auf den Tisch legte, hinter dem – flankiert von Adam und mir – Robert Miller saß, bekam ich Herzrasen. Sie wandte ihren Kopf für einen Moment zur Seite und sah mich mit hochgezogenen Augenbrauen und kühlem Blick an. Ich murmelte *„Bonsoir"*, aber sie würdigte mich keines Wortes. Sie beugte sich zu Robert Miller herab und ihre Miene hellte sich auf.

„Ich bin Aurélie Bredin", sagte sie, und ich stöhnte leise.

Der Zahnarzt lächelte sie freundlich an. „Haben Sie einen besonderen Wunsch?", fragte er wie ein alter Hase.

„Nein." Sie lächelte und sah ihn bedeutungsvoll an.

Robert Miller alias Sam Goldberg lächelte auch, zog das aufgeschlagene Buch zu sich heran und überlegte einen Moment. „Na, dann schreiben wir doch ‚Für Aurélie Bredin mit sehr herzlichen Grüßen von Robert Miller' – gut so?" Er beugte sich vor und widmete sich ganz seiner Signatur. „Bitte sehr", sagte er dann und blickte auf.

Aurélie Bredin lächelte wieder und klappte das Buch zu, ohne hineinzuschauen.

Sams Blick verweilte ein paar Sekunden auf ihrem Mund. „Darf ich Ihnen ein Kompliment machen, Mademoiselle? Sie haben wundervolle Zähne."

Sie wurde rot und lachte. „So ein Kompliment habe ich noch nie bekommen", entgegnete sie verwundert. Und dann sagte sie etwas, das mir das Herz in die Hose rutschen ließ. „Wie schade, dass Sie nicht in die *Coupole* kommen konnten, ich war nämlich auch da."

Man konnte richtig sehen, wie es in Sam Goldbergs Hirn arbeitete. Er starrte Aurélie Bredin mit glasigem Blick an und sagte dann vorsichtig:

„Oh, ja. Die *Coupole*! Da müss ich unbedingt hin. *Lovely place, very lovely*!“

Aurélie Bredin war sichtlich irritiert, aber sie machte noch einen Vorstoß. „Ich habe letzte Woche Ihren Brief bekommen, Mr Miller“, sagte sie leise. „Ich habe mich so gefreut, dass Sie mir zurückgeschrieben haben.“

Das stand nicht in unserem Drehbuch, und mir brach der Schweiß aus. Sam Goldberg bekam rote Flecken auf der Stirn und stotterte verlegen: „Das … das habe ich sehr gern gemacht … sehr gern … wissen Sie … ich … ich …“ Er suchte nach Worten, die ihm gar nicht einfallen konnten.

Ich warf Adam einen flehenden Blick zu. Adam sah auf die Uhr und beugte sich zu seinem Bruder. „Sorry, Mr Miller, aber wir müssen jetzt wirklich los“, sagte er. „Wir haben ja noch das Essen.“

„Ja“, fiel ich ein, packte Sam Goldberg am Arm und zog ihn förmlich von seinem Sitz. „Tut mir leid, wir müssen aufbrechen.“ Ich nickte Aurélie Bredin entschuldigend zu. „Es warten schon alle.“

„Ach, Monsieur Chabanais“, sagte sie, als ob sie mich erst in diesem Augenblick bemerkte. „Haben Sie vielen Dank für die Einladung zur Lesung.“ Ihre grünen Augen funkelten, als sie einen Schritt zurücktrat, um uns vorbeizulassen. „Es war schön, Sie kennen zu lernen, Mr Miller“, sagte sie und reichte dem verwirrten Sam die Hand. „Ich hoffe, Sie vergessen unsere Verabredung nicht.“ Sie lächelte wieder und strich eine dunkelblonde Haarsträhne zurück, die sich aus ihrer Spange gelöst hatte.

Sam sah sie sprachlos an. *„Au revoir, Mademoiselle“*, erwiderte er, und bevor er noch etwas von sich geben konnte, schoben wir ihn durch die Menge der Besucher, die sich ihre Mäntel überzogen und redeten.

„Wer … wer ist diese Frau?“, fragte er leise und verdrehte immer wieder den Kopf nach Aurélie Bredin, die mit ihrem Buch vor dem Pult stand und ihm nachsah, bis wir die Buchhandlung verlassen hatten.

Elf

Es war weit nach Mitternacht, als ich Bernadette bat, mir ein Taxi zu rufen. Nach der Lesung in der Librairie Capricorne waren wir auf ein Glas Wein zu ihr nach Hause gegangen.

Ich muss zugeben, dass meine Verwirrung ziemlich groß gewesen war, als ich Robert Miller nachgesehen hatte, der zusammen mit André Chabanais und einem anderen Herrn in einem hellbraunen Anzug aus der Buchhandlung gestolpert war.

„Weißt du, was ich nicht verstehe?", hatte Bernadette zu mir gesagt, als wir uns auf ihrem großen Sofa gegenübersaßen. „Du hast einen Brief geschrieben, er hat einen Brief geschrieben, und dann starrt er dich an, als ob er deinen Namen noch nie gehört hat. Das finde ich ziemlich merkwürdig."

Ich nickte. „Ich kann mir das auch nicht erklären. Er wirkte so … verdutzt. So als ob er gar nichts verstehen würde. Vielleicht hat er einfach nicht damit gerechnet, dass ich zu seiner Lesung komme."

Bernadette nippte an ihrem Wein, griff in eine Schale mit Makadamianüssen. „Hm", sagte sie und kaute nachdenklich. „Warum sollte er verdutzt sein, wenn eine Frau, die sein Buch so großartig findet, dass sie ihn sogar zum Essen einladen will, zu seiner Lesung kommt?"

Ich schwieg und ergänzte im Stillen: jemand, der ihm auch noch ein Foto von sich geschickt hat. Doch davon wusste Bernadette nichts. „Als ich unsere Verabredung erwähnt habe, hat er auch nur so seltsam geguckt. Meinst du, er war verlegen, weil die anderen aus dem Verlag dabeistanden?"

„Halte ich für unwahrscheinlich … der war doch vorher auch nicht gerade schüchtern. Überleg mal, wie er die Fragen pariert hat!" Sie lehnte sich zurück. „Hat er diese Lesung denn in seinem Brief erwähnt?"

Ich schüttelte den Kopf. „Nein, aber das kann sich auch überschnitten haben. Wahrscheinlich wusste er, als er mir den Brief schrieb, noch nichts Genaues." Ich fischte mir ebenfalls eine Handvoll Nüsse aus der Schale. „Was ich allerdings wirklich ein starkes Stück finde, ist, dass dieser Chabanais mir kein Wort davon erzählt hat. Er hat auch ganz schuldbewusst geguckt, als ich plötzlich auftauchte."

„Vielleicht hat er es einfach vergessen."

„Ach, vergessen!", gab ich ärgerlich zurück. „Und das nach diesem total verrückten Abend in der *Coupole*, wo er mich extra wegen Miller hinbestellt hat? Er wusste doch, dass es mir wichtig ist."

Ich lehnte mich mit dem Rücken gegen die Armlehne des Sofas. Wenn Bernadette nicht gewesen wäre, hätte ich überhaupt nicht erfahren, dass Robert Miller in Paris war. Da meine Freundin aber auf der Île Saint-Louis wohnte, kaufte sie oft Bücher bei dem netten Monsieur Chagall, der in Wirklichkeit Pascal Fermier hieß, und so hatte sie zufällig morgens das Plakat in seinem Schaufenster gesehen. Wir hatten uns an diesem kalten sonnigen Montagvormittag zu einem Spaziergang in den Tuilerien verabredet, und das Erste, was Bernadette mich gefragt hatte, war, ob ich abends zu der Lesung von Robert Miller gehen würde und ob sie mitkommen könne. „Schließlich will ich den Wunderautor auch mal sehen", hatte sie gesagt und sich bei mir untergehakt. Und ich hatte ausgerufen: „Das gibt's doch nicht! Warum hat mir dieser Blödmann aus dem Verlag nichts gesagt?“ Am Nachmittag war ich zur Librairie Capricorne gefahren, um zwei Karten für die Lesung zu kaufen.

Ich betrachtete nachdenklich den Rotwein, der in meinem Glas schaukelte. „Weißt du, Bernadette, ich glaube, dieser Chabanais ist total launisch“, sagte ich. „Manchmal kann er ganz charmant sein, dann überschlägt er sich geradezu – du hättest ihn mal erleben sollen in der *Coupole* –, und dann ist er wieder unfreundlich und griesgrämig. Oder er lässt sich verleugnen.“

Am Nachmittag hatte ich im Verlag angerufen, um mich bei André Chabanais zu beschweren und ihm mitzuteilen, dass ich mir meine Karten jetzt schon selbst gekauft hätte, aber leider war nur diese Sekretärin am Telefon gewesen, die mich abgewimmelt hatte.

„Er sieht jedenfalls sehr sympathisch aus“, bemerkte Bernadette.

„Ja, das stimmt“, sagte ich und sah wieder die hellen blauen Augen des Engländers vor mir, der mich so ratlos angesehen hatte, als ich den verpatzten Termin in der *Coupole* ansprach. „Obwohl er jetzt einen Bart hat.“

Bernadette lachte auf. „Ich meinte eigentlich diesen Chabanais.“ Ich warf ein Kissen nach ihr und sie duckte sich schnell. „Aber der Engländer sieht auch ganz nett aus. Und ich fand ihn äußerst witzig.“

„Ja, nicht wahr?“ Ich setzte mich auf. „Die Lesung war sehr lustig. Aber er macht eigenartige Komplimente. ‚Sie haben wundervolle Zähne‘, hat er gesagt. Wenn er jetzt ‚Augen‘ gesagt hätte oder ‚Sie haben einen wunderschönen Mund‘.“ Ich schüttelte den Kopf.

„Vielleicht sind englische Männer anders“, entgegnete Bernadette. „Jedenfalls finde ich sein Verhalten dir gegenüber merkwürdig. Entweder hat dieser Mann ein Gedächtnis wie ein Sieb, oder – ich weiß nicht – seine Frau war in der Nähe und er hat was zu verbergen.“

„Er lebt allein, du hast es doch gehört“, sagte ich. „Außerdem hat Chabanais mir erzählt, seine Frau habe ihn verlassen.“

Bernadette sah mich mit ihren großen dunkelblauen Augen an und runzelte die Stirn. „Irgendwas an dieser Sache stimmt nicht“, sagte sie. „Vielleicht gibt es ja eine ganz einfache Erklärung. Denk noch mal nach, Aurélie. Was genau hat dieser Miller am Ende gesagt?“

„Na ja, am Schluss ging alles rasend schnell, weil Chabanais und dieser andere Typ so zum Aufbruch drängten. Er hat irgendwie rumgestottert, dass er mir gern den Brief geschrieben hätte, und dann sagte er: *Au revoir.* “

„Na, immerhin“, meinte Bernadette und trank ihren Rotwein aus.

Als ich kurze Zeit später im Taxi saß und den erleuchteten Boulevard Saint-Germain entlangfuhr, schlug ich noch einmal das Buch auf, in das

Miller *Für Aurélie Bredin mit sehr herzlichen Grüßen von Robert Miller* geschrieben hatte. Ich strich über die Widmung und starrte lange auf die großzügigen runden Buchstaben, als seien sie der Schlüssel zu Millers Geheimnis. Und das waren sie auch. Nur dass ich in diesem Moment nicht erkannte wieso.

Zwölf

Schon immer hat mich eine Szene aus dem alten Schwarz-Weiß-Film *„Kinder des Olymp"* besonders beeindruckt: Es ist die letzte Einstellung, in welcher der verzweifelte Baptiste seiner großen Liebe Garance nachläuft und sie im Gewühl des Straßenkarnevals schließlich verliert. Er geht unter, kommt nicht durch, er wird umringt und geschubst von der lachenden, tanzenden Menge, durch die er sich taumelnd bewegt. Ein unglücklicher, verwirrter Mann inmitten fröhlicher Menschen, die ausgelassen feiern – das ist ein Bild, das man nicht so leicht vergisst und das mir wieder in den Sinn kam, als ich nach der Lesung mit Sam Goldberg und den anderen in einem elsässischen Restaurant saß, das sich in der Nähe der Buchhandlung befand.

Der dicke Wirt platzierte uns an einen großen Tisch an der Rückwand des Lokals und knallte vergnügt Besteck und Gläser vor uns hin. Alle schienen bestens gelaunt, es wurde getrunken, gescherzt und gefeiert – nur ich war der unglückselige Baptiste, der wie ein Außerirdischer dazwischensaß, weil für ihn die Dinge nicht ganz so wunderbar gelaufen waren.

„Mann, war die sauer", hatte Adam mir zugeraunt, als wir die Librairie Capricorne verließen und sein Bruder uns immer wieder fragte, wer die schöne Frau im roten Kleid gewesen war. Adam hatte ihm erklärt, dass es bei Lesungen durchaus vorkommen konnte, dass begeisterte Fans einem Autor schöne Augen machten.

„Wow!", hatte der Zahnarzt ausgerufen und dann hinzugefügt, dass es ihm immer besser gefalle, ein Autor zu sein.

Ich blieb stumm und wurde im Lauf des Abends immer stummer.

Mit Aurélie Bredin hatte ich es mir verscherzt. Und nach dem peinlichen Auftritt, den unser Eigentlich-nicht-Autor an den Tag gelegt hatte, war ich mir nicht mehr sicher, ob die Attraktivität des Engländers nicht auch erheblich gelitten hatte. „Oh ja, die *Coupole. Lovely place, very lovely*!" Sie musste ihn für schwachsinnig halten. Und dann die Sache mit den Zähnen! Man konnte nur hoffen, dass Aurélie nicht davon Abstand nahm, Robert Miller in ihr Restaurant einzuladen. Dann hatte ich gar keine Chance mehr.

Ich starrte auf meinen Teller und hörte die anderen wie aus weiter Ferne. Irgendwann fiel das sogar Jean-Paul Monsignac auf, der sich prächtig amüsierte. Er prostete mir zu und fragte: „Was ist los, André? Sie sagen ja gar nichts!"

Ich entschuldigte mich mit Kopfschmerzen. Am liebsten wäre ich nach Hause gegangen, aber ich hatte das Gefühl, Robert Miller im Auge behalten zu müssen. Adam, der Einzige, mit dem ich hätte reden wollen, saß am anderen Ende des Tisches. Ab und zu warf er mir einen aufmunternden Blick zu, und als wir Stunden später endlich aufbrachen, versprach er, am nächsten Morgen vor seiner Abreise nach London noch bei mir vorbeizukommen.

„Aber allein", sagte ich. „Wir müssen reden."

Ich war gerade dabei, meinen neuen Brief von Robert Miller an Aurélie Bredin zu zerreißen, als es schellte. Ich warf den Umschlag in den Papierkorb und drückte auf den Türöffner. Eigentlich hatte ich diesen Brief, der eine konkrete Zusage für das Essen im *Temps des Cerises* enthielt, Adam mitgeben wollen, doch nach den gestrigen Ereignissen hatte sich der Inhalt überholt. Ich hatte die halbe Nacht wach gelegen und darüber nachgedacht, was nun zu tun war. Und ich hatte eine Idee.

Als Adam hereinkam, warf er einen Blick auf das Chaos im Flur, wo immer noch der Scherbenhaufen lag, den ich am Vortag eilig zusammengekehrt hatte. „Oh, was ist passiert?", fragte er. „Hattest du einen Wutanfall?"

„Nein. Der Spiegel ist gestern Morgen runtergekommen."

„Sieben Jahre Unglück", meinte Adam und grinste.

Ich nahm meinen Wintermantel vom Haken und machte die Tür auf. „Das will ich nicht hoffen", sagte ich. „Komm, lass uns frühstücken gehen."

Im *„Vieux Colombier"* gingen wir ganz nach hinten durch, wo die Holzbänke und die großen Tische stehen. Wie oft hatte ich hier schon mit Adam gesessen und über Buchprojekte gesprochen und über die Veränderungen in unserem Leben.

„Adam, du bist mein Freund", sagte ich, als der Kellner unser Frühstück brachte.

„Okay", sagte Adam. „Sag schon, was du willst. Geht es um den Brief an Mademoiselle Bredin, den ich einwerfen soll? Kein Problem. Nachdem ich die Kleine jetzt gesehen habe, kann ich verstehen, warum du so auf sie abfährst."

„Nein", sagte ich. „Das mit dem Brief ist keine gute Idee nach gestern Abend. Außerdem will ich jetzt Nägel mit Köpfen machen."

„Aha“, sagte Adam und biss in sein Schinkenbaguette. „Und was kann ich dazu beitragen?“, fragte er kauend.

„Du musst bei ihr anrufen“, sagte ich. „Als Robert Miller.“

Adam verschluckte sich fast. „Du spinnst!“

Ich schüttelte den Kopf. „Du und Sam, ihr habt fast die gleiche Stimme, und du kannst einfach ein bisschen radebrechen. Bitte, Adam!“

Dann erklärte ich ihm meinen neuen Plan. Adam sollte abends von England aus im *Temps des Cerises* anrufen. Er sollte sich bei Aurélie Bredin entschuldigen und sagen, er sei völlig überwältigt gewesen, als er sie gesehen habe, und es hätten so viele Leute um ihn herumgestanden, und er habe nichts Falsches sagen wollen. „Erzähl ihr irgendeinen Schmu, umgarne sie mit deinem Gentleman-Charme und sorge dafür, dass Robert Miller wieder rehabilitiert ist. Du machst das schon.“ Ich trank meinen Espresso. „Wichtig ist, dass du den Termin festklopfst. Sag ihr, dass du dich auf ein Essen zu zweit freust. Schlag ihr den 16. Dezember vor, weil du da in Paris zu tun hast und den ganzen Abend Zeit für sie hast.“

Der 16. Dezember war in zweierlei Hinsicht perfekt. Zum einen hatte Aurélie Bredin an diesem Tag Geburtstag, zum anderen hatte ich herausgefunden, dass das Restaurant wie an jedem Montag auch an diesem Tag geschlossen hatte. Das vergrößerte die Wahrscheinlichkeit, dass ich mich mit Aurélie Bredin allein im *Temps des Cerises* wiederfinden würde.

„Und lass durchblicken, dass sie den Termin für sich behalten soll. Sag, dass dieser Lektor sich sonst möglicherweise auch noch dranhängt. Das macht die ganze Sache am Ende noch glaubwürdiger.“

Falls es zu einem Treffen am 16. Dezember kam (wovon ich optimistischerweise ausging), würde Adam abends noch einmal anrufen. Dieses Mal allerdings als Adam Goldberg, der im Auftrag von Miller absagte. Der Grund für diese Absage war genial – ich beglückwünschte mich selbst zu meinem Einfall, den ich nachts um halb drei gehabt hatte –, denn er würde Aurélie Bredins Stolz treffen und ihr die Möglichkeit nehmen, noch einmal mit Robert Miller in Kontakt zu treten. Was aber nicht weiter schlimm war, denn der Retter, der sie trösten würde in Einsamkeit und Schmerz, stand ja schon in den Startlöchern, beziehungsweise vor dem Restaurant.

„*Mon ami*, da hast du dir aber eine Menge vorgenommen, das klingt wie eine schlechte amerikanische Filmklamotte. Du weißt schon, dass solche Rechnungen nie aufgehen, oder?“ Adam lachte.

Ich beugte mich vor und sah ihn eindringlich an. „Adam, mir ist es ernst. Wenn ich etwas will im Leben, dann ist es diese Frau. Alles, was ich brauche, ist ein ungestörter Abend mit ihr. Und wenn ich dafür ein bisschen an der

Wahrheit drehen muss, dann tue ich das.“ Ich lehnte mich zurück und sah durch die dunkelgrünen Eisenverstrebungen des Cafés hinaus in den Pariser Morgen. „Manchmal muss man dem Glück eben einen kleinen Schubs in die richtige Richtung geben.“

Dreizehn

„Mademoiselle Bredin, Mademoiselle Bredin!“, rief jemand hinter mir, als ich aus dem Haus trat. Ich drehte mich um und sah einen großen Mann mit dunklem Wintermantel und rotem Schal aus der Dunkelheit auftauchen. Es war später Nachmittag und ich war auf dem Weg ins Restaurant. Der Mann war André Chabanais.

„Was machen Sie denn hier?“, fragte ich erstaunt.

„Wie der Zufall so spielt – ich komme gerade von einem Termin.“ Er zeigte auf das *Procope* und lächelte. „Mein Büro ist allmählich so vollgestopft mit Manuskripten und Büchern, dass ich dort nicht mehr als eine Person empfangen kann.“ Er schwenkte seine lederne Manuskripttasche. „Na, das ist ja eine freudige Überraschung.“ Dann sah er sich um. „Sie wohnen wirklich in einer schönen Gegend.“

Ich nickte und marschierte unbeeindruckt weiter. Meine Freude, den Cheflektor zu sehen, hielt sich in Grenzen.

Er ging neben mir her. „Darf ich Sie ein Stück begleiten?“

„Das tun Sie ja bereits“, erwiderte ich gereizt und beschleunigte meine Schritte.

„Oh je, Sie sind mir immer noch böse wegen gestern Abend?“, fragte er.

„Bisher habe ich noch keine Entschuldigung gehört“, sagte ich. „Erst laden Sie mich in die *Coupole* ein, dann informieren Sie mich nicht, wenn Miller eine Lesung hat. Was soll das, Monsieur Chabanais?“

„Hören Sie, Mademoiselle Bredin, es tut mir wirklich leid. Das kam sehr überraschend mit der Lesung, und natürlich wollte ich Ihnen Bescheid geben … Aber dann ist immer wieder etwas dazwischengekommen, und am Ende habe ich es schlicht vergessen.“

„Was soll das für eine Entschuldigung sein? Dinge, die einem wichtig sind, vergisst man nicht.“ Ich ging ärgerlich weiter. „Und dann haben Sie sich noch verleugnen lassen, als ich im Verlag angerufen habe. Sie haben mir ja selbst in der *Coupole* erzählt, wie Sie Ihre Sekretärin immer die lästigen Anrufer abwimmeln lassen.“

Er griff nach meinem Arm. „Nein, ich war wirklich nicht da! Meine

Mutter hatte gestern einen Unfall, und ich war den Nachmittag im Krankenhaus. Das ist die Wahrheit, und Sie sind alles andere für mich als ein lästiger Anrufer, Mademoiselle Bredin."

Ich blieb stehen. „Ach, du meine Güte", sagte ich betroffen. „Das … das tut mir sehr leid."

„Glauben Sie mir jetzt?", fragte er und sah mir direkt in die Augen.

„Ja." Ich nickte und wandte schließlich verlegen den Blick ab. „Ich hoffe, es ist alles in Ordnung … mit Ihrer Mutter."

„Es geht schon wieder. Sie ist von der Rolltreppe gestürzt und hat sich das Bein gebrochen." Er schüttelte den Kopf. „Gestern war nicht gerade mein Glückstag."

„Da sind wir ja schon zwei", sagte ich.

Er lächelte. „Es ist natürlich trotzdem unverzeihlich, dass ich Ihnen nicht Bescheid gesagt habe." Wir setzten unseren Weg fort, an den beleuchteten Schaufenstern des Boulevard Saint-Germain vorbei. „Wie haben Sie eigentlich von der Lesung erfahren?"

„Eine Freundin von mir wohnt auf der Île Saint-Louis", sagte ich. „Sie hat das Plakat gesehen. Und glücklicherweise habe ich montags meinen freien Tag."

„Na, Gott sei Dank", sagte er.

Ich blieb an einer Ampel stehen. „So", sagte ich. „Hier trennen sich unsere Wege." Ich zeigte in Richtung Rue Bonaparte. „Ich muss jetzt hier rüber."

„Gehen Sie ins Restaurant?" André Chabanais blieb auch stehen.

„Sie haben es erraten."

„Irgendwann komme ich auch mal ins *Temps des Cerises*", sagte er. „Das ist wirklich ein sehr romantisches Plätzchen."

„Tun Sie das", entgegnete ich. „Vielleicht mit Ihrer Mutter, wenn sie wieder aus dem Krankenhaus heraus ist."

Er zog ein Gesicht. „Sie gönnen mir auch gar keinen Spaß, was?"

Ich grinste, und die Ampel wurde grün. „Ich muss los, Monsieur Chabanais", sagte ich und wandte mich zum Gehen.

„Warten Sie, sagen Sie mir, ob es irgend etwas gibt, womit ich mein Versäumnis wiedergutmachen kann!", rief er, als ich den Zebrastreifen betrat.

„Lassen Sie sich etwas einfallen!", rief ich zurück. Dann lief ich über die Straße und winkte ihm noch einmal zu, bevor ich den Weg zur Rue Princesse einschlug.

„Was machst du eigentlich Weihnachten?", fragte Jacquie, als ich ihm in der Küche bei der Zubereitung des Bœuf Bourguignon half, das heute auf dem Menü stand. Paul, der Sous-Chef, war zwar wieder gesund, aber er kam heute später. Wir hatten das Fleisch portionsweise in zwei Pfannen angebraten, und jetzt tat ich es in den großen Bräter und stäubte etwas Mehl darüber.

„Keine Ahnung", sagte ich. Erst in diesem Moment wurde mir bewusst, dass es das erste Weihnachten sein würde, an dem ich wirklich allein war. Eine seltsame Vorstellung. Auch das Restaurant hatte ab dem 23. Dezember geschlossen und machte erst wieder in der zweiten Januarwoche auf. Ich rührte mit einem Holzlöffel in dem Topf und wartete, bis sich das Mehl mit dem Fett verband. Dann goss ich den Burgunder darüber. Der Wein zischte kurz auf, der Geruch des kräftigen Rotweins schlug mir angenehm entgegen, dann köchelten die Fleischstücke in der dunklen Soße.

Jacquie kam mit den geschnittenen Karotten und den Pilzen zu mir und strich das Gemüse von dem großen Holzbrett. „Du könntest mit in die Normandie kommen", sagte er. „Ich bin bei meiner Schwester, die hat eine große Familie, und an Weihnachten geht es immer sehr turbulent zu, es kommen gute Freunde vorbei, Nachbarn …"

„Das ist lieb von dir, Jacquie, aber ich weiß nicht … Ich habe mir noch gar keine Gedanken gemacht. Dieses Jahr ist sowieso alles anders …" Ich merkte, wie ich plötzlich einen Kloß im Hals hatte, und räusperte mich. Jetzt nur nicht sentimental werden. „Ich mach's mir schon irgendwie gemütlich. Ich bin ja schließlich kein kleines Mädchen mehr."

„Für mich wirst du immer das kleine Mädchen bleiben", sagte Jacquie und legte seinen schweren Arm um meine Schultern. „Mir wäre wohler ums Herz, wenn du mit ans Meer kommst, Aurélie. Was willst du hier allein in Paris? Weihnachten ist es nicht schön, allein zu sein." Er schüttelte besorgt den Kopf. „Ein paar Tage diese herrlich klare Luft und ein paar Spaziergänge am Strand würden dir guttun. Außerdem habe ich versprochen zu kochen, und da könnte ich deine Hilfe gut gebrauchen." Er sah mich an. „Versprich mir, dass du es dir überlegst."

Ich nickte gerührt. „Versprochen", entgegnete ich mit belegter Stimme.

„Und weißt du, was das Beste ist da unten?", fragte er und ich fiel lächelnd in seine nächsten Worte ein: „Man kann ganz weit gucken!"

Ich schmeckte die Soße ab. „So, ab damit in den Ofen!" Ich sah auf die Uhr. „Oh, ich muss eindecken." Ich band mir die Schürze ab, löste das Kopftuch und schüttelte mein Haare auf. Dann ging ich ins Restaurant. Wenige Minuten später kam Suzette, und gemeinsam deckten wir die Tische ein, stellten Wein und Wassergläser auf den Tisch und falteten die weißen Stoffservietten. Ich warf einen Blick in das Reservierungsbuch. In den nächsten Wochen würde eine Menge Arbeit auf uns zukommen, und ich musste dringend noch eine Kraft im Service anheuern.

„Heute haben wir eine Weihnachtsfeier, sechzehn Personen", sagte ich zu Suzette, „ist aber unproblematisch, die nehmen alle das Menü."

Suzette nickte und schob die Tische an der Wand zusammen. Ich überprüfte das Besteck, als das Telefon klingelte. „Geh du dran, Suzette", sagte ich. „Für heute Abend keine Reservierungen mehr annehmen."

Suzette ging zum Telefon, das an der Rückseite des Restaurants neben der Kasse stand. *„Le Temps des Cerises, bonsoir"*, zwitscherte sie ins Telefon. *„Oui,* Monsieur, einen Moment, bitte", sagte sie dann und winkte mir zu. „Für dich, Aurélie." Sie hielt mir den Hörer entgegen.

„Ja, bitte?", sagte ich ahnungslos.

„Äh … *Bong soir* – sprekke ich mit Mademoiselle Aurélie Bredin?", sagte eine Stimme mit unverkennbar englischem Akzent.

„Ja." Ich merkte, wie mir das Blut in den Kopf schoss. „Ja, hier ist Aurélie Bredin."

„Oh, Mademoiselle Bredin, ich bin so glucklich, dass ich Ihnen erreiche, hier ist Robert Miller, ich hatte nur die Nümmer herausgefunden von der Restaurant. Store ich Ihnen gerade sehr?"

„Nein", sagte ich und das Herz klopfte mir bis zum Hals. „Nein, nein, Sie stören überhaupt nicht, das Restaurant öffnet erst in einer halben Stunde. Sind Sie … sind Sie noch in Paris?"

„Oh, nein, leider nicht", entgegnete er. „Ich musste gleich am Morgen zuruck nach England. Hören Sie, Mademoiselle Bredin, es tut mir so wahnsinnig leid wegen gestern Abend. Ich … ich war wie von der Donner geruhrt, als Sie plötzlich vor mich standen wie vom Himmel gefallt. Ich konnte Sie immer nur anschauen, Sie waren so wunderschön in Ihre rote Kleid …"

Ich atmete tief durch und biss mir auf die Lippe. „Und ich habe schon gedacht, Sie würden sich nicht an mich erinnern", sagte ich erleichtert.

„Nein, nein!", rief er aus. „Bitte, das durfen Sie nikt denken! Ich erinnere alles – Ihre schone Brief, das Bild! Ich konnte in der ersten Moment nur nikt glauben, dass Sie es wirklich sind, Aurélie. Und ich war so ganz verwirrt von all diese viele Menschen, sie haben immer so geguckt und alles zugehort, was wir sprachen. Und ich war plotzlich ganz unsicher, was ich sagen könnte." Er seufzte. „Und jetzt habe ich solche Ongst, dass Sie mir halten für eine große Idiot …"

„Aber nein", erwiderte ich mit heißen Ohren. „Es ist alles gut."

„Bitte, Sie mussen mir entschuldigen. Ich bin nicht so gut mit viele Leute, wissen Sie", sagte er zerknirscht. „Seien Sie nikt böse mit mich."

Mon Dieu, war der süß! „Natürlich bin ich Ihnen nicht böse, Mr. Miller", beeilte ich mich zu sagen. Ich hörte hinter mir ein Geräusch und sah Suzette, die unser Gespräch mit wachsendem Interesse verfolgte. Ich beschloss, sie zu ignorieren, und beugte mich über das Reservierungsbuch.

Robert Miller gab einen erleichterten Laut von sich. „Das ist so nett von Ihnen, Aurélie – kenn ich Aurélie sagen?"

„Ja, natürlich." Ich nickte und hätte immer so weiter telefonieren können.

„Aurélie … darf ich denn noch hoffen auf eine Essen mit Sie? Oder wollen Sie mir jetzt nicht mehr einladen in Ihre suße kleine Restaurant?"

„Doch, natürlich will ich das, ich will!", rief ich aus und sah das Fragezeichen in den Augen von Suzette, die sich noch immer hinter mir zu schaffen machte. „Sie müssen einfach sagen, wann Sie können."

Robert Miller schwieg einen Moment, und ich hörte Papier rascheln. „Geht es an der 16. Dezember?", sagte er dann. „Da habe ich tagsüber in der Nähe von Paris zu tun, aber der Abend gehört Ihnen."

Ich schloss die Augen und lächelte. Am 16. Dezember war mein Geburtstag. Und es war ein Montag. Wie es aussah, passierten im Moment alle wichtigen Dinge in meinem Leben an einem Montag. An einem Montag hatte ich Millers Buch in der kleinen Buchhandlung gefunden. An einem Montag war ich im *La Palette* dem ungetreuen Claude mit seiner schwangeren Freundin begegnet. An einem Montag hatte ich auf einer Lesung, von der ich noch rechtzeitig erfahren hatte, Robert Miller zum ersten Mal gesehen. An einem Montag, der auch noch mein Geburtstag war, würde ein kleines privates Essen mit einem höchst interessanten Autor stattfinden. Wenn das so weiterging, würde ich auch noch an einem Montag heiraten und an einem Montag sterben, und Mrs Dinsmore würde mein Grab mit ihrer Gießkanne begießen. Ich lächelte.

„*Hello*, Mademoiselle Aurélie? Sind Sie noch dran?" Millers Stimme klang beunruhigt. „Wenn der Montag kein guter Tag für Sie ist, dann suchen wir einen anderen Termin. Aber das Essen müss stattfinden."

„Das Essen findet statt." Ich lachte glücklich. „Am Montag, dem 16. Dezember, um acht Uhr. Ich freue mich auf Sie, Mr Miller!"

„So sehr wie ich mir freue, konnen Sie sich gar nicht freuen", sagte er. Dann setzte er zögernd hinzu: „Darf ich Sie um eine kleine Gefallen bitten, Mademoiselle Aurélie? Sagen Sie André Chabanais bitte nikts von unsere Verabredung. Er ist sehr nett, aber wenn er weiß, dass ich in Paris bin, will er mir auch sehen und dann haben wir nachher nikt genug Zeit für uns …"

„Seien Sie unbesorgt, Mr Miller. Ich werde schweigen wie ein Grab."

Als ich auflegte, sah mich Suzette mit großen Augen an. „Wer war dieser Mann? Hat er dir einen Antrag gemacht, oder was?"

Ich lächelte. „Das war der Mann, der am 16. Dezember hier mein Gast ist“, sagte ich. „Und zwar mein einziger Gast!“

Und mit diesen kryptischen Worten ließ ich die erstaunte Suzette stehen und schloss die Restauranttür auf.

Das Treffen mit Robert Miller würde mein kleines Geheimnis bleiben.

NICHT OHNE GRUND wird Paris auch die Stadt des Lichts genannt. Besonders im Dezember trägt Paris diesen Namen zu Recht. So grau der November auch gewesen war mit seinem vielen Regen – im Dezember verwandelte sich Paris wie jedes Jahr in ein einziges funkelndes Lichtermeer. Wenn man am Nachmittag oder Abend durch Paris fuhr, erstrahlte die weihnachtlich dekorierte Stadt in der Dunkelheit wie ein einziges Märchen in Silber und Weiß. Die knorrigen Bäume der Champs-Élysées waren mit Tausenden von kleinen Lichtern geschmückt; Kinder und Erwachsene standen staunend vor den Schaufenstern der Galeries Lafayette, des Printemps oder des kleinen, aber feinen Kaufhauses Bon Marché und bestaunten die glitzernden Dekorationen; auf den kleinen Straßen und den großen Boulevards sah man die Menschen mit Papiertüten voller Weihnachtsgeschenke mit Schleifen und Bändchen. Und über allem erstrahlte der Eiffelturm – dieses mächtige und doch filigrane Wahrzeichen der Stadt, Fluchtpunkt aller Liebenden, die zum ersten Mal nach Paris kommen.

Irgendetwas ist an diesem Weihnachten, das uns immer wieder auf uns selbst zurückwirft, auf unsere Erinnerungen und Wünsche, auf unsere kindliche Seele, die noch immer staunend und mit großen Augen vor dieser geheimnisvollen Tür steht, hinter der das Wunder wartet. Raschelndes Papier, geflüsterte Worte, brennende Kerzen, geschmückte Fenster, der Geruch nach Zimt und Nelken, Wünsche, die auf Zettel geschrieben oder in den Himmel gesprochen werden und sich vielleicht erfüllen – Weihnachten weckt, ob man es will oder nicht, diesen ewigen Wunsch nach dem Wunderbaren. Und dieses Wunderbare ist nichts, was man besitzen oder festhalten kann, es gehört einem nicht und ist doch immer wieder da, wie etwas, das einem geschenkt wird.

Ich lehnte meinen Kopf versonnen gegen die Fensterscheibe des Taxis, das gerade die Seine überquerte, und blickte auf den Fluss, der in der Sonne glitzerte. Auf meinem Schoß lag, in Seidenpapier eingewickelt, der rote Mantel. Bernadette, bei der ich am Morgen zum Frühstück eingeladen gewesen war, hatte ihn mir zum Geburtstag geschenkt.

Alles in allem hatte dieser 16. Dezember sehr verheißungsvoll begonnen – eigentlich schon am Abend zuvor, als wir, nachdem die letzten Gäste gegen halb eins das Restaurant verlassen hatten, mit Champagner auf meinen 33. Geburtstag angestoßen hatten: Jacquie, Paul, Claude, Marie und Pierre, unser neuer Küchenjunge, mit sechzehn der Jüngste von uns, Suzette, die den ganzen Abend über schon Andeutungen gemacht hatte, dass es noch eine Überraschung für mich geben würde, und Juliette Meunier, die seit der zweiten Dezemberwoche fast jeden Abend beim Bedienen half. Jacquie hatte eine köstliche Schokoladentorte mit Himbeeren zubereitet, von der wir ein Stück aßen; er war es auch, der mir im Namen aller einen großen Strauß Blumen überreichte. Es hatte bunt eingewickelte Päckchen für mich gegeben – ein dicker Schal mit passenden Strickhandschuhen von Suzette, ein kleines Notizbuch mit orientalischem Muster von Paul und von Jacquie ein Samtsäckchen mit Muscheln, in dem sich eine Zugfahrkarte befand.

Es war ein schöner, nahezu familiärer Moment gewesen, als wir in dem leeren Restaurant standen und mit Champagner mein neues Lebensjahr einläuteten. Und als ich gegen zwei Uhr die Bettdecke über mich zog, schlief ich mit dem Gedanken ein, dass ich am Abend ein aufregendes Rendezvous mit einem gut aussehenden Schriftsteller haben würde, den ich nicht wirklich kannte, aber doch zu kennen glaubte.

Der Taxifahrer fuhr über eine Bodenschwelle, und das Papier, in das der Mantel eingewickelt war, raschelte.

„Du bist verrückt!“, hatte ich ausgerufen, als ich das große Päckchen auspackte, das auf dem Frühstückstisch gelegen hatte. „Der rote Mantel! Du bist wirklich verrückt, Bernadette, das ist doch viel zu teuer!“

„Er soll dir Glück bringen“, hatte Bernadette geantwortet, als ich sie fest und mit Tränen in den Augen umarmte. „Heute Abend … und immer.“

Und so kam es, dass ich am frühen Nachmittag des 16. Dezembers in einem karmesinroten Mantel vor dem *Temps des Cerises* stand, das montags eigentlich geschlossen hatte.

Eine halbe Stunde später stand ich in der Küche und bereitete das Essen zu. Es war mein Geburtstagsessen, aber mehr noch war es das Menü, mit dem ich mich dafür bedanken wollte, dass ein schrecklich unglücklicher Novembertag mit einem versonnenen Lächeln geendet hatte – einem Lächeln, das den Weg für etwas Neues bereiten würde.

Und nicht zuletzt war es natürlich auch das erste Essen mit Robert Miller.

Ich hatte lange überlegt, mit welchen kulinarischen Genüssen ich den englischen Schriftsteller beeindrucken wollte – und war am Ende doch bei dem *Menu d'amour* gelandet, das mein Vater mir hinterlassen hatte. Dieses Menü war sicherlich nicht das raffinierteste, was die französische Küche zu bieten hatte, aber es hatte zwei unschlagbare Vorzüge: Es war leicht, und ich konnte es perfekt vorbereiten, sodass ich während des Essens meine ungeteilte Aufmerksamkeit jenem Mann zuteilwerden lassen konnte, dessen Ankunft ich mit Spannung erwartete.

Das etwas herbe Blutorangenparfait mit Zimt, das zusammen mit den *gâteaux au chocolat* den krönenden Abschluss des *Menu d'amour* bildete, hatte ich schon am Abend vorher zubereitet. Nun band ich mir die weiße Schürze um und packte die Tüten aus, die ich mittags auf dem Markt gefüllt hatte. Zur Vorspeise würde es Feldsalat mit frischen Champignons, Avocados, Makadamianüssen und kleinen, scharf angebratenen Schinkenspeckwürfelchen geben. Darüber kam Papas köstliche Kartoffelvinaigrette.

Zunächst aber musste ich mich um das Lammragout kümmern, denn je länger es im Ofen bei schwacher Hitze schmorte, desto zarter wurde es. Ich wusch das rosafarbene Lammfleisch und tupfte es behutsam mit einem Geschirrhandtuch trocken, bevor ich es würfelte, in Olivenöl anbriet und zur Seite stellte. Dann blanchierte ich Tomaten in kochendem Wasser, zog die Haut ab und entkernte das Fruchtfleisch. Die Tomaten würden erst ganz am Schluss zusammen mit dem Weißwein in den Schmortopf kommen, damit ihr starkes Aroma das übrige Gemüse nicht zu stark dominierte. Ich holte mir ein Glas und goss mir etwas von dem Pinot Blanc ein, den ich auch zum Kochen nehmen würde.

Ich war es gewohnt, schnell zu kochen, doch an diesem Tag nahm ich mir viel Zeit für die Zubereitung der Speisen. Meine anfängliche Aufregung legte sich mit jedem Handgriff mehr und mehr, und hatte ich mir anfangs noch ausgemalt, wie der Abend mit Robert Miller wohl verlaufen würde, und mir überlegt, was ich ihn fragen wollte, so fand ich mich nach einer Weile mit erhitzten Wangen und in gelöster Stimmung wieder.

Der köstliche Duft des Lammragouts erfüllte die Küche. Es roch nach Thymian und Knoblauch. Die kleinen Blättchen des Feldsalats lagen gewaschen und geputzt in einem großen Edelstahlsieb, die Champignons waren in hauchdünne Scheiben geschnitten, die Avocados gewürfelt. Ich schmeckte die Kartoffelvinaigrette ab und stellte die kleinen Schokoladenkuchen, die darauf warteten, zu Ende gebacken zu werden, auf die Metallanrichte. Dann band ich mir die Schürze ab und hängte sie an den Haken. Es war kurz nach halb sieben, und alles war bereitet. Die Flasche Champagner lag schon seit Stunden im Kühlschrank. Nun brauchte ich nur noch zu warten.

Ich ging ins Restaurant hinüber, wo ich einen Tisch in einer Nische am Fenster gedeckt hatte. Das untere Drittel des Fensters war mit einer durchbrochenen weißen Baumwollgardine verhängt, um meinen Gast und mich vor neugierigen Blicken von draußen zu schützen. Ein Silberleuchter mit einer Kerze stand auf dem Tisch.

Ich nahm die Flasche mit dem Pinot Blanc und goss mir noch etwas ein. Dann trat ich mit meinem Glas an den Tisch und blickte hinaus. Die Straße lag einsam und dunkel da. Die wenigen kleinen Läden, die sich hier befanden, waren schon geschlossen. In der Scheibe erblickte ich mein Spiegelbild. Ich sah eine erwartungsfrohe junge Frau in einem ärmellosen grünen Seidenkleid. Mag sein, dass es kindisch gewesen war, wieder dieses Kleid anzuziehen, aber ich hatte das Gefühl gehabt, dass es an diesem Abend das einzige Kleid war, das ich tragen wollte.

Ich hob das Glas und prostete der Frau mit dem schimmernden Haar im Fenster zu. „Alles Gute zum Geburtstag, Aurélie", sagte ich leise. „Auf dass dieser Tag ein ganz besonderer wird!" Und ich ertappte mich plötzlich dabei, dass ich mich fragte, wie weit dieser Abend wohl gehen würde.

Eine halbe Stunde später – ich stand gerade mit zwei riesigen Handschuhen vor dem Backofen und schob den heißen Rost mit dem Lammragout-Topf wieder zurück – hörte ich, wie jemand laut gegen die Fensterscheibe des Restaurants klopfte. Überrascht streifte ich die Handschuhe ab und verließ die Küche. Konnte es sein, dass Robert Miller eine Stunde zu früh zu unserer Verabredung kam?

Im ersten Augenblick nahm ich nur den riesigen Strauß champagnerfarbener Rosen vor der Scheibe wahr. Dann sah ich den Mann dahinter, der mir fröhlich zuwinkte. Doch dieser Mann war nicht Robert Miller.

Vierzehn

Seitdem Aurélie Bredin vor zwei Wochen winkend über den Zebrastreifen gelaufen und in der dahinter liegenden Straße verschwunden war, hatte ich diesen Moment herbeigesehnt und zugleich gefürchtet. Ich weiß nicht, wie oft ich den Abend des 16. Dezember vor meinem geistigen Auge hatte ablaufen lassen. Ich hatte an diesen Abend gedacht, wenn ich Maman im Krankenhaus besuchte; ich hatte daran gedacht, als ich in der Verlagskonferenz saß und Strichmännchen auf meinen Notizblock malte; ich hatte daran gedacht, als ich mich mit meinen Freunden im *La Palette* traf. Und wenn ich abends in meinem Bett lag, dachte ich sowieso daran. Wo ich auch war, wohin ich auch ging, der Gedanke an diesen Tag begleitete mich.

Aurélie Bredin hatte sich nicht mehr bei mir gemeldet seit dem Tag, als ich sie „zufällig" vor ihrem Haus getroffen und später mein Freund Adam als Mr Robert Miller in ihrem Restaurant angerufen hatte, um sich mit ihr zu verabreden. Als ich mich mit meinem Blumenstrauß und einer Flasche Crémant auf den Weg ins *Temps des Cerises* machte, war ich aufgeregt wie selten zuvor. Und nun stand ich vor der Fensterscheibe und bemühte mich um einen ungezwungenen Gesichtsausdruck. Meine Idee, spontan nach der Arbeit im Restaurant vorbeizukommen, um Aurélie Bredin (kurz) zum Geburtstag zu gratulieren (an den ich mich zufällig erinnert hatte), sollte ja möglichst natürlich wirken.

Ich klopfte also ziemlich laut gegen die Scheibe, wohlwissend, dass ich die schöne Köchin allein im Restaurant antreffen würde, und mein Herz klopfte mindestens ebenso laut. Ich sah ihr überraschtes Gesicht, und wenige Sekunden später öffnete sich die Tür, und Aurélie Bredin sah mich fragend an. „Monsieur Chabanais, was machen Sie denn hier?"

„Ihnen zum Geburtstag gratulieren", sagte ich und hielt ihr den Blumenstrauß entgegen. „Alles Liebe und Gute für Sie – auf dass alle Ihre Wünsche in Erfüllung gehen."

„Oh, vielen Dank, das ist wirklich sehr aufmerksam von Ihnen, Monsieur Chabanais." Sie nahm die Blumen mit beiden Händen, und ich nutzte die Gelegenheit, um mich an ihr vorbei ins Restaurant zu schieben.

„Darf ich einen Moment hereinkommen?" Mit einem Blick sah ich den einen Tisch, der hinten in der Nische am Fenster eingedeckt war, und setzte mich auf einen der Holzstühle am Eingang. „Als ich heute in den Kalender sah, dachte ich plötzlich … 16. Dezember, da war doch was. Dann fiel es mir wieder ein. Und da dachte ich, Sie würden sich vielleicht freuen, wenn ich Ihnen einen Strauß Blumen vorbeibringe." Ich lächelte gewinnend und stellte die Flasche Crémant auf den Tisch neben mir. „Ich habe Ihnen ja angedroht, dass ich eines Tages mal in Ihr Restaurant kommen würde, wissen Sie noch?" Ich breitete die Arme aus. „*Et voilà* – da bin ich."

„Ja … da sind Sie." Es war ihr anzusehen, dass sie sich nicht so wahnsinnig über mein plötzliches Auftauchen freute. Sie blickte verlegen auf die Rosen. „Das ist … ein wunderbarer Strauß, Monsieur Chabanais … nur … also eigentlich ist das Restaurant heute geschlossen."

Ich schug mir mit der Hand vor die Stirn. „So was, das hatte ich ganz vergessen. Dann ist es ja ein Glück, dass ich Sie überhaupt hier antreffe." Ich setzte mich auf. „Aber was machen Sie überhaupt hier? An Ihrem Geburtstag? Sie arbeiten doch wohl nicht heimlich, oder?" Ich lachte.

Sie drehte sich um und holte eine große Glasvase unter der Theke hervor. „Nein, natürlich nicht." Ich bemerkte, wie sich ihr Gesicht mit einem zarten Rosaton überzog, als sie jetzt in die Küche ging, um die Vase mit Wasser zu füllen. Sie kam zurück und stellte die Rosen auf die Holztheke, wo auch die Kasse stand und das Telefon.

„Tja, also dann … vielen Dank, Monsieur Chabanais“, sagte sie.

Ich stand auf. „Heißt das, Sie werfen mich raus, ohne dass ich wenigstens die Gelegenheit bekomme, mit Ihnen auf Ihr Wohl anzustoßen?“

Sie lächelte. „Ich fürchte fast, dafür reicht die Zeit nicht mehr. Sie kommen wirklich etwas ungelegen, Monsieur Chabanais. Tut mir leid“, setzte sie noch einmal mit bedauernder Miene hinzu und faltete ihre Hände.

Ich gab vor, erst jetzt den eingedeckten Tisch zu bemerken. „Oh“, sagte ich. „Sie erwarten noch jemanden. Das sieht ja sehr nach einem romantischen Abend aus. Na, wer immer es auch ist, er kann sich glücklich preisen. Sie sehen heute Abend besonders hübsch aus, Aurélie.“ Ich strich über die Flasche auf dem Tisch. „Wann kommt denn Ihr Gast?“

„Um acht Uhr“, sagte sie und schob sich die Haare nach hinten.

Ich sah auf die Uhr. Viertel nach sieben. In wenigen Minuten würde Adam anrufen. „Ach, kommen Sie, Mademoiselle Bredin, ein Glas im Stehen auf Ihr Wohl!“, bat ich. „Es ist doch erst Viertel nach sieben. In zehn Minuten bin ich wieder verschwunden.“

Sie lächelte und seufzte. „Also gut. Zehn Minuten.“

Ich öffnete die Flasche und füllte den Schaumwein in zwei Gläser, die Aurélie aus der Vitrine geholt hatte. „Nochmals alles Gute!“, sagte ich, und wir stießen an. Ich trank den Crémant in großen Schlucken und versuchte, ruhig zu bleiben, obwohl mein Herz hämmerte. Der Countdown lief. Gleich würde das Telefon klingeln, und dann würde man sehen, ob ich wirklich dazu verdammt war zu gehen. Um etwas zu sagen, bemerkte ich: „Sie kann man aber auch keine zwei Wochen aus den Augen lassen, was? Man dreht sich einmal um – und schon haben Sie einen neuen Verehrer.“

Sie wurde rot und schüttelte den Kopf.

„Wie?“, sagte ich. „Kenne ich ihn etwa?“

„Nein“, sagte sie.

Und dann klingelte das Telefon. Wir sahen beide zur Theke, aber Aurélie Bredin machte keine Anstalten, an den Apparat zu gehen.

„Wahrscheinlich jemand, der reservieren will“, sagte sie. „Da geh ich jetzt nicht dran, der Anrufbeantworter ist eingeschaltet.“

Man hörte ein Klicken, dann die Ansage des Restaurants. Und dann erklang Adams Stimme. „Ja, guten Abend, hier spricht Adam Goldberg, dies ist eine Nachricht für Aurélie Bredin. Ich bin der Agent von Robert Miller und rufe in seinem Auftrag an.“ Ich sah, wie Aurélie Bredin blass wurde. „Miller hat mich gebeten, Ihnen für heute Abend abzusagen. Es tut ihm sehr leid, er … wie soll ich sagen … er ist völlig durch den Wind. Gestern Abend ist seine Frau überraschend aufgetaucht und … na ja … sie ist immer noch da und wie es aussieht, wird sie wohl auch bleiben. Die beiden haben viel zu besprechen, denke ich." Adam schwieg einen Moment. „Es ist mir sehr unangenehm, dass ich Sie mit diesen privaten Dingen behelligen muss, aber Robert Miller war es wichtig, dass Sie wissen, dass er … nun ja … aus einem schwerwiegenden Grund absagt. Er lässt Ihnen ausrichten, dass es ihm sehr leidtut." Adam verabschiedete sich und legte auf.

Ich sah Aurélie Bredin an, die wie erfroren dastand und ihr Sektglas so fest umfasste, dass ich befürchete, es würde zerspringen. Sie starrte mich an, und ich starrte sie an, und eine ganze Weile sagte keiner von uns ein Wort. Dann öffnete sie den Mund, als ob sie etwas sagen wollte, aber stattdessen trank sie das Glas in einem Zug aus und drückte es gegen ihre Brust. Sie blickte zu Boden. „Tja …", sagte sie und ihre Stimme zitterte verdächtig.

Ich stellte mein Glas ab und kam mir in diesem Moment vor wie ein Schuft. Aber dann beschloss ich zu handeln.

„Sie wollten sich mit Miller treffen?", fragte ich fassungslos. „Allein in Ihrem Restaurant? An Ihrem Geburtstag?" Ich sah, wie Tränen in ihren Augen aufstiegen. Dann drehte sie sich rasch von mir weg und starrte aus dem Fenster. „Aurélie, ich … ich weiß gar nicht, was ich sagen soll. Das ist einfach … furchtbar." Ich trat hinter sie. Sie weinte leise. Ich legte vorsichtig meine Hände auf ihre bebenden Schultern. „Das tut mir leid. Mein Gott, das tut mir so leid, Aurélie", sagte ich und merkte überrascht, dass es wirklich stimmte. „Bitte, Aurélie, weinen Sie doch nicht. Ja, ich weiß, ich weiß … es tut weh, wenn man so versetzt wird … ist ja gut … ist ja schon gut …"

„Miller hat mich doch angerufen. Er wollte mich unbedingt sehen und hat so nette Sachen gesagt …" Sie schluchzte auf. „Und ich … bereite hier alles vor, halte mir den Abend frei … Nach dem Brief habe ich gedacht, ich sei … etwas Besonderes für ihn …" Sie drehte sich plötzlich zu mir um und sah mich aus tränenverschmierten Augen an. „Und jetzt kommt plötzlich seine Frau zurück, und ich fühle mich … ich fühle mich schrecklich!"

Sie schlug die Hände vors Gesicht, und ich zog sie in meine Arme.

Es dauerte eine Weile, bis Aurélie sich beruhigt hatte. Ich reichte ihr Taschentuch um Taschentuch und hoffte inständig, dass sie niemals erfahren würde, warum ich gerade in dem Augenblick zugegen war, als der Anrufbeantworter Robert Miller in unerreichbare Fernen katapultierte. Irgendwann – wir saßen uns inzwischen gegenüber – sah sie mich an und meinte: „Haben Sie eine Zigarette für mich? Ich glaube, ich könnte eine gebrauchen."

„Ja, natürlich.“ Ich zog ein Päckchen Gauloises hervor, und sie nahm sich eine Zigarette. „Ob ich wohl noch jemals erfahren werde, was es mit diesem Roman eigentlich auf sich hat?“

Ich hielt ihr ein brennendes Streichholz hin. „Schon möglich“, entgegnete ich vage. „Aber nicht mehr heute Abend.“

Sie lehnte sich zurück und blies den Rauch in die Luft. „Nein“, sagte sie. „Und das Abendessen mit dem Autor kann ich wohl auch vergessen.“

Ich nickte mitfühlend und dachte, dass die Chancen recht gut standen für ein Abendessen mit dem Autor – auch wenn er nicht Miller hieß. „Wissen Sie was, Mademoiselle Bredin? Jetzt vergessen Sie einfach mal diesen Miller. Sehen Sie es mal so: Das Buch ist doch das, was eigentlich wichtig ist. Dieser Roman hat Ihnen geholfen, Ihren Kummer zu vergessen – er fiel sozusagen vom Himmel, um Sie zu retten. Also, ich finde das großartig.“

Sie lächelte zaghaft. „Ja, vielleicht haben Sie Recht.“ Dann setzte sie sich auf und sah mich lange schweigend an. „Irgendwie bin ich sehr froh, dass Sie jetzt hier sind, Monsieur Chabanais“, sagte sie dann.

Ich nahm ihre Hand. „Meine liebe Aurélie, Sie können sich gar nicht vorstellen, wie froh *ich* bin, dass ich jetzt hier bin“, erwiderte ich mit belegter Stimme. Dann stand ich auf. „Und jetzt feiern wir Ihren Geburtstag. Es kommt gar nicht in die Tüte, dass Sie hier sitzen und Trübsal blasen.“ Ich goss uns den Rest von dem Crémant ein, und Aurélie trank ihr Glas in einem Zug aus und stellte es entschlossen ab.

„So ist es recht“, sagte ich und zog sie vom Stuhl hoch. „Darf ich Sie an unseren Tisch geleiten, Mademoiselle Bredin? Wenn Sie mir verraten, wo Sie Ihre Köstlichkeiten aufbewahren, hole ich auch Getränke und Essen.“

Natürlich ließ es sich Aurélie nicht nehmen, selbst letzte Hand an ihre Speisen zu legen. Immerhin durfte ich mit in die Küche kommen, und sie wies mich an, den Rotwein zu öffnen und den Salat in eine große Steingutschüssel zu tun, während sie die Schinkenwürfel in einer kleinen Pfanne anbriet. Ich war noch nie in einer Restaurantküche gewesen und bestaunte den achtflammigen Gasherd und die vielen Töpfe, Pfannen und Kellen.

Den ersten Rotwein tranken wir schon in der Küche, das zweite Glas am Tisch.

„Es schmeckt köstlich!“, rief ich immer wieder aus und tauchte meine Gabel in die zarten Blätter, die unter den Schinkenwürfeln glänzten, und Aurélie holte die Kasserolle mit dem duftenden Lammragout aus der Küche, um sie auf unseren Tisch zu stellen. Das Lamm zerging auf der Zunge, und Aurélie erzählte mir, dass das Menü des heutigen Abends von ihrem Vater sei, der im Oktober verstorben war, viel zu früh. „Er hat es zum ersten Mal gekocht, als er meine … als er …“, sie verhaspelte sich und errötete plötzlich, ich weiß nicht warum, „na, jedenfalls vor vielen, vielen Jahren“, beendete sie den Satz und griff nach ihrem Rotweinglas.

Während wir das Lammragout aßen, erzählte sie mir von Claude, der sie so unglaublich belogen hatte, und von der Geschichte des roten Mantels, den sie zum Geburtstag von ihrer besten Freundin Bernadette bekommen hatte.

Ich sah in ihre grünen Augen und sagte: „Es muss schön sein, so eine gute Freundin zu haben. Trinken wir ein Glas auf Bernadette!“

Also tranken wir ein Glas auf Bernadette, und dann tranken wir auf meinen Wunsch noch ein Glas auf Aurélies schöne Augen.

Sie kicherte und sagte: „Jetzt werden Sie albern, Monsieur Chabanais.“

„Nein, durchaus nicht“, entgegnete ich. „Ich habe noch nie solche Augen gesehen. Sie sind nicht einfach nur grün, sie sind wie … wie zwei kostbare Opale, und jetzt im Schein der Kerze kann ich in Ihren Augen das sanfte Schimmern eines weiten Meeres sehen …“

„Meine Güte“, sagte sie beeindruckt. „Das ist das Schönste, das ich jemals über meine Augen gehört habe.“ Und dann erzählte sie mir von Jacquie, dem polternden Chefkoch mit dem goldenen Herzen, der das weite Meer der Normandie vermisste.

„Ich habe auch ein goldenes Herz“, warf ich ein, nahm ihre Hand und legte sie an meine Brust. „Spüren Sie es?“

„Ja, Monsieur Chabanais, ich glaube, das haben Sie wirklich“, sagte sie ernsthaft und ließ ihre Hand für einen Moment an meinem klopfenden Herzen. Dann sprang sie auf und schüttelte ihre Haare zurück. „Und nun holen wir die *gâteaux au chocolat*. Das ist meine Spezialität. Jacquie sagt immer, ein Schokoladenkuchen ist süß wie die Liebe.“ Sie lief lachend in die Küche.

„Das glaube ich ihm aufs Wort.“ Ich nahm die schwere Kasserolle und trug sie hinter ihr her. Ich war berauscht vom Wein, von Aurélies Gegenwart, von diesem ganzen wundervollen Abend, von dem ich mir wünschte, er würde niemals enden.

Aurélie stellte die Teller auf der Anrichte ab und öffnete den riesigen Edelstahlkühlschrank, um das Blutorangenparfait herauszuholen, von dem sie mir versicherte, es sei einfach genial zu den kleinen, warmen Schokoladenkuchen – diese unwiderstehliche Mischung aus süßer Schokolade und dem zartbitteren Geschmack der Blutorange. Andächtig lauschte ich ihren Ausführungen und war verzückt vom Klang ihrer Stimme. Ich glaube, ich fand einfach alles unwiderstehlich in diesem Moment.

Aurélie schloss die Kühlschranktür und drehte sich zu mir um. Ich stand so dicht hinter ihr, dass wir gegeneinanderstießen.

„Hoppla“, sagte sie. Und dann sah sie mir direkt in die Augen. „Darf ich Sie etwas fragen, Monsieur Chabanais?“, flüsterte sie verschwörerisch.

„Sie dürfen mich alles fragen“, entgegnete ich und flüsterte auch.

„Wenn ich nachts eine Treppe hinuntergehe, drehe ich mich nie um, weil ich Angst habe, dass irgendetwas hinter mir ist. Finden Sie das komisch?“

Ihre Augen waren ganz weit geöffnet, und ich stürzte kopfüber in dieses sanfte grüne Meer. „Nein“, murmelte ich leise und beugte meinen Kopf zu ihr hinunter. „Nein, das finde ich überhaupt nicht komisch. Das weiß doch jeder, dass man sich im Dunkeln auf der Treppe nicht umdrehen soll.“

Und dann küsste ich sie.

Es wurde ein sehr langer Kuss. Irgendwann, als sich unsere Lippen für einen kurzen Moment voneinander lösten, sagte Aurélie leise: „Ich fürchte, das Blutorangenparfait schmilzt.“

Ich küsste sie auf die Schulter, auf den Hals, und bevor ich mich wieder ihrem Mund zuwandte, flüsterte ich: „Ich fürchte, damit müssen wir leben.“

Und dann sagten wir beide eine lange, lange Zeit gar nichts mehr.

Fünfzehn

Mitternacht war lange vorbei, als André mir in meinen roten Mantel half und wir eng umschlungen unseren Weg durch die stillen Straßen fanden. Alle paar Meter blieben wir stehen, um uns zu küssen, und wir brauchten unendlich lange, bis wir schließlich vor meiner Wohnungstür standen.

Als ich mich vorbeugte, um die Tür aufzuschließen, küsste mich André in den Nacken. Als ich ihn an der Hand durch den Flur zog, legte er von hinten seinen Arm um mich und fasste nach meiner Brust. Als wir im Schlafzimmer standen, streifte André mir die Träger meines Kleides von den Schultern. Unsere Kleider fielen leise raschelnd auf den Parkettboden, und als wir auf mein Bett sanken und uns dort für Stunden verloren, war mein letzter Gedanke, dass André Chabanais der richtige Falsche war.

Als ich aufwachte, lag er neben mir, den Kopf auf seine Hand gestützt, und lächelte mich an. „Du siehst so schön aus, wenn du schläfst“, sagte er.

Ich sah ihn an und versuchte mir das Bild dieses Morgens einzuprägen, an dem wir zum ersten Mal nebeneinander wach wurden. Sein Lächeln, die braunen Augen mit den schwarzen Wimpern, die dunklen, leicht gewellten Haare, die völlig in Unordnung geraten waren, der Bart, der viel weicher gewesen war, als ich gedacht hatte – und hinter ihm die Balkontür mit den halb zugezogenen Vorhängen, ein stiller Morgen im Hof, die Äste der großen Kastanie, ein Stück Himmel. Ich lächelte und schloss für einen Moment die Augen.

Er strich mir zärtlich mit dem Finger über den Mund. „Was denkst du?"

„Ich dachte gerade, dass ich diesen Moment gern festhalten würde", sagte ich und ließ mich mit einem Seufzer in mein Kissen fallen. „Ich bin gerade so glücklich. So ganz und gar glücklich."

„Wie schön", sagte er und nahm mich in den Arm. „Ich bin es nämlich auch, Aurélie. Meine Aurélie." Er küsste mich, und wir lagen eine Weile still da und schmiegten uns aneinander. „Ich stehe nie mehr auf", murmelte André und strich mir über den Rücken. „Wir bleiben einfach im Bett, ja?"

Ich lächelte. „Musst du denn nicht in den Verlag?", fragte ich. Mein Blick fiel auf die kleine Uhr auf meinem Nachttisch. „Es ist schon kurz vor elf."

Er seufzte. „Sie sind eine kleine Spielverderberin, Mademoiselle Bredin", sagte er und zupfte an meiner Nasenspitze. „Also gut, ich werde jetzt bei Madame Petit anrufen und sagen, dass ich heute leider nicht kommen kann. Und dann machen wir uns einen wunderschönen Tag, was hältst du davon?"

„Das ist eine ausgezeichnete Idee. Du regelst deine Geschäfte, und ich mache uns inzwischen einen Kaffee", sagte ich und wickelte mich in meinen kurzen dunkelblauen Morgenmantel ein, um in die Küche zu gehen.

„Den ziehst du gleich aber sofort wieder aus!", rief André, und ich lachte. „Du kannst wohl nicht genug bekommen!"

„Nein", entgegnete er. „Ich kann nicht genug bekommen von dir!"

Und ich nicht von dir, dachte ich.

Ich bereitete zwei große Tassen *Café crème* zu, während André telefonierte und dann im Bad verschwand. Vorsichtig trug ich sie ins Schlafzimmer, schob das Buch von Robert Miller zur Seite, das immer noch auf meinem Nachttisch lag, und stellte die Tassen ab. Lächelnd hob ich die Kleidungsstücke auf, die überall im Zimmer verstreut lagen, und legte sie über den Stuhl, der an einer Seite des Bettes stand. Als ich Andrés Jackett hochhob, fiel etwas zu Boden. Es war seine Brieftasche. Sie hatte sich geöffnet, und ein paar Papiere waren herausgerutscht. Münzen rollten über das Parkett. Ich kniete mich auf den Boden, um sie aufzusammeln, und hörte, wie André gut gelaunt im Bad sang. Ich steckte die Münzen in das vordere Fach zurück und wollte gerade die Papiere, die hinten aus der Brieftasche herausragten, wieder zurückschieben, als ich das Foto bemerkte. Ich dachte erst, es sei ein Foto von André, und zog es neugierig heraus.

Und dann blieb mein Herz für einen schrecklichen Augenblick stehen.

Ich kannte das Bild. Es zeigte eine Frau in einem grünen Kleid, die in die Kamera lächelte. Es zeigte *mich*.

Ich starrte einige Sekunden verständnislos auf das Foto in meiner Hand, und dann stürzten die Gedanken kaskadengleich ineinander, und Hunderte kleiner Momentaufnahmen fügten sich zu einem großen Ganzen.

Dieses Bild hatte ich meinem Brief an Robert Miller beigelegt. Es befand sich in Andrés Brieftasche. André, der mich auf dem Verlagsflur abgefertigt hatte. André, der den Antwortbrief von Robert Miller bei mir zu Hause in den Briefkasten geworfen hatte, weil dieser angeblich meine Adresse verloren hatte. André, der lachend und scherzend in der *Coupole* saß und genau wusste, dass Robert Miller dort niemals auftauchen würde. André, der mir kein Wort von der Lesung gesagt hatte – dem einzigen Termin, an dem Miller wirklich in Paris gewesen war – und der nicht schnell genug den sichtlich verwirrten Autor von mir wegzerren konnte. André, der mit einem Blumenstrauß im *Temps des Cerises* auftauchte, just in dem Moment, als Miller seinen Agenten damit beauftragt hatte, abzusagen.

Miller?! Ha! Wer weiß, wer der Mann war, der im Auftrag von Monsieur Chabanais bei mir angerufen hatte. Und der Brief? Wie hatte mir der Autor antworten können, wenn er meinen Brief niemals erhalten hatte?

Und plötzlich erinnerte ich mich an etwas. Etwas, das ich bereits nach der Lesung bemerkt hatte, ohne es wirklich einordnen zu können.

Ich ließ das Foto fallen und stürzte zum Nachttisch. Dort lag „Das Lächeln der Frauen", und in dem Buch steckte der Brief von Miller. Mit zitternden Händen zog ich die handbeschriebenen Seiten hervor.

„Sehr ergeben, Ihr Robert Miller." Ich flüsterte die Schlussworte des Briefes leise vor mich hin, als ich hastig das Buch aufschlug und auf die Widmung starrte. *Für Aurélie Bredin mit sehr herzlichen Grüßen von Robert Miller.* Die Signatur der Widmung war eine völlig andere als die Unterschrift des Briefes. Ich drehte den Umschlag um, auf dem noch der kleine gelbe Notizzettel von André Chabanais klebte, und stöhnte auf. Es war André, der den Miller-Brief geschrieben hatte. Ich war die ganze Zeit über belogen worden!

Benommen setzte ich mich aufs Bett, und kalte Wut stieg in mir auf. Dieser Mann hatte meine Gutgläubigkeit ausgenutzt, er hatte sein Spiel mit mir getrieben, um mich ins Bett zu bekommen, und ich war darauf hereingefallen. Ich sah aus dem Fenster, wo die Sonne immer noch in den Hof schien, doch das schöne Bild eines glücklichen Morgens war zerstört.

André Chabanais hatte mich belogen, genauso wie mich Claude belogen hatte. Aber ich würde mich nicht mehr belügen lassen, nie mehr! Ich ballte meine Hände zu Fäusten und atmete in kurzen schnellen Zügen ein und aus.

„So, mein Herzchen, der ganze Tag gehört uns." André war ins Zimmer getreten, er hatte sich ein großes dunkelgraues Badetuch umgeschlungen und aus seinen braunen Haaren tropfte das Wasser.

Ich starrte zu Boden.

„Aurélie?" Er trat näher, stellte sich vor mich und legte die Hände auf meine Schultern. „Meine Güte, du bist ja ganz blass. Geht's dir nicht gut?"

Ich nahm seine Hände von meinen Schultern und stand langsam auf. „Nein", sagte ich, und meine Stimme zitterte. „Mir geht es nicht gut. Mir geht es überhaupt nicht gut."

Er sah mich verwirrt an. „Was hast du? Aurélie … Liebes … kann ich irgendetwas für dich tun?" Er strich mir eine Haarsträhne aus dem Gesicht.

Ich fegte seine Hand weg. „Ja", sagte ich drohend. „Fass mich nie wieder an, hörst du, nie wieder!" Er wich erschrocken zurück.

„Aber, Aurélie, was ist denn los?", rief er aus.

Ich merkte, wie eine Welle der Wut in mir aufstieg, ging zu der Stelle, an der ich das Foto hatte fallen lassen, und fischte es mit einer einzigen Bewegung auf. Ich hielt ihm das Foto hin.

„Das ist los!", schrie ich und stürzte an meinen Nachttisch. „Und das ist los!" Ich griff nach dem gefälschten Brief und warf ihn André vor die Füße.

Sein Gesicht verfärbte sich rot. „Aurélie … bitte …", stammelte er.

„Was?!", schrie ich. „Willst du mir jetzt noch eine Lüge auftischen?" Ich nahm das Buch von Robert Miller und hätte es ihm am liebsten um die Ohren gehauen. „Das Einzige, was an dieser ganzen verlogenen Geschichte stimmt, ist dieses Buch. Und du, André, Cheflektor der Éditions Opale, du bist das Letzte für mich. Du bist noch schlimmer als Claude. Der hatte ja wenigstens einen Grund, mich zu belügen, aber du … du … du hast dir einen Spaß daraus gemacht …"

„Nein, Aurélie, es war ganz anders …", rief er verzweifelt.

„Ja", sagte ich. „Das war es in der Tat. Du hast meinen Brief geöffnet, anstatt ihn weiterzuleiten. Du hast mir einen gefälschten Brief zukommen lassen, und dann hast du dich wahrscheinlich totgelacht, in der *Coupole*, als ich dir nichts von dem Brief erzählen wollte. Alles sehr schlau eingefädelt, Kompliment!" Ich blickte ihn voller Verachtung an. „In meinem ganzen Leben habe ich noch keinen Menschen kennen gelernt, der sich so scheinheilig am Unglück anderer weidet. Nur eines musst du mir noch erklären – wer hat gestern Abend im Restaurant angerufen? Wer?"

„Das war wirklich Adam Goldberg. Er ist ein Freund von mir", sagte er zerknirscht.

„Ach, ein Freund? Na, das ist ja großartig! Wie viele Freunde dieser Sorte gibt's denn noch, na? Wie viele lachen denn jetzt schon über die naive Kleine, willst du es mir nicht verraten?" Ich geriet immer mehr in Rage.

„Keiner lacht über dich, Aurélie. Bitte denke nicht schlecht über mich … ja, ich weiß, ich habe dich furchtbar angelogen, aber … es ging nicht anders, das musst du mir glauben! Ich war in einer schrecklichen Zwickmühle. Bitte! Ich kann es dir erklären …"

Ich schnitt ihm das Wort ab. „Weißt du was, André Chabanais? Ich verzichte auf deine Erklärungen. Du wolltest von Anfang nicht, dass ich mit Robert Miller zusammenkomme, aber dann ist dir was viel Besseres eingefallen, nicht wahr?" Ich schüttelte den Kopf. „Wie kann man sich etwas so Perfides ausdenken!"

„Aurélie, ich habe mich in dich verliebt – das ist die Wahrheit", sagte er.

„Nein", entgegnete ich. „So behandelt man keine Frau, die man liebt." Ich nahm seine Sachen vom Stuhl und warf sie ihm ins Gesicht. „Hier", sagte ich. „Zieh dich einfach an und geh!"

Er hob die Kleidungsstücke auf und sah mich unglücklich an. „Bitte gib mir eine Chance, Aurélie." Vorsichtig machte er einen Schritt auf mich zu und versuchte den Arm um mich zu legen. Ich drehte mich weg.

„Gestern … das … war das Schönste, was ich jemals erlebt habe …"

Ich spürte, wie mir Tränen in die Augen stiegen. „Es ist aus!", stieß ich zornig hervor. „Es ist aus, bevor es noch richtig angefangen hat. Und das ist gut so. Ich lebe nämlich nicht gern mit einem Lügner!"

„Ich habe nicht wirklich gelogen", sagte er.

„Wie kann man nicht *wirklich* lügen? Das ist ja lächerlich!", erwiderte ich aufgebracht. Offenbar hatte er sich jetzt eine neue Taktik überlegt.

André stellte sich in seinem grauen Frotteebadehandtuch vor mich hin.

„Ich bin Robert Miller", sagte er verzweifelt.

Ich lachte auf. „Für wie blöd hältst du mich eigentlich? *Du* bist Robert Miller? Das wird ja immer absurder." Ich stemmte meine Hände in die Hüften. „Pech für dich, aber ich habe Robert Miller gesehen, den *echten* Robert Miller, auf der Lesung! André Chabanais, du bist einfach nur lächerlich! Du kannst diesem Miller nicht das Wasser reichen. Und jetzt geh! Ich will nichts mehr hören, du machst alles nur noch schlimmer!"

„Aber versteh doch – Robert Miller *ist* nicht Robert Miller!", rief er aus. „Das war … das war … ein Zahnarzt!"

„Raus!", schrie ich und hielt mir die Ohren zu. „Verschwinde aus meinem Leben, André Chabanais, ich hasse dich!"

ALS ANDRÉ ohne ein weiteres Wort und mit hochrotem Gesicht die Wohnung verlassen hatte, brach ich schluchzend auf dem Bett zusammen. Vor einer Stunde noch war ich der glücklichste Mensch von Paris gewesen – und nun hatte alles eine katastrophale Wendung genommen. War es denn mein Schicksal, betrogen zu werden? Musste mein Glück immer in einer Lüge enden? Ich sah die beiden noch vollen Kaffeetassen auf meinem Nachttisch und brach erneut in Tränen aus. Ich musste daran denken, dass bald Weihnachten war. Es würde das traurigste Weihnachten meines Lebens werden.

Irgendwann stand ich auf und brachte die Tassen in die Küche. Ich streifte die Zettel an der Gedankenwand, und ein Gedanke segelte zu Boden. *Kummer ist ein Land, wo es regnet und regnet und doch nichts wächst*, stand auf dem Zettel. Das war unbestreitbar richtig. All meine Tränen würden die Dinge nicht ungeschehen machen. Ich heftete das Stück Papier behutsam wieder an die Wand. Und dann rief ich Jacquie an, um ihm zu sagen, dass ich in den Weihnachtsferien mit ans Meer fahren würde.

Sechzehn

Als es zaghaft an der Tür klopfte und Mademoiselle Mirabeau hereinkam, saß ich wie fast immer in den letzten Tagen über meinen Schreibtisch gebeugt und hatte meinen Kopf schwer in die Hände gestützt.

Seit meinem unrühmlichen Abgang bei Aurélie Bredin war ich wie vor den Kopf geschlagen. Ich war nach Hause getaumelt, hatte abends viel zu viel getrunken und nachts kaum geschlafen. Ich hatte wiederholt versucht, bei Aurélie anzurufen, aber bei ihr zu Hause lief permanent der Anrufbeantworter und im Restaurant ging immer eine Dame ans Telefon, die mir stereotyp mitteilte, Mademoiselle Bredin wünsche mich nicht zu sprechen.

Dreimal hatte ich Aurélie eine Mail geschickt, dann bekam ich eine knappe Antwort, in der sie sagte, ich könne mir die Mühe sparen, weitere Mails zu schreiben, da sie jede meiner Mails ungelesen löschen würde.

Ich war verzweifelt. Wie es aussah, hatte ich Aurélie unwiderruflich verloren, nicht einmal ihr Foto war mir geblieben, und der letzte Blick, den sie mir zugeworfen hatte, war so voller Verachtung gewesen, dass es mir kalt über den Rücken lief, wenn ich nur daran dachte.

„Monsieur Chabanais?“ Ich hob müde den Kopf und schaute in Mademoiselle Mirabeaus Richtung. „Ich hole mir ein Sandwich – soll ich Ihnen etwas mitbringen?“, fragte sie.

„Nein, ich habe keinen Hunger“, sagte ich.

Florence Mirabeau trat vorsichtig näher. „Monsieur Chabanais, Sie sehen schrecklich aus“, sagte sie und fügte schnell hinzu: „Bitte verzeihen Sie, wenn ich das sage. Ach, essen Sie doch ein Sandwich … mir zuliebe.“

Ich seufzte schwer. „Schon gut, bringen Sie mir irgendetwas mit.“

Eine halbe Stunde später tauchte sie mit einem Thunfischbaguette und einem frisch gepressten Orangensaft auf und stellte beides auf meinen Schreibtisch. „Kommen Sie heute Abend zur Weihnachtsfeier?“, fragte sie.

Es war Freitag, der Heiligabend fiel auf den nächsten Dienstag, und die Éditions Opale hatte ab Montag bis Neujahr geschlossen. In den letzten Jahren hatte es sich eingebürgert, dass der Verlag am letzten Arbeitstag abends in die Brasserie *„Lipp“* ging, um das Jahr ausklingen zu lassen. Das war stets eine sehr muntere Veranstaltung, bei der viel gegessen, gelacht und geredet wurde. So viel guter Laune sah ich mich nicht gewachsen. Ich schüttelte den Kopf. „Tut mir leid, ich komme nicht.“

„Oh“, sagte sie. „Ist es wegen Ihrer Mutter? Sie hat sich das Bein gebrochen, nicht wahr?“

„Nein, nein“, antwortete ich. „Mit dem gebrochenen Bein, das geht schon wieder.“ Maman war seit fünf Tagen wieder zu Hause in Neuilly, humpelte behände auf ihren Krücken durchs Haus und plante den Weihnachtsschmaus.

„Aber … was ist es dann?“, wollte Mademoiselle Mirabeau wissen.

Ich sah sie an. „Ich habe einen riesengroßen Fehler gemacht. Und jetzt … was soll ich sagen … ich glaube, mein Herz ist gebrochen.“ Ich versuchte zu lächeln, aber es klang wohl nicht gerade wie mein bester Witz.

„Oh“, sagte Mademoiselle Mirabeau. Ich spürte ihr Mitleid, und dann sagte sie etwas, das mir im Kopf herumging, lange nachdem sie die Tür leise hinter sich zugezogen hatte. „Wenn man merkt, dass man einen Fehler gemacht hat, sollte man ihn so rasch wie möglich korrigieren.“

EINE STUNDE nachdem Florence Mirabeau bei mir gewesen war, riss Jean-Paul Monsignac die Tür zu meinem Zimmer auf und ließ sich krachend in den Stuhl vor meinem Schreibtisch fallen. Der Verleger sah mich durchdringend an. „Ich höre gerade, Sie kommen heute Abend nicht zur Weihnachtsfeier, André. Darf man wissen warum?“ Die Weihnachtsfeier im *Lipp* war für Monsignac sakrosankt, und er erwartete, alle seine Schäfchen dort zu sehen.

„Ich … ich bin einfach nicht gut drauf, um ehrlich zu sein“, sagte ich.

„Mein lieber André, jeder, der Augen im Kopf hat, sieht, dass es Ihnen nicht besonders gut gehen kann. Sie nehmen nicht an der Verlagskonferenz teil, erscheinen hier mit Leichenbittermiene und kommen fast nicht mehr raus aus Ihrer Höhle. So kenne ich Sie gar nicht. Was ist denn nur los? Sie können mit mir über alles reden, André, das wissen Sie hoffentlich."

Ich lächelte verkrampft. „Das ist nett gemeint, Monsieur Monsignac, aber ich fürchte, gerade mit Ihnen kann ich nicht darüber reden."

Er lehnte sich erstaunt zurück. „Jetzt haben Sie mich neugierig gemacht. Warum können Sie mit mir nicht darüber reden? So ein Unsinn!"

„Weil ich dann wahrscheinlich meinen Job los bin", sagte ich düster.

Monsignac lachte schallend. „Aber mein lieber André, was haben Sie denn so Schlimmes gemacht? Haben Sie etwa Silberlöffel geklaut? Irgendeiner Mitarbeiterin unter den Rock gefasst? Geld unterschlagen?"

Und dann dachte ich an Mademoiselle Mirabeaus Worte und beschloss, reinen Tisch zu machen. „Es geht um Robert Miller. Ich war in dieser Sache … nun, ich war nicht ehrlich zu Ihnen, Monsieur Monsignac."

Er beugte sich aufmerksam vor. „Was ist mit diesem Miller? Die Lesung war doch grandios. *Mon Dieu*, ich habe Tränen gelacht. Was ist los mit dem Kerl? Der wollte doch bald schon seinen nächsten Roman liefern."

Ich holte tief Luft und sah Monsignac in die Augen. „Versprechen Sie mir, dass Sie nicht ausrasten und nicht schreien?"

„Ja, ja … jetzt reden Sie endlich!"

„Es wird keinen weiteren Roman von Robert Miller geben", sagte ich und machte eine kleine Pause. „Aus dem einfachen Grund, weil es in Wirklichkeit keinen Robert Miller gibt."

Monsignac schaute mich verständnislos an. „Jetzt reden Sie aber wirklich irre, André. Robert Miller war in Paris, erinnern Sie sich nicht mehr?"

„Dieser Mann auf der Lesung war nicht Robert Miller. Das war ein Zahnarzt, der sich für Miller ausgegeben hat, um uns einen Gefallen zu tun."

„Uns?"

„Na ja, Adam Goldberg und mir. Der Zahnarzt ist sein Bruder. Er heißt Sam Goldberg und hat mit Büchern so wenig zu tun wie ich mit Goldinlays. Es war alles inszeniert, verstehen Sie? Damit die Sache nicht auffliegt."

„Aber …" Monsignacs blaue Augen flackerten beunruhigt. „Wer hat denn dann eigentlich das Buch geschrieben?"

„Ich", sagte ich.

Und dann schrie Jean-Paul Monsignac doch. „Das ist ja ungeheuerlich! Sie haben mich betrogen, André. Ich habe Ihnen vertraut und Sie haben mich hinters Licht geführt. Sie sind gefeuert!" Er sprang erregt vom Stuhl auf.

Das Schlimme an Monsieur Monsignac ist, dass er zur Naturgewalt wird, wenn er sich aufregt. Das Gute an ihm ist, dass er sich ebenso schnell beruhigt, wie er sich aufregt, und dass er einen großartigen Humor hat.

„Unglaublich", sagte er nach zehn Minuten, in denen ich mich schon als arbeitsloser Lektor sah, auf den die Branche mit Fingern zeigte. „Unglaublich, was ihr beide da für einen Coup gelandet habt. Die ganze Presse an der Nase herumführen. Das muss man erst mal bringen." Er fing plötzlich an zu lachen. „Ich hatte mich schon etwas gewundert, als Miller auf der Lesung davon sprach, dass der Held seines neuen Romans ein Zahnarzt sei. Warum haben Sie mir nicht von Anfang an gesagt, dass *Sie* dahinterstecken, André? Meine Güte, ich wusste gar nicht, dass Sie so gut schreiben können."

„Es war eine spontane Idee. Sie wollten einen Stephen Clarke, erinnern Sie sich? Und es gab in diesem Moment keinen Engländer, der lustig über Paris schrieb. Wir wollten Sie auch nicht über den Tisch ziehen oder dem Verlag schaden. Sie wissen ja noch, dass die Garantie für diesen Roman eine überaus bescheidene war. Die ist lange schon eingespielt. Keiner von uns konnte ahnen, dass sich das Buch so gut entwickeln würde."

„Bon", sagte Monsignac, der die ganze Zeit in meinem Büro auf und ab gegangen war, und setzte sich wieder hin. „Das wäre also geklärt. Und jetzt reden wir mal von Mann zu Mann." Er verschränkte die Arme vor der Brust und sah mich streng an. „Ich ziehe meine Kündigung zurück, André. Zur Strafe kommen Sie heute Abend mit in die Brasserie *Lipp*, verstanden?!"

Ich nickte erleichtert.

„Und jetzt erklären Sie mir, was das Ganze mit Ihrem gebrochenen Herzen zu tun hat. Mademoiselle Mirabeau macht sich nämlich große Sorgen. Und ich habe das Gefühl, dass wir jetzt zu des Pudels Kern vorstoßen."

Es wurde eine lange Geschichte. Draußen gingen die ersten Laternen an, als ich endlich aufhörte zu reden. „Ich weiß nicht mehr, was ich tun soll, Monsieur Monsignac", schloss ich unglücklich. „Endlich habe ich die Frau gefunden, nach der ich immer gesucht habe, und jetzt hasst sie mich! Selbst wenn ich ihr beweisen könnte, dass es keinen Autor namens Miller gibt, ich glaube, es würde gar nichts nützen. Sie ist so unglaublich wütend … so verletzt in ihren Gefühlen … sie wird mir das niemals verzeihen …"

„Ach was!", unterbrach mich Monsieur Monsignac. „Noch ist nichts verloren. Glauben Sie einem Mann, der ein bisschen mehr Lebenserfahrung hat als Sie. In Ihrem Fall, mein lieber Freund, hilft nur noch eines: die Wahrheit." Er stand auf und trat an meinen Schreibtisch. „Schreiben Sie die Geschichte so auf, wie sie sich zugetragen hat – vom ersten Moment, als Sie durch die Scheibe dieses Restaurants geschaut haben, bis zu unserem Gespräch hier. Und dann lassen Sie Ihrer Aurélie das Manuskript mit dem Hinweis zukommen, dass ihr Lieblingsautor einen neuen Roman geschrieben hat und dass ihm viel daran liegt, dass sie das Manuskript als Erste liest."

Er klopfte mir auf die Schulter. „Schreiben Sie, fangen Sie morgen damit an, oder besser noch heute Nacht! Schreiben Sie sich in das Herz dieser Frau, die Sie schon mit Ihrem ersten Roman verführt haben." Er ging zur Tür und drehte sich dort noch einmal um. „Und egal wie die Sache ausgeht" – er zwinkerte mir zu –, „da machen wir einen Robert Miller draus!"

Siebzehn

Es gibt Schriftsteller, die beschäftigen sich tagelang mit dem ersten Satz ihres Romans. Der erste Satz muss stimmen, dann geht alles wie von selbst, sagen sie. Dann wiederum gibt es Schriftsteller, die einen Roman nicht anfangen können, ohne den letzten Satz zu wissen. Ich hingegen schreibe diese Geschichte auf, ohne ihren Ausgang zu kennen, ja ohne auch nur im geringsten Einfluss auf ihren Ausgang nehmen zu können.

Die Wahrheit ist, dass es das Ende der Geschichte noch nicht gibt. Denn den letzten Satz muss eine Frau schreiben, die ich an einem frühlingshaften Abend vor etwa eineinhalb Jahren hinter dem Fenster eines kleinen Restaurants mit rot-weiß karierten Tischdecken sah, das sich in der Rue Princesse in Paris befindet.

Es ist die Frau, die ich liebe.

Sie lächelte hinter der Scheibe – und ihr Lächeln bezauberte mich so über die Maßen, dass ich es stahl. Ich lieh es mir aus. Ich trug es mit mir herum. Ich weiß nicht, ob so etwas möglich ist – dass man sich in ein Lächeln verliebt. Jedenfalls inspirierte mich dieses Lächeln zu einer Geschichte – einer Geschichte, an der alles erfunden war, sogar der Verfasser derselben.

Und dann ist etwas Unglaubliches passiert. Ein Jahr später, an einem grässlichen Novembertag, stand die Frau mit dem schönen Lächeln wie vom Himmel gefallen vor mir. Und das Wunderbare und zugleich Tragische an dieser Begegnung war, dass sie etwas von mir wollte, das ich ihr nicht geben konnte. Sie hatte nur einen Wunsch, und gerade dieser Wunsch war unmöglich zu erfüllen. Oder doch?

Es ist viel passiert seither – Schönes und Schreckliches, und ich möchte alles erzählen. Die ganze Wahrheit nach all den Lügen.

Dies ist die Geschichte, wie sie wirklich war, und ich schreibe sie wie ein Kranker, der nicht weiß, ob er am Morgen noch die Sonne aufgehen sieht, wie ein Liebender, der sein ganzes Herz in die zarten Hände einer Frau legt in der verwegenen Hoffnung, dass sie ihn erhört.

Seit meinem Gespräch mit Monsignac waren drei Tage vergangen. Drei Tage hatte ich gebraucht, um diese ersten Sätze zu Papier zu bringen, doch dann ging alles mit einem Mal rasend schnell. In den nächsten Wochen schrieb ich wie von einer höheren Macht gesteuert. Ich erzählte von der Bar, in der eine brillante Idee ausgeheckt worden war, von einer Erscheinung auf einem Verlagsflur, von einem Brief an einen englischen Schriftsteller in meinem Postkorb, den ich ungeduldig aufriss – und von allem anderen, was dann geschah in diesen aufregenden, bemerkenswerten Wochen.

Weihnachten kam und ging. Ich nahm meinen kleinen Computer und meine Notizen mit zu Maman nach Neuilly, wo ich die Feiertage verbrachte, und kehrte danach in meine Wohnung zurück, um weiterzuschreiben.

Der gute Monsignac hatte mich bis Ende Januar freigestellt – mit einer Sonderaufgabe, wie er den anderen sagte –, und ich stand morgens auf und taumelte mit einer Tasse Kaffee und meinen Zigaretten an den Schreibtisch. Ich ging nicht ans Telefon, ich machte die Tür nicht auf, wenn es schellte, ich sah kein Fernsehen, die Zeitungen stapelten sich ungelesen auf dem Couchtisch, und nur an manchen Tagen ging ich am späten Nachmittag einmal durchs Viertel, um frische Luft zu schnappen und das Nötigste einzukaufen. Stand ich vor dem Badezimmerspiegel, nahm ich flüchtig das Bild eines bleichen Mannes mit zerrauftem Haar wahr, der Schatten unter den Augen hatte. Es interessierte mich nicht. Die Tage begannen übergangslos zu verschwimmen. Ich war getrieben von dem Wunsch, Aurélie zurückzugewinnen, und ich sehnte den Tag herbei, an dem ich ihr mein Manuskript zu Füßen legen konnte.

In den letzten Tagen des Januar war ich fertig.

An dem Tag, als ich Aurélie Bredin abends das Manuskript vor die Wohnungstür legte, fing es an zu schneien. Schnee in Paris ist etwas so Seltenes, dass die meisten Menschen sich darüber freuen.

Ich streifte durch die Straßen, bestaunte die Auslagen in den erleuchteten Schaufenstern, sog den verlockenden Duft frisch gemachter Crêpes an dem kleinen Stand hinter der Kirche von Saint-Germain ein und entschied mich für eine Waffel, die ich mir dick mit Maronencreme bestreichen ließ.

Die Schneeflocken fielen leise herab, kleine weiße Punkte in der Dunkelheit, und ich dachte an das Manuskript, das in Packpapier eingewickelt war und das Aurélie in dieser Nacht vor ihrer Tür finden würde.

Es waren am Ende 280 Seiten geworden. Ich hatte lange überlegt, welchen Titel ich dieser Geschichte geben sollte, diesem Roman, mit dem ich das Mädchen mit den grünen Augen für immer zurückgewinnen wollte. Ich hatte sehr gefühlvolle, romantische, ja, fast schon kitschige Titel aufgeschrieben, aber dann nannte ich das Buch schlicht und ergreifend „Das Ende der Geschichte". Egal wie eine Geschichte anfängt, egal welche verschlungenen Wendungen und Wege sie nimmt, am Schluss ist nur das Ende wichtig.

Mein Beruf bringt die Lektüre vieler Bücher mit sich, und ich muss zugeben, dass mich jene Romane immer am meisten fasziniert haben, die ein offenes oder gar tragisches Ende nehmen. Man denkt gerade über diese Bücher noch eine Weile nach, während man die mit einem glücklichen Ausgang schnell vergisst. Doch irgendeinen Unterschied muss es wohl geben zwischen der Literatur und der Wirklichkeit, denn ich gestehe, als ich das kleine braune Paket vor Aurélies Tür auf den kalten Steinfußboden legte, sandte ich ein Stoßgebet zum Himmel und bat um ein glückliches Ende.

Dem Manuskript hatte ich einen Brief beigelegt:

> Liebe Aurélie,
> ich weiß, dass Du mich aus Deinem Leben verbannt hast und keinen Kontakt mehr mit mir willst, und ich respektiere Deinen Wunsch.
>
> Heute lege ich Dir das neue Buch Deines Lieblingsautors vor die Tür. Es ist ganz frisch, und es hat auch noch keinen richtigen Schluss, aber ich weiß, dass es Dich interessieren wird, weil es die Antworten auf alle Deine Fragen enthält, die den ersten Roman von Robert Miller betreffen.
>
> Ich hoffe, dass ich damit zumindest ein bisschen von dem gutmachen kann, was ich angerichtet habe.
>
> Ich vermisse Dich
> André

IN DIESER NACHT schlief ich zum ersten Mal tief und fest. Ich erwachte mit dem Gefühl, dass ich alles getan hatte, was ich tun konnte. Nun blieb mir nur noch zu warten.

Ich packte eine Kopie des Romans für Monsieur Monsignac ein und machte mich nach mehr als fünf Wochen wieder auf den Weg in den Verlag. Es schneite noch immer, Schnee lag auf den Dächern der Häuser, und die Geräusche der Stadt waren gedämpft. Die Autos auf den Boulevards fuhren nicht so schnell wie sonst, und auch die Menschen in den Straßen verlangsamten ihren Schritt. Die Welt, so kam es mir vor, schien ein bisschen den Atem anzuhalten, und ich selbst war von einer großen Ruhe erfüllt.

Im Verlagshaus wurde ich überschwänglich begrüßt. Madame Petit brachte mir nicht nur die Post (es waren ganze Stapel), sondern auch den Kaffee; Mademoiselle Mirabeau steckte mit geröteten Wangen den Kopf zur Tür herein und wünschte mir ein gutes neues Jahr, an ihrer Hand sah ich einen

Ring glitzern; Michelle Auteuil grüßte hoheitsvoll, als wir uns auf dem Flur begegneten; Gabrielle Mercier seufzte erleichtert, es sei gut, dass ich wieder da sei, der Verleger mache sie wahnsinnig; und Jean-Paul Monsignac zog die Tür hinter uns zu, als er in mein Büro kam, und meinte, dass ich aussähe wie ein Autor, der gerade sein Buch beendet hat.

„Wie sieht der denn aus?“, fragte ich.

„Völlig fertig, aber mit diesem ganz besonderen Glanz in den Augen“, sagte Monsignac. Dann sah er mich prüfend an. „Und?“

Ich überreichte ihm die Kopie des Manuskripts. „Keine Ahnung, ob es gut ist. Aber es steckt viel Herzblut drin.“

Monsignac lächelte. „Ich drücke Ihnen die Daumen, mein Freund.“

„Na ja“, sagte ich. „Ich hab’s erst gestern Abend vorbeigebracht, so schnell wird da nichts passieren … wenn überhaupt.“

„Wenn Sie sich da nicht mal täuschen, André“, sagte Monsignac.

Der Nachmittag schlich dahin. Ich sah meine Post durch, beantwortete meine Mails, sah draußen immer noch dicke Flocken vom Himmel fallen. Und dann schloss ich die Augen, dachte an Aurélie und hoffte, dass meine Gedanken auch mit geschlossenen Augen ihr Ziel erreichten.

Es war halb fünf, und draußen wurde es schon dunkel, als das Telefon klingelte und Jean-Paul Monsignac mich bat, in sein Büro zu kommen. Als ich eintrat, stand er am Fenster und starrte auf die Straße. Auf seinem Schreibtisch lag mein Manuskript.

Monsignac drehte sich um. „André“, sagte er und wies auf das Manuskript, „was Sie da geschrieben haben …“, er schaute mich streng an, und ich presste nervös die Lippen aufeinander, „… ist leider sehr gut. Ihr Agent soll ja nicht auf die Idee kommen, damit zu anderen Verlagen zu gehen, sonst fliegen Sie hier raus, verstanden?!“

„Verstanden“, entgegnete ich lächelnd. „Das freut mich wirklich sehr, Monsieur Monsignac.“

Er drehte sich wieder zum Fenster und winkte mich heran. „Ich wette, das hier freut Sie noch mehr“, sagte er und deutete auf die Straße.

Ich sah ihn fragend an. Nur eine Sekunde lang glaubte ich, dass er die Schneeflocken meinen könnte, die immer noch vor dem Fenster wirbelten, dann fing mein Herz an, schneller zu schlagen, und ich hätte den alten Monsignac am liebsten umarmt. Auf der gegenüberliegenden Straßenseite ging eine Frau auf und ab. Sie trug einen roten Mantel, und sie blickte immer wieder zu dem Eingangstor des Verlages, als ob sie auf jemanden wartete.

Ich nahm mir nicht die Zeit, etwas überzuziehen. Ich flog die Treppen nur so hinunter, zog die schwere Tür des Portals auf und lief über die Straße. Und dann stand ich vor ihr, und mein Atem ging so schnell, dass ich einen Moment glaubte, keine Luft zu bekommen.

„Du bist gekommen!", stieß ich leise hervor. „Aurélie …"

Die Schneeflocken fielen auf sie herab und verfingen sich in ihren langen Haaren wie kleine weiße Mandelblüten.

Sie lächelte und ich fasste nach ihrer Hand, die in einem bunten Wollhandschuh steckte, und spürte, wie mir plötzlich ganz leicht ums Herz wurde.

„Weißt du was? Das zweite Buch von Robert Miller gefällt mir eigentlich noch ein bisschen besser als das erste", sagte sie, und ihre grünen Augen schimmerten.

Ich lachte leise und zog sie in meine Arme. „Soll das etwa der letzte Satz sein?", fragte ich.

Aurélie schüttelte langsam den Kopf. „Nein, ich glaube nicht", sagte sie.

Sie sah mich einen Augenblick so ernsthaft an, dass ich voller Unruhe in ihren Augen nach einer Antwort suchte.

„Ich liebe dich, Dummkopf", sagte sie. Dann schlang sie die Arme um mich und alles versank in einem weichen Mantel aus karmesinroter Wolle und einem einzigen, nicht enden wollenden Kuss.

Natürlich hätte ich diesen Satz in einem Roman etwas konventionell gefunden. Aber hier, im wirklichen Leben, auf dieser kleinen verschneiten Straße einer großen Stadt, die man auch die Stadt der Liebe nennt, machte er mich zum glücklichsten Mann von Paris.

NICOLAS BARREAU

„Auch (mehr oder weniger) erfundene Helden sind dem Herzen des Autors sehr nah."

Nicolas Barreau, geboren 1980 in Paris, studierte Romanistik und Geschichte an der Sorbonne und schreibt derzeit an seiner Dissertation. Er arbeitet in einer Buchhandlung an der Rive Gauche in Paris und eroberte mit seinen Romanen *Die Frau meines Lebens* und *Du findest mich am Ende der Welt* ein begeistertes Publikum.

Über die Arbeit an seinem auch international sehr erfolgreichen Roman *Das Lächeln der Frauen* erzählt der Autor: „Wenn man einen Roman zu Ende geschrieben hat, ist man sehr erleichtert, dass es vorbei ist. Und genau aus ebendiesem Grund ist man auch sehr traurig. Denn die letzten Zeilen eines Romans zu schreiben bedeutet immer auch, Abschied zu nehmen von den Helden, die einen für eine lange Zeit begleitet haben. Und so blicke ich Aurélie und André hinterher, die sich nach tausend Irrungen und Wirrungen endlich doch noch gefunden haben, und ich seufze gerührt, werde ein wenig sentimental und wünsche den beiden viel Glück.

Vieles an meinem Buch ist erfunden, manches ist wahr. Alle Cafés, Bars, Restaurants und Geschäfte gibt es wirklich, doch das Restaurant *‚Le Temps des Cerises'* wird der Leser in der Rue Princesse vergeblich suchen. Auch wenn ich beim Schreiben ein ganz bestimmtes Restaurant mit rot-weiß karierten Tischdecken vor Augen hatte, soll es doch ein Ort der Fantasie bleiben, ein Ort, an dem Wünsche wahr werden und alles möglich ist.

Das Lächeln der Frauen ist ein Geschenk des Himmels, es ist der Beginn jeder Liebesgeschichte, und wenn ich mir etwas wünschen dürfte, dann dieses: dass meine liebe Freundin U. ihren neuen Wintermantel noch viele Jahre tragen kann und dass dieses Buch für die geneigten Leserinnen und Leser ebenso endet, wie es anfängt – mit einem Lächeln."

Übersetzer:
Der Löwe: Georg Schmidt
Fluch: Andrea Fischer
Das Lächeln der Frauen: Sophie Scherrer

Illustrationen und Fotos:
Der Löwe: S. 4 (oben), S. 6/7: Bilder: Shutterstock, Bildmontage: Rick Lecoat@Shark Attack, Krallenspuren: iStockphoto.com/pialhovik, S. 8, Krallenspuren: iStockphoto.com/pialhovik, Kapitelgestaltung (Skyline): Shutterstock
Eine windige Affäre: S. 4 (unten), S. 160/161/162: iStockphoto.com/Edward Grajeda
Fluch: S. 5 (oben), S. 306/307/308: Isländisches Manuskript: mit freundlicher Genehmigung von Árni Magnússon Institute for Icelandic Studies, Landschaft Island: Enote/Fotolia
Das Lächeln der Frauen: S. 5 (unten), S. 468/469: Eiffelturm mit Tulpen: iStockphoto.com/Nikada, Buch: iStockphoto.com/studiocasper, S. 470, Buchseite mit hochgeschlagener Ecke: iStockphoto.com/mtkang

Autorenfotos:
Nelson DeMille (Seite 159): Sandy deMille
Amelie Fried (Seite 305): Annette Hornischer Fotografie
Michael Ridpath (Seite 467): Chris George
Nicolas Barreau (Seite 591): Thiele Verlag in der Thiele & Brandstätter Verlag GmbH, München und Wien

Einband
Hauptmotiv: iStockphoto.com/Pawel Gaul; *Der Löwe:* Bilder: Shutterstock, Bildmontage: Rick Lecoat@Shark Attack, Krallenspuren: iStockphoto.com/pialhovik; *Eine windige Affäre:* iStockphoto.com/Edward Grajeda; *Fluch:* Isländisches Manuskript: mit freundlicher Genehmigung von Árni Magnússon Institute for Icelandic Studies, Landschaft Island: Enote/Fotolia; *Das Lächeln der Frauen:* Eiffelturm mit Tulpen: iStockphoto.com/Nikada, Buch: iStockphoto.com/studiocasper

Die ungekürzten Ausgaben von „Der Löwe", „Eine windige Affäre", „Fluch" und „Das Lächeln der Frauen" sind im Buchhandel erhältlich.